LE MYSTÈRE SOLINE

Un chalet sous la neige

✲ ✲ ✲

MARIE-BERNADETTE

DUPUY

LE MYSTÈRE SOLINE

Un chalet sous la neige

***

CALMANN LÉVY

CALMANN LÉVY
ÉDITEUR DEPUIS 1836

COUVERTURE
Conception graphique : Constance Clavel
Photographies : Personnage : © Buffy Cooper / Trevillion Images -
Paysage : © Maica / Getty Images

ISBN 978-2-7021-6883-7

Note de l'auteure

Chers ami(e)s,

Le mystère qui entoure Soline depuis sa naissance va enfin être dévoilé au fil des pages de ce troisième et dernier volume.

Au gré de mon imagination, tout en m'appuyant comme toujours sur des faits historiques, j'espère vous avoir offert des heures d'évasion, en compagnie de mes personnages, dans le cadre superbe de la Haute-Savoie.

Je redirai également, comme sur chacun de mes livres, même si cet avertissement figure sur chaque ouvrage sérieux, que toute ressemblance avec des personnes existantes ou ayant existé serait fortuite et indépendante de ma volonté, et que les événements sont fictifs, hormis ceux signalés comme authentiques par une note.

Je vous en souhaite une agréable lecture,

Marie-Bernadette Dupuy

1

Du passé au présent

Chalet du vallon des loups, jeudi 24 décembre 2015

La neige avait effacé l'herbe jaunie, le chemin et les creux et les bosses du sol. Quelques rochers affleuraient, très sombres parmi tout ce blanc. Le précoce crépuscule de la fin décembre pesait sur le paysage silencieux. Il n'y avait aucun signe de vie, pas un bruit d'ailes, pas un souffle de vent agitant les arbres.

Soudain, deux détonations brisèrent l'étrange enchantement de ce soir d'hiver. Aussitôt, la scène s'anima. Des corbeaux s'envolèrent de la cime d'un sapin avec des appels rauques, un renard détala.

— Cette fois, tu ne te mettras plus en travers de ma route, déclara l'homme vêtu de noir qui venait de tirer.

Il ne baissa pas son fusil, un sourire mauvais au coin des lèvres. À quatre ou cinq mètres de là, un autre homme, aux boucles brunes, gisait face contre terre. Un peu plus loin, tapie à l'angle de la bergerie, une silhouette féminine recroquevillée sur sa terreur sanglotait et gémissait, ses cheveux blonds à peine dissimulés par une capuche.

— Non, non, répétait-elle entre deux hoquets affolés.

— Pour le moment, toi je t'épargne, ajouta l'homme. Mais tu m'as trahi et je n'aurai pas de pitié.

Il émanait de lui une aura de cruauté implacable. Il recula à pas lents, en observant d'un air dédaigneux le corps immobile de celui qu'il avait abattu sans sommation.

— Assassin, sale assassin ! hurla-t-on. Je sais qui tu es et tu paieras pour tes crimes.

C'était une voix de femme, aux accents vibrants de haine, jaillie de nulle part, mais qui résonnait dans tout le vallon enneigé. Comme chassé par ces accusations et ces menaces retentissantes, le criminel s'éloigna d'une course rapide.

Soline sursauta, le cœur battant à se rompre. Elle était allongée sur le canapé, mais elle se redressa sur un coude. D'un regard hébété, elle considéra le décor familier qui l'entourait. Les guirlandes lumineuses du sapin de Noël dispensaient une douce clarté dorée. Dans la cheminée, de petites flammes léchaient les bûches, derrière la grille du pare-feu.

— Je me suis endormie ? Sûrement. J'avais si mal à la tête, j'ai pris un cachet.

Chacun de ses mots lui sembla vide de sens, tellement demeurait forte l'empreinte tragique des images qu'on lui avait montrées.

— C'était une vision, pas un rêve, se dit-elle, alarmée. Tout recommence. Cette fille blonde qui pleurait près de la bergerie, c'était moi. J'en suis sûre, le tueur a survécu. Il va venir ici et il abattra Benjamin.

Une panique viscérale la terrassa. Elle se leva du canapé, mais ses jambes la portaient à peine.

— Je dois m'en aller ! D'abord, je vais téléphoner à Benjamin, lui dire de ne pas rentrer, que je le rejoins en 4 x 4.

Son compagnon était parti ramener leur amie Viviane à Combloux. Soline estima l'heure à laquelle il serait de retour.

Peu à peu, le présent reprit ses droits, tout en mettant en évidence un fait précis.

— Oh non, je m'en souviens maintenant, Benjamin a oublié son portable. Je ne peux même pas le prévenir.

Nous aurions dû accepter l'invitation de Viviane. Elle nous a proposé de passer la soirée chez elle.

Le berger suisse, couché devant la porte, l'écoutait parler toute seule. Le grand chien blanc guettait les moindres gestes de sa maîtresse, sensible aussi à ses intonations.

— Je dois me calmer, ajouta Soline. Je sais pourquoi j'étais si stressée. Benjamin avait décidé de me faire des révélations. Mais je ne veux pas, je n'en ai aucune envie.

Elle se revit le matin même, au cours du petit déjeuner, déjà en proie à une tension pénible, qu'elle avait dissimulée de son mieux.

— Au fond de moi, j'appréhende tellement le moment où Benjamin me parlera, que ça a gâché le début de ma journée, et ça perturbera sans doute la soirée, constata-t-elle. Pourquoi a-t-il choisi la veille de Noël pour évoquer son passé et le mien ? Qu'est-ce que ça signifie ? Que sait-il sur mon enfance ? Je refuserai, voilà, je lui demanderai d'attendre. Il pourra très bien patienter jusqu'à la naissance de Louise.

Après avoir bu un verre d'eau, Soline s'apaisa, en songeant qu'il suffirait peut-être de changer l'ordre des choses pour échapper à une fatalité. Une expression concentrée sur son beau visage, elle se remémora en détail la vision qui l'avait si profondément ébranlée.

— La couche de neige était bien plus épaisse qu'aujourd'hui. Mais il peut neiger durant la nuit et le tueur viendra demain. C'est décidé, j'éteins les lampes, le sapin, et je pars. En route, j'appellerai sur la ligne fixe de Viviane. Nous dormirons là-bas, à Combloux.

Elle éprouvait un besoin oppressant d'entendre le son de sa propre voix et surtout de confier ses angoisses à une personne susceptible de la rassurer. Son téléphone à la main, elle hésita.

— Je ne peux pas déranger Kate, ils doivent être arrivés à Venise pour leur lune de miel. Sophie, oui, Sophie m'aidera.

La capitaine Gally avait prévu de passer ses heures de congé au chevet d'Étienne, hospitalisé à Sallanches depuis deux semaines dans un état toujours stationnaire. Malheureusement, la jeune femme ne décrocha pas.

Vite, Soline enfila des bottes, sa parka rouge et un bonnet en laine bleue. Un ultime coup d'œil circulaire lui fit regretter un instant de laisser le cadre si agréable du vieux chalet, décoré par ses soins.

— Viens, Neige, on s'en va !

Au moment de sortir, cependant, Soline pensa qu'elle n'avait pas nourri Farou et ses trois rejetons. Ce rappel de ses obligations quotidiennes la rendit perplexe. Elle tentait de réfléchir, afin de ne pas se comporter en dépit du bon sens, lorsque la sérénité du vallon fut troublée par un concert d'aboiements furieux.

— Qu'est-ce qui se passe ?

Soline vérifia par la fenêtre qu'aucune voiture n'approchait. Elle crut entendre un hurlement bref, auquel répondaient les jappements des louveteaux.

Neige grognait et aboyait également, le poil hérissé. Dès qu'elle ouvrit la porte, il se rua à l'extérieur. À peine sur la galerie couverte, Soline aperçut un loup à la fourrure grise, près de l'enclos. L'animal s'enfuit quand il la vit apparaître, d'autant plus que le berger suisse courait vers lui.

— Non, Neige, reviens ici ! hurla-t-elle.

Sur le paysage blanc, son chien paraissait doté d'un poil presque jaune. Il s'élançait sur les traces du loup, en aboyant sur un mode féroce.

— Neige, ici ! Neige !

Soline eut beau s'égosiller, les deux bêtes disparurent sous le couvert des sapins. Elle dévala les marches en pierre pour les suivre. Une peur insidieuse l'envahissait. Le berger suisse, à onze ans, se faisait vieux, comme tous ses congénères de grande taille, et Benjamin lui avait raconté qu'un patou avait été tué par trois loups, sur une pâture occupée par un grand troupeau de moutons.

— Il ne se bat presque jamais, il n'est pas agressif du tout, déplora-t-elle tout bas.

Elle foulait le mince tapis de neige, attentive au relief du terrain. Le sol de la forêt présentait de nombreuses embûches, des branches tombées lors des tempêtes, des rochers, des sortes de ravines étroites. À chaque minute, Soline redoutait de percevoir l'écho d'un combat fatal entre son chien et le loup. Elle redoublait d'efforts, guidée par les empreintes bien visibles des deux animaux.

Tout à coup, elle crut distinguer une forme couleur ivoire, derrière l'alignement des arbres.

— Neige ! Viens ici ! cria-t-elle, pleine d'espoir.

À cet instant, le sol sembla se dérober sous ses pieds. Distraite par un mouvement dans le sous-bois, elle venait de trébucher sur une souche, située juste en haut d'une légère pente. Sa chute l'entraîna en avant et son front heurta le tronc rugueux d'un mélèze. Sonnée par le choc, elle resta étendue, couchée sur le côté.

— Benjamin, dit-elle dans un souffle, à demi inconsciente.

Au sein de la confusion qui lui brouillait l'esprit, la jeune femme sentait pourtant des ondes douloureuses au creux de son ventre. Ses grands yeux bleus, le bleu des myosotis, fixèrent quelques secondes le ciel couleur de plomb fondu, puis ils se fermèrent, tandis que des larmes perlaient au bord de ses cils.

Saisie d'une immense terreur, elle s'abandonna au malaise qui l'en délivra.

Combloux, même jour, une demi-heure plus tard

Viviane Gonod avait insisté pour offrir un café à Benjamin. La septuagénaire, bien contente de retrouver sa maison, tenait aussi à lui présenter Vagabond.

— Patiente un peu, Vanessa, la demoiselle qui le gardait, me le ramène. Tu verras, ce n'est qu'un roquet sans race définie, mais tu ne peux pas imaginer combien il est affectueux. Les chiens que tu recueilles dans la rue semblent avoir une dette envers ceux qui les adoptent, ils sont plus sages et plus gentils parfois qu'un chiot que tu as élevé.

— Il paraît, oui, admit le jeune scientifique.

— Tiens, tant que tu es là, mon garçon, pourrais-tu descendre dans le sous-sol et me remonter deux caisses que le voisin m'a redonnées ? Il y a des années que je les lui avais confiées, à ce brave Jeannot, à l'époque où mon mari retapait la petite maison, pour la louer.

— La maison où habitait Soline ?

— Bien sûr ! On l'avait achetée, Léon et moi, en même temps que celle-ci, une vente aux enchères. Je crois qu'il y a des vieux livres dans les caisses, des cahiers d'écoliers. Mais elles pèsent lourd. Sais-tu, je fouinerai dedans, ça me fera de la lecture. Et puis je trierai ce qui n'est pas intéressant.

— D'accord, Viviane. Ça me fait plaisir de pouvoir vous rendre service, répliqua Benjamin.

Il était soulagé de s'occuper, aussi anxieux que Soline à la perspective de lui révéler une page douloureuse de leur passé. Il s'acquitta de sa tâche, non sans déployer un rude effort.

— En effet, ces caisses sont très lourdes, reconnut-il lorsqu'il déposa la deuxième le long du mur, selon les indications de la vieille dame. Dites-moi, vous n'êtes pas vexée de passer le réveillon en solitaire ?

— Ne t'en fais pas pour moi, mon garçon, je me doutais que vous auriez envie de passer un peu de temps juste tous les deux, répondit Viviane.

— J'ai une bonne raison de vouloir rester au chalet, seul avec Soline, reprit le jeune homme. Je voulais vous en parler pendant le trajet mais je n'ai pas eu le courage.

— Eh bien, vas-y, dis-moi de quoi il retourne, Benjamin. À ta mine, ça me paraît sérieux.

— Hier soir, nous étions euphoriques, tous les deux. Le bébé avait bougé, j'ai senti ses mouvements. Ah, c'était merveilleux... J'imaginais notre fille dans son berceau, ou bien en train de gambader devant le chalet. J'ignore ce qui m'a pris, mais j'ai annoncé peu après que je devais révéler notre passé commun, notre enfance. Soline savait que je lui cachais des choses, elle m'avait promis d'attendre le jour où je serais disposé à lui dire.

— Quel est le souci, dans ce cas ? insinua Viviane, tout en se servant un petit verre de liqueur de cassis.

— J'ai peur de sa réaction quand elle découvrira la vérité, soupira-t-il.

— Avec ses airs mystérieux, Monique Fauvel m'a dit la même chose quand on cohabitait dans ton chalet de Servoz. Elle prétendait qu'il fallait protéger sa fille adoptive, qui aurait un terrible choc si elle se souvenait de sa petite enfance, enfin, d'après un psychiatre.

— Vous comprenez donc pourquoi je regrette ma décision. Comment revenir en arrière ? Soline exigera la vérité.

Embarrassée, Viviane ébouriffa de sa main droite ses courts cheveux roux, parsemés de fils d'argent aux tempes.

— Sois franc, et, s'il le faut, je garderai le secret, déclara-t-elle. C'est à propos de ce fameux accident, celui qui l'a traumatisée ? Tu y étais, tu en as été témoin ?

— Je préfère ne rien vous dire, ma chère Viviane. La priorité revient à Soline.

— D'accord, tête de mule, mais je te donne mon avis. Tu as mal choisi le soir pour tes aveux ! Soline avait sûrement envie de réveillonner en paix, avec toi. Et le bébé, hein, votre petite Louise ? Les femmes enceintes ont besoin de tranquillité et d'harmonie. Toi, tu as prévu de remuer le passé, une veille de Noël ! Attends au moins le 31 décembre, comme ça, vous débuterez l'année sur des bases neuves.

Benjamin approuva en silence, une lueur d'angoisse dans ses yeux sombres.

— J'ai oublié mon portable, Viviane. Est-ce que je peux utiliser votre téléphone fixe ? Je vais appeler Soline et lui dire tout de suite que j'ai été maladroit, que nous discuterons dans une semaine, ou plus tard. Ce matin, j'ai deviné qu'elle était inquiète, gênée.

— Oui, fais comme ça, s'esclaffa la septuagénaire d'un rire un peu forcé. Et ensuite, dépêche-toi de rentrer auprès de ma petite. Va dans la pièce d'à côté, ce sera moins bruyant, voilà mon Vagabond !

Un jappement joyeux résonnait sur le perron. Vanessa entra, toute souriante. La jeune étudiante qui faisait le ménage et les courses pour Viviane lui apportait une touffe de gui.

— On l'accrochera au plafond, madame, dit-elle gaiement.

— Bonne idée, les traditions ne doivent pas se perdre.

Lorsque Benjamin réapparut, il salua la nouvelle venue d'une esquisse de sourire.

— Soline ne répond pas, dit-il, l'air soucieux. Ni sur son portable, ni sur le mien.

— Ne te fais pas de bile, elle doit nourrir votre meute !

— Peut-être, mais en principe elle ne se sépare pas de son téléphone. Et je n'aurai aucun moyen de la rappeler en cours de route.

— Je recommencerai tout à l'heure, Benjamin, et je lui dirai que tu arrives.

— Ne vous donnez pas cette peine, Viviane. Je m'en vais, en vous souhaitant un joyeux Noël.

Il se pencha et l'embrassa sur les deux joues, sans oublier de caresser Vagabond, niché dans les bras de sa maîtresse.

Vallon des loups, même jour, un peu plus tard

Dès qu'il se gara, Benjamin remarqua la porte principale qui battait au gré des bourrasques. Le 4 x 4 n'avait pas bougé, ce qui signifiait que Soline était là, mais une pénombre insolite régnait derrière les fenêtres. Il sortit du pick-up en appelant :

— Soline ? Soline !

Luttant contre une frayeur instinctive, Benjamin parcourut l'intérieur du chalet de fond en comble. Il n'y avait personne.

— Neige n'est pas là non plus, nos téléphones sont sur le coin du buffet, dit-il, haletant. Si Soline était partie se promener, elle aurait pris son portable.

Il demeura un instant figé sur place. Bien sûr, il songeait au pire. Le tueur avait dû survivre à ses blessures et il était venu enlever la jeune femme.

Il s'apprêtait à appeler la police quand des aboiements retentirent, dans la direction opposée à celle de l'enclos. Comme électrisé par un regain d'espoir, Benjamin ressortit du chalet. Tout de suite, il aperçut le berger suisse qui trottinait à l'orée de la forêt.

— Qu'est-ce qu'il a de bleu sur lui ? On dirait un des bonnets de Soline.

Il courut rejoindre Neige, dont le poil était trempé. D'un geste sec, il ôta le bonnet qui avait été passé sous le collier en cuir.

— Où est Soline ?

Benjamin se précipita dans les bois, en maudissant la pluie qui faisait fondre la fine couche de neige du sol. Sans l'averse, il aurait pu suivre les empreintes du chien. Pour pallier ce manque, il hurla sans cesse le prénom de sa compagne.

Enfin il crut entendre un cri de détresse, grâce auquel il se repéra plus aisément. Le temps lui parut se dilater, tandis qu'il cherchait une forme humaine entre les troncs et les ramures basses des sapins. Quand une tache de couleur rouge se devina, en contrebas, il dégringola la pente comme un fou.

— Benjamin, murmura Soline.

Livide, elle claquait des dents, les lèvres violettes, le front strié d'une coupure et meurtri d'un hématome.

— Mon amour, mon petit cœur, débita-t-il en la serrant contre lui. Tu ne peux pas marcher, tu as une entorse, une fracture ? Tu es frigorifiée.

— Je n'ai pas osé me lever à cause des contractions. Benjamin, pardonne-moi, j'ai fait une mauvaise chute, et depuis j'ai mal au ventre. Je ne veux pas perdre le bébé.

Il parvint à garder son sang-froid. D'abord, il lui ôta sa parka et l'aida à enfiler la canadienne fourrée qu'il avait mise ce jour-là.

— Je vais te porter, suggéra-t-il. Une fois de retour au chalet, je te conduis aux urgences.

Soline se retrouva bientôt sur le dos du jeune homme. Il lui soutenait les jambes et elle avait noué ses bras autour de sa poitrine. Infiniment soulagé, Benjamin promit qu'il pourrait marcher ainsi des heures.

— Je dois être lourde, quand même, lança-t-elle d'une voix plus ferme. Ce ne sera pas la peine d'aller à l'hôpital. Je ne saigne pas. Si je reste allongée sur le canapé, ça passera. Mais je téléphonerai à une des sages-femmes pour être rassurée.

— Qu'est-ce que tu faisais là, Soline ?

— Il y avait un loup qui rôdait près de l'enclos. Neige l'a mis en fuite. J'ai eu peur pour lui, alors j'ai essayé de le rattraper. Après ma chute, j'ai fait un très court malaise. Il est revenu et m'a réveillée en me léchant le visage. J'ai eu l'idée de le renvoyer à la maison, avec mon bonnet.

— Dieu merci ! Mon cœur, est-ce que tu te réchauffes un peu ?

— Je suis bien, très bien. Benjamin, la pluie s'arrête. Crois-tu qu'il va neiger cette nuit ?

— Non, la météo n'annonce rien de tel.

— Tant mieux, répondit Soline, avant de lui raconter la vision tragique qu'elle avait eue.

Benjamin écouta sans l'interrompre. Quand elle se tut, ils approchaient d'un des anciens prés s'étendant autour du chalet.

— Es-tu certaine que cette scène affreuse se produira dans un proche avenir ? demanda-t-il. Tu n'as même pas vu le visage de l'homme qui a été tué, ni celui de la jeune personne blonde. Et à qui appartenait la voix de femme qui menaçait l'assassin ? Tu as pu l'identifier ?

— Non, je n'avais jamais entendu cette voix, j'en suis sûre. Et si ce drame se jouait à une autre époque ? Benjamin, ce serait extraordinaire, comme la fois où j'ai perçu un rire d'enfant. Tous les sons me sont parvenus, les détonations, les sanglots de l'inconnue et surtout cette voix. S'il te plaît, pose-moi, nous sommes arrivés.

— Je te poserai sur notre canapé, pas avant !

Il tint parole, malgré la fatigue qui se faisait sentir. Une fois Soline débarrassée de ses habits mouillés, il l'enveloppa dans une couverture.

— Je monte chercher des vêtements secs et on part aux urgences, dit-il.

— Non, ça va beaucoup mieux, laisse-moi me reposer un peu. Je prendrai des cachets contre les spasmes, prescrits par la gynécologue. Je n'ai qu'une envie, être bien au chaud, avec toi.

Il consentit à la condition d'avoir l'avis du corps médical. Ainsi, un quart d'heure plus tard, rassurée par une conversation téléphonique avec une sage-femme, Soline savourait le confort du canapé, des coussins sous sa tête. Couverte d'une couette, que Benjamin avait descendue de leur chambre, elle l'observa tandis qu'il rallumait un bon feu. Les craquements du petit bois sec, l'odeur des premières flammes d'un jaune vif, tout la charmait.

— Pourquoi avais-tu éteint les lampes et le sapin ? s'enquit-il en venant s'asseoir près d'elle.

— J'étais extrêmement angoissée par ma vision, j'avais décidé de te rejoindre à Combloux, chez Viviane, et de dormir là-bas. Maintenant, je préfère rester ici, rien que nous deux. Mais je n'ai pas nourri Barry, la louve et ses petits.

— Sois tranquille, je m'en occupe. Ensuite, je cuisine. Soline, tu dis vrai, tu n'as plus mal au ventre ?

— Je te le promets, et bébé gigote. Donne ta main.

Il perçut nettement des soubresauts désordonnés sous sa paume et ses doigts. Très ému, il eut un sourire d'enfant ébloui.

— Nous allons profiter de notre veillée de Noël, Soline. Si tu n'es pas dévorée par la curiosité, je renonce à te parler ce soir. Rien ne presse, et même, je pourrais me taire encore des mois, des années. Le plus important, c'est notre couple, notre bébé. Soyons optimistes, avec un peu de chance, ce maudit criminel a succombé à ses blessures.

— Je l'espère... Benjamin, j'allais te supplier de garder tes secrets sur ton passé et le mien, alors oublions tout ça. Mais je suis curieuse à propos du menu, car je suis affamée. Si tu pouvais me préparer un goûter ?

— À vos ordres, princesse !

Ils rirent tout bas, avant d'échanger un baiser.

Hôpital de Sallanches, même jour, même heure

Sophie Gally était assise au chevet d'Étienne depuis dix minutes. Sa chevelure rousse relevée en chignon, ses bijoux dorés et son corps sculptural moulé dans une robe noire lui conféraient une réelle élégance qui s'accordait mal avec le cadre aseptisé de la chambre d'hôpital.

— Mademoiselle, appela tout bas une infirmière, du pas de la porte. L'aide-soignante m'a dit que vous comptiez dormir ici.

— Oui, cela pose un problème ? Le fauteuil me suffira, je n'ai pas besoin de lit d'appoint.

— Dans ce cas, il n'y a aucun souci.

Sur ces mots, elle effectua les vérifications habituelles, en s'affairant autour du policier.

— On dit que les gens dans le coma peuvent nous entendre, avança Sophie. Vous y croyez ?

— Tout à fait, j'en ai eu des preuves. Alors vous pouvez parler à M. Dambert, je vous encourage même à le faire.

— D'accord, je vous remercie.

Dès que l'infirmière sortit, Sophie prit la main d'Étienne entre les siennes. Elle eut un petit sourire mélancolique, en contemplant le visage serein de son ami.

— Tu as l'air d'être en paix, murmura-t-elle. Je t'ai rarement vu aussi calme, moi qui me moquais de tes expressions, de tes gestes nerveux. Je t'en prie, réveille-toi ! J'ai tant de questions à te poser, Étienne. Hélas, il n'y a pas que moi. Le commissaire d'Annecy compte t'interroger dès que tu auras repris conscience. Il a repris l'enquête, assisté par ton adjoint, qui est bien au courant de l'affaire.

Elle se tut un instant, perdue dans ses pensées. Grâce au soutien du commandant du PGHM, Sophie avait pu obtenir quelques informations. La police avait étudié avec soin la déposition de Soline, au sujet des événements du dimanche 15 novembre, mais des points semblaient très confus. Une chose était établie : le tueur avait un complice. Lui non plus n'a pas laissé d'empreintes dans la ferme.

Accablée de tristesse, Sophie continua à caresser la main d'Étienne. L'amour qu'elle éprouvait pour lui était profond et sincère.

— Au fil des années, tu es devenu mon frère, dit-elle tout bas. Je sais pourquoi, le lien qui nous unit ne peut pas se rompre, il a été tissé par la peur, le chagrin et la douleur. Je suis là, est-ce que tu devines ma présence ? Je tenais à passer la nuit de Noël à tes côtés… Et même si, petits, nous n'avons jamais connu des Noëls tels qu'on les fêtait dans notre pays, je te raconterai ce que j'ai lu sur Internet, à ce sujet.

Soudain, Sophie glissa de son siège et s'agenouilla, plaquée contre le lit. Elle posa son front sur le poignet d'Étienne.

— Nayden, réveille-toi, c'est Milana. Tu te souviens, on avait fait le serment de ne pas oublier nos vrais prénoms. Dès qu'on était bien cachés, on se les répétait et on obligeait Pavel à faire comme nous. Ton frère qui ressemblait à un ange.

Les larmes de Sophie coulaient sur le bras du policier. Elle priait pour un miracle, de toute son âme meurtrie. Persuadée qu'à force de volonté, il lui était possible de réveiller Étienne.

— Nayden, qu'est-ce que je deviendrais sans toi ? On ne s'est presque jamais quittés.

La vibration de son téléphone portable la ramena à la réalité. Bouleversée, elle s'empara de l'appareil et alla répondre dans le couloir.

— Sophie, bonsoir, c'est Soline. Tu es déjà à l'hôpital ?

— Oui, comme prévu, j'ai l'intention d'y dormir. Je ne veux pas laisser Étienne seul, pas à Noël. Adolescents, on le fêtait ensemble, quitte à faire de longs trajets pour nous retrouver.

— Tu pleures ?

— Ce sont des moments émouvants lorsqu'on tient la main d'un ami, presque d'un frère, et qu'il ne répond pas. J'ai vu le médecin à mon arrivée. Le cas d'Étienne est assez fréquent. Dès qu'ils l'ont sorti du coma artificiel, il a sombré dans un vrai coma. Soline, c'est affreux, mais j'ai l'impression qu'il veut s'en aller, qu'il refuse de vivre. Souvent, je voudrais que tu aies une vision de lui, dans quelques mois, bien vivant. Pourquoi tu ne dis rien ?

— Parce que je ne commande pas mes visions. Sophie, je suis désolée pour Étienne.

— Moins que moi, répliqua celle-ci.

— Ne dis pas ça, Sophie. Si je t'ai appelée, c'est en espérant te réconforter un peu. Pour l'instant, Benjamin est dehors, sous la pluie, il soigne notre meute, comme dit Viviane.

— Très bien, profitez de votre intimité, surtout. Ne t'en fais pas pour moi. J'ai pris de quoi grignoter dans la chambre et j'ai acheté une petite bouteille de champagne.

Sophie était loin de soupçonner ce qui tourmentait Soline.

— Je retourne au chevet d'Étienne, lui dit-elle. Je me persuade qu'il sent ma présence. Je vous souhaite un joyeux Noël.

— Attends, ne raccroche pas. As-tu eu des renseignements sur l'enquête ? Hier, c'était le mariage de Kate, je n'ai pas voulu t'ennuyer.

— Je ne sais rien de très intéressant, mais tu seras peut-être convoquée au commissariat d'Annecy.

— Pourquoi ?

— Sans doute pour éclaircir des détails de ton témoignage. Si tu maintiens ta version, tout ira bien. Bonne soirée, je vous téléphonerai demain matin.

Agacée, Sophie coupa la communication. Malgré tous les risques qu'avait pris Soline, elle ne pouvait s'empêcher d'envier sa situation.

— Benjamin l'adore, et c'est réciproque, se dit-elle à mi-voix. Ils vont avoir un bébé, une petite fille, un bonheur que je ne connaîtrai sans doute jamais. Mon existence est terne et vide. Sans l'amitié d'Étienne et sans mon métier, je n'aurais aucune raison de continuer.

Elle s'offrit un café au distributeur de boissons, puis elle s'installa à nouveau au chevet de son ami. Une prière lui échappa, énoncée du bout des lèvres.

— Pavel, si tu es un ange maintenant, aide ton grand frère, par pitié. Dis-lui de se réveiller et de me sourire.

*

Soixante-douze ans plus tôt,
Vallon des loups, mercredi 8 décembre 1943

Louise Mancini n'avait jamais hurlé aussi fort de toute sa vie. Penchée à la fenêtre d'une des chambres, elle pointait un index tremblant vers l'homme vêtu de noir qui s'enfuyait, son fusil à l'épaule.

— Assassin, sale assassin ! Je sais qui tu es et tu paieras pour tes crimes.

Ces mots vibrants de haine résonnaient encore dans l'esprit et le cœur de sa fille Émeline, recroquevillée sur le sol. Tout s'était passé si vite, elle ne comprenait pas bien.

— Maman, gémit-elle. Pardon, maman.

Elle trouva la force de ramper sur l'épais tapis neigeux, afin de se coucher sur le corps inerte de son frère.

— Clément ? Réponds-moi, Clément. Tu ne peux pas me laisser comme ça, balbutia-t-elle. Maman va te soigner.

Mais Émeline avait déjà approché et touché des morts. Elle ne pouvait pas se bercer d'illusions. De ses doigts engourdis par le froid, elle caressa les boucles brunes de Clément.

— Je te vengerai, souffla-t-elle. Je te le promets.

Des crissements dans la neige et une respiration saccadée la firent se retourner. Louise approchait, l'air hagard, ses cheveux d'un blond argenté dissimulés sous une casquette. En dépit de ses soixante-trois ans, il émanait d'elle une énergie étonnante. Les vêtements masculins qu'elle portait accentuaient encore son allure vigoureuse.

— Mon fils, mon grand fils ! cria-t-elle. Ils me l'ont tué ! Cette ordure l'a abattu comme un chien !

— C'est ma faute, maman, rétorqua Émeline en relevant la tête. J'ai été imprudente, Bertrand m'a suivie.

Louise ne pleurait pas. Elle s'agenouilla et traça un signe de croix sur le dos de son enfant, son premier-né. Les sanglots viendraient plus tard, quand elle saurait sa fille en sécurité.

— Émeline, tu dois passer en Suisse dès demain. J'ai tout vu et entendu de la fenêtre. J'ignore pourquoi Pacôme Bertrand t'a épargnée aujourd'hui, mais il n'en restera pas là.

— Je sais ce qu'il veut, avoua la jeune femme. D'abord il me prendra, ensuite il me fera torturer, avant de me tuer moi aussi.

— Non, ça n'arrivera pas, affirma sa mère. Sous son uniforme de milicien, Bertrand règle ses comptes. Il ira se vanter d'avoir éliminé un résistant, alors qu'en fait, il cherchait une occasion de se débarrasser d'un rival. Ton frère ne se méfiait pas assez. Et toi non plus. Quelle mouche t'a piquée de rejoindre Pierre dans le maquis, cet été ?

Émeline se rejeta en arrière, le visage marqué par le chagrin. Elle lança un regard éploré sur Clément, puis elle affronta les yeux bleus de Louise, pleins de reproches muets.

— Maman, je voulais lutter moi aussi contre l'occupant, me battre pour la liberté. Je ne suis plus une gamine que tu peux enfermer, j'ai dix-neuf ans et j'ai un fiancé.

Louise lui fit signe de se taire. Elle avait besoin de revoir la scène tragique qui s'était jouée là, près de la bergerie où jadis son oncle André Favre parquait ses brebis le soir. Les images défilèrent. Clément se tenait debout, en train d'étudier une carte topographique. Émeline lui parlait de près, enveloppée d'une pèlerine à capuche.

— Un peu plus et vous veniez manger un bol de soupe dans le chalet, articula-t-elle péniblement, tout bas. Mais Bertrand s'est montré plus malin que vous. Il s'était caché dans la bergerie et il en est sorti, en pointant son fusil sur Clément.

Émeline n'osa pas approuver, tant l'expression égarée de sa mère l'effrayait.

— J'ai tout vu, insista Louise. Ton frère t'a poussée derrière lui, si violemment que tu es tombée. Il n'a pas eu le temps de prendre son revolver. Bertrand a tiré, presque à bout portant. Depuis qu'il a intégré la milice d'Annecy, cet homme a déjà assassiné trois personnes. Clément est le quatrième sur la liste de ceux qui gênaient son sale trafic.

La nuit envahissait le vallon. Des flocons voletaient, qui annonçaient une nouvelle chute de neige.

— Maman, on ne peut pas laisser Clément ici !

— Nous sommes sur nos terres, les terres de la famille Favre. Ton frère serait content de reposer là, chez nous.

Les yeux écarquillés sous le coup de la stupeur, Émeline étouffa une plainte horrifiée.

— Tu es folle ! Clément mérite un enterrement religieux, il faut l'inhumer au cimetière.

— Comment le transporter jusqu'au village, et qui creusera sa tombe ? s'enflamma Louise. Nous sommes seules, sans aucun moyen de nous déplacer ou de prévenir le curé. Si une patrouille allemande monte au chalet, nous sommes perdues.

— Maman, je t'en prie, je dois agir, pour lui, pour respecter sa mémoire. Je descends au village, je sais où m'adresser. L'ami de Pierre, celui qui l'hébergeait souvent, je te promets qu'il nous aidera.

Contre toute attente, sa mère accepta sans protester, peut-être pour satisfaire son désir viscéral d'être seule avec Clément.

— Sois prudente, dit-elle seulement.

Quand Émeline disparut entre les arbres, Louise réussit à retourner le corps pesant de son fils. Les balles avaient touché le cœur. Une large tache rouge maculait sa veste et son gilet.

— Mon enfant, mon pauvre enfant, soupira-t-elle en lui fermant les paupières. Que tu es beau, et combien je t'aime.

Les traits de Clément exprimaient une vague surprise mais il était évident qu'il n'avait pas souffert.

— Qu'est-ce que je vais dire à ton petit Nicolas ? murmura-t-elle. Tu laisses un orphelin de cinq ans ! Mais je ne peux pas te reprocher ton choix. Tu voulais être résistant, chasser nos ennemis et te battre, toujours te battre.

Les larmes coulaient à présent sur les joues pâles de Louise. Elle caressa le front de Clément, avant de l'embrasser.

— Je n'ai rien pu empêcher, admit-elle d'un air navré. Je le savais, mon fils, oui je savais que cette guerre me briserait à jamais le cœur et l'âme. Dieu merci, Jeanne et la petite Marie sont à l'abri, dans un bourg d'un canton suisse. Et ce matin, j'ai confié Nicolas à mes amis parisiens qui logent chez Antoine.

Louise évoqua le visage émacie de son frère, le docteur Favre. Après avoir servi dans la Croix-Rouge, il était revenu soigner les gens de Combloux.

— Si nous t'enterrons au cimetière, je ne reviendrai jamais ici, Clément, ajouta-t-elle. Tant pis si je condamne le chalet à l'abandon, lui qui nous a abrités durant trois ans. Ce lieu t'a vu mourir, pour moi il demeurera souillé par ton sang.

Vaincue par une profonde douleur morale, Louise s'allongea contre le corps de son fils. La neige ruisselait, mais elle ne la sentait même pas.

2

Un pan de vérité

Soixante-douze ans plus tard,
Hôpital de Sallanches, vendredi 25 décembre 2015

Sophie avait lutté contre le sommeil jusqu'à 2 heures du matin. Détendue par le champagne et la nourriture, elle s'était fait un devoir d'évoquer les Noëls des pays slaves, comme si Étienne l'écoutait sagement, derrière son masque impassible. Pour finir, elle avait chantonné une berceuse.

À présent, elle dormait profondément sur le fauteuil mis en position semi-allongée par l'aide-soignante.

Le passage rapide de l'infirmière de garde ne la réveilla même pas. Nul ne fut témoin du léger tressaillement qui agita les doigts de la main gauche du policier.

Mais dix minutes plus tard, le téléphone de Sophie vibra sur la table de chevet. Accoutumée à ce bruit caractéristique, elle attrapa l'appareil, paupières mi-closes, encore somnolente. Tout de suite, elle reconnut la voix de Soline.

— Pourquoi tu appelles si tard ? Il est plus de 3 heures, lui reprocha-t-elle immédiatement.

— Comment va Étienne ? Je t'en supplie, vérifie s'il n'a pas de problème, j'ai eu une vision.

Sophie se leva si vite qu'elle faillit tomber sur le lit tout proche. Sous la lumière tamisée de la veilleuse, elle ne remarqua rien d'anormal.

— Qu'est-ce que tu as vu exactement, Soline ?

— Des gens en blouse blanche qui essayaient de le ranimer. Il était en train de mourir d'un arrêt cardiaque.

Après avoir allumé le néon, Sophie inspecta le matériel installé autour du policier, la perfusion, le masque à oxygène. Cependant, un détail l'alarma et elle appuya sur la sonnette avec insistance.

— Étienne cligne des yeux ! s'écria-t-elle. Je te rappelle.

Ce qui se passa ensuite confirma la vision de Soline. L'infirmière, affolée, demanda l'assistance d'un médecin. Mais deux docteurs déboulèrent dans la chambre, suivis par une autre infirmière.

La panique régnait, néanmoins chacun accomplissait les gestes nécessaires. Quand la tension du patient chuta, on pria Sophie de sortir, et, comme elle refusait, plus personne ne lui prêta attention.

Adossée au mur, elle assista à travers ses larmes aux efforts frénétiques du corps médical pour sauver Étienne. Seul le léger signal sonore indiquant qu'elle avait reçu un texto la fit réagir : « On arrive, courage. Soline. »

Sophie calcula que ses amis seraient là dans une vingtaine de minutes, Sallanches n'étant qu'à une quinzaine de kilomètres de Saint-Nicolas-de-Véroce.

— Je t'en prie, Nayden, reste avec moi, implora-t-elle tout bas. Qu'est-ce que tu as eu ? On ne veut rien me dire !

Le courage et le sang-froid de la capitaine Gally s'étaient dispersés, au rythme des tentatives de relancer les battements de cœur du policier. Elle se rua dans le couloir, hagarde, le souffle coupé, redevenue la fillette de quatre ans, maltraitée dans un sinistre orphelinat.

— Sophie !

Benjamin l'avait prise contre lui et la serrait un peu fort, pour freiner sa fuite éperdue.

— Tu es là, gémit-elle. Ils t'ont laissé entrer ?

— Mais oui, calme-toi.

Soline se tenait à quelques pas, en songeant qu'elle n'avait jamais vu leur amie dans un tel état d'égarement. D'instinct, elle lui caressa le visage, en l'obligeant à la regarder.

— Sophie, ne pleure plus. Étienne va vivre, je le sens, j'en suis certaine, dit-elle d'un ton persuasif.

Benjamin les laissa pour entrer dans la chambre. Il recula aussitôt, car il gênait les infirmières qui poussaient le lit en avant. L'inquiétant cortège s'éloigna vers un des ascenseurs.

— On l'emmène au bloc, précisa un des médecins. M. Dambert fait une hémorragie interne, mais le pire est passé. Si vous aviez dormi, mademoiselle, c'était fini pour lui.

Il s'était adressé à Sophie, qui approuva machinalement, avant de se jeter au cou de Soline.

— Tu l'as sauvé, lui dit-elle à l'oreille. C'est toi et toi seule qui l'as sauvé. Merci, Soline, merci.

Les jeunes femmes s'étreignirent un long moment, sous le regard ému de Benjamin.

— Si nous buvions un café tous les trois, en attendant les résultats de l'opération ? proposa-t-il. Mais je suis sûr que tout ira bien.

— Moi aussi, renchérit Soline.

Ils marchèrent en silence, soucieux de respecter les autres malades de l'étage. Une fois assis dans l'angle vitré où trônait le distributeur de boissons, ils parlèrent tout bas.

— Tu devais dormir quand tu as eu cette vision ? demanda Sophie. Toi aussi, Benjamin.

— Moi oui, je dormais depuis plus d'une heure, expliqua-t-il. Mais Soline s'était relevée pour descendre manger du chocolat.

— En fait, j'avais envie de me coucher sur le canapé, près du sapin de Noël, ajouta la jeune femme. J'éprouvais une sorte d'impatience étrange. Tout à coup, j'ai vu la scène que je t'ai décrite au téléphone et je t'ai appelée immédiatement. Ensuite, je suis montée réveiller Benjamin. On s'est rhabillés et on a pris la route.

— Alors tu as pardonné à Étienne ? interrogea Sophie d'une voix tremblante. Ou bien tu tenais juste à accompagner Soline ?

— Ne dis pas de sottises, répliqua-t-il. Étienne a payé assez cher son erreur du mois dernier et je ne pouvais pas te laisser affronter seule cette épreuve. Tu sais bien pourquoi...

La réponse de Benjamin mit Soline mal à l'aise, car elle lui semblait ambiguë. Sophie parut gênée.

— Oui, je sais, avoua-t-elle. Excusez-moi, je dois m'absenter. Il y a une terrasse à l'extrémité du couloir, je récupère mon paquet de cigarettes et je vais en fumer une en plein air.

Elle s'éloigna, très digne et superbe dans sa robe noire. Son chignon s'était dénoué et ses cheveux d'or roux couvraient ses épaules.

— Sophie doit beaucoup aimer Étienne, nota Soline. Elle m'a confié qu'ils étaient ensemble, à une époque. Peut-être qu'elle est toujours amoureuse de lui, même si elle prétend préférer les femmes ?

— Ce n'est pas ça, lâcha Benjamin d'un ton évasif. Ils sont très proches. Si je t'avais parlé comme je souhaitais le faire, tu saurais ce qu'il y a entre eux.

— Eh bien, dis-le maintenant. Nous avons la fin de la nuit devant nous. Je t'en prie, j'ai besoin de comprendre.

— Je peux déjà te renseigner sur un point. Ils se connaissent depuis leur petite enfance. Ils étaient tous deux orphelins et victimes de mauvais traitements. Étienne, qui avait trois ans de plus que Sophie, l'a protégée. Sans lui, elle n'aurait pas survécu.

— Et tu étais avec eux, n'est-ce pas ? Tu peux me le dire. J'ai souvent eu l'impression que tu connaissais Étienne depuis très longtemps.

Soline, pour l'encourager, lui caressa tendrement la joue.

— Tu as en partie raison, soupira-t-il. Ne m'en veux pas, je te donnerai des explications plus tard, Sophie va revenir. Elle est suffisamment bouleversée, on ne peut pas aborder le sujet en sa présence.

— D'accord, Benjamin. Oh non... tu as les larmes aux yeux ! Je t'en prie, ne pleure pas.

Le regard sombre de son compagnon exprimait une infinie détresse. Soline le serra dans ses bras, éperdue de compassion, puis elle chercha ses lèvres, pour un baiser très doux.

— Nous sommes tous les deux, mon amour, souffla-t-elle. Et même tous les trois. J'ignore encore ce que tu as enduré par le passé, mais nous serons une famille heureuse et nous offrirons à notre petite Louise une enfance merveilleuse.

En guise de réponse, Benjamin l'étreignit de toutes ses forces. Sophie les aperçut ainsi, étroitement enlacés. Elle fit demi-tour et alla se réfugier dans la chambre vide où Étienne avait failli mourir.

— Je devrais avoir honte, dit-elle tout bas. Ils ont le droit d'être heureux.

Le couple ne tarda pas à la rejoindre. Sophie les accueillit avec un sourire.

— Nous allons attendre tous les trois des nouvelles d'Étienne, déclara Soline. Et ce seront de bonnes nouvelles.

*

Soixante-douze ans plus tôt,
Cimetière de Saint-Nicolas-de-Véroce, jeudi 9 décembre 1943

Ils étaient cinq, recueillis autour d'un monticule de terre fraîche, dont la teinte brune contrastait avec la blancheur environnante. Émeline et Guy, l'ami de son fiancé Pierre Pasquier, avaient confectionné une croix, en assemblant deux planches.

— Le jour va se lever, vous devriez partir, votre fille et vous, madame Mancini, recommanda le curé à Louise.

Il l'avait interrompue dans ses prières, mais elle approuva d'un signe de tête.

— Soyez assurée de toute ma gratitude, mon père, déclara-t-elle d'un ton ferme. Vous aussi, Guy ! Sans votre aide, mon fils n'aurait pas eu de sépulture décente.

— Madame, Pierre m'a raconté que certains maquisards sont enterrés là où ils sont morts. Pour de vaillants combattants, qui meurent sous les balles ennemies, il n'y a ni honte ni sacrilège à reposer dans le sol de notre pays.

— Sans doute, répliqua Louise tout bas. Je vous remercie encore, Guy, et vous aussi, monsieur le curé.

Elle ferma les yeux quelques instants, hantée par les images de la nuit. En revenant du village, accompagnée de Guy et de sa jument, Émeline l'avait trouvée presque inconsciente, couchée contre le corps glacé de Clément. Pourtant, une fois ranimée, sa mère avait fait preuve d'une efficacité étonnante en les aidant à hisser Clément sur le dos de l'animal.

Un soupir échappa à Louise, tandis que son cœur se serrait jusqu'à la douleur. Émeline la prit par l'épaule, comme pour la tirer de ses sombres pensées.

— Maman, Guy propose de nous ramener à Combloux, avec la camionnette de son oncle, qui tient l'épicerie du village. Les routes sont mauvaises, mais il pense pouvoir rouler.

— Oui, renchérit le jeune homme. Hélas, je ne pouvais pas aller jusqu'au chalet, c'est pour ça que j'ai pensé à notre vieille jument, mais sur la route, ça ira.

— Je suis sûre que Clément aurait apprécié de faire son dernier voyage sur le dos d'un cheval, avança Louise d'une voix douce. Eh bien, nous vous suivons, Guy.

Le curé s'approcha d'elle. Il traça un signe de croix sur son front, puis sur celui d'Émeline.

— Que Dieu vous ait en sa sainte garde, madame, et vous aussi, mon enfant.

L'aurore jetait des rayons roses sur les toits enneigés de Combloux, lorsque Louise et Émeline entrèrent chez Antoine Favre. Le médecin guettait leur retour, malade d'angoisse.

— Seigneur, je vous croyais entre les griffes de la Gestapo, dit-il tout bas. Que s'est-il passé ? Louisette, tu devais juste apporter des provisions à Clément et récupérer un document dans le chalet.

— Oncle Antoine, j'ai causé la mort de mon frère, répondit Émeline en retenant ses larmes. Grâce à l'aide de Guy, un ami de Pierre, nous avons pu l'enterrer dans l'enceinte du cimetière.

La nouvelle terrassa Antoine. Hébété, il considéra sa sœur d'un air incrédule. Dans ses grossiers vêtements masculins, Louise lui faisait l'effet d'une étrangère.

— Clément est mort ? murmura-t-il. Comment ?

— Pacôme Bertrand l'a abattu, de deux balles dans le cœur, près de la bergerie, précisa Émeline. Par ma faute. Ce maudit m'a suivie jusqu'au chalet.

— Il était seul ? Les miliciens sévissent en groupe d'habitude. Et il ne t'a rien fait, à toi ?

— Ce n'est que partie remise, Antoine, décréta Louise. Tu dois faire passer Émeline en Suisse dès ce soir. Elle ira chez ta femme. Où est Nicolas ?

— Il dort encore, à cette heure-ci. Pauvre gosse, il n'avait pas de mère, le voici orphelin de père, déplora le médecin. Nous lui dirons quand il aura l'âge de comprendre.

— Non, je lui expliquerai aujourd'hui, rétorqua Louise. Je refuse que Nicolas espère pendant des mois ou des années le retour de son père.

Antoine Favre haussa les épaules, indiquant par là qu'il laissait sa sœur agir à sa guise.

— Heureusement que le petit est très attaché à Aglaé, soupira-t-il. Et à toi, Louisette. Tu lui sers de mère et de grand-mère. À présent, montez vous laver et vous changer. Officiellement, vous avez passé la nuit ici, sous mon toit. Émeline, tes faux papiers sont prêts. Surtout, habille-toi de façon simple et cache bien tes cheveux.

Émeline lança des regards gênés à sa mère puis à son oncle. Elle tenait à leur imposer son choix, tout en sachant qu'une vive querelle en résulterait.

— Maman, oncle Antoine, je suis désolée, mais je n'ai pas l'intention de me réfugier en Suisse. Pierre m'attend, je me suis engagée dans son réseau de résistance, vous êtes au courant. Je m'en voudrais de fuir et de me mettre à l'abri. Pacôme Bertrand doit payer pour ses crimes, tu l'as hurlé assez fort cette nuit, maman. Clément était estimé pour son grand courage et son esprit d'initiative, nous allons le venger.

Louise sentit ses jambes trembler. Elle ôta sa casquette et dénoua sa chevelure où l'argent se mêlait à l'or pâle.

— Ne me fais pas ça, Émeline, dit-elle tout bas. Je viens de perdre mon fils. Je n'en peux plus. J'ai consenti à tout, je vous ai aidé lors de certaines opérations, j'ai transmis des courriers et j'ai caché une radio dans mon cellier, durant un mois. Je t'ai permis de rejoindre ton fiancé dans le maquis, au prix de mes nuits blanches, de ma terreur à l'idée qu'on te fasse du mal. Aie pitié, ma chérie, obéis-moi et pars en Suisse.

— Au moins, reste à Combloux pour soutenir ta mère, ajouta Antoine. Tu pourrais remplacer l'institutrice qui a été déportée, en juin.

La jeune femme parut réfléchir, cependant elle cherchait des arguments pour les convaincre.

— Je serai en danger ici, mon oncle. Je suis lucide, Bertrand va s'en prendre à moi. Mais dans le maquis, près de Pierre, je ne risquerai plus rien.

Sur ces mots, Émeline s'élança dans le grand escalier. Louise et Antoine demeurèrent figés au milieu du hall. Un bruit de casseroles, en provenance de la cuisine, les ramena tous deux à l'époque bénie d'avant-guerre, où ils se retrouvaient chaque dimanche et déjeunaient en famille.

— Je vais essayer de la faire changer d'avis, dit Louise en adressant un triste sourire à son frère.

Elle découvrit Émeline en sous-vêtements, coiffée d'un chignon. La chambre qu'elles partageaient était sens dessus dessous.

— Ma chérie, je t'en supplie, ne pars pas ! Je ne supporterai pas de te perdre, j'en mourrai, or je n'en ai pas le droit. Je dois élever Nicolas.

— Maman, n'aie pas peur. Un soir, tu as fini par m'avouer que j'épouserai Pierre. Tu m'as vue en robe blanche à l'église. Si je suis logique, ça implique que nous survivrons lui et moi à cette guerre.

— J'ai pu prendre mes désirs pour une réalité, même par le biais d'une vision, plaida Louise.

Presque aveuglée par ses larmes, elle prit sa fille dans ses bras, émue de percevoir l'odeur saine de sa jeune chair, celle de ses cheveux.

— Quelle mère peut consentir à pleurer ses deux enfants ? Et il y a pire que la mort, Émeline. Si Pacôme Bertrand, grisé par son statut de milicien, réussit à t'arrêter, il te souillera. Même si tu survis, tu seras marquée à vie, et Pierre souffrira le martyre.

La mine indifférente, Émeline enfila un pantalon en jersey, un pull et une veste.

— Il n'en aura pas l'occasion, maman. Il ne vivra pas une semaine de plus que Clément.

Une soudaine colère revigora Louise. Elle saisit sa fille par les bras et la secoua.

— Qu'il paye un jour pour ses crimes, oui, je le souhaite, Émeline, mais en étant jugé et condamné. La vengeance que tu imagines n'est qu'un odieux règlement de compte, qui te placera sur le même plan que Bertrand et ses acolytes.

— Maman, tu parles sans savoir les ignominies dont s'est rendu coupable cet homme. Cette nuit, tu as bien dit qu'il a tué mon frère, car c'était son rival. Mais sais-tu que Suzie, la femme qu'ils aimaient tous les deux, croupit dans une prison de Grenoble ? Bertrand l'a dénoncée comme résistante. Elle a été torturée, violée, et j'allais l'apprendre à Clément, hier soir.

Un voile noir passa devant les yeux de Louise. Elle tituba jusqu'au lit sur lequel elle s'allongea, une main à hauteur de son cœur.

— Pourquoi, mon Dieu ? dit-elle d'un ton languissant. Pourquoi permettez-vous tant d'horreurs, tant de douleurs ? Je n'en peux plus.

Un étau broyait sa poitrine, le souffle lui manquait. Enfin, elle se détendit d'un coup, pareille à un ressort cassé. Inquiète, Émeline courut prévenir son oncle.

Au sein de son malaise, Louise eut la sensation d'être aspirée vers un ailleurs mystérieux. Un faible sourire naquit sur ses lèvres gercées. Elle avançait, invisible et aérienne, dans un lieu étrange, aux murs d'un bleu pâle. Le couloir qu'elle longeait présentait de nombreuses portes en vis-à-vis, d'un matériau qui lui était inconnu.

« Je suis peut-être dans l'avenir, songea-t-elle. On dirait un hôpital. »

Son idée fut confirmée par le passage d'une infirmière vêtue de blanc. Avide de réconfort, Louise se projeta vers un angle vitré, irrésistiblement attirée par ce lieu qui lui semblait d'une rare propreté où tout étincelait.

Fidèle à son désir, la ravissante jeune femme blonde de ses précédentes visions lui apparut. Elle était seule, occupée à manier un petit appareil que ses doigts effleuraient. Pourtant, très vite, l'inconnue se tourna vers Louise.

— Vous avez encore du chagrin, madame, dit-elle d'une voix suave, avec un sourire plein de compassion. Je vous vois le plus souvent en train de pleurer.

C'était la première fois que les sons franchissaient la barrière du temps.

— Je voudrais tant que vous soyez heureuse, ajouta Soline.

— On a tué mon fils, tenta d'articuler Louise. La guerre…

— Je suis désolée, chère dame !

Et sur ces mots apaisants, la jolie jeune femme disparut.

Quand Louise reprit ses esprits, elle était confortablement installée au milieu du grand lit, adossée aux oreillers. Antoine avait fait boire un cordial à sa sœur. Émeline s'était chargée d'enlever les habits détrempés que portait sa mère.

— Maman, j'ai eu si peur, confessa la jeune fille. Tu étais comme morte.

— C'était un malaise à prendre au sérieux, Louisette, déclara le médecin. Je percevais à peine les battements de ton cœur et ton pouls était faible.

— Je suis partie loin, très loin de vous, admit celle-ci. Mais je l'ai vue et entendue.

— Qui donc ? interrogèrent en chœur son frère et sa fille.

— Ma protégée, la jeune femme blonde qui me ressemble. Elle me souriait et j'en ai été apaisée. Je suis sûre d'une chose, elle est de notre famille, de notre sang.

Antoine voulut donner son avis, mais on frappa à la porte de la chambre. Aglaé entra, précédée par le petit Nicolas. L'enfant, encore en pyjama, poussa un cri de joie en voyant sa grand-mère. Il grimpa sur le lit et se jeta à son cou.

— Câlins, je veux des câlins, chantonna-t-il.

Louise le cajola en le couvrant de baisers. Ce petit corps tiède et souple repoussait le souvenir d'un autre grand corps inerte, raidi par le froid et la mort. Clément lui était redonné, dans cet enfant rieur et tendre.

— Ainsi va la vie, dit-elle tout bas.

*

Soixante-douze ans plus tard,
Hôpital de Sallanches, jeudi 31 décembre 2015

Assise au chevet d'Étienne, Soline feuilletait distraitement un magazine. Elle pensa soudain que c'était le dernier jour d'une année tissée de drames terribles, mais aussi riche en amitié et en amour.

— Je me demande ce que nous réserve 2016, dit-elle tout bas.

Le policier paraissait dormir, mais la jeune femme, en l'observant attentivement, eut la certitude qu'il était éveillé. Sorti du coma depuis l'opération qui lui avait sauvé la vie, il communiquait désormais par des « oui » et des « non » ou des signes de tête.

— Tu n'en as pas assez, Étienne ? lâcha-t-elle à mi-voix d'un ton désinvolte. Les deux jours qui ont suivi ton opération, j'admets que tu dormais vraiment du matin au soir. On nous conseillait de ne pas te fatiguer, car tu étais très affaibli. À mon humble avis, ce n'est plus le cas.

Elle n'obtint aucune réponse, pas même un tressaillement du visage.

— On se relaie près de toi avec Sophie et Benjamin depuis samedi dernier, ajouta-t-elle. Dès que nous sommes là, tu somnoles. Mais ce matin, une aide-soignante m'a confié que tu lui parlais, que tu la taquinais un peu. Quel est le problème ? De quoi as-tu peur ?

Seule la respiration régulière du policier fit écho à ce bref discours teinté d'ironie.

— Tu as failli mourir, alors sois tranquille, Benjamin ne va pas s'en prendre à toi, encore moins te frapper comme il en avait envie ! Quant à Sophie, elle te contemple comme si tu étais la huitième merveille du monde. Au fond, celle qui a le plus de reproches à te faire, c'est moi. J'en conclus que tu retardes le moment où j'exigerai des explications, mais il viendra tôt ou tard. Pourquoi pas aujourd'hui ?

Cette fois, Soline remarqua une légère réaction sur les traits amaigris d'Étienne, une sorte de sourire. Il cligna des paupières à deux reprises, puis il entrouvrit les yeux. Elle capta l'éclat intact de son regard vert.

— Tu es du genre obstiné, souffla-t-il.

— En effet, mais tu n'es pas en reste. Alors écoute-moi. Sophie est partie en intervention dans le massif du Mont-Blanc et Benjamin avait un rendez-vous à l'office des forêts. Nous avons le temps. Déjà, sache que j'ai tenu parole. Comme tu étais vivant, je n'ai rien dit à tes amis au sujet de ton petit frère. Tu te souviens de la promesse que je t'ai faite ?

Étienne fit non de la tête, cependant ses mains se crispèrent sur le drap. Son teint cireux se colora un peu.

— Si tu mourais, je devais dire à Sophie et à Benjamin que le tueur était l'assassin de Pavel, lui rappela Soline. Sinon je devais leur mentir. Je suis navrée, je n'ai pas pu, cependant j'ai raconté seulement une partie de la vérité, en excluant ce que tu m'avais dit, à propos de ton petit frère.

— Merci, je ne savais pas que tu avais tenu compte de mes délires.

— Quels délires ?

— Je me souviens à peine de ce que je débitais quand tu t'es penchée sur moi. J'étais certain d'agoniser. C'est une chance que tu n'aies rien dit.

Intriguée, Soline se leva du fauteuil pour s'asseoir au bord du lit. Maintenant, Étienne la fixait d'un air ennuyé.

— J'aurais tellement voulu tomber sur l'assassin de mon frère et pouvoir me venger, dit-il avec lassitude.

— Ce n'était pas lui ? Alors pourquoi tu as prétendu le contraire ?

— Parce que même lardé de coups de couteau et me vidant de mon sang, j'avais conscience de t'avoir fait courir un terrible danger, et je ne voulais pas reconnaître mon erreur. Par orgueil, par sottise, Soline ! J'étais persuadé de me retrouver en face du type que je voulais tuer depuis des années. Je me suis trompé.

Désemparée, elle tenta d'analyser les intonations du policier, afin de déterminer s'il était sincère.

— C'était de la folie, Étienne. Tu as tenu à agir sans l'aide de tes collègues à cause d'une supposition hasardeuse, et le résultat est désastreux. D'accord, tu croyais pouvoir venger ton petit frère, mais s'il ne s'agissait pas du même homme, tu prenais le risque de laisser un meurtrier s'en tirer ou pire, m'enlever. Il est peut-être encore vivant, et dès qu'il ira mieux, il recommencera à me harceler, à tous nous menacer.

— Il a pu mourir, je ne l'ai pas raté.

— Hélas, son complice l'a emmené, précisa Soline. Autre chose, j'ai réussi à mettre au point une version cohérente pour les gendarmes. Sophie et Benjamin sont au courant. Depuis, j'ai maintenu ma déposition, même lorsque j'ai rencontré le commissaire d'Annecy. Il va bientôt venir t'interroger, tu devras confirmer mon témoignage.

— Dis-moi tout, c'est capital que j'appuie ta version, si je veux conserver ma place dans la police.

— Je sais, ça aussi tu me l'as expliqué, avant de sombrer. Et j'ai fait en sorte de couvrir tes graves erreurs.

— Merci, merci beaucoup.

Étienne lui prit la main, qu'il porta à ses lèvres. Soline la retira vivement, la mine courroucée.

— Voilà, j'ai raconté que tu étais un ami et que tu assurais ma protection. Tu étais à Lons en même temps que moi, au cas où ce criminel serait sur mes traces. Je leur ai dit qu'il entrait en contact avec moi, en utilisant des téléphones prépayés, et que, ce matin-là, il m'avait ordonné de rouler jusqu'à cette ferme, sous la menace de s'en prendre à une autre de mes amies. Le lieutenant était étonné que j'aie obéi. Du coup, j'ai avoué que je t'avais averti. J'ai évoqué la nuit encore noire, le brouillard, ma terreur, et pour finir, j'ai décrit une scène où cet homme et toi vous battiez.

Soline acheva son récit, sous le regard sceptique d'Étienne.

— Donc tu as parlé du complice, des coups de feu ?

— Mais oui.

— Tel que je le connais, Jean Oudard, le commissaire d'Annecy doit douter de la véracité de ton histoire. Ne t'inquiète pas, j'y mettrai mon grain de sel, sans te contredire, déclara le policier, comme ranimé par la discussion.

D'un geste assuré, il actionna la télécommande qui relevait le haut de son lit. Il parvint aussi à se redresser un peu. Soline ne put s'empêcher d'éprouver de la tendresse pour cet homme au passé douloureux. De courtes mèches blondes changeaient sa physionomie, car d'ordinaire il avait les cheveux ras.

— Tu te sens mieux, on dirait, avança-t-elle en lui souriant.

— J'avais besoin qu'on fasse le point tous les deux. Et pour être honnête, ta beauté m'a revigoré, Soline. Le blanc te va bien.

Elle lui dédia un coup d'œil amusé, se félicitant d'avoir mis un pull en laine blanche et un bandeau assorti. Si Étienne lui faisait des compliments, il était vraiment en bonne voie de guérison.

— Pendant ton opération, la nuit de Noël, j'ai eu droit à quelques confidences de Benjamin, révéla-t-elle.

— Ah, il s'est enfin décidé !

— Il avait prévu d'évoquer son passé et le mien au cours du réveillon, en tête à tête, mais au dernier moment, j'ai refusé, je n'avais plus envie de savoir. Et il m'a dit ensuite que ses aveux auraient pu me perturber. J'ai beaucoup réfléchi et je préfère vivre dans le présent en rêvant d'un avenir paisible. Pourquoi remuer les anciennes douleurs ? Certaines personnes ont un besoin vital de connaître leurs origines, moi, ça ne m'a jamais intéressée.

— Tu es sincère, là ?

— Oui, j'en ai l'impression.

Une infirmière entra, en poussant un chariot où était disposé du matériel médical. Soline quitta la chambre aussitôt. Elle alla jusqu'au distributeur et acheta une bouteille de jus d'orange. Elle était à cet endroit précis lorsqu'elle avait vu la dame blonde. Elle lui avait paru plus âgée, avec des reflets d'argent aux tempes, mais elle était encore belle. La belle dame lui avait annoncé que son fils avait été tué.

Tout en scrutant le paysage pluvieux derrière la baie vitrée, Soline se remémora toutes les visions qu'elle avait eues, où lui apparaissait cette mystérieuse femme si souvent désespérée.

— C'est un phénomène extraordinaire, reconnut-elle tout bas. Je peux suivre les différentes époques, grâce à ses vêtements. Je l'ai vue en robe longue, très jeune, ensuite dans les années 1920, et, plus récemment, elle est habillée comme en 1940.

Elle se concentra, afin d'évoquer les autres personnes qu'on lui avait montrées. L'image familière d'un homme brun, qui semblait nettoyer son fusil, s'imposa la première. Elle l'avait vu plusieurs fois et lui donnait trente-six ans ou davantage. Il avait l'apparence d'un maquisard, pendant la Seconde Guerre mondiale. Soline se basait sur les recherches qu'elle avait effectuées sur Internet, après les paroles énigmatiques du vieillard lui ayant rendu visite dans le vallon des loups.

Peu à peu, elle comprit la tragique signification de la scène à laquelle elle avait assisté, une semaine plus tôt, durant un bref temps de sommeil.

— Mon Dieu, c'était votre fils, madame, et la femme qui hurlait, ce devait être vous !

Tremblante d'émotion, elle sursauta quand on l'interpella. L'infirmière qui venait de prodiguer des soins à Étienne la dévisageait d'un air surpris.

— Excusez-moi, mademoiselle, mais vous pouvez retourner dans la chambre de M. Dambert.

— Merci, j'y vais vite.

Étienne avait meilleure allure, calé contre deux oreillers volumineux. L'aide-soignante qui avait apporté un goûter sortit avec un grand sourire amusé.

— Je parie que tu lui as débité une de tes plaisanteries, déclara Soline en s'asseyant au bout du lit.

— Oui, je tiens à prouver à ces demoiselles combien j'admire leur travail, concéda-t-il. Elles sont en majeure partie jeunes, charmantes et dévouées. J'espère que le personnel féminin sera aussi agréable au centre de soins de Saint-Jean-d'Aulps.

— Tu feras ta convalescence là-bas ? Ils sont très qualifiés et efficaces. Alban y a séjourné après son accident. Je lui avais rendu visite. Au fond, par ma faute, la série noire continue. D'abord Alban, toi maintenant.

Il demeura silencieux, le regard lointain, d'une pâleur alarmante. Cette fois, ce fut Soline qui lui prit la main, autant pour attirer son attention que par affection.

— Tu es d'une rare gentillesse, soupira-t-il en lui étreignant les doigts. Tu devrais m'accabler d'injures au lieu de passer des heures à mon chevet. Je me suis comporté de façon stupide et égoïste. Nous en reparlerons quand je serai plus vaillant, car pour l'instant, chaque fois que je songe à ce jour-là, mon cœur s'emballe. Je t'ai fait courir un danger innommable. Et toi, tu m'as sauvé la vie, une vie qui ne vaut pas grand-chose, mais je t'en remercie. Sinon, à quelles confidences as-tu eu droit, de la part de Benjamin ?

— J'ai appris que Sophie et toi étiez placés dans le même orphelinat et que vous aviez été maltraités durant votre petite enfance. Tu la protégeais, d'où vos liens d'amitié ou d'amour ! S'il t'était arrivé malheur la nuit de Noël, elle ne l'aurait pas supporté. Elle me faisait penser à une âme en peine, avec son air égaré, ses sanglots enfantins.

— Tais-toi, je t'en prie, tais-toi ! s'écria-t-il.

Il se cacha le visage de son avant-bras. Devinant qu'il versait des larmes et en avait honte, Soline n'osait plus prononcer un mot, attendrie par cet accès de faiblesse.

— Je suis désolée, Étienne, affirma-t-elle quand il parut calmé. Pardonne-moi et essaie de te reposer.

— Soline, il y a des années que je suis incapable de me reposer vraiment. Et je n'ai rien à te pardonner. Malgré tout, ça me soulage que tu sois au courant.

— Dans ce cas, réponds à une de mes questions. Étienne, pourquoi dis-tu que ce n'est pas l'assassin de ton petit frère ? Tu avais pourtant l'air sûr de toi. Peut-être que tu me mens, pour d'obscures raisons. Ou bien tu as vu le tueur et il ne ressemblait pas à l'homme que tu cherchais.

Le policier ferma les yeux. Soline s'était exprimée vite, de crainte d'être interrompue par l'éventuel retour de Benjamin.

— Tu le sais, l'homme était masqué d'un tissu noir, je n'ai pas pu voir son visage, rétorqua-t-il. Mais je n'ai jamais pu oublier sa voix, ses intonations. Et je ne les ai pas reconnues quand il s'est jeté sur moi en m'insultant. Je devais être dans le cirage et délirer, pour te dire que c'était l'assassin de mon petit frère.

— De quel pays veniez-vous, Pavel et toi ? Pavel, c'est un prénom slave.

— Oui. Soline, restons-en là, je n'en peux plus. Je voudrais dormir. La vérité, tu la sauras un jour, mais elle est au-delà de tout ce que tu peux imaginer dans le domaine de l'horreur.

Soline quitta la chambre, hantée par les derniers mots d'Étienne. Malgré la pluie et le vent, elle se promena dans les jardins de l'hôpital, emmitouflée dans un manteau imperméable à capuche. L'air froid lui faisait du bien, après ces instants éprouvants.

— Qu'ont-ils vécu, pour être ainsi marqués dans leur âme, leur cœur ? Je suis terrifiée à l'idée de le savoir. Bizarrement, Sophie et lui ont quand même avancé dans la vie, mais à quel prix... Et comment... ? Ils ont forcément été pris en charge, puisqu'ils ont fait des études.

Ses pensées se focalisèrent ensuite sur Benjamin. Lui aussi paraissait effrayé à la perspective de révéler le secret de son enfance.

— J'ai peut-être eu de la chance de perdre la mémoire et d'avoir une famille adoptive, admit-elle.

On l'appela. En se retournant, Soline aperçut le pick-up de son compagnon. Benjamin agitait la main. Elle courut vers lui, rassérénée de le voir et de se réfugier dans le cercle câlin de ses bras. Il lui donna un baiser.

— Que faisais-tu sous la pluie, mon cœur ? s'étonna-t-il. Tu as laissé notre malade tout seul ?

— Étienne et moi, nous avons pu discuter un peu. Il était épuisé et il doit dormir. J'ai eu envie de prendre l'air en t'attendant. Si on s'offrait un cappuccino et un gâteau ?

Soline savoura sa boisson et sa pâtisserie, en appréciant l'intérieur lumineux et animé de la cafétéria.

— Sophie m'a téléphoné, elle prendra la relève ce soir, indiqua Benjamin. J'ai hâte d'être chez nous, au calme. Le chalet est notre futur port d'attache, le lieu où grandira notre fille.

— Tu penses pouvoir l'acheter ?

— D'ici quelques mois. Tu es toujours d'accord, Soline ?

— Bien sûr. Benjamin, pendant les soins d'Étienne, j'ai enfin su qui était l'homme habillé comme un maquisard, celui que je voyais près de la bergerie. C'était le fils de la dame blonde. Il a été tué au même endroit.

— Et ça ne te décourage pas d'habiter le vallon des loups si un crime y a été commis ? s'inquiéta-t-il.

— Non, pas du tout. Que veux-tu, je ne suis sans doute pas très normale, mon père adoptif me le serinait assez souvent.

Soline ponctua sa réplique d'un léger éclat de rire. Pourtant elle scrutait les traits tant aimés de son compagnon, en se demandant si lui aussi, petit garçon, il portait un prénom slave.

3

Intrusions

Chalet du vallon des loups, vendredi 22 janvier 2016

Soline déambulait dans l'enclos réservé à Farou et à son tervueren. Barry s'était accoutumé à passer la majeure partie de son temps enfermé là et témoignait de l'intérêt à sa progéniture.

— Allez, on me suit sans se chamailler, disait la jeune femme aux trois petits. Je sais, vous sentez l'odeur des récompenses.

Elle portait un sachet contenant des lanières de viande, qui lui servait à les dresser. Déjà, ils obéissaient aux ordres les plus simples, sous l'œil circonspect de leur mère, qui s'amadouait surtout à l'heure de la distribution de nourriture.

L'arrivée d'un break bleu à l'entrée de la piste provoqua la débandade des louveteaux, qui se réfugièrent aussitôt dans la pénombre de la bergerie.

— Flûte, je n'avais pas fini, déplora Soline en regardant de travers la visiteuse qui sortait de sa voiture. Tu aurais dû me prévenir !

— J'ai essayé de te joindre, ça ne marchait pas, se défendit Sophie, en tenue civile. Dis donc, j'ai aperçu tes pensionnaires, ils ont grandi depuis Noël !

— Bien sûr, ils ont six mois et ils mangent à leur faim. Je les soumets à des exercices tous les matins. C'est le seul moyen d'obtenir de bons résultats, si je veux en faire des chiens de traîneau fiables.

— Ils sont peureux, quand même, je les ai vus détaler, avança Sophie. Tu leur as donné des noms ?

— Oui, mais si je te les dis, tu es capable de te moquer. J'ai puisé dans mes lectures d'adolescente. Buck, Balto et Wuk.

Soline dévisagea attentivement Sophie, en prononçant ce dernier nom.

— J'ai les mêmes références que toi, car j'adore les chiens, répliqua celle-ci. Buck, c'est dans *L'Appel de la forêt*, de Jack London, et Balto est le husky qui a transporté des médicaments pendant une épidémie de typhoïde, en Alaska. Mais Wuk…, ça ne me dit rien.

— Vraiment ? En fait, il s'agit d'un prénom slave qui signifie « loup ».

— C'est judicieux, dans ce cas.

Sophie détourna la tête. Elle ajusta son écharpe en laine verte autour de son cou, où brillait un collier en or.

— Tu as pris un congé ? s'enquit Soline.

— Exactement, une semaine entière sans endosser l'uniforme ! Je vais préparer un concours afin d'intégrer la police. J'en ai assez des sauvetages en montagne. Avant-hier, on a héliporté le cadavre d'une femme, disparue dans le massif des Aravis depuis une semaine.

— Si tu deviens inspecteur ou commissaire, tu verras encore des morts, répliqua Soline.

Sur ces mots, elle quitta l'enceinte de l'enclos, en ayant soin de bien fermer le verrou de la porte grillagée.

— Tu m'offres un café ? J'ai pas mal de choses à te dire de la part d'Étienne, et un service à te demander, précisa Sophie.

— Viens, on va rentrer, je sens qu'il va pleuvoir. Cet hiver, la neige se fait rare. Je regrette un peu moins de ne pas pouvoir travailler.

— Tu sembles en pleine forme, en tout cas. As-tu passé une autre échographie ?

— Oui, le bébé va très bien. Benjamin trouve que j'ai un joli petit ventre. J'en suis à cinq mois.

Vêtue d'un pantalon de jogging et d'un long pull à col roulé, Soline paraissait aussi mince qu'avant sa grossesse. Une fois à l'intérieur du chalet, elle remit du bois dans le feu, puis prépara du café.

— Tu es allée voir Étienne au centre de Saint-Jean-d'Aulps ? s'enquit-elle en posant une tasse fumante sur la table basse. Moi, j'ai prévu de lui rendre visite lundi.

— Ne te donne pas cette peine, répondit Sophie qui tendait ses mains vers les flammes. Étienne ne tenait plus en place. Il a signé une décharge en début de semaine et il a débarqué chez moi, à Chamonix. Je l'héberge pour une durée indéterminée. En fait, il continue à enquêter, grâce à sa fameuse adjointe, qui loge aussi dans mon appartement.

— Ah, je comprends, tu ne dois pas être à l'aise ! Je te plains. À quoi ressemble-t-elle, cette adjointe ?

— À une superbe nana de notre âge, une brune dotée d'une poitrine avantageuse, annonça Sophie d'un air accablé.

Soline sirota son verre de jus d'orange, toute pensive.

— Quel cachottier, quand même, déclara-t-elle enfin. Sophie, on dirait que tu es un peu jalouse !

— Pas du tout, protesta celle-ci. Je ne sais pas quoi faire, car évidemment Judith a choisi ce week-end pour m'accorder un brin de son précieux temps. Je ne peux pas la recevoir dans ces conditions.

— Louez un gîte ou prenez une chambre dans un hôtel, ça te reposera, suggéra Soline.

Soudain, elle pressentit quel service comptait lui demander son amie, mais n'en montra rien, dans l'espoir de se tromper.

— Si tu pouvais nous accueillir ici, ce serait merveilleux, dit tout bas Sophie. J'ai tellement parlé de toi à

Judith, de tes chiens, de vos loups. Elle rêve de découvrir l'endroit et de faire ta connaissance.

— Benjamin sera contrarié si je vous reçois toutes les deux !

— Mais non, il est d'accord, je l'ai appelé tout à l'heure, sur la route. Si ça ne te dérange pas, il est ravi de me rendre service.

Fébrile, Sophie s'installa sous le manteau de la cheminée pour allumer une cigarette.

— Si Benjamin est ravi, répéta Soline d'un ton sec, je ne peux pas refuser.

— Sans doute, excuse-moi. Surtout, ne t'inquiète pas, je ferai des courses pour quatre, j'achèterai un tas de bonnes choses et je m'occuperai de la cuisine et de la vaisselle. Il faut dire que vous n'êtes guère équipés en électroménager.

— Le chalet manque de confort, mais ça ne me dérange pas. Avertis Judith, qu'elle soit prête à vivre l'aventure.

Soline dissimulait mal sa déception et son irritation. Parfois elle se sentait mise à l'écart du groupe des trois amis, à savoir Sophie, Étienne et Benjamin.

— Maintenant, transmets-moi le message de l'inspecteur Dambert, ironisa-t-elle d'un ton dur.

— Ne l'appelle pas comme ça, il t'aime beaucoup.

— Parce que je lui ai peut-être sauvé la vie ?

— Non, pour beaucoup d'autres raisons. Je l'ai entendu vanter ta beauté et ton intelligence à Alice, la fameuse adjointe. Sans oublier ta gentillesse et ta générosité.

— Arrête, tu me gênes. Au fond, je sers de transmission ! On m'envoie des visions pour secourir certaines personnes, mais on en laisse mourir aussi. Ce sont ces puissances divines qu'il faudrait remercier. Dieu ou ses anges.

Sophie approuva en silence. La mauvaise humeur de Soline la désarçonnait.

— Je suis désolée si je t'agace, plaida-t-elle. Et ce que je dois te dire n'arrangera rien.

— Je t'écoute.

— Étienne fait surveiller ton oncle, Roger Fauvel, qui vient fréquemment chez tes parents en ce moment. De plus, il te conseille de ne pas parler de ta grossesse, ni à ton père ni à ta mère. Tu peux lui téléphoner si tu souhaites des explications.

Stupéfaite, Soline se pencha pour caresser Neige. Le grand chien blanc était couché à ses pieds.

— C'est bizarre, dit-elle à mi-voix. Je croyais qu'il n'avait rien trouvé sur mon oncle et qu'il avait abandonné cette piste. A-t-il découvert de nouveaux éléments ?

— Je n'en sais rien. Il n'a pas voulu m'en dire plus. Soline, je ferais mieux de monter préparer la chambre pour Judith et moi, je lui ai dit de m'attendre sur la place du village, ce soir.

— Elle arrive ce soir, déjà ?

Sophie se leva brusquement. Avec des gestes nerveux, elle remit son manteau et prit son sac à main.

— Très bien, j'ai compris, tu n'as aucune envie de nous loger. Je suis vraiment stupide d'avoir imaginé que tu serais contente de rencontrer la femme que j'aime. Salut, je vais essayer de dénicher un hôtel agréable ou un gîte. Tu dois ignorer les mots « amitié » et « hospitalité ».

Tout de suite honteuse de son attitude, Soline la rattrapa par le coude, en l'empêchant de sortir.

— Sophie, ne sois pas fâchée ! Avoue que tu m'as prise au dépourvu. Crois-le ou non, mais je suis timide et réservée. Et tu m'assènes en plus l'histoire de mon oncle Roger et l'obligation de mentir à mes parents. J'avais l'intention de retourner à Lons, surtout pour maman qui me réclame. Ils verront que je suis enceinte.

— Non, pas si tu y vas bientôt et que tu t'habilles d'une certaine manière, argumenta Sophie. Mais fais à ton idée, au revoir.

— Je te demande pardon et c'est sincère, plaida Soline. Enlève ton manteau et va vite dans votre chambre faire le lit. Allume le radiateur électrique aussi. Je te promets d'accueillir Judith avec chaleur et sympathie. Pendant ce temps, j'appelle Étienne.

Sophie capitula, sans se départir d'un air boudeur. Soline l'accompagnait jusqu'en bas de l'escalier quand elle entendit le bruit du pick-up de Benjamin. Elle se précipita à l'extérieur, se heurtant presque à son compagnon qui était déjà sur la galerie couverte.

— Mon petit cœur, c'est gentil de courir te jeter dans mes bras, plaisanta-t-il. Oh, tu sembles en colère !

— Je le suis, Benjamin. Tu aurais pu me consulter avant d'accepter d'héberger Sophie et Judith tout le week-end ! Un texto aurait suffi. Tu me mets devant le fait accompli, alors je ne peux pas refuser. Du coup, Sophie s'est vexée, parce que je n'étais guère enthousiaste.

— Je suis désolé, je pensais que tu serais contente d'avoir de la visite et de faire la connaissance de Judith.

Il voulut l'enlacer, mais elle le repoussa, en le toisant de son regard bleu.

— C'est le dernier de mes soucis, en ce moment. J'apprécie la solitude, je n'ai pas envie de jouer les maîtresses de maison, de bavarder. En plus, je viens d'apprendre qu'Étienne a relancé l'enquête sur mon oncle et que je dois cacher ma grossesse à mes parents…

Un sanglot sec l'empêcha d'en dire davantage. Benjamin l'attira contre lui. Il caressa son dos en l'embrassant sur le front.

— Calme-toi, mon cœur, et explique-moi mieux.

— Je n'ai pas encore de détails, j'allais téléphoner à Étienne quand tu es arrivé.

Cette fois, un flot de larmes suffoqua Soline, à nouveau submergée par la peur insidieuse que lui inspiraient le tueur et ses manigances. Elle repoussait de toutes ses forces, depuis plus de deux mois, une conviction intime.

— Je sais qu'il a survécu, avoua-t-elle tout bas, d'une voix tremblante. Et il réapparaîtra, pour nous faire du mal, beaucoup de mal.

Haute-Savoie, près d'Yvoire, même jour

L'homme revenait pour la première fois dans le manoir à l'abandon depuis ce terrible jour où Soline lui avait échappé. Une émotion douloureuse le traversa à l'instant d'entrer dans la chambre haut perchée dédiée au culte de Soline.

— Comment a-t-elle osé me trahir ?

Il s'était souvent posé la question, de ce même ton désabusé ou bien d'une voix basse pleine de rancune.

— Je devrais lui pardonner. On a pu l'obliger à me tendre un piège.

Il déverrouilla la porte en soupirant. Le vieil édifice était une véritable glacière. Encore affaibli par ses blessures, il réprima des frissons.

— Tout va flamber, mais je ne pourrai pas me réchauffer, je serai loin.

Ses yeux se posèrent sur l'unique image qu'il avait laissée sur un des murs. Il avança en boitillant afin d'effleurer le poster où Soline figurait nue au clair de lune. D'un geste rageur, l'homme déchira la photographie dont il froissa les morceaux au fur et à mesure.

— Non et non, clama-t-il. Je ne peux pas te pardonner, Soline. Je ne t'ai pas assez effrayée, de toute évidence, puisque tu as indiqué à ce flic l'endroit de notre rendez-vous. Cet imbécile est venu seul, tiens, ça ne m'étonne pas de lui.

Une rage immense lui brouilla l'esprit, car il revivait le moment où il avait identifié son agresseur, malgré la pénombre qui régnait dans la ferme abandonnée.

— Je l'ai ébloui quelques secondes avec ma lampe ! Il n'avait pas beaucoup changé, ce crétin. Mais il m'a reconnu lui aussi. Je dois être très prudent, de plus en plus prudent.

Un élancement vrilla sa cuisse gauche, le faisant grimacer. L'homme dut s'asseoir dans le fauteuil. Il sortit un mince paquet de photographies de la poche intérieure de son manteau, puis il chercha en vain ses cigarillos, ce qui l'irrita. Un rictus dédaigneux au coin des lèvres, il étala les clichés devant lui.

— J'avais décidé de ne plus te faire de peine, tu m'y contrains. Je ne sais même pas si je t'aime toujours. Qui va payer très bientôt ? Ton amie Viviane Gonod… Non, à son âge, ce n'est pas très intéressant. Autant faucher la vie de quelqu'un de beaucoup plus jeune ! Sophie Gally sera la proie idéale. Mais je ne suis pas capable d'agir dans l'immédiat.

Il ferma les yeux, hanté par le souvenir de son échec. Il avait souffert de ses blessures, néanmoins la plus cuisante des plaies demeurait le fait d'avoir été trahi par Soline. Elle avait détruit son rêve, et, par sa faute, il avait dû se cacher durant des semaines.

De l'index, il appuya sur une coupure de presse qu'il avait découpée et placée au milieu des photos. Il en lut un passage à haute voix :

— « Le mystérieux tueur de Haute-Savoie mis en déroute grâce au courage d'un inspecteur de police. Sans l'aide d'un complice, le meurtrier n'aurait pas pu s'enfuir. Les deux hommes sont activement recherchés. »

Furieux, il tapa à nouveau sur la table. Son regard clair erra à travers la pièce.

— Un complice qui me ruine, en qui je n'ai aucune confiance. Cet abruti aussi, je l'éliminerai dès que je n'aurai plus besoin de lui.

Du bout des doigts, l'homme effleura sa cuisse gauche, puis son épaule, là où les balles avaient pénétré, avant l'aube du 15 novembre. C'était devenu une manie.

— Hélas, il y en a un à qui je ne peux pas toucher et ça me rend fou, décréta-t-il entre ses dents. Le dénommé Benjamin Martin… Mais j'ai le droit de le faire souffrir comme je souffre, en détruisant Soline. Oui, le seul moyen qu'elle m'appartienne pour l'éternité, c'est de la tuer.

Cette perspective le terrifia. L'air hébété, il poussa un cri de terreur, ensuite il éclata en sanglots.

— Je ne pourrai pas, non, je ne pourrai jamais, gémit-il.

*

Soixante et onze ans plus tôt,
Combloux, maison de Louise Mancini,
dimanche 21 octobre 1945

Émeline Mancini fêtait son anniversaire, entourée de toute sa famille. Ses cheveux d'un blond foncé relevés en chignon, le teint doré, elle trônait en bout de table. Un corsage en velours vert soulignait sa poitrine et la grâce de ses épaules. Bleus à sa naissance, ses yeux avaient pris la couleur des turquoises.

Pierre Pasquier, son fiancé, avait été convié au repas. Le bras gauche plâtré, soutenu par une écharpe, il avait savouré sa part de rôti de veau, un luxe inouï après les privations qu'il avait subies dans le maquis. À présent, Aglaé avait servi le gâteau, un moka couronné de bougies.

— Je débouche le champagne ! Trinquons à ma jolie nièce ! s'écria Antoine Favre. Mais aussi à la fin de la guerre.

— Nous avons déjà célébré la victoire, fit remarquer Louise d'une voix ferme. Pour ma part, si je me réjouis que la paix soit revenue en France, je reste épouvantée par les bombardements atomiques qui ont détruit Hiroshima et Nagasaki, en tuant des milliers de personnes.

— Maman, tu effraies les enfants, lui reprocha Émeline.

Elle désigna d'un mouvement de tête Marie et Nicolas, âgés respectivement de huit et sept ans. Tous les deux bruns et bouclés, le teint mat, on les prenait souvent pour un frère et une sœur. Ils avaient écouté et gardaient le nez baissé sur leur assiette.

— Je mettrai un point d'honneur à leur donner des précisions, ajouta Louise. Si j'avais le bonheur d'enseigner, je ferais en sorte que les futures générations prennent en horreur la guerre et les conflits politiques.

— Je te comprends, maman, mais je n'en parlerai pas à mes élèves, décréta Émeline. Les jeunes esprits ont besoin d'espoir après les années de restrictions et de violences que nous avons endurées. Changeons de sujet, aujourd'hui j'ai vingt et un an, j'ai obtenu un poste d'institutrice, ici, à Combloux, alors je voudrais passer un moment agréable. Oublions les chagrins et les deuils, juste pendant quelques heures, je vous en prie.

Sa mère approuva d'un sourire, tandis que son oncle Antoine hochait la tête en guise d'assentiment.

— Mais c'est demain, ton vrai jour d'anniversaire, dit soudain Marie d'un air soucieux. Aglaé me l'a dit ce matin, tu es née le 22 octobre.

— Tu as raison, seulement, demain, je travaille à l'école. On n'aurait pas pu se réunir.

Le cœur serré, Louise imagina une scène différente. Son fils Clément serait assis à ses côtés, et Jeanne Favre aurait pris place près de son mari. Mais sa belle-sœur avait succombé à une pneumonie, l'hiver précédent, alors qu'elle était revenue de son exil en Suisse.

— Grand-mère, appela Nicolas, ne pleure pas, hein ?

— Bien sûr que non, mon chéri, on ne verse pas des larmes un jour de fête, dit-elle en souriant. Je crois que Marie et toi, vous devriez remplir votre mission.

Les deux enfants se levèrent avec des mines de conspirateur. Ils se faufilèrent dans le cellier, dont ils avaient entrebâillé la porte.

— Maman, tu n'as pas fait la folie de m'offrir un nouveau chien ? s'inquiéta Émeline. Je t'ai dit et redit que je ne voulais pas remplacer Vita.

Elle faisait allusion à la chienne de race Saint-Bernard, morte à la fin de l'été, d'un empoisonnement, selon les conclusions d'Antoine.

— C'est bien de ta part, fifille, d'être fidèle à ta Vita, fit remarquer Aglaé, qui traitait la jeune femme avec une douce familiarité.

La domestique avait trouvé un foyer chez le docteur Favre. Énergique et dévouée, elle aidait Louise à s'occuper de Marie et de Nicolas.

— Il faudrait allumer les bougies, annonça-t-elle. Monsieur, prêtez-moi votre briquet.

Pierre Pasquier admira le délicat profil de sa fiancée, qui semblait fascinée par les petites flammes qui prenaient vie les unes après les autres. Marie et Nicolas réapparurent, encombrés de paquets enrubannés.

— Merci à tous, dit gentiment Émeline. C'est bête, mais à chacun de mes anniversaires, je suis très émue.

— Nous n'avons pas pu fêter tes dix-neuf ans, nota sa mère.

— Pardonnez-moi de vous contredire, chère madame, déclara alors Pierre. Notre groupe de résistants s'est fait un devoir d'organiser un dîner en pleine forêt. Un de nos compagnons, Louis, avait réussi à cuire une galette sucrée sur les pierres de notre feu.

— Tu aurais dû me le raconter, Émeline, déplora Louise. J'étais si triste ce jour-là, privée de toi.

— Peu importe, maman ! Après le décès de mon frère, je ne t'ai plus quittée.

Marie et Nicolas déposaient les paquets sur les genoux de la jeune femme et sur la table.

— Ton frère, c'était mon papa, affirma le petit garçon. Il nous regarde du Ciel, grand-mère me l'a dit. Alors, souffle vite tes bougies. Il sera content.

Touchée par ces paroles pleines d'innocence, Émeline serra son neveu dans ses bras.

— Aide-moi, Nicolas, il y en a beaucoup, des bougies !

Peu après, elle déballa ses cadeaux, sous le regard impatient de Marie. Antoine Favre, veuf inconsolable, avait entrepris des démarches pour adopter la fillette, selon les dernières volontés de son épouse agonisante.

— Que je suis gâtée ! s'extasiait Émeline qui ouvrait un carton rose. Une blouse neuve, gris clair ! Maman, tu l'as coupée et cousue, les finitions sont impeccables. Tu as des doigts de fée.

— Tu as fait l'effort d'étudier malgré la guerre et tu peux enseigner dans le primaire, répondit Louise. Je suis très fière de toi, ma chérie.

La ravissante fêtée découvrit trois livres, des romans qu'elle souhaitait lire, mais également deux dictionnaires reliés en cuir, offert par son oncle.

— Ils te seront utiles dans ta classe, indiqua Antoine. Ils appartenaient à Jeanne, elle aurait été heureuse que tu les aies.

Aglaé se trémoussait sur sa chaise, à l'instant où Émeline contempla d'un air joyeux l'écharpe et le bonnet en laine rouge que lui avait tricotés la brave femme.

— Je n'aurai pas froid cet hiver, dit-elle en riant. Merci, Aglaé.

Pierre sortit alors de la poche de sa veste une petite boîte en carton. Il la tendit à sa fiancée.

— Tu portes déjà une très belle bague, que t'a offerte ta tante Jeanne, dit-il à mi-voix. Je ne pouvais pas rivaliser avec ce saphir qui orne ta main droite, mais je tenais à te donner un bijou, même modeste, en attendant ton anneau de mariage.

— Pierre, il ne fallait pas, protesta-t-elle, secrètement ravie.

Émeline admira la gorge nouée le bracelet qui reposait sur du satin bleu.

— Mais il est magnifique ! Pierre, tu es fou, on avait décidé d'économiser pour meubler notre futur logement.

— Rassure-toi, ça ne m'a rien coûté. Tu te souviens du nécessaire de coiffure que je t'ai donné, il y aura bientôt quatre ans, en cadeau de Noël ? Je t'avais dit qu'il nous venait d'une lointaine aïeule, ce bracelet aussi. Maman a insisté, elle voulait qu'il te revienne.

— Je veux le mettre tout de suite ! s'enflamma Émeline.

Enchantée, elle leva son poignet gauche pour montrer à tout le monde le cercle d'argent incrusté de fleurs d'edelweiss, d'un réalisme saisissant malgré leur taille réduite.

— C'est une merveille, admit Louise. Il doit être très ancien, je n'avais jamais vu un bijou pareil.

Une onde de pure gaîté circula autour de la table, dans le cœur des petits et des grands. Ce fut à cet instant précis qu'on tambourina à la porte de la maison. Des appels ponctuaient chaque coup, d'un timbre éraillé.

— Qui est-ce ? s'alarma Louise. Antoine, va ouvrir.

— On dirait quelqu'un pris de boisson, répliqua son frère. Peut-être qu'on a besoin de moi.

Le médecin, encore mince et athlétique à cinquante-six ans, tira le battant vers lui après avoir soulevé le loquet. Il se trouva nez à nez avec une femme très maigre, vêtue d'un tailleur marron élimé. Des mèches brunes s'échappaient d'un béret gris d'une propreté douteuse. L'intruse titubait et lançait des jurons, manifestement sous l'effet de l'alcool.

— Vous êtes ivre, madame, lui décocha Antoine d'un ton hostile. Je ne peux rien pour vous.

— Fichtre, toujours aussi prétentieux, docteur, bredouilla-t-elle. Hé, faut pas m'prendre de haut ! Z'avez pas changé.

Il s'apprêtait à refermer la porte lorsque Louise se leva de sa chaise et le rejoignit. Elle étudia attentivement la physionomie de la singulière visiteuse.

— Seigneur, c'est toi, Juliette ?

— Ben oui, vous au moins, vous m'remettez, m'dame Louise. Dites, j'peux entrer ? J'veux voir mon gamin !

Écœuré par la déchéance évidente de la mère de Nicolas, Antoine se précipita dans la rue et l'entraîna par le coude.

— Si vous êtes vraiment Juliette, je vous déconseille de vous montrer à votre pauvre enfant, décréta-t-il.

— Ne m'touchez pas, docteur ! D'abord, où il est mon mari ? J'suis allée toquer à notre logement, y avait d'autres gens.

Louise, le premier choc passé, fit signe à son frère de vite rentrer dans la maison.

— Fais quelque chose, murmura-t-elle. Demande à Aglaé d'emmener Marie et Nicolas chez toi. Ils peuvent sortir par le cellier. Je vais essayer de la raisonner.

— Sois prudente, les alcooliques sont parfois violents si on les contrarie, rétorqua-t-il dans un souffle.

— Qu'est-ce que vous dites, tous les deux ? s'égosilla Juliette, en vacillant sur ses jambes.

— Rien de méchant, affirma Louise qui la prit par la taille pour la soutenir. D'où viens-tu ? Nous n'avons aucune nouvelle de toi depuis des années.

— J'viens de loin, voilà, pour récupérer mon gamin.

Louise la conduisit jusqu'au chemin qui descendait vers le ruisseau. Elle éprouvait une pénible angoisse et cherchait une solution.

— Nicolas a sept ans et demi, Juliette. Il va à l'école et c'est un garçon sage, un bon élève. Quand il m'interrogeait sur sa maman, je lui répondais qu'elle faisait un très long voyage. Je ne t'empêcherai pas de le revoir, mais tu dois être présentable. Tu l'as abandonné sans remords, aussi ne lui fais pas de mal, je t'en supplie.

— Pourquoi vous m'emmenez comme ça ? Je marche depuis ce matin, j'ai les pieds en feu.

— Tout à l'heure, je te ferai du café et tu pourras te laver et te reposer. D'abord il faut te calmer. Nous fêtions l'anniversaire d'Émeline, tu aurais eu honte de toi, une fois dégrisée, si la famille t'avait vue dans cet état.

— Alors Clément était là, chez vous ?

— Non, Clément a été abattu par un milicien, Pacôme Bertrand, pendant l'hiver 1943. Mon fils est enterré à Saint-Nicolas-de-Véroce. Tu es veuve, Juliette, puisque vous n'aviez pas divorcé.

— Oh mon Dieu, si j'me doutais !

Louise la sentit trembler de tout son corps. Elle la fit asseoir sur le talus, pour lui éviter de s'écrouler sur le sol. Soudain, un cri de rage retentit. Émeline dévalait le chemin en courant, sa large jupe en laine gonflée par le vent.

Les joues rouges de colère, essoufflée, de la haine dans les yeux, elle s'arrêta à quelques pas de sa mère, en toisant Juliette avec mépris.

— Maman, ne la laisse pas entrer chez nous et interdis-lui d'approcher Nicolas ! s'exclama-t-elle. Pierre a suivi les enfants et Aglaé. Moi je tenais à dire à cette traînée ce que je pensais d'elle et de sa conduite !

— Allons, Émeline, modère tes propos ! s'indigna Louise.

— Elle ne mérite pas mieux ! Maintenant, tu vas m'écouter, Juliette. Clément est mort devant moi ! Sais-tu pourquoi ? Son épouse légitime l'avait trompée, il était la risée du pays ! Non contente de salir son honneur, tu as disparu avec ton amant, en abandonnant votre enfant. Et en calomniant un homme qui t'aimait. L'unique tort de ton mari a été de se plaindre de ta paresse, du ménage jamais fait, du linge sale répandu dans votre appartement. Tu as osé raconter qu'il te maltraitait ! Tu mentais, mon frère ne t'a jamais frappée.

Effrayée, Juliette fondit en larmes, en essayant de se relever pour s'enfuir.

— Ne bouge pas, ordonna Émeline. Je n'ai pas terminé. Je vais t'expliquer pourquoi Clément est mort, lui, un vaillant résistant ! Tu as causé sa perte. Si tu étais restée ici, en bonne épouse, en mère responsable, mon frère n'aurait pas fréquenté la femme que convoitait Pacôme Bertrand. Ce saligaud s'est débarrassé d'un rival, sous le couvert de son statut de milicien.

Louise aurait voulu se boucher les oreilles, gênée d'entendre sa fille user d'un tel vocabulaire.

— Tais-toi, implora-t-elle. Tu ne dois pas juger ta belle-sœur aussi vite, alors qu'elle n'est pas capable de se défendre.

— Je ne suis pas une sainte comme toi, maman. Si tu protèges cette catin, et je suis polie, je quitte la maison dès ce soir. J'irai habiter le logement au-dessus de l'école, que le maire m'a proposée. Chasse-la sur-le-champ, sinon elle sèmera encore une fois le malheur et le chagrin.

Émeline lança un ultime regard dédaigneux sur Juliette qui sanglotait, recroquevillée sur elle-même. Louise garda le silence, mais elle pleurait en voyant sa fille adorée remonter le chemin d'une démarche de justicière.

*

Soixante et onze ans plus tard,
Chalet du vallon des loups, vendredi 22 janvier 2016, le soir

Soline était dans un état de nervosité qui l'oppressait. De la fenêtre, elle avait vu Sophie se garer au plus près du chalet. Il était 19 heures et le coucher de soleil incendiait la cime des sapins, à l'ouest.

— Va les accueillir, Benjamin, dit-elle en se réfugiant au coin de la cheminée. J'ai aperçu le visage de Judith, à travers le pare-brise. Elle me fait penser à certaines filles qui me déplaisaient, au lycée.

— Quelle sauvageonne, se moqua-t-il gentiment. Ne tire pas de jugements aussi hâtifs. Mon cœur, de quoi as-tu peur ? Si tu te sens mal à l'aise, monte dans notre chambre après le repas. Comme tu es enceinte, ça ne surprendra pas notre invitée.

— Tu crois vraiment que je vais te laisser seul avec deux jolies femmes ? Et je te le répète encore une fois, la grossesse n'est pas une maladie.

— Fais à ton idée, se découragea Benjamin en sortant.

Neige, sensible au désarroi de sa maîtresse, posa sa belle tête blanche sur ses genoux. Soline le caressa avec fébrilité.

— Mon chien, heureusement que tu es là, chuchota-t-elle, tout en s'estimant puérile et un peu ridicule.

Une voix inconnue, flûtée et aux accents pointus, lui parvint de la galerie couverte.

— L'endroit est époustouflant, mais tellement isolé, il faut être fou pour y vivre, commentait Judith. C'est dommage qu'il n'y ait pas de neige. Demain, tu me prendras en photo entourée des loups, Sophie.

— Si tu veux, répondit celle-ci.

— Ce doit être possible, ajouta Benjamin.

D'abord anxieuse, Soline céda à l'irritation, notamment à cause de la réponse de son compagnon. Elle se leva et prit place sur le canapé. Un peu par défi, elle s'était maquillée en laissant la cascade de sa chevelure blonde ruisseler dans son dos. En robe de lainage blanc, au décolleté plongeant, elle se sentait en beauté.

Lorsque Sophie lui présenta Judith, elle demeura assise, en lui tendant la main. Mais le berger suisse, d'ordinaire d'une nature paisible, se mit à grogner. Tout de suite impressionnée par ce chien imposant, l'élégante avocate recula.

— J'espère que cette bête ne mord pas, dit-elle en s'abritant derrière Benjamin.

— Non, il n'est pas méchant, affirma celui-ci. Va te coucher, Neige, en voilà des manières !

Soline saisit l'animal par son collier. Elle adressa un sourire équivoque à la nouvelle venue. C'était sans conteste une très jolie personne, aux cheveux châtain clair ondulés et coupés aux épaules, mince et de taille moyenne.

— Vous aurez du mal à poser parmi nos loups, Judith, si vous craignez les chiens, avança-t-elle d'un ton ironique. Ces bêtes perçoivent nos sentiments. Ils ont des dons de médium, à l'instar des chevaux.

Des ondes d'antipathie instinctive circulèrent entre Judith et Soline. Elles échangèrent un regard où brillait leur méfiance respective.

— Viens, je vais te montrer notre chambre, proposa Sophie, consternée par cette entrée en matière.

— Oui, je voudrais me changer. Tu m'avais dit que le chalet était rustique, c'est encore pire. Je m'adapterai.

Dès que les jeunes femmes furent à l'étage, Benjamin jeta un coup d'œil amusé à Soline. Il s'accroupit pour être à sa hauteur.

— On dirait que tu as lancé les hostilités, déclara-t-il. Quand même, fais un effort, pense à Sophie. Elle est si contente de passer un week-end avec Judith.

— Je ferai de mon mieux, mais je ne te promets rien. Tu as vu la réaction de Neige ? Pour moi, c'est révélateur. Il y a quelque chose de malsain chez cette femme.

Les prunelles noires de Benjamin étincelèrent. Il s'empara des mains de Soline qu'il couvrit de baisers.

— J'ai confiance en ton intuition, ma petite fée guerrière, avoua-t-il. Tu as tout d'une belle créature des forêts, dotée de pouvoirs étranges.

Rose de plaisir, Soline l'embrassa sur la bouche afin de couper court à ces compliments qui la gênaient.

— Et toi, parfois, tu es un peu trop romantique, répliqua-t-elle ensuite. Le plus souvent silencieux, comme perdu dans ton monde, mais c'est ainsi que je t'aime.

Ils se sourirent, réconfortés d'être aussi complices. Soline abandonna le canapé pour disposer quatre couverts sur la table ronde où serait servi le dîner. Benjamin garnit le feu de deux grosses bûches, puis il mit de la musique.

— Merci pour l'ambiance, au fond j'adore ! s'extasia Judith en descendant l'escalier. Une vraie échappée dans le passé !

Elle avait troqué son tailleur de citadine pour un pull à col roulé en jacquard et un pantalon de sport. Sophie, qui semblait radieuse, l'avait imitée.

Soline tint parole. Au cours du repas et de la soirée, elle se montra polie et assez aimable. Mais une angoisse inexplicable la troublait, confrontée à celle qu'elle surnommait « l'intruse » en son for intérieur. Comme l'avait suggéré Benjamin, elle préféra monter dans leur chambre, après le dessert. Le berger suisse, selon son habitude, l'avait suivie.

— Qui est réellement Judith ? se demanda-t-elle tout bas. Est-ce que tu le sais, toi, Neige ?

En la rejoignant, vers minuit, Benjamin eut la surprise de trouver le chien couché au pied de leur lit et non sur le palier, où il avait un tapis confortable. Soline, un livre entre les mains, ne dormait pas.

— Tu l'as laissé entrer ? s'étonna-t-il.

— Oui, par prudence. Si notre invitée se relevait pendant la nuit, il pourrait la mordre, insinua-t-elle avec un léger soupir. Sait-on jamais…

4

De Judith à Juliette

Chalet du vallon des loups, samedi 23 janvier 2016

Ce matin-là, sous un ciel d'un bleu pur, l'air était froid et vif. Installées sur la galerie couverte du chalet, Sophie et Soline discutaient à voix basse, tout en observant les déambulations de Judith. Chaussée de bottes en cuir, l'avocate parcourait le pré qui s'étendait de l'autre côté du chemin, en vis-à-vis de l'enclos des loups.

— Ton amie prend beaucoup de photos avec son téléphone, ça m'agace, décréta Soline.

— Je crois que tout t'agace chez elle.

— Oui et non, il lui arrive d'être presque agréable, comme au petit déjeuner. Benjamin dit vrai, je deviens une sauvageonne. Je n'ai plus envie d'aller en ville, encore moins de retravailler un jour dans les stations de ski. Au fond, je me fais entretenir.

Sophie eut un léger rire teinté d'amertume. Elle alluma une cigarette, l'air pensif.

— Ne t'inquiète pas, ajouta Soline. Tu aimes Judith, je suis donc amenée à la revoir de temps en temps. Nous finirons par sympathiser. Mais non, regarde, maintenant elle photographie mon 4 x 4 !

— Bah, ça doit l'amuser. De retour à Lyon, elle montrera son reportage à ses collègues du barreau, en racontant son séjour chez des originaux qui n'ont même pas de lave-vaisselle avec force détails. Changeons de sujet. As-tu rappelé Étienne, hier après-midi ?

— J'ai essayé deux fois, c'était son répondeur. Je lui ai laissé un message. Il va sûrement me téléphoner aujourd'hui. Mais parle-moi un peu de Judith. Si je la connais mieux, ça m'aidera peut-être à la considérer différemment. Depuis quand êtes-vous ensemble ?

— Ciel, tu comptes mener un interrogatoire, plaisanta Sophie. Je l'ai rencontrée il y a environ deux ans. Nous avons eu une relation durant six mois, ensuite elle a rompu. Néanmoins, elle me contactait régulièrement pour passer un week-end ou une semaine avec moi. On vivait soit des instants passionnés, soit d'épuisantes querelles. Et récemment, nous avons renoué pour de bon, grâce à toi, précisa Sophie.

— Comment ça ?

— Je lui ai parlé de l'extraordinaire beauté blonde que j'avais rencontrée, la propriétaire d'un superbe tervueren que j'ai plus ou moins sauvé, dans les bois d'Hermance. J'avais eu un gros coup de cœur pour toi, Soline, et je lui ai avoué. La jalousie de Judith a fait le reste. Elle s'est empressée de me reconquérir et je n'ai pas résisté.

Soline approuva d'un signe de tête, troublée d'entendre la confirmation de ce qu'elle avait deviné, au cours de l'été.

— Tu étais amoureuse de moi, dit-elle. Je suis désolée si tu en as souffert.

— Oublions tout ceci, notre amitié me suffit. Tiens, à présent Judith marche vers la forêt.

— Bien sûr, elle va minauder devant Benjamin, enragea Soline.

Le jeune homme était allé vérifier si une de ses caméras à infrarouges avait enregistré des images durant la nuit. On devinait sa silhouette vêtue d'une parka grise entre les troncs d'arbre.

— Sophie, tu es certaine qu'elle préfère les femmes ? Hier soir, j'ai eu des doutes.

— Je peux te le garantir. Mais Judith joue les séductrices dès qu'elle en a l'occasion.

— Je l'ai remarqué. En tous les cas, ses tentatives d'amadouer Neige ont échoué. Peut-être que mon chien n'apprécie pas son parfum, trop capiteux à mon goût.

Elles éclatèrent de rire. Pourtant Soline ressentait toujours un vague malaise. Une sonnerie de téléphone mit fin à leur conversation. Le numéro d'Étienne s'affichait.

— Excuse-moi, Sophie, je rentre un moment. Tu peux en profiter pour rejoindre Judith.

— D'accord.

Soline s'isola dans la cuisine. La voix d'Étienne lui parut tout de suite tendue. Il ne fit aucune plaisanterie.

— Je suis navré de ne pas t'avoir répondu hier, dit-il d'un ton grave. Alice m'a conduit quelque part.

— Ah oui, ton adjointe, très jolie d'après Sophie.

— Je n'avais pas jugé utile de vous le préciser. Peu importe, c'est secondaire. Nous sommes retournés du côté de Lons pour inspecter à nouveau la ferme où tu avais rendez-vous. Je tenais à revoir les lieux en plein jour, à effectuer mes propres investigations.

— Étienne, ce n'était pas sérieux de faire tant de kilomètres, les médecins t'avaient recommandé de te ménager.

— Arrête ça, tu n'es ni ma sœur ni ma mère ! s'emporta-t-il. Si tu veux bien m'écouter...

— Oui, je t'écoute, ensuite j'aurai une question à te poser.

— Procédons par ordre. Après une fouille méthodique, on a découvert un indice très intéressant, un vrai coup de chance. Les gars de la scientifique ne l'ont pas trouvé, on ne peut pas leur reprocher. La lentille de contact était quasiment enfouie dans la terre battue.

— Une lentille de contact ? répéta Soline, intriguée.

— Tout à fait, une lentille qui change la couleur des yeux ou leur aspect. Ce type d'accessoire s'achète sur Internet. On l'a envoyée au labo hier soir pour une recherche d'ADN. Et s'il correspond avec l'ADN qu'on a relevé cet été dans le bois de Servoz, on aura au moins la preuve qu'il s'agit bien du même type. Il se peut qu'il modifie son apparence. Ta mère a fait état d'un regard effrayant, anormal, c'est sans doute l'explication. Mais rien n'est sûr.

— J'en déduis qu'il pourrait se rendre méconnaissable par d'autres artifices, déplora Soline.

— Autre chose, poursuivit le policier. Où a-t-il été soigné ? Il a pris deux balles, ça, j'en suis certain. Depuis avant-hier, Alice téléphone dans tous les hôpitaux de la région, et même à ceux situés en Suisse. Aucun résultat concluant, il a pu agoniser seul je ne sais où. Quant aux empreintes de pneus relevées autour de la ferme et derrière le bâtiment, j'ai appris par un collègue d'Annecy qu'elles correspondent à une berline de marque italienne. Mais sans la plaque d'immatriculation, on est impuissant.

— Et tu as encore le droit de travailler sur l'affaire ? s'enquit Soline.

— Plus ou moins, grâce à mes relations. Le problème, ce sont tes prises de risque personnelles qui faussent l'enquête. Hormis Viviane Gonod, Sophie, Benjamin et moi, personne ne sait que tu as rencontré deux fois le criminel, dans cette ferme près de Lons, puis à Combloux. Si tu passais aux aveux, je peux dire adieu à ma carrière de flic et me recycler dans l'immobilier.

— Pardon, Étienne.

— Soyons positifs, répliqua-t-il. En quelques jours, Alice a fait des merveilles. Je lui ai confié tout ce que tu m'avais raconté sur ces rendez-vous et déjà nous avons la certitude que ton père adoptif t'a menti à propos du supposé enlèvement de ta mère. D'après lui, un taxi médicalisé serait venu la chercher à 8 heures pour la conduire à une séance de rééducation, et elle aurait été enlevée au cours du trajet. Pourtant, Alice a contacté la société de taxi qui lui a indiqué qu'aucune course au domicile de tes parents n'avait été programmée le 15 octobre. Et l'enquête de voisinage a confirmé que personne n'a vu Monique Fauvel sortir de chez elle ce jour-là. Conclusion : tout cela n'était qu'une mise en scène.

Sidérée, Soline fut tout d'abord incapable de dire un mot. Elle s'apprêtait à en discuter, lorsque des éclats de rire lui annoncèrent le retour de Judith et de Sophie.

— Ne raccroche pas, Étienne, je monte dans ma chambre, souffla-t-elle. J'ai des invitées.

Jamais elle n'avait grimpé si vite l'escalier. Une fois enfermée dans sa salle de bains, elle put libérer le flot de paroles qui se pressaient sur ses lèvres.

— Qu'est-ce que tu insinues, à propos de mes parents ? Tu penses qu'ils sont complices avec le tueur ? se rebiffa-t-elle, alarmée. C'est pour cette raison que tu fais surveiller Roger Fauvel et que tu me demandes de cacher ma grossesse ? Explique-moi, je t'en prie.

— Du calme, Soline. Je ne suspecte pas tes parents. Je pense que Jacques Fauvel t'a menti et trompée sous la contrainte. Mais si ce type a survécu, il peut à nouveau menacer ta mère afin d'avoir des renseignements sur toi. Et d'instinct, j'estime plus prudent que ce taré ignore que tu es enceinte. À mon avis, c'est un personnage ignoble, possessif, jaloux, cruel. Quant à ton oncle, j'ai de bonnes raisons de le faire surveiller. Déjà, on se demande comment il a pu apporter une telle aide financière à tes parents durant des années. Même s'il gagnait bien sa vie, quelque chose cloche. Et lorsque je l'ai rencontré à Lons, sa voix ne m'était pas inconnue. Je suis presque certain d'avoir croisé ce personnage antipathique, je dois me souvenir où et comment. Je te rappellerai, on a sonné, j'ai droit à des séances de kiné à domicile.

— Attends, protesta Soline. Judith est là jusqu'à lundi. Étienne, qu'est-ce que tu penses d'elle ? Sois honnête ! Sa présence me cause de l'angoisse, Neige grogne dès qu'elle m'approche. Mais Sophie paraît heureuse, alors je m'efforce d'être aimable.

— Judith ? Je l'ai croisée une fois ou deux, et un soir on a dîné tous les trois. Une ravissante poupée assez intelligente et qui joue avec les frustrations de Sophie. Une vipère à forme humaine, et encore, les vipères mordent uniquement pour se défendre. Tu es satisfaite ? À plus tard, Soline.

La jeune femme observa un court instant son téléphone. Le cœur serré, elle tenta de rassembler ses idées et de dominer ses craintes. Une ronde infernale dansait dans son esprit.

— Roger Fauvel, ce maudit tueur, Judith, mes parents, énuméra-t-elle tout bas. Ont-ils tous un lien ? Pas Judith, c'est impossible.

On frappa à la porte de la chambre, que Benjamin entrebâilla aussitôt.

— Soline, tu es très pâle, nota-t-il. Tu as reçu une mauvaise nouvelle ?

— Étienne m'informait de l'enquête en cours. Je n'ai pas envie d'en parler.

— Judith exige d'être photographiée avec Barry. Elle prétend adorer les chiens de race tervueren. Tu es d'accord ?

— Non, et je vais lui dire immédiatement.

Revigorée par la colère, Soline sortit de la pièce et sans un regard pour son compagnon, elle dévala l'escalier.

*

Soixante et onze ans plus tôt,
Combloux, chez Louise Mancini, lundi 22 octobre 1945

Juliette avait enfilé une robe noire décente, après une toilette soignée. Dégrisée, elle se tenait debout près de la fenêtre, les mains jointes.

— Je vous remercie pour votre bonté, madame, dit-elle à Louise d'un air repenti. En fait, vous êtes toujours ma belle-mère, même si je suis veuve.

— Tu as disparu pendant six ans afin de vivre avec ton amant, rétorqua Louise. Je suis désolée, je ne te considère plus comme ma bru. Si je t'ai accueillie sous mon toit hier, si je t'ai nourrie et si je te donne cette robe, c'est par souci de rester fidèle aux enseignements de Notre-Seigneur Jésus-Christ. Il prônait le pardon des offenses.

— Merci, madame, répéta Juliette. Vous êtes trop bonne.

— Descendons, j'ai préparé de la chicorée et le lait est chaud. Le rationnement est loin de s'achever.

Une fois attablées l'une en face de l'autre, Louise trancha le pain de seigle qu'elle avait acheté la veille.

— J'ai fait des confitures, cet été, mais il n'y a pas de beurre.

— Je n'vais pas me plaindre.

Juliette dévora plusieurs tartines d'affilée, le regard absent, avec l'appétit fiévreux d'une personne souvent privée de nourriture. Une fois rassasiée, elle eut un sourire de gratitude. Louise, qui n'avait pas faim, s'était contentée d'un bol de lait.

— Maintenant, si tu me racontais où tu étais pendant la guerre et pourquoi tu es revenue, presque ivre morte, en réclamant un enfant dont tu n'as jamais pris de nouvelles ? demanda-t-elle.

— Pardi, j'ai bu avant de toquer chez vous, parce que j'avais peur. Je croyais tomber nez à nez avec Clément.

— On ne t'a rien dit dans le village, à ton arrivée ? Et tes parents ? Ils étaient pourtant au courant de la mort de leur gendre.

— J'me planquais, je n'voulais voir personne. Et puis on repart demain, Nicolas et moi.

— N'y compte pas, Juliette, je ne vais pas te confier mon petit-fils. Réfléchis un peu, tu n'es qu'une étrangère pour lui.

— C'est mon gamin, madame Louise. J'ai eu des malheurs, hein, depuis tout ce temps. Jacques, celui qui m'a emmenée, il s'est vite débarrassé de moi. Après, il y en a eu d'autres, pardi, j'étais serveuse. Mais là, j'suis avec un monsieur bien comme il faut. Il m'a payé le train. On s'est mis en ménage et c'est lui qui m'a conseillé de récupérer mon petit.

Raidie par l'indignation, Louise dévisagea Juliette, qui, à trente-quatre ans, des rides profondes autour de la bouche, exhibait une dentition gâtée et des traits affaissés. Elle la revit soudain sous l'aspect charmant d'une jeune femme de chambre du Grand Hôtel, coquette, rieuse et rêvant de grand amour.

« Comment est-elle tombée aussi bas ? Je me suis trompée sur elle, et il a fallu qu'elle s'entiche de Clément, songea-t-elle. J'ai approuvé leur mariage. Mon Dieu, aidez-moi à protéger Nicolas. »

Juliette fouilla son sac. Elle en sortit un paquet de cigarettes et en alluma une, en s'appuyant au dossier de sa chaise.

— On a la loi de notre côté, déclara-t-elle. Madame Louise, vous n'avez pas l'droit de me voler mon enfant.

— Tu n'as pas honte d'employer des mots pareils ? J'ai élevé Nicolas, alors c'est un peu facile de vouloir le reprendre quand ça t'arrange ! J'avais prévu de lui annoncer ton retour après l'école, mais je tenais à agir en douceur. Ce pauvre chéri, quand nous allons à la messe, fait des prières pour que sa maman revienne de son long voyage. Juliette, je vais être franche, si tu m'avais écrit, si tu étais venue chez moi sous une allure convenable, je t'aurais peut-être laissée faire la connaissance de Nicolas. Dieu soit loué, il a dormi chez mon frère.

— J'ai la loi pour moi, insista Juliette, soudain hostile.

— Mais je me moque de la loi ! Aimes-tu ton fils au moins ? s'exclama Louise. Peu de mères peuvent abandonner leur bébé pour suivre un amant. Lui as-tu envoyé des cartes postales, des jouets à son anniversaire ? Tu veux l'emmener vivre je ne sais où, près de je ne sais qui ! Prouve-moi ta bonne foi ! Si tu as l'intention de rendre Nicolas heureux, reste à Combloux, où tu pourrais travailler, et surtout arrête de boire.

— Si c'était possible, pourquoi pas, mais je n'peux pas !

— Très bien, allons à la gendarmerie toutes les deux. Nous saurons de quel côté est la loi. Antoine et moi, nous avons veillé sur l'éducation de Nicolas, il a grandi entouré d'amour et de bons soins.

— Non, j'dois téléphoner, alors je vais au bureau de poste.

— Qui veux-tu appeler ? Ton monsieur bien comme il faut ? Pourquoi ne t'a-t-il pas accompagnée ? Nous aurions pu juger de ses intentions.

Furibonde, Juliette haussa les épaules et après avoir pris son sac, elle se précipita dans la rue. Louise sortit elle aussi, mais pour courir jusqu'au cabinet médical de son frère. En chemin, une vision la terrassa, l'obligeant à s'arrêter.

— Qu'est-ce que ça veut dire ? Pourquoi on me montre ces pauvres petits ?

Bouleversée, elle entra chez Antoine sans même avoir sonné ni frappé. Aglaé surgit du fond du hall, affublée de son éternel tablier blanc et de sa coiffe.

— Eh alors, Madame Louise, vous êtes blanche à faire peur ! Venez à la cuisine boire un remontant. Monsieur le docteur est parti faire ses visites. Juliette vous a causé des ennuis ?

— Pas encore, Aglaé, je dois l'en empêcher.

— N'vous faites pas de bile pour les petiots. Émeline a dormi ici et ce matin elle les a conduits à l'école. Votre fille a un fichu caractère, dites donc, mais on le sait tous.

Les années de guerre avaient aboli les barrières entre Louise et la domestique. Elles se retrouvèrent assises près du fourneau en fonte, en train de siroter un fond de verre de génépi.

— Aglaé, vous faites partie de notre famille, désormais. Vous savez que j'ai des visions... Si mon frère était là, je lui aurais confié ce qu'on m'a montré tout à l'heure. J'ai besoin vous le dire, car je voudrais comprendre.

— Ne vous gênez pas, Madame Louise. Si je peux me rendre utile.

— J'en ai le cœur serré. Il y avait des enfants enfermés dans une sorte de réduit où il faisait très sombre. Je percevais leurs sanglots, leurs cris de détresse. Et un homme brutalisait un des garçons dont le front saignait. Ce bourreau était de dos, aussi je n'ai pas vu son visage. Seigneur, c'était affreux.

Impressionnée, Aglaé se signa à deux reprises. Elle vida d'un trait sa rasade de liqueur.

— Je suis sûre qu'il s'agit d'un avertissement. Nicolas, mon petit-fils, est menacé. On lui fera du mal. Sa mère compte repartir avec lui.

— Jésus Marie Joseph, c'est y que cette dévergondée veut vous le reprendre ?

— Oui, elle ose revendiquer ses droits ! Aglaé, si Antoine revient, mettez-le au courant. Je vais à l'école, j'inventerai une histoire pour l'instituteur et il me laissera emmener Nicolas avant midi.

À la même heure, les écolières et écoliers de Combloux se dispersaient dans leur cour de récréation respective. Un mur surmonté d'une grille tenait lieu de séparation.

Marie avait pourtant l'habitude de bavarder avec Nicolas, que tout le village considérait comme son cousin. Hissée sur la pointe des pieds, en s'accrochant aux barreaux, elle sifflait pour attirer son attention.

À sept ans et six mois révolus, le fils de Juliette et de Clément était un enfant sage, studieux, qui refusait de se bagarrer ou de se moquer des filles.

Ce matin-là, il se sentait triste et inquiet. La veille, la fête d'anniversaire d'Émeline avait été brusquement interrompue à cause de la femme qui tambourinait à la porte. Il avait eu le temps de l'observer par la fenêtre, juste quelques secondes. Ensuite, son grand-oncle Antoine l'avait ramené à table, en le grondant.

— Hé, Nicolas, appela-t-on.

Il aperçut la frimousse de Marie entre les barreaux.

— Je suis là, dit-il une fois plaqué contre le mur.

— Je sais qui est la dame d'hier. Janine, la fille du facteur, me l'a dit. C'est ta mère !

— Menteuse, maman voyage très loin, en Amérique ! Grand-mère m'a montré où c'était sur une carte.

— Pourquoi tu crois qu'on n'a pas pu dormir chez grand-mère Louise ? Parce que ta mère y était...

— Non, c'était une affreuse dame !

Marie, malgré sa position inconfortable, eut un sourire plein de compassion à l'adresse du garçon.

— Le facteur l'a très bien reconnue. Elle est arrivée en car sur la place de l'Église, et lui, il sortait de la messe. Zut, regarde derrière le portail, la dame est là, je crois qu'elle te fait signe. Va lui parler !

Nicolas était pétrifié par l'émotion. Il fixait la femme en noir qui agitait la main. Soudain, il se décida, après avoir vérifié où se trouvait l'instituteur. Son maître surveillait les jeux bruyants de ses camarades, le dos tourné.

— Mon petit chéri, je suis ta maman, murmura Juliette dès qu'il atteignit le portail. J'ai vu des portraits de toi chez ta grand-mère Louise, tu es encore plus beau en vrai. Tiens, je t'ai acheté des sucres d'orge, dans une boutique de la gare.

— Merci, madame, souffla l'enfant en prenant l'offrande.

— Il faut me dire maman, enfin ! Je suis venue te chercher, mon trésor. Tu vas habiter avec moi, dans une grande ville.

— Non, je veux rester ici. Vous n'êtes pas ma mère, en plus.

L'étrangère qui minaudait l'effrayait. Il revit le cliché de ses parents, le jour de leurs noces. Sa grand-mère l'avait fait encadrer et il ornait sa table de chevet. Nicolas rêvait souvent devant la ravissante jeune fille vêtue de blanc, au doux sourire. Mais il avait de plus en plus peur de cette femme à la voix rauque, à la bouche trop rouge, aux gestes fébriles.

— Tu m'as tellement manqué, mon petit chéri, ajouta Juliette. Je n'ai pas pu revenir plus tôt. On s'amusera bien, tous les deux. Déjà on va prendre le car et ensuite le train.

De la cour voisine, Marie les observait, à la fois curieuse et soucieuse. Elle sursauta lorsqu'on la prit par l'épaule.

— Qu'est-ce que tu regardes ? l'interrogea Émeline. La cloche a sonné, Marie. Tu es une de mes élèves, je refuse de te traiter différemment des autres.

— La mère de Nicolas lui parle, là-bas, près du portail des garçons.

— Quoi ? Comment ose-t-elle ? Tu aurais dû m'avertir.

Désemparée, Émeline hésita sur la conduite à tenir. Juste nommée, il aurait été préjudiciable à sa réputation de causer un scandale.

— Nicolas, retourne en classe ! s'écria-t-elle cependant, sans plus réfléchir. Monsieur, appelez mon neveu, je vous en prie.

Elle interpellait son collègue, un respectable quinquagénaire parfois distrait. À partir de cet instant, tout se déroula à une vitesse étonnante. Juliette saisit le poignet de Nicolas à travers la grille en l'invectivant car il se débattait. Affolée par les cris de l'enfant, Émeline cria encore.

— Lâche-le ! Tu entends, lâche-le !

Terrifié, le garçon réussit à se libérer, avec des sanglots de désespoir. Il s'élança vers l'instituteur, qui ne comprenait rien à la scène. Bouche bée, il assista à la chute de Nicolas. Le garçon, pris de panique, trébucha et tomba avec rudesse. Son crâne heurta violemment les pavés de la cour. Il perdit conscience immédiatement et demeura étendu, les bras en croix.

Certains de ses camarades, apeurés, se mirent à pleurer, tandis qu'Émeline entraînait Marie vers l'intérieur de l'école. Quant à Juliette, elle recula, hébétée, pour s'enfuir au pas de course.

*

Soixante et onze ans plus tard,
Chalet du vallon des loups, samedi 23 janvier 2016

Soline et Judith s'affrontaient d'un même regard furieux. Elles étaient près de l'enclos des loups, chacune certaine d'être dans son bon droit. Benjamin, qui accourait, fut arrêté net par un geste de Sophie, se tenant prudemment à l'écart des deux jeunes femmes.

— Inutile de s'en mêler, lui indiqua-t-elle tout bas. Ces deux tigresses n'ont pas encore échangé un mot.

— Je prendrai forcément le parti de Soline, répliqua-t-il.

Un aboiement véhément de Barry résonna soudain, brisant le silence ambiant. Le tervueren effectuait des allers-retours derrière le grillage.

— Tu es témoin, Soline, ton chien veut sortir, décréta Judith. Je ne comprends pas pourquoi tu refuses que je pose avec lui ! J'apprécie cette race et j'envisage de m'acheter un chiot.

— Très bien, dans ce cas demande à Sophie de te conduire jusqu'à l'élevage le plus proche. Je connais une adresse. Tu pourras te faire photographier sous tous les angles.

— Ce que tu es mesquine !

— Et toi, tu es d'une indiscrétion qui frise l'impolitesse. Depuis ce matin, tu mitrailles les alentours du chalet sans notre accord. Tu as même pris en photo nos voitures ! Moi non plus je ne comprends pas.

— Où est le mal ? s'insurgea l'avocate avec une moue.

— Je l'ignore, mais ça me déplaît, rétorqua Soline.

— Un caprice de femme enceinte, peut-être. Tant pis, laisse cette pauvre bête prisonnière. Sophie, on ferait mieux de s'en aller et de trouver un hôtel. Je tolère difficilement l'agressivité et la sottise.

Outrée, Soline résista à l'envie de gifler Judith. Afin de se calmer, elle s'éloigna en direction de la forêt. Au bout d'une vingtaine de mètres, ses oreilles bourdonnèrent et sa vue se brouilla. Le front perlé d'une sueur froide, elle continua à marcher, mais comme dans un rêve, avec l'impression pénible d'avancer au ralenti.

« Je ne dois pas tomber, se disait-elle. Je dois tenir bon. »

Bientôt le souffle lui manqua. Les appels de Benjamin, qui s'était aperçu de son malaise, lui semblaient étouffés, lancés d'un univers parallèle. Quand il la rattrapa, elle se laissa glisser sur le sol, en fermant les yeux.

— Soline, qu'est-ce que tu as ? Soline ?

Il la serra dans ses bras. Elle respirait avidement, secouée de frissons.

— Tes nerfs te trahissent, chuchota-t-il en déposant un baiser sur sa joue. J'ai eu tort d'accepter de recevoir Judith. On dirait qu'elle te provoque par plaisir.

— Serre-moi fort, répondit Soline une fois apaisée. J'ai eu une vision, mais je les supporte de moins en moins. Maintenant elles déclenchent en moi des sensations effrayantes, comme si on me jetait dans un gouffre noir. Je suis entraînée vers une lumière et là, une scène m'apparaît. Et désormais, il m'arrive d'entendre des bruits ou des voix.

— Donc, le phénomène évolue… Comment fais-tu pour endurer ça ? Franchement, ça m'angoisse beaucoup, avoua-t-il. Et les médecins sont impuissants dans ce domaine. Le bébé peut en souffrir, si tu suffoques !

— Notre fille va très bien, protesta Soline. Personne n'y peut rien, et puis je me remets vite, alors ne sois pas aussi anxieux. Benjamin, j'ai encore vu un enfant le crâne en sang, gisant sur des pavés, mais il était brun, en blouse grise d'écolier. Cette fois, ce n'était pas Pavel.

Soline n'avait jamais prononcé ce prénom à haute voix. Elle perçut le tressaillement de son compagnon.

— Pavel ? Tu as bien dit Pavel ? s'étonna-t-il. Qui t'a parlé de lui ? Sophie ou Étienne ?

— Étienne. Faisons une promenade tous les deux, avant de rentrer au chalet, proposa-t-elle. J'en ai assez de mentir.

Elle se dégagea de l'étreinte de Benjamin et se releva, totalement remise de son malaise. Il la prit par la taille et, enlacés, ils se dirigèrent vers les premiers sapins.

— J'ai souvent vu cet enfant blond, couché sur la neige, et je savais qu'il était mort. Un soir, après avoir eu encore une fois une vision de lui, ce prénom, Pavel, s'est imposé à mon esprit. J'ai largement le temps de réfléchir, quand je suis seule, aussi j'ai pu établir que je voyais ce pauvre petit depuis l'irruption d'Étienne dans notre vie. Même si j'avais eu des doutes sur leur lien de parenté, tu m'en aurais donné la preuve à l'instant, en me demandant qui m'avait parlé de lui. De toute évidence, tu connaissais l'existence de Pavel.

— C'était le jeune frère d'Étienne, tué par une sale brute, un adolescent qui jalousait tout le monde. Pavel avait l'air d'un ange.

Submergé par l'émotion, Benjamin se tut. Soline se tourna vers lui.

— Alors tu étais avec eux ? avança-t-elle. Je veux dire, avec Sophie, Étienne et son petit frère.

— Oui, nous étions ensemble à cette époque. Ce drame nous a tous marqués. Je crois qu'il a brisé

Étienne. Il n'a rien pu faire, comprends-tu ? Bon sang, je n'ai pas envie d'en dire plus.

— Et moi ? J'étais où, moi ? Sois honnête, réponds !

— Avec nous, Soline. Tu étais avec nous. Et le soir de la mort de Pavel, il y a eu l'avalanche...

*

Soixante et onze ans plus tôt,
Combloux, chez le docteur Antoine Favre,
lundi 22 octobre 1945

Louise sanglotait au chevet de son petit-fils, qui n'avait pas repris connaissance. Marie, en larmes elle aussi, tenait la main de Nicolas, dont le crâne était enveloppé d'un pansement.

— Est-ce que c'est grave, mon oncle ? s'enquit Émeline.

— Je redoute une fracture, répondit le médecin. J'ai appelé une ambulance, il faut l'emmener à l'hôpital pour passer une radiographie.

— Je te fais confiance. Je suis désolée, mais je dois retourner à l'école. Vous pourrez me donner des nouvelles par téléphone. Maman, ne pleure pas, tu n'es coupable de rien.

— Oh si, j'avais un mauvais pressentiment. J'aurais dû courir chercher Nicolas aussitôt, au lieu de venir ici. Je voulais t'alerter, Antoine, et j'ai perdu de précieuses minutes. J'aurais dû me douter que tu étais parti faire tes visites.

— Alors c'est ma faute, gémit Aglaé, je vous ai retenue un moment, Madame Louise.

— L'unique responsable, on la connaît, décréta Antoine Favre d'un ton sinistre. Non contente d'avoir abandonné son mari, Juliette revient au bout de six ans pour récupérer un enfant dont elle ne s'est jamais souciée.

— Moi qui avais pitié d'elle, se reprocha Louise. Comment a-t-elle pu s'en prendre à Nicolas, au point de le terrifier ?

Émeline remit son gilet. Elle était si triste et inquiète que toute colère l'avait quittée.

— Tu viens, Marie ? soupira-t-elle. C'est l'heure.

— Non, je veux rester là, avec Nicolas.

— Tu ne pourras pas l'accompagner à l'hôpital, ma mignonne, expliqua Aglaé. Tu seras mieux en classe.

Louise continuait à scruter le visage impassible de son petit-fils. Elle caressait sa joue, son front, comme pour lui insuffler sa propre vitalité. Antoine la fit se lever, en la prenant par les épaules.

— Il y a des vêtements de Jeanne dans la chambre d'à-côté, va t'habiller correctement, sœurette, lui dit-il avec douceur.

— Tu as raison, je ne suis guère présentable. Quoiqu'il arrive, je resterai près de Nicolas, même s'il passe la nuit à l'hôpital.

— Autant que tu le saches, en ce qui concerne Juliette, j'ai prévenu la gendarmerie, ajouta son frère. Le brigadier va enquêter sur elle.

— C'est une sage décision, mon oncle, approuva Émeline. J'estime que cette femme n'a plus aucun droit sur Nicolas. Allez, viens, Marie.

La fillette jeta un regard navré sur le lit où gisait le petit garçon qu'elle aimait tendrement, comme s'il était son frère.

— Il va guérir, dites, Nicolas, il ne va pas mourir ? demanda-t-elle tout bas aux adultes qui la poussaient hors de la chambre.

— Mais non, petiote, affirma Aglaé. Le Seigneur protège les innocents.

Environ une heure plus tard, une ambulance venue de Chamonix emporta Nicolas, toujours inconscient. Louise, vêtue d'un imperméable gris ayant appartenu à sa défunte belle-sœur, avait pris place à l'arrière en compagnie de l'infirmière qui surveillait la tension de l'enfant.

Juliette assista au départ du véhicule. Elle était montée au premier étage d'un immeuble divisé en appartements, dont la fenêtre du palier donnait sur la belle demeure du docteur Favre.

— Mais pourquoi il s'est cassé la figure, aussi ? se répétait-elle. Il a fallu qu'il trébuche ! Bien sûr, ils vont dire que c'est ma faute. Pauvre gamin, j'aurais peut-être dû le laisser tranquille.

En six ans, son parcours avait été chaotique. Elle s'était bien gardée d'avouer à Louise la profondeur de sa déchéance. Devenue alcoolique, s'offrant à qui la voulait pour pouvoir se nourrir et boire, la veuve de Clément Lardet était tombée sous la coupe d'un individu de la pire espèce. Aveuglée par l'argent qu'il donnait et par des promesses d'une vie aisée, elle lui obéissait en tout.

— J'n'oserai jamais demander comment il va, Nicolas, soupira-t-elle. Le docteur Antoine est encore chez lui.

Des pas pesants dans l'escalier commun la firent trembler. Elle poussa un cri affolé quand deux gendarmes apparurent.

— Madame Mancini, s'exclama l'un d'eux. Il faut nous suivre et sans faire d'histoire.

— Et pourquoi ça ?

Le regard méprisant de l'homme terrassa Juliette. Elle s'était accoutumée à être docile et obtempéra.

Elle vécut la plus cuisante des humiliations en marchant jusqu'à la gendarmerie, encadrée par les agents, sous les yeux de plusieurs curieux du village, dont ses parents, qui tenaient une épicerie. Ils lui tournèrent le dos et, vite, se réfugièrent dans leur boutique.

— Je n'ai rien fait de mal, se plaignit Juliette cinq minutes plus tard, une fois confrontée au brigadier.

— Le docteur Favre a déposé plainte contre vous, madame. De surcroît, vous êtes accusée d'ivresse sur la voie publique et de tentative d'enlèvement sur un mineur.

— Vous vous fichez de moi, j'ai juste causé à mon fils. Il faut téléphoner au monsieur avec qui je suis en ce moment, il viendra me chercher.

À la fin de l'interrogatoire, le brigadier avait noté le nom et l'adresse du dit monsieur. Il recommanda à Juliette d'attendre patiemment dans la pièce voisine. D'un geste, il indiqua à un gendarme de la surveiller.

Aglaé, vers 16 heures, décida de faire des crêpes. Pour elle, c'était une bonne façon de consoler Marie, à son retour de l'école.

— Émeline en mangera peut-être, se dit-elle en préparant la pâte. Monsieur Antoine aussi, s'il rentre ce soir de l'hôpital.

Tout en s'affairant, elle espérait entendre la sonnerie métallique du téléphone. Mais un profond silence pesait sur la grande maison.

— Mon Dieu, il y en a eu des malheurs dans la famille ! Notre bonne madame Jeanne qui s'est éteinte de la poitrine, l'hiver dernier. Monsieur Clément, un si bel homme, abattu comme un chien par cette ordure de Pacôme Bertrand. Ah, celui-là, il n'aura pas fait de vieux os, condamné à être fusillé par le tribunal de l'épuration. Et maintenant ce brave petit Nicolas qui s'est fendu le crâne…

Toute à ses doléances, Aglaé ne prêta pas attention à une course légère, sur le carrelage du vestibule. Marie pénétra en trombe dans la cuisine. Elle arborait un large sourire ébloui.

— Nicolas est sauvé, Aglaé, il s'est réveillé ! annonça-t-elle, rouge d'exaltation. Papa Antoine a téléphoné à l'école.

La fillette se jeta au cou de la domestique qui fondit en larmes, tellement elle était soulagée. Ce fut au tour d'Émeline de faire irruption.

— Je suis si contente, renchérit-elle. Du coup, j'ai invité Pierre à dîner ici ce soir, avec l'accord de mon oncle. Je t'aiderai pour le repas, Aglaé.

— Penses-tu, ça me fera plaisir de vous mijoter un bon plat ! Alors, qu'est-ce qu'il a eu, notre petiot ?

— Un traumatisme crânien, mais il est hors de danger, la radio ne révèle aucune fracture. Il doit rester à l'hôpital au moins une semaine. Maman était si heureuse qu'elle en pleurait. On lui a installé un lit d'appoint dans la chambre de Nicolas.

Marie inspectait le contenu de la jatte en grès, à moitié remplie d'une pâte d'un jaune clair.

— On a des crêpes pour le goûter ! s'extasia-t-elle. Émeline, toi qui avais faim !

— J'avais faim parce que j'étais rassurée pour Nicolas, expliqua celle-ci.

Coiffée d'une longue natte dorée, son corps mince moulé par une robe en jersey beige, la jeune institutrice rayonnait de joie. En chantonnant, elle esquissa un pas de danse. Ce soir, son fiancé serait là.

« On ira se promener, main dans la main, et on s'embrassera à notre aise, des dizaines de fois, se promettait-elle. Je l'aime tant, mon Pierre… »

— Marie ! Regarde donc ta tante, s'esclaffa Aglaé. Elle valse toute seule. Comme on dit, après la pluie, le beau temps ! Bon, on fait sauter les crêpes, la poêle est chaude.

La fillette éclata de rire, pourtant au fond de son cœur sensible naissait une foule de questions. Selon leur habitude, les adultes ne lui avaient rien expliqué et elle devait rassembler des bribes de paroles prononcées tout bas. Aussi elle prétexta un besoin urgent pour se réfugier dans les commodités.

— Pourquoi la mère de Nicolas, elle lui a fait peur ? dit-elle d'un ton agacé. Pourquoi elle voulait l'emmener ? Ce n'était peut-être pas sa vraie maman, mais une méchante sorcière.

Soudain lui revint le souvenir adoré de Jeanne, qui lui avait donné tant d'amour. Sa frimousse crispée par le chagrin, Marie versa des larmes amères sur la douce femme qui lui manquait tant.

5
Soir de colère

Soixante et onze ans plus tard,
Chalet du vallon des loups, samedi 23 janvier 2016

Soline n'avait pas bougé, après l'aveu que venait de lui faire Benjamin. Elle le fixait d'un air incrédule, intérieurement ébranlée par les battements désordonnés de son cœur.

— Tu peux répéter ? demanda-t-elle.

— À quoi bon ? Tu as très bien entendu.

— Oui, seulement je voudrais comprendre !

Son compagnon, d'une pâleur morbide, s'écarta de quelques pas, avant de lui faire face.

— Je suis désolé de t'avoir caché la vérité, Soline. C'était si difficile de te le dire. J'avais peur de ta réaction.

— Alors tu as préféré le silence ou faire certaines allusions que je ne comprenais pas. Bien, je récapitule, dit-elle sans pouvoir maîtriser les tremblements de sa voix. Petite fille, j'étais dans je ne sais quel endroit, avec Sophie, Étienne, Pavel et toi. Et il y a eu une avalanche.

— Oui, le soir de la mort de Pavel, insista-t-il en détournant le regard. Je ne pouvais pas évoquer notre passé commun dès les premiers temps où nous étions ensemble. J'ignorais si nous avions un avenir, si tu m'aimais vraiment. En fait, je craignais de te perdre à nouveau si je te parlais de tout ceci au début de notre relation.

— Notre passé commun ? Me perdre à nouveau ? Je t'en prie, Benjamin, sois plus précis. Mets-toi à ma place. Tu ne peux plus reculer, cette fois, je veux savoir. Pourquoi tu t'éloignes de moi ? Tu veux t'enfuir ?

— Mais non, je n'étais pas prêt à en parler, voilà !

— Dis plutôt que tu espérais ne jamais m'en parler ! répliqua-t-elle, exaspérée.

Il s'approcha pour la prendre dans ses bras, elle le repoussa sans réfléchir, cédant à son instinct.

— Tu es déjà sur la défensive, déplora-t-il. Rien n'a été simple, depuis des mois. Il y avait des menaces constantes qui pesaient sur nous tous, mon accident, mon amnésie, et ta grossesse. J'étais tellement heureux, quand j'ai su que tu étais enceinte, mais en même temps, je redoutais de ternir notre bonheur en te dévoilant notre passé.

Benjamin la dévisageait d'un air passionné. Soline résista à l'envie de l'enlacer et d'effacer les minutes précédentes par la magie de leurs baisers.

— Pourtant, grâce au bébé, tu avais décidé de me parler la veille de Noël, lui rappela-t-elle. Pour être franche, moi aussi j'ai eu peur et j'ai pensé qu'il était inutile de regarder en arrière.

Un vent froid circula sous les sapins. Soline, qui n'avait pas de manteau, frissonna. Elle observa le ciel, envahi de nuages d'un gris intense.

— Rentrons au chalet, proposa Benjamin en lui prenant la main. On dirait qu'il va neiger.

— Non, je suis trop nerveuse. Si Judith me provoque encore, je ne pourrai pas rester polie. Tout à l'heure, j'ai failli la gifler.

— Nous monterons dans notre chambre, tu t'allongeras et je te préparerai un goûter.

Soline refusa d'un signe de tête. Elle s'élança soudain sur la pente, obligeant son compagnon à la suivre.

— On se réchauffera en marchant, déclara-t-elle. Et puis je t'en prie, arrête de me traiter comme une jolie petite chose précieuse. Peu à peu, je réalise que vous m'avez tous menti, ces derniers mois, même Sophie, en qui j'avais confiance. Toi, je savais que tu hésitais à me révéler un secret, aussi je patientais.

— Étienne me l'a reproché. Il prétendait que j'avais tort de me taire, de vouloir te protéger.

— Il voyait juste. Au fond, il me respecte plus que toi.

— Soline, ne dis pas ça !

Malgré tous ses efforts, la jeune femme éprouvait une vive colère. Elle se sentait trahie à la fois par l'homme qu'elle aimait et par ses amis.

— Parle donc ! lui ordonna-t-elle. Où étions-nous à cette époque ? Dans un orphelinat, bien sûr.

Benjamin s'effarait de l'allure forcenée qu'elle s'imposait. Il la rattrapa et la saisit par le bras.

— Soline, écoute-moi maintenant.

Il s'aperçut qu'elle pleurait. L'éclat humide de ses grands yeux bleus le toucha en plein cœur.

— La première fois que je t'ai vue, c'était pendant un séjour qui devait durer deux semaines, ici en Haute-Savoie, ajouta-t-il très vite. Une sorte de colonie de vacances à la fin de l'hiver. Tu ne peux pas imaginer la joie que nous avons ressentie, devant le spectacle merveilleux de toutes ces hautes montagnes blanches de neige. L'espace autour de nous était grisant, le ciel immense. On nous logeait dans une petite station de ski en piteux état, mais ça nous était bien égal, on respirait enfin, on pouvait s'amuser. Il y avait Sophie, Étienne, son frère Pavel et moi. Toi, Soline, tu es arrivée d'un autre endroit que nous, avec une femme qui a servi de cuisinière et s'est occupée du ménage. Elle nous a dit que tu n'avais pas de parents. Tu devais avoir le même âge que Pavel. Il t'a tout de suite accaparée, on était tous jaloux de lui. Tu étais si jolie. En plus, tu savais lire et écrire.

D'un geste délicat, Benjamin essuya les larmes qui coulaient sur les joues de Soline.

— Je t'ai adorée aussitôt, confessa-t-il. Je me suis promu ton grand frère. J'avais environ dix ou onze ans.

— Et les autres ?

— Étienne treize ans, Sophie dix ans.

— Mais vous parliez français ?

— Oui, on nous l'avait appris. Beaucoup de parties de notre histoire sont encore floues, complexes. Je sais que Sophie a fait des recherches à sa majorité, sans rien trouver sur nos origines, le lieu où nous étions en France. Nous sommes certains d'avoir été victimes d'une organisation clandestine.

Comme il tentait de lui donner un baiser, Soline recula d'un bond. Elle avait trop de questions à poser.

— Je ne t'ai jamais oubliée, avoua Benjamin en l'étreignant. Tu m'obsédais, je rêvais souvent de toi et quand je me réveillais, la déception me désespérait. Je m'étais promis de te retrouver.

— Pourquoi avons-nous été séparés ? Est-ce que je m'appelais Soline ?

— Calme-toi, tu trembles de tout ton corps. Je vais te dire ce que je sais ou ce que j'ai pu déterminer, mais il serait temps de rentrer au chalet. Sophie doit s'inquiéter, surtout si Judith souhaite s'en aller. Nous n'avons pas pris nos téléphones, elles ne peuvent pas nous joindre.

— Je m'en moque ! s'insurgea Soline. Je suis bouleversée, là, tu ne t'en rends pas compte ? Le pire pour moi, c'est que je n'ai aucun souvenir. J'ai l'impression que tu me racontes un film ou un livre. Je suis incapable de t'imaginer à onze ans, alors ton récit me paraît aberrant.

— Quand tu tentais de raviver ma mémoire, cet été, j'avais la même impression, à une différence près : je me souvenais de toi, de ton prénom.

— C'est vrai, concéda-t-elle.

Il l'embrassa sur le front. Cette fois, elle ne se rebiffa pas.

— Eh oui, petite, tu t'appelais Soline, et grâce à ton prénom peu fréquent, j'ai fini par te retrouver sur Internet.

— Tu t'es installé dans la région parce que j'y vivais ? Tu me surveillais, toi aussi, comme le tueur ?

— Ne me compare pas à ce type ! Non, je savais juste que tu habitais Combloux. Je ne voulais rien précipiter, je cherchais un prétexte pour te contacter. Notre première rencontre sur une route, à l'occasion d'un accrochage, était due au hasard.

— Je te crois… Et l'accident, mes vrais parents, tu sais quelque chose ?

Benjamin l'entraînait hors de la forêt. Maintenant, une neige fine ruisselait du ciel opaque. Par endroits, les flocons tenaient et composaient des taches blanches parmi le paysage sombre.

— Hélas, j'ignore qui est ta famille et d'où tu viens. Quant à l'accident dont ont fait état tes parents adoptifs, à mon avis, il s'agit sûrement de l'avalanche, disons ses conséquences. Elle s'est produite le soir, après le repas, la veille du départ. Nous étions tous choqués par la mort de Pavel. Étienne était comme fou de douleur. Il refusait de lâcher le corps de son petit frère, il me l'a confié plus tard, je n'ai pas été témoin de la scène. D'après lui, un homme l'a frappé et a emporté ce pauvre enfant.

— C'est abominable, gémit Soline. Qu'on l'écarte du corps, je peux le concevoir, mais pourquoi le frapper ? Pauvre Étienne…

— Laisse-moi continuer, je t'en prie, j'ai tellement de mal à évoquer ces moments d'épouvante. Nous allions nous coucher quand il y a eu un grondement démentiel. Tu as hurlé de terreur en te réfugiant dans mes bras. Ensuite il y a eu ce choc monstrueux contre le bâtiment et tout est devenu noir. La femme dont je t'ai parlé, celle qui t'a amenée, a dû mourir au cours de ce premier impact.

Soline ne songeait pas à l'interrompre. Après avoir longé l'enclos, ils approchaient du camion qui servait de laboratoire à Benjamin.

— Allons à l'intérieur, suggéra-t-elle. Il fera meilleur et on ne sera pas dérangés.

— D'accord.

Ils s'assirent sur la couchette, en se tenant par la main, sans plus penser à Sophie ou à Judith.

— Que s'est-il passé ensuite ? interrogea Soline.

— On nous a abandonnés à notre sort. Je me demande encore si l'avalanche n'avait pas été déclenchée pour nous supprimer de façon en apparence naturelle. C'était un cauchemar, j'étais prisonnier dans une petite pièce, avec toi, mais Sophie se trouvait auprès d'Étienne. Ils étaient bloqués eux aussi. Nous pouvions communiquer à travers la cloison. Les fenêtres étaient étroites, la neige les avait brisées et pénétrait par l'ouverture. J'ai fait de mon mieux pour te préserver du froid, de la peur. Je ne voulais pas que tu meures.

Benjamin tremblait, tendu à l'extrême. Soudain Soline eut conscience de sa profonde détresse. Elle le serra dans ses bras.

— Tu m'as sauvé la vie, je te remercie, souffla-t-elle. Pardon de m'être mise en colère.

— Tu étais très faible quand le plafond a cédé. Tu as été touchée à la tête, à la poitrine, mais j'ai pu te pousser sous le lit en fer et me glisser contre toi. Par miracle, les secours sont arrivés. Tu étais gravement blessée, mais encore vivante.

— Mon amour, pourquoi tu ne m'as pas raconté tout ceci bien avant ? Benjamin, je t'aurais aimé encore plus fort !

— J'avais peur que tu revives cette tragédie et que tu en souffres.

— Je comprends. Au fait, et l'adolescent que tu as qualifié de sale brute, qu'est-ce qu'il faisait là et que lui est-il arrivé ?

— Il nous a rejoints à la fin de la première semaine. La cuisinière et lui paraissaient très proches. On pensait que c'était son fils. Il devait avoir quinze ou seize ans. Le soir de l'avalanche, c'était une telle panique que je suis incapable de me souvenir de là où il se trouvait et même s'il a été blessé. J'ignore ce qu'il est devenu.

Un long silence s'instaura. Benjamin avait enlacé Soline, qu'il couvrait de légers baisers.

— J'étais émerveillé de te revoir enfin, dit-il tout bas. Ce jour où tu as heurté mon rétroviseur et que tu as marché vers moi demeurera un des plus exaltants de ma vie.

— Moi j'ai ressenti une attirance étrange pour toi, répondit-elle. Mais quelque chose m'intrigue…

— Quoi donc ?

— Non, rien, c'est flou.

Pourtant, elle se remémorait les paroles d'Étienne, quand il craignait de mourir. Il avait accusé le fameux tueur d'être également l'assassin de Pavel, ce qu'il niait maintenant, en affirmant qu'il délirait sous l'effet de la douleur.

— Mon cœur, ma bien-aimée, murmura Benjamin avant de lui donner un baiser passionné.

Soline devina qu'il la désirait. Son propre désir s'éveilla. Les mains de son compagnon s'étaient glissées sous son pull, enveloppant ses seins. Bouche contre bouche, ils ne faisaient plus qu'un.

— Je te veux, là, tout de suite, dit-il d'une voix changée. Peu importe le passé, nous avons le droit d'être heureux.

Lascive, les paupières mi-closes, elle consentit à une rapide étreinte, avide de s'offrir et d'atteindre ce paroxysme d'extase que seul Benjamin lui procurait. Ils improvisèrent, complices et égayés, une position adaptée à l'endroit.

Bientôt, en appui sur la couchette, Soline émit une plainte langoureuse, lorsque le sexe tendu de son compagnon la pénétra doucement. Debout derrière elle, il la soutenait par la taille, en caressant parfois sa poitrine ronde et ferme. Le plaisir les emporta bien loin du vallon, sur les ondes délicieuses qui irradiaient leurs corps en feu.

— Mon amour, mon cher amour, c'était si bon, chuchota-t-elle peu après, en se retournant pour mieux le serrer contre elle.

Benjamin esquissa un sourire ébloui. Il allait lui répondre quand des aboiements furieux retentirent du côté du chalet.

*

Soixante et onze ans plus tôt,
Combloux, chez Louise Mancini, mardi 30 octobre 1945

Louise quitta la chambre sur la pointe des pieds, satisfaite de voir Nicolas endormi paisiblement, le teint plus coloré. L'enfant, soulagé d'être sorti de l'hôpital, mangeait mieux et, surtout, il se sentait en sécurité chez sa grand-mère.

— Alors, comment va-t-il ? s'inquiéta Émeline dès qu'elle vit sa mère descendre l'escalier.

— Bien, rassure-toi. Il souffre encore de migraines, mais le médicament qu'il prend les atténue. Je lui ai fait la lecture ce matin, l'histoire de Robinson Crusoé, sur tes conseils. Ma chérie, tu n'aurais pas dû te déplacer, certains de tes élèves déjeunent à l'école. Je pensais que tu viendrais ce soir.

— Amélie, une des grandes, les surveille, j'ai toute confiance en elle et je lui ai promis de ne pas m'attarder. Maman, tu devrais t'asseoir, j'ai appris une très mauvaise nouvelle. Oncle Antoine passera tout à l'heure, pour en discuter avec toi. Il m'a demandé de te prévenir.

— Mon Dieu, tu me fais peur, Émeline.

Sans se départir d'un tendre sourire, la jeune femme guida sa mère vers une chaise, en lui tapotant l'épaule.

— Maman, Juliette s'est suicidée dimanche. Auparavant, elle avait remis une lettre au curé du village avec ton nom sur l'enveloppe. Oncle Antoine l'a récupérée.

— Juliette est morte, dit Louise tout bas. Pourquoi a-t-elle décidé d'en finir ?

— Tu auras sans doute la réponse dans sa lettre. D'après ce qu'on sait, elle s'est jetée sous un train. Il faut absolument le cacher à Nicolas. Même s'il a eu peur d'elle, il serait perturbé.

Louise approuva d'un signe de tête. Émeline s'alarma de sa pâleur soudaine, de l'expression égarée de son regard bleu.

— Cette malheureuse avait besoin d'aide, déclara-t-elle. Si je pouvais me douter qu'elle était capable de se supprimer... Je n'ai pas eu de pressentiment ni de vision la concernant. On m'a uniquement fait comprendre le danger qui menaçait Nicolas.

— Je suis désolée, ma petite maman. Cesse de t'accabler ainsi. Tu n'es pas responsable de toute la misère du monde ! Juliette a disparu le soir où les gendarmes l'ont libérée. Elle avait le choix de revenir nous voir, de nous présenter des excuses et de rendre visite à son fils à l'hôpital.

Une main posée sur sa poitrine, à l'emplacement du cœur, Louise eut un faible sourire.

— Retourne à l'école, ma chérie. Je suis si fière que tu sois institutrice et nommée à Combloux. Je profite encore de toi. Ce sera différent après ton mariage.

Émeline dissimula son embarras en cajolant sa mère. Elle l'embrassa sur les deux joues.

— Maman, nous verrons bien ce que nous réserve l'avenir. Pierre doit succéder à son père. Il souhaite relancer leur élevage de chevaux, qui a pâti de la guerre. Courage, j'espère que mon oncle Antoine saura te réconforter.

Louise attendit le départ de sa fille pour pleurer à son aise. Des images se bousculaient dans son esprit meurtri. Elle revit Juliette et Clément valsant le soir du mariage, puis se remémora leur retour de lune de miel.

— Ils semblaient très amoureux ! Et le jour de la naissance de Nicolas, Clément était si joyeux qu'il m'a soulevée et fait tournoyer, j'en ai eu le vertige.

Elle resta perdue dans ses pensées durant plusieurs minutes. Un coup à la porte la fit tressaillir. Antoine entra aussitôt, en costume trois-pièces et chapeau de feutre. Tout de suite, elle se leva pour se jeter dans ses bras.

— Je suis là, Louisette, dit-il en la serrant contre lui.

— Soyons prudents, parlons bas, Nicolas dort, mais il pourrait se réveiller et nous entendre, recommanda-t-elle. Je suis triste, tu sais, vraiment triste.

— Moi aussi. Je me suis reproché mon attitude méprisante. J'étais furieux et indigné en reconnaissant Juliette sous les traits d'une affreuse pocharde. Pourtant, quand j'ai su que notre petit Nicolas n'aurait pas de séquelles, je suis allé retirer ma plainte.

— Pourquoi s'est-elle suicidée, Antoine, pourquoi ?

Louise s'accrochait à la veste de son frère, en le fixant d'un air affolé.

— Juliette avait trente-quatre ans ! Je lui ai proposé de vivre ici, de trouver du travail, puisqu'elle voulait s'occuper de son fils. Mais non, elle n'avait qu'une idée, l'emmener pour habiter avec son monsieur, comme elle disait.

Antoine pinça les lèvres, comme pour réprimer des paroles qu'il hésitait à prononcer. Il sortit une enveloppe de sa poche.

— Tiens, tu devrais la lire. Émeline a dû t'expliquer… Juliette a confié cette lettre au curé, pour être sûre que tu l'aies. J'ai su par le père Georges qu'elle s'était confessée à lui, la veille de son décès.

Louise, dès qu'elle toucha l'enveloppe, étouffa un cri de chagrin. Les yeux fermés, elle sanglota de nouveau.

— Pauvre Juliette, on vient de me la montrer à l'instant où elle courait le long de la voie ferrée.

— Tu as eu une vision ?

— Oui, mais très brève, pareille à un éclair pendant l'orage. Antoine, je pressens que tu sais pourquoi Juliette s'est tuée. Dis-le-moi, avec tes mots de docteur, que je comprenne.

— Le brigadier m'a exposé la situation et les résultats de l'enquête sur ce fameux monsieur. À l'heure qu'il est, il doit se trouver en prison, Dieu merci. Ce type était un ignoble pervers. Il gagnait de l'argent, beaucoup, grâce à d'infâmes combines. Quant à son vice, c'était un penchant insatiable pour les petits garçons, d'où son manège afin de pousser Juliette à reprendre Nicolas. Elle était sous sa coupe, et si souvent ivre qu'elle lui obéissait. Voilà ! Au cours de la semaine, elle a appris la vérité et elle n'a pas pu la supporter.

Cette fois, Louise devint livide. Une main de fer broyait son cœur, elle en avait le souffle coupé.

— Seigneur, quelle horreur ! Si par malheur elle avait réussi à l'emmener, on ne l'aurait jamais revu, et lui, il aurait...

— Louise ! s'écria Antoine en la soutenant. Respire, allons, respire.

Il la fit se rasseoir, puis il l'obligea à avaler de l'eau fraîche.

— J'étais révulsé et outré, moi aussi, quand j'ai su ça, avoua-t-il. Mais Nicolas est sauvé, tu m'entends, il est sain et sauf et nous lui offrirons une belle enfance.

— Promets-le, Antoine. Je l'aime tant, soupira Louise. Et grâce à ce petit garçon, mon cher Clément n'est pas vraiment mort, et je suis certaine qu'il veille sur lui, de là-haut...

*

Soixante et onze ans plus tard,
Chalet du vallon des loups, samedi 23 janvier 2016

En sortant du camion, Soline découvrit tout de suite ce qui se passait. Neige aboyait furieusement, le poil hérissé, campé sur ses solides pattes, entre le break de Sophie et Judith, son sac de voyage à bout de bras.

— Ici, mon chien, ça suffit, ordonna-t-elle.

— Quand même, qu'est-ce qui lui prend ? s'étonna Benjamin.

— Le sixième sens des animaux, répliqua-t-elle tout bas.

Le berger suisse courut vers sa maîtresse sans cesser de grogner. Soline le félicita en le caressant pour le calmer. Elle eut soin cependant de le tenir par son collier.

— Cette bête est un danger public ! clama l'avocate. Si j'avais été mordue, j'aurais exigé qu'on l'abatte !

Furibonde, Judith se hâta de s'enfermer dans la voiture de Sophie, qu'elle fit démarrer aussitôt, pour effectuer une manœuvre avec assurance. Enfin, elle baissa la vitre du côté conducteur.

— Benjamin, je laisserai le break à la gare de Sallanches, tu pourras y déposer Sophie lundi matin ?

— Oui, mais elle ne part pas avec toi ? s'enquit-il.

— Je n'en vois pas l'utilité, nous avons rompu. Bonne continuation, dans votre coin perdu !

Sur ces mots, Judith accéléra et roula à vive allure sur le chemin en pente. Les jeunes gens virent la voiture disparaître après un virage bordé de grands sapins.

— Quelle peste ! déclara Benjamin, outré. Nous allons devoir consoler Sophie.

— Tu as raison, rentrons vite. Nous reparlerons une autre fois de ce que tu appelles notre passé commun. C'était pénible pour toi, nous aurons le temps d'y réfléchir tous les deux. Il me manque des détails. Mais ce soir, j'ai envie d'être sereine, bien au chaud chez nous.

— Des détails, soupira-t-il. Je suis désolé, ça remonte à des années, tout est un peu confus.

— Il faudra me raconter ce qu'on faisait la journée, pourquoi Pavel m'accaparait, et pourquoi tu m'aimais déjà ! J'en suis très flattée.

Soline, encore émue par le récit de Benjamin, lui dédia un adorable sourire, mais il la devina au bord des larmes et lui donna un baiser.

— Le comportement de Neige envers Judith était vraiment bizarre, dit-elle tout à coup, l'air songeur.

— Elle avait peut-être beaucoup plus peur des chiens qu'elle ne le prétendait. Il l'aura senti et se méfiait.

— J'en doute, sinon cette idiote n'aurait pas demandé à poser parmi les louveteaux et Barry. Et si c'était elle, la complice de ce criminel ? Je me suis posé la question hier soir.

Benjamin, sidéré, retint Soline qui s'élançait vers le chalet. Il la dévisagea attentivement.

— Tu es sérieuse, là ? Judith travaille depuis trois ans dans un cabinet d'avocats renommé à Lyon. Pourquoi serait-elle liée à un redoutable assassin ?

— Je n'en sais rien, mais Étienne soupçonne bien mon oncle, Roger Fauvel ! J'ai le droit de la suspecter.

Sophie sortit au même instant sur la galerie couverte. Elle leur fit un signe de la main, la mine défaite.

— Ne lui dis pas ce qui te trotte dans la tête, recommanda Benjamin.

— Bien sûr, elle doit être assez malheureuse.

Ils la rejoignirent d'un pas rapide. Parvenus à ses côtés, ils s'aperçurent qu'elle avait dû beaucoup pleurer. Ses paupières et son nez en attestaient, rougis et gonflés.

— Nous avons eu une terrible querelle, précisa-t-elle d'une petite voix. Judith s'est montrée d'une méchanceté odieuse. Je n'oserai pas vous répéter ce qu'elle m'a dit.

Pleine de compassion, Soline la prit gentiment dans ses bras pour l'entraîner à l'intérieur.

— Tu mérites cent fois mieux, lui souffla-t-elle. J'en suis sûre, un jour tu rencontreras le véritable amour de ta vie.

— Je voudrais bien. Si tu as une vision de la femme qui m'attend, essaie de me faire un dessin, ironisa Sophie.

— Si on buvait un chocolat chaud tous les trois ? proposa Benjamin. Installez-vous près du feu, je m'en occupe.

— D'abord, je monte me changer, répondit Soline. J'ai une idée : nous pourrons avoir une longue conversation, maintenant que je sais la vérité sur une page de notre enfance. Sophie, dans la forêt, Benjamin m'a parlé de l'avalanche, de la station de ski où nous séjournions. Si ça ne te fait pas de peine, je voudrais bien que tu me racontes tes souvenirs de cette époque.

Sophie écarquilla ses yeux verts, bouche bée. Elle jeta un regard à Benjamin, puis elle esquissa un sourire gêné.

— Pourquoi pas, avança-t-elle. Tu t'es décidé ?

— Oui, et je suis soulagé, dit-il. Il était temps, j'aurais dû le faire bien plus tôt.

Soline était presque en haut de l'escalier, précédée par Neige, lorsqu'elle perçut des paroles murmurées par Sophie.

— Tu lui as tout avoué ? Pourtant elle semble joyeuse...

— Mais non, je ne pourrai jamais, il ne faut pas qu'elle sache.

Afin de ne pas se trahir, Soline gagna vite le palier et ouvrit la porte de sa chambre, qui grinçait un peu sur ses gonds. Son cœur cognait à se rompre. La déception la fit trembler, brisant les digues de la colère refrénée auparavant, sous le couvert des sapins.

— Benjamin n'arrête pas de me mentir ! Il se moque de moi, il lâche des révélations et en dissimule d'autres !

Elle s'exprimait tout bas, les poings serrés. Une fureur aveugle la dévasta.

— Comment lui faire confiance ? Il joue les amoureux fous, mais quand on aime, on respecte l'autre.

Fébrile, Soline enfila une parka fourrée. Elle savait que les clefs de son 4 x 4 étaient dans la poche de ce vêtement.

— Je ne veux pas rester là, je refuse de les voir en train de comploter pour mieux me cacher je ne sais quoi ! Cette fois, tout est fini.

Elle se revit soudain dans le camion, au summum de la volupté, impudique et heureuse de l'être. D'un geste nerveux, elle se frotta les lèvres, comme pour en effacer les baisers qui l'avaient grisée.

Quelques minutes plus tard, Sophie et Benjamin la voyaient traverser la grande pièce, un sac sur l'épaule, le berger suisse sur ses talons. Sans daigner s'expliquer, elle se rua dehors et claqua violemment la porte. Peu après, ils entendirent gronder le moteur du 4 x 4, ainsi que le crissement des roues sur la fine couche de neige.

— Soline a dû nous écouter, s'affola Sophie. C'est ma faute, je suis désolée.

— Bon sang ! enragea-t-il. Pourquoi m'as-tu demandé ça ? Je n'aurais pas dû te répondre.

Anéanti, le jeune homme leva la tête vers le plafond. Il avait l'air d'implorer d'invisibles divinités.

— Tu devais pourtant te douter, Sophie, que je n'allais pas dire à Soline qu'elle était en partie responsable de la mort de Pavel ! Encore moins lui avouer ce qu'elle avait subi, là-bas…

— Pardon, Benjamin, pardon. Prête-moi ton pick-up, je vais la rattraper et arranger la situation. J'inventerai une histoire.

— Pour lui mentir encore ? Non, laisse-la en paix. Je suppose qu'elle va se réfugier chez Viviane.

Soline s'était garée à proximité de l'église de Saint-Nicolas-de-Véroce. Des flocons voltigeaient encore, mais la neige ne tenait pas sur la route. Les mains crispées sur le volant, elle se remémorait chaque moment important de la journée, en ciblant d'abord Judith.

— Au petit déjeuner, je l'ai trouvée charmante, plus naturelle que la veille. Elle nous a raconté avec humour son premier procès. Et je l'ai vue qui caressait la main de Sophie. Où était Neige ce matin ? Sur la galerie, je l'avais éloigné, parce qu'il me semblait inquiet et qu'il grognait en sourdine.

Elle se retourna pour observer son chien, couché sur la banquette arrière.

— Dommage que tu ne puisses pas parler ! Tu me dirais ce que tu ressens de nocif chez Judith. Bon, ce soir, nous allons dormir chez Viviane. Tu seras gentil avec Vagabond, son chien, un tout petit chien. Tu comprends, Neige, je suis en colère, une terrible colère.

Un peu calmée, Soline redémarra. Elle craignait de voir arriver le pick-up de Benjamin. Mais son téléphone sonna au bout de trois kilomètres.

— C'est Étienne ! Ils ont dû l'avertir, bien sûr. Je ne réponds pas. Qu'ils gardent leurs secrets, j'en ai assez !

Il pleuvait à présent, et, déjà gênée par ses larmes, elle dut se garer sur le bas-côté. Secouée de sanglots, un timide « maman » lui échappa, l'éternel appel des enfants en souffrance.

— Où es-tu, maman, ma vraie maman ?

Étienne la rappelait. Cette fois, elle décrocha, les traits durcis, en se promettant de l'insulter.

— Qu'est-ce que tu veux ? cria-t-elle sans lui laisser le temps de prononcer un seul mot. Je dois encore te promettre de mentir à tes chers amis ? Pourquoi pas ! Ils me mentent depuis des mois, et tu fais comme eux ! Si tu espères plaider leur cause, n'essaie même pas, je suis furieuse et écœurée. Tu sais quoi ? Je quitte le chalet pour toujours, et Benjamin aussi ! J'élèverai ma fille sans lui. Je retravaillerai après sa naissance. Et toi, tu...

— Stop ! hurla le policier. Soline, je ne comprends rien ! De quoi parles-tu ? Explique-moi, je t'en prie.

La jeune femme fit non de la tête, en résistant à l'envie d'éteindre son téléphone. Étienne perçut sa respiration rapide et des hoquets de chagrin.

— Reste en ligne, ordonna-t-il gentiment. Où es-tu ?

— Dans ma voiture, je suis partie. Je vais dormir chez Viviane. Je refuse de t'écouter.

— Tu es partie à cause d'une querelle d'amoureux ?

— Tais-toi ou j'aurai droit aux allusions habituelles, sur les caprices de femme enceinte, sur les hormones qui nous rendent nerveuses, voire hystériques.

— Soline, va vite à Combloux, ça m'angoisse de te savoir seule et dans cet état, rétorqua Étienne. Tes soucis de couple ne me regardent pas, mais je serai rassuré quand tu pourras pleurer dans les bras de Mme Gonod, une personne admirable. Je suis sincère.

Les intonations affectueuses qui vibraient dans la voix grave du policier eurent un effet bénéfique sur Soline. Elle réalisa que Sophie et Benjamin ne l'avaient pas contactée. Aussi, d'un trait, elle lui confia les raisons de son indignation et de sa colère.

Quand elle en arriva à son besoin forcené de fuir le chalet, il tenta de l'interrompre, mais, haletante, elle se lança dans une série de questions.

— Alors toi aussi, tu m'as connue petite fille, n'est-ce pas ? Pourquoi tu ne m'as rien dit, à l'hôpital, pendant toutes les heures que j'ai passées à ton chevet ? Il paraît que vous étiez tous jaloux de Pavel, donc ton frère et moi, nous avions des liens... Et tu refusais de m'en parler ? Pourquoi ? Qu'est-ce que vous me cachez, tous les trois ? Étienne, ça me rend folle, toi au moins, sois honnête !

Soline attendit une réponse, en essuyant du dos de la main les larmes qui coulaient sur ses joues. De son côté,

Étienne cherchait la meilleure solution pour l'apaiser tout en la préservant. Il décida de s'attribuer le mauvais rôle.

— Quel mauvais caractère tu as, déclara-t-il enfin. Pourrais-tu envisager une théorie ? Sophie et Benjamin ont beaucoup de mal à évoquer cette période de leur enfance, et c'est pareil pour moi. J'étais le plus âgé et le plus marqué, aussi.

— Je sais, tu as dû être très malheureux à la mort de ton petit frère. Je suis désolée.

— Très malheureux, les mots sont faibles, j'étais ravagé, détruit. Peu importe. Soline, ils n'oseront jamais te le dire, mais en fait je t'ai jugée responsable du décès de Pavel, et lorsque je t'ai revue, cet été, j'avais presque de la haine envers toi. Au fil des jours, la haine s'est muée en rancune, puis en amertume. Enfin, j'ai eu honte d'avoir incriminé durant des années une gosse de sept ans, devenue une exquise jeune femme. Nous en avons discuté avec Benjamin, qui m'a supplié de ne rien te dire.

— D'accord ! En quoi j'étais responsable, Étienne ?

— Il faut admettre que même fillette, tu provoquais l'amour, tellement tu étais jolie, charmante, déjà séduisante. Un après-midi, Pavel a voulu simuler votre mariage. Tu sautillais de joie, coiffée d'un morceau de tissu blanc en guise de voile.

Le policier se tut un instant, bouleversé par ces souvenirs qui étaient bien réels.

— Sophie, Benjamin et moi, nous trouvions ça amusant et nous vous avons aidés, mais quelqu'un n'a pas apprécié du tout. Il a déboulé au moment où mon frère et toi vous échangiez un chaste baiser sur les lèvres.

— C'était l'adolescent brutal dont m'a parlé Benjamin, le fils de la cuisinière, coupa Soline.

— Oui ! Il était comme fou. Il a ramassé une barre de fer qui traînait sur la terrasse et nous a menacés, en la brandissant et en la faisant tournoyer. Sophie hurlait de terreur. Je m'estimais l'aîné, et j'ai eu le tort de vouloir la mettre à l'abri dans le bâtiment et d'écarter aussi Benjamin. J'ai réussi à les emmener, avant de revenir en courant pour aider mon frère. En fait, c'est moi l'unique responsable de la mort de Pavel. Mais pas une minute, Soline, je n'ai imaginé que ce taré oserait le frapper. Je crois encore qu'il n'a pas mesuré sa force, qu'il ne pensait pas le tuer.

— À ton retour, Pavel était mort, c'est ça ?

— Il gisait sur la neige, le crâne en sang, comme dans cette vision que tu as eue plusieurs fois. Toi, tu sanglotais, terrifiée. Je me suis penché sur mon frère, il ne respirait plus.

— Et son assassin ?

— Il essayait de te consoler, accroupi près de toi. Je me suis jeté sur lui et il est tombé en arrière. Je t'ai vite ramenée près de Sophie et de Benjamin.

Soline ne pleurait plus. Elle sondait en vain sa mémoire, sans y trouver d'autre image que celle du petit Pavel, tué sous ses yeux à sept ans.

— J'ai tout oublié. Comment peut-on oublier ça ? J'ai encore une fois cette affreuse impression d'écouter une histoire qui ne me concerne pas, gémit-elle. Hélas, j'y suis impliquée.

Il y eut de nouveau un silence gêné entre eux. Le policier contenait son chagrin et elle le sentit.

— Étienne, si je comprends bien, tu as supposé que le tueur était cet adolescent, puisque tu m'as demandé de le dire à Sophie et à Benjamin, si tu ne survivais pas. Quelles preuves avais-tu ?

— Aucune preuve valable. J'ai associé leurs comportements violents et leur obsession pour toi, trancha-t-il. J'étais victime de ma propre obsession, celle de venger Pavel. Je me souviens juste que la cuisinière l'appelait Vincent, ce qui n'était pas suffisant pour que je puisse faire des recherches sur lui. Il avait un physique ingrat, ce qui devait le rendre hargneux et envieux. Soline, je te présente mes excuses, au fond, à quoi bon remuer la boue du passé ? Finalement, ça ne m'a pas aidé à apprécier la vie, j'en ai juste souffert. Tu devrais rentrer au chalet.

— Non, pas ce soir, je préfère dormir chez Viviane.

— Si tu veux, mais chasse ta colère et ne te projette pas en mère célibataire. Suis le conseil avisé d'un orphelin, votre enfant grandira heureuse, entourée de ses deux parents. Vous vous aimez vraiment, Benjamin et toi, sinon j'aurais tenté ma chance. De toute façon, rien ne ressuscitera mon petit frère.

La voix du policier tremblait. Soline éprouva alors pour lui une affection profonde, où se mêlait de la gratitude.

— Je te remercie, Étienne, tu as eu le courage de me dire la vérité, quitte à me blesser.

— Mieux vaut une plaie vive, qui peut cicatriser, qu'un abcès dont on endure la douleur, de peur de le faire éclater, prêcha-t-il en retrouvant son ton ironique.

— Je m'en souviendrai, docteur, plaisanta-t-elle à son tour. Ne t'inquiète pas, demain je retournerai au chalet. Si tu venais dîner, en compagnie de ton adjointe ?

— Peut-être, si je ne l'ai pas expédiée quelque part d'ici là, car c'est une excellente enquêtrice. Je t'embrasse, Soline.

— Moi aussi, encore merci. Je t'enverrai un texto quand je serai arrivée à Combloux.

— Tu as intérêt.

Étienne coupa la communication, mais furieux et anxieux, il composa tout de suite le numéro de Sophie qui répondit immédiatement.

— Bon sang, qu'est-ce que vous avez fabriqué, Benjamin et toi ? Vous auriez pu être plus prudents, non ? Tu imagines la réaction de Soline si elle savait tout ? Par chance, je l'ai appelé au moment adéquat et j'ai pu arranger les choses. Elle va chez Viviane, envoyez-lui des messages. Mets le haut-parleur, Sophie, je vais vous donner la version que je lui ai raconté, qu'on soit bien d'accord sur ce point.

Avec sa science du résumé, le policier leur exposa en phrases courtes le récit qu'il avait fait à Soline. Après un silence il ajouta :

— Sinon, je pense que l'assassin de Pavel et le tueur de Haute-Savoie pourraient être une seule et même personne. Je vous expliquerai plus tard pourquoi j'en suis arrivé à cette conclusion.

6

D'autres secrets endormis

Soixante-dix ans plus tôt,
Combloux, samedi 15 juin 1946

Une foule joyeuse acclama les jeunes mariés lorsqu'ils sortirent de l'église. La famille Favre était appréciée dans le village.

— Bien du bonheur ! criait-on. Félicitations !

Une pluie de grains de riz ponctuait ces vivats chaleureux. Louise ne se lassait pas d'admirer sa fille, éblouissante dans sa longue robe blanche au bustier brodé de fleurs en sequins nacrés. Son voile aérien rejeté en arrière, Émeline répondait aux souhaits divers d'un gracieux signe de tête.

— Elle est belle, notre tata, murmura Nicolas à Marie.

La fillette, très fière de sa toilette de demoiselle d'honneur, respira en souriant son petit bouquet de roses blanches.

— Pierre aussi est beau, le plus beau des hommes, répliqua-t-elle dans un souffle.

— Et moi ? s'inquiéta le garçon.

— Tu es beau aussi, bien sûr, minauda Marie en riant.

Derrière les deux enfants, un groupe de femmes vantaient également la prestance du marié et la beauté d'Émeline, dont les cheveux blonds étincelaient au soleil.

Aglaé bombait le torse, pleine d'orgueil à l'écoute de ces compliments.

— Vous avez réussi la coiffure de votre petite, Madame Louise, dit-elle à l'oreille de celle-ci. Un joli chignon, et puis la mèche en torsade sur l'épaule, c'est d'un chic !

— J'ai trouvé l'idée dans une revue. Venez, Aglaé, mon frère me fait signe.

Antoine Favre avait dépensé sans compter pour le mariage de sa nièce. Il avait offert sa robe et le costume gris de Pierre. Malgré les protestations des deux jeunes gens, il leur payait aussi un voyage en Italie pour leur lune de miel.

— C'est vrai qu'on mange au restaurant du Grand Hôtel ? demanda Nicolas à sa grand-mère, qui le prenait par la main.

— Non, mon chéri, il en a été question, mais Émeline et moi, nous avons choisi de déjeuner à l'auberge des Edelweiss, sur la place.

— Dommage, soupira l'enfant d'un air dépité. Je voulais voir comment c'était dedans.

De sa chute, Nicolas conservait un léger bégaiement, et parfois il louchait quelques secondes. Il faisait toujours des cauchemars, plus d'un an après le suicide de sa mère, qu'on lui avait soigneusement caché. Certaines nuits, il réveillait Louise par des cris de frayeur.

En dépit des tisanes de tilleul et de camomille que lui donnait Louise avant de le coucher, le petit garçon rêvait souvent qu'une femme aux mains griffues venait l'enlever pour l'emmener dans un trou noir. Pour cette raison, elle avait refusé un repas luxueux au Grand Hôtel, où Juliette travaillait jadis.

« Si par malheur un des employés parlait d'elle ou de sa fin tragique », avait-elle songé.

Antoine, conciliant, s'était rangé à son avis. Maintenant, la noce se dirigeait vers un établissement beaucoup plus modeste. Le médecin avait réservé une table sur la terrasse ombragée située à l'arrière du restaurant, d'où la vue sur le massif des Aravis était magnifique.

— Mme et M. Pasquier sont des gens discrets et bien élevés, commenta Aglaé, qui suivait Louise de près.

— Oui, ils sont charmants. Et ils réservent une surprise aux mariés. Je suis dans la confidence.

Quant à Émeline, entourée de visages aimables, un peu étourdie par la rumeur des curieux, elle serrait fort le bras de Pierre.

— J'ai hâte d'être en route, lui chuchota-t-elle à l'oreille. Tu imagines, nous dormirons à Turin, sur la terre d'une partie de mes ancêtres ! Je rêve de l'Italie depuis des années. Déjà, j'avais demandé à mon frère Clément de me laisser l'accompagner pendant sa lune de miel.

— Pourtant, tu ne souhaites pas visiter Venise, nota Pierre.

— Non, il y a des villes qui m'intéressent davantage, Rome et Milan. Oh, je suis si heureuse, je ne pourrai rien avaler.

En guise de réponse, il souleva sa main gantée de dentelle blanche et déposa un baiser sur ses doigts.

— Regardez-les, Madame Louise, s'esclaffa Aglaé. Sauf votre respect, en voilà deux qui sont pressés d'être à ce soir.

— Taisez-vous, ma brave amie, si on vous entendait !

Louise eut un léger sourire, sachant que sa fille, de nature passionnée, n'avait pas attendu ses noces pour coucher avec Pierre. Émeline s'en était expliquée, à sa manière directe.

— Eh oui, maman, je n'avais pas envie de le perdre. Dans le maquis, on pouvait mourir d'un jour à l'autre. Je le désirais et il me repoussait, car c'est un homme respectueux. J'ai fini par le convaincre et je ne regrette rien.

En mère lucide et tolérante, Louise avait affirmé qu'elle comprenait.

« Comment la sermonner, moi qui ai cédé à Vittorio un doux soir d'été, sur l'herbe d'un pré, avait-elle pensé. L'amour fou excuse toutes les folies, sans aucun doute… »

Deux heures plus tard, le banquet était terminé. Il avait réuni les parents du marié et son jeune frère Armand, Louise et Antoine, Émeline et Pierre, ainsi que les deux enfants, sous la bonne garde d'Aglaé. Les convives admirent tous s'être régalés.

— Mon époux et moi, nous allons marcher un peu pour digérer, indiqua Aline Pasquier, la mère de Pierre, quand ils eurent fini le café.

— Je vous accompagne, proposa Louise, secrètement ravie.

— Maman, je ferais mieux de rentrer à la maison et de me changer pour le voyage ! s'écria Émeline. Je dois boucler ma valise.

— Et le photographe ? protesta son oncle Antoine. J'ai fait appel à un professionnel car mon appareil fonctionne mal. Il nous faut un souvenir de ton mariage.

— D'accord, monsieur, nous avons le temps, répondit Pierre, qui était également au courant de la surprise préparée par sa famille.

— Sortons nous aussi, ma chérie, dit-il à Émeline. Il fait si bon, du soleil et quelques nuages. Tu es tellement jolie toute vêtue de blanc.

— Merci, Pierre.

Ils se sourirent, main dans la main. En traversant la salle de l'auberge, un hennissement résonna sur la place. On voyait parfois des chevaux dans les rues de Combloux, les jours de marché, mais les automobiles avaient détrôné les attelages. Aussi la jeune mariée fut-elle sidérée de découvrir une grande calèche ornée de fleurs en papier crépon. Paul, son beau-père, tenait la bride d'un superbe cheval à la robe luisante, d'un brun doré.

— Je tenais à vous offrir une promenade dans le village, annonça-t-il. N'ayez crainte, Pierre sait mener les chevaux, et celui-là est très docile.

Marie et Nicolas trépignaient d'émerveillement à la vue du splendide animal et de la calèche.

— Tata, je t'en prie, tu nous emmènes ? implora-t-elle.

Menue et d'apparence fragile pour ses dix ans, Marie aurait attendri n'importe qui avec sa robe jaune clair, ses boucles noires et son sourire malicieux.

— Une halte est prévue sous les platanes, le photographe vous attend là-bas, précisa Antoine Favre.

— Vous étiez tous complices ? s'extasia Émeline. Comme c'est gentil ! Merci, beau-papa, c'est un cadeau fabuleux, je ne suis jamais montée dans une voiture tirée par un cheval.

Pierre aida sa belle épouse à monter sur la banquette en cuir noir. Elle déplia une ombrelle que lui avait tendue son jeune beau-frère Armand.

— Grimpez, les enfants, dit-elle en riant. Il y a de la place. Et vous serez sur les photographies.

La calèche s'éloigna. Les larmes aux yeux, Louise serra le bras de son frère.

— Quel ravissant tableau, soupira-t-elle. J'espère qu'ils auront une longue et belle vie, nos mariés…

*

Soixante-dix ans plus tard,
Combloux, chez Viviane Gonod, samedi 23 janvier 2016

Soline, à peine entrée chez Viviane, avait encore pleuré, la tête nichée au creux de l'épaule de sa vieille amie. Ensuite, sans rien dire de précis, elle était montée se doucher et se mettre en pyjama.

Lorsqu'elle descendit, Neige et Vagabond jouaient sous la table de la cuisine, que maintenait en place la septuagénaire en riant.

— Tu m'as abandonnée avec ces deux voyous, gamine, sans te demander si le plus gros n'allait pas attaquer le plus petit. Mais ils ont sympathisé.

— J'avais dit à Neige d'être gentil, répliqua Soline comme si son chien comprenait tout de ses paroles. Mais ils vont finir par casser quelque chose. Sage, Neige, couché !

Le berger suisse, tête basse, s'allongea aussitôt devant la cheminée. Vagabond, perplexe, décida de s'installer près de lui.

— Ah ! Un peu de calme, se réjouit Viviane. Alors, ma belle, qu'est-ce qui se passe ? Je ne t'ai pas beaucoup vue, depuis le mariage de Kate.

— J'ai piqué une énorme colère, confessa la jeune femme. Et selon mon habitude, je suis partie sans chercher à discuter du problème. Mais Benjamin n'est pas seul, Sophie est avec lui.

— Assieds-toi donc ! On va bientôt dîner. J'ai fait une petite tartiflette, on se la partagera.

— Merci, Viviane. Je me sens tellement en sécurité ici, avec vous. C'était une journée étrange.

— Bon, si tu me racontais tout ? Je commence à avoir faim. Et tu vas faire honneur à mon frichti, parce que je te trouve maigrichonne pour une femme enceinte.

La remarque fit sourire Soline. D'un geste instinctif, elle plaqua ses mains sur son ventre à peine bombé.

— Louise gigote, votre voix lui plaît, Viviane. Excusez-moi, je vais tout vous expliquer, ensuite vous me direz si j'ai eu tort ou raison.

La tartiflette faillit se dessécher dans le four, car le récit de Soline était long. Dès qu'elle se tut, la maîtresse des lieux se leva de sa chaise pour sortir le plat dont le fumet alléchant se répandit dans la pièce.

— Quelle tragédie, soupira la septuagénaire. J'avais récolté des bribes de leur passé, par toi ou Benjamin, mais je n'aurais jamais imaginé ça. Petite, ne te vexe pas, tu n'aurais pas dû te sauver ainsi. Franchement, ça ne te ressemble guère, de fuir les difficultés.

— Viviane, j'ai eu l'impression d'être trahie, mise à l'écart ! J'étais soulagée, car Benjamin m'avait enfin confié notre passé. En découvrant qu'il gardait encore des secrets et que Sophie était complice, je suis devenue folle de rage.

— Tu n'aurais pas réagi si violemment avant ta grossesse. Ne fais pas ces yeux, je sais que ça t'agace, cependant tu es dix fois plus sensible, ma belle. Après le repas, tu devrais téléphoner à ton amoureux, d'accord ?

— Oui, Viviane, je le ferai.

— C'est bien, tu es raisonnable. Moi, je suis toute retournée par ton histoire. Alors, tu avais des visions de ce pauvre petit garçon, Pavel ?

— Hélas, je voudrais me souvenir de lui, vivant, tout content d'être à la montagne, déplora Soline.

— Ces enfants venaient d'un pays de l'Est, le prénom du frère d'Étienne laisse peu de doute là-dessus. Lequel, par contre, c'est un mystère. Il y a eu des milliers d'orphelins sous certaines dictatures. Mais qui est allé les chercher là-bas, et pourquoi ?

Viviane poussa un gros soupir. Ses doigts tapotaient le bois de la table et elle fronçait les sourcils, perdue dans ses pensées. Soline décida de mettre le couvert. Au moment de se lever, elle s'immobilisa, en fermant les yeux.

— Qu'est-ce que tu as, gamine, une crampe ?

La jeune femme ne lui répondit pas, très pâle, le souffle coupé. Enfin, elle respira mieux.

— Tu as eu une vision ? s'enquit Viviane, inquiète.

— On m'a montré une scène, j'ai eu du mal à saisir ce qu'elle signifiait. Il faisait sombre, tout était confus. On aurait dit une salle d'opération, mais vide. Le pire, ce sont les sanglots que j'ai entendus. Des sanglots d'enfants terrifiés, et l'un d'eux criait un nom, Nayden. Mon Dieu, qui est Nayden ?

— Tu n'as plus de couleur, se lamenta son amie avant de contourner la table pour enlacer Soline et la bercer contre elle.

— Je suis sûre qu'il s'agit d'Étienne. C'est inexplicable, mais mon intuition me le dit. Je lui poserai la question demain. Viviane, serrez-moi fort, je me sens tellement triste.

— Courage, ma belle. Nous reparlerons après le dîner. Rien de tel qu'un bon plat chaud pour te requinquer. Et puis je voudrais te montrer quelque chose.

Soline approuva avec un faible sourire. Elle mit le couvert pour deux, réconfortée de se retrouver de nouveau sous la douce tutelle de Viviane.

— Heureusement que je peux toujours me réfugier ici, lui dit-elle. Vous êtes plus que jamais ma grand-mère de cœur, car j'ai un peu coupé les ponts avec mes parents. J'envoie un message par semaine à maman, elle répond des banalités.

— Ne te bile pas, il faut prendre les problèmes les uns après les autres ! Allez, goûte ma tartiflette. Sais-tu, je ne dois plus te donner du « gamine », puisque tu vas être maman. Ah, tu en as de la chance. J'ai eu tant de chagrin de ne pas avoir d'enfants. Mais le destin t'a guidée vers moi, tu as su combler ce manque. Léon t'aurait prise en affection lui aussi s'il t'avait connue.

— Vous n'avez pas songé à l'adoption ?

— Nous n'en avons même pas discuté, cela ne nous est pas venu à l'esprit. Léon était très souvent en montagne, moi aussi. J'ai reporté mon surplus de tendresse sur nos chiens. Allez, assez bavardé, mangeons avant que ça refroidisse.

Elles mangèrent en silence, savourant toutes les deux le plat généreux et réconfortant. Quand elles eurent terminé, Viviane rappela Soline à l'ordre.

— Dis donc, tu devais appeler ton amoureux. Va dans la pièce d'à-côté ou dans ta chambre. Il vaudrait mieux arranger la situation rapidement.

Soline opta pour l'étage. Une fois assise au bord du lit, elle considéra son téléphone d'un air désabusé. Enfin elle se décida et la voix anxieuse de Benjamin résonna à son oreille.

— Ah, mon petit cœur, j'étais malade d'angoisse. Je suppose que tu es chez Viviane ? Pourquoi es-tu partie comme ça ? Tu aurais pu t'expliquer ! J'ai bien compris que tu étais en colère.

— Oui, j'étais furieuse. Tu as dû oublier à quel point j'ai l'ouïe fine. Quand je vous ai entendus qui échangiez des paroles énigmatiques après tes confidences de l'après-midi, j'ai craqué. Je n'en peux plus de me sentir trahie ou mise à l'écart.

— Pardonne-nous, c'était toujours ce besoin de te protéger de la moindre émotion, affirma Benjamin.

Il lui résuma alors une version identique à celle du policier, ce qui réconforta la jeune femme.

— Tu semblais apprécier Étienne, je n'avais pas envie de t'avouer que durant des années, il t'a jugée responsable du décès de son frère. Le chapitre est clos, Soline. Reviens vite, je ne suis jamais tranquille lorsque tu t'éloignes de moi. Et Sophie s'accable de reproches, déjà qu'elle n'avait pas du tout le moral.

— Je rentrerai demain. Excusez-moi, tu as raison, j'aurais mieux fait de vous interroger, mais j'avais les nerfs à vif à cause de Judith. À ce propos, conseille à Sophie de rayer cette femme de sa vie. Bonne nuit, Viviane m'attend.

Soline coupa la communication, tandis que Benjamin lui égrenait des mots doux dans le vide.

— Est-ce vraiment la vérité ou bien me cachent-ils encore des choses, ces trois-là ? se demanda-t-elle en s'allongeant. Pourquoi j'ai tout oublié ? Ce simulacre de mariage avec Pavel, l'adolescent brutal qui l'a tué par accident ?

Soudain, elle posa ses mains sur son front, comme pour stimuler sa mémoire, mais aucune image ne traversa son esprit et aucune vision susceptible de lui offrir une révélation ne vint la troubler.

Sur le lac Léman, même soir

L'homme, accoudé au bastingage de son bateau, observait une zone particulière de la terre ferme à l'aide d'une paire de jumelles. Malgré la distance, il distinguait l'éclat orange d'un incendie.

— Bon travail, dit-il au personnage impassible qui se tenait derrière lui. Il faudrait que le manoir soit entièrement détruit avant l'arrivée des pompiers.

— Je l'ai inspecté de fond en comble, il ne restait aucune trace de votre passage. Et les rares voisins sont assez éloignés. S'ils constatent le sinistre, le feu sera trop intense pour que quiconque puisse inspecter les ruines par la suite. Maintenant, comme je vous l'ai dit, j'arrête là notre collaboration. Payez-moi les sommes convenues et disons-nous au revoir. Ne comptez plus sur moi, j'ai pris suffisamment de risques depuis toutes ces années, d'abord pour votre père, puis pour vous.

— Mais vous avez amassé une vraie fortune, soupira l'homme en se retournant. On se demande ce que vous allez en faire !

— J'ai des projets personnels.

— Ah oui, vous m'en avez touché un mot lorsque j'étais blessé et que vous me soigniez. Bon sang, je vous dois une fière chandelle. Sans votre aide, je serais mort de mes blessures ou emprisonné dans l'attente d'un procès retentissant. Ainsi, vous n'avez pas changé d'avis ? Vous allez quitter votre épouse et vous installer à l'étranger avec votre jeune et jolie maîtresse.

Son interlocuteur acquiesça, un sourire satisfait au coin des lèvres.

— J'espère que vous profiterez bien de votre changement de vie. Après vous avoir remis l'argent, je vous déposerai sur la rive suisse, à l'endroit habituel. Remettez le moteur en marche et dirigez-vous vers le nord. Le vent se lève, nous ne devons pas traîner ici.

— D'accord, je n'y tiens pas non plus, répondit son complice.

Un mauvais sourire sur le visage, l'homme vérifia encore une fois si le manoir à l'abandon brûlait toujours. Il revit, non sans nostalgie, la pièce haut perchée où il s'adonnait à son culte de Soline. D'un geste las, il jeta dans l'eau noire le mégot de son cigarillo.

— Tu as déjoué un de mes plans, ma beauté, marmonna-t-il. Pourtant, c'est sur ce bateau que je devais t'emmener et te faire mienne ! De la Suisse, nous serions passés en Autriche puis en Pologne. Je t'aurais admirée la nuit, endormie sur ta couchette, toute blonde, toute dorée.

Il crispa les doigts sur ses jumelles, avant de reculer pour ouvrir un compartiment métallique, sur le pont, d'où il sortit un revolver.

— Pauvre type, dit-il tout bas. Il ne jouira plus du corps charmant de sa maîtresse, et il ne dépensera pas un sou. J'ai accès à ses comptes bancaires. Je me rembourserai sans trop de peine.

Au moment où il s'apprêtait à descendre les six marches menant dans l'habitacle du yacht, son téléphone vibra. C'était l'appareil réservé à son identité secrète.

— Je t'écoute, chère cousine, souffla-t-il. J'espère que c'est important, je suis occupé.

— Je serai brève. Finalement, j'ai agi sans ta permission, et j'ai du neuf à t'apprendre. Je dirais même du « neuf mois », si tu saisis l'allusion. Ton idole est enceinte de Benjamin Martin. On me l'a confié vendredi soir mais je ne t'ai pas averti sur-le-champ, j'avais besoin de réfléchir.

Une chape de plomb s'abattit sur l'homme. Il demeura bouche bée, totalement incrédule.

— Si c'est une plaisanterie, je ne la trouve pas drôle, rétorqua-t-il.

— Je suis très sérieuse, même les Fauvel ne sont pas au courant. La naissance aura lieu vers la mi-mai. Une fille, en plus… Je te laisse savourer la nouvelle, cousin.

La fureur ravagea l'homme. Il dut s'accrocher à une rambarde, car ses jambes tremblaient. Il retint difficilement une clameur sauvage.

— Soline prétendait qu'elle ne l'aimait pas vraiment, articula-t-il avec peine. Bon sang, je n'ai plus le choix, je dois les supprimer tous les deux, non, tous les trois. De toute façon, en tuant la mère, je tuerai le bébé.

Un vertige le fit tituber. Il se représenta Soline enceinte, plus ronde, plus douce.

— Non, c'est une petite fille, elle lui ressemblera. Bien sûr, elle aura ses cheveux blonds, ses yeux bleus et sa beauté, son charme. Cette enfant m'aimera, je serai son père, son grand frère. Très bien, je vais prendre le temps de trouver un autre plan. Pas de précipitation, surtout.

Il soupesa son arme, soudain hésitant à éliminer celui qui l'attendait, sans doute concentré sur la direction à suivre.

— Non, je ne peux pas le laisser en vie. Il sait tout, sur mes parents, sur ce qu'a fait mon père. Autant préparer de quoi le faire couler, quand nous serons au plus profond du lac.

Un peu plus tard, trois détonations retentirent à l'intérieur du bateau, auxquelles succéda le bruit d'une masse lestée de plomb et balancée par-dessus bord.

Soulagé, l'homme s'accorda un verre d'alcool et un autre cigarillo. Il était débarrassé d'un témoin très gênant et très coûteux.

— Dans huit jours, je pourrai rentrer au bercail, et y mener mon existence honorable, se promit-il. J'avais eu la sagesse d'évoquer un voyage de plusieurs semaines, nécessaire afin de faire le point et guérir ma prétendue dépression. Quant à mes blessures, j'inventerai une aventure palpitante où j'aurais pu mourir.

Il éclata de rire, le regard halluciné. Une obsession s'était emparée de lui. Il voulait désormais l'enfant de Soline, une petite fille qu'il pourrait élever et aimer à son idée, en toute impunité.

— Ce précieux bébé va sauver la vie de sa maman, au moins pendant quelques mois, dit-il avec une grimace éblouie.

Combloux, le lendemain matin,
dimanche 24 janvier 2016

Soline était sortie tôt pour acheter des croissants, ce qui lui donnait l'occasion de promener Neige. Le grand chien blanc, bien que tenu en laisse, marchait à ses côtés sur le trottoir, d'une obéissance absolue. Parmi ses anciens voisins, certains avaient salué gentiment la jeune femme.

— Je me plaisais à Combloux, se dit-elle en prenant le chemin du retour. Toi, Neige, tu préfères le chalet et l'espace autour.

Elle s'arrêta à l'angle de la rue, en observant la maison de sa vieille amie dont la cheminée fumait.

— Viviane est levée, elle a rallumé le feu.

Avant de rentrer, Soline tenait à appeler Étienne, mais elle craignait de le réveiller. Il répondit cependant aussitôt.

— Ah, quelle agréable surprise, encore toi, s'esclaffa-t-il. Tu es fâchée avec l'adorable Mme Gonod, cette fois ? Viens à Chamonix, je suis en excellente forme, dans le grand lit de Sophie.

— Je suis désolée, je vais retourner au chalet après le petit déjeuner. Je voulais confirmer mon invitation à dîner ce soir. Et je cuisinerai…

— Non, si c'est toi aux fourneaux, je décline, trancha-t-il en riant. Je te propose d'apporter des pizzas et une bouteille de vin. Est-ce que cela te va, Soline ?

— Oui, je ne suis pas difficile. Étienne, qui est Nayden ?

Un long silence fit écho à sa question quelque peu abrupte. Impatiente, Soline se mordilla la lèvre inférieure.

— Benjamin t'a parlé ? répondit le policier.

— Deux minutes hier soir, mais ce n'est pas lui. J'ai eu une vision étrange avant de dîner. On m'a montré une pièce qui faisait penser à une salle d'opération, assez rudimentaire. Tout était sombre, lugubre. Le plus perturbant, ce sont les sanglots d'enfant que je percevais et ce prénom qu'une petite voix criait. Je me suis sentie mal le reste de la soirée.

— C'est moi, Nayden, déclara Étienne. Mais j'ai la sensation que tu l'avais compris. Je t'en prie, inutile de répéter ce prénom, surtout pas devant Sophie. Je te le demande humblement, par amitié. Bon sang, toi et tes visions.

— Je n'y suis pour rien !

— Bien sûr, néanmoins, ça me stresse. Tu es incapable de te souvenir de cette période de ton enfance, mais d'une seconde à l'autre, je ne sais quelle divinité peut t'envoyer des images qui te feront peur.

— Étienne, je me sens prête à affronter ces images si c'est le prix à payer pour retrouver la mémoire. Je voudrais tant vous revoir autour de moi, tels que vous étiez à cet âge, Benjamin, Sophie et toi… Et Pavel.

— Je présume que cela finira par arriver. Soline, à ce soir, Alice essaie de me joindre.

— Attends, s'il te plaît, j'ai encore une question. Tu ne t'es jamais renseigné sur Judith ?

— Tu recommences ! Ne mélange pas tout. Judith t'a irritée, ton chien l'a ressenti, il n'y a pas de mystère. Et puis tu imagines combien j'aurais vexé Sophie si j'avais enquêté sur les filles qu'elle fréquentait. Je t'assure que Judith est une avocate tout ce qu'il y a de plus normal. Alice insiste, je dois lui répondre. Salut.

— Salut, ne nous fais pas faux bond pour le dîner, Étienne.

Soline raccrocha, presque déçue de ne pas poursuivre la conversation. Elle avait conscience de créer des liens insolites avec le policier, dont la franchise lui était bénéfique.

Viviane l'accueillit en souriant, toute contente de déguster des croissants un dimanche matin. La maison embaumait le café frais et le lait chaud.

— Moi qui croyais vous faire la surprise, déplora Soline. Vous vous êtes réveillée trop tôt.

— Pardi, Vagabond aboyait comme un fou parce que tu étais sortie sans lui. Et mon cher petit roquet a du coffre, il est plus bruyant que Neige et Barry réunis.

Amusée, Soline prit place à la table, remarquant ainsi un carton délavé de forme rectangulaire.

— Qu'est-ce que c'est, Viviane ?

— Une trouvaille que j'avais prévu de te montrer hier soir, mais tu n'étais pas bien vaillante. C'était dans une des caisses que j'avais confiées à Jeannot, mon vieux voisin.

— Celle où il y a tant de cahiers d'écolier ?

— Exactement. Ce carton était au-dessus des piles de bouquins et de cahiers. J'ignore à qui ces objets appartenaient, mais, à mon humble avis, leur propriétaire ne viendra pas les réclamer. Tu devrais les emmener, c'est tellement beau. Regarde donc !

Avec précaution, Viviane souleva le couvercle et extirpa de leur emballage en papier de soie un nécessaire à coiffure et un miroir ovale, un face-à-main. Les objets étaient en ivoire et en argent ouvragé.

— Ils datent d'une centaine d'années, si ce n'est plus, avança Soline. Ils sont magnifiques, mais je n'oserai pas m'en servir.

Elle étudia le reflet de son visage, stupéfaite. Il lui sembla être différente, plus jolie aussi.

— Tout en restant modeste, dit-elle à mi-voix, je suis à mon avantage dans ce miroir.

La septuagénaire pouffa en lui caressant la joue. Elle prit un ton confidentiel, afin de donner la clef de l'énigme à Soline.

— Même moi, j'ai eu cette impression. Sais-tu pourquoi, ma belle ? Jadis, le tain des miroirs était composé de mercure, et ça change tout. Le teint paraît doré, et la forme affine les traits.

La jeune femme approuvait, lorsqu'une sensation de tiédeur envahit ses doigts. Elle ne put s'empêcher de fermer les yeux, reconnaissant le phénomène singulier qui l'aspirait dans un univers parallèle, où le temps perdait ses lois bien ordonnées.

Viviane comprit immédiatement que Soline n'était plus tout à fait là. Elle guetta, le cœur serré, l'instant où sa chère « gamine » reviendrait en 2016. Enfin, celle-ci tressaillit et lui lança un regard bleu embué de larmes.

— Alors ? Qu'est-ce que tu as vu, petiote ?

— Une scène émouvante. Il y avait deux jeunes gens au sein d'un paysage enneigé, crépusculaire. Le garçon offrait ce miroir à une ravissante demoiselle, dont je voyais à peine le profil. Ils avaient l'air heureux, très amoureux. Viviane, c'était à peu près là où nous avons construit l'enclos pour la louve et Barry. J'ai aperçu la bergerie et même le chalet.

— C'était ta belle dame blonde ?

— Non, j'en suis certaine. Mais une seconde plus tard, une autre scène m'est apparue. Cette fois, une femme âgée, coiffée d'un chignon gris, tenait le miroir entre ses mains. Elle l'a posé sur le coin d'une commode. La pièce était inondée de soleil, et par une fenêtre, on distinguait les montagnes blanches de neige.

— Seigneur, gémit Viviane en s'asseyant. Toi alors ! Si on pouvait enregistrer tes visions, on aurait le moyen de remonter loin dans le temps.

— Tous ces gens sont forcément de mon sang ! Je vois mes ancêtres, hélas je n'ai aucun nom, aucune piste.

La mine dépitée, Soline rangea le vieil objet dans le carton. Elle eut un sourire mélancolique.

— Si je n'étais pas la cible de ce tueur, j'aurais pu me consacrer l'esprit serein à des recherches sur ma vraie famille. Un seul nom me suffirait, pourtant.

— Mangeons nos croissants, protesta Viviane. Sais-tu, je vais examiner le contenu de l'autre caisse. Peut-être que je finirai par dénicher un indice.

— Ce serait merveilleux, affirma Soline.

Chalet du vallon des loups, même jour, le soir

Alice et Étienne arrivèrent à 20 heures. La couche de neige sur le chemin empierré était fine, ils purent monter jusqu'au chalet en voiture.

— Les voilà, indiqua Sophie, en apparence de bonne humeur malgré sa rupture avec Judith.

Soline, qui était blottie contre Benjamin sur le canapé, se leva brusquement. Vêtue d'une robe moulante en mohair blanc, un cadeau de son compagnon, elle avait dénoué ses cheveux et s'était maquillée. Sophie lui lança un coup d'œil navré et fasciné à la fois, en se disant qu'elle l'aimait et la désirait toujours.

— J'ai hâte de faire la connaissance d'Alice, précisa Soline en ouvrant la porte en grand.

— Me voici ! répliqua une jeune femme très brune, plantureuse et rieuse, aux yeux couleur noisette. Inspectrice adjointe Alice Cazard pour vous servir. Je vous remercie de m'avoir invitée. J'ai couru partout aujourd'hui. Une pause me sera salutaire. Le patron fume une cigarette dans la voiture. Il apportera les cartons de pizza.

— Entrez vite, vous pourrez vous réchauffer près du feu.

Soline éprouva tout de suite un vif élan de sympathie pour Alice, qui lui sembla l'opposé de Judith. Neige en attesta, car il accueillit la nouvelle venue en quémandant des caresses.

— Quel beau chien ! s'extasia celle-ci. Le patron m'a dit que vous aviez apprivoisé une louve et ses petits, dont le père est un tervueren.

— C'est vrai, concéda Soline. Alice, je vous présente Benjamin, mon compagnon.

— Bonsoir et bienvenue au chalet, dit-il en s'inclinant galamment. Je vous sers un apéro ? Du kir ou du whisky ?

— Si vous aviez du jus de fruit, je préfère. Je peux être amenée à conduire cette nuit.

Comme Étienne tardait à les rejoindre, Sophie enfila une veste en laine et sortit. Elle courut jusqu'à la voiture.

— Qu'est-ce que tu fais ? lui reprocha-t-elle en ouvrant la portière. Tu écoutes tes messages ?

— En effet, et je viens d'en recevoir un intéressant. Monte à côté de moi, je t'offre une cigarette, je dois te dire quelque chose.

Elle obtempéra, intriguée par l'expression d'Étienne tandis qu'il fixait son téléphone.

— Je crains de remuer le couteau dans la plaie, Sophie, mais à la suite d'une discussion avec Soline, j'ai demandé à un de mes collègues de fouiller un peu dans la vie de ton amie Judith.

— Elle n'est plus rien pour moi, ni une amie ni autre chose.

— Tant mieux, je répugne à te faire de la peine.

Sur ces mots, il la prit par l'épaule et l'embrassa sur la joue. Sophie en aurait pleuré tant elle était en manque de tendresse.

— Qu'as-tu appris sur ce bloc de glace ? dit-elle tout bas.

— Comment formuler ça ? Judith a financé ses études d'une manière peu catholique. Elle jouait la call-girl, il y a une dizaine d'années. De plus, on lui attribue des liaisons avec des hommes mariés et fortunés. De toute évidence, tu serais la seule femme qu'elle a prise dans ses filets. Pourquoi toi ? Quel était son but caché… ? J'avoue douter de son honnêteté à ton égard.

— Tout cela confirme que c'est une menteuse, une créature sournoise, admit Sophie. Avec des penchants sadiques. Elle adorait me tourmenter, souffler le chaud et le froid.

— Je crois que Soline la soupçonne d'être la complice du criminel que je traque.

— C'est insensé, Étienne !

— Va savoir, maugréa-t-il. Sinon, j'ai eu une autre info, au sujet d'un manoir à l'abandon qui s'est consumé la nuit dernière. J'irai demain sur les lieux en compagnie d'Alice. C'est près d'Yvoire. Les pompiers ont été alertés assez vite et leur intervention a limité les dégâts. Selon eux, il s'agirait d'un incendie criminel.

— Et quel est le rapport avec Judith ?

— Il n'y en a aucun, mais mon flair me dit que ce manoir a pu servir de planque au meurtrier. Réfléchis, le bâtiment était situé dans la région et d'un accès très discret. Les jeunes du coin allaient l'explorer pour se donner des émotions fortes, quand ils ne faisaient pas des fêtes très alcoolisées à l'intérieur. Or, depuis quelques mois, il avait été acheté une bouchée de pain, et le propriétaire s'était ruiné en pancartes signalant des pièges, une vidéosurveillance. Bref, une éventuelle piste. Allons-y, l'odeur des pizzas me donne faim.

Soline leur faisait signe depuis la galerie couverte. Sophie et Étienne admirèrent sa silhouette gracieuse, que la laine blanche soulignait dans la pénombre.

— Du cran, souffla le policier. Courons affronter la fée de ces lieux isolés.

7

Sur le fil du doute

Chalet du vallon des loups,
nuit du dimanche 24 janvier 2016

D'un geste câlin, Benjamin venait d'attirer Soline contre lui. Elle avait éteint la lampe de chevet et la clarté de la pleine lune envahissait leur chambre.

— C'est dommage, nos invités sont partis tôt, soupira-t-elle. Il n'est pas encore minuit, ils auraient pu s'attarder. Nous étions bien, tous les cinq.

— Je commence à être sérieusement jaloux de ta complicité avec Étienne, insinua son compagnon. Et même d'Étienne tout court. Il ne t'a presque pas quittée des yeux ce soir.

— Tu n'as aucun souci à te faire, c'est toi que j'aime et je porte ton enfant, ta fille.

— Excuse-moi, Soline, parfois j'ai le droit de douter de tes sentiments. Maintenant, tu sais que je t'aime depuis très longtemps. Durant des années, j'ai rêvé de te retrouver, je conservais l'image d'une adorable enfant blonde aux joues rondes, mais toi, tu m'avais totalement rayé de ta mémoire. Les premières semaines où nous avons vécu ensemble dans le chalet de Servoz, j'espérais sans cesse que tu aies une vision de notre enfance, qu'il se produise un déclic. En fait, petite, tu devais me préférer Pavel et sa beauté angélique.

Soline chercha les lèvres de Benjamin pour le faire taire d'un baiser passionné.

— Peu importe le passé, dès que je t'ai vu, j'ai succombé à ce fameux coup de foudre dont m'avait parlé Viviane. Kate et moi, nous nous étions un peu moquées, pourtant j'ai compris ce que ma chère vieille amie voulait dire à l'instant où tu es descendu de ton pick-up et où tu as marché vers moi. Alors ne t'inquiète pas, mon amour. Étienne m'inspire de l'affection, je l'admets, à cause de la souffrance encore vive que je perçois en lui. Et nous avons aussi beaucoup discuté pendant son hospitalisation.

Elle ponctua ces derniers mots d'une caresse sur le front de Benjamin, en hésitant à l'interroger.

— J'ai eu une vision chez Viviane. Un prénom résonnait, Nayden. Étienne m'a avoué que c'était le sien, en langue slave. Et toi, tu te souviens de ton prénom ? De celui de Sophie ?

— Peut-être Goran…

— Tu n'en es pas sûr ?

— Soline, mon petit cœur, changeons de sujet, je t'en prie. Si on en revenait aux soupçons qui pèsent désormais sur Judith ?

Déçue de le sentir aussi réticent, elle insista, après un autre baiser censé l'amadouer.

— Pourquoi tu refuses de parler de tes anciennes souffrances, morales ou physiques, comme si tu ne me faisais pas confiance ? protesta-t-elle.

— Je protège notre fille, car tu m'as expliqué toi-même qu'un bébé dans le ventre de sa mère perçoit ses émotions, ses états d'âme. Tu as été suffisamment éprouvée, Soline. Et puis de toute façon, j'ai dû occulter certaines choses.

— Tu n'as pas le souvenir d'une salle d'opération ? On me l'a montrée, une pièce sinistre où des enfants sanglotaient, que je ne voyais pas, mais que j'entendais.

— Non, ça ne me dit rien, mais souvent je me suis revu couché dans un lit étroit, terrassé par une immense fatigue et affolé par le silence.

Benjamin, après cet aveu, se mit à trembler de nervosité. Confuse, Soline l'enlaça.

— Pardon, je ne t'ennuierai plus, souffla-t-elle. Reposetoi. Nous sommes là tous les deux, c'est le plus important. Au fait, pourquoi as-tu évoqué mon anniversaire pendant le dîner ?

— J'avais envie de le fêter ! Nous inviterons Kate et Alban, Viviane, Sophie, Alice qui t'est si sympathique et Étienne, bien sûr. Tu m'as dit que tes parents ignoraient la date exacte de ta naissance, et qu'ils te le souhaitaient le jour de ton adoption officielle.

— En effet, le 13 juin

— Je ne patienterai jamais jusque-là, déplora-t-il. Soline, mon petit cœur, après tout, on n'a pas besoin d'attendre six mois. Nous serons très occupés avec le bébé.

Brusquement, Benjamin se redressa et ralluma la lampe. En appui sur un coude, il contempla la jeune femme.

— Seul le bonheur peut faire fuir la peur et le malheur, dit-il d'un ton solennel. Le mois prochain, tu serais d'accord ?

Il lui souriait, son regard noir étincelant d'amour. Soline le trouva si beau, à cet instant, qu'elle accepta immédiatement.

— Toi non plus, tu ne connais pas ta date de naissance, alors fêtons ton anniversaire le même jour que moi, proposa-t-elle.

— Nous en discuterons demain, je suis épuisé et je dois me lever tôt. J'éteins la lumière, mon cœur.

Il s'endormit en la tenant par la main, plus rapidement qu'elle ne le pensait.

« Repose-toi, mon amour, je ne t'ennuierai plus avec mes questions. »

Les bonnes résolutions de Soline concernaient uniquement Benjamin. Aussi, en découvrant son amie Sophie assise au coin de la cheminée, elle céda à une légère exaltation à l'idée de pouvoir l'interroger à son tour.

— Je croyais que tu étais couchée, lui dit-elle d'un ton surpris. Je suis descendue boire du lait, j'ai du mal à trouver le sommeil ces temps-ci.

— Moi, je déprimais, répliqua Sophie. J'en ai assez de tout, même de mon travail. Si je m'écoutais, je quitterais le PGHM et j'irais me perdre au fin fond d'un pays lointain, la Sibérie ou la Patagonie.

— Tu es malheureuse parce que Judith a rompu. Et tu dois m'en vouloir d'oser la soupçonner, avança Soline. Étienne a un peu manqué de tact en exposant sa théorie haut et fort, ainsi que les renseignements qu'on lui avait transmis.

Elle s'installa sur la pierre de l'âtre pour tisonner les braises du feu. Dans une longue chemise de nuit blanche, un châle en lainage bleu sur les épaules, les cheveux répandus autour de son visage fin, elle était d'une séduction sidérante.

— Je ne t'en voudrai jamais, affirma Sophie, troublée par sa beauté. Il y a des chances que tu aies raison. Quand vous êtes montés, Benjamin et toi, j'ai appelé Judith. Je me moquais bien de la réveiller, mais elle n'était pas couchée. Tout de suite, cette peste m'a incendiée, en me traitant de tous les noms, parce que j'avais réussi à effacer de son téléphone les photographies qu'elle avait faites ici. Un peu plus, elle menaçait de porter plainte. Je lui ai raccroché au nez.

Infiniment soulagée, Soline s'empara des mains de son amie et les étreignit.

— Merci beaucoup, je suis rassurée. J'espère sincèrement que Judith n'est pas la complice d'un assassin.

Dans le cas contraire, tu nous as peut-être rendu un grand service.

— Je n'en sais rien, sur le moment j'ai agi sans réfléchir, par souci de respecter votre vie privée, expliqua Sophie. Mais à présent, je suis malade de révolte en imaginant que Judith m'a fréquentée pour mieux te nuire. Et pourtant, plus je réfléchis, plus certains détails m'affolent.

— Lesquels ?

— Je suis incapable de les récapituler, ce sont des bribes de phrases, des attitudes dans l'intimité. Et dès que je lui ai parlé de toi, elle m'a assommée de questions à ton sujet. Comme une idiote, j'ai répondu, sans doute pour la rendre jalouse.

— Garde ton sang-froid. Il n'y a pas de preuves flagrantes, fit remarquer Soline. Je peux me tromper. Ne bouge pas, je reviens, je vais me servir un verre de lait.

— J'en veux bien un moi aussi.

Une fois seule, Sophie secoua la tête. Elle se remémora avec amertume les paroles d'Alice à la fin du dîner : « Patron, il faut marcher sur des œufs si on soupçonne cette avocate, conseillait-elle à Étienne. Je trouverai un moyen détourné d'établir où elle était le matin du dimanche 15 novembre. En l'interrogeant directement, elle pourrait se méfier et alerter votre tueur s'ils sont en rapport. »

— Non, pas Judith, murmura Sophie. Je la sais menteuse et cruelle, voire manipulatrice, mais elle n'a pas pu se faire la complice d'un criminel d'une telle envergure. Non et non… Pourvu qu'elle ait un solide alibi !

— Qu'est-ce que tu disais ? s'enquit Soline en revenant, un verre de lait froid dans chaque main.

— Je me persuadais de l'innocence de Judith. Je ne la reverrai jamais car mes sentiments pour elle n'étaient guère profonds et désormais je la méprise. Cependant, je la connais mieux que vous tous. Son métier d'avocate lui tient à cœur, elle est éprise de justice, donc je pense que vous faites fausse route, Étienne et toi.

— Nous serons vite fixés, ne t'inquiète pas trop d'ici là. Sophie, je parlerais volontiers d'autre chose, puisque tu t'en vas demain matin.

— De quoi ?

— Mais de ce séjour à la neige, quand nous étions fillettes. J'ai eu droit à un récit succinct de Benjamin hier dans la forêt, et Étienne m'a confié les circonstances du décès de Pavel. Toi, Sophie, tu as vécu ces heures affreuses, tu ne les as pas oubliées contrairement à moi. J'aimerais tant avoir ta version.

— Ma version ! À quoi bon, c'est la même. D'abord la joie et l'éblouissement de découvrir les hautes montagnes enneigées, le ciel d'un bleu pur le jour de notre arrivée. L'espace autour de nous, et pouvoir s'amuser comme les autres enfants, bien qu'à l'époque, on ne savait pas du tout de quelle manière vivaient les gosses de notre âge.

— Où étiez-vous avant ?

— En prison, du moins dans une sorte de prison. On nous a appris le français, on mangeait correctement... Je suis celle qui a effectué le plus de recherches par la suite. Elles n'ont pas pu aboutir. Une employée compatissante, dans une administration où j'étais allée, m'avait dit d'un ton navré que je semblais être tombée sur terre de nulle part.

— Ce genre de situation me paraît aberrante de nos jours, répliqua Soline. Benjamin, Étienne et toi, vous avez pourtant des papiers d'identité.

Sophie essuya les larmes qui perlaient au coin de ses yeux verts. Elle parvint à sourire.

— Nos papiers sont sûrement faux. Je crois que nous avons été pris dans un orphelinat d'un pays de l'Est, j'ignore lequel, contre de l'argent. La personne qui nous a ramenés en France avait tout prévu, sauf cette avalanche. La suite est assez confuse dans mon souvenir, des gens nous ont pris en charge à la sortie de l'hôpital, et, un peu plus tard, chacun de nous s'est retrouvé en famille d'accueil, doté d'un capital que nous pouvions dépenser passés nos seize ans. Mais il n'y a eu aucune mesure judiciaire, comme le prétendait Benjamin. Il t'a menti, tout simplement parce qu'il répugne à évoquer cette période. En fait, on ignore qui tirait les ficelles. Pour toi, je ne sais pas si le procédé était le même.

Accablée par ces révélations, Soline avala d'un trait son verre de lait. Le cœur serré, elle songea aux discours évasifs de ses parents adoptifs, dès qu'il était question de ses origines.

— Les Fauvel prétendaient avoir perdu mon dossier lors d'un dégât des eaux, déclara-t-elle. Ils ont pu me cacher que j'avais un capital, moi aussi, ou bien ils l'ont dépensé. C'est dur à entendre, mais je préfère être au courant. Je te remercie encore pour m'avoir dit tout ceci.

Poussée par la gratitude et l'affection, Soline prit son amie dans ses bras.

— Ne fais pas ça, gémit Sophie. La tentation est trop forte de te couvrir de baisers.

— Pardonne-moi, je suis sotte.

Les deux jeunes femmes s'écartèrent vite l'une de l'autre. En se relevant, cependant, Soline esquissa un sourire.

— Ne sois pas triste, j'ai eu une vision de quelques secondes, tu auras bientôt une ravissante amoureuse, annonça-t-elle tout bas. Je te laisse la surprise.

— Toi alors, tu es presque aussi sadique que Judith ! s'insurgea Sophie.

— La vie perdrait son intérêt si on connaissait son destin. Fais de beaux rêves, et ne pleure plus.

Sur ces mots, Soline s'élança dans l'escalier en agitant la main en guise d'au revoir.

*

Soixante-sept ans plus tôt,
Combloux, mercredi 20 avril 1949

Émeline, en institutrice consciencieuse, vérifia encore une fois si la salle de classe était impeccable. Une de ses élèves avait nettoyé le tableau noir mais il restait des traces blanchâtres en bas du panneau, près du rebord où s'alignaient des craies.

— Marie, dépêche-toi de remplir les encriers, j'ai hâte de rentrer à la maison.

— Pars devant, je fermerai la porte et je donnerai la clef au concierge. Tu devrais te reposer demain, puisque c'est jeudi. Je suis inquiète, tu es toute pâle. Comme dit papa Antoine, tu aurais dû arrêter de travailler. Le bébé sera là à la fin du mois prochain, tu ne pourras pas finir l'année scolaire.

Très droite, l'arrondi de son ventre dissimulé par une large blouse en flanelle, Émeline haussa les épaules.

— On voit à peine que je suis enceinte, se défendit-elle. Je te rappelle, Marie, que personne d'assez convenable n'a postulé pour me remplacer.

— La mère de Valérie, elle dit que tu peux enseigner dans ton état parce que tu es la nièce du maire.

— Je me moque des commérages. Viens, sortons d'ici, il fait déjà très chaud pour un mois d'avril.

— Oh, ça alors, tu dois être malade, il a neigé hier. Le vent était glacial, Aglaé m'a fait mettre un bonnet et une écharpe.

Excédée sans raison précise, Émeline enfila son manteau sans ôter la blouse.

— Ce matin, la neige avait fondu et, ce soir, le ciel est dégagé. Ne me fais pas tourner en bourrique, Marie.

Campée sur ses jambes minces, la fillette de douze ans lissa ses boucles noires du bout des doigts. De petite taille et menue, la fille adoptive du docteur Antoine Favre observait Émeline d'un œil perspicace.

— Tu es bizarre, conclut-elle tout bas. Pourquoi tu ne dors pas à Combloux cette nuit ?

— Je préfère rentrer chez moi, auprès de mon mari. Pierre m'attend pour dîner, je ne veux pas le décevoir. Je n'ai aucun moyen de le prévenir.

— Bien sûr, vous avez refusé d'être équipé du téléphone, même si mon père payait les frais.

Émeline ne daigna pas répondre. Elle passa dans le couloir, secrètement angoissée par des douleurs en bas des reins.

« J'ai juste besoin de m'allonger, songea-t-elle. Quelques kilomètres et je pourrai me glisser dans mon lit. Pierre me servira un plateau. Nous écouterons notre émission de radio tous les deux. »

En bientôt trois ans de mariage, le jeune couple ne s'était jamais querellé. Ils se vouaient un amour respectueux, amis et amants à la fois. Le premier enfant qu'ils attendaient scellerait leur union, tout en réjouissant Louise et son frère Antoine.

— Sois prudente, Émeline, insista Marie lorsqu'elles furent devant l'école. Nicolas dit que c'est dangereux de conduire un cyclomoteur pour une femme enceinte.

— C'est moins épuisant qu'un vélo ! Laisse-moi tranquille avec tes recommandations. J'ai vingt-cinq ans, je suis sportive et la grossesse n'est pas un handicap. Jadis, les montagnardes trimaient dur jusqu'à la naissance. À vendredi, Marie, n'oublie pas ta rédaction. Tes notes ont baissé alors applique-toi.

— Je vais essayer, marmonna celle-ci.

L'engin d'occasion qu'avait acquis Pierre Pasquier se fit prier pour démarrer. Enfin Émeline se jucha sur la selle en cuir et elle s'éloigna à une vitesse modérée. Peu après, un garçon brun d'environ onze ans déboula d'une ruelle, son béret à la main. Il adressa un grand sourire à Marie.

— On va jouer au bord du ruisseau ? proposa-t-il.

— Non, mais je veux bien t'accompagner chez grand-mère Louise. Je parie qu'il y aura des beignets pour le goûter.

Nicolas sortit discrètement de sa poche un sachet en tissu tout bosselé.

— Tiens, Marie, je t'offre mes plus jolies billes pour te consoler. Hier, j'ai croisé Aglaé devant l'église. On a causé un peu. Il paraît que ta belle-mère te fait des misères.

— Quelle bavarde, cette Aglaé ! Je n'ai pas besoin d'être consolée, garde ton cadeau. Si papa Antoine aime sa seconde épouse, moi je l'aime aussi.

— Menteuse ! Le soir, tu pleures dans ton lit.

S'efforçant d'afficher un air indifférent, Marie Favre prit la direction de la maison de Louise Mancini. Pour rien au monde, la fillette, au seuil de l'adolescence, n'aurait avoué son aversion pour l'élégante Edwige, que le médecin avait prise pour femme, six mois auparavant.

— Papa Antoine se sentait seul, lança-t-elle à Nicolas sans le regarder. Il avait le droit de se remarier, à cinquante-neuf ans. Comme dit Émeline, il n'est pas si vieux.

— Quand même, ses cheveux sont devenus gris et il a plein de rides au coin des yeux.

Marie virevolta pour toiser Nicolas d'un air menaçant. Elle ne supportait pas d'entendre décrier son père adoptif.

— Et toi, tu louches, rétorqua-t-elle en lui tirant la langue.

Elle partit en courant, suivie de près par le garçon un peu vexé mais désireux de se réconcilier. Louise les vit arriver du pas de sa porte.

— Doucement, mes enfants, leur cria-t-elle.

Maintenant, les gens du village la surnommaient « la belle dame », car on s'étonnait de ses traits sublimés par le temps, de son teint frais, de l'éclat étrange de ses prunelles bleues. Ceux qui la rencontraient pour la première fois renonçaient à deviner son âge, quant aux autres, ils lui demandaient son secret pour être encore si jolie.

Sa dignité, sa sérénité et son don de voyance tissaient un début de légende autour de sa mystérieuse personnalité. On lui prêtait parfois des pouvoirs de guérison, ce qu'elle démentait avec véhémence.

— Grand-mère, Marie est méchante, elle a dit que je louchais, se plaignit Nicolas en se jetant dans les bras de Louise.

— Bien fait pour lui, il disait que mon père était vieux et ridé, se rebella la fillette.

— Ne gâchez pas votre amitié en disputes stupides, mes petits, les sermonna-t-elle d'une voix câline. Allez, faites la paix, sinon vous n'aurez pas de beignets.

Marie et Nicolas obéirent aussitôt. Louise, pendant qu'ils goûtaient, se fit un devoir de leur faire la morale, malgré un sentiment confus d'angoisse qui la tourmentait.

Émeline et son mari avaient loué une modeste maison près du petit village de Médonnet, à mi-chemin entre Sallanches et Combloux.

Ce soir-là, le trajet paraissait long à la future mère, soumise aux soubresauts du cyclomoteur. La route était sèche, cependant il fallait éviter les nids-de-poule et les cailloux qui parsemaient le goudron grisâtre. Les nuages s'accumulaient, voilant les derniers pans de ciel bleu.

— Zut, il va pleuvoir, se dit Émeline.

Des douleurs sourdes croissaient et décroissaient au creux de son ventre, ce qui l'inquiétait beaucoup.

— J'aurais dû aller au cabinet médical avant de partir. Si c'était le bébé ? Non, je suis sotte, il doit naître vers le 20 mai. Je suis trop fatiguée à rester debout une grande partie de la journée.

Afin d'apaiser sa crainte indéfinie, elle pensa à la rédaction que ses élèves lui remettraient vendredi et dont le sujet ferait appel à leur imagination.

— Écrivez un dialogue entre deux enfants qui reviennent de vacances. Ils ont vu la mer pour la première fois et ils échangent leurs impressions, récita-t-elle, un vague sourire sur les lèvres.

Émeline revit les mines déconfites de certaines fillettes. Marie, la plus audacieuse, avait exprimé le souci de ses camarades.

— Comment faire, maîtresse ? Personne n'est allé au bord de la mer, dans la classe !

Seulement trois écolières avaient levé le doigt dans un bel ensemble, pour claironner qu'elles avaient vu la mer Méditerranée. Elle avait dû rassurer tout ce petit monde, en leur expliquant que cette rédaction nécessitait une part de rêve et une part de documentation.

En amorçant un virage, la jeune femme sentit des gouttes sur son visage. L'ondée printanière se changea vite en averse diluvienne.

— Je n'ai pas de chance, enragea-t-elle.

Elle s'arrêta sans couper le moteur, pour prendre un foulard et un ciré dans une des sacoches que son mari avait accrochées de chaque côté du porte-bagages.

Une fois équipée, Émeline s'empressa de rouler, mais une camionnette la doubla. Tout de suite aveuglée par l'eau boueuse que projetaient les roues du lourd véhicule, elle perdit le contrôle du cyclomoteur. Deux mètres plus loin, c'était la chute sur le sol dur. L'impact lui arracha un cri de peur et de souffrance mêlées.

— Pierre, Pierre, gémit-elle, étourdie et affolée.

Un liquide chaud coula soudain entre ses cuisses. D'un geste rapide, elle s'assura que ce n'était pas du sang.

— Mon Dieu, non, par pitié !

La camionnette avait disparu. Émeline se releva tant bien que mal, ses bas déchirés aux genoux, un coude en sang et le corps parcouru de longs frissons.

— Au secours, implora-t-elle. Maman, aide-moi !

Le cyclomoteur gisait à ses pieds, le guidon tordu et le moteur éteint. Un sentiment de catastrophe terrassa la jeune femme. Elle commença à marcher, mais les crampes de son ventre, de plus en plus violentes et rapprochées, l'obligèrent à s'asseoir sur le talus, dans l'herbe mouillée.

— Je ne peux pas accoucher ici, toute seule ! Maman a dû avoir une vision, parce qu'elle m'aime. Nicolas courra avertir oncle Antoine et il viendra me chercher, avec maman.

Elle avait murmuré ces mots pleins d'espoir, tout en luttant contre la panique qui lui brouillait les idées. Des souvenirs des mois passés dans le maquis affluèrent. Pierre et ses camarades du réseau de résistance l'avaient fréquemment félicitée pour son courage, ses initiatives.

— J'avais moins peur la nuit dans la montagne, s'avoua-t-elle. Je savais qui était l'ennemi à combattre, j'étais armée et épaulée par les autres maquisards. Mais là, j'ai peur pour le bébé, maman ! Seigneur, j'ai tellement mal !

Plus calme, assistée par sa mère et une sage-femme, elle aurait respiré et accepté le dur travail de son corps.

— Pierre, au secours !

Secouée par des sanglots de frayeur, Émeline n'entendit pas le ronronnement d'un moteur. Elle remercia le Ciel quand une voiture noire freina à sa hauteur. Un singulier personnage en descendit, en l'occurrence une dame d'âge respectable, aux cheveux blancs très courts.

— Vous avez eu un souci, mademoiselle ? s'enquit l'inconnue en désignant le cyclomoteur. Je parie que vous êtes tombée, c'est ça ?

— Madame, aidez-moi, je suis en train d'accoucher !

— Misère ! Eh bien, le bon Dieu vous aime, j'ai mis au monde une ribambelle de chérubins… Je vous emmène, ma jolie.

*

Soixante-sept ans plus tard,
Chalet du vallon des loups, lundi 25 janvier 2016

Soline se précipita dans les bras de Benjamin lorsqu'il rentra à 18 heures. Il la cajola, tout ému de la sentir aussi douce et amoureuse.

— Enfin seuls, souffla-t-il à son oreille. J'ai déposé Sophie en temps voulu, ce matin. Son break était bien garé sur le parking de la gare de Sallanches. Notre capitaine Gally est repartie vaillamment au service du PGHM. Et toi, comment t'es-tu occupée ?

Il ôta sa veste fourrée et entraîna la jeune femme vers le canapé. Ils avaient l'habitude de discuter ensemble, enlacés parmi les coussins.

— J'ai passé la matinée dans l'enclos, répondit Soline. Je tenais à reprendre le dressage de Barry, car s'il m'obéit, ses trois rejetons suivront son exemple. Je me suis bien amusée, ils marchaient derrière moi. Et j'ai pu caresser la louve, juste quelques secondes. Je rêve de ce projet, atteler ma meute à un traîneau l'hiver prochain, mais Farou sera mise à l'écart.

— Prenons les problèmes un par un, suggéra Benjamin. Et Neige ? Où était-il pendant ce temps ?

— Il nous observait, assis de l'autre côté du grillage. Je suis un peu triste, Neige vieillit, il a plus de dix ans. Pour les chiens de grande taille, c'est un âge avancé. Je ne peux pas m'imaginer sans lui.

Benjamin la consola de plusieurs baisers sur les lèvres, légers et tendres, mais Soline se dégagea délicatement de son étreinte.

— Tu n'as pas croisé Alice et Étienne sur la route ? demanda-t-elle en le fixant.

— Non ! Ils sont revenus ?

— Ils étaient là il y a un quart d'heure à peine. Étienne voulait m'informer de quelque chose et il refusait de le faire par téléphone. Je leur ai proposé de t'attendre, apparemment c'était impossible, ils étaient trop pressés. Benjamin, ils sont allés très tôt près d'Yvoire où un incendie volontaire a ravagé un vieux manoir. Un endroit lugubre, d'après Alice. Le feu a été maîtrisé à temps et…

— Et quoi ? interrogea-t-il, alarmé de voir Soline rougir.

— Laisse-moi t'expliquer un peu mieux, soupira-t-elle. Dès qu'un de ses collègues a signalé le fait divers à Étienne, il a eu des soupçons. Pour lui, le criminel aurait pu se cacher dans cet édifice, acquis huit mois auparavant par un prête-nom. Il avait raison, il a trouvé une preuve…

— Quel genre de preuve ?

— Une photo d'assez grande dimension, du style poster. Elle a été déchirée et il n'en reste presque plus rien, mais par chance Étienne en a retrouvé un bout dans une chambre difficile d'accès. Le papier a roussi pendant l'incendie, mais on voit encore ce qu'il y avait de représenté dessus. Benjamin, je suis désolée ! Je t'assure, c'était affreusement gênant.

Soline, livide à présent, détourna la tête, obsédée par l'image du sac en plastique contenant le morceau de papier en question.

— Il a dû nous épier et il a osé me photographier, toute nue, cette nuit du mois d'août, au clair de lune. Nous avions fait l'amour devant la toile de tente et j'étais si heureuse.

— Et on te reconnaît vraiment ? s'enquit Benjamin, la voix plus rauque. Oui, c'est évident, puisqu'Étienne t'a identifiée.

— L'homme avait dû ramasser les autres morceaux du poster, précisa-t-elle. Sur celui qu'il a oublié, on aperçoit une partie de mon visage, une épaule et un sein.

Une soudaine colère s'empara de son compagnon. Il jeta des regards noirs autour d'eux.

— Je comprends à quel point tu devais être mal à l'aise ! s'écria-t-il, indigné. Étienne n'avait pas besoin de te montrer ça, il pouvait confier cette preuve à la police.

Impressionnée par cet éclat de fureur, Soline crut bon de défendre leur ami.

— Étienne était obligé de faire cette démarche, il semblait très gêné lui aussi. Et puis réfléchis, il y a bien pire. Je me suis sentie souillée en imaginant ce malade mental dans la forêt, qui m'épiait et devait se repaître de ma nudité. Il a dû continuer une fois en possession du poster. Mets-toi à ma place !

— Mon petit cœur, pardonne-moi. Je n'ai pas pensé à ce que tu éprouvais. Viens dans mes bras, je suis vraiment désolé. Bon sang, si ce sale type n'est pas mort et que je l'ai enfin en face de moi, je le tuerai.

— Non, non, tu ne peux pas devenir un meurtrier à ton tour. Pense au bébé, à notre fille.

Au prix d'un gros effort, Benjamin ravala sa colère. Il garda Soline serrée contre lui jusqu'à la tombée de la nuit. Parfois, il respirait le léger parfum de ses cheveux blonds ou il déposait un baiser sur son front. Elle s'endormit ainsi avant l'heure du dîner. Il n'osa pas la réveiller, hanté par ce que lui avait avoué Étienne, deux jours plus tôt, sans réussir à en discuter.

« Étienne a sûrement raison, ce criminel abject est aussi l'assassin de Pavel. J'aurais dû m'en douter moi aussi. Son obsession pour Soline ne l'a jamais quitté. Il faut le trouver et l'empêcher de l'approcher, il lui a déjà fait trop de mal par le passé. »

*

Soixante-sept ans plus tôt,
Combloux, mercredi 20 avril 1949

Antoine Favre usait de toute sa science médicale et d'une solide expérience pour aider sa nièce au cours d'une naissance qui s'annonçait périlleuse. Sous le regard éperdu de sa mère et de la brave Aglaé, Émeline endurait des souffrances atroces.

— Maman, je n'en peux plus, c'est trop dur, je ne pourrai pas pousser encore une fois.

— Courage, ma chérie, courage ! l'exhorta Louise.

— L'enfant se présente par le siège, je te l'ai expliqué, dit le médecin pour la troisième fois. Ton bassin est étroit, il aurait peut-être fallu une césarienne.

Une cinquième personne se tenait en retrait, près d'une des fenêtres. Un chapelet entre les doigts, elle priait tout bas, son visage anguleux tendu par l'angoisse.

— J'ai hésité, docteur, à conduire tout de suite cette jeune dame à l'hôpital de Sallanches, déclara-t-elle. Je trouvais ça plus prudent mais elle m'a supplié de la ramener ici, à Combloux.

— Vous avez déjà toute notre gratitude pour avoir pris soin d'Émeline, affirma Louise. Au moins, elle n'est plus seule et désespérée au bord de la route, grâce à vous, chère madame.

— Comme je vous l'ai dit en arrivant, j'étais sage-femme dans ma jeunesse, répliqua celle-ci. Je n'ai pas pu me présenter, Christiane Verdon, j'habite à Seyssel, au bord du jeune Rhône.

Un hurlement déchirant d'Émeline instaura un silence tissé de peurs inavouées. Elle se tordait de douleur sur le lit, les traits congestionnés, en mordant le drap.

— J'appelle une ambulance, décréta Antoine, les sourcils froncés. Louise, qui as-tu envoyé chercher Pierre ? Je dois lui exposer la situation et les risques.

— Un de tes voisins, en le priant de faire vite.

— Si je pouvais me permettre, docteur Favre, avança alors Christiane Verdon, il y aurait un moyen d'éviter l'hôpital et une opération. Votre nièce s'épuise en vain, la pauvrette. J'ai été confrontée à des cas similaires et, à chaque fois, j'ai pu faire changer de position au bébé.

— Madame, c'est bien de votre part de vouloir nous aider, cependant j'ai accouché beaucoup de femmes, trancha sèchement Antoine. Je préconise une césarienne en urgence.

Louise s'insurgea, tout en douceur. Elle tapota l'avant-bras de son frère, en lui souriant.

— Si nous laissions Mme Verdon essayer sa méthode, Antoine ! La vie de ma fille se joue en ce moment, je refuse de la voir mourir. Rien ne t'empêche d'appeler une ambulance. De toute façon, il faut attendre Pierre. Aglaé, descendez, vous aussi, Marie et Nicolas doivent être terrifiés par les cris de leur tante. Et ma belle-sœur s'inquiète sûrement, elle aussi.

— Je ne crois pas en cette méthode ! protesta le médecin. Ce serait au mari et au futur père de décider.

— Antoine, cet enfant vivra, je le sais. Dieu y veillera.

— D'accord, tu en prends la responsabilité, Louise, gronda son frère. Allez-y, madame !

Aglaé sortit à regret, précédée par Antoine, pendant que Christiane Verdon se lavait soigneusement les mains dans le lavabo du cabinet de toilette adjacent.

— Nous serons plus tranquilles, n'est-ce pas ? murmura-t-elle en souriant à Louise. Maintenant, Émeline, nous devons œuvrer toutes les deux. Respirez bien, tenez la main de votre maman. N'ayez pas peur ! Si je vous disais que je suis passée par hasard sur la route, en obéissant à une impulsion… À mon avis, ça signifie que je devais vous sauver.

Fascinée par le sourire confiant de l'ancienne sage-femme, Émeline parvint à dominer sa frayeur. Elle ferma les yeux et se détendit un peu, soulagée par le mouvement circulaire des mains de Christiane Verdon sur son ventre.

Après plusieurs manipulations et un examen intime délicat de la parturiente, elle lança une exclamation satisfaite.

— Formidable, le bébé y a mis de la bonne volonté, le voici la tête en bas, prêt à rencontrer sa maman !

— Vraiment ? s'extasia Louise.

— Oui, je ne peux pas me tromper, madame. Allez, encore quelques efforts, ma petite Émeline, ce sera moins douloureux, je vous le dis !

Pierre Pasquier, ses cheveux blonds assombris par la pluie, se rua dans le vestibule, l'air hébété. Le voisin qui s'était chargé de le conduire en voiture l'avait alarmé, avec de tristes histoires d'accouchement.

— Aglaé, comment va Émeline ? hurla-t-il en se heurtant à la domestique en bas de l'escalier.

— C'est un siège, répondit-elle avec une grimace anxieuse. Monsieur Antoine attend l'ambulance. Si on ne lui ouvre pas le ventre, à notre chère Émeline, elle sera perdue, l'enfant aussi !

— Mon Dieu, non, non ! s'écria-t-il en s'élançant à l'assaut des larges marches en marbre.

D'étranges miaulements, d'une vigueur insolite, résonnèrent soudain à l'étage. Le médecin surgit de son cabinet, éberlué. Sa seconde épouse, Edwige, entrouvrit la porte du salon, en interdisant le passage à Marie et à Nicolas.

— Le bébé est né, articula péniblement Pierre, sans oser monter jusqu'au palier.

— Il me semble, en effet, balbutia Antoine, blême de surprise. Je vais me renseigner sur l'état d'Émeline, je te dirai si tu peux entrer dans la chambre.

— Faisons ainsi, monsieur. Je vous en supplie, si ma petite femme est au plus mal, je veux la voir, l'embrasser.

Pierre Pasquier dut patienter une vingtaine de minutes, dans un état de fébrilité intense. Les pleurs aigus de son enfant lui paraissaient une musique merveilleuse, car Émeline était hors de danger. Enfin il entra pour découvrir le tableau émouvant dont il avait si souvent rêvé.

— Voici notre fils, annonça fièrement la jeune mère, le bébé niché contre ses seins.

Le teint rose, vêtue d'une chemise de nuit impeccable, sa chevelure châtain doré divisée en deux nattes, elle avait l'air de se réveiller, sans avoir souffert une seconde.

— Vous êtes papa d'un beau garçon, mon gendre ! s'esclaffa Louise, pourtant prête à pleurer de joie.

— Dieu soit loué, j'ai cru au pire et tout va bien, renchérit Antoine, plus jovial qu'il ne l'avait jamais été. Pierre, tu peux remercier Mme Verdon, une ancienne sage-femme, qui m'a donné une belle leçon d'humilité.

— Si nous accordions un moment en tête à tête à ce gentil couple, proposa celle-ci, radieuse sous son casque de cheveux argentés. Docteur Favre, si vous m'offrez un café et un verre de génépi en cuisine, je vous confierai mon secret.

Dès qu'ils furent seuls, Émeline et Pierre s'embrassèrent, tous deux transportés de bonheur. Elle raconta sa chute, ses terreurs et l'intervention inespérée de Christiane Verdon. Il lui confia sa détresse, sa peur intolérable de la perdre.

Deux semaines plus tard, le bébé fut baptisé Christian, en hommage à celle qui l'avait mis au monde.

8
Les zones d'ombre

Soixante-sept ans plus tard,
Chamonix, chez Sophie Gally, mercredi 27 janvier 2016

Sophie, Alice et Étienne étaient réunis autour de la table basse sur laquelle s'étalaient des documents, près de trois tasses de café. La pluie ruisselait sur les vitres de la porte-fenêtre, qu'un vent violent faisait parfois vibrer.

— Patron, vous avez eu des nouvelles de votre amie Soline ? interrogea la jeune inspectrice. Elle paraissait si gênée, avant-hier, à cause de la photographie.

— Non, nous n'avons pas communiqué depuis, mais j'ai reçu un message virulent de son compagnon, maugréa Dambert, de très mauvaise humeur ce matin-là.

— En tout cas, elle devrait redoubler de prudence si vous êtes certain que ce type a survécu.

— J'en mettrais ma main à couper, répliqua Étienne en haussant les épaules. Il a dû être gravement blessé le 15 novembre, ce qui explique qu'il ne se soit pas manifesté pendant plusieurs mois. Son complice l'a soigné, et l'incendie de ce manoir abandonné est pour moi la preuve qu'il est rétabli et qu'il cherche à couvrir ses traces. Maintenant que ce malade mental est guéri, il faut s'attendre à tout.

La capitaine Gally jeta un coup d'œil sur son téléphone.

— Je dois partir dans vingt minutes, soupira-t-elle. À propos de Judith, j'ai fait ce que tu m'avais demandé. Comme c'était quasiment impossible de lancer une procédure la concernant, afin de savoir si oui ou non elle avait un alibi, je lui ai téléphoné et j'ai joué la comédie. Crise de larmes, crise de nerfs, en exigeant des explications sur notre rupture et sur son emploi du temps pour chaque week-end où elle ne pouvait pas me retrouver. Je vous passe les détails !

— Et le résultat ? s'enquit Étienne.

— Le dimanche 15 novembre, Judith était à Paris, chez des amis. Je les connais vaguement, mais si je leur demande une confirmation, ils la préviendront aussitôt.

— Abandonne, ça ne colle pas, Judith en complice, c'est insensé, trancha le policier. Sophie, tu es visée également, alors sois prudente. Cet assassin aurait réussi à t'enlever et à te tuer l'été dernier si Soline n'avait pas eu une vision au bon moment. Ne me regarde pas comme ça, Alice sait ce qu'il en est. C'était difficile de lui cacher « le mystère Soline » !

— Au moins, la situation est claire, commenta Sophie. Ne t'inquiète pas pour moi, Étienne. Je serai prudente, même si je ne risque rien tant que je suis avec mes collègues du PGHM. En plus, j'ai expliqué au commandant pourquoi je devais vous héberger et il m'a attribué un studio dans les locaux de la base. Je suis à deux minutes de l'héliport. Allez, cette fois, je m'en vais !

Très digne dans son uniforme, Sophie se leva et rectifia une mèche rousse qui dansait sur son front. Elle avait hâte de rejoindre ses collègues et espérait même une journée chargée, afin de ne plus penser à rien et de se rendre utile.

— Je te donne juste un conseil, sois sur tes gardes, ne fais confiance à personne, insista Dambert. Une chose me paraît évidente, tu ne reconnaîtras pas d'emblée ce type, qui se faisait appeler Vincent à l'époque où il était adolescent. Il a dû beaucoup changer et je suis certain qu'il se travestit, la lentille de contact que nous avons retrouvée dans la ferme le prouve.

— Maintenant, toute la région est au courant qu'un grand criminel rôde dans le secteur, ajouta Alice. Il va peut-être commettre une erreur et on finira par le coincer. Mais je suis désolée de t'envahir, Sophie. Le patron m'avait promis que ça ne te dérangeait pas, pourtant, à cause de nous, tu dois vivre dans un studio.

— Ne t'en fais pas.

— Encore une chose, Sophie, dit-il. J'ai réfléchi : la nuit où cette photographie a été prise, Soline était avec Benjamin et on devine à quoi ils se livraient avant ou après. C'est désagréable à imaginer, néanmoins le tueur les épiait et il a dû jubiler de voir son idole en tenue d'Ève.

— Où veux-tu en venir ? s'impatienta Sophie, la main sur la poignée de la porte.

— À ça ! Il a forcément vu Benjamin, or, dans ce cas de figure, il aurait dû l'éliminer, comme il s'est débarrassé de Cédric Rousseau et comme il a tenté de supprimer Alban Demolliens. Sans oublier Kate et toi, qu'il a soupçonnées d'aimer Soline de manière ambiguë. D'où ma question, pourquoi a-t-il épargné Benjamin ?

Troublée, Sophie revint sur ses pas.

— Et s'il était responsable de l'accident de Benjamin, l'été dernier ? hasarda-t-elle.

— On pourrait l'envisager, concéda Étienne. Mais tu as mené les investigations dans le ravin. Tu n'as rien trouvé hormis de nombreuses traces de cervidés, or on sait que lorsque ces bêtes traversent une route en lacet, elles causent de graves accidents, surtout en montagne. Et l'analyse de la voiture n'a rien donné non plus, aucun signe de sabotage des freins ou du moteur. Nous ne pouvons donc rien affirmer. Et même si c'était le cas, Benjamin n'a eu aucun souci depuis le mois d'août alors qu'il ne se cache pas et va d'un bout à l'autre du département.

— Vous en déduisez quoi, patron ? demanda Alice, que cette affaire passionnait.

— Rien de précis, mais ça me paraît incompréhensible.

Son adjointe approuva en silence, tout en sirotant son café. Sophie l'observait attentivement, ce qui la poussa à poser une question à son tour.

— Étienne, vous êtes proches, Alice et toi. Est-ce que tu lui as parlé de notre enfance ? Notre secret bat de l'aile maintenant que Soline sait une grande partie de la vérité.

— Oui, le patron m'a raconté ce dont il se souvenait, mais il reste beaucoup de zones d'ombre. J'ai le feu vert pour enquêter aussi sur le sujet.

— J'ai essayé en vain durant des mois, aussi je te souhaite bonne chance, soupira Sophie. Les gens qui nous retenaient prisonniers ont dû effacer leurs traces et ils étaient bien organisés. Les éventuels témoins sont morts depuis longtemps, à l'instar de la femme qui cuisinait et faisait le ménage, celle qui est arrivée avec Soline.

Étienne sortit sur le balcon pour fumer. La pluie était moins drue, mais le vent soufflait encore.

— Le plus étrange, lança-t-il aux deux jeunes femmes, ce sont ces longues périodes de somnolence dont nous nous souvenons tous, toi Sophie, Benjamin et moi. Ils devaient nous droguer à haute dose, car je n'ai pas eu l'impression de souffrir, et pourtant...

— Et pourtant il vous manque un rein, patron, trancha Alice de sa voix chaude et suave.

Cinq minutes plus tard, au moment d'ouvrir la portière de son break, Sophie s'immobilisa, le cœur serré. Elle se répéta la remarque énoncée par la jeune inspectrice et dont chaque mot résonnait encore dans son esprit.

— À moi, il ne manque rien, dit-elle tout bas. Si seulement on apprenait un jour ce qu'on nous a fait...

Étienne était le plus âgé, ils ont dû lui prélever cet organe, mais pourquoi ou pour qui ?

Elle songea encore une fois aux liens si particuliers qui l'unissaient au policier. Il pouvait se montrer désagréable, hargneux, insolent, elle lui pardonnerait toujours. Il était Nayden et elle était Milana, la petite fille qu'il consolait avec tendresse lorsqu'elle avait trop peur.

Accablée par ces réminiscences, Sophie se mit au volant. Elle se revit âgée de dix-huit ans, le soir où Étienne l'avait retrouvée dans un bar. Ils s'étaient jetés dans les bras l'un de l'autre, fous de joie. Ils étaient restés en contact, s'écrivant régulièrement, mais ils ne s'étaient pas revus depuis qu'ils avaient été placés en famille d'accueil. Quel bonheur elle avait ressenti ! Étienne était beau, charmant. Il avait été le premier et le dernier homme à la toucher et ils avaient été amants quelques semaines.

Le téléphone de Sophie vibra sur le siège du passager, alors qu'elle avait démarré le moteur.

— Oh non, c'est Judith, je ne réponds pas.

Peu après, elle entendit la courte mélodie indiquant l'arrivée d'un texto. Agacée, elle préféra le lire : « Pardon, je n'avais pas compris… »

— Qu'est-ce qu'elle n'a pas compris ? se demanda Sophie tout bas. Si ça concerne notre rupture, je refuse de l'écouter, c'est fini pour de bon. J'étais un jouet pour elle, voilà ce que j'ai reçu en plein cœur. Quand je pense à toutes les horreurs que cette peste m'a jetées à la figure !

Ivre de colère et de révolte impuissante, elle se gara sur le bas-côté pour déverser sa rancœur et son chagrin par le biais d'un message vocal.

— Efface mon numéro, Judith, moi, je vais te rayer de mes contacts. J'ignore ce que tu as compris à retardement, mais je m'en fiche ! s'écria-t-elle. Tu ne m'aimais pas, tu as osé me rire au nez en te vantant de préférer les hommes mûrs, plus doués que moi au lit. Ne m'appelle plus jamais !

Haletante, Sophie redémarra et alluma la radio de sa voiture, sur la station de musique classique qu'elle appréciait.

Chalet du vallon des loups, même jour, même heure

Soline improvisait une recette de gâteau dans la cuisine du chalet, la pièce où elle se sentait le mieux. Souvent, son imagination recréait des silhouettes féminines, vêtues à l'ancienne, qui s'affairaient de la cheminée à l'évier en grès.

Elle savourait le bonheur tout simple de savoir Benjamin à proximité. Il étudiait des échantillons de poils et d'os dans le camion faisant usage de laboratoire.

Grâce à sa forte personnalité, doublée d'une tendance à la gaîté, Soline avait passé outre l'incident du morceau de poster. Elle refusait de penser au tueur tapi dans la nuit et la contemplant ou bien à Étienne qui avait eu ainsi un aperçu de son anatomie.

— Le beurre fondu, le sucre de canne et un peu de vanille en poudre, énuméra-t-elle, penchée sur son plan de travail.

La sonnerie de son téléphone la fit sursauter. Avant de décrocher, elle s'essuya les mains à son tablier. « Tiens, c'est maman ! se dit-elle étonnée. Je ne l'ai pas eue depuis jeudi dernier. »

— Ma chérie, tu vas bien ? balbutia sa mère.

La voix de Monique Fauvel tremblait, ce qui alarma Soline. En quelques secondes, elle eut des remords pour avoir pris ses distances de façon si catégorique.

— Mais oui ! Et toi, maman ? Je suis désolée, j'avais promis de revenir te voir, je n'ai pas pu.

— C'est sans importance, tu es mieux dans tes montagnes. Je t'appelais pour t'annoncer que nous quittons

Lons. Jacques a pris sa retraite et il a touché une somme confortable. Nous avons mis la maison en vente et nous allons nous installer chez de la famille à lui, en Picardie. On logera dans un petit pavillon.

— Vous auriez pu me prévenir, j'ai encore des affaires là-bas ! se récria Soline, stupéfaite. Maman, sois franche, je t'en prie, qu'est-ce qui vous arrive ?

Elle hésitait à évoquer celui qui avait menacé ses parents adoptifs afin de la contraindre à des rendez-vous dont le souvenir lui donnait des frissons.

— Jacques rêvait de retourner dans son pays natal, ma chérie. Nous en avons longuement discuté et nous avons choisi de changer de vie. Ne te tracasse pas pour tes affaires, j'ai fait des cartons et je te les enverrai par un transporteur.

— Tu as fait des cartons dans mon ancienne chambre ? Alors tu peux monter l'escalier ? s'étonna la jeune femme.

— Péniblement, je te l'accorde, mais je remarche, et sur le plat je me débrouille bien. Je t'écrirai, ma chérie, et…

— Et tu me donneras votre adresse ou non, maman ?

Le silence de Monique Fauvel était révélateur. Soline devina que ce départ soudain avait une cause sérieuse.

— Plus tard, ma petite, souffla celle-ci. Sois heureuse, ne te soucie pas de nous.

— Attends, ne raccroche pas ! Puisque nous sommes en ligne, j'en profite pour te demander quelque chose. Je retardais le moment de le faire, sans doute par crainte d'obtenir la même réponse qu'avant.

— Je t'écoute, parle-moi vite ! Je suis seule, Jacques règle certaines formalités avec le monsieur de l'agence.

— C'est bizarre, tu ne dis plus « ton père », fit remarquer Soline, de plus en plus mal à l'aise. Peu importe. Je voudrais savoir si vous avez vraiment perdu le dossier de la DDASS me concernant lors d'un dégât des eaux.

Si c'est le cas, cet organisme devrait en avoir un exemplaire. Crois-tu que je peux contacter quelqu'un ou c'est inutile ?

Il y eut encore un silence. Soline insista d'un ton à la fois excédé et bouleversé.

— Maman, je connais la vérité sur l'accident, oui, ce fameux accident dont tu ignorais tout. Une femme m'a amenée dans une station de ski délabrée qu'une avalanche a ravagée au bout de quelques jours. J'ai été grièvement blessée. La suite, tu la sais autant que moi, mais admets qu'à notre époque, on adopte rarement un enfant sans avoir aucun renseignement sur son origine, sa naissance. Peut-être que vous n'avez jamais osé m'avouer qui j'étais ? Il paraît que je parlais très bien français, donc je ne venais pas de l'étranger.

— Ma chérie, pourquoi chercher à savoir ? Concentre-toi sur le présent, préserve ton couple. Ton compagnon m'a l'air d'un jeune homme de valeur qui t'aime de tout son cœur. Ah, Jacques revient, je t'embrasse, ma fille adorée.

Monique Fauvel avait coupé la communication. D'abord sidérée, Soline renversa d'un geste rageur le récipient en plastique qui contenait la pâte du gâteau. Le carrelage séculaire, d'un rouge brun, fut maculé par les ingrédients épars à peine mélangés.

— J'en ai assez, assez, gémit-elle.

Neige entra en trottinant dans la cuisine. Il renifla la farine, avant de lécher le beurre fondu. Benjamin découvrit la scène et s'empressa de prendre l'incident à la légère.

— Zut, notre futur dessert s'est envolé, dirait-on. Soline, ne pleure pas pour ça. J'ai une idée, je vais nettoyer et ensuite je t'emmène au village. Le boulanger vend des tartes délicieuses.

— Je veux bien, souffla-t-elle en se réfugiant dans ses bras. Mais en chemin, je téléphonerai à Étienne.

— Tu ne comptes pas l'inviter à dîner, j'espère, je n'ai pas envie de le voir ! protesta Benjamin. Nous sommes si bien tous les deux.

— Je n'ai pas le choix, ma mère vient d'appeler. Mon père a pris sa retraite, ils mettent leur maison en vente et s'en vont en Picardie grâce à de l'argent tombé du ciel. Eux qui sont si économes, ils m'envoient mes affaires à leur frais. Ce n'est pas normal, il se passe quelque chose de grave.

— Tu as raison, acquiesça-t-il. Mon cœur, tu trembles de tout ton corps. Reste calme, pense au bébé.

— Je pense à notre petite Louise, justement. Benjamin, ce criminel est mêlé à ça, j'en suis persuadée. Il menace de nouveau mes parents. Et je suis malheureuse parce que j'ai peur de ne jamais les revoir, surtout maman. Je veux vivre en paix, je n'en peux plus.

— Courage, Soline. Pour l'instant, ne tire pas de conclusions hâtives. Contacte Étienne. Moi, je me change et on descend s'acheter un gâteau. Il faut s'accorder de modestes petits bonheurs, des joies peut-être dérisoires mais précieuses.

Il l'étreignit avec passion, mais son regard sombre et anxieux démentait les mots qu'il avait prononcés.

— Si j'avais été seule aujourd'hui, j'aurais tout cassé ici, confessa-t-elle d'une voix tendue, le visage niché au creux de son épaule d'homme.

— Je n'en doute pas, se moqua-t-il en cherchant ses lèvres. Tu mérites un baiser, non, deux ou trois.

Ils s'embrassèrent longtemps. Quand Benjamin la laissa pour monter à l'étage, Soline s'empressa d'appeler Étienne. Elle lui rapporta les propos de sa mère sans oublier un détail.

— Tu ne lui as pas dit que tu étais enceinte ? s'inquiéta le policier.

— Non, je t'ai obéi.

— Les Fauvel s'enfuient, à mon avis. Ta mère n'a pas fait allusion à son beau-frère, l'abominable oncle Roger ?

— Non, je t'assure, mais elle a raccroché brusquement car mon père la rejoignait. Étienne, j'ai eu l'impression que maman avait peur de lui.

— L'impression ou l'intuition ?

— Je ne sais pas. Que vas-tu faire ?

— Me renseigner. Toi, ne panique pas, garde ton sang-froid et passe une bonne soirée dans votre vallon des loups. Alice et moi, on vous rendra visite dès que possible, sans doute après-demain.

— D'accord, soupira Soline.

Benjamin était de retour, vêtu d'un gros pull en laine verte qu'elle affectionnait. Il l'enlaça encore.

— Je suis prêt à conduire ma petite fée au village. On emmène Neige, bien sûr. Tu as eu Étienne ?

— Oui, il m'a conseillé de passer une bonne soirée. Alors viens, on part se promener.

Ils sortirent du chalet main dans la main, sous une fine averse de flocons duveteux, suivis par le grand chien blanc.

Chalet du vallon des loups, samedi 30 janvier 2016

Soline se promenait dans l'enclos, les mains enfouies au fond des poches de sa parka. Coiffée d'un bonnet en laine blanche, elle s'interrogeait sur les énigmes qui hantaient son esprit.

— Ne sois pas jaloux, Neige, je dois quand même passer du temps avec Barry, cria-t-elle au berger suisse, sagement assis de l'autre côté du grillage et qui suivait ses allées et venues de ses bons yeux bruns.

Le tervueren, dont la magnifique fourrure fauve et noire épaississait chaque hiver, marchait près de sa maîtresse. Dès qu'elle s'arrêtait, il quêtait une caresse.

— Cet après-midi, tu sortiras un peu, mon chien, dit-elle à mi-voix. Ce n'est pas simple de gérer ta relation avec Farou et vos petits. Tu aurais pu y penser avant de vivre en sauvage dans les bois. Pauvre Barry, tu ne comprends pas trop ce que je te raconte. Et moi, je comprends encore moins les zones d'ombre de mon passé.

Un sourire désabusé sur les lèvres, Soline observa les trois louveteaux qui jouaient à se poursuivre ou à se bagarrer pour dépenser l'énergie de leurs six mois d'âge. Souvent, ils se roulaient dans la fine couche de neige tombée durant la nuit. Seule Farou demeurait tapie dans la pénombre de l'ancienne bergerie.

— Bon, pas de séances de dressage aujourd'hui, je suis trop préoccupée, soupira la jeune femme

Alice et Étienne n'étaient pas venus la veille, comme l'avait annoncé le policier. Soline n'avait eu aucune nouvelle d'eux et aucune réponse aux messages qu'elle avait envoyés.

Benjamin sortit du camion au moment précis où elle quittait l'enclos. Il semblait contrarié et même soucieux.

— J'ai eu un appel de Sophie, expliqua-t-il. Je crois qu'il y a un problème, mais elle pouvait à peine articuler. Elle est en route, elle ne devrait pas tarder à arriver.

— De quel genre, ce problème ?

— Hier en fin de journée, la secrétaire du cabinet d'avocats où travaille Judith a contacté Sophie. Elle était inquiète car Judith n'a honoré aucun de ses rendez-vous cette semaine et ne répondait ni au téléphone ni à ses mails. En fait, depuis son départ samedi dernier, personne ne l'a revue.

— C'est bizarre, admit Soline. Son métier semblait beaucoup compter pour elle. Étienne est au courant ?

— Sûrement, Sophie a dû l'appeler.

Tout de suite, Soline éprouva une pénible sensation, au point d'avoir mal au cœur. D'instinct, elle s'accrocha au bras de son compagnon.

— J'avais peut-être raison, avança-t-elle. Judith était complice du tueur et elle l'aurait rejoint de peur d'être démasquée… ou bien c'est plus grave.

— Voilà Sophie, souffla-t-il en désignant le break qui montait le chemin à une allure déraisonnable.

— Ce n'est pas elle qui conduit, mais Alice, nota Soline.

Ils furent consternés devant l'aspect de leur amie, que la jeune inspectrice soutenait par la taille. En jogging gris sous une grande veste en laine, les cheveux noués à la hâte sur la nuque, Sophie était livide, les yeux cernés.

— Je suis en arrêt maladie pour trois jours, Étienne m'a conseillé de me réfugier ici, débita-t-elle d'une voix morne.

— Le docteur lui a prescrit des anxiolytiques et des somnifères, ajouta Alice. Il faudrait qu'elle se couche et qu'elle dorme.

Soline, effarée, prit la main de Sophie tout en scrutant ses traits meurtris par le chagrin.

— Il est arrivé malheur à Judith, c'est ça ? interrogea-t-elle tout bas.

— Ce monstre l'a supprimée, Soline. Malgré le coup de fil de sa secrétaire, je refusais de l'envisager, mais j'ai reçu un texto avec une photo. Alice, montre-leur, j'en suis incapable.

— D'accord. Je précise que le message a été expédié depuis le téléphone de la victime, mais ce dernier n'émet plus. On a dû le détruire immédiatement.

Soline et Benjamin découvrirent une image odieuse de la jolie avocate gisant sur un sol en ciment, les poignets ligotés. Une large tache de sang souillait son chemisier blanc, en pleine poitrine. Un message était joint : « Sophie, tu es la prochaine sur ma liste. »

— Le patron m'a chargée de la protéger, et vous aussi, Soline. Je mets de côté mes investigations pour rester ici. J'espère que je ne vous dérange pas trop ?

— Non, bien sûr, affirma Benjamin, terrassé par ce qu'il venait d'apprendre. Sophie, je suis vraiment désolé. Viens, rentrons à l'abri.

— C'est ma faute, gémit-elle. Judith avait cherché à me joindre, mercredi. Elle m'a envoyé un texto, en me disant : « Pardon, je n'avais pas compris. » J'étais furieuse. D'abord je n'ai pas répondu, ensuite je lui ai laissé un message vocal, en déversant toute ma colère et ma rancune.

Sophie éclata en sanglots. Alice et Benjamin, compatissants, l'entraînèrent vers le chalet. Bien qu'encore sous le choc, Soline les précéda pour allumer le chauffage électrique de la chambre réservée à leurs invités. Tout en s'affairant, elle analysait la situation afin de ne pas céder à la panique.

— Ce fou nous fait savoir qu'il est toujours vivant et encore plus dangereux, car je l'ai trahi ! Oui, il s'estime trahi. Mais pourquoi Judith ? se demanda-t-elle. Et il nous avertit, la prochaine sur sa liste, c'est Sophie. Étienne est responsable de ce désastre, si seulement il avait pris la ferme d'assaut avec une solide équipe, bien armée !

On poussa doucement la porte. Alice entra avec un timide sourire, son blouson de cuir entrouvert sur ses seins un peu lourds, moulés par un pull noir.

— Benjamin fait prendre ses médicaments à Sophie, j'ai monté son sac. Tout s'est passé si vite. Qu'est-ce que vous en pensez, Soline ? Comme vous avez approché ce criminel à deux reprises, vous devez en tirer des conclusions.

— Tout ce dont je suis sûre, c'est que cet homme est un fou extrêmement dangereux car très intelligent.

— Je suis de votre avis. Excusez-moi, mais je vous ai entendue parler toute seule, à l'instant. Vous disiez que c'était la faute du patron, je n'ai pas halluciné !

— N'en tenez pas compte, je suis coléreuse et ça me pousse à accuser tout le monde dans certains moments pénibles. Étienne a fait ce qu'il a pu le dimanche 15 novembre, lorsqu'il a été grièvement blessé. Vous travaillez ensemble et vous êtes en couple, il a dû vous raconter ce qui s'est passé ce matin-là ?

— Je ne suis pas du tout avec le patron, protesta Alice. Il a prétendu ça pour plaisanter. Je bosse sous ses ordres depuis trois ans, on est devenus très amis, rien d'autre. Mais je sais qu'il est amoureux de vous, il me l'a avoué.

Terriblement gênée, Soline se détourna un peu car elle avait rougi.

— Il mentait, je vous assure, se défendit-elle. Ce serait plutôt le contraire. Il n'y a pas si longtemps, il me détestait. Bien, cela dit, on devrait descendre chercher Sophie, son lit est prêt.

— Si le patron ne vous aimait pas, il n'aurait pas une telle rage en lui. Je sais qu'il veut venger son petit frère, mais il s'est juré de vous venger aussi, renchérit Alice.

— Moi ? Pourquoi ?

— Pardon, j'ai gaffé.

Des bruits de pas leur parvinrent de l'escalier, coupant court à la discussion.

— Tu vas te reposer, tiens bon, Sophie, répétait Benjamin.

Soline se précipita sur le palier. Ses idées se brouillaient, elle avait la bouche sèche à force d'émotion, néanmoins elle aida son compagnon de son mieux.

— Elle ne tient plus debout, les cachets ont agi très vite, dit-il d'un ton apitoyé.

— Je veux dormir, dormir, souffla Sophie une fois couchée. Et ne pas me réveiller, plus jamais.

Soline avait tenu à rester un peu au chevet de leur amie pendant que Benjamin préparait le repas.

— Je suis désolée, Sophie, murmura-t-elle. Si je me doutais, pour Judith. Tu devais l'aimer plus que tu ne le prétendais. Samedi dernier, au petit déjeuner, vous aviez l'air d'être heureuses toutes les deux. Votre dernier matin ensemble et je n'ai eu aucun pressentiment, rien. Repose-toi, nous veillons sur toi. Neige aussi, il s'est couché à mes pieds.

Sous l'effet des médicaments, Sophie dormait déjà d'un profond sommeil.

— Est-ce que tu as senti un danger autour de Judith, Neige ? demanda Soline à voix basse. Tu as peut-être perçu qu'elle était condamnée… Je n'arrive pas à la croire morte.

Avisant le sac à main de Sophie, elle s'en empara et trouva le téléphone. Malgré l'horreur que lui avait inspirée la photo de la jeune avocate baignant dans son sang, elle voulait la revoir et l'étudier attentivement.

— Je vous en supplie, accordez-moi une vision, n'importe laquelle, car je me pose tant de questions, dit-elle en fermant les yeux, l'appareil entre les doigts. Pourquoi Judith ? Et pourquoi Étienne voudrait-il me venger ?

*

Soixante-quatre ans plus tôt,
Combloux, jeudi 17 avril 1952

Louise promenait son petit-fils Christian dans les allées du cimetière. Elle le gardait tous les jours de la semaine, ce qui facilitait le quotidien d'Émeline, en charge d'une classe de fin de cycle primaire.

Le bambin, âgé de trois ans, portait fièrement des bouquets de narcisses dont le parfum le ravissait.

— Ta maman dirait que ce n'est pas un endroit très gai, mon mignon, mais j'aime venir ici, déclara-t-elle à l'enfant. Tout est calme, si calme. Nous allons rendre visite à nos chers défunts. Tu te souviens un peu de leurs noms ?

— Non, j'ai oublié.

— C'est normal, je te raconte tellement de choses que tu ne peux pas les retenir. Arrête-toi, Christian, nous sommes devant la tombe de mes parents. Clémence et Jean Favre. Tu poses un des bouquets, s'il te plaît ?

Le garçonnet s'exécuta aussitôt, prêt à repartir, mais sa grand-mère le retint par la main.

— Sois patient, je donne toujours des nouvelles de la famille à ma chère maman. Elle était très jolie et très gentille.

— Tu vas lui dire quoi ?

— Eh bien, écoute, tu le sauras. Maman, aujourd'hui je t'ai amené mon petit-fils, Christian Pasquier. Je t'ai parlé de son papa, Pierre, qui a épousé Émeline, ma fille chérie. L'été qui vient, ils vont déménager pour s'installer à Passy.

— Et maman sera la maîtresse d'école, bredouilla l'enfant.

— Alors je suis un peu triste, confessa Louise, car depuis la naissance de Christian, ils habitaient ici, à Combloux, dans une maison proche de la mienne, une construction récente. Antoine continue à soigner tous les gens du pays et il est devenu maire du village. Les tristes souvenirs de la dernière guerre perdent de leur force, maman.

Christian tira sur la jupe de sa grand-mère, en agitant les autres bouquets un peu brusquement.

— Au revoir, mes chers parents, soupira Louise.

Elle désigna ensuite à l'enfant la tombe de Jeanne Favre, sur laquelle trônait une statue en marbre représentant un ange en prière. Le médecin l'avait commandée à Lyon, ainsi que des corbeilles de fleurs en porcelaine. Un portrait de la défunte, sous verre et dans un cadre ovale, était serti sur une stèle.

— C'est qui, la dame ?

— La mère adoptive de Marie. C'était aussi ma belle-sœur, je l'aimais beaucoup. Tu peux lui offrir des fleurs.

Louise eut soudain conscience qu'elle hésitait au moment de se rendre au fond de l'enceinte, où reposait Juliette, l'épouse infidèle de son fils Clément, qui était lui enterré à Saint-Nicolas-de-Véroce. La malheureuse, qui s'était suicidée, avait eu droit à être inhumée là, aux frais d'Antoine. Enfin, elle se décida et conduisit Christian devant un monticule de terre brune, planté d'une croix en bois.

— Dépose ton dernier bouquet, mon chéri, c'est pour la maman de ton cousin Nicolas.

Des oiseaux voletaient autour du clocher de l'église, ce qui attira le regard du petit garçon. Il les montra à sa grand-mère, à l'instant où une voix claire les appelait.

— Regarde qui vient ! s'écria Louise.

Marie Favre accourait d'une démarche aérienne, en robe jaune à col blanc, ses courtes boucles brunes captant les rayons du soleil. Mince et de taille moyenne, elle se savait jolie, ce qui lui donnait des ailes.

— Seigneur, elle aura quinze ans en juillet, constata Louise tout bas. Comme le temps file, de plus en plus vite à mon goût, hélas.

— Aglaé m'a dit que vous alliez tous les deux au cimetière ! s'écria Marie en embrassant Christian, puis Louise. Je vous raccompagne, grand-mère. Je t'aiderai à faire déjeuner ce petit monsieur. Je voudrais te parler.

— Je n'suis pas un monsieur, se rebiffa l'enfant. Pépé Paul va me donner un poney.

— Comment ça ? s'étonna Marie. Un poney ?

— Oui, rien que pour moi, et papa va m'apprendre à monter dessus.

— Tu es encore trop jeune ! N'est-ce pas, grand-mère ?

Louise avait demandé à l'adolescente de l'appeler ainsi, même si, sur le plan juridique, elle était désormais sa tante d'adoption.

— Les Pasquier élèvent des chevaux, ils savent ce qu'ils font, Marie, répondit-elle de sa voix douce. Je suppose qu'il s'agit d'un poney très docile. Rentrons, je ferai cuire du vermicelle, Christian en est friand.

Le petit garçon gambada le long du trottoir, devant Louise et Marie.

— Ne descends pas sur la chaussée, lui recommandaient-elles tour à tour. Fais attention !

Combloux se développait d'année en année. Des voitures de plus en plus nombreuses circulaient dans les rues élargies, souvent à vive allure.

— Bientôt je ne reconnaîtrai pas le village, déplora Louise. Je suis arrivée ici à douze ans, et j'en ai soixante de plus. Mais j'ai de la chance, le logement que j'ai hérité de ma mère est situé dans un quartier toujours tranquille.

— Et au bout de ta petite rue, il y a des prés et un chemin. Personne ne bâtira dans ce secteur, la rassura Marie.

— On a quand même construit de vilaines bâtisses en face de chez moi. Crois-moi, ce n'est que le début, un jour il y aura des immeubles comme à Sallanches. Mais de quoi veux-tu me parler ?

— De Nicolas, avoua l'adolescente en baissant le ton. J'en ai assez, grand-mère. Il raconte à ses camarades que nous allons nous fiancer dans deux ans et nous marier ensuite. Par jalousie, il s'est battu avec Georges, le fils du quincaillier, parce qu'il m'avait écrit un poème. Nicolas m'attire sans cesse des ennuis. Je n'ai pas l'intention de l'épouser. Je l'aime bien, comme un frère ou un cousin. Tu dois lui expliquer, grand-mère !

— Je te promets de le sermonner, Marie. Je suis déçue, j'ignorais qu'il se comportait aussi mal. Ne t'inquiète pas.

— Et pour me consoler, tu ne pourrais pas me dire qui sera mon futur mari ? Émeline m'a confié que tu avais su tout de suite qu'elle épouserait Pierre grâce à une vision.

— Combien de fois je devrai le répéter, on me montre des images, je ne les provoque pas, soupira Louise. Si tu savais le nombre de femmes qui viennent frapper à ma porte, dans l'espoir de connaître leur avenir. Je ne suis pas une voyante.

Dépitée, Marie fit la moue en se cramponnant au bras de Louise, qui lui adressa un sourire mélancolique.

— Mais grand-mère, si tu as une vision de l'homme que j'épouserai plus tard, tu me la décriras, quand même ?

— Peut-être ! D'ici là, étudie mieux au lycée et ne t'intéresse pas trop aux garçons. Tu es jolie, on te fera souvent la cour.

— Grand-mère, c'est démodé, faire la cour. Une des élèves de ma classe, elle dit « flirter », ça vient de l'anglais.

— Ne flirte pas avec n'importe qui. Je lis des magazines, je suis au courant des mots à la mode, vois-tu. Prends donc Christian par la main, il faut traverser.

Elles éclatèrent de rire. Soudain, Louise se crispa tout entière, en clignant des paupières. La vision avait déferlé au sein de son esprit, lui imposant une scène odieuse.

« Seigneur, qui ose faire une chose pareille à une innocente fillette ? s'interrogea-t-elle, muette de répulsion. Mais… c'est encore lui, cet adolescent qui a tué l'enfant blond, Pavel. »

— Grand-mère, qu'est-ce que tu as ? s'alarma Marie. Tu es toute pâle. Je peux courir prévenir mon père.

— Non, ne dérange pas Antoine. Je me sens mieux, c'est passé. Je dois avoir faim, je n'ai rien pris ce matin.

Après le repas, Louise nota à la hâte dans un cahier ce qu'elle avait vu et qui l'avait blessée en plein cœur, son tendre cœur de mère, où elle aurait voulu accueillir et protéger tous les enfants martyrs du monde.

9
Les caprices du tueur

Soixante-quatre ans plus tard,
Chalet du vallon des loups, samedi 30 janvier 2016

La journée n'en finissait pas et Soline s'exaspérait de cette lente marche des heures qui aboutirait au crépuscule, puis à la nuit.

Sophie dormait à l'étage, Benjamin était retourné dans son camion pour rédiger un rapport. Seule Alice déambulait dans le chalet. Elle allait d'une fenêtre à l'autre, montait sur le palier, descendait puis sortait sur la galerie couverte, rentrait de nouveau, son arme de service dissimulée sous son blouson en cuir.

— Faites une pause, lui recommanda Soline. On pourrait boire un thé ? Si un intrus approchait, Barry et Neige aboieraient. Au fait, où est Étienne, enfin, l'inspecteur Dambert ?

— Le patron devait aller jusqu'à Annecy pour rencontrer le procureur. Il viendra dîner ici, je pense. Si vous voulez, je lui demanderai de confirmer par texto. Sinon, je suis d'accord pour la pause ! Je peux emprunter votre ordinateur portable, dans ce cas ? Il me faudrait une bonne connexion, j'ai envie de continuer mes recherches. Et le thé, je suis désolée, mais très peu pour moi, je préférerais une bière, comme le patron.

Soline abandonna le confort du canapé et de ses coussins moelleux. Elle enrageait intérieurement de n'avoir eu aucune vision malgré ses prières.

— Je vous apporte ça.

— Merci...

Alice s'installa à la table qui servait de bureau à Soline, près d'un vieux bahut en bois noir.

— Ce buffet paraît très ancien, il était sûrement là quand vous avez emménagé, s'intéressa-t-elle.

— Oui, il restait des meubles dans chaque pièce. Ils ont dû être fabriqués sur place. Alice, si on se tutoyait ?

— J'attendais que tu le proposes ! On est tout de suite plus à l'aise, non ?

Elles se sourirent puis Soline disparut dans la cuisine où elle mit de l'eau à bouillir, en songeant que l'adjointe du policier était vraiment sympathique. Alors qu'elle prenait un sachet de thé à la bergamote dans sa boîte en fer bleuté, Alice l'appela de la pièce voisine.

— J'arrive ! s'écria-t-elle en la rejoignant aussitôt.

— Ne sois pas surprise, Soline, déclara celle-ci en désignant l'écran de l'ordinateur. J'ai une idée, mais il me manque une preuve. J'enquête depuis trois jours sur les filières européennes de trafic d'organes. Le marché était fructueux il y a quelques années. Le patron a pu en être victime, Sophie et Benjamin aussi.

— Ce serait horrible, pourquoi as-tu pensé à ça ?

— Tu n'es pas au courant ?

— De quoi ? On m'a caché pas mal de choses, ces derniers mois, déplora Soline.

— L'inspecteur Dambert n'a qu'un rein, le dossier établi par l'hôpital de Lons après son agression en atteste. J'ai étudié toute cette paperasse et un détail m'a frappé. Le groupe sanguin du patron est très rare. Je voudrais connaître ceux de Sophie et de ton compagnon. S'ils ont le même tous les trois, ça indiquerait que je suis sur la bonne voie.

Sidérée, Soline approuva en silence. Elle prenait la mesure des informations que lui livrait la jeune inspectrice.

— Je te remercie, Alice, lui dit-elle. Tu ne peux pas imaginer combien j'apprécie ta manière de m'exposer les faits, sans crainte de me perturber et sans jouer aux énigmes. Quant à ta recherche, je peux t'aider. Benjamin et moi avons chacun fait une prise de sang au début de ma grossesse, je sais donc qu'il est AB négatif.

— Comme le patron ! triompha Alice. J'ai envie de monter pour examiner le contenu du sac de Sophie. Vu son métier, elle a forcément sa carte de groupe sanguin à portée de main.

— Ne bouge pas, je m'en occupe. Avant, je voudrais juste revenir sur ce que tu as déclaré ce matin à propos d'Étienne. Pourquoi tient-il à me venger ? Tu as dit que tu avais gaffé. On m'a fait du mal quand j'étais petite ?

— Je ne sais rien de précis à ton sujet. On vous a fait du mal à tous les quatre. En fait, ce matin, j'ai eu peur d'avoir été trop bavarde, alors que le patron m'avait conseillé de te ménager. Je sais juste qu'il a culpabilisé durant des années car il n'avait pas pu vous protéger. La mort de son petit frère l'a traumatisé, je suppose qu'il t'associe à lui, comme vous étiez les plus jeunes.

Alice ponctua ces mots d'un sourire rassurant en espérant avoir rectifié son erreur.

— Je comprends, affirma Soline.

Cependant, son cœur battait très vite, au point de lui couper le souffle, et ce fut pire lorsqu'elle atteignit le palier après avoir gravi les marches quatre à quatre.

— Je dois me souvenir, se dit-elle, survoltée. Pourquoi ai-je seulement eu droit à cette pitoyable image de Pavel ? Je jouais avec lui mais je ne le reconnais même pas quand j'évoque la vision où il gît sur la neige, le crâne en sang. C'est injuste, on devrait me montrer autre chose, le visage de son assassin ou Benjamin à cette époque.

Elle entra dans la chambre sur la pointe des pieds. Neige était là, couché sur le tapis ethnique aux vives couleurs qui faisait office de carpette. Sophie dormait encore, sa chevelure rousse étalée sur l'oreiller.

Soline fut renseignée en quelques secondes en fouillant le porte-cartes de son amie, qui était AB négatif elle aussi. Un léger bruit l'alerta.

— Qui est là ? fit une voix pâteuse.

— Tu es réveillée, Sophie ?

— Oui, mais je n'avais pas envie d'ouvrir les yeux. Qu'est-ce que tu cherchais, Soline ?

— Je te le dirai plus tard. Comment te sens-tu ?

— Je suis calmée, je vais descendre avec vous, j'ai besoin de compagnie. Étienne est arrivé ?

— Non, pas encore. Sophie, je suis désolée pour Judith. Tu peux me parler d'elle, si ça te fait du bien. Je ne pensais pas que tu l'aimais autant. Pardonne-moi, j'ai été désagréable avec elle samedi dernier. Je n'oublierai jamais le soutien que tu m'as apporté pendant la disparition de Benjamin. Tu peux compter sur moi, je t'aiderai dans cette épreuve.

Soline s'assit au bord du lit. D'un geste affectueux, elle prit la main de la jeune femme.

— Ne te reproche rien, répondit celle-ci d'un ton las. J'ai reçu un choc terrible en découvrant cette ignoble photo. Mais j'en ai assez de tricher, ma relation avec Judith était essentiellement physique. Je dois être maso pour avoir accepté de la retrouver selon ses désirs ou ses loisirs. J'ai beaucoup pleuré parce que la mort d'une personne, assassinée en plus, est toujours une tragédie.

— Tu insinues que tu t'en remettras tôt ou tard ?

— Au fond, Soline, j'éprouve la même rage qu'au moment du décès du vieux Moïse. J'aurais envie d'exécuter le monstre qui nous menace, qui te menace toi, surtout. Tu veux la vérité ? En voyant Judith morte, tout ce sang, j'ai imaginé ma réaction si c'était toi. Et là, j'ai perdu le contrôle de mes nerfs.

— Ça suffit, j'en ai assez ! s'indigna Soline en lui lâchant la main. Toi aussi, tu es amoureuse de moi ? Tu ne vaux pas mieux qu'Étienne ! Mettez-vous à ma place, cette adoration irrationnelle, ça me rend malade, et franchement, il m'arrive de me dire que je ferais mieux de couper les ponts avec vous.

D'un coup, Sophie rejeta la couette et se leva. Elle se rua dans le cabinet de toilette et en claqua violemment la porte.

— Ouvre ! ordonna Soline en tambourinant sur le battant.

— Non, tu as raison, je devrais tomber raide de honte pour avoir débité de telles sottises ! hurla Sophie. Je suis épouvantée et blessée par la mort de Judith, mais ce serait pire si c'était toi ou Étienne. C'est humain de ressentir ça ! Je l'ai avoué à cause de ces maudits cachets, j'ai l'impression d'être folle.

— Tu es à bout, excuse-moi, j'ai mal réagi. Sors de là !

Alice et Benjamin, alarmés par leurs cris, déboulèrent dans la chambre. Soline n'eut pas besoin de fournir des précisions, ils avaient déjà compris.

— Je ne sais plus quoi faire, plaida-t-elle néanmoins.

— Laissez-nous seul, répliqua son compagnon. Je me charge de la réconforter.

Les lueurs pourpres du couchant incendiaient les anciens prés tapissés de neige qui s'étendaient autour du chalet. La nuit venait doucement.

Soline et Alice, assises au coin de la cheminée, guettaient le moindre bruit en provenance de l'étage.

— Ce sont des instants difficiles, commenta soudain la jeune inspectrice.

Elle posa son arme de service sur la table basse. Très brune, son visage aux pommettes hautes avait une teinte cuivrée, éclairé par les flammes du foyer.

— J'ai été stupide, déplora Soline.

— Je vous ai entendues, avança Alice. Ce vieux bâtiment n'est pas isolé. Tu te plaignais d'être aimée, ça m'a surprise. Tu as de la chance.

— Non, sur ce point tu te trompes. Je suis heureuse et touchée si j'inspire de l'affection, de l'amitié sincère, mais c'est très pénible de provoquer des drames passionnels. Tu as étudié l'affaire, alors pense à ce que j'ai pu ressentir lorsque cet homme s'est mis à supprimer froidement ceux qui m'approchaient. Il y avait de quoi regretter d'être soi-disant belle… Je me sens coupable en permanence.

Alice haussa les épaules en observant attentivement Soline.

— Ce n'est pas tellement ta beauté, déclara-t-elle ensuite. Sans vouloir te vexer, il y a des filles « canon » partout. Tiens, Sophie est un bon exemple. Tu es différente, le patron me l'avait dit. Ce doit être le charme à l'état pur, le magnétisme aussi, je serais en peine de trouver les mots exacts.

Soline ne daigna pas répondre. Le bébé venait de bouger et elle posa une main sur son ventre, qu'elle effleura le plus discrètement possible.

« Danse, ma petite Louise, songea-t-elle, émue. On dirait que tu as senti combien ta maman était triste. »

Quand il entra dans le chalet deux heures plus tard, Étienne Dambert avait les traits tirés et des cernes sous les yeux. Il capta aussitôt l'attention des quatre personnes attablées sous la lampe. Ce jeu de multiples regards lui causa un léger malaise.

— Vous avez déjà dîné ? s'enquit-il.

— À ton avis ? Il fait nuit noire et il est plus de 21 heures, rétorqua Benjamin.

— On a gardé votre part, patron ! s'écria Alice en bondissant de sa chaise. C'est moi qui ai cuisiné du riz au curry. Je vous apporte une assiette et une bière.

Sophie, dont les cheveux roux scintillaient sous la lumière électrique, fit signe à Étienne de s'asseoir à côté d'elle.

— Tu vas un peu mieux ? lui demanda-t-il en la prenant par les épaules. Alice m'a prévenue pour la crise de nerfs à ton réveil.

— C'était ma faute, confessa Soline. Nous étions toutes les deux sous tension et nous avons craqué.

— Mais nous sommes réconciliées, ajouta Sophie avec un faible sourire. Je n'aurais pas dû prendre tant de médicaments, je ne l'ai pas toléré.

Benjamin attira Soline contre lui. Il n'avait pas revu le policier depuis plusieurs jours et sa présence semblait l'irriter.

— Alice a trouvé un indice intéressant, dit-il cependant, peut-être pour engager le dialogue. J'ignorais que tu lui avais confié des recherches sur notre enfance, Étienne.

— Pourquoi pas ? On mérite de savoir ce qui s'est passé et d'où on vient.

— Sophie, Benjamin et vous, patron, vous êtes du même groupe sanguin, un groupe très rare en France, précisa Alice qui revenait, une assiette fumante à la main et une canette de bière dans l'autre.

Étienne ne fit aucun commentaire. Il considéra sa part de riz, puis il mordit dans une tranche de pain.

— Ce n'est pas le plus important actuellement, décréta-t-il. J'ai pris des décisions urgentes. Sophie, j'ai vu le commandant Jarny, ton supérieur, et vu la gravité de la situation, il t'envoie pour trois mois minimum au PGHM de La Réunion. Tu prends l'avion demain à Paris. Je ne peux pas travailler si je te sais en danger. Et je ne courrai pas le risque de te voir en photo sur mon téléphone dans le même état que Judith.

— Mais, Étienne, je veux rester ici ! s'insurgea Sophie. De quel droit tu décides de m'expédier là-bas ? Et le bébé ? Si je pars, je ne serai pas là pour sa naissance !

Soline et Benjamin m'ont proposé d'être la marraine de Louise.

— Et si tu meurs, tu ne verras jamais cet enfant, trancha le policier. Alice, tu escorteras la capitaine Gally jusqu'à Paris et tu t'assureras qu'elle monte dans l'avion.

Sophie secoua la tête, désemparée. Elle allait protester encore, mais Étienne l'en empêcha.

— Réfléchis, dit-il d'un ton radouci. L'éloignement te fera du bien. Je préfère t'éviter des épreuves douloureuses, comme ce sera le cas si on découvre le corps de Judith. Tu vas mal, rien de tel que le dépaysement.

— Pour une fois, je suis d'accord avec Étienne, avoua alors Benjamin. Tu seras en sécurité là-bas.

— Et Soline, comment vous la protégerez ? se rebella Sophie. Pourquoi ne pas l'envoyer à l'autre bout du monde, elle aussi ?

— Parce qu'il faut qu'elle soit là pour faire sortir le tueur du bois, car il viendra tôt ou tard. La chasse à l'homme va commencer et cette fois, on débusquera ce type. J'ai le feu vert du procureur, et des forces de gendarmerie seront à ma disposition. Je vous résumerai mon plan de bataille plus tard.

Soline s'écarta de Benjamin. Il voulut la retenir par le coude mais elle se dégagea en souriant, sous le prétexte d'aller préparer une tisanière de tilleul. Intrigué, il la suivit dans la cuisine.

— Mon cœur, qu'est-ce que tu as ? souffla-t-il. Tu as peur ?

— Non. Je t'en prie, ne te vexe pas et ne te fais pas d'idées fausses si je m'arrange pour parler à Étienne sans témoins. J'ai eu une vision étrange, une suite d'images qu'il a vues. Sophie ne doit pas les voir. Aie confiance, mon intuition me le dit.

Il retint un soupir, confronté au regard bleu de Soline dont l'intensité le troubla.

— Je t'ai toujours fait confiance et ça me paraît sérieux. Je tenterai d'emmener Sophie et Alice à l'extérieur pour promener Neige et vérifier si tout se passe bien dans l'enclos.

— Merci, mon amour, dit-elle en lui donnant un baiser.

Une demi-heure plus tard, Étienne scrutait le beau visage de Soline d'un air perplexe. Ils étaient seuls, debout près de la cheminée.

— C'est de mieux en mieux, insinua-t-il. Tu savais que je devais discuter avec toi de toute urgence ?

— Oui, je l'ai perçu et on m'a montré des images, répliqua-t-elle. De quoi s'agit-il ?

— D'abord, je voulais te signaler que les gendarmes de Lons sont allés au domicile de tes parents et qu'ils n'ont rien trouvé de suspect. La maison était fermée, il y avait un panneau « à vendre » sur le portail. Ils ont dû quitter la ville comme ta mère te l'a annoncé. En revanche, ton oncle est introuvable depuis samedi dernier. Son épouse a signalé sa disparition mercredi. De toute évidence, cette pauvre femme était habituée aux escapades de son mari, mais d'ordinaire il rentrait sagement le lundi matin. J'ai obtenu un mandat de perquisition et regarde, on a trouvé ça chez lui, au grand désespoir d'Yvonne Fauvel.

— Encore une victime, concéda Soline. Je l'ai rarement vue mais elle me faisait de la peine à chaque fois.

Étienne sortit de sa poche quatre photos en couleurs et les tendit à Soline. Elle les prit du bout des doigts. Après leur avoir jeté un bref coup d'œil, elle s'empressa de les remettre au policier.

— C'est répugnant.

— Répugnant mais intéressant, dit-il. Nous avons la preuve formelle que Judith était la maîtresse de Roger Fauvel.

— Comment une aussi jolie fille, d'une trentaine d'années, instruite et orgueilleuse, pouvait-elle coucher avec un homme qui avait presque le double de son âge ?

Par vice, pour de l'argent ? Quelle conclusion tu en as tiré ?

— En premier lieu, celle d'épargner Sophie. Elle souffrirait trop en voyant ces clichés dignes d'un porno. En second lieu, je suis presque convaincu que Roger Fauvel est le complice du criminel. Mais je n'ai aucune preuve à fournir au procureur. Soline, si c'est le cas, tu as conscience que ton père pourrait être impliqué, lui aussi.

— Oui, je sais. Étienne, tu crois vraiment que Roger Fauvel est mort ? interrogea tout bas Soline.

— Tant qu'on n'a pas retrouvé les corps, je ne suis sûr de rien, soupira-t-il. Une dernière chose pour étayer mon hypothèse : tu as peut-être fait le rapprochement toi-même, mais la date de la disparition de ton oncle correspond à celle où ce manoir a brûlé près d'Yvoire. Je voudrais qu'Alice t'emmène sur le lieu du sinistre au cas où tu aurais une vision de l'incendiaire, sait-on jamais ?

— Déjà, ce n'était pas Judith, elle se trouvait ici, au chalet. Je repense au message que Sophie a reçu, mercredi matin : « Pardon, je n'avais pas compris… »

— Et tu lui trouves un sens précis ? s'enquit Étienne.

— Judith a pu découvrir le rôle que jouait son amant. Elle était avocate, rodée aux affaires criminelles, alors si elle a compris et a réagi en conséquence, ils ont pu l'exécuter.

— Ouais, ça se tient.

— J'entends la voix de Benjamin. Ils reviennent de leur balade. Étienne, tu devrais dormir ici ce soir. Nous pourrons discuter de tout ça avec Alice.

— Et ton amoureux, tu le tiendras à l'écart ?

— Oh non, j'ai trop besoin de lui, répliqua Soline. Je garde mon calme, hélas c'est la tempête dans mon cœur et mon âme. Chut, les voilà !

Sur la rive suisse du lac Léman, lundi 1er février 2016

L'homme avait amarré son bateau au ponton d'une luxueuse villa édifiée moins d'une centaine d'années plus tôt. Beaucoup de gens fortunés avaient acquis des terrains au bord du lac, aménagés ensuite en parcs d'agrément autour de demeures cossues dont le style architectural variait sans jamais déparer la splendeur du paysage.

— Bientôt, retour à la vie officielle, dit-il entre ses dents. Je pourrai me reposer, j'ai eu du travail ces jours-ci et, en fin de semaine prochaine, je devrai m'occuper de Sophie Gally. Je dois réussir, cette fois, mais ce ne sera pas facile.

Il portait une casquette de yachtman et de larges lunettes de soleil, en arborant un sourire satisfait. Certain de son impunité, il s'offrit un cigarillo. Fidèle à sa manie, il parla à mi-voix.

— Ton tour viendra, Soline, après la naissance du bébé ou bien avant, au gré de mes caprices. Sais-tu, je ne suis pas si mauvais, j'ai failli laisser vivre Judith. Je me demande ce que tu as pensé de ma cousine ?

Un rire froid lui échappa. Il s'accouda au bastingage, le regard absent.

— Cette chère cousine, paix à son âme, m'a contacté via les réseaux sociaux il y a trois ans en m'assurant que nous avions des liens de parenté. Au début, j'ai refusé de la rencontrer, mais elle insistait. J'ai fini par communiquer par téléphone avec cette jolie avocate. On se racontait nos vies jusqu'au jour où elle m'a envoyé une photo de sa conquête du moment, une superbe fille rousse aux yeux verts du nom de Sophie Gally.

Des vagues soulevées par le vent du nord secouèrent le bateau. L'homme poussa un juron de contrariété et entra dans la cabine, comme si les éléments faisaient exprès de le déranger pendant son monologue.

— Soline, autant te l'expliquer maintenant, Judith se croyait ma cousine à cause de ma fausse identité. Mon père était un as pour trafiquer les paperasses et brouiller les pistes. Il a eu soin, à l'époque, de changer le nom des orphelins qu'il avait achetés je ne sais plus où, dans une institution misérable et crasseuse quelque part en Europe de l'Est. Maman voulait des précisions, il refusait de lui en donner. Maman…

Soudain oppressé, l'homme décocha un coup de poing dans le vide, les traits altérés par une profonde douleur morale. Dès qu'il évoquait sa mère, un abîme s'ouvrait sous ses pieds. Elle avait été la seule personne au monde à lui prodiguer de l'amour et de la tendresse.

— Maman, gémit-il. Tu es morte par leur faute à tous ! Ils n'ont pas pu te sauver, te guérir. Ne reviens pas me troubler, maman. Reste au Ciel… Reprenons, où en étais-je ? Ah, Sophie Gally. Ce nom m'a interpellé tout de suite, je m'en souvenais, oui, juste de celui-ci. Comment oublier Milana, une exquise petite fille qui avait tellement peur de moi. Elle sera encore plus effrayée quand je lui dirai qui je suis avant de la tuer.

Les eaux du lac se déchaînaient, la houle heurtait la coque de plein fouet. Agacé, l'unique maître à bord consulta la météo sur un de ses téléphones, puis il envoya un texto en ayant soin d'utiliser des mots sans équivoque, d'une banalité qui l'amusait. Il relut à mi-voix :

— Ma chérie, je rentre demain en milieu d'après-midi. Nous irons dîner en ville, le soir. Merci d'avoir été aussi patiente, la dépression nerveuse m'a rendu capricieux, mais la solitude m'a aidé à guérir. Je t'embrasse.

Après une brève hésitation, il ajouta un « je t'aime » qui le fit grimacer.

— Bah, je n'en suis pas à un mensonge près ! Tu as entendu, Soline, je te trahis également. Mais je tenais à te le dire, je t'ai pardonné puisque l'enfant que tu attends m'appartiendra. Si tu savais combien ça me rend heureux. Je ne l'aurais pas su sans Judith ! Quelle mouche l'a piquée, pour aller fouiner chez toi. Cette idiote m'a cru sur parole quand je lui ai raconté ma passion impossible pour une sublime blonde qui m'avait rejeté. Et je me plaignais en jouant les victimes, en disant que tu me méprisais à cause du type dont tu t'étais amourachée. Judith a voulu te rencontrer. Elle l'a payé cher, très cher. Tu as osé protéger ce blanc-bec, Soline, encore et toujours lui, appelons-le Benjamin, mon père avait dû choisir ce prénom que tu appréciais, maman.

L'homme lança une clameur rauque. Il venait de revoir sa mère sur son lit d'agonie. Furieux, il ôta casquette et lunettes pour frotter ses yeux embués de larmes.

— Est-ce le hasard qui s'en est mêlé ? balbutia-t-il, haletant. Pourquoi sont-ils réunis à nouveau ? Peu importe, je m'en fiche. Tu es à moi, Soline, rien qu'à moi, comme ce bébé dans ton ventre, notre fille. Je lui garde ta peluche de poney, je lui donnerai, tu ne la mérites plus.

Des mouettes survolèrent le bateau avec des cris stridents qui le firent tressaillir. Il s'empressa d'avaler deux cachets, pour garder sa lucidité. C'était une lutte épuisante qu'il menait depuis des années, contre ses perversions et ses hantises.

— Je ferais mieux de descendre à terre, décida-t-il. Bah, je me sens un peu démuni, sans ce vieux roublard de Roger, môssieur Fauvel. Si son frère savait la vérité, hein, Jacques, sombre crétin qui n'a rien deviné. Tu ignorais que ton frangin était avide de chair tendre. Il n'a pas résisté quand Judith s'est jetée dans ses bras sur mes conseils. J'avais tout arrangé à distance, leur rendez-vous, l'hôtel où ils se livreraient à leurs jeux licencieux. Je suis le plus fort, n'est-ce pas, maman ? Non, tu dois avoir honte. Ton fils unique te décevrait, toi qui étais la bonté même.

Hagard, l'homme prit un troisième cachet. Renonçant à se réfugier dans la villa dont il avait hérité, il s'allongea sur la couchette de la cabine. Il sombra dans un sommeil agité au moment où Sophie atterrissait sur l'île de La Réunion.

Chamonix, au bord de l'Arve,
mercredi 3 février 2016

Alice et Soline s'étaient installées sur la terrasse de la grande brasserie où l'inspecteur Dambert avait coutume de déjeuner et de dîner depuis qu'il logeait dans l'appartement de Sophie. De leur table, à l'abri d'un large auvent rouge, les jeunes femmes pouvaient apercevoir le courant rapide de la rivière. Les nuages étaient si bas ce jour-là qu'on ne voyait plus les montagnes.

— Alors, je dis au patron que tu n'as rien ressenti pendant la visite du manoir ?

— Oui, tant pis s'il est déçu. J'étais surtout incommodée par les relents de bois calciné, trempé de pluie.

— Pourtant, tu as eu un air bizarre dans la chambre où on a découvert le morceau de poster, avança Alice.

— L'atmosphère était sinistre et j'imaginais cet homme en train de me contempler, j'en avais des frissons de dégoût. En fait, l'endroit en lui-même dégage des ondes néfastes, Étienne m'avait avertie.

— Je te montrerai des photos du manoir avant l'incendie, c'était un lieu vraiment digne des films d'horreur. Il paraît que des ados venaient le visiter la nuit pour se faire des frayeurs.

Un serveur vint prendre leur commande en s'inclinant avec exagération. Il fixa Soline en lui souriant de toutes ses dents.

— Je prendrai un chocolat chaud pour commencer, dit-elle d'un ton sec. Nous verrons pour la suite. Nous attendons une amie.

— Un café pour moi, ajouta Alice, égayée.

Soline lui jeta un coup d'œil intrigué.

— Encore un que tu as fasciné, Soline ! Il te dévorait des yeux. Apparemment, tu es habituée.

Alice ponctua ces propos d'un petit rire fataliste, avant d'essayer en vain de joindre Étienne.

— Le patron est sur messagerie, je lui envoie un texto. Je le plains, il rencontrait les parents de Judith aujourd'hui. Pauvres gens, ils doivent être sous le choc. Les disparitions sont plus éprouvantes que les décès avérés, du moins quand elles durent des mois ou des années, je peux en témoigner. Il y a de fortes chances qu'on ne découvre ni le corps de l'avocate, ni celui de Roger Fauvel.

— Et ça vous aiderait si j'avais une vision ! Désolée, ça ne marche pas comme ça. Alice, si tu me croisais, est-ce que tu verrais que je suis enceinte de six mois ? lui demanda soudain Soline, en lissant le large pull en laine qu'elle portait sur un pantalon de sport.

— Habillée comme ça, non ! Le serveur revient, changeons de sujet.

— Tu as raison. Je suis devenue méfiante, mais cela dit, c'est agréable de sortir un peu. J'avais oublié l'animation qui règne à Chamonix.

— Voilà mesdemoiselles, fanfaronna le jeune homme en disposant les tasses.

Une jolie brune, très élégante, arriva au même instant et lui barra le passage alors qu'il faisait demi-tour.

— Salut, Kevin, on a reçu tes raquettes, tu peux venir au magasin ce soir, déclara Kate Demolliens. Alban te fera une remise. Ma puce, que je suis contente ! Kevin, je te présente ma meilleure amie, mais je ne sais pas qui est avec elle !

— Alice Cazard, une amie aussi, trancha Soline.

Kate, rieuse, tapota l'épaule du serveur en précisant qu'il s'agissait d'un neveu de sa belle-mère. Ensuite elle prit place à la table.

— Tu me sers un cappuccino, Kevin ?

Dès qu'il s'éloigna, Kate se releva pour embrasser Soline et la cajoler. Elle la dévisagea et effleura ses cheveux blonds avant d'observer sa silhouette d'un œil inquiet.

— Tu n'as pas de ventre, ma petite puce, chuchota-t-elle à son oreille.

— Je le cache un peu, regarde quand je soulève mon pull…

Kate, rassurée, caressa furtivement le charmant arrondi que lui avait dévoilé son amie.

— Tu es mince et musclée, alors on s'en douterait à peine, commenta-t-elle. Mais je suis terriblement impolie, je ne me présente même pas. Bonjour, Alice, je suis Kate Demolliens, une vieille amie de Soline.

— Enchantée, Kate. Alice Cazard, adjointe de l'inspecteur Dambert et garde du corps de Soline, répondit la jeune femme avec un sourire.

— J'ai évité de te le dire au téléphone, mais le tueur a survécu et il a assassiné Judith, la compagne de Sophie, précisa Soline à voix basse.

— L'avocate qui devait venir à mon mariage ? dit Kate, sidérée. Mais c'est terrible, il recommence, ce taré !

— Oui, mais parle moins fort. Étienne a dû envoyer Sophie à La Réunion, où elle a intégré le PGHM de Sainte-Marie. Nous avons eu de ses nouvelles hier, son affectation en urgence ne lui déplaît pas. Parlons plutôt de toi, tu sembles apprécier ton statut de commerçante.

— J'adore ! s'extasia Kate. J'ai le contact facile avec les clients, les ventes grimpent. Je suis aux anges, ma puce. Alban est un mari merveilleux. J'ai plein de choses à raconter.

Fébrile, elle commença à leur confier des anecdotes sur les divers clients du magasin de sport des Demolliens. Entre-temps, Kevin, de plus en plus familier, avait servi Kate et leur avait remis la carte de la brasserie.

— Kate, accorde-moi une minute, dit Soline en profitant d'un silence de son amie. En fait, je voudrais vous inviter à dîner un soir, Alban et toi. Benjamin souhaite fêter mon anniversaire le plus vite possible. On ne se soucie pas de la date, puisque j'ignore quand je suis née. Viviane viendra, vous pourriez l'amener.

— Choisis un dimanche, alors, on ferme le magasin tous les lundis, répondit Kate avec enthousiasme. Et je me ferai un plaisir de revoir ma chère madame Vivi, elle me manque.

— Nous serons peu nombreux, sept au total avec Alice et Étienne. C'est original un anniversaire sans date, Benjamin y tient beaucoup. Peut-être qu'il est pressé à cause de la situation. Autant s'accorder des bons moments malgré tout.

Soline se tut brusquement, mal à l'aise. Elle avait très soif et le sang cognait à ses tempes. Vite, elle s'empara du verre d'eau qui accompagnait le café d'Alice, mais ses doigts étaient sans force et elle le renversa. Une vision la traversa, suivie d'une autre, toutes deux dignes d'un cauchemar. Paupières mi-closes, elle se mit à trembler, tandis que des larmes coulaient sur ses joues. Livide, elle suffoquait.

— Ma puce, reste avec nous, supplia Kate en la tenant par un bras. Soline, tu m'entends ? Oh, elle est dans les vapes !

— J'appelle les pompiers, s'affola Alice.

— Non, attends, souvent elle récupère assez rapidement.

Ce fut encore le cas. Soline sursauta et se redressa, son regard bleu comme halluciné.

— Qu'est-ce que tu as vu ? interrogea Kate tout bas.

— Bon sang, tu m'as fait une de ces peurs, soupira Alice. Je te conduis chez un docteur ou aux urgences ?

— Ce n'est pas la peine, affirma Soline, mais je voudrais rentrer au chalet tout de suite. Je ne pourrai rien manger de toute façon. Et il faut que je parle à Étienne.

Je suis désolée, Kate, on déjeunera ensemble un autre jour.

— Non, ne viens plus en ville si ça te rend malade. Je ferai en sorte de te rendre visite plus souvent. J'ai aperçu ton 4 x 4 rouge, je te raccompagne, ma puce. Tu ne marcheras pas droit et on croira que tu as bu, plaisanta son amie.

En dépit des prévisions de Kate, Soline avait retrouvé son aplomb et, avança d'un pas vif vers sa voiture. Alice, encore inquiète, était prête à la soutenir.

— C'est d'avoir une vision qui te met dans cet état ? finit-elle par demander.

— Oui, surtout aujourd'hui, c'était éprouvant.

Soline s'assit avec soulagement sur le siège passager de sa voiture et, tout de suite, elle prit son téléphone.

— Alice, Kate, je voudrais être seule le temps d'expliquer ce que j'ai vu à Étienne.

— Non, pas question, je ne te quitte pas d'un pouce, sinon le patron m'écorchera vivante, protesta l'une.

— Si je suis de trop, je m'en vais, pesta la seconde.

— Tant pis, restez…

Le policier répondit aussitôt. Il s'alarma en entendant les intonations bouleversées de Soline.

— Rien de grave ? s'écria-t-il. Je ne suis guère disponible.

— Étienne, je ne serai pas longue et c'est sérieux. On m'a montré des images abominables. D'abord, Roger Fauvel qui s'écroulait, atteint de deux balles dans la poitrine. Ensuite, une silhouette masculine, celle du tueur, j'en suis certaine, jetait son corps dans une eau noire. Il faisait nuit… Juste après, j'ai vu le visage de Roger, blafard, en partie défiguré, sous une luminosité bleuâtre. Il était au fond de l'eau, j'en ai la conviction. J'ai cru m'évanouir.

— Nom d'un chien, un mort de plus sur la liste, jura-t-il. Courage, Soline, et merci de m'avoir prévenu. Comment tu te sens ?

— Complètement choquée, je n'ai qu'une envie, m'enfermer dans le chalet... et pleurer. Je détestais mon oncle, mais pendant des années il a fait partie de ma famille adoptive.

— Je comprends. Passe-moi Alice, je te prie.

L'inspecteur Dambert donna une série de consignes à son adjointe qui approuvait sans cesse d'un « oui, patron ». Kate se pencha sur Soline.

— Ma puce, tu es blanche comme de la craie, mais ça ne m'étonne pas si tu as vu des horreurs pareilles. Pardonne-moi, je te délaisse depuis mon mariage. Ce n'est guère bon pour le bébé, tout ça. Tiens, j'ai toujours des pastilles à la menthe dans mon sac. Prends-en une, ça requinque.

— Tu es gentille, merci. Au fond, je suis coupable aussi, Kate, je t'appelle rarement. Tu devrais rejoindre Alban, j'ai hâte de partir d'ici. Je suis de plus en plus sauvage.

— On t'aime comme tu es, Soline. Organisez votre fête, je te promets de venir.

Trois minutes plus tard, Alice démarrait le 4 x 4. Elle emprunta un itinéraire parallèle à la grande route, tout en surveillant sa passagère du coin de l'œil.

— Je suis navrée, le trajet sera plus long, mais j'obéis aux ordres. C'est pour ta sécurité.

— Ne t'en fais pas, je pourrai admirer le paysage. Le ciel se dégage, il a dû neiger en altitude.

— Soline, le patron m'a chargé de te dire quelque chose. Il refusait de te mettre au courant mais il a changé d'avis.

— Qu'est-ce que c'est, encore ? Je suis épuisée, Alice.

— Personnellement, j'ai failli te l'avouer lundi matin quand je suis rentrée de Paris. Je ne comprenais pas pourquoi Sophie et Benjamin gardaient le secret.

— De quoi s'agit-il ? Vas-y, je préfère savoir.

— Ce maudit tueur qui endeuille toute la région et qui t'a prise pour cible est bien l'assassin de son petit frère Pavel, l'adolescent prénommé Vincent. Le patron est formel.

— Quoi ? Pourtant Étienne a prétendu le contraire, il m'a dit qu'il devait délirer à cause de ses blessures. Maintenant, il en est persuadé ?

— Tout à fait. Il s'expliquera en fin de journée, il compte venir au chalet. Je pense qu'il avait besoin d'en parler. Il est parfois difficile à suivre, tu sais…

Soline ne répondit pas. Elle appuya sa tête contre la vitre et ferma les yeux, dans l'espoir d'être consolée par un sourire de sa belle dame, dont le cœur semblait si souvent meurtri, comme le sien à cet instant où elle découvrait qu'on lui avait encore menti, même Benjamin.

10

D'une vision à l'autre

Soixante ans plus tôt,
Combloux, vendredi 20 avril 1956

Edwige inspectait l'ordonnance de la table mise dans la salle à manger. Issue d'une famille bourgeoise de Grenoble, la seconde épouse du docteur Antoine Favre tenait à un train de vie assorti à sa vanité. Elle avait gardé Aglaé en la cantonnant à la cuisine et s'était obstinée à engager une bonne, qui faisait aussi office de femme de chambre.

— Gisèle, vous avez oublié un couvert, lui reprocha-t-elle de sa voix aux accents affectés. Vous êtes encore à l'essai, alors évitez les erreurs de ce genre.

— Non, Madame, je vous assure, j'ai recompté. Il y aura Émeline et son mari, Pierre, votre belle-sœur Louise et son petit-fils Nicolas, mademoiselle Marie, monsieur et vous.

— Quelle tête de linotte, je vous ai précisé ce matin que j'avais convié au repas le neveu du préfet. Il courtise ma belle-fille et ce serait un excellent parti pour elle. À dix-neuf ans, Marie est en âge de se fiancer.

— Je suis désolée, Madame, mais mademoiselle Marie a prétendu le contraire. Je crois qu'elle a téléphoné à ce jeune homme pour lui dire de ne pas venir.

Coiffée de courtes boucles d'un blond platine, Edwige Favre poussa un soupir exagéré. Ses prunelles grises étincelaient de colère. Vêtue d'une robe en soie beige, dont la coupe était à la dernière mode, elle tritura d'un geste nerveux son collier de perles.

— Si je comprends bien, Gisèle, vous obéissez à Marie, qui n'a pas son mot à dire et vous vous souciez peu de mon opinion.

— Excusez-moi, Madame !

— Un autre faux pas et vous prenez la porte !

Un bruit de pas sur le carrelage en damier du vestibule annonça l'arrivée du médecin. En blouse blanche sur un costume trois-pièces, Antoine avait une expression irritée.

— J'ai des patients dans la salle d'attente et j'auscultais l'un d'eux, décréta-t-il. On t'entend crier, Edwige. Pourrais-tu te contrôler ? Quel est le problème, encore ?

— Une querelle domestique dont tu n'as pas à te mêler, mon cher. Regagne ton cabinet, c'est toi qui provoques des scandales dès que je hausse le ton.

Gisèle, tremblante, retenait ses larmes. Antoine s'en aperçut et la congédia d'un signe de la main tout en lui souriant gentiment.

— J'exige des explications, Edwige. Il est hors de question que tu renvoies Gisèle. Elle est polie et dévouée.

— Dévouée à Marie, oui ! Très bien, écoute-moi, tu seras vite renseigné.

Une fois au courant, le docteur leva les bras au ciel d'un air excédé. Il avait espéré trouver un nouveau bonheur conjugal en se mariant avec cette jolie femme, sa cadette de douze ans. Cependant, après les premiers mois idylliques, Edwige avait dévoilé sa vraie nature.

— Comment as-tu osé inviter ce bellâtre ? fulmina-t-il. Neveu du préfet ou non, c'est un coureur de jupons, qui a mauvaise réputation. Tu rêves éveillée si tu imagines des fiançailles entre Marie et lui ! Il va juste s'amuser avec elle. Tu aurais mieux fait de convier M. Et Mme Pasquier. Nous fêtons l'anniversaire de Christian et, que ça te plaise ou non, ce sont ses grands-parents.

— Oh, Antoine, les Pasquier sentent l'écurie, même en habits du dimanche.

— Je les apprécie beaucoup, ce sont des gens humains et charitables. Comment peux-tu avoir le cœur si sec, Edwige ?

— Tu te trompes, Antoine, je me soucie avant toute chose du bonheur de notre famille et de ton rang social. En tant que maire de Combloux, tu dois entretenir tes relations avec le préfet et le notaire. Et si je cherche un parti intéressant pour ta fille adoptive, je le fais afin de lui assurer une existence aisée. Certaines personnes du pays n'ont pas oublié que cette pauvre gosse est née sur une paillasse, au fond de l'arrière-cuisine du Grand Hôtel, de père inconnu et d'une misérable dévergondée.

— Pitié, tais-toi ! Ma sœur et Jeanne, qui était si douce, ont eu soin de cacher ses origines à Marie. Je ne veux plus jamais entendre un mot sur ce sujet, sinon…

— Sinon quoi ? Tu divorceras, à soixante-six ans, comme tu m'en as déjà menacé ? Ne sois pas ridicule. Tu es plus tolérant avec moi le soir, une fois au lit.

Le médecin la dévisagea en se reprochant d'avoir cédé à l'attirance sexuelle que cette femme exerçait sur lui. Il lui tourna le dos.

— Tu as vraiment toutes les audaces, bougonna-t-il. Je te préviens, après mes consultations, je téléphone à Paul Pasquier pour qu'il vienne au dîner avec son épouse.

En s'apprêtant à traverser le vestibule, Antoine découvrit Marie, sur sa droite, adossée aux lambris de chêne. Elle lui dédia un regard pathétique.

— Tu étais là ?

— Oui, je descendais de ma chambre et je vous ai entendus crier. Ainsi, tout le monde m'a caché la vérité ! Maintenant je comprends pourquoi tu n'as jamais pu m'aimer.

— Ce sont des ragots, oublie ça. Et je t'aime beaucoup, Marie. Tu es ma fille et je suis fier de toi, lâcha-t-il, conscient d'être maladroit et d'empirer les choses.

— Fier de moi ? Oh non, j'ai raté mon baccalauréat et je te déçois au quotidien.

Antoine voulut lui caresser la joue mais elle esquiva son geste avant de courir jusqu'à la porte principale qui se referma lentement.

— Bon sang, quel gâchis, se désola-t-il.

Louise emballait d'un papier bleu le jouet qu'elle allait offrir à son petit-fils. Sa chevelure blonde était désormais d'un gris argenté très clair. Vêtue d'un ensemble en jersey brun, elle gardait une silhouette mince et gracieuse. Elle était amaigrie en raison d'une grippe à la fin de l'hiver et il lui arrivait d'être très lasse, mais elle n'en parlait pas.

Lorsque la porte sur la rue s'ouvrit à la volée, elle sursauta sous le coup de la surprise.

— Grand-mère, oh, grand-mère, répéta Marie en sanglotant.

— Eh bien, qu'est-ce que tu as, ma mignonne ?

En guise de réponse, la jeune fille se jeta dans ses bras et enfouit son visage au creux de l'épaule de Louise, qui sentit des larmes mouiller la base de son cou.

— Pourquoi as-tu autant de chagrin, Marie ? Allons, calme-toi. Je termine mon paquet et nous boirons une chicorée. Il ne s'est rien passé de fâcheux chez mon frère ?

— Papa Antoine et Edwige se sont querellés, comme bien souvent. Mais hélas, cette fois, j'ai entendu ce qu'ils disaient. Pourquoi on m'a menti pendant aussi longtemps ? On me traitait en fille de médecin alors que je suis une bâtarde !

— Veux-tu te taire ! protesta Louise. Seigneur, cette femme doit avoir une pierre à la place du cœur ! Mon frère n'a pas suivi mon conseil, il ne sera jamais heureux avec Edwige. Marie, arrête de tourner en rond, tu me donnes le vertige. Je vais t'expliquer.

— Si ma vraie mère est vivante, je veux la retrouver, j'irai habiter chez elle, déclara Marie en s'asseyant sur le banc. Et puis, comment vous avez réussi à faire taire les commérages si je suis née au Grand Hôtel, sur une paillasse ? Tout le village a dû le savoir.

— Non, en fait, il y a eu très peu de rumeurs. Certaines personnes sont charitables, comme l'intendante de l'époque qui a choisi de ne pas ébruiter ce drame. Marie, d'abord tu dois savoir que ta pauvre maman est morte juste après ta naissance. C'était presque une enfant, elle avait quinze ans et s'appelait Gina. Je ne travaillais plus comme femme de chambre, je ne l'ai pas connue.

Marie se remit à pleurer, apitoyée par l'image qu'elle se faisait d'une adolescente à sa ressemblance, dotée de boucles drues et noires.

— Et mon père ?

— Je ne te mentirai pas, tu es en âge de comprendre. C'était un riche client de l'hôtel et il a dû séduire cette innocente. Ma belle-fille Juliette m'avait décrit ta maman qui, selon elle, était jolie, avec de longs cheveux d'un blond roux. Pauvre Juliette, elle était gaie et aimable alors… Tu lui dois de ne pas avoir échoué à l'Assistance publique.

— Comment ça ? Je pensais que je venais de là, que j'étais pupille de la Nation ?

— Non, Juliette a eu pitié de Jeanne, ma belle-sœur, qui se désespérait de ne pas avoir d'enfant. Un bel après-midi de juillet, Émeline et moi avons entendu un bébé pleurer. C'était toi. Juliette était présente au moment de ta naissance, et quand ta pauvre mère est morte, elle t'a pris avec elle et t'a cachée dans un buisson pour que nous te trouvions pendant notre promenade. De fil en aiguille, tu t'es retrouvée dans les bras tendres de Jeanne. C'est elle, ta véritable maman, Marie. Elle t'adorait, tu étais son trésor, son rayon de soleil. Nous avons comploté entre femmes pour cacher la vérité sur ta naissance.

Louise hocha la tête, reprise par ces jours du passé où ses chers disparus étaient encore vivants. Elle termina l'emballage du jouet, une boîte de Meccano dont Christian rêvait.

— Je mets de l'eau à chauffer, dit-elle ensuite à Marie.

Silencieuse, la jeune fille brassait de tristes idées. Au fond de son cœur grondait une révolte doublée d'amertume.

— C'est injuste ! s'écria-t-elle subitement. Je ne saurai jamais qui était mon père ni d'où venait ma mère.

— Je comprends ton désarroi, Marie, et je suis désolée que tu aies appris tout ça de façon brutale, mais tu as eu de la chance, lui fit remarquer Louise. Pense à tous les orphelins de l'exode qui ont erré, terrifiés, souvent après avoir vu leurs parents tués sous les bombes ennemies. Tu as été recueillie par une famille aimante qui t'a choyée.

Boudeuse, Marie essaya ses larmes. Louise, en apportant le pichet rempli de chicorée, lui caressa le front.

— Songe à l'avenir, ne regarde pas en arrière. Mon frère t'aime beaucoup.

— C'est faux, papa Antoine m'a adoptée pour respecter les dernières volontés de maman Jeanne. Il idolâtre Émeline, sa nièce chérie, qui était excellente élève, s'est illustrée pendant la Résistance et qui, comme institutrice, reçoit les félicitations de l'inspecteur d'Académie.

— Vu ton caractère, tu aurais aussi brillé dans le maquis, mais tu étais bien trop jeune, plaisanta Louise.

— Je t'adore, grand-mère. Dis, est-ce que je peux m'installer chez toi ? Je refuse de revoir cette pimbêche d'Edwige !

— Que tu es insolente envers ta belle-mère ! Enfin, je ferai celle qui n'a rien entendu. Marie, comment te loger ici ? Je dors dans cette pièce, au rez-de-chaussée, depuis deux ans, pour laisser la chambre de l'étage à Nicolas. Où pourrais-je te caser, ma mignonne ?

— Sur un lit de camp, près de ton lit bateau, je le replierai tous les matins.

— Nous en discuterons demain. Ce soir, je t'en prie, assiste au dîner d'anniversaire. Christian fête ses sept ans. Souviens-toi qu'il a été très malade cet hiver, atteint de la même grippe qui aurait pu m'achever. Il ne faut pas gâcher le repas, promets-le-moi, et je réfléchirai à ta suggestion de lit de camp. As-tu le cœur moins gros, Marie, ma toute belle ?

— Je me sens un peu mieux, grand-mère, mais j'ai autant de chagrin. Je suis humiliée, aussi. Au fond, j'aurais préféré ne rien savoir sur ma naissance. Au moins, avant je pouvais imaginer que j'avais des parents merveilleux, morts dans un accident, qu'ils m'aimaient et que jamais ils ne m'auraient abandonnée.

Louise voulait l'apaiser avec de bonnes paroles quand elle perçut l'approche d'une vision. Une longue expérience lui avait appris à en reconnaître les signes annonciateurs. D'abord une sensation d'oppression presque douloureuse, puis un vertige et le besoin de fermer les yeux.

— Grand-mère ? s'inquiéta Marie en la voyant pâlir et poser ses mains à plat sur la table.

— Chut, ne dis rien.

Plongée dans une pénombre illusoire, Louise assista à une scène qui lui broya le cœur. Elle avait l'impression d'être au milieu d'une salle austère où s'alignaient d'étroits lits en fer. Deux hommes lui tournaient le dos, de même stature. En face d'eux, quatre enfants à la mine apeurée. Trois garçons, dont un tout petit, très blond, cramponné au bras d'un autre, aussi blond que lui. Il y avait aussi une fillette rousse aux yeux très verts qu'un garçon aux cheveux noirs tenait contre lui.

Médusée, Marie observait Louise. Elle semblait parler mais aucun son ne sortait de sa bouche.

« Le plus jeune, je l'ai déjà vu, c'est Pavel, l'ange sacrifié, se disait-elle. Il s'accroche à son grand frère. Oh, une infirmière. Elle reçoit une enveloppe qu'elle enfouit vite dans la poche de sa blouse. Qu'est-ce que ça signifie ? »

Enfin les images s'effacèrent, en laissant Louise en état de choc. Elle pouvait à peine respirer et jetait des regards effarés sur Marie.

— Tu étais bizarre, grand-mère... Est-ce que ça va ? Tu veux un sucre imbibé d'eau de mélisse ?

— Volontiers, j'en ai besoin pour me remettre. Avec l'âge, je supporte de moins en moins facilement certaines visions. S'il te plaît, apporte-moi mon cahier, celui à la couverture rouge. Je dois noter ce que j'ai vu.

Marie se hâta de donner satisfaction à Louise mais, en lui tendant le cahier demandé, elle poussa un soupir.

— Je voudrais tellement lire ce que tu as écrit, grand-mère. Je suis sûre que c'est passionnant et troublant.

— Personne ne doit les lire tant que je suis vivante. Après mon décès, tu pourras les prendre. Tu auras du mal à saisir de qui je parle exactement. Souvent j'ai fait allusion à des personnes dont j'ignore l'identité, et lorsque je les connais, je ne précise aucun nom. C'est une précaution, au cas où quelqu'un lirait mes carnets en cachette.

— Je ne ferai jamais ça, assura Marie. Je te respecte trop. Est-ce que tu peux me raconter ta vision ? Tu avais l'air très émue, j'ai cru que tu allais pleurer.

— Pas maintenant, et tu ne comprendrais pas plus que moi.

— Je t'en supplie, juste quelques mots !

— On aurait dit un orphelinat ou un hôpital. On me montrait quatre enfants dont je ressentais la détresse et la frayeur. Mon Dieu, le clocher sonne 18 heures ! Je dois me changer et me coiffer. Il sera bientôt temps d'aller chez mon frère pour accueillir Émeline, son mari et le petit fêté. J'ai ta promesse, pas d'esclandre ce soir ?

— Je te le promets, grand-mère. Un anniversaire, c'est sacré. Dis, tu as peut-être vu des enfants perdus et malheureux parce que je me plaignais de mon triste sort, avança Marie.

— Ton triste sort ? Tu as grandi dans l'aisance et l'amour. Crois-moi, ces trois garçons et la fillette que j'ai vus ont dû beaucoup souffrir.

*

Soixante ans plus tard,
Chalet du vallon des loups, mercredi 3 février 2016

Alice, Soline, Benjamin et Étienne étaient assis autour de la table sur laquelle une pile de crêpes se desséchait, entourée de pots de miel et de confiture. L'ambiance était extrêmement tendue. La pluie qui s'abattait sur le vallon, où régnait la lumière grise du crépuscule, contribuait au marasme des quatre jeunes gens.

— Tu es content de toi ? interrogea soudain Benjamin, en toisant le policier. Tu te crois autorisé à prendre toutes les décisions ? Depuis que je suis rentré, Soline ne m'a pas adressé la parole ! Sans les explications d'Alice, je ne saurais toujours pas pourquoi elle m'en veut autant. J'ignorais aussi qu'elle a eu une vision de Roger Fauvel, mort au fond de l'eau.

— Je refuse de m'excuser ! rétorqua Étienne. Soline avait le droit d'apprendre la vérité.

— Tu nous avais demandé d'attendre, à Sophie et à moi, enragea Benjamin. D'un coup, tu changes d'avis. Je t'écoute, donne-moi une raison valable.

Les deux hommes se défièrent du regard. Embarrassée, Alice déboucha la bouteille de cidre qu'elle avait achetée à l'épicerie du village.

— Je n'ai pas à me justifier, mon vieux. Mais pas besoin d'être un grand penseur pour comprendre que l'enquête ne pourra jamais avancer si nous continuons à nous cacher des choses.

— Tu as un sacré culot de me dire ça ! Ce sont tes propres manigances qui ont permis au tueur de prendre la fuite le 15 novembre. Sans parler du fait que tu n'as pas hésité à te servir de Soline comme appât.

— Stop ! cria alors Soline, silencieuse jusqu'à présent. J'en ai assez ! Puisque nous sommes réunis, j'exige d'en savoir plus. On me lâche des informations au compte-gouttes, et je finis par croire que vous m'épargnez par pitié. Je ne suis pas une poupée en porcelaine !

— Quoique, ironisa Étienne. Tu ferais un joli modèle, avec une robe en dentelle et des bouclettes !

Furieux, Benjamin se leva et se pencha vers le policier. Il brûlait manifestement d'envie de le frapper.

— Vas-y, défoule-toi, dit celui-ci en riant.

— Arrêtez tous les deux ! ordonna Soline. Vous vous êtes déjà battu et c'était ridicule. À présent, vous allez répondre à mes questions. Benjamin, je commence par toi.

— Je n'ai rien à dire. Tu es au courant de l'essentiel, se défendit-il. Tu crois Étienne sur parole, pour ma part je n'ai aucune preuve de ce qu'il affirme. Vincent, l'adolescent qui a causé la mort de Pavel, serait le tueur. Pourquoi en es-tu aussi sûr ?

— J'ai reconnu sa voix quand il s'est jeté sur moi ! hurla Dambert, blême de rage, avant de taper du poing sur la table. Je suis sûr que toi non plus, tu ne l'as pas oubliée.

— Tu m'as donc menti quand tu m'as affirmé à ton réveil que tu avais déliré à cause de la douleur et que le tueur n'était pas l'assassin de Pavel ? intervint Soline.

Benjamin la fixa d'un air inquisiteur.

— Tu étais donc au courant depuis longtemps ? demanda-t-il d'une voix tremblante.

La jeune femme baissa les yeux, désorientée. Elle hésita un court instant, toute pâle à son tour.

— Ne m'en veux pas, Benjamin. J'avais fait une promesse à Étienne, celle de garder le secret sur l'identité sur tueur. Mais s'il mourait, je devais vous révéler à Sophie et à toi que l'homme qui l'avait poignardé était l'assassin de Pavel.

— J'étais sincère à ce moment-là, précisa le policier, car je me croyais condamné. Si j'ai prétendu le contraire une fois rétabli, c'était pour m'accorder le temps de réfléchir, de réparer ma lourde erreur et de ne pas semer la panique. Voilà tout.

Un profond silence suivit cet aveu. Ils entendirent ainsi les rugissements d'une tempête qui prenait d'assaut le chalet et la forêt.

— On dirait la fin du monde, hasarda Alice.

— Les grondements d'une avalanche qui vous engloutit sont beaucoup plus terrifiants, commenta Benjamin.

Soline, dont la colère était retombée, lui prit la main. Une fois leurs doigts entrelacés, elle reprit courage.

— J'étais muette, car je boudais comme une gamine, admit-elle. Maintenant, soyez gentils, Étienne et toi, et faites un effort. Vous avez forcément des souvenirs de ce séjour à la neige. Il a dû nous marquer, puisque nous sommes tous venus vivre ici, dans les Alpes, obsédés depuis l'enfance par les hauts sommets enneigés, les grands espaces. Entre le matin où cette femme de ménage m'a amenée et le jour de la mort de Pavel, que faisions-nous ? J'ai perdu la mémoire de cette époque, mais si vous me confiez quelques détails, peut-être que ça m'aiderait. Et je voudrais au moins pouvoir imaginer comment nous étions.

— Soline, nous avons essayé d'oublier ce passé-là. Tu dois avoir compris nos réticences à l'évoquer, répondit Benjamin en lui lança un regard anxieux.

Étienne alla fumer une cigarette sous le manteau de la cheminée. Il s'absorba dans la contemplation du feu.

— Mais nous avons dû nous amuser, faire de la luge ou des jeux de cartes, insista Soline. Benjamin, tu m'as dit que vous preniez le dénommé Vincent pour le fils de la cuisinière. Il est arrivé à la fin de la première semaine, c'est bien ça ?

— Oui, et à partir de là, le séjour a viré au cauchemar, déclara le policier en revenant s'asseoir à la table. Il te surveillait sans cesse et il nous frappait si on tentait de l'éloigner de toi.

Une chape de glace s'abattit sur Soline, qui mesurait enfin la gravité de la révélation d'Étienne. L'obsession du tueur pour elle datait de plusieurs années et, adolescent, il avait causé la mort de Pavel par jalousie. Tout devenait clair, pourtant un gouffre noir risquait de l'engloutir.

— En fait, si je comprends bien, commença-t-elle d'une voix tremblante, ce fou me voulait déjà pour lui seul quand j'avais environ sept ans ? Au point de ne pas tolérer le simulacre d'un mariage entre Pavel et moi ?

— C'est à peu près ça, trancha Étienne. Un soir, alors que je le repoussais car il essayait de t'emmener à l'extérieur, il m'a cogné en pleine figure. Il m'a dit ensuite que tu étais à lui, que tu étais comme sa sœur !

— La ferme, Étienne ! hurla Benjamin, défiguré par une fureur désespérée.

— Laisse, je dois tout savoir, intervint Soline. Pitié, ne me dites pas que je suis sa sœur ! C'était ça, l'horrible secret que vous me cachiez à tout prix ?

— Ne déforme pas mes propos ! s'insurgea le policier. Il te considérait comme sa sœur, mais tu ne l'étais pas.

— Mon Dieu, je vais devenir folle, gémit Soline. Pendant le deuxième rendez-vous à Combloux, le tueur a affirmé que mes vrais parents étaient morts. J'ai peut-être grandi avec lui, dans sa famille !

Elle cacha son visage entre ses mains et sanglota, avec l'envie de disparaître sous terre, de ne plus exister.

— Et je suis enceinte, en plus, balbutia-t-elle. Comment j'ai osé avoir un enfant ?

La jeune femme se leva brusquement et considéra Étienne avec de la haine dans les yeux.

— Je m'estime aussi coupable que cet homme, annonça-t-elle en respirant très fort. La liste des morts dont je suis la cause est longue. D'abord le petit Pavel, ensuite tous les autres.

— Soline, mon cœur, c'est faux ! s'indigna Benjamin.

Il la saisit par le poignet, mais elle se dégagea d'un geste nerveux. Alice, consternée, cherchait comment arranger les choses. Elle n'en eut pas le temps.

— Et toi, Étienne, ajouta Soline d'un ton méprisant, toi qui te vantes d'être inspecteur de police, tu as fait n'importe quoi ! Par orgueil, par défi, tu as cru pouvoir anéantir l'assassin de ton frère seul, sans les brigades d'assaut ! Par ta faute, Judith est morte et Roger Fauvel également. Je regrette amèrement de t'avoir fait confiance, crois-moi ! Tu devrais avoir honte !

Sur ces mots, Soline contourna la table et gifla Étienne à deux reprises, de toutes ses forces.

— Sors d'ici et ne reviens jamais ! Mène ton enquête à ta manière, sans te soucier des pertes humaines. Je ne veux plus te voir, tu me dégoûtes, sale égoïste !

Hors d'elle, en larmes, Soline se précipita vers la porte qu'elle claqua violemment après être sortie sur la galerie.

— Tu as eu ce que tu méritais, Étienne, renchérit Benjamin. Si tu n'avais pas joué les vengeurs sans cervelle, ce dément avide de tuer serait mort ou en prison. Sois honnête, ça te réjouit de blesser Soline, de la détruire à petit feu ? Réponds !

Le policier, figé, resta muet. Désemparée, Alice analysait la situation, refusant de croire ce qu'elle avait entendu.

— Patron, vous avez vraiment fait ça ? interrogea-t-elle. Le 15 novembre, à Lons, avec des renforts, vous auriez pu coincer ce criminel ? Alors Soline a menti pour couvrir votre erreur ! J'ai lu et relu sa déposition…

Je vous admirais d'avoir été aussi courageux ! Un vrai héros, capable d'affronter seul le tueur qui traquait votre amie. Je tombe de haut.

Étienne lui adressa un coup d'œil morose. Il alluma une autre cigarette.

— Allez-y, tous les deux, ne vous gênez pas, dit-il. Toi, Alice, suis ta conscience professionnelle, dénonce-moi vite fait bien fait à qui de droit, tu n'auras plus à m'appeler « patron » du matin au soir. Et toi, Benjamin, attrape-moi par le col de ma veste et fiche-moi dehors ! Ah non, tu dois d'abord courir derrière Soline pour la ramener au bercail. Sait-on jamais, je pourrais la croiser et prendre d'autres gifles.

— Soline t'a prié de décamper, alors fais-le.

— Non, je ne m'en irai pas, rétorqua Étienne.

— Bon sang, tu n'as aucun amour-propre ou tu es stupide ? lui assena Benjamin.

— Les deux, mon vieux. Je partirai quand on aura parlé de Roger Fauvel. Va chercher ta femme ou je m'en charge !

— J'y vais, moi, proposa Alice. L'air froid me fera du bien. Je vous laisse discuter.

La jeune inspectrice enfila son manteau et mit une écharpe. Le paysage qu'éclairait sa lampe torche lui parut hostile et sinistre. Les grands sapins se balançaient avec des craquements alarmants, sous une pluie de neige fondue.

— Où est-elle allée ? Dans sa voiture…

Alice s'apprêtait à courir jusqu'au 4 x 4 lorsqu'elle remarqua de la lumière derrière les vitres du camion. Soline s'était réfugiée à l'intérieur. Assise en tailleur sur la banquette, un plaid écossais sur les épaules, elle accueillit Alice d'une petite grimace de dépit.

— J'ai eu peur de devoir te chercher dans la forêt par ce sale temps, heureusement tu n'étais pas loin.

— Je suis parfois raisonnable, j'ai renoncé à rester en plein vent. Je dois protéger mon bébé. Déjà, perdre tout contrôle comme je l'ai fait, ce n'est pas bon pour lui. Alice, je me sens vraiment mal, j'ai dit des choses affreuses. Et j'ai frappé Étienne. Moi qui étais réputée pour mon sang-froid quand je travaillais comme secouriste, je ne vaux plus rien sur ce plan. Mes nerfs me trahissent de plus en plus souvent.

— Je suppose que tu aurais aussi giflé le patron ce fameux dimanche s'il n'avait pas été grièvement blessé. Il t'avait joué un mauvais tour, d'après ce que j'ai deviné. Pour être sincère, tout à l'heure, j'avais envie de l'écorcher vif. Il me met dans une situation ingérable.

Elles échangèrent un faible sourire.

— Je t'en prie, ne le dénonce pas à vos supérieurs, répondit Soline. Je lui avais pardonné, car il était dans le coma et pouvait se réveiller handicapé. Il a eu tort, mais il le sait et il en souffre beaucoup, Sophie me l'a confié.

— Tu le défends alors qu'il t'a mise en danger, ce jour-là ! Tu pouvais être enlevée. Arrête de te croire coupable, Soline. Tu n'as tué personne. À mon avis, tu devrais consulter un psy.

— Peut-être, mais toi, Alice, accorde un délai à Étienne. Si on lui retire l'affaire, il ne s'en remettra pas. Tu l'aimes bien, quand même ?

— Hum, un peu plus que ça, avoua-t-elle. Mais il s'en fiche, je suis invisible. Ceci dit, étant lucide, je sais que je ne fais pas le poids comparée à toi.

— Encore ces sottises, se rebella Soline. On gèle ici. Alice, je n'ose pas rentrer au chalet, pourtant Benjamin et Étienne risquent s'entre-tuer.

— Peut-être, mais j'en doute. Le patron refusait de s'en aller, il prétend qu'on doit parler de Roger Fauvel. C'était ton oncle ?

— Disons le frère de mon père adoptif. Un individu pervers dont je me méfiais. Bon, courage, on y va. Mais Alice, tu ne m'as pas répondu ! Que comptes-tu faire ?

— Ne crains rien, balancer un collègue, ce n'est pas mon genre. Tu serais pénalisée toi aussi, pour faux témoignage. On verra plus tard, si par bonheur on réussit à piéger ce type et à l'envoyer aux assises. Mais je connais le patron, à ce moment-là, il se livrera de lui-même tellement il sera soulagé. Viens…

Les jeunes femmes trouvèrent Benjamin et Étienne penchés sur un téléphone.

— Ils ont l'air sages, souffla Alice à l'oreille de Soline. Je vais réchauffer mes crêpes au four, histoire de ne pas gaspiller la nourriture.

— D'accord.

Soline s'approcha des deux hommes. Elle était toujours enveloppée du plaid en laine, les cheveux perlés de pluie.

— Je suis désolée d'avoir proféré des idioties sur notre enfant, mon amour, déclara-t-elle. Je suis très heureuse d'être enceinte et d'attendre la naissance de notre fille.

— Mon cœur, tu n'as pas à t'excuser, protesta Benjamin. Tu étais bouleversée.

Elle approuva en se tournant vers le policier.

— Étienne, considère que tu as reçu les gifles auxquelles tu aurais eu droit, si cela avait été possible, à l'aube du dimanche 15 novembre. Je t'avais pardonné tes initiatives insensées, j'ai eu tort d'être revenue sur ce pardon. Oublions cet incident, il y a plus grave. Qu'est-ce que vous faisiez ?

Les traits tendus, Étienne s'efforça de dissimuler son émotion et sa surprise.

— Navré d'avoir contrecarré tes ordres, Soline. Tu vois, je suis encore là. J'avais beaucoup à dire, ce soir. Si Roger Fauvel est bien mort au fond de l'eau, et je ne doute ni de ta vision ni de sa véracité, il était assurément le complice du tueur. Si nous le prouvons, ton père adoptif sera impliqué. Je tenais à t'en avertir. Et pour répondre à ta question, on écoutait un enregistrement. Quand j'ai rencontré ton oncle, j'ai éprouvé un malaise insolite en entendant sa voix, au point de quitter les lieux rapidement. Ma réaction m'a torturé l'esprit pendant des jours. J'ai pris le parti de lui téléphoner, et ses intonations m'ont encore troublé. Par chance, il s'est montré éloquent et bavard, sans soupçonner que je l'enregistrais.

Frileuse, Soline alla se nicher sur la pierre de l'âtre pour tendre ses mains vers les flammes.

— En fait, je ressens la même chose, décréta Benjamin. Et nous croyons savoir pourquoi.

— Alors, dites-moi.

Étienne semblait redouter de prendre la parole, pourtant il estimait qu'il était le plus susceptible de fournir des précisions.

— Avant le séjour à la neige, nous avons vécu enfermés dans un pavillon au fond d'un parc pendant plusieurs années, déclara-t-il. Les fenêtres étaient voilées, munies de barreaux. Le soir, quelqu'un fermait les volets. On savait qu'il y avait des arbres grâce aux chants d'oiseaux. Nous étions bien nourris, et le matin nous recevions des leçons de français. Mais souvent, l'un de nous quatre était emmené et on ne le revoyait pas avant des jours, voire des semaines. J'ai été le premier... Un homme venait me chercher, il me bandait les yeux. Je me débattais, car on me séparait de Pavel, qui était tout petit et hurlait. La voix de cet homme me hérissait à l'époque, froide et modulée.

— Je l'ai entendue moi aussi, plus de six fois, ajouta Benjamin.

— Nous sommes formels tous les deux, soupira Étienne. Sophie serait là, elle pourrait en témoigner également.

— C'était la voix de Roger Fauvel, dit Soline, touchée en plein cœur. Mais où vous emmenait-on ? Qu'est-ce qui se passait ensuite ? Vous ne vous souvenez de rien ?

— Non, on devait nous administrer des sédatifs, avança son compagnon.

— Et vous n'en avez jamais parlé à personne ensuite, pas même à vos familles d'accueil ? s'étonna-t-elle.

— On était enfin libres, je crois qu'on avait une sorte de honte à évoquer tout ça, hasarda Étienne.

— Moi, j'ai essayé une fois, mais on m'a dit que j'inventais des histoires, avoua Benjamin. Il valait mieux faire profil bas.

— Mon Dieu, ça me paraît insensé, pourtant ça confirmerait que tout est lié ! s'effara la jeune femme. Vous n'êtes pas obligés de me croire, pourtant, j'ai la conviction que mon père adoptif ignorait les agissements de son frère. Attendez, il me faut des dates. Roger Fauvel ne s'absentait guère de Lons lorsque j'étais fillette.

Alice fit irruption, l'assiette remplie de crêpes à bout de bras. De la cuisine, elle avait suivi la conversation avec intérêt.

— Soline, réfléchis, tu n'as pas besoin de dates. C'était de toute façon avant ton adoption par les Fauvel, avant ton arrivée à la station de ski. On va établir tout ça par écrit, mais d'abord, puisque la paix est revenue sous ce toit, nous allons manger un peu et boire du cidre. Patron, vous êtes blanc comme un linge, reprenez des forces.

— Tu n'as pas contacté la police des polices ? Je pensais que tu téléphonais en douce pour te débarrasser de moi, ironisa Étienne.

— Ne vous faites pas de bile, je le ferai plus tard, répliqua-t-elle en lui dédiant un sourire malicieux.

Malgré les conseils d'Alice, Soline élaborait des calculs en fixant le feu. Soudain un cri lui échappa.

— Tu as eu une vision ? s'inquiéta Benjamin qui la rejoignit pour la serrer contre lui.

— Pas vraiment, juste une intuition que confirme la logique. Après l'avalanche, on m'a hospitalisée, et ensuite on m'a placée en famille d'accueil chez les Fauvel qui m'ont vite adoptée. Je vous donne la version officielle. Mais en vérité, ce doit être Roger Fauvel l'instigateur de cette mascarade. Il a pu rémunérer son frère et sa belle-sœur pour les forcer à m'élever.

— Continue, l'exhorta le policier.

— Cette théorie justifierait l'attitude de ma mère quand j'ai exigé de voir mon dossier de la DDASS. Il n'y a jamais eu de dégâts des eaux, jamais eu d'acte légal. Comme tu l'avais supposé après avoir rencontré mes parents, Étienne, j'ai moi aussi dû être enlevée et grandir sous une fausse identité.

Benjamin la cajola en l'embrassant et en lui caressant les cheveux. Secouée de frissons, Soline ferma les yeux dans l'espoir d'une vision révélatrice.

— Je suis comme vous, dit-elle enfin. J'ignore d'où je viens, mais il y a quelqu'un capable de nous renseigner. Oui, il est le seul qui pourrait répondre à toutes nos questions.

— Mais qui est-ce ? s'écria Alice.

— Le tueur, alias Vincent. J'en suis persuadée, lui, il sait ce qui s'est passé dans notre enfance.

Au bord du lac Léman, même soir

L'homme observait les vagues qui couraient sur les eaux noires du grand lac. Debout près d'une baie vitrée en forme de demi-lune, il avait cédé à un accès de nostalgie dont la douceur le désarmait.

— Pourquoi j'ai fait toutes ces choses, maman ? dit-il à mi-voix. Tant que tu étais là, je me sentais meilleur, car tu me répétais d'être un bon garçon… Mais tu m'as laissé à la merci de mon père.

Il crispa les mâchoires, le souffle court, ayant revu la douce et tendre femme qui lui avait donné la vie.

— Je garde cette image de toi, maman, la veille de ta mort. Tu étais tellement jolie malgré la maladie.

Sa mère lui apparut avec une précision inouïe. Adossée à ses oreillers, ses cheveux couleur d'or nattés sur une épaule. Son sourire et l'éclat humide de ses yeux bleus faisaient oublier sa maigreur, sa peau blême sous laquelle se dessinaient des veines bleuâtres.

— Maman, il fallait rester avec nous. Soline a eu tant de chagrin. J'ai voulu la consoler mais elle avait peur de moi. C'était ma faute, je l'effrayais souvent parce que je l'aimais trop fort.

Il serra contre lui la peluche de poney. Le jouet demeurait le symbole des temps heureux, une précieuse relique des jours anciens.

— Je ne peux pas m'arrêter de tuer, maman, confessa-t-il d'un ton égaré. Pardonne-moi, je t'en prie.

Une branche de sycomore vint cogner sur la vitre sous l'effet d'une bourrasque. L'homme sursauta. Il rangea la peluche au fond du tiroir d'un élégant buffet, puis il avala deux cachets.

— Je dois quitter la villa et rentrer chez moi. Ce lieu est maudit, comme moi.

Il jeta un regard plein de répugnance sur les meubles drapés de blanc en songeant à la chambre froide située au sous-sol où cinq cadavres s'alignaient sous une bâche. Judith y avait rejoint les quatre jeunes femmes blondes disparues depuis des années.

11

Des anniversaires au fil du temps

Soixante ans plus tôt,
Combloux, vendredi 20 avril 1956

Louise étudia son reflet dans le miroir ovale suspendu au-dessus du buffet. Elle effleura ses joues, frotta ses lèvres de l'index afin de les colorer un peu.

— Grand-mère, si tu te faisais une teinture, on te donnerait vingt ans de moins, lui dit Marie. Et tu pourrais te maquiller.

— Veux-tu te taire ! Je mets de la poudre, c'est suffisant. Une teinture ! Toi alors, tu as de ces idées. Nicolas trouve mes cheveux argentés très jolis. Vingt ans de moins ! Toi, tu me flattes pour arriver à tes fins !

On frappa à la porte principale, ouvrant sur la rue. Antoine Favre entra sans attendre de réponse. Lui aussi arborait des ondulations poivre et sel et un semis de rides autour de la bouche et des yeux.

— Ah, tu es là, Marie. Je me faisais du souci. Ne te sauve plus ainsi sans dire où tu vas.

— Je suis navrée, mais tu te doutais bien que je viendrais chez grand-mère, répliqua la jeune fille. J'avais beaucoup de chagrin à cause d'Edwige qui m'a humiliée.

— Elle ne pouvait pas supposer que tu entendrais, Marie. C'était une conversation entre ta belle-mère et moi. Ma pauvre enfant, je suis désolé que tu aies appris aussi brutalement la vérité sur ta naissance. Mais tu te trompes sur un point, je t'aime sincèrement. Tu as peut-être raté un examen, cependant tu es gaie, vive, toujours prête à rendre service. Tu mets de la joie et du soleil dans mon foyer. Je suis fier, oui, car tu as hérité du grand cœur de ma chère Jeanne, de son courage.

— Oh, papa Antoine, c'est vrai ? Tu m'aimes ?

— Viens dans mes bras, petite folle, soupira le médecin.

Marie se jeta à son cou, éperdue de joie. Il la câlina tout en souriant à sa sœur, qui lui dédia un regard plein de gratitude.

— Mesdames, ajouta-t-il, je suis aussi venu aux nouvelles. On vous attend. Émeline et Pierre sont arrivés avec Christian qui ne tient pas en place, à l'idée du gâteau et des cadeaux.

— Allons-y vite, dans ce cas, dit Louise.

— Je vais me retrouver en face d'Edwige, déplora Marie. Je lui en veux, je serai incapable d'être aimable avec elle.

— Fais un effort pour Christian, recommanda Antoine. Et crois-moi, mon épouse, sous ses grands airs, déplore ce qui s'est passé. Tu n'es pas obligée de lui faire des courbettes mais je t'en prie, ne sois pas insolente.

— D'accord, papa.

— C'est mieux comme ça, répliqua-t-il.

— Quoi donc ? s'étonna la jeune fille.

— Je préfère que tu m'appelles papa, désormais, sans ajouter mon prénom. Marie, tu es entrée dans ma vie il y aura dix-neuf ans. J'ai veillé sur le nouveau-né que tu étais, je t'ai pesée, mesurée et ensuite, je t'ai confiée à Jeanne, ta seule maman. Sois heureuse, ma chérie.

Ébahie par ce terme affectueux dont Antoine usait pour la première fois, Marie chassa ses rancunes et sa tristesse.

— Dépêchons-nous ! s'écria-t-elle.

Les rayons incandescents du soleil couchant dispensaient une agréable lumière dans la grande salle à manger. Tous les convives s'étaient assis à leur place respective, indiquée par un petit carton où figurait leur nom.

Edwige présidait en bout de table, entourée par Antoine et Pierre Pasquier, dont le regard ambré se tournait sans cesse vers Émeline. Son épouse, à trente et un ans, avait des formes épanouies et une coiffure courte, bouclée artificiellement, ce que Louise déplorait en secret.

— Quel dommage que vos beaux-parents n'aient pas pu venir, mon cher Pierre, déclara Edwige tandis que Gisèle servait les hors-d'œuvre.

— Les impératifs de l'élevage, répondit-il. Une jument allait pouliner et mon père refusait de la laisser seule.

— Et ta mère ? s'enquit Nicolas gentiment. Elle pouvait vous accompagner. Moi, je suis rentré à vélo de Sallanches pour ne pas manquer l'anniversaire de mon neveu.

Nicolas Mancini, qui avait eu dix-huit ans en février, ne ressemblait guère à Clément. Louise lui trouvait le caractère versatile de Juliette. De surcroît, s'il avait renoncé à séduire Marie, il courait les jupons, comme le serinait Aglaé.

— Belle-maman aurait été mal à l'aise, Nicolas, précisa Émeline. Nous mangerons un gâteau dimanche, à la ferme.

Christian écoutait discuter les adultes. Le teint mat sous un casque de cheveux châtains, il avait un doux visage aux joues rondes.

— Petit veinard, lui souffla Marie à l'oreille. Tu auras droit à deux gâteaux au lieu d'un.

— Pépé Paul a dit qu'il serait à moi, le poulain qui va naître, répliqua l'enfant à voix basse.

— Tu en as, de la chance. Mange vite pour avoir tes cadeaux. J'espère que le mien te plaira.

Le repas se déroula dans une assez bonne ambiance, même si Edwige évitait de s'adresser à Marie, qui, de son côté, lui décochait des œillades hostiles. Juste avant le dessert, Émeline s'éclaircit la voix en prenant la main de Pierre.

— Nous avons une nouvelle à annoncer, dit-elle. Notre famille va s'agrandir, Christian aura une petite sœur ou un petit frère en décembre, en principe un peu avant Noël.

Les félicitations fusèrent, notamment de la part d'Aglaé. La domestique se tenait sur le seuil de la pièce afin de s'assurer que la jeune Gisèle effectuait le service de façon correcte.

— Tu vas avoir un bébé, maman ! s'exclama Christian. Je suis trop content.

Le garçon bondit de sa chaise pour courir embrasser sa mère qui lui rendit ses baisers, très émue. Ensuite, il étreignit son père.

— Tu es un brave petit gars, fiston, murmura Pierre. Va te rasseoir, je crois que c'est le moment du gâteau.

Louise s'était contentée de sourire en apprenant que sa fille était enceinte. Oppressée, comme isolée au sein d'un univers cotonneux, elle vit son petit-fils souffler ses sept bougies puis déballer ses cadeaux. Dès que Marie et Nicolas emmenèrent l'enfant jouer dans le salon avec le train électrique que ses parents lui avaient offert, elle appela à l'aide.

— Antoine, je me sens mal, je voudrais m'allonger !

— Eh bien, Louisette, qu'est-ce que tu as ?

Le médecin se précipita vers sa sœur qui s'accrocha à son bras pour se lever.

— Conduis-moi dans ton cabinet, je me reposerai sur la table d'examen, dit-elle tout bas. Soyons discrets, je ne veux pas gâcher la fête.

— Buvez le café, nous revenons vite, lança Antoine d'un ton faussement jovial.

— Maman, tu es très pâle, s'inquiéta Émeline.

— Ce n'est rien, ma chérie.

À peine dans le vestibule, Louise vacilla sur ses jambes, avec un rictus de souffrance.

— Mon pauvre cœur est à bout, souffla-t-elle.

— Je t'avais mise en garde, sœurette, balbutia Antoine. Je voulais que tu consultes un spécialiste.

Il dut la soutenir jusqu'à son cabinet et l'aider à s'étendre. Immédiatement, il prit son stéthoscope pour l'examiner.

— Antoine, j'ai eu une vision, avoua Louise d'une voix faible. Le bébé ne vivra pas, celui d'Émeline. Il naîtra prématuré et en mourra. J'ai cru faire une syncope tellement j'étais épouvantée. Tout était flou et je devais retenir mes larmes. J'avais un étau autour de la gorge. Si tu savais, je vais prier à l'église matin et soir, pour implorer Dieu de ne plus jamais voir l'avenir de ceux que j'aime. Il y a eu tant de morts, déjà. Nos parents, notre frère aîné, mon Vittorio, mon cher amour… Et Clément, la chair de ma chair, puis Jeanne, qui était une sœur pour moi. Alors ce pauvre bébé innocent ! Je pense au chagrin de ma fille, de son mari et de notre Christian, qui rêve d'avoir une petite sœur, car il aurait eu une petite sœur.

De violents sanglots secouèrent Louise, sous le regard navré du médecin. Il alla fouiller le placard où étaient rangés les médicaments.

— Quoi qu'il en soit, Louisette, ton cœur ne va pas fort. Je dois te prescrire un traitement et un régime. Pas question de te laisser dépérir ou de nous quitter à cause d'un arrêt cardiaque.

— Je suis si lasse, Antoine. Lasse de souffrir des misères du monde, lasse de trembler pour vous tous.

— Avale cette pilule, ordonna son frère. Tu te sentiras mieux. Quant à Émeline, je me fais un devoir de l'informer, ainsi que Pierre. Il peut s'agir d'une grossesse à risque, auquel cas je lui conseillerai de se reposer et d'être suivie par un gynécologue. La médecine progresse de jour en jour, bien des prématurés survivent grâce aux couveuses, en milieu hospitalier. Louise, et si tu avais eu cette vision pour sauver cette petite fille ?

— Je n'ai jamais sauvé quelqu'un grâce à mes visions, hélas, soupira-t-elle. Comme je ne décide de rien, je suis impuissante. Juliette en est un exemple, je n'ai pas pu l'empêcher de se suicider.

Antoine attira un tabouret près du lit d'examen. Il caressa le front de sa sœur d'un geste délicat.

— Louise, à ton âge tu mériterais une meilleure vie. Je t'en prie, viens t'installer ici, les chambres ne manquent pas. Tu auras le confort, de la compagnie, et tu ne seras plus obligée de cuisiner pour Nicolas. Tu pourrais louer ta petite maison.

— Non, je la tiens de nos ancêtres et je ne la quitterai pas, sauf pour dormir au cimetière, se révolta Louise. Antoine, tu es sérieux, tu aideras Émeline ?

— Bien sûr ! Reste un peu allongée, je retourne auprès de nos invités. Tu m'as fait très peur, sœurette.

— Seigneur, appelle-moi encore sœurette et je t'appellerai Toinet devant Edwige, qui aura des vapeurs !

Ils se mirent à rire tout bas. Le docteur Favre déposa peu après un baiser sur la joue de cette femme d'exception qui lui avait servi de mère et qu'il adorait.

Une fois seule, Louise ferma les yeux, les mains croisées sur sa poitrine. Elle respirait mieux, rassurée par les propos de son frère. Ce fut dans cet état d'apaisement qu'un beau visage lui apparut, illuminé d'un merveilleux sourire.

— La jeune femme blonde du futur ! On dirait qu'elle me voit elle aussi…

*

Soixante ans plus tard,
Chalet du vallon des loups, mercredi 3 février 2016

Soline s'absorba dans ses pensées, après avoir prononcé ces mots lourds de sens : « Le tueur, alias Vincent. J'en suis persuadée, lui, il sait ce qui s'est passé dans notre enfance. »

Un profond silence régnait dans la grande pièce, seulement troublé par les craquements du feu. Benjamin caressait Neige, couché à ses pieds, Étienne restait tête baissée, en se tordant les mains.

— C'est possible, décréta enfin Alice. Il faut en parler, non ?

— Attends un peu, lui demanda Soline d'une voix changée.

Interloqués par cette réponse, tous trois la regardèrent et la virent s'illuminer d'un sourire sublime dédié à l'invisible.

— C'est fini, dit-elle ensuite.

— Tu peux m'expliquer ? demanda le policier. Tu n'étais plus vraiment toi, là !

— Ce serait trop long et compliqué. Reprenons la discussion. Il faut arrêter cet homme, mais vivant. Après tout le mal qu'il a fait, les deuils qu'il a causés, il nous devra la vérité.

— S'il te plaît, Soline, dis-moi ce qui s'est passé, je déteste l'incertitude, insista Étienne. Tu as vu un ange ?

— Je présume que tu as été en contact avec ta belle dame du passé, avança Benjamin. N'est-ce pas, mon cœur ?

— Oui, elle avait besoin de réconfort et j'ai eu la sensation d'être appelée ! Je crois qu'elle était souffrante…

Alice fit une mimique de totale incompréhension, puis elle se décida à manger une crêpe.

— Qu'est-ce qui te fait songer ça, au sujet du tueur, Soline ? interrogea Étienne. Certes, il t'a dit que tes vrais parents étaient morts, mais il a pu mentir.

— Je l'ai senti sincère. Tu sais que je perçois différemment beaucoup de choses, même dans une situation aussi angoissante que celle où j'étais ce jour-là. Je voudrais le revoir pour pouvoir l'interroger.

— Soline, jamais je ne te laisserai aller à un autre rendez-vous ! s'insurgea Benjamin. Et si jamais c'est nécessaire, des effectifs de police devront être prêts à intervenir cette fois.

— Du calme, mon vieux, je ne ferai pas deux fois la même erreur, trancha Étienne. Pour l'instant, il y a plus urgent. Sans preuve tangible, je n'ai aucun moyen pour trouver le corps de Roger Fauvel. Tu l'as vu au fond de l'eau, Soline, mais où ? Dans le Rhône, dans le lac d'Annecy… ? Ou bien le lac Léman ?

Alice consulta aussitôt la carte de la région sur son téléphone en fronçant les sourcils.

— En toute logique, patron, si cet homme était le propriétaire du manoir près d'Yvoire, il a dû jeter son complice dans les eaux du lac Léman.

— Donc il aurait un bateau, ce qui lui permettrait de se rendre en Suisse aisément, renchérit le policier. On doit se concentrer sur l'embarcadère d'Yvoire et sur les bases nautiques voisines. Soline, je suis désolée, mais je vais être tenu de convoquer Jacques Fauvel. Et j'aurais d'ailleurs peut-être besoin de ton aide pour obtenir leur nouvelle adresse.

— Je te le répète, Étienne, il n'est pas mêlé à ces crimes, j'en suis convaincue, mais fait ce que tu as à faire. Et je peux essayer de contacter ma mère si tu veux.

Sur ces mots, la jeune femme se leva et déambula dans la pièce malgré la fatigue nerveuse qui l'accablait.

— Nous sommes mercredi, ajouta-t-elle. J'aimerais fêter mon anniversaire samedi soir. Qui sait ce qui se passera les semaines prochaines… Et puisque nous ignorons tous nos véritables dates de naissance, pourquoi ne pas fêter aussi le tien, Benjamin, et le tien, Étienne.

Je suis navrée, Alice, toi, tu dois savoir le jour où tu es venue au monde !

Alice approuva avec un sourire en coin, en spécifiant qu'elle était née le 2 novembre.

— Mais il n'y a pas de souci, loin de là, dit-elle. Je serai ravie de participer à l'événement.

— Très bien, dans ce cas, je monte me coucher. Étienne, il est tard, tu peux dormir sur le canapé.

Benjamin la suivit. Lorsqu'ils entendirent des bruits de pas dans la chambre de l'étage, les deux policiers se lancèrent dans un mystérieux conciliabule. Ils ne parlaient plus de meurtres, ni de l'enquête en cours, mais des cadeaux qu'ils devraient dénicher en deux jours.

Près de Grandvilliers en Picardie,
vendredi 5 février 2016

Jacques Fauvel fut estomaqué, en ce matin glacial, de se retrouver nez à nez avec l'inspecteur Dambert, escorté par deux gendarmes. Lorsqu'il avait entendu frapper à la porte du pavillon où Monique et lui logeaient, il s'attendait à ouvrir à un voisin ou à un de ses cousins.

— Vous n'êtes pas facile à trouver, nota le policier. Pouvons-nous entrer ?

— Mais qu'est-ce que vous faites ici ? Qui vous a donné notre nouvelle adresse ? demanda-il d'un ton acerbe.

— Nous vous avons localisé grâce à l'aide de votre épouse, rétorqua Étienne. Vous avez le choix, soit je vous interroge ici, soit on vous embarque, direction le commissariat d'Amiens.

— Je préfère rester chez moi, admit Fauvel en reculant. Ne soyez pas trop bruyants, ma femme se repose. Elle suit un traitement sévère.

— Ou bien vous l'assommez de calmants pour l'empêcher de communiquer avec sa fille !

— Soline est également ma fille, inspecteur.

— J'aimerais en avoir la preuve. Asseyez-vous, je sens que vous ne tenez guère sur vos jambes ! Sans doute l'effet de surprise…

Livide, Jacques Fauvel obtempéra. Étienne s'assit en face de lui, de l'autre côté d'une table en formica.

— Pour le moment, vous pouvez attendre à l'extérieur, ajouta-t-il à l'intention des gendarmes. Monsieur semble disposé à coopérer.

Les deux hommes sortirent, la mine impassible. Le policier attaqua tout de suite, en fixant son interlocuteur de son regard vert à l'éclat métallique.

— Il est temps de dire la vérité, Fauvel, décréta-t-il. Je vous soupçonne d'avoir recueilli Soline sans aucune démarche légale, endoctriné en cela par votre frère André Roger Fauvel, qui était un individu peu recommandable.

— Une seconde, pourquoi vous parlez de lui au passé ?

— Il a disparu depuis plusieurs jours, et Soline a eu une vision de lui réduit à l'état de cadavre au fond de l'eau. Votre fille s'est rarement trompée, vous le savez.

— Roger est mort ?

— J'en suis certain, et je précise qu'il était sans nul doute le complice du tueur en série que nous traquons en vain. Or, je suis convaincu que vous avez vous aussi approché de très près cet ignoble assassin. Si vous parlez, nous aurons une petite chance de retrouver le corps de votre frère et de lui donner une sépulture convenable.

Jacques Fauvel, les traits défaits, enfouit son visage entre ses mains. Il paraissait sincèrement terrassé.

— J'ai de quoi étayer ma théorie, reprit Étienne. De source sûre, nous savons qu'aucun taxi médicalisé n'a emmené votre épouse le 15 octobre dernier.

Une porte s'entrebâilla au même instant dans le dos du policier. Il se retourna et aperçut la face blafarde de Monique Fauvel.

— Raconte-lui, Jacques, à quoi bon mentir, supplia-t-elle. Je vous écoutais… Tu te rends compte, Roger est mort.

— Bonjour, madame, joignez-vous à nous, proposa poliment Étienne. Vous pouvez me donner votre version et témoigner, au cas où votre mari refuse de le faire.

Monique avança à petits pas, en appui sur une canne. Elle était en chemise de nuit, sous un peignoir en lainage.

— Ce jour-là, commença Jacques Fauvel, cet homme s'est introduit chez nous, à Lons, par le garage. Une porte communiquait avec notre cuisine. Il avait dû étudier les lieux la nuit. Ma femme était présente, assise dans son fauteuil roulant, et elle a tout vu. Il m'a enfoncé le canon d'un revolver dans la nuque en menaçant de nous abattre tous les deux si je ne lui obéissais pas dans les moindres détails. Je devais faire croire à Soline que Monique avait été enlevée. Je n'ai pas eu le choix, sinon il exécutait d'abord mon épouse puis moi. Alors j'ai obéi scrupuleusement à ses ordres.

— Il portait une cagoule noire, mais j'ai reconnu ses yeux, renchérit Monique, ses horribles yeux.

— Une de ses ruses, précisa Étienne. Il met des lentilles de contact pour obtenir cet effet. Bien, je comprends l'essentiel et je suis pressé. J'ai roulé une partie de la nuit et je repars en fin de journée. Je tiens à établir le rôle de Roger Fauvel dans la prétendue adoption de Soline. Saviez-vous où elle se trouvait avant l'accident dont vous lui parliez souvent ?

— Je vous assure que non, inspecteur, affirma Jacques. Un jour, mon frère m'a conduit jusqu'à un hôpital de Dijon où il m'a montré une petite fille de six ans, gravement blessée. Là, il m'a proposé une fortune pour que nous la prenions chez nous. Ma femme était famille d'accueil auparavant, Roger m'a dit qu'elle devait arrêter et s'occuper en priorité de cette enfant qu'il appelait Soline.

— Jacques m'a téléphoné, expliqua alors Monique. Nous avions de gros soucis d'argent, je lui ai conseillé d'accepter. En plus, quand je l'ai vue, j'ai tout de suite craqué ! Elle était tellement jolie, toute blonde, avec ses grands yeux bleus, de la couleur des myosotis.

Étienne acquiesça en retenant un soupir. Il s'efforçait de garder son calme, car les révélations tardives du couple le mettaient hors de lui.

— Je suppose que Roger Fauvel s'est chargé des formalités administratives, des faux papiers de Soline, dit-il.

— Mon frère m'a assuré que nous n'aurions jamais d'ennuis et que nous toucherions d'autres sommes d'argent à condition de ne pas poser de questions, précisa Jacques.

Hors de lui, Dambert tapa du plat de la main sur la table.

— Quand je pense que Soline a confiance en vous, Fauvel ! rugit-il. Au point de croire que vous êtes innocent. Bon sang, je pourrais vous faire inculper pour enlèvement d'enfant s'il n'y avait pas prescription.

— Je vous en prie, inspecteur, nous avons pris soin de cette petite fille et nous l'avons aimée tout de suite ! s'écria Monique en s'asseyant enfin près de son mari. Soline, une fois remise de l'accident, s'est révélée intelligente et même brillante. Elle a fait de bonnes études.

— Nous allions en vacances à la mer, elle pratiquait les sports qui la tentaient, plaida encore Jacques Fauvel. Nous lui avons offert Neige, un berger suisse, car elle rêvait d'un chien de cette race.

— Et tout ça grassement rémunérés par votre bandit de frère ! s'enflamma le policier. Qu'en est-il de votre a priori envers les Alpes ?

— Roger nous avait recommandé de tenir Soline à l'écart de la Haute-Savoie, confessa Monique dans un sanglot. Il m'avait expliqué que l'accident avait eu lieu là-bas et qu'il fallait éviter de raviver ses souvenirs, pour sa santé mentale.

Cette fois, à bout de patience, Étienne repoussa sa chaise et se mit à faire les cent pas autour de la table.

— On y voit un peu plus clair, mais pas assez, maugréa-t-il. Dites-moi où vivait Roger Fauvel avant 1997, l'année où a lieu cet accident ? Avant qu'il vous incite, par l'appât du gain, à prendre en charge une fillette malade, venue on ne sait d'où ?

— Mon beau-frère travaillait en Suisse, dans une banque, et il gagnait bien sa vie, répondit Monique. On le voyait peu, à cette époque. Yvonne, son épouse, se plaisait là-bas.

— En Suisse ? répéta le policier.

« Nous étions peut-être enfermés dans une riche propriété en Suisse, et non en France, songea-t-il. Mais le cas de Soline est différent, j'en suis presque sûr et elle en est convaincue. »

— Qu'est-ce que nous risquons, inspecteur ? s'inquiéta Jacques d'un ton plaintif. Vous m'annoncez que mon propre frère était le complice d'un criminel. Si c'est le cas, je n'en savais rien. Vous avez des preuves ?

— De solides présomptions et je vais en trouver, des preuves. D'ici là, ne bougez pas de la région, et si cet homme vous menace à nouveau afin de revoir Soline, il faut me contacter en urgence ou alerter la gendarmerie. Je vous laisse mon numéro.

— Attendez une minute ! se récria Fauvel. Mon épouse et moi, on s'est contentés d'élever Soline comme si c'était notre fille. Je le concède, je me suis souvent interrogé sur sa petite enfance. Parfois, j'ai même supposé que Roger l'avait eue avec une autre femme que la sienne.

— Ah, de mieux en mieux, ironisa le policier. Votre frère vous l'aurait dit, voyons ! Et peut-être qu'il n'aurait pas imposé à sa propre enfant le sale contact de ses mains baladeuses. J'utilise les mots exacts de Soline. Vous n'étiez pas au courant ?

— Jacques l'ignore, murmura Monique. Quand Soline m'en a parlé, j'ai sermonné Roger et il l'a laissée tranquille.

— Vous savez quoi, trancha Étienne, vous me dégoûtez tous les deux ! Vous m'écœurez autant que les saligauds capables de s'en prendre à des enfants innocents, de les meurtrir à jamais dans leur pureté, leur douceur. Alors ne pleurez pas l'oncle Roger, si par hasard son décès vous affecte.

Submergé par la rage et l'indignation, il sortit et claqua la porte. Des images le hantaient, qui remontaient à des années. Celle de Sophie terrifiée, en larmes, lorsqu'elle s'était blottie contre l'adolescent qu'il était. Celle de Soline, en pleine crise de panique, dont le hurlement affolé avait résonné dans la station de ski un soir.

— Sans Benjamin et moi, ce monstre serait parvenu à ses fins, marmonna-t-il.

Les gendarmes évitèrent de lui adresser la parole quand il remonta à bord de leur fourgonnette, impressionnés de lui voir des lueurs de haine dans les yeux.

Chalet du vallon des loups, samedi 6 février 2016

Le paysage était idyllique. Il avait neigé durant la nuit, mais à midi les nuages s'étaient dispersés. Si le froid était vif, un grand soleil faisait scintiller le givre et la fine parure blanche qui nappait le sol, les rochers et les sapins.

— Quel bel endroit, petiote ! Je suis toute heureuse d'être ici. Alors si j'ai bien compris, tu souffleras tes bougies à l'heure du goûter.

— Benjamin et Étienne aussi. Alice a fait trois gâteaux ce matin, nous avons chacun le nôtre.

— Et j'ai acheté deux bouteilles de champagne, madame Vivi, renchérit Kate en les rejoignant. On a de la chance, le ciel est tout bleu. Je suis prête, ma puce, on peut aller admirer tes loups !

— Mes croisements de tervueren et de louve, rectifia Soline. Ils me connaissent maintenant et ils répondent aux ordres simples que je leur donne. Venez !

Viviane, en bottillons fourrés, descendit prudemment les marches en pierre. La septuagénaire portait une large veste en peau retournée et un bonnet en laine duquel s'échappaient des mèches plus grises que rousses, désormais.

— Ton amoureux a raison de vouloir acquérir ce vieux chalet si pittoresque et les terres qui en dépendent, dit-elle. J'aurais apprécié d'habiter un endroit pareil avec Léon, jadis.

— Ma puce, fais attention à ne pas tomber, s'inquiéta Kate, car Soline s'amusait à glisser sur une plaque de glace. Je te rappelle que tu es enceinte.

— Tu remplaces Benjamin, Kate, pour une fois qu'il ne m'empêche pas de gambader à ma guise.

— C'est vrai ça, nota Viviane, où est-il parti notre scientifique, un jour de fête ?

— Peut-être chercher un cadeau in extremis, plaisanta Soline.

Elles approchaient de l'enclos. Barry accourut en aboyant joyeusement dès que sa maîtresse le siffla. Sa progéniture le suivait.

— Je vous présente Buck, Balto, Wuk, déclara Soline.

— Doux Jésus, ils sont magnifiques ! s'extasia Viviane. On dirait presque des huskys. Et Farou, elle se cache ?

— Oui, dès qu'il y a des personnes étrangères. Mais quand j'entre seule, maintenant elle vient vers moi, c'est un énorme progrès.

Kate émit quelques compliments tout en se retournant vers le chalet. Elle aurait voulu partager ce moment avec Alban, qui avait préféré lire au coin du feu en compagnie de Neige et de Vagabond, le petit chien de Viviane.

— Tu te languis de ton mari ? la taquina Soline. Il doit discuter avec mon ravissant garde du corps !

— Ne te fatigue pas, ma puce, la jalousie et moi, ça fait deux. En plus, Alice fait la sieste. Tiens, une voiture... C'est ton bel inspecteur. Moi aussi je peux inventer des sottises !

Étienne les aperçut et s'éclaira d'un léger sourire. Depuis son retour de Picardie, il paraissait soucieux mais il se montrait aussi plus aimable, comme s'il avait renoncé à ses piques et à sa manie de provoquer des conflits.

— Bonjour, mesdames ! lança-t-il d'un ton jovial. Ne m'en veuillez pas, je rentre au chaud boire un café.

Soline approuva en silence. D'un commun accord, les fêtés du jour avaient décidé de mettre de côté l'enquête en cours et ses aléas. Cependant la jeune femme savait désormais dans quelles circonstances les Fauvel l'avaient prise chez eux.

Elle scruta le bas de la piste, dans l'espoir de voir le pick-up de Benjamin.

— Je suis gelée, se plaignit Kate. Et vous, madame Vivi ?

— Le vent se lève, on ferait mieux d'imiter l'inspecteur Dambert. Et puis j'ai hâte d'admirer les gâteaux. Vous avez dû acheter une grosse quantité de bougies, Soline.

— Juste une trentaine ! En fait, les années de naissance qui figurent sur nos papiers d'identité sont peut-être fausses, donc on s'est attribué chacun dix bougies à souffler, pour le plaisir. Venez, je m'en voudrais si vous attrapiez froid.

L'atmosphère particulière propre aux occasions spéciales régnait à l'intérieur du chalet. Alban avait eu soin d'entretenir le feu, qui égayait la pièce un peu sombre de ses flammes dorées. Quant à Alice, prétextant l'envie de faire une sieste, elle avait profité de l'absence de Soline pour décorer la table sur laquelle trônaient les gâteaux.

— Mademoiselle, vous êtes douée, la félicita Viviane. Si vous en avez assez de la police, recyclez-vous dans la pâtisserie.

— Mes parents sont dans le métier, avoua Alice, flattée. Tout est dans le glaçage au sucre. Du vert amande pour le patron, du bleu pâle pour Soline et j'ai choisi du rouge pour Benjamin.

— Oh, c'est superbe, je les prends en photo ! s'écria Kate en attrapant son téléphone.

Étienne sortit au même instant de la cuisine, une tasse de café à la main. Comme Soline s'apprêtait à ôter sa parka et Viviane sa veste, il protesta.

— J'ai entendu un bruit de moteur, je vous conseille de rester emmitouflées, vous devriez vite aller accueillir Benjamin. Surtout toi, Soline !

— Pourquoi ? Tu en fais des mystères, Étienne !

— Disons que je suis mieux informé que toi.

Agacée mais curieuse, Soline se précipita sur la galerie, accompagnée de Kate et Viviane. Toutes trois constataient qu'un van était attelé au pick-up lorsqu'un hennissement retentit. Barry y répondit d'un aboiement sonore auquel firent aussitôt écho les jappements du petit Vagabond, qu'Alban tenait dans ses bras.

— Mais… Mais je ne comprends pas, balbutia Soline. Il y a un cheval !

Sidérée, elle observa Benjamin qui était vite sorti de sa voiture et abaissait la porte arrière du van.

— Ton cadeau, mon cœur ! s'exclama-t-il.

Mais la jeune femme était comme paralysée. Elle assista la gorge nouée à l'apparition d'un cheval à la robe dorée et à la crinière noire qui, après avoir reculé, guidé par Benjamin, se tourna vers le chalet et poussa un autre hennissement.

— Je crois que c'est une jument, commenta Viviane. Vas-y, petite, n'aie pas peur. Ton amoureux la tient en longe.

— Je n'ai pas peur du tout, souffla Soline, les larmes aux yeux. Ce n'est pas ça, non…

Elle put enfin se mouvoir et, dans une sorte de rêve éveillé, s'approcher de l'animal, dont le regard brun la fixait.

— C'est impossible, tu ne m'as pas acheté un cheval ? dit-elle tout bas à Benjamin.

— Non, on me l'a confié en échange de bons soins. C'est une jument un peu âgée. Au printemps, elle aura de l'espace et de l'herbe à volonté. Son propriétaire devait s'en séparer, je t'expliquerai plus longuement tout à l'heure. J'ai voulu plusieurs fois t'emmener chez lui, mais tu as refusé, pourtant, ce monsieur, Christian Pasquier, se souvient bien de toi.

Soline hocha la tête, trop bouleversée pour répondre. Elle tendit la main vers l'encolure de la jument et commença à la caresser.

— Je vais encore pleurer, gémit-elle, comme à Servoz, dans l'écurie.

— Tu as le droit de pleurer et même de la câliner, mon cœur. Elle est très douce.

— Comment s'appelle-t-elle ?

— Taviane. Nous sommes amis, elle et moi. Avant le goûter, je vais clôturer un des prés, j'ai le nécessaire dans le pick-up. Étienne va m'aider. M. Pasquier m'a donné deux bottes de foin et du grain.

Soline écoutait à peine. Elle avait passé ses bras autour de l'encolure de la jument, le front chatouillé par son épaisse crinière, en étouffant de gros sanglots.

De la galerie couverte, ce poignant tableau fascinait tous ceux qui en étaient témoins.

— Ma pauvre puce, elle pleure, soupira Kate.

— C'est une surprise de taille, concéda Alban gentiment.

— Ce garçon m'étonnera toujours, s'émerveilla Viviane. Je me demande comment il a eu cette idée.

— Je parie que vous étiez dans la confidence, patron, insinua Alice.

— Évidemment, et j'ai promis d'apporter ma contribution en plantant des piquets, reconnut Étienne. En fait, Benjamin avait ses raisons pour récupérer cette brave bête.

— Lesquelles ? interrogea Kate.

— J'ai promis de ne rien dire.

Satisfait, Étienne dévala les marches et il s'empressa de se mettre au travail, tandis que Soline, remise de ses émotions, s'éloignait en direction de la forêt en tenant la jument par sa longe. Personne ne pouvait entendre ce qu'elle murmurait à l'animal entré dans sa vie en ce jour d'anniversaire improvisé.

Une heure et demie plus tard avait lieu la cérémonie des bougies sur le traditionnel refrain chanté à plusieurs voix, suivie de la remise des cadeaux. Un courant d'insouciance et de gaîté circulait autour de la table, en accord avec les éclats de rire et les petits cris de surprise.

Viviane, assise sur le canapé, étudiait la physionomie des trois fêtés. Elle découvrit la beauté d'Étienne, au visage viril auréolé de courts cheveux blonds. Les traits plus irréguliers de Benjamin avaient encore plus de charme, car il rayonnait de joie. Mais Soline lui semblait transfigurée, à la fois enfantine dans ses gestes et ses mimiques, et presque majestueuse, nimbée d'un étrange et nouveau bonheur.

Kate dénicha son téléphone parmi le fouillis de papiers d'emballage froissés.

— Je vous prends en photo tous les trois, ce sera un souvenir de cette journée. Madame Vivi, ensuite vous poserez avec eux.

— Si tu veux, mais je n'ai pas donné mon cadeau à Soline.

La vieille dame sentit sa voix trembler en prononçant ces mots. Elle ramassa un paquet qu'elle avait dissimulé à ses pieds.

— Tiens, petiote, ne l'ouvre pas tout de suite, attends ce soir, au calme.

— Je peux au moins regarder ce que c'est, Viviane ?

— Rien ne presse, ce sont des cahiers. Je te conseille de lire ce qu'il y a écrit dedans à tête reposée. Ils étaient dans une des caisses qui étaient stockées chez mon voisin Jeannot.

— Merci, Viviane, je manquais de lecture, répliqua Soline qui l'embrassa sur les deux joues. Mais…

Du paquet soigneusement enveloppé de kraft bleu émanait une chaleur qui se répandait dans ses doigts. Soline le serra un peu plus fort, étonnée.

— J'y ferai bien attention, ajouta-t-elle. Merci, merci à tous d'être là.

— Tu as suffisamment pleuré, ma puce, trancha Kate. Il est temps de boire le champagne. Sauf toi, bien sûr, je t'ai acheté de la limonade, c'est mieux pour une future maman.

Au crépuscule, Soline sortit seule pour revoir la jument. Elle lui donna un peu de grain en la caressant.

— J'espère que tu te plairas chez nous, Taviane. Que tu ne seras pas incommodée par l'odeur de la louve et ses petits. Tu es loin de l'enclos, ici, tu le vois à peine. Et il paraît que tu n'as peur de rien. Grâce à toi, déjà, j'ai vu une bribe de mon passé de toute petite fille. Oui, des chevaux dans une pâture d'herbe bien verte et une femme blonde, de dos, qui les appelait. Peut-être ma vraie maman…

12

Entre les pages d'un cahier

Cinquante-six ans plus tôt,
Combloux, dimanche 25 décembre 1960

Assise près du sapin de Noël, Louise berçait dans ses bras un bébé emmitouflé de lainages roses.

— Que tu es jolie, Lydie, un bouton de rose juste éclos, chantonna-t-elle.

Christian et Perrine entrèrent dans le salon sur la pointe des pieds. On leur avait cent fois au moins recommandé de ne pas faire de bruit, en présence du nourrisson.

— Grand-mère, on t'attend pour le déjeuner, dit-il le garçon, du haut de onze ans.

— Je vais venir dès que j'aurai couché Lydie dans sa voiture. Elle y est bien à l'abri des courants d'air.

— C'est quoi, un courant d'air, grand-mère ? demanda sa petite-fille Perrine, que toute la famille surnommait encore, à l'occasion, l'enfant du miracle.

— Du vent dans les maisons, expliqua son frère. Mais ici, il n'y en a pas souvent, car notre grand-oncle a fait installer le chauffage central.

Amusée par l'expression sérieuse de Christian, Louise se leva avec précaution et déposa le bébé dans le landau en moleskine bleu marine, un modèle récent et pratique dont Marie s'enorgueillissait.

— J'espère que Lydie va dormir au moins le temps du repas, dit-elle tout bas. Allons-y.

Perrine, menue et très blonde, jeta un coup d'œil intrigué sur le nouveau-né. On lui avait raconté qu'à sa naissance, elle était minuscule, comme une poupée et qu'on l'avait placée en couveuse. Ce terme de « couveuse » l'inquiétait, car personne ne lui avait précisé de quoi il s'agissait.

L'entrée de Louise dans la salle à manger fut saluée par un concert de soupirs de soulagement.

— Je suis désolée, vous devez tous être affamés, mais Lydie met du temps à s'endormir.

— Ce serait à sa mère de la nourrir et de la bercer, fit remarquer Edwige d'un ton dur. Marie se comporte comme elle l'a toujours fait, de façon égoïste et irresponsable.

Émeline, d'un signe de tête, signifia à ses deux enfants de prendre vite place à la table. Antoine, qui présidait, eut un geste d'apaisement.

— C'est Noël, mettons les querelles de côté, déclara-t-il. Marie ne peut pas allaiter et, si elle est en retard aujourd'hui, nous ne pouvons guère lui en vouloir.

— Je suis de votre avis, renchérit Pierre Pasquier. Il faut du courage pour suivre son mari en haute montagne à la recherche de ces quatre skieurs en perdition. Je me serais bien porté volontaire aussi…

— Mais j'ai refusé, répliqua Émeline.

Louise s'installa entre Nicolas, son petit-fils, et sa timide fiancée, Corinne, une jeune fille brune au regard doré. Tout de suite, Aglaé et Gisèle servirent les hors-d'œuvre.

— J'ai pu trouver des huîtres, annonça Edwige. Quant au foie gras je l'ai commandé dans le Gers. Cette année, il est hors de prix.

— En principe, ça ne se dit pas, ma chère, protesta Antoine.

— Pourquoi ? Je tiens à prouver à nos invités que je fais des efforts pour eux !

À soixante-dix ans, le médecin envisageait de prendre sa retraite. Cependant, il craignait de s'ennuyer ferme, privé de ses visites dans le pays et des heures passées en consultation dans son cabinet. Il redoutait également de se retrouver du matin au soir en compagnie de sa deuxième épouse.

— Oh, tu m'agaces ! rétorqua Edwige. Je ne fais jamais rien de bien. Aglaé, le vin blanc je vous prie !

— Oui, Madame. Tout de suite, Madame.

Émeline lança un regard à Pierre, qui lui adressa un léger sourire. Toujours amoureux et complices, ils assistaient aux réunions familiales pour faire plaisir à Louise.

« Que je suis lasse, songeait celle-ci. J'aurais été mieux chez moi avec le bébé et devant un bol de soupe. »

Mais ses petits-enfants auraient été déçus si elle n'avait pas trôné en face d'Antoine, chacun à un bout de la table drapée d'un tissu blanc et or. La vaisselle et les couverts en argent étaient au diapason de ce somptueux damas.

Afin de ne plus entendre les intonations affectées de sa belle-sœur, Louise se plongea dans une rétrospective de ces derniers mois, très agités à son goût.

« Nicolas s'est donc fiancé, à vingt-deux ans, et il commence une carrière militaire, sûrement en hommage à son papa. Mon pauvre Clément, il aurait eu cinquante-trois ans en décembre. Il nous a quittés bien jeune encore. »

Perrine venait de renverser son verre rempli d'eau, ce qui provoquait un esclandre. Edwige se lamentait, Antoine grondait la petite. Les éclats de voix obligèrent Louise à réagir.

— Qui n'a pas commis de maladresse à son âge ? s'écria-t-elle. Et puis l'eau ne tache pas. Maintenant notre Perrine pleure, un jour de Noël !

Émeline consola sa fille, qu'elle couvait à l'égal d'un trésor. La petite voulut grimper sur les genoux de sa mère, ce qui acheva d'exaspérer la maîtresse de maison.

— Je l'avais bien dit, les enfants devraient manger à l'office avec les domestiques, décréta-t-elle. Émeline, vous rendrez Perrine capricieuse à lui céder en tout. Je sais qu'étant née prématurée, elle vous paraît fragile, mais croyez-moi, elle abuse de votre faiblesse à son égard.

— Assez ! tonna Antoine. Edwige, tu jettes toujours de l'huile sur le feu ! À Noël prochain, j'irai déjeuner chez ma sœur d'un quignon de pain, ou à l'auberge.

Le médecin faillit jeter sa serviette par terre et quitter la pièce, mais les yeux embués de larmes de Christian le retinrent. Très sensible, son petit-neveu était effrayé par les scènes et les cris de colère.

— Si nous mangions tranquillement, hein, mon garçon, dit-il en souriant. Tu n'aimes pas les huîtres ? C'est bon pour nous qui vivons en montagne, car c'est riche en iode.

— Ne te force pas, intervint Pierre, apitoyé par la mimique de son fils. Tu peux me donner ta part.

Aglaé s'empressa de servir aux enfants de la charcuterie et du pain blanc. Louise la remercia d'un clin d'œil, puis elle se tourna une fois de plus vers ses souvenirs. Le charmant tableau de Perrine blottie contre sa maman lui rappela le tragique pressentiment qu'elle avait eu, le jour des sept ans de Christian. Perrine était effectivement née à sept mois et trois jours, malgré les mesures de prudence recommandées à Émeline, mais grâce aux couveuses dont étaient désormais équipés les hôpitaux, ce minuscule bébé avait survécu, pour le plus grand bonheur de sa grand-mère.

Des vagissements plaintifs en provenance du salon la firent se lever précipitamment.

— Lydie est réveillée, c'est l'heure de son biberon, annonça-t-elle. Continuez sans moi, je n'ai pas faim.

Louise poussa le landau jusqu'à la cuisine. Le bébé lui présentait un minois cramoisi et crispé par la soif.

— Cette petite sera chanteuse plus tard, elle a du coffre, commenta Gisèle, en robe noire et tablier blanc.

— Si les nouveau-nés n'avaient pas autant de voix, on ne saurait pas ce qui les tourmente, prêcha Louise.

— Vous avez besoin d'aide, Madame ?

— Non, je vous remercie, faites votre service, sinon ma belle-sœur vous houspillera encore.

— Hier, Monsieur Antoine parlait encore de divorcer, confia la jeune employée.

— Ce sera effectif en 1962, il faut tenir bon.

— On vous l'a montré dans une vision ? s'émerveilla Gisèle. Eh bien, je dis tant mieux !

— Chut, attention à vous, Gisèle.

Restée seule, Louise utilisa le chauffe-biberon que Marie avait acheté. L'enfant trouvée au creux d'une haie au mois de juillet 1937 avait dorénavant tout ce dont elle rêvait, devenue la femme d'un alpiniste de renom, un Britannique fortuné.

« Lorsque Marie a convolé devant le nouveau maire, elle était enceinte de trois mois, mais John l'adore vraiment et il se réjouissait d'être père. Il est plus âgé qu'elle, ça ne la dérange pas. Et il a fait l'acquisition de cette maison neuve dans ma rue, là où Émeline et Pierre ont habité pendant deux ans. J'ai ma ravissante Marie comme voisine, ces temps-ci. Jeanne serait fière de sa fille adoptive. Peut-être qu'elle suit ses exploits, de son paradis… »

Louise prit le bébé dans ses bras et déposa un baiser sur son front à la peau soyeuse.

— Tiens, tu ne pleures plus, Lydie ! Tu me regardes et tu dois te demander qui est cette vieille dame penchée sur toi ?

Aglaé entra au même moment, la face couperosée par la chaleur de la maison et sa tendance à l'embonpoint.

— Vous, Madame Louise, une vieille dame, on ne dirait pas ! se récria-t-elle. J'ai vingt ans de moins que vous, je suis usée, voûtée et j'ai blanchi d'un coup.

— C'est gentil, Aglaé, pourtant je suis souvent très fatiguée. Enfin, mon frère me surveille.

— Pardi, y a pas meilleur docteur dans la région. Allez, j'apporte la viande et les légumes. Vos petiots vont pouvoir se régaler ! Des huîtres et du foie gras, quelle idée !

Peu après, Louise put faire boire son biberon à Lydie dans le calme. Assise sur une chaise, elle observa en souriant les menottes du bébé qui se fermaient et s'ouvraient au rythme de sa satisfaction.

— Non, oh non, gémit-elle soudain.

Des images se bousculaient dans son esprit avec en toile de fond un chaos de neige et de rochers. Elle vit nettement un homme encordé qui faisait une chute affreuse, ponctuée par un hurlement d'épouvante.

— Mon Dieu, je l'ai reconnu, c'était John, et Marie criait de désespoir. Elle a tout vu, la pauvre petite. Il est mort...

En larmes, Louise considéra Lydie d'un air effaré, puis elle la berça d'un mouvement très doux.

— Tu n'as plus de papa, ma mignonne... Que le destin est cruel ! Pourquoi, mais pourquoi ?

Un mois plus tard, toute vêtue de noire, Marie partait pour le Sussex, où ses beaux-parents l'invitaient à séjourner dans leur propriété. Bouleversés par le décès de leur fils unique, ils se disaient prêts à accueillir la jeune femme et leur petite-fille Lydie pour une durée indéterminée.

*

Cinquante-six ans plus tard,
Chalet du vallon des loups, samedi 13 février 2016

Soline avait connu une semaine de pur enchantement. Elle se levait le matin avec la hâte de rendre visite à la jument et se couchait le soir en revivant chaque instant passé près de l'animal. En ce samedi ensoleillé, nichée dans les bras de Benjamin, elle contemplait leur pensionnaire du même regard exalté.

— Tu es sûr que nous pouvons la garder longtemps ? dit-elle d'un ton soucieux. Je suis si heureuse.

— Oui, M. Pasquier est soulagé de savoir Taviane chez nous. Elle était trop âgée pour être vendue et il voulait lui offrir une retraite paisible.

— Je suis encore éblouie que tu aies eu cette idée, avoua Soline. Regarde, elle galope un peu. Tu crois que je pourrai la monter après la naissance du bébé ? Non, ce n'est pas la peine, je préfère la brosser, peigner sa crinière, lui faire des câlins.

— En tout cas, tu ne pleures plus en la caressant.

— C'est vrai ! J'oublie tout quand je suis avec Taviane ou quand je dresse mes futurs chiens de traîneau.

— Tu as même oublié de téléphoner à M. Pasquier pour le remercier, comme tu avais décidé de le faire lundi dernier, lui reprocha gentiment Benjamin.

— La démarche m'intimide, j'ai peur d'être émue. Et toi, tu l'as remercié plusieurs fois quand tu es allé lui acheter du foin. Mais je te promets de l'appeler très bientôt. Je suis tellement occupée... Mon amour, dis-moi, pourquoi tu as voulu ramener un cheval ici ? C'était vraiment un cadeau d'anniversaire ?

Il soupira avant d'éclater de rire. Soline lui avait posé la question à plusieurs reprises.

— En fait, j'ai organisé cette journée d'anniversaire parce que M. Pasquier m'avait proposé de prendre Taviane. J'aurais pu t'en parler, mais j'ai pensé te faire la surprise, un peu à cause de ta réaction dans l'écurie de

Servoz. Je te revoyais en larmes en train de caresser un cheval sans éprouver aucune crainte.

— Aucune crainte, mais une émotion immense, précisa-t-elle.

Ils demeurèrent enlacés près de la clôture du pré, en rêvant tous les deux d'un avenir aussi tendre et serein que cet instant-là. La jument revint vers eux au petit trot.

— Elle ne semble pas si âgée, déclara Soline. Mais j'ai lu que les chevaux apprécient peu la solitude.

— Jadis, quand ils étaient sauvages, ils vivaient en troupeaux. Ne t'inquiète pas, Neige s'intéresse beaucoup à Taviane, ils ont sympathisé. Ah, ce soir, Alice et Étienne reviennent. C'est la fin de notre intimité si délicieuse.

Benjamin effleura le ventre de Soline, qui s'était arrondi. Il perçut un léger mouvement.

— Bébé a fait un bond de cabri ! s'esclaffa-t-elle. C'est l'air vif qui la stimule.

Le jeune couple regagna le chalet main dans la main. Ils avaient réussi leur pari, qui consistait à ne rien évoquer de pénible durant les sept jours où ils étaient seuls, Étienne ayant eu besoin d'Alice pour certaines investigations.

— Ai-je été un bon garde du corps ? plaisanta Benjamin.

— Oh oui, tu m'as gardée de très près, surtout la nuit.

Soline resplendissait. La lumière de midi dorait ses cheveux blonds, qui couvraient ses épaules en vagues souples. Ses yeux avaient la couleur d'un ciel sans nuage.

— Tu es de plus en plus belle, mon cœur ! J'ignorais que c'était possible.

— Tais-toi, c'est gênant.

— Ta mère devait être une très belle femme aussi, ajouta-t-il.

Subitement, il se remémora des paroles du vieux Moïse et il s'arrêta, évoquant le singulier personnage qui l'avait hébergé lorsqu'il était amnésique.

— Soline, je viens de me souvenir de quelque chose. La dernière fois où j'ai rendu visite à Moïse à l'hôpital, tu venais de lui offrir des pâtes de fruit et ça l'avait touché. Pour la première fois, il semblait te trouver des qualités, et il m'a parlé d'une femme aussi belle que toi, sans réussir à se souvenir de son nom et des circonstances où il l'avait croisée.

— Une femme qui me ressemblait, comme la dame blonde de mes visions ?

— Je l'ignore, il avait insisté sur sa beauté.

— Tu aurais dû me le dire, mais je ne t'en veux pas, c'était une période si difficile après l'incendie. Moïse avait changé, tu as raison. Il m'avait conseillé de chercher mes origines en prétendant que j'étais née en Haute-Savoie, qu'il ne pouvait pas se tromper. Pauvre vieux Moïse, que savait-il pour être tué lui aussi ?

Une chape de tristesse et d'angoisse terrassa Soline. Elle étreignit plus fort les doigts de Benjamin.

— Excuse-moi, déplora-t-il, je n'aurais pas dû en parler.

— Il faut bien renouer avec la dure réalité. Ah, mon téléphone vibre. Je l'ai laissé sur le coin du buffet. C'est Viviane !

La voix de la septuagénaire avait des accents impatients.

— Et alors, petiote, on ne répond plus à madame Vivi ! J'ai essayé de te joindre hier et avant-hier, rien à faire.

— Mais on a discuté mercredi…

— Cinq minutes, et tu n'avais pas ouvert les cahiers !

— Je suis vraiment désolée, Viviane, il a fait tellement beau, j'étais dehors du matin au soir. Je me partageais entre la jument et mes chiens. Sans compter que Benjamin ne m'a pas quittée… Je cuisinais, je me couchais tôt et je dormais beaucoup.

— C'est dommage, on aurait pu en causer. Bah, tu finiras bien par les lire, ces cahiers.

— Vous les avez lus ?

— Non, juste feuilletés, mais il y a des passages bizarres. On dirait une sorte de journal. Et l'écriture est parfois difficile à déchiffrer. Ton amoureux t'a ramené un cheval et tu étais épatée, gamine, alors peut-être que moi aussi, je te réservais une surprise.

— Je vais les lire, Viviane.

— Sinon, comment allez-vous dans votre vallon des loups ? Et le bébé, il gigote à son aise ? Kate m'a tenu compagnie un soir, nous avons tricoté ensemble. Ta petite Louise aura de la layette faite à quatre mains.

La conversation s'acheva sur ces agréables banalités. Soline raccrocha avec une expression embarrassée, sous le regard perplexe de Benjamin.

— Il y a un souci avec ces vieux cahiers, mon cœur ? lui dit-il.

— Je n'ose pas les ouvrir. Chaque fois que je les touche, je ressens de la chaleur. Je ne suis pas si courageuse que ça. J'ai peur de les lire. Alors je repousse sans cesse le moment.

— Dans ce cas, je peux parcourir quelques lignes à ta place.

— Non, c'est à moi de le faire.

Soline n'attendit même pas une heure avant de tenir parole. Pendant que Benjamin préparait le déjeuner, elle s'installa confortablement dans le canapé, les cahiers posés sur la petite table basse. Ils étaient restés toute la semaine emballés dans le paquet en papier kraft bleu. Il y en avait trois, classés par ordre d'ancienneté avec des post-it.

La couleur des couvertures avait perdu de sa fraîcheur. Soline s'empara du premier et l'ouvrit, sans éprouver de sensation insolite. Elle lut les quelques lignes tracées à l'encre violette sur les feuillets jaunis.

Aujourd'hui, en cette année 1920, j'ai décidé de coucher par écrit certains instants de ma vie que je ne voudrais pas oublier. J'ai arrêté l'école à douze ans et j'en ai beaucoup souffert. Mais plus tard, grâce à mon frère qui a pu étudier, j'ai continué à m'instruire dans le dictionnaire et par la lecture de nombreux livres. Par pudeur et discrétion, je ne cite aucun nom de famille, ni le mien. Si un jour quelqu'un parcourt ce cahier, qu'il ne m'en tienne pas rigueur.

Un peu déçue, Soline se releva et rejoignit son compagnon à qui elle relut le texte.

— Moi qui espérais découvrir des patronymes de la région ou des prénoms, se plaignit-elle.

— Mon petit cœur, ce doit quand même être intéressant. Il y aura peut-être des indications géographiques. Et si je me souviens bien, ces cahiers dormaient dans une caisse qui provenait du grenier de la maison où tu logeais.

— Je sais ! Leur auteur serait une personne ayant habité la même maison que moi. Un homme ou une femme, car ce n'est pas précisé.

— Retourne sur le canapé, je sers le déjeuner dans un quart d'heure. Et cet après-midi, je pourrais même te faire la lecture.

— Tu as un dossier à boucler, je préfère que tu travailles.

Ils échangèrent un baiser suivi d'un sourire, en harmonie avec l'amour qui les unissait. Dix minutes plus tard, Benjamin entendit Soline pousser une exclamation étouffée. Il accourut.

— Qu'est-ce que tu as ?

— Je suis émue, enfin le mot est faible, j'ai l'impression d'entrer dans une autre dimension. La femme qui a écrit dans ce cahier avait des visions, elle aussi. Écoute, je te lis un passage significatif : « Fillette, je voyais parfois des choses qui m'effrayaient. Ce n'était pas en rêve, mais éveillée, à n'importe quel moment. Ainsi, j'ai eu des images épouvantables de la catastrophe de Saint-Gervais, comme la presse a surnommé la tragédie qui a frappé ce village et ses environs. J'en étais malade, hantée par la coulée torrentielle qui détruisait tout et tuait dans sa course folle. L'eau boueuse charriait des troncs d'arbre, des morceaux de toiture et aussi des corps. Ma tante, la sœur de maman, est morte cette terrible nuit de juillet 1892, car elle était employée aux thermes. » Et ce n'est pas fini ! À douze ans, elle a pu sauver son petit frère de deux ans en se réfugiant dans une cavité où ils sont restés prisonniers durant des heures. Elle parle d'un chien, Finaud, qui a retrouvé leur piste.

— Mon cœur, tu trembles.

— Comment ne pas trembler, Benjamin ? Ne crains rien, je n'ai plus peur, je suis fébrile. Je peux lire le témoignage d'une personne comme moi, comprends-tu ?

— Je comprends, mais les émotions fortes sont déconseillées pour notre bébé, plaida-t-il, inquiet de la voir aussi survoltée.

— Louise est ravie, je t'assure. Elle n'a jamais autant bougé.

Benjamin se résigna. Il regagna la cuisine tout en surveillant Soline du coin de l'œil. Lorsqu'il disposa sur la table deux assiettes de riz et une omelette, elle referma le premier cahier d'un air mélancolique.

— Ses parents sont morts peu de temps après la tragédie de Saint-Gervais, dit-elle. Sa mère se trouvait à Bionnay et elle a été gravement blessée, ce qui a provoqué une fausse couche aux suites fatales, et son père... Le pauvre homme s'est pendu, désespéré d'avoir perdu son épouse, sa maison et ses terres. Ces gens ont laissé trois orphelins...

Lons-le-Saunier, même jour, même heure

Alice et l'inspecteur Dambert guettaient depuis des heures la moindre allée et venue suspecte autour du pavillon où habitaient Yvonne et Roger Fauvel. Mais il ne se passait rien et les volets demeuraient fermés.

— On devrait abandonner, patron, il n'y a personne.

— Il faut s'en assurer. D'ici deux minutes, tu iras frapper à la porte, décida Étienne. Au fait, tout à l'heure, tu disais vouloir me poser une question, vas-y, je t'écoute.

— Pourquoi vous êtes venu dans ma chambre, cette nuit, à l'hôtel ? Ce n'était pas sérieux, de votre part.

— Tu m'as laissé entrer, tu n'étais pas obligée ! Où est le souci ? Tu regrettes ?

Mortifiée par le ton acerbe du policier, Alice joua la carte de l'indifférence.

— Non, ce n'est pas la première fois que je couche avec un collègue par désœuvrement.

— Dans ce cas, qu'est-ce qui te dérange ? J'avais envie de prendre du bon temps. Pendant le dîner, j'ai eu l'impression que toi aussi. Sois tranquille, ça ne se reproduira pas, mais j'en garderai un souvenir agréable.

Au prix d'un gros effort, Alice évita de répondre. Elle se revit au sortir d'une douche bien chaude, à moitié nue. Étienne avait tapé deux coups discrets à la porte de sa chambre et elle s'était empressée de l'accueillir.

« Je pensais qu'au moins il me désirait, et j'avais envie de lui, se remémora-t-elle. J'aurais dû le repousser, maintenant je suis encore plus amoureuse. »

Une onde de chaleur naquit au creux de son ventre et son cœur s'emballa. Elle évoqua les baisers qu'Étienne lui avait donnés, puis elle crut sentir encore ses mains savantes sur ses seins, entre ses cuisses.

— Je ne t'ai pas forcée, Alice, s'inquiéta soudain Étienne. Tu parais gênée, d'un coup !

— Pas du tout, on oublie, patron. Je crois qu'on était sur les nerfs. Et puis vous n'êtes pas du genre à abuser d'une femme.

— Pourtant je l'ai fait une fois, l'été dernier, et je m'en veux encore. J'ai embrassé Soline sur la bouche en profitant d'un moment où elle était détendue, toute contente. En retour, elle m'a giflé, comme l'autre soir.

— Vous allez vous habituer, ironisa Alice. J'apprécie Soline, même si elle éclipse toutes les autres filles. Je sais qu'elle n'en a pas conscience, néanmoins on se sent invisible à ses côtés. Sophie éprouvait ça, elle aussi.

Étienne resta silencieux, absorbé par ses pensées. Alice étudia son profil énergique, les courtes mèches blondes sur son front droit. Il se tourna brusquement vers elle et l'observa de son regard vert.

— Je te l'ai peut-être déjà dit, mais je suis devenu flic pour lutter contre les criminels sexuels, d'où mon intégration dans la brigade des mœurs, déclara-t-il d'une voix changée. Je rêvais également de pouvoir venger mon petit frère si par chance son assassin était toujours vivant. Sais-tu, Alice, il y a presque un abîme entre l'adolescent appelé Vincent et l'homme qui m'a poignardé en novembre dans cette ferme à l'abandon.

— Un abîme, vraiment ? avança-t-elle, touchée de l'entendre lui parler d'un ton sincère.

— Le dénommé Vincent avait un physique très ingrat dont il devait souffrir. On le trouvait laid et surtout effrayant. Le vice se lisait sur ses traits et dans ses yeux. Dans mes souvenirs, il n'était guère malin, mais plutôt guidé par ses bas instincts.

— Le tueur que vous traquez, lui, fait preuve de stratégie et d'intelligence, répliqua-t-elle. De surcroît, vous supposez qu'il mène une double vie sans jamais être soupçonné. Donc, il aurait actuellement un physique normal, à défaut d'être un bel homme.

— Excellente analyse ! Une chose est sûre, si j'arrive à anéantir ce type, à le savoir condamné à perpétuité, je pourrais quitter la police et me reposer. Réapprendre à vivre l'esprit en paix. Je le dois aussi à Sophie et à Soline.

— Oui, je suis au courant. Hé, patron, quelqu'un ouvre les volets de l'intérieur, chez les Fauvel !

— On y va ! ordonna Étienne.

Cinq minutes plus tard, une malheureuse créature en pyjama sous une robe de chambre élimée les recevait dans le vestibule du pavillon.

— Je suis navré de vous importuner, madame, dit poliment le policier en montrant sa carte. Seriez-vous malade ? Ma collègue et moi, nous pensions la maison vide car tout était fermé.

— Je suis le plus souvent couchée, avoua Yvonne Fauvel. Le docteur m'a prescrit des cachets qui me font dormir. Vous savez, j'étais déjà en dépression, alors avec ce qui arrive ! Mais vous venez pour mon mari ? Vous l'avez retrouvé ?

— Pas encore, et plus le temps passe, plus nous doutons qu'il soit en vie, madame, répondit Alice.

— Si j'avais imaginé ça ! Roger me trompait, mais il finissait toujours par revenir, gémit-elle. Venez dans la cuisine, je vais réchauffer du café de ce matin.

— Non, c'est inutile, madame, affirma Étienne. Asseyez-vous, nous ne vous dérangerons pas longtemps.

Il renonça à un interrogatoire dans les règles, en essayant d'orienter la discussion sur le passé du couple.

— Votre cuisine est bien équipée, on dirait que ce sont des aménagements récents, nota-t-il gentiment.

— Roger a toujours dépensé sans compter, ça, je peux le dire, il voulait une maison impeccable.

Affalée sur une chaise, un coude sur la table, Yvonne Fauvel éclata en sanglots. Étienne fit celui qui n'en tenait pas compte.

— Vous habitez ici depuis votre mariage ? demanda-t-il.

— Pensez-vous, on a emménagé dans la région il y a une quinzaine d'années. Avant, on était en Suisse, dans le Valais. Je me plaisais mieux, là-bas. J'avais des amies, des voisines avec qui je sortais beaucoup. Roger dirigeait une grosse société à l'époque, il était rarement à la maison.

— Votre beau-frère nous a dit que votre époux travaillait dans une banque.

— Non, il s'est trompé. La banque, c'était en arrivant ici, à Lons. Mais Roger avait gardé les mêmes habitudes qu'en Suisse, il découchait souvent. Si je me doutais... Nous n'avons pas eu d'enfants, alors rien ne le retenait de s'amuser, ça, je l'ai compris en voyant ces horribles photos que vous avez trouvées pendant la perquisition.

— Madame, durant la période où vous viviez en Suisse, vous n'avez pas remarqué quelque chose d'anormal dans la conduite de votre mari ? Cherchez bien, insista le policier.

Yvonne Fauvel tamponna ses joues humides à l'aide d'un mouchoir froissé, extirpé d'une poche de son pyjama. Elle dévisagea Alice puis Étienne d'un air songeur.

— Comment dire, Roger n'était pas un homme ordinaire, lâcha-t-elle tout bas. Il avait ses fantaisies.

— Lesquelles ?

— Il apprenait une langue étrangère, le soir, en écoutant des cassettes sur un magnétophone. Ce n'était ni de l'anglais ni de l'espagnol, j'en suis sûre. Je vous parle de ça, c'était il y a plus de vingt ans. On venait de se marier. Une fois, je l'ai surpris en train de discuter tout seul, je n'y comprenais rien, alors j'ai éclaté de rire. Il s'est levé d'un bond et il m'a expédiée dans le couloir. Ensuite, il se fermait à clef, mais j'écoutais derrière la porte.

— Vous auriez conservé ce matériel, l'appareil, les cassettes ? s'enquit Étienne.

— Non, Roger s'en est débarrassé quand on a quitté la Suisse.

— Et cette langue étrangère, elle vous faisait penser à quel pays ?

— C'était peut-être du russe ! Il devait s'offrir des voyages dans mon dos pour se trouver des maîtresses plus jolies que moi. Pourtant je l'aimais, mon mari.

Apitoyée, Alice secoua la tête. Yvonne Fauvel n'avait jamais dû être une beauté, cependant elle s'était dévouée corps et âme à un sinistre individu, en femme amoureuse et aveuglée par cet amour.

— Et quelles relations aviez-vous avec votre beau-frère et son épouse ? s'enquit Étienne d'un ton plus inquisiteur.

— Avec Monique, on était en bons termes. On partait en vacances tous ensemble, avec la petite Soline. Mais Jacques, lui, il m'intimidait, toujours froid et sévère.

Un coup de sonnette mit fin à l'entretien. Se ranimant brusquement, Yvonne se redressa, un vague sourire sur le visage.

— C'est le docteur, enfin, une doctoresse qui remplace mon médecin traitant. Elle est très gentille. Je l'ai eue au téléphone hier soir, elle vient renouveler mon ordonnance. Vous pouvez la faire entrer en partant ?

— Bien sûr, madame, répondit Alice.

— Nous reviendrons prochainement, ajouta Étienne, peu satisfait des informations récoltées.

Les deux policiers croisèrent sur le perron une grande jeune femme brune, arborant des lunettes fumées et un bonnet en laine rouge. Une écharpe de même couleur dissimulait le bas de son visage.

— Mme Fauvel vous attend dans la cuisine, indiqua Alice, tandis que l'inspecteur dévalait déjà les marches en allumant une cigarette.

— Merci, mademoiselle, répliqua la doctoresse d'une voix basse et douce.

Une demi-heure plus tard, Étienne roulait au maximum autorisé sur l'autoroute, en direction de la Haute-Savoie. Il semblait de si mauvaise humeur qu'Alice n'osait pas lui adresser la parole.

— Moi qui avais la montagne en horreur, dit-il subitement, j'ai hâte de me retrouver au chalet, dans le vallon des loups. Quelle pauvre femme ! J'ai enregistré toute la conversation, mais je ne suis pas sûr que cela nous soit très utile. Nous n'avons rien qui justifie d'axer l'enquête sur Roger Fauvel. Certes, il était rarement au bercail et il apprenait une langue étrangère inconnue, mais si ça suffisait à le rendre coupable, il faudrait arrêter une bonne partie des hommes mariés de la région ! Bon sang, le tueur nous balade et nous sommes impuissants !

Lons-le-Saunier, chez Yvonne et Roger Fauvel,
même jour, même heure

La doctoresse, des gants en latex aux mains, contemplait le corps de sa patiente, qu'elle avait transportée sans peine à l'étage. Yvonne Fauvel semblait endormie, sagement couchée entre ses draps.

— Tu ne pesais pas lourd, ni dans le cœur de ton mari ni dans mes bras. J'avais promis à ce crétin de Roger de ne jamais te faire de mal, j'ai respecté mon engagement.

D'un geste désinvolte, le prétendu médecin ôta son bonnet et sa perruque brune.

— Repose en paix, Yvonne... Tu ne t'es rendu compte de rien, une petite injection pour te plonger dans le sommeil, une autre qui a coupé court à ta triste existence. Je suis généreux, parfois. Je t'ai même laissé du temps pour discuter avec ce maudit flic.

L'homme rangea dans sa sacoche ce qui lui avait permis de se travestir. Il jubilait, revigoré d'avoir tué un élément gênant, après s'être débarrassé du cadavre du vieux docteur de sa victime. D'un pas décidé, il descendit et referma les volets de la cuisine. Il enfila un sweat à capuche gris avant de sortir par la porte située à l'arrière du pavillon, communiquant avec le jardin.

— Le tour est joué, se félicita-t-il une fois au volant de sa voiture.

Là seulement, il enleva les gants en latex et les enfouit dans le vide-poches.

— Maintenant, je m'accorde des vacances bien méritées et tu en profites aussi, Soline. Les femmes enceintes ont besoin de calme, de tranquillité. Je ne voudrais pas compromettre la santé de notre fille. Vois-tu, je me réjouis tellement à l'idée d'avoir cette enfant que je renonce à éliminer Dambert et Sophie Gally. De toute évidence, la belle rousse a eu peur. Je n'ai pas pu m'occuper d'elle. Tant pis.

L'homme eut un rire silencieux, qui crispa ses traits affinés par les opérations de chirurgie esthétique effectuées des années auparavant. Hilare, il imita une voix féminine, celle de la fausse doctoresse.

— Maman disait vrai, j'aurais dû faire du théâtre. Ma jolie petite maman.

Il passait de plus en plus souvent du rire aux larmes. La date anniversaire du décès de sa mère approchait et comme chaque année il la redoutait.

— Ne sois pas fâchée, maman, balbutia-t-il en s'engageant sur l'autoroute. Je tiendrai parole, je ne toucherai pas à Benjamin. Mais il souffrira quand je lui aurai volé Soline et le bébé. Souffrir, maman, ce n'est pas mourir.

13

Tant de souvenirs

Chalet du vallon des loups, samedi 13 février 2016, le soir

Benjamin venait d'offrir une bière à leurs invités mais seule Alice avait accepté. Étienne, le visage fermé, s'était contenté d'un verre de jus de fruit. Soline, toujours sensible aux états d'âme de ses amis, aurait volontiers pris la main du policier afin de le réconforter. Cependant, elle n'en fit rien pour ménager la jalousie toute récente de son compagnon.

— Si nous dînions, à présent ? proposa-t-elle. Il y a du potage et un gratin, mais j'ai hâte de goûter à la tarte aux pommes que vous m'avez apportée. Je suis affamée.

— Je suis navré, nous sommes arrivés plus tard que prévu, déplora Étienne. Avant le repas, je voudrais faire le point sur la situation, sinon je ne pourrai rien avaler. C'est simple, nous allons d'échec en échec. Je ne vous ai pas donné de nouvelles durant la semaine car nos investigations ont été terriblement vaines. Alice, explique-leur, je te prie.

— Oui, patron. Pour résumer, nous avons visionné plusieurs cassettes de vidéosurveillance dans le secteur d'Yvoire, celles du port et de plusieurs bases nautiques. Nous avons établi la liste des propriétaires de bateaux de plaisance, leurs sorties sur le lac. Les résultats ont été décevants.

— Le criminel se cache derrière différentes identités, comment le démasquer ? avança Benjamin.

— Je sais, ce monstre est insaisissable, enragea le policier. Hormis la photo du cadavre de Judith et la vision que Soline a eue l'oncle Roger, nous n'avons aucun élément. Quand j'expose ça au procureur, il me regarde comme si j'étais un incapable. Et notre entretien avec Yvonne Fauvel n'a rien donné non plus. Cette malheureuse était hagarde, j'en ai eu pitié.

— Quand même, nous avons obtenu deux infos, protesta Alice. Roger Fauvel, au début de son mariage, apprenait une langue étrangère, peut-être le russe, et il s'absentait souvent.

— Ce ne sont que des preuves circonstancielles, répliqua Étienne.

Sur ces mots, il se leva pour déambuler dans la pièce. Il savourait la quiétude du vieux chalet, où le temps semblait suspendu.

— Je me plais chez vous, dit-il d'une voix lasse. Ce genre de décor aura tendance à disparaître, avec sa grande cheminée, dont le fond est noirci par des centaines de feux, ses meubles qui ont sans doute plus de cent ans.

Cet aveu fit sourire Soline. Elle adressa un regard complice à Benjamin.

— Je suis désolée si votre enquête stagne, mais, de mon côté, j'ai fait des découvertes passionnantes dans les cahiers que Viviane m'a remis le jour de notre anniversaire commun.

— C'étaient des moments précieux, soupira Étienne. À ce propos, j'ai beaucoup apprécié mes cadeaux. Le pull jacquard, que je porterai uniquement le dimanche, et le briquet à essence, un modèle très classe.

— Tant mieux, c'est moi qui les avais choisis, avoua Soline.

Elle s'apprêtait à leur raconter une partie de ses lectures quand un malaise l'oppressa et lui causa un début de vertige. Bien qu'accoutumée à l'imminence d'une vision, elle plaqua ses mains sur son ventre, dans un réflexe instinctif de protection. Les paupières mi-closes, elle devint très pâle.

— Soline, est-ce que ça va ? s'affola Benjamin.

Il était assis à ses côtés et l'enlaça aussitôt, sous les regards intrigués d'Alice et d'Étienne. Enfin, ils virent la jeune femme reprendre des couleurs et rouvrir les yeux.

— Yvonne vous a menti, déclara-t-elle. On m'a montré une scène de mon enfance dont je n'avais aucun souvenir. Il faut que je téléphone à ma mère pour avoir la confirmation.

— Explique-nous d'abord, supplia Alice.

— Je le ferai, mais, pour le moment, je dois être seule.

Soline alla s'enfermer dans la cuisine durant quelques minutes qui parurent interminables aux deux policiers, troublés par ce qu'elle leur avait affirmé. Lorsqu'elle ressortit, Étienne nota son expression angoissée. Il s'approcha et lui effleura le bras.

— Alors, ta mère confirme ta vision ? interrogea-t-il.

— Tout se complique. D'abord, je voudrais m'asseoir, je ne me sens pas très bien.

Elle reprit sa place près de Benjamin, qui l'attira de nouveau contre lui.

— C'est étrange, mais maman avait l'intention de m'appeler au moment où moi je l'ai fait, précisa Soline. Étienne, à quelle heure exacte étiez-vous chez Yvonne ?

— 13 h 25, répondit Alice. On planquait dans la rue depuis l'aube, au cas improbable où Roger Fauvel reviendrait, malgré tout. Pourquoi ?

— Ma mère a été contactée vers 18 heures par un voisin d'Yvonne, un retraité que la famille connaissait bien. Je me souviens de lui, il était souvent invité à boire l'apéritif quand nous dînions chez mon oncle et ma tante.

— Où veux-tu en venir, Soline ? s'impatienta Étienne.

— Ce voisin savait qu'Yvonne était dépressive et il s'est inquiété de ne voir aucune lumière derrière les volets. Il n'a pas obtenu de réponse quand il a frappé chez elle, mais il a pu entrer par la porte de derrière qui était restée entrebâillée. Le pauvre homme a eu un gros choc, car il a trouvé Yvonne morte dans son lit. Les gendarmes sont sur les lieux. Je suppose qu'ils vont te téléphoner, Étienne.

— Elle est morte ? répéta celui-ci, sidéré.

— Patron, elle a dû se suicider, dit Alice. Quand on est partis, elle attendait son docteur pour renouveler une ordonnance. Yvonne Fauvel a pu aller dans une pharmacie et avaler des médicaments.

Le policier lança un juron entre ses dents, tout en observant Soline. Elle perçut l'intensité de son regard.

— Sur quel point ta tante nous avait menti ? lui demanda-t-il.

— À quoi bon ? Tu ne pourras plus l'interroger. J'aimais bien cette femme. Elle était gentille avec moi.

— Sois gentille également, insista Étienne, je dois savoir ce qu'elle nous a caché.

— Voilà, je me suis revue fillette, âgée d'environ neuf ou dix ans, en face de ma tante Yvonne. Elle me tendait un carton rempli de jouets en bois, très bariolés, en me disant ça : « Je fais du rangement, j'ai pensé à toi. Roger et moi, on les achetait quand on allait en voyage à l'étranger. »

Brusquement Soline noua ses mains à hauteur de son cœur, pour ajouter d'un ton monocorde qui lui était inhabituel :

— « C'étaient pour des orphelins comme toi, ma pauvre petite ! »

Elle se mit à trembler, hébétée. Benjamin voulut lui faire boire de l'eau mais elle refusa.

— Cette phrase que je viens de dire n'était pas dans ma vision de tout à l'heure ! Je l'avais totalement oubliée et elle m'est revenue ! s'enflamma Soline. Maman a pu garder ce carton de jouets, je n'ai pas eu le temps de lui en parler, je la rappellerai.

— Attends un peu. Donc, Yvonne accompagnait son mari en voyage, énonça Étienne. Peut-être qu'elle était aussi au courant de ses activités. Une seconde, j'ai un appel.

Il s'éloigna à son tour pour répondre. Alice hésita un instant puis elle le rejoignit. Benjamin en profita pour caresser les cheveux et les joues de Soline.

— J'en ai assez de tout ça, confessa-t-il. Toujours la mort et le deuil, le chagrin. Je voudrais vivre en paix avec toi.

— Nous passons quand même des heures exquises tous les deux, mon amour, souffla-t-elle.

— Mais en étant menacés le reste du temps ! Et notre bébé, notre petite Louise ? Nous devrons l'élever dans ce climat de peur, de méfiance... Soline, si ce meurtrier entre en contact avec toi, tu dois me promettre de m'avertir. J'irai au rendez-vous, s'il t'en donne un.

— Je te le promets, cependant je préfère que la police se charge de l'arrêter.

Alice et Étienne réapparurent. Leur mine défaite augurait une mauvaise nouvelle, ce qui se vérifia immédiatement.

— Je viens d'avoir les gendarmes. Le légiste et les équipes techniques sont déjà à pied d'œuvre, débita le policier d'un ton sinistre. Les premières constatations ont permis d'écarter la thèse du suicide. Le légiste a découvert deux traces d'injections récentes sur Yvonne Fauvel, ce qui aurait pu passer pour anodin étant donné que la dernière personne à l'avoir vue est un médecin. Mais quand ils ont appelé le cabinet pour avoir plus d'infos, la secrétaire leur a indiqué que le docteur Dubois, le médecin traitant des Fauvel, avait disparu depuis plusieurs jours et surtout qu'il n'avait jamais fait appel à une remplaçante. On s'oriente donc vers un meurtre. Et de toute évidence, j'ai presque frôlé l'assassin, travesti en femme.

Incapable de dominer sa fureur, Étienne serra les poings, en cherchant ce qu'il pourrait briser pour se calmer. Enfin, d'un élan aveugle, il cogna de toutes ses forces dans le mur le plus proche. La douleur le soulagea.

— Il est passé à côté de moi mais je ne l'ai pas regardé ! hurla-t-il, les doigts en sang.

Alice retenait ses larmes, consternée, sans oser tenter de le réconforter. Ce fut Soline qui se leva et prit Étienne par le bras.

— Ce n'est pas ta faute, nous savons à quel point cet homme peut ruser et duper tout le monde. Viens, il faut te soigner. Ce cauchemar finira un jour, il ne peut pas en être autrement.

Sa voix douce trahissait une profonde conviction car en cet instant, Soline éprouvait une intense sérénité, comme si elle savait désormais être la seule à pouvoir anéantir le criminel.

*

Cinquante-quatre ans plus tôt,
Combloux, dimanche 10 juin 1962

Louise et Antoine s'étaient installés sous le tilleul du jardin qui s'étendait à l'arrière de la demeure bourgeoise où le docteur avait exercé durant des années. Des abeilles bourdonnaient dans la ramure de l'arbre dont les fleurs exhalaient un parfum délicat.

— Que nous sommes bien tous les deux, soupira le médecin. J'espère profiter de cette existence tranquille encore longtemps. Louisette, j'aurais dû t'écouter, tu m'avais déconseillé d'épouser Edwige. Je n'en ai fait qu'à ma tête, séduit par son élégance et son charme.

— Ne joue pas sur les mots, elle était plus jeune que toi et très jolie. Que veux-tu, le jour où tu m'as présenté

Edwige, j'ai eu cette vision de vous deux chez un avocat en train de signer des documents relatifs au divorce.

— Et j'ai douté de ta clairvoyance, comme bien des gens par le passé. Que dirais-tu d'une goutte de liqueur, après le café ? Il faut fêter ça ! Je suis célibataire depuis trois semaines.

Antoine Favre, à soixante-douze ans, avait des cheveux d'un blanc pur et la moustache assortie. Son regard brun couvait sa sœur aînée avec tendresse.

— Louise, je te le demande encore une fois, viens habiter ici. La maison est immense et bien vide. Marie se plaît beaucoup en Angleterre, chez ses beaux-parents. Elle viendra peut-être cet été, en visiteuse.

— La petite Lydie gambade et commence à parler. Elle sera bilingue, c'est un atout à notre époque où les gens voyagent de plus en plus. Heureusement que Marie nous envoie de jolies photographies chaque mois, nous voyons grandir sa fille.

— Crois-tu à un remariage ? s'enquit Antoine. Devenir veuve à vingt-trois ans, c'est cruel, mais le deuil terminé, on est en droit de connaître le bonheur auprès d'un autre homme.

Un soupir mélancolique échappa à Louise, en évoquant son grand amour, Vittorio, qui lui avait donné deux enfants et des joies célestes lors de leurs étreintes passionnées.

— Marie idolâtrait son époux, dit-elle d'une voix émue. Dans ses lettres, elle affirme lui rester fidèle corps et âme.

— Bah, le temps fera son œuvre !

— Antoine, as-tu oublié Jeanne ? Non, je le sais très bien. Tu l'adorais comme j'adorais Vittorio. Changeons de sujet, sinon je vais verser ma larme, en vieille dame que je suis.

— Une charmante dame au cœur fragile, lui rappela son frère. Je serais rassuré de t'avoir sous mon toit.

Louise, en te ménageant, tu peux me tenir compagnie encore une décennie.

— Mon Dieu, ça ne me tente pas. Antoine, si après ma mort, je peux revoir mes chers disparus, je n'ai pas peur. Mais tu as raison, je serais triste de te quitter.

— Il n'y a pas que moi, enfin ! Et ta fille Émeline, tes petits-enfants, Nicolas, Christian et Perrine.

— Je pense à eux sans cesse et je prie pour eux, Antoine. Ils suivront leur propre chemin. Dieu soit loué, on ne m'a rien montré de leur avenir.

Son frère agita une clochette en cuivre. Tout de suite Gisèle apparut, surgissant de la porte-fenêtre entrouverte sur la cuisine.

— Monsieur a besoin de quelque chose ? demanda-t-elle.

— Oui, je voudrais de la liqueur de cassis, Gisèle. Comment va notre Aglaé ?

— Elle se repose, Monsieur, après avoir bu votre remède.

La jeune domestique retourna à l'intérieur avec son zèle habituel. Le médecin haussa les épaules, amusé.

— Je devrais ouvrir une clinique. Aglaé me l'a suggéré hier, parce que je l'ai installée dans une chambre du premier étage. Pauvre femme, elle est ta cadette de cinq ans mais elle souffre de graves rhumatismes. Louise, accepte ma proposition. Tu as suffisamment trimé toute ta vie, depuis le décès de nos parents.

Antoine observa sa sœur, dont le port de tête demeurait admirable, comme le cou gracieux dégagé par son chignon aux teintes argentées. Elle le dévisagea à son tour de son fascinant regard bleu.

— Tu prétends que j'ai le cœur fragile, murmura-t-elle. Mais si j'abandonne ma petite maison, construite par notre aïeul Hippolyte Marty, mon cœur risque de se briser pour de bon. Déjà, je prends tous mes repas chez toi. Est-ce que je me mêle de tes choix ? Tu as l'âge de la retraite, pourtant tu continues à travailler.

Gisèle accourait, un plateau entre les mains. Antoine s'empara de la bouteille de liqueur d'un rouge sombre et des minuscules verres en cristal.

— Monsieur, je suis remontée au chevet d'Aglaé. Elle vous remercie car ses douleurs sont moins fortes. Ah oui, pour le dîner, je compte servir le rôti de veau avec les cèpes que vous avez ramassés hier.

— Bravo, c'est parfait pour un soir de Pentecôte, Gisèle. Vous êtes une perle, répliqua le médecin.

Louise écoutait les chants d'oiseaux, sensible surtout aux trilles des merles qui voletaient d'un bosquet à l'autre. En cette saison, le jardin de son frère lui paraissait un lieu enchanteur. Elle cligna des paupières, cédant à la nostalgie de sa jeunesse.

— Les nuits d'été sont un aperçu du paradis, dit-elle d'une voix tremblante. Parfois, avant de m'endormir, je crois sentir le parfum des prés fauchés, du foin tiède de soleil et l'odeur si fraîche du torrent.

Antoine devina que sa sœur avait dû connaître le plaisir sur l'herbe d'une prairie, à la faveur de la pénombre ou au clair de lune. Il s'abstint de lui répondre.

— Oh, comment est-ce possible ? s'écria-t-elle soudainement.

— Quoi donc, Louisette ? Tu as eu une vision…

— Oui, j'ai revu la ravissante jeune femme blonde dont je t'ai parlé si souvent. C'était différent ! D'abord j'ai cru m'envoler puis me rapprocher du chalet de notre oncle André Favre, celui où nous nous sommes réfugiés pendant la guerre. Elle y vit, on me l'a montrée assise au coin de la cheminée, près du feu, et elle lisait un de mes cahiers.

— Tu auras rêvé, on s'endort parfois quelques secondes, à nos âges. Et comment es-tu sûre que ce sont tes cahiers ?

— Je les ai assez manipulés ! C'était le premier, celui à la couverture verte avec un dessin représentant Jeanne d'Arc. Toi qui es un scientifique, explique-moi comment je peux voir l'avenir, notamment un objet qui m'appartient, entre les mains d'une personne qui n'est pas encore née ?

— Je déclare forfait, Louisette, avoua Antoine. Le don que tu as restera un mystère pour moi. Certes, je prône les sciences exactes, néanmoins ce que tu as vécu depuis l'enfance m'a prouvé la réalité d'un autre domaine où le surnaturel fait sa loi. Tu es livide, allons, bois un peu de liqueur.

Profondément troublée, Louise y consentit, mais tout l'après-midi, elle fut obsédée par sa vision.

« Dans les deux autres cahiers, j'ai raconté nos rencontres au-delà du temps, les scènes où on se souriait, toutes les deux, songeait-elle. Est-ce qu'elle se reconnaîtra… ? »

*

Cinquante-quatre ans plus tard,
Chalet du vallon des loups, samedi 13 février 2016,
même soir

L'inspecteur Dambert était encore sous le choc. Pareil à un somnambule, il avait suivi Soline et il s'était assis sur une chaise, près de la table. Benjamin venait d'apporter une trousse contenant des produits pharmaceutiques de base.

— Remets-toi, mon vieux, dit-il d'un ton amical.

— Comment je peux encaisser ça ? rétorqua le policier.

— En réfléchissant, ajouta tout bas Soline. D'abord, on va désinfecter et enduire les plaies de gel à l'arnica autour des plaies. On peut essayer de poser des pansements. Alice, tu veux bien me remplacer ? Je vais essayer de rappeler ma mère.

— Bien sûr !

Soline s'isola de nouveau dans la cuisine. Son visage se figea quand elle imagina le tueur déguisé en femme.

— Qui va-t-il éliminer ensuite ? Si seulement ce cauchemar s'arrêtait, soupira-t-elle, son téléphone à la main. Courage.

Monique Fauvel décrocha aussitôt, des vibrations d'anxiété altérant sa voix.

— Ah, ma chérie ! Quel malheur, cette pauvre Yvonne ! Je me disais bien qu'elle ne surmonterait pas la perte de Roger. Mettre fin à ses jours comme ça, c'est triste. Tu te rends compte, elle était moins âgée que moi.

Par mesure de prudence, Soline n'évoqua pas la cause réelle du décès de sa tante, mais elle compatit avec sincérité.

— Nous en reparlerons demain, maman, dit-elle ensuite. J'ai une question à te poser, justement à propos d'Yvonne. C'est d'ailleurs pour ça que je t'appelais tout à l'heure. Est-ce que tu te souviens d'un carton de jouets en bois qu'elle m'avait donné ? Ils les avaient achetés lorsqu'ils voyageaient à l'étranger et ils étaient normalement destinés à des orphelins ?

— Pourquoi tu me demandes ça, ma chérie ? s'étonna sa mère après un silence.

— Par simple curiosité, maman. Si tu les as encore, ça me ferait plaisir de les avoir ici, au chalet.

— Ton oncle les a récupérés quand tu étais adolescente, il voulait les donner à la Croix-Rouge. Je suis désolée.

— Dommage, déplora Soline. Soyez prudents, Jacques et toi. Je m'inquiète pour votre sécurité.

— Je suppose que l'inspecteur Dambert t'a tout raconté au sujet de ton adoption. Tu dois nous juger durement, ma petite chérie.

— Pas autant que tu le penses, maman. Après tout, vous m'avez élevée et je n'ai pas à me plaindre de votre éducation. Au revoir, à demain.

Le cœur serré, Soline coupa la communication. Soudain, elle émit une théorie à mi-voix.

— Si le tueur épargne mes parents, ça signifie qu'ils ne savent rien de compromettant sur lui et sur ce qui s'est passé dans la station de ski. Oui, j'en suis sûre, il ne leur fera pas de mal.

Encore une fois, elle souhaita recevoir un nouveau message de cet homme capable de supprimer tous ceux qui le dérangeaient.

« Étienne devrait abandonner l'enquête, se dit-elle. Il doit être la prochaine cible de ce fou. »

Rien ne transparaissait sur son visage quand elle retourna dans la pièce principale. Benjamin l'accueillit d'un sourire, mais Étienne, assis sur la pierre de l'âtre, semblait toujours accablé.

— On repart pour Lons à l'aube, indiqua Alice. Le préfet nous attend. C'est compliqué sur le plan administratif. Nous devons être en liaison avec Annecy, Lons, et certaines brigades de gendarmerie.

— Dans ce cas, nous ferions mieux de dîner, il est tard, proposa Benjamin.

— Je n'ai pas faim, bougonna Étienne. Mais si vous avez de la bière, ça me suffira.

— L'alcool ne résoudra rien ! s'irrita Soline. Viens à table et avale au moins un bol de potage. On devrait analyser en détail les derniers agissements du tueur.

Le policier bondit sur ses pieds. Blême, les trait durcis, il eut un geste d'impuissance.

— Vas-tu comprendre à la fin, Soline ? vociféra-t-il. J'étais à vingt centimètres de cet assassin et je l'ai laissé entrer dans le pavillon où il a pu tranquillement exécuter une femme ! Il se fiche de nous. J'ai bien réfléchi, il devait nous suivre, Alice et moi. Ainsi, il savait ce qu'on faisait, où on allait, et quand il a vu que nous nous intéressions un peu trop à Yvonne, il n'a pas hésité à agir. Et le fait qu'il n'ait pas hésité à supprimer le médecin traitant d'Yvonne Fauvel montre qu'il est très organisé et prêt à faire des victimes collatérales si ça peut lui permettre d'arriver à ses fins. Comment fait-il pour passer inaperçu, pour réussir ses coups en douce ? Bon sang, ce type est devenu d'une intelligence diabolique ! Benjamin, toi, tu te souviens du prétendu Vincent, il avait l'air d'un crétin.

— Il en avait l'air, Étienne, concéda celui-ci. Mais il pouvait déjà jouer les imbéciles afin de duper tout le monde. Moi aussi, en ce moment, je réfléchis et je fouille ma mémoire. J'en suis arrivé à cette conclusion : sans l'avalanche qui était imprévisible, Soline aurait disparu. Il l'aurait emmenée.

— S'il avait pu me garder avec lui à l'époque, plusieurs personnes seraient encore en vie, déclara la jeune femme. Même si j'ai perdu la mémoire de ma petite enfance et si j'ai tout oublié de ce séjour à la neige, j'ai une certitude, je suis la seule en cause.

— Ne recommence pas à t'estimer responsable ! s'insurgea Benjamin.

— Laisse-moi continuer, je t'en prie, dit-elle doucement. Il paraît que cet adolescent, Vincent, me considérait comme sa sœur. Je le répète, il devait me connaître avant mon arrivée à la station de ski et j'étais sûrement dans sa famille auparavant. S'il avait pu, où m'aurait-il emmenée ? Cet homme m'a retrouvée à Lons, ce qui n'est plus surprenant, si Roger Fauvel était son complice. Une chose m'intrigue : pourquoi n'a-t-il pas essayé de m'enlever à cette époque ? J'avais une quinzaine d'années et je sortais régulièrement. Il aurait pu me rencontrer et m'adresser la parole, je ne me serais même pas méfiée. La solution est peut-être là, dans cette longue période où il me surveillait sans agir. Soudain, en février de l'an dernier, il décide de tuer Cédric Rousseau, Kate et Alban, tout en rôdant autour de chez moi à Combloux, pour déposer des roses devant ma porte… Quel a été le déclic dans son esprit malade ?

Perplexe, la mine sombre, Étienne triturait de la mie de pain.

— Soline, je ne vois pas où tu veux en venir. Tu oublies les quatre jeunes femmes blondes aux yeux bleus qui ont disparu au cours des années précédentes, débita-t-il d'un ton morne.

— Excusez-moi, patron, je suis d'accord avec Soline. Les quatre disparues doivent être prises en compte, mais je pense aussi que quelque chose s'est produit l'année dernière, et qu'après ça, il n'a plus réussi à se contenter de sosies de Soline. On peut supposer qu'il l'a croisée ou approchée d'assez près pour retomber dans son obsession.

— Une obsession qui ne l'a jamais quitté, renchérit Benjamin. Mais on tourne en rond, là.

— Pas tant que ça, se rebiffa Soline. Cet homme doit habiter la région et mener une vie honorable quand il n'endosse pas son rôle de criminel. En fait, ça me rend folle de l'imaginer en honnête citoyen insoupçonnable. J'ai noté aussi que désormais il se soucie peu des gens qui m'entourent. Il élimine des personnes susceptibles de l'identifier ou de le dénoncer, comme Yvonne et Roger Fauvel, et peut-être Judith et Moïse.

Étienne pointa un index accusateur vers Benjamin.

— Toi, le défenseur des loups, j'ai la conviction qu'il n'a même pas cherché à te supprimer. Ton accident de voiture en était vraiment un. Pourtant, il t'a sans doute vu en compagnie de Soline, dans la clairière du chalet de Servoz ! Et tu as fait un enfant à la femme qu'il adore et rêve de s'approprier. Aurais-tu la solution de l'énigme ?

— Non, et tu le sais, alors inutile de me provoquer, Étienne.

— On n'avancera pas dans ces conditions, soupira Alice. Quand je pense que j'ai salué le tueur alors qu'il était grimé en femme… Je serais pourtant incapable d'établir un portrait-robot. La seule chose qui m'a marquée sur le moment, c'était sa taille. Et malgré les lunettes et l'écharpe qui lui cachaient en partie le visage, il m'a semblé que c'était quelqu'un d'assez séduisant.

— Séduisant, ironisa Étienne. Il a dû se ruiner en chirurgie.

— De toute façon, patron, il dispose forcément d'une solide fortune. Son organisation et son mode opératoire demandent beaucoup d'argent.

— Restons-en là pour ce soir, décréta Soline. Depuis le mois de novembre, nous étions tranquilles, c'était une pause salutaire. Le dénouement approche, j'en ai l'intuition.

— Si tu le dis, on va y croire, lança le policier. Cependant, un dénouement peut être tragique.

— Tais-toi ! trancha Benjamin, excédé.

Soline termina son potage puis elle regarda ses deux invités.

— À présent, si ça vous intéresse, je peux vous parler de ce que j'ai lu aujourd'hui dans ces vieux cahiers.

— Personnellement, j'en serais ravie, affirma Alice. Un peu de détente nous fera du bien.

— Merci, tu es gentille. D'abord, je dois te fournir quelques explications, sur une belle dame blonde.

D'un ton passionné, Soline résuma pour la jeune policière les visions qu'elle avait eues et qui l'entraînaient dans le passé.

— Des expériences dangereuses, déplora Étienne. Un jour de cet été, j'ai cru que nous allions perdre notre visionnaire.

— Oui, lorsque cette femme m'a regardée. C'était un instant fantastique.

— C'est le cas de le dire, s'extasia Alice. Tu racontes tout ça d'un air paisible alors qu'il s'agit de phénomènes inouïs.

— Je sais, mais j'ai découvert quelque chose d'encore plus extraordinaire. Cette dame a eu des visions de moi, elle aussi. Et elle écrivait ce qu'elle voyait. Elle avait noté que je lui ressemblais, et je me suis fait la même réflexion. Nous avons plusieurs points communs. Un soir, quelqu'un a offert un chiot à son frère. Elle m'avait vue ce jour-là quand je cherchais partout Barry, et lorsque son frère a choisi ce même nom pour son chien, elle en a été très troublée.

— Soline, cette femme doit obligatoirement être une de tes aïeules, s'enthousiasma Alice. Comment s'appelle-t-elle ?

— Hélas, elle a volontairement évité de citer l'identité des gens, dont la sienne. Il n'y a même pas le prénom de son petit frère. Cela dit, je peux comprendre. Parfois on lui a montré des scènes un peu intimes, en rapport avec des voisins.

— Là, ça devient du voyeurisme, commenta Étienne avec un rire amer.

Sans se soucier de cette remarque, Soline se leva et rapporta les trois cahiers. Elle les serra contre son cœur.

— Il me reste le troisième à lire. Je ne m'en séparerai plus jamais, ils seront mon talisman… Quand je les tiens ainsi, ils me réchauffent.

— Tu blagues ? s'écria Alice en les touchant. Ils sont froids.

— Parce qu'ils ne te sont pas destinés, répliqua Soline en souriant aux anges.

Deux heures plus tard, les occupants du chalet étaient couchés. Alice dormait dans la chambre attribuée à Sophie, contiguë à celle du jeune couple. Soline, qui n'arrivait pas à trouver le sommeil, s'écarta de Benjamin. Il s'était assoupi après des baisers et de chastes caresses.

Bizarrement, elle pensait à Étienne, seul au rez-de-chaussée. Toujours d'une humeur de dogue, il avait tenu à passer la nuit sur le canapé.

« Il souffre tant, se dit-elle. Je dois lui parler. »

Soline enfila un pull à col roulé sur sa veste de pyjama. Elle était incapable de résister au besoin de rejoindre le policier. Il ne l'entendit pas descendre l'escalier et sursauta lorsqu'elle posa la main sur son épaule.

— J'étais certaine de te trouver assis sous le manteau de la cheminée en train de fumer une cigarette après l'autre. Tu as de la chance, on ne sent rien.

— Je suis désolé, j'aurais dû sortir, mais il fait un froid de loup. À propos de loup, ta jument ne risque pas d'être attaquée si une meute rôde dans la forêt ?

Déroutée par cette remarque, Soline prit place à côté de lui.

— Benjamin n'a rien dit à ce sujet, avoua-t-elle. Si c'était le cas, j'espère que Taviane saurait se défendre. Maintenant, je vais m'inquiéter. En principe, les loups s'en prennent à des proies plus faciles. Et lundi ou mardi, on nous livre du matériel pour construire un box près du chalet. Alban viendra donner un coup de main. Je suis contente, Kate sera là aussi. Elle me manque souvent.

— Et Sophie ?

— Sophie aussi, bien sûr. Mais je ne la connais que depuis quelques mois tandis que Kate est entrée dans ma vie il y a des années.

— Ah, la cruauté des déesses, se moqua Étienne. Sophie est folle amoureuse de toi.

— N'en fais pas un drame. Nous communiquons grâce à la magie informatique. Je peux te rassurer, Sophie apprécie sa mutation imprévue. Une collègue du PGHM lui plaît beaucoup, et c'est réciproque. Une beauté originaire de Mayotte, mon opposé en fait, des cheveux bruns et frisés, des yeux noirs et la peau couleur café. Elles vont s'aimer, j'avais eu une vision, agréable pour une fois. Étienne…

— Oui, je t'écoute.

— Je t'en prie, raconte-moi nos journées à la station de ski, ou bien mieux, parle-moi de cet endroit où vous étiez prisonniers.

— Je n'ai pas envie, Soline.

— Tu étais le plus âgé, tu dois te souvenir des premiers jours, quand on vous a enfermés.

— J'avais une chambre avec Pavel. Il était tout petit, deux ans environ.

— Donc toi tu avais huit ans !

— Exact. On me donnait des ordres en français que je ne comprenais pas, alors on me frappait. J'ai vite assimilé les bases de cette langue qui m'était étrangère.

Un frisson courut le long du dos de Soline. Elle jeta un regard plein de compassion au policier.

— Sois honnête, je préfère savoir ! Qui te frappait ? Roger Fauvel ou un autre homme ?

— Ce devait être Fauvel et parfois une autre brute. On te disait, Sophie, Benjamin et moi, combien c'était douloureux pour nous d'évoquer cette époque... Il y a de quoi. Nous vivions dans la terreur, soumis à l'autorité de personnages dont le visage était dissimulé par une cagoule noire. Un cauchemar permanent qui aurait pu nous rendre fous. Mais on s'en est pas trop mal tirés.

— Qui vous faisait la classe ? Une femme ?

— Je ne sais plus, Soline. À quoi bon toutes ces questions !

— Je t'interroge dans l'espoir de vous aider, Étienne. Plus j'en saurai sur votre enfermement et sur ce que vous avez subi, plus j'aurai de chance d'avoir des visions de ce passé-là. J'aimerais retrouver vos origines. Peut-être que vous n'étiez pas orphelins et qu'on vous a enlevés à vos familles ! Je me bats contre les secrets et le silence. Il en est de même pour moi. Si je parviens à découvrir le nom de ma belle dame blonde, ce sera facile de consulter l'état civil de la mairie de Combloux. Et en toute logique, en apprenant qui étaient mes vrais parents, je pourrai peut-être trouver une vérité plus importante.

— Laquelle ?

— L'identité de ce criminel et pourquoi il prétendait que j'étais un peu sa sœur. Tout est lié, et je n'en dors plus.

— Tiens-moi compagnie, alors. Je revois en boucle l'instant où j'ai croisé la soi-disant doctoresse sans lui accorder un coup d'œil. Alice et moi, on s'est fait avoir comme des bleus. Mais lui, il m'a vu et reconnu. Bon sang, qu'est-ce qu'il a dû jubiler, après notre départ.

Soline effleura la joue d'Étienne. Surpris par son geste, il la fixa d'un air dubitatif.

— J'ai juste essuyé une larme, murmura-t-elle. Ne t'en veux pas, c'était tellement impensable que le tueur se travestisse en femme.

— Merci d'être là et de vouloir me réconforter. Remonte te coucher, Benjamin pourrait se réveiller et te chercher.

Étienne déposa le baiser dont il rêvait sur les doigts de Soline, puis il se leva brusquement.

— Où vas-tu ? s'alarma-t-elle lorsqu'il mit son manteau et son écharpe.

— Dans le camion, le froid me fera du bien. On part au lever du jour, reste au lit. On s'est déjà dit au revoir.

Une fois seule, Soline s'étendit sur le canapé et ferma les yeux, en quête d'une immersion dans le passé ou l'avenir.

Sur la rive suisse du lac Léman, même nuit

L'homme était à moitié allongé, au creux d'un fauteuil drapé de blanc, les jambes et les pieds sur un autre siège qu'il avait tiré vers lui. Une veilleuse dispensait une faible clarté dans le vaste salon aux persiennes closes.

— Je file un mauvais coton, Soline, et ce n'est même plus pour te retrouver et t'emmener, dit-il à une des photographies qu'il avait conservée. Je ne sais plus où j'en suis. Hormis les moments où j'envoie ma victime *ad patres*, je m'ennuie terriblement.

Il alluma un cigarillo tout en fixant l'image estompée par la pénombre.

— Je ne peux plus traîner par ici, c'est dangereux, même si j'ai éliminé les sujets à risque. Tes parents adoptifs se sont contentés d'empocher de l'argent sans poser de questions. Cet imbécile de Jacques Fauvel n'était qu'un rapace de plus. Son frère valait beaucoup mieux.

Paupières mi-closes sur ses souvenirs, l'homme revit le soir de décembre où son père lui avait présenté Roger Fauvel.

— « Un précieux collaborateur de mon projet », voilà ce que tu m'as dit, papa, jeta-t-il entre ses dents. J'ai salué cet inconnu avant de retourner dans le salon. Toi, Soline, tu jouais à la poupée au pied du sapin de Noël. Maman t'admirait de son lit de douleur. C'était mon idée, lui installer un lit d'où elle verrait les lumières de toutes les couleurs, les guirlandes. Dis-moi, Soline, est-ce que tu as réellement oublié celle qui a été la plus douce des mères pour toi et moi... ? Celle dont les baisers et les câlins ont apaisé ton chagrin d'enfant perdue ?

Une plainte rauque lui échappa. Il était soudain effrayé à l'idée d'être arrêté et jugé, comme il l'avait été par son propre père.

— Je me souviens, papa. Tu m'avais fouetté et enfermé en m'accusant d'être vicieux, laid et stupide. Je m'étais juré de te tuer, j'ai tenu parole. Une fois libéré de ta tyrannie, j'ai travaillé dur pour devenir beau et intelligent, mais je n'ai pas pu guérir du vice que tu m'as légué, car tu étais un monstre toi aussi.

Épuisé par ces réminiscences, l'homme se tut et s'endormit. Une tempête sévissait sur le grand lac. Les hurlements du vent et la rumeur des vagues avaient fait office de berceuse.

14

Un visiteur

Chalet du vallon des loups, dimanche 14 février 2016

Du ciel cotonneux, d'un blanc laiteux, tombaient quelques flocons qui fondaient aussitôt sur les cheveux blonds de Soline. En bottillons fourrés, emmitouflée dans une parka, elle tambourinait à la porte latérale du camion.

— Étienne, réveille-toi ! C'est important.

Il était 8 heures du matin, pourtant la voiture du policier n'avait pas bougé.

— Étienne, le café est prêt, je dois te parler !

Un déclic annonça l'ouverture du panneau métallique. Alice apparut, ses boucles brunes en désordre.

— Je me doutais que tu serais là, puisque tu n'étais pas descendue à l'aube, comme prévu. Venez, j'ai à peine dormi, mais j'ai fini de lire le troisième cahier.

— D'accord, on arrive, répondit tout bas Alice. On est pris en flagrant délit. Le patron déprimait cette nuit, il m'a envoyé un texto et…

— Et ça ne me regarde pas, conclut Soline. Après tout, c'est la Saint-Valentin aujourd'hui, tu as eu raison de le rejoindre. Ne te décourage pas. Et arrête de l'appeler « patron », ça crée une distance entre vous.

Le conseil chuchoté raviva l'espoir de la jeune inspectrice. Elle remercia d'un sourire.

— Je dois m'habiller, il fait froid.

— Oui, dépêchez-vous, insista Soline. Je vais donner du foin à la jument en vous attendant.

Alice la suivit des yeux par le hublot du véhicule. Soudain, elle n'éprouva plus ni envie ni jalousie. Comme lui avait confié Sophie Gally lors de leur première rencontre, Soline fascinait hommes et femmes, mais en grande partie grâce à ses qualités de cœur et à son âme mystérieuse.

Une exclamation retentit alors dans son dos, teintée d'un début de colère.

— Bon sang, tu as vu l'heure, Alice ! On devrait déjà approcher de Lons-le-Saunier, si on avait pris la route à temps.

— Au fond, il n'y a pas d'urgence, Étienne.

Elle se rapprocha de l'étroite couchette d'où il l'observait, en appui sur un coude, sensible à ses formes pleines dont il avait pu se rassasier au cours de leurs étreintes nocturnes.

— Tu as un corps sublime, marmonna-t-il en soulignant du bout des doigts le modelé d'une cuisse.

— Mais je dois le cacher à nouveau, plaisanta-t-elle. Déjà, il fait très froid dans ce camion, ensuite Soline nous attend.

— Je sais, elle m'a réveillé en frappant contre la porte. Je constate que tu suis ses conseils. J'ai eu droit à mon prénom dit d'une voix câline.

— Vous avez tout entendu ?

— Tu ferais mieux de me tutoyer, répliqua-t-il en l'attirant vers lui pour l'embrasser.

Un quart d'heure plus tard, Soline trépignait d'impatience, attablée devant un chocolat chaud. Alice et Étienne entrèrent enfin dans le chalet, affectant une mine confuse.

— Bonne Saint-Valentin, leur assena Benjamin, un éclat de malice au fond de son regard de velours noir.

— Épargne-moi tes commentaires, mon vieux, trancha le policier. J'ai prévenu le commissaire qui nous attendait à Lons, il n'y a pas de souci. On arrivera sans doute en même temps que résultats de l'autopsie d'Yvonne Fauvel.

— Maintenant, asseyez-vous, dit Soline d'un ton ferme. Étienne, tu es concerné, comme Benjamin. Je ne t'obligerai pas à lire les passages qui ont été une révélation incroyable pour moi, mais je tenais à te mettre au courant. Cette dame blonde, qui a dû naître vers 1880, a eu des visions de votre enfance !

Soline était dans un état d'exaltation proche de l'ivresse. Malgré l'inquiétude de son compagnon, elle ne pouvait pas se calmer. Les joues roses, les yeux brillants, ses mains voletaient au-dessus des trois cahiers posés près de son bol.

— On lui a montré une scène qui se déroulait dans une sorte de salle d'hôpital ou un dortoir, elle n'a pas pu le définir. Il s'y trouvait quatre enfants, trois garçons, dont un très petit, et une fillette rousse.

Alice vit Étienne perdre toute couleur. Il écoutait, bouche entrouverte, en respirant de façon saccadée.

— Il y avait deux hommes qui ont remis une enveloppe à une infirmière, poursuivit Soline. Les enfants pleuraient beaucoup, ce qui l'a bouleversée. Sur une autre page, elle décrit une scène plus joyeuse, des silhouettes d'enfants qui semblaient s'amuser dans la neige. Moi, je n'ai rien vu de tout ça.

Benjamin, le premier informé dès son réveil, poussa un long soupir mélancolique.

— J'ai lu ces passages, lâcha-t-il à mi-voix. Je me souvenais vaguement de ce moment-là, de la terreur que j'éprouvais.

— C'est stupéfiant, concéda Alice. Une femme du siècle précédent a pu vous voir gamins, mais pas toi, Soline.

— J'ignore pourquoi, admit-elle. Étienne, cette dame parle aussi de Pavel, on lui a donné ce prénom, et elle a eu la même vision que moi de ton petit frère quand il est mort. Quand vous serez partis, je téléphonerai à Viviane, pour la remercier. Ces cahiers auraient pu rester encore longtemps au milieu d'une caisse de livres.

Le policier but d'un trait sa tasse de café. Il reprenait le contrôle de ses émotions.

— Oui, à présent tout me revient, j'avais occulté ce souvenir. Je nous revois dans le dortoir où nous dormions, mon frère et moi. Deux hommes sont venus nous chercher un jour. J'avais si peur, j'osais à peine les regarder. Pavel hurlait dans mes bras.

Étienne se tut, la gorge nouée, au bord des larmes.

— Ces types avaient dû nous choisir selon certains critères, déclara Benjamin.

— Vos groupes sanguins, qui sont très rares, précisa Alice. On a dû vous faire subir des analyses sous anesthésie comme aucun de vous n'a de souvenir de cela. Et peut-être des tests, afin d'établir votre intelligence.

Soline sentit bouger le bébé. Elle massa discrètement son ventre, tout en imaginant ses amis et son compagnon lorsqu'ils étaient enfants, livrés à d'ignobles individus.

— Quand on est sans famille, il faut en former une, annonça-t-elle ensuite. Devenons une famille pour oublier notre statut d'orphelins. Notre fille grandira entourée d'oncles et de tantes, de cousins et de cousines.

— On verra ce que me réserve l'avenir, répondit Étienne. Dis-moi, Soline, tu n'as vraiment déniché aucun indice dans ces cahiers, un détail qui t'aiderait à prouver ta parenté avec cette femme ?

— Je dois les relire attentivement, parfois j'ai survolé quand il était question de gens de son village.

— Tu as eu la preuve que cette dame a habité ici, dans ce chalet, fit remarquer Benjamin.

— En effet, et son fils a été abattu par un milicien près de la bergerie qui sert de tanière à la louve, confirma Soline. Cet homme, je l'ai vu souvent, il avait un air triste.

— Ta belle dame blonde a vécu ici même ? renchérit Alice. Je suis sidérée et émerveillée. Je pourrais t'écouter jusqu'à ce soir.

Étienne se leva et salua d'un signe de tête. Il enfila son manteau et noua une écharpe autour de son cou.

— On s'en va, l'heure tourne, déclara-t-il. Je vous tiens au courant de l'enquête. Soyez vigilants ! Le tueur sait sans doute où vous trouver. Benjamin, protège Soline, ne la laisse plus seule.

— Je le fais déjà, un collègue me remplace sur le terrain. Vous aussi, soyez prudents.

Au début du trajet, Étienne ne prononça pas un mot. Alice respecta son silence, persuadée qu'il pensait à son petit frère ou aux manigances de l'insaisissable meurtrier. Une fois sur l'autoroute, il renoua avec sa verve habituelle, dénuée du ton acerbe qui lui était propre.

— J'ai franchi un cap, cette nuit et ce matin, dit-il en lui souriant.

— Sur quel point ?

— Celui de mes sentiments pour Soline. Tout à l'heure, lorsqu'elle nous parlait, ce n'était plus la jeune femme éblouissante d'une rare séduction, mais la petite fille de jadis, ce rayon de soleil qui a illuminé notre séjour dans cette sinistre station de ski délabrée. Nous avions tous envie de l'avoir comme sœur, à l'exception de Pavel qui prétendait l'épouser immédiatement. Ils avaient sept ans environ. Par la suite, en étant confronté à Soline devenue adulte, j'ai ressenti de la haine et de la rancœur avant de la désirer, toujours par souci de vengeance. Et puis au fil des jours, ce chaos intérieur s'est ordonné. Je pensais l'aimer et je détestais Benjamin de vivre avec elle, de lui donner un enfant.

— Je comprends, avança Alice, que ces aveux mettaient au supplice.

— J'en doute ! En fait, je n'avais pas revu Benjamin depuis l'avalanche, mais Sophie me transmettait de ses nouvelles et m'envoyait des photos de lui par mail. Je savais quelles études il faisait, je connaissais sa passion pour la faune sauvage, pour les loups. Soline l'ignorait, mais nous avions déjà fait un pacte au cours de notre enfance saccagée, celui de nous considérer comme frères et sœur. Alors, ce matin, en l'écoutant nous proposer d'être une famille, j'ai eu envie de la prendre dans mes bras avec un infini respect, délivré de la haine et du désir. Il reste uniquement l'affection et l'amitié.

Désemparée et touchée par la sincérité d'Étienne, Alice s'absorba dans la contemplation du paysage qui défilait derrière la vitre. Elle n'osait pas lui demander pourquoi il tenait de tels propos, précisément après ce qui s'était passé entre eux.

— Tu ne dis rien ? s'étonna-t-il.

— Parce que je ne sais pas quoi dire.

— Alice, on bosse ensemble depuis bientôt trois ans. Tu me connais par cœur et je crois te connaître de mieux en mieux. Ne te fiche pas de moi, tu m'as toujours intimidé. Tu étais tellement spontanée, efficace, chaleureuse. J'avais l'impression d'être un bloc de glace à tes côtés. Si tu es partante, tu peux continuer à faire fondre cette carapace de glace. Qui sait, tu es peut-être destinée à entrer dans la famille, toi aussi.

Muette de stupeur et de joie, Alice se contenta d'appuyer son front contre l'épaule d'Étienne.

Chalet du vallon des loups, mercredi 17 février 2016

Exceptionnellement, Kate et Alban avaient confié la gestion de leur magasin à Janine Demolliens, enchantée de reprendre les rênes du commerce qu'elle avait tenu durant des années. Le couple était arrivé à 9 heures du matin, avec Viviane en invitée surprise. Le trio apportait des croissants et des gâteaux pour le dessert du déjeuner.

— Vous avez de la chance, il fait grand soleil ! s'écria Soline en serrant la septuagénaire dans ses bras.

— Je n'aurais manqué la sortie pour rien au monde, ma belle. Oh, mais tu commences à t'arrondir !

— Tu es splendide, ma puce, renchérit Kate. Ça te va bien d'être enceinte.

Alban, un peu à l'écart, semblait embarrassé par le bouquet qu'il avait tenu à acheter. Soline lui prit des mains en riant.

— Des narcisses, j'adore leur parfum, dit-elle. Merci d'être venu, Alban. On nous a livré le bois lundi dans l'après-midi. Benjamin s'est tout de suite mis au travail. On dirait que la jument comprend ce qu'il construit, elle observe ses faits et gestes.

L'ancien capitaine du PGHM de Chamonix avait opté pour une tenue pratique, un pantalon de treillis et un pull à col roulé. Kate, très fière de l'allure athlétique de son mari, lui dédia une œillade ravie.

— Pendant que nos hommes sont occupés, on devrait rentrer au chaud, suggéra-t-elle. Il faut me montrer ces fameux cahiers, ma puce.

— Ah ça, quelle affaire, si je me doutais, ajouta Viviane. Mais dis donc, gamine, j'ai réfléchi de mon côté. Si ces deux caisses étaient dans le grenier de ta petite maison, à Combloux, ta dame blonde a dû y habiter. Alors j'ai fouillé ma paperasse et j'ai retrouvé les actes notariés de la vente.

— Et vous avez le nom des gens qui étaient propriétaires avant votre époux et vous ? s'écria Soline.

— Oui, hélas ça ne colle pas. Allons boire un café au coin du feu, je t'expliquerai.

— Bien sûr, Viviane. Vous n'avez pas emmené Vagabond ? Il aurait pu courir à son aise.

— La jeune fille qui fait le ménage préférait le garder, ça lui permet d'avoir un peu de sous en plus. Comme ça, je n'ai pas besoin de surveiller ce sacripant qui aboie sans arrêt ! S'il allait taquiner la jument et prendre un coup de sabot…

Soline rassura sa vieille amie et une fois à l'intérieur du chalet, elle eut soin de l'installer sur le canapé.

— Je sers le café sur la table basse.

— Ne bouge pas, ma puce, protesta Kate, je m'en charge. Causez toutes les deux.

Viviane éclata de rire, en tapotant un coussin. Soline prit place à côté d'elle.

— Voilà, Léon et moi avions acheté les deux maisons, celle que je te prêtais et la mienne, commença-t-elle. C'était un lot vendu par des Anglais. Ils comptaient en faire leur maison de vacances, mais ils ont changé d'avis au point de s'en défaire pour une bouchée de pain. Le soir même de la signature, ils ont quitté la France. On était si contents, mon mari et moi, on n'a pas cherché à comprendre. Et puis on était aux anges de s'établir à Combloux. Le notaire de l'époque est décédé, je me demande par quel moyen savoir à qui ces biens appartenaient auparavant.

— Peut-être au cadastre ou aux archives municipales ? leur cria Kate de la cuisine. Madame Vivi, du lait et du sucre ?

— Si tu veux, tant que je mange un croissant.

— Ne vous tracassez pas, Viviane, je finirai par trouver. J'ai cru deviner que le frère de cette dame était docteur. Mais elle s'arrange pour ne révéler aucun détail précis. En fait, elle décrit ses visions en ajoutant ce qu'elle en pense ou ce qui l'intrigue. Le plus émouvant pour moi, c'était de découvrir qu'elle m'avait vue, soit dans le pré en haut de votre rue, soit dans la forêt à Servoz quand j'étais désespérée au point de vouloir mourir. Je me souviens l'avoir aperçue qui me souriait.

— C'est extraordinaire, ma puce, s'extasia Kate en apportant un plateau bien garni.

— Il y a des choses amusantes, dit encore Soline. La manière dont j'étais habillée la surprenait, autant que les voitures ou les immeubles neufs autour de Combloux. Sans oublier l'hôpital de Lons, où nous nous sommes croisées dans le couloir, je ne trouve pas d'autres mots... J'étais très inquiète pour Étienne et elle m'est apparue. Dans le dernier cahier, elle confie combien tout lui semblait propre, brillant, moderne.

— Oui, ça, je l'ai lu, approuva Viviane.

Après avoir bu une gorgée de café au lait, elle mordit dans un croissant. Kate l'imita, en regardant un peu partout.

— Si tu cherches les cahiers, je les ai rangés en lieu sûr, lui dit Soline en riant. Ils sont sacrés pour moi, ne te vexe pas, je préfère être la seule à les toucher et à les lire.

— Bravo, la confiance règne !

— Je t'en prie, ne dis pas ça, Kate, tu es mon amie, ma sœur. C'est difficile à définir, ils représentent un lien entre cette femme inconnue et moi.

— D'accord, ma puce, tout va bien, je refuse de contrarier une future maman. Mais parle-nous un peu de l'enquête. Vous avez du nouveau ?

Soline s'exécuta à regret. Elle aurait voulu cette journée joyeuse et insouciante. Ce fut une épreuve d'évoquer les meurtres récents.

— Tu me disais au téléphone que tu aimais bien ta tante Yvonne, déplora Viviane. Ma pauvre petite, moi j'ai peur que cet assassin s'en prenne à tes parents.

— J'ai la certitude qu'il ne leur fera pas de mal, toujours mon intuition.

Vers 11 heures, elles sortirent toutes les trois, Neige sur leurs talons, afin de rendre visite aux deux hommes.

— On avance bien, affirma Benjamin. Les cloisons sont terminées, il reste le toit et la porte à fixer. Ce soir, Taviane pourra dormir à l'abri sur de la bonne paille. Je me suis arrangé avec M. Pasquier. Il va nous en livrer une dizaine de bottes. Il était content de voir où sa jument vivra désormais. Tu pourras le remercier de vive voix comme ça. Il se souvient bien de toi.

— Benjamin, je serai gênée, s'affola-t-elle. J'avais promis de retourner chez eux, je n'y suis pas allée.

— Qu'est-ce qui te dérange autant, mon cœur ? C'est un brave homme à l'esprit ouvert. Les loups font des dégâts dans son troupeau, pourtant il était intéressé par Farou et les petits qu'elle a eus avec Barry. Il viendra vers 14 heures, on lui offrira le café.

— Quelle sauvageonne tu fais, ma puce, déplora Kate. Ce M. Pasquier ne va pas te manger… Ah, ça me fait penser que nous avons apporté de quoi déjeuner. Alban connaît un excellent traiteur. Il suffit de tout réchauffer. Je rentre pour préparer le repas. Vous venez, madame Vivi ?

— Oui, je te donnerai un coup de main.

Benjamin en profita pour entraîner Soline par la main. Il la guida à travers le pré de la jument, qui trottina vers eux en s'ébrouant.

— Mon petit cœur, dit-il d'une voix douce, je voudrais avoir une discussion sérieuse avec toi.

— À quel propos ?

— J'ai du mal à comprendre ton antipathie pour Christian Pasquier. Je suis souvent allé chez lui. Ginette, son épouse, m'offre toujours du café et une part de gâteau. Ils n'ont pas oublié ta visite, l'été dernier. Quand je leur ai raconté que tu avais pleuré en caressant un cheval à Servoz, ce monsieur m'a proposé d'accueillir Taviane. Je peux te répéter ses paroles : « Ah, si votre jeune dame aime les chevaux, je pourrais vous confier une jument de vingt ans, docile et gentille. » J'ai accepté dans l'espoir de te faire plaisir.

— Et tu as réussi au-delà des mots, mon amour, répondit tout bas Soline. C'était comme un rêve, ce jour-là. En plus, je suis désolée, j'aurais dû te le dire. Je crois avoir aperçu ma vraie mère dans une vision, pendant que je câlinais Taviane.

— Pourquoi tu m'as caché ça ?

— Je n'en sais rien, Benjamin. J'attendais le bon moment.

Il eut un faible sourire avant d'envelopper tendrement le beau visage de Soline entre ses paumes qui fleuraient encore le bois neuf, au parfum de résine.

— Mon petit cœur, parfois j'ai l'impression que tu n'es pas tout à fait à l'aise avec moi, avoua-t-il. Je te sens plus familière envers Sophie ou Étienne. J'évite de m'en plaindre, car c'est en partie ma faute. Je suis d'un tempérament réservé, peu bavard, et lorsque je plonge dans mes pensées ou mon travail, je suis très concentré.

— C'est une qualité aussi, répliqua Soline en lui dédiant un regard passionné. Et je t'aime comme tu es.

— Je t'en remercie, mais tu dois savoir que je t'aime à la folie, depuis ce jour lointain où tu m'es apparue, une adorable fée blonde aux yeux bleus. Bien sûr, c'était un amour innocent, je me disais que tu serais ma petite sœur, puisque Sophie avait pris Étienne pour frère. Mais le soir de l'avalanche, quand je te tenais contre moi, un autre sentiment est né. J'avais tellement peur que tu meures dans mes bras, je te couvrais de baisers en espérant te ranimer.

— N'en parlons plus, tu as envie de pleurer.

Elle le contempla, submergée de tendresse. Benjamin ne lui avait jamais paru aussi séduisant avec ses boucles noires autour du front, ses traits émaciés et sa bouche sensuelle.

— Toute notre vie, je ferai de mon mieux pour te rendre heureux, dit-elle, sans jamais pouvoir t'égaler. Tu m'as appris le bonheur, celui du cœur et celui du corps. Le plaisir, l'extase, je te les dois aussi, j'ignorais le sens réel de ces mots.

— C'est réciproque, murmura-t-il.

La jument tournait autour d'eux comme si elle les écoutait. Son manège les fit rire. Égayés, ils s'enlacèrent et échangèrent un baiser.

— Bien, je vais essayer de t'expliquer, à propos de M. Pasquier, déclara Soline en s'écartant un peu de lui. Quand je suis allée jusqu'aux Ayères, je traversais une période affreuse. Tu avais disparu et Barry s'était échappé pour suivre la louve. Le matin où je suis partie là-bas, j'avais envie de mourir. Je l'admets, ces gens m'ont reçue aimablement. Mais lui me regardait avec une curiosité gênante. Il me posait des questions d'un ton bizarre. Dans l'état de stress où j'étais, je l'ai soupçonné, même si c'était insensé, et je n'ai pas osé y retourner plus tard.

— D'accord, je comprends à présent. Soline, ne crains rien, la courte visite de Christian Pasquier va te rassurer à son sujet.

Taviane s'approcha plus près. Vite, Soline passa ses bras autour de son encolure et respira la senteur particulière de sa crinière.

— Notre visiteur pourra constater que sa jument est bien traitée et cajolée, dit-elle en souriant.

Au bord du lac Léman, port d'Yvoire, même jour

Alice et Étienne guettaient le retour du bateau de la brigade du lac. Deux jours plus tôt, une forte tempête avait causé la disparition d'un couple dont le voilier avait coulé.

— J'ai bien entendu, marmonna l'inspecteur Dambert. Ils ont remonté trois corps alors qu'ils en cherchaient deux seulement.

— Avec un coup de pouce du destin, patron, vous verrez, le troisième sera Roger Fauvel.

Son adjointe continuait à l'appeler ainsi en public, or, ce jour-là, ils étaient entourés par des gendarmes d'Yvoire, dont un brigadier très intéressé par l'affaire du tueur de Haute-Savoie.

— Alors, en ce moment, vous faites des allers-retours entre le Jura et ici, inspecteur Dambert ? nota-t-il d'un ton bourru. Le criminel se moque de la police, et les journaux se régalent à nous tourner en ridicule.

— Dans la mesure du possible, nous évitons de laisser fuiter des infos, précisa Alice, mais les journalistes parviennent quand même à leurs fins.

— Les deux meurtres de Lons-le-Saunier ont fait couler de l'encre, insista le gendarme. Le docteur a été découvert dans la cave de son immeuble, étranglé après avoir reçu une injection de calmant. Ce type s'y connaît. Mme Fauvel avait les mêmes substances dans le sang, c'est ça ?

— Oui, l'autopsie des deux victimes l'a démontré, rétorqua Étienne, mal à l'aise.

— Je suis l'affaire depuis le début, décréta le brigadier. La liste des décès est longue. Un de nos collègues y est passé, brigadier comme moi, Bonnard, je crois. C'est une histoire de fous. Quand je pense que l'assassin venait sans doute régulièrement dans ce vieux manoir qui a brûlé.

— Sous votre nez ou presque, lui assena Dambert d'un ton dur. Qui sait, cet homme si bien organisé, dont le visage nous est inconnu, peut se trouver à dix mètres de là... Déguisé en femme ou en gendarme, pourquoi pas ?

Alice retint sa respiration, effarée par l'insolence d'Étienne. La réaction du brigadier fut à la hauteur de son indignation.

— Faites attention à ce que vous dites, inspecteur ! Vous êtes peut-être de la brigade des mœurs, mais il paraît que vous avez laissé filer le tueur à deux reprises. À mon avis, vous ne finirez pas commissaire, plutôt dans l'administration.

— Fermez-la ! hurla Étienne. Et même décampez, on n'a pas besoin de vous ici.

— Allons, patron, calmez-vous, recommanda Alice. Excusez-le, brigadier. On est tous sur les nerfs.

L'apparition d'un bateau qui revenait au port mit fin à la querelle. Les gendarmes se regroupèrent pour un conciliabule plein de ressentiment envers l'inspecteur Dambert.

— Ne vous mettez pas tout le monde à dos, souffla Alice à Étienne, dont les traits tirés trahissaient son exaspération.

Vingt minutes plus tard, dans un climat de tension extrême, trois cadavres protégés par des bâches en plastique noir furent déposés sur l'embarcadère. Il fallut encore une heure afin d'identifier formellement Roger Fauvel.

— Je préviens Soline, dit-il à Alice.

— Appelle plutôt Benjamin, il lui transmettra la nouvelle.

Il approuva d'un signe de tête en scrutant la surface de l'immense lac comme s'il s'agissait d'un terrain ennemi où l'assassin de son petit frère se déplaçait à sa guise. Benjamin répondit aussitôt.

— Salut, Étienne, rien de neuf ?

— Si, la brigade policière du lac Léman a repêché le cadavre de Roger Fauvel. Il a été tué d'une balle en plein cœur. On a du boulot en perspective mais je crois qu'on va pouvoir avancer. L'endroit où le corps a été retrouvé confirme que le tueur possède un bateau, et on espère que les autorités suisses pourront nous aider sur ce point. Je te laisse tout expliquer à Soline. J'ai préféré t'appeler pour la ménager, sur les conseils d'Alice. Je vous recontacterai demain.

Alice, qui écoutait, eut un sourire attendri. Au fil des heures qu'ils passaient ensemble, Étienne Dambert se révélait sous sa véritable nature, celle d'un homme brisé par le deuil et la solitude.

« Maintenant, je suis avec lui, songea-t-elle. Pour aussi longtemps qu'il le voudra. »

Chalet du vallon des loups, même jour

Le déjeuner s'était déroulé dans une ambiance agréable. Kate et Alban avaient choisi des plats nourrissants, si bien que Viviane prévoyait de faire une sieste sans prendre de dessert.

— Madame Vivi, vous devez goûter le gâteau au chocolat !

— Je n'en peux plus, j'en mangerai à l'heure du thé.

Benjamin venait de recevoir un appel auquel il répondit par quelques mots aimables. Soline l'interrogea du regard tout en commençant à débarrasser.

— M. Pasquier arrive, il est en bas de la piste.

Désireuse de prouver sa bonne volonté, la jeune femme enfila des bottes et se coiffa d'un bonnet en laine rouge. Elle portait un large pull qui dissimulait sa taille arrondie.

— Je vais l'accueillir, annonça-t-elle. Kate, tu pourrais refaire du café ?

— Tout de suite, ma puce ! Et je m'occupe de la vaisselle.

— Merci, je vais te réquisitionner plus souvent.

Soline sortit sur la galerie afin de surveiller le chemin. Un pick-up noir apparut. Il roulait lentement en tirant une remorque chargée de paille. Un grand sourire sur les lèvres, elle descendit les marches en pierre et attendit.

Ce fut pendant ce laps de temps que Benjamin répondit à Étienne et décida d'attendre le soir pour divulguer la nouvelle. Il sortit à son tour, mais il patienta un peu, accoudé à la balustrade.

Au volant de sa voiture, Christian Pasquier accordait surtout son attention au paysage qui l'entourait, fidèle aux descriptions du jeune scientifique. Sur sa droite, l'enclos grillagé où étaient enfermés le tervueren, la louve et leurs petits, à gauche, le pré où la jument déambulait d'un pas tranquille.

Lorsqu'il manœuvra pour se garer, l'éleveur aperçut Soline debout au soleil, ses cheveux blonds dénoués sur les épaules. Elle agita une main en signe de bienvenue, avec l'adorable sourire qui lui conférait tant de charme.

— Mon Dieu, balbutia-t-il. Comment est-ce possible... ?

Il coupa le moteur et respira profondément, mais l'émotion le terrassa et il fut incapable d'ouvrir sa portière. Benjamin, inquiet de voir leur visiteur plus pâle que d'ordinaire, rejoignit Soline.

Tous deux se précipitèrent vers le pick-up, dont la vitre côté conducteur était à moitié baissée.

— Monsieur Pasquier, vous avez un problème ?

— Excusez-moi, ça va mieux. Je sors de là.

L'éleveur poussa un gros soupir et descendit de sa voiture. Il salua Benjamin en soulevant un peu sa casquette puis il adressa un bonjour étouffé à la jeune femme.

— Bonjour, monsieur, dit-elle. Entrez boire le café.

— Merci bien, mademoiselle.

Soline était à nouveau embarrassée par la façon dont il la regardait, mais cette fois elle lisait dans les yeux de Christian Pasquier une réelle détresse.

— Nous avons un peu de monde, ajouta-t-elle. Un ami qui aide Benjamin à construire le box pour Taviane, sa femme Kate et une autre amie, plus âgée, qui est montée faire une petite sieste.

— Bien, bien, mais je ne dérange pas, au moins ? On peut décharger la paille en vitesse et je repars.

— Allons, monsieur Pasquier, qu'est-ce que vous dites là ! Comme le répète votre épouse, l'hospitalité est sacrée dans les régions de montagne, affirma Benjamin.

— Dans ce cas, ce n'est pas de refus.

— Je tiens à vous remercier, monsieur, déclara alors Soline. J'étais folle de joie quand Taviane est arrivée. Grâce à vous, mon compagnon a pu me faire la plus belle des surprises. Votre jument est si gentille.

Christian Pasquier acquiesça en la fixant d'un air hébété.

— Elle vous appartient, mademoiselle, répliqua-t-il d'une voix rauque. Je cherchais de bonnes personnes qui lui offriraient une retraite et de l'affection. Vous savez, j'ai élevé des chevaux dès mes vingt ans, bien avant d'avoir des brebis. C'était même une tradition familiale, mon père s'y est mis vers la trentaine, et mon grand-père Paul a relancé son élevage après la seconde guerre mondiale.

Les jeunes gens approuvaient tout bas en précédant leur visiteur jusqu'au chalet. Kate et Alban se présentèrent avant de sortir discrètement.

— Asseyez-vous, monsieur, proposa Soline.

D'un geste vif, elle ôta son bonnet et arrangea ses cheveux. Enfin, elle prit place à la table et servit le café.

— On m'a déjà parlé de cet endroit, marmonna Christian Pasquier. Vous êtes isolés, mais pas trop. Et il y a du terrain. Vous avez toujours l'intention d'acheter, Benjamin ?

— Bien sûr, Soline s'y plaît beaucoup. Je ferai une demande d'emprunt à la fin de l'année. J'attends que certains soucis soient résolus.

— Rien de grave, mon garçon ?

— Ce serait long à expliquer. Et puis il y aura le bébé, au mois de mai.

— Eh oui, vous nous avez annoncé ça l'autre jour, à Ginette et moi. Ma femme veut absolument offrir un joujou pour la naissance. Sinon, pardonnez-moi de vous reposer la question, mademoiselle, mais la mémoire me joue des tours… Hé, j'aurai soixante-sept ans en avril. Quand vous êtes venue à la maison, vous avez bien dit que votre famille était de Picardie ?

— Je parlais de mes parents adoptifs, monsieur, répondit Soline, en proie à un début de malaise.

Assoiffée, elle but un grand verre d'eau. D'abord, elle pensa être contrariée car Benjamin avait révélé sa grossesse à ces gens sans son accord. Mais son cœur battait de plus en plus vite et elle redouta d'avoir une vision en présence de l'éleveur.

— Ah, vous avez été adoptée, dit celui-ci dans un souffle.

— Oui, je suis orpheline et j'ignore ma date et mon lieu de naissance.

— Je suis désolé, j'ai été maladroit, s'affola-t-il. Il ne faut pas m'en vouloir, ma petite, c'est que vous ressemblez tellement à ma fille… Quand je vous ai vue tout à l'heure, avec vos bottes et ce bonnet rouge, vos cheveux blonds, j'ai cru la revoir au même âge. J'ai ressenti le même choc la première fois que vous nous avez rendu visite. La douleur du deuil ne s'apaise jamais.

Les tempes de Soline bourdonnaient. La bouche sèche, elle se remémorait un passage du second cahier de sa belle dame : « Ma fille épousera un beau garçon blond dont le père élève des chevaux. Je l'ai su aujourd'hui. Hélas, la guerre qui menace l'obligera à s'en séparer. »

— Soline, appela Benjamin. Qu'est-ce que tu as ?

— Ce n'est pas rien, dit-elle. Monsieur, pourquoi parlez-vous de deuil ?

— Je suis désolé, répéta l'éleveur. Je ne devrais pas vous embêter avec ça. Ma fille chérie et son mari sont morts dans un accident de voiture. Ils étaient en route pour l'Italie pour visiter un élevage qui proposait un étalon. Croyez-moi, le jour où j'ai appris leur décès, j'ai cru mourir aussi. Ma première femme n'a pas supporté cette épreuve, un cancer l'a emportée au bout de deux ans. Je me suis remarié avec Ginette après une pénible décennie de chagrin.

— En quoi je ressemble à votre fille, monsieur ? demanda encore Soline.

— Vous avez les mêmes cheveux blonds, les mêmes yeux très bleus et le même visage, à quelques détails près. Pour être plus précis, vous êtes quasiment le sosie de ma grand-mère Louise. J'ai un portrait d'elle, vous seriez surprise si je vous le montrais.

— Louise ? C'est le prénom que nous avons choisi pour notre enfant, s'étonna Benjamin.

Il attira Soline contre lui, alarmé par son teint blême et l'expression lointaine de son regard. Elle voulut dire quelque chose, cependant aucun son ne put franchir ses lèvres.

— Monte t'allonger, mon cœur, si tu te sens mal.

— Non, je dois rester là, avec M. Pasquier.

Un étrange silence s'instaura dans la pièce, que rompit un sanglot de Soline. Au prix d'un terrible effort, elle réussit à contenir ses larmes.

— Ma pauvre petite, je vous ai causé du chagrin, déplora le visiteur. La vie n'a pas dû vous faire de cadeaux à vous non plus. Moi, elle m'a volé ma fille unique et ma petite-fille. Je n'ai pas osé en parler, mais on n'a jamais retrouvé son corps sur le lieu de l'accident. Ma petiote devait dormir sur la banquette arrière. On a conclu qu'elle avait été éjectée et tuée sur le coup, comme ses parents. Il y a eu des volontaires pour la rechercher, ils ont tourné en hélicoptère le lendemain et les jours suivants. On ne l'a pas retrouvée, elle n'avait que quatre ans.

Christian Pasquier n'osa pas donner de précisions afin de ménager Soline. Cependant, il se remémorait les sinistres paroles des gendarmes, lui confiant que le corps d'une fillette si petite était vite la proie des animaux.

Il pleura sans bruit. Benjamin serra plus fort Soline, qui tremblait entre ses bras.

— C'est peut-être moi, monsieur, dit-elle enfin. Je voudrais bien que ce soit moi…

15
Résurgences

Cinquante-deux ans plus tôt,
Combloux, chez le docteur Antoine Favre,
jeudi 22 octobre 1964

Toute la famille s'était réunie pour fêter les quarante ans d'Émeline. La grande salle à manger retentissait d'éclats de rire et de la rumeur constante des discussions. Gisèle, devenue indispensable à la maisonnée, assurait seule le service, tandis qu'Aglaé lui donnait des ordres en cuisine, où elle régnait encore de façon presque tyrannique.

Louise présidait en bout de table face à Antoine, selon la tradition établie depuis quelques années. Malgré la faiblesse de son cœur, elle jouissait d'une santé convenable grâce à la vigilance affectueuse de son frère. Le médecin avait engagé un jeune confrère pour lui succéder, cependant il veillait encore sur certains de ses patients.

— Maman, tu as une mine superbe, déclara Émeline, très en beauté. Après le déjeuner, on fera des photos dans le jardin, il y a un beau soleil d'automne.

— Si ça te fait plaisir, bien sûr, répliqua Louise.

Elle couva sa fille d'un regard aimant. Désormais directrice d'une école primaire, Émeline faisait très jeune, en tailleur de tweed et chemisier rose, coiffée de courtes boucles blondes.

— Moi j'y tiens absolument, fit une autre voix féminine. Je ferai développer les pellicules dès demain matin. Mes amies londoniennes m'ont fait promettre de leur rapporter des photos de vous tous et de la montagne.

Cédant aux suppliques de son père adoptif, Marie avait quitté l'Angleterre pour séjourner une semaine à Combloux.

— Je te conseille de venir, lui avait dit Antoine au téléphone. Louise est très fatiguée, à quatre-vingt-quatre ans, on ne sait jamais ce qui peut arriver. Elle insiste pour revoir ta petite Lydie, et sa demande m'inquiète. Tu sais combien la mort de Nicolas l'a affaiblie.

Marie Evans n'avait pas hésité. Elle portait le nom de son époux décédé quatre ans plus tôt, ayant trouvé un second foyer dans le Sussex, chez ses beaux-parents. Ils la considéraient comme leur fille et gardaient Lydie le plus souvent, car la jeune veuve travaillait à Londres dans le domaine de la mode.

La petite Lydie, du haut de ses trois ans et demi, avait tout de suite témoigné de l'affection à Louise. Et ce jeudi d'octobre, elle la regardait avec beaucoup d'intérêt, assise à ses côtés dans une chaise haute.

— Portons un toast à ma chère nièce dont je suis très fier, proposa Antoine.

— C'est quoi, un toast ? questionna Perrine, ravissante fillette de huit ans.

— On trinque en levant les verres ou les faisant se toucher, comme ça, lui expliqua son frère Christian, qui joignit le geste à la parole.

L'adolescent, à quinze ans, surprenait par ses cheveux bruns alors que ses parents étaient tous deux blonds. Une ombre de moustache se dessinait au-dessus de sa lèvre supérieure. Antoine Favre, passionné de génétique, attribuait son physique à un ancêtre du côté paternel.

— Je trinquerai avec toi, ma chérie, affirma Pierre. Tu as entendu le joli bruit que fait le cristal ?

— Quel cristal, papa ?

— Ce sont des verres en cristal, ici, précisa Émeline en souriant à sa fille. Chez nous, ils sont en Duralex, c'est plus solide et moins coûteux.

Louise retint un soupir mélancolique en revoyant le décor et les objets ordinaires de son humble maison. Antoine Favre avait eu gain de cause. Elle habitait depuis deux ans avec lui, sous le toit de cette demeure bourgeoise où elle se sentait déracinée.

« Je n'avais plus aucun courage après le décès de Nicolas, se souvint-elle. Seigneur, mon petit-fils est mort l'année de ses vingt-six ans… Un des malheureux soldats victimes de la guerre d'Algérie. Sa fiancée était désespérée, pauvre petite Corinne. Je maudis les guerres, elles m'ont enlevé deux êtres chers… »

— Maman, à quoi penses-tu ? lui demanda Émeline. On trinque au champagne ! Oncle Antoine me gâte.

— Il ne m'en faut pas, ma chérie, protesta Louise.

— Je t'autorise une gorgée, plaisanta son frère.

— Mais oui, grand-mère, renchérit Christian.

— Si vous insistez !

Ils la regardèrent tous tremper ses lèvres dans la coupe en cristal et siroter le vin pétillant avec un sourire. Celle que l'on surnommait la dame de Combloux leur offrait l'image d'une femme admirable, au teint frais et aux prunelles d'un saphir inaltérable. Son chignon haut, toujours d'un blond argenté, lui conférait une allure majestueuse, comme son corsage en soie orné de broderies.

— Mamie, on dirait une reine, décréta Perrine.

— Je te remercie pour ce joli compliment, ma petite chérie, dit Louise en lui dédiant un grand sourire.

Elle voulut ajouter quelque chose, mais soudain le souffle lui manqua. Une violente douleur la fit grimacer, naissant à gauche de sa poitrine. Antoine se leva aussitôt.

— Louisette, reste avec nous ! hurla-t-il.

Pierre, qui était assis à côté de sa belle-mère, l'empêcha de glisser de sa chaise. Les deux hommes se concertèrent à voix basse et décidèrent de la transporter dans le cabinet médical.

— Mon confrère est en visite, indiqua le docteur. Je peux utiliser la salle d'examen.

Émeline, très pâle, murmura une série de « maman » d'une voix pathétique. Christian lui prit la main.

— Grand-mère a eu un simple malaise, dis ? Elle ne va pas nous quitter aujourd'hui ?

— Non, c'est impossible, ne pleure pas, mon grand garçon. Tu verras, elle ira mieux au moment de manger le gâteau.

Gisèle s'était ruée en cuisine pour informer la vieille Aglaé de l'incident. La domestique faillit lâcher le plat de légumes qu'elle tenait.

— Madame Louise a dû avoir une vision, ça la secoue de plus en plus avec l'âge, prêcha-t-elle. Monsieur va la soigner et tout à l'heure, elle verra Émeline souffler ses quarante bougies.

— Tu es sûre, Aglaé ? demanda Gisèle, au bord des larmes.

— Autant que je te vois ! Figure-toi que Madame Louise me fait des confidences, alors je sais à quoi m'en tenir et elle aussi.

— Pourquoi, elle connaît la date de sa mort ?

— Tais-toi donc, je garde le gigot au chaud, retourne prendre des nouvelles.

Gisèle croisa Émeline et Marie dans le vestibule. Elles se tordaient les mains sans oser entrer dans le cabinet médical.

— J'ai très peur pour maman, gémit l'une.

— Moi aussi, mais c'était peut-être une vision affreuse, avança la seconde.

— Faites donc confiance à Monsieur Antoine et retournez dans la salle à manger, recommanda Gisèle. Les enfants doivent être très inquiets.

L'écho de ce bref entretien parvint jusqu'à Louise. Elle se redressa sur un coude pour jeter un coup d'œil navré à son frère puis à son gendre.

— Je gâche le repas d'anniversaire de ma fille, déplora-t-elle. Allez à table, je vais me reposer un peu.

— J'ai cru que tu faisais un infarctus, avoua Antoine. En tous les cas, tu as eu une sorte de syncope. Demain, nous irons consulter un cardiologue.

— Vous êtes encore très blanche, s'inquiéta Pierre Pasquier. Je peux vous emmener à l'hôpital.

— Ce serait inutile, Marie a raison, j'ai eu une vision. Mais on m'a montré une scène épouvantable qui m'a causé une vive souffrance au cœur, comme si on me poignardait. Je partageais la terreur et les douleurs de la jeune femme blonde du futur. Tu sais de qui je parle, Antoine ?

— Oui, mais Pierre n'est pas au courant.

— Je suppose que cela ne me concerne guère, répliqua celui-ci. Bien, je vais rassurer Émeline et les enfants.

Louise se rallongea, les yeux mi-clos. Son frère vit couler des larmes sur ses tempes. Il les essuya à l'aide d'une compresse, en guise de mouchoir.

— Dis-moi ce que tu as vu pour être aussi triste, dit-il en la contemplant. Tiens bon, je deviendrai orphelin, sans toi.

— C'était confus, il faisait si sombre, je t'en parlerai mais plus tard. Je dois réfléchir... Va déguster le gigot, sinon Aglaé sera contrariée. Je voudrais tant que plus personne ne soit déçu ou malheureux, victime de brutes ou d'un destin cruel. Au moins mes proches, vous tous qui êtes ma famille.

— Tu inclus dans notre cercle cette jeune femme que tu vois depuis des années, n'est-ce pas ?

— Oui, je ne la rencontrerai jamais, pourtant j'ai de l'amour et de la compassion pour elle. Maintenant, Antoine, laisse-moi me reposer un peu.

Au moment du dessert, Louise regagna la salle à manger. Petits et grands l'accueillirent par des vivats, soulagés de la voir réapparaître manifestement rétablie.

Toute fière, Gisèle apporta la pièce montée composée de choux à la crème nappés de caramel, dans laquelle, obstinée, elle avait réussi à piquer quarante petites bougies dont les minuscules flammes tremblaient au moindre souffle d'air.

Un concert d'applaudissement s'éleva lorsque la fêtée les éteignit en trois fois. Émeline, rayonnante en apparence, lança un regard anxieux à sa mère.

— Profite de ton bonheur, ma chérie, lui dit Louise en allant l'embrasser. Tu as un mari formidable et deux beaux enfants.

— Maman, tu seras encore là l'année prochaine ? répliqua tout bas sa fille.

— Bien sûr ! Savourons ce gâteau et ensuite nous irons dans le jardin. Il faut immortaliser cette journée.

Christian observait sa grand-mère avec un émerveillement enfantin. Il souhaita garder longtemps cette image d'elle et il en serait ainsi, malgré les épreuves que l'avenir lui réservait.

*

Cinquante-deux ans plus tard,
Chalet du vallon des loups, mercredi 17 février 2016

Benjamin doutait de ce qu'il venait d'entendre, pourtant il n'avait pas rêvé. Il lança un coup d'œil affolé à leur visiteur avant de dévisager Soline qui souriait d'un air égaré.

— Oui, c'est peut-être moi, répéta-t-elle.

Christian Pasquier la regardait de ses yeux larmoyants, une main posée à hauteur de son cœur. Il semblait partagé entre une joie délirante et un doute cruel.

— Tu ne devrais pas dire ça, Soline, protesta enfin Benjamin. Qu'est-ce qui te prend ? Il n'y a aucune preuve !

— Mais si, il y en a ! Pourquoi veux-tu gâcher ce moment ? s'insurgea-t-elle. Monsieur, vous allez comprendre. Récemment, mon amie Viviane Gonod m'a remis trois cahiers. Ils étaient dans une caisse de vieux livres provenant du grenier d'une petite maison de Combloux.

— Des cahiers d'école ? balbutia l'éleveur, interloqué.

— Ce style-là, oui, répliqua Soline, survoltée. Mais il s'agissait d'une sorte de journal intime. Une femme racontait les visions qu'elle avait eues, de son enfance jusqu'à un âge que je suppose avancé. Hélas, par pudeur ou pour ménager les uns et les autres, elle n'a pas cité de prénom ou de nom, même pas le sien. Pourtant je suis sûre que c'est votre grand-mère, Louise.

— Seigneur, je n'en reviens pas, soupira Christian Pasquier. En effet, ma grand-mère a eu des visions toute sa vie, mais j'ignorais qu'elle les notait par écrit.

Les traits tendus, le malheureux tremblait et reniflait. Il passa une main tremblante dans ses cheveux poivre et sel. La gorge serrée, il avait du mal à parler. Compatissant, Benjamin lui servit un verre d'eau et lui tendit.

— Monsieur, remettez-vous, rien ne presse, nous pouvons en discuter encore, dit-il d'un ton soucieux.

— Si je m'attendais à un tel coup de théâtre, marmonna-t-il en guise de réponse. Alors, vous seriez ma petite-fille ?

Il fixait Soline obstinément, détaillant chacun de ses traits. Elle approuva d'un signe de tête véhément.

— Mes parents adoptifs n'ont jamais possédé de dossier légal qui attesterait de ma naissance. Ma situation, enfant, devait être très compliquée. Où a eu lieu l'accident de mes parents ?

Encore une fois, Benjamin s'interposa, par crainte d'un possible malentendu.

— Je t'en prie, mon cœur, calme-toi. Il faut être prudent. Te rends-tu compte de la déception que vous pourriez avoir, M. Pasquier et toi, si tu fais erreur ? N'appelle pas ces gens tes parents.

Soline haussa les épaules. Elle se leva pour prendre les trois cahiers dans le tiroir du buffet. En défiant son compagnon du regard, elle s'assit à côté de l'éleveur.

— Moi aussi, j'ai des visions depuis mon adolescence, c'est également un élément troublant, affirma-t-elle. Cette dame, votre grand-mère, elle me voyait et elle me décrivait. En plus, même si ça peut paraître inouï, nous nous sommes vues ! Je vais vous montrer les passages correspondants.

Le teint coloré par l'émotion, Christian Pasquier sortit une paire de lunettes de la poche de sa veste. Il se pencha sur le cahier que Soline avait ouvert.

Benjamin fit une dernière tentative d'appel à la raison.

— Je suis d'accord, ayant parcouru quelques pages, il y a une forte chance que cette femme soit la grand-mère de M. Pasquier. Mais vous avez pu être liées, elle et toi, par vos dons similaires. Réfléchis, Soline.

— Tu ignores ce que j'éprouve, dit-elle tout bas. Pourquoi je ne serais pas cette enfant disparue à la suite d'un accident de voiture ? De toute façon, nous le saurons très vite en faisant un test ADN.

Christian Pasquier arrêta de lire et se tourna vers Soline avec une expression émerveillée.

— Mais oui, nous avons ce moyen à notre époque. Il faudrait s'en occuper rapidement.

— En effet, ce serait une preuve irréfutable, admit Benjamin. Cependant, en France, la demande de recherche génétique passe par un tribunal et les démarches peuvent prendre du temps.

Kate et Alban entrèrent au même instant, le teint coloré. Ils arboraient un sourire satisfait.

— Mission accomplie ! s'écria la jeune femme dont les cheveux bruns étaient parsemés de brindilles jaunes d'or.

— Les bottes de paille sont à l'abri de la pluie ou de la neige, ajouta Alban. Dis donc, cet ancien bûcher situé sous la pièce où nous sommes ferait un bel atelier.

— Je préfère y stocker du bois et de la paille, dit Benjamin. En tout cas, je vous remercie pour votre aide à tous les deux. Je vais reprendre le travail, sinon le box ne sera pas fini ce soir.

Dépitée par l'attitude de son compagnon, Soline hésita entre la colère et le chagrin. Comme bien souvent, ce fut l'irritation qui l'emporta.

— Tu devrais te réjouir pour moi, mais non tu t'entêtes à nier l'évidence, lui dit-elle. M. Pasquier affirme que je suis le sosie de sa grand-mère et que je ressemble de façon étonnante à sa fille. Si l'accident a eu lieu ici, en Haute-Savoie, j'ai pu survivre et être enlevée.

— Qu'est-ce que tu racontes, ma puce ? bredouilla Kate. Là, on ne comprend rien. Quel accident ?

— Celui qui a causé la mort de la fille de M. Pasquier et la disparition de sa petite-fille. Je ne sais pas si tu te souviens, Kate, mais l'été dernier, je suis allée chez lui, aux Ayères, car il croyait avoir repéré Barry au milieu d'une petite meute de loups. Son épouse m'a accueillie gentiment, mais j'ai été gênée par l'insistance de M. Pasquier et…

— Laisse-moi continuer, l'interrompit Christian, qui sans y prêter attention, l'avait tutoyée. Eh oui, j'ai eu un gros choc au cœur en découvrant une belle jeune femme blonde dans notre cuisine. J'ai eu l'impression, ce matin-là, que ma fille était de retour. Tout de suite, je me suis demandé si ce n'était pas ma petite-fille, disparue à quatre ans. Je l'ai interrogée sur ses origines, mais la demoiselle m'a répondu que sa famille était de Picardie. Je me suis traité de vieux fou après coup. Mais tout à l'heure, en arrivant, j'ai à nouveau cru revoir ma fille. Un peu plus, je faisais un malaise.

Passionnée, Kate s'assit à son tour, près de Soline, pour étudier la physionomie de l'éleveur.

— Je ne pouvais pas oublier cette visite, reprit-il. Par la suite, j'ai fait la connaissance de M. Martin, à cause des loups qui s'en prenaient à mon troupeau. Je lui demandais toujours des nouvelles, car il me parlait beaucoup de Soline. Je savais qu'ils étaient en couple et qu'ils attendaient un bébé.

Une quinte de toux proche du sanglot lui coupa la parole. D'un geste il désigna Benjamin.

— Vous essayez de nous protéger d'une immense déception, jeune homme, je comprends bien. Mais durant des années, j'ai espéré un miracle, alors on doit d'abord faire un test génétique. Vous savez, j'ai cherché longtemps ma petite-fille, j'ai fait imprimer des affichettes que je distribuais ou que je collais un peu partout.

— Est-ce que la police vous soutenait ? se renseigna Kate. Ils ont des logiciels qui, d'après une photo de l'enfant au moment de la disparition, le vieillissent pour montrer à quoi il pourrait ressembler.

— Non, après le décès de ma première épouse, je suis tombé bien malade, confessa-t-il. Je voyais peu de monde.

Exaspérée, Soline aurait voulu rester seule avec Christian Pasquier qui ne pouvait plus lire les passages révélateurs du cahier, encore moins répondre à toutes les questions qu'elle comptait lui poser.

— À l'instar de Benjamin, je préconise la prudence, décréta soudain Alban. Monsieur, vous pouvez me faire confiance, j'étais capitaine au PGHM de Chamonix. Tant de gens dans un cas comme le vôtre s'enthousiasment sur la base d'une simple ressemblance.

— En plus, ma puce, tu refusais catégoriquement de savoir qui étaient tes parents, renchérit Kate d'un air sérieux. D'un coup, tu es certaine d'être en présence de ton grand-père !

— Je ne voulais rien savoir, c'est vrai, parce que je pensais qu'ils m'avaient abandonnée et je leur en voulais. Mais s'ils sont morts dans un accident, tout change pour moi ! cria Soline. Je vous en prie, j'ai besoin de parler à M. Pasquier.

Du palier, Viviane écoutait la discussion houleuse sans oser intervenir. Elle décida de descendre pour plaider la cause de sa chère gamine.

— Vous en faites, du vacarme ! se récria-t-elle parvenue en bas des marches. Ne m'en veuillez pas, je quittais la chambre où je me reposais et j'ai entendu une partie du débat.

Le berger suisse surgit du recoin où il était couché pour l'accueillir d'un jappement joyeux.

— Eh oui, je suis là, Neige ! En voilà un qui à la sagesse de se tenir à l'écart, dit-elle en caressant le chien.

La septuagénaire marcha droit vers Christian Pasquier. Ils se serrèrent la main, en s'observant mutuellement.

— Viviane Gonod, cher monsieur, je me présente puisque personne ne le fait. Considérez-moi comme la grand-mère de cœur de Soline.

— Enchanté, madame. Si vous avez saisi ce qui se passe, je dirais que j'aimerais bien être son grand-père maternel, répliqua l'éleveur. Mais seriez-vous l'épouse de Léon Gonod ? Il est resté célèbre dans le pays.

— Je suis sa veuve, en effet, acquiesça Viviane qui s'attabla à son tour, avec un tendre sourire à l'adresse de sa protégée. Si vous voulez mon avis, la voix du sang ne trompe pas !

— Oh non, je vous en prie, Viviane ! protesta Benjamin. Bien sûr, ce serait merveilleux que Soline et

M. Pasquier aient des liens familiaux, mais on se réjouira après les résultats du test ADN.

— Ou ce sera l'inverse, marmonna Alban. Si on reprenait le travail ? L'heure tourne.

Benjamin répugnait à abandonner Soline dans l'état fébrile où elle se trouvait. Pourtant, il se résigna et les deux hommes sortirent.

— Qu'est-ce que tu ressens, ma belle ? demanda Viviane à sa jeune amie. Tu as une intuition exceptionnelle, peut-être que certains détails vont te revenir.

— J'ai eu une vision furtive le premier soir où j'ai pu câliner la jument, avoua Soline. Une femme blonde se tenait de dos et des chevaux galopaient dans sa direction.

— Ma fille avait l'art d'amadouer les bêtes les plus nerveuses, précisa l'éleveur. Son mari et elle partageaient la même passion. Mais je ferais mieux de me taire si tu n'es pas ma petite Ania.

— Ania ? C'est un prénom étrange, s'étonna Kate.

— Oh, dans les années 1990, les jeunes parents choisissaient souvent des prénoms plus originaux que jadis, où les gens se basaient sur le calendrier, admit Christian Pasquier. Seigneur, j'aurais tant de choses à raconter si j'en avais le droit. Mais je n'ose pas encore.

— Vous aurez bientôt le temps, j'en suis sûre, insista Viviane. Déjà, monsieur, avez-vous reconnu des bribes de l'existence de votre grand-mère Louise en parcourant ce cahier ? Je sais, j'ai tout l'air d'avoir écouté aux portes, mais j'ai une excuse, chacun haussait le ton.

— Je suis sûr de ça, répondit-il. Et c'est bien l'écriture de ma grand-mère. Je pourrais le prouver, elle m'envoyait des cartes à Noël et pour mes anniversaires, que j'ai gardées.

— Je ne crois guère au hasard, prêcha alors Viviane. J'ai su que je devais donner ces cahiers à Soline en les feuilletant. Et ils deviennent tièdes quand elle les touche ! Qui peut expliquer ce phénomène ?

— C'est une sorte de connexion entre deux personnes qui sont forcément proches parentes, renchérit Kate.

Soline avait envie de rire et de pleurer. Du bout des doigts, elle lissa les pages du cahier, comme si elle implorait l'aide de sa belle dame blonde. Au cours de ce bref silence, Viviane tapota familièrement le poignet de leur visiteur.

— Ne vous faites pas de bile pour les tests ADN. Soline a un ami inspecteur de police. Il peut sans doute vous aider.

— C'est vrai, je vais appeler Étienne immédiatement, il me dira comment faire ! s'exclama Soline, son téléphone à la main.

Elle se leva et alla s'enfermer dans la cuisine. Ses doigts tremblèrent sur l'écran tactile. Il y eut plusieurs sonneries avant que le policier décroche avec des accents anxieux dans la voix.

— Tout va bien au chalet ? s'alarma-t-il. Soline, je ne peux pas te parler, ça peut attendre ce soir ?

— Accorde-moi juste une minute, je t'en prie. Dis-moi vite si tu as un collègue qui ferait un test ADN sans passer par la filière légale ? J'ai besoin d'avoir certaines réponses rapidement, lancer une procédure officielle prendrait trop de temps.

Encore une fois, elle résuma les motifs de sa demande et la réponse d'Étienne la soulagea.

— J'envoie à ton hôtel une enveloppe avec des cheveux de ce monsieur et de moi, répéta-t-elle. Surtout envoie-moi les résultats dès que tu les auras. Merci beaucoup.

Radieuse, Soline décida de servir une part du gâteau au chocolat à l'éleveur. Elle cherchait une assiette quand un malaise la fit tituber. Adossée au mur le plus proche, elle murmura une courte prière.

— Louise, chère dame du passé, aidez-nous, aidez votre petit-fils Christian !

Ses paupières devinrent lourdes, sa respiration saccadée. Soline aperçut alors une toute petite fille blonde qui lui tournait le dos. Soudain, à la hauteur de son visage, des mains de femme lui tendirent une peluche. L'enfant s'en empara pour la bercer contre son cœur.

Au même instant, Kate ouvrit la porte avec brusquerie. Elle découvrit son amie secouée de frissons, d'une pâleur morbide.

— Eh, ma puce ! Qu'est-ce que tu as ?

— Rien de grave, n'aie pas peur, je vais me sentir mieux dans quelques secondes.

— Je venais chercher le reste du gâteau. Veux-tu t'allonger un peu ? M. Pasquier ne va pas fort, lui non plus. Il paraît certain que tu es sa petite-fille Ania. Du coup, il téléphone à son épouse pour qu'elle le rejoigne ici avec leurs albums de photos.

— Très bien, tiens-moi le bras, Kate, j'ai quelque chose à lui dire, même si je fais erreur, car la fillette qu'on m'a montrée est peut-être une descendante de Louise, mais rien ne prouve pour le moment que je sois moi-même cette petite fille.

— Quel méli-mélo, se lamenta son amie. Il faut s'accrocher pour suivre !

Lorsque les deux jeunes femmes revinrent dans la pièce voisine, Christian Pasquier avait ôté ses lunettes pour frotter ses yeux humides à l'aide d'un mouchoir à carreaux. Viviane avait déniché une bouteille de génépi dans le buffet.

— Un remontant vous fera du bien, monsieur, déclara-t-elle. La jeunesse n'apprécie pas notre bonne liqueur des montagnes. Pardi, c'est moi qui leur ai offert celle-ci, ils n'ont presque pas bu une goutte.

— Ce n'est pas de refus, approuva-t-il.

Soline s'assit en face de lui pour ne rien manquer de sa réaction. D'une voix faible, elle lui décrivit la vision qu'elle venait d'avoir.

— Mon Dieu, gémit l'éleveur. Comment est-ce possible ? Je me souviens de ce jouet, oui, un poney en peluche, avec une selle et un licol en plastique. Ania ne s'en séparait jamais. C'était devenu son doudou. Quand j'y pense, on n'a retrouvé le jouet ni à leur domicile ni dans la voiture.

— Vraiment ? Dans ce cas, les gendarmes auraient dû conclure à un enlèvement ! s'indigna Kate.

— Je sais bien, peut-être que j'avais toujours un peu d'espoir, à cause de ça. Vous verrez, quand Ginette sera là, il y a une photographie prise à la période des fêtes dans les albums, où on voit ma petite avec ce jouet. On te voit, toi, ma petite.

Christian Pasquier rêvait de tendre les bras à la jeune femme qui le dévisageait d'un air extasié. Cependant ni l'un ni l'autre ne s'autorisa à franchir la barrière du doute.

— On regardera les photos dès que votre épouse arrivera, conclut Viviane. Allons, du courage. Tiens, je m'offre un petit verre de liqueur pour vous accompagner, cher monsieur.

*

Cinquante-deux ans plus tôt,
Combloux, jeudi 22 octobre 1964

Louise s'était réfugiée dans sa chambre après le départ de leurs chers invités. Émeline avait insisté pour inviter Marie à dîner et dormir chez elle. La voiture de Pierre Pasquier ne pouvant contenir tout le monde, Antoine avait proposé de conduire sa fille adoptive et la petite Lydie.

— Seigneur, combien de temps m'accorderez-vous encore ? soupira-t-elle. J'ai tant d'amour à donner.

Assise au creux d'un élégant fauteuil Voltaire tapissé de chintz, elle contemplait les portraits encadrés qui trônaient sur la commode au plateau de marbre rose.

— Clément et Nicolas, mes deux martyres, murmura-t-elle. Je vous ai tant pleurés, mon cœur n'a pas pu en guérir. Vous me faisiez si souvent songer à Vittorio.

La grande maison de son frère lui paraissait trop silencieuse après l'animation de la journée. En tendant l'oreille, Louise perçut enfin des bruits de vaisselle.

— Je devrais descendre et bavarder avec Aglaé et Gisèle en attendant le retour d'Antoine.

Une profonde lassitude la fit hésiter. Elle préféra s'étendre sur son lit, drapé d'un tissu de luxe dans les tons verts. Tout de suite, les souvenirs affluèrent. Sa belle-sœur Jeanne s'était éteinte dans la chambre d'à côté après avoir survécu aux rafles grâce à son exil en Suisse. Marie, le bébé trouvé dans une haie, y avait poussé des cris virulents, petit être dont le destin se jouait ces jours de l'été 1937.

— Maintenant Marie vit en Angleterre et Lydie alterne les mots français et ceux de sa terre d'accueil. Je le savais, ce bout de chou deviendra bilingue en grandissant. Il a été question d'un séjour dans le Sussex pour Christian l'an prochain, mais mon petit-fils n'était guère enthousiaste. Il sera casanier, attaché à la terre des Pasquier.

Un chien aboya dans la rue, ce qui attrista Louise. Elle avait renoncé à posséder un animal afin de ne pas créer de soucis au successeur de son frère, un assez jeune docteur obsédé par l'hygiène. Néanmoins, avec la complicité d'Aglaé, elle pouvait nourrir les chats errants qui s'aventuraient dans le jardin.

— Que je suis sotte de lutter, déplora-t-elle à mi-voix. J'essaie de ne plus penser à la jeune femme du futur, pourtant je revois sans cesse ces images atroces. Hélas, comment l'aider… De qui est-elle l'enfant ? Je n'aurais pas été en contact avec elle si nous n'avions aucun lien de parenté.

Quelques secondes plus tard, Louise eut l'impression qu'on l'appelait par son prénom. C'était un son ténu, étouffé. Vite, elle se redressa pour regarder autour du lit et du côté de la porte. Enfin, elle comprit, la voix vibrait douloureusement dans son esprit.

— Seigneur, que dois-je faire ?

Soudain, comme en réponse à sa plainte angoissée, on lui montra une scène charmante où une fillette recevait un jouet, près d'un sapin de Noël. Mais Louise n'en vit pas plus, saisie d'un terrible vertige qui la ramena à la réalité de sa chambre.

Tout étourdie, elle fut heureuse de voir Gisèle entrer.

— Je suis désolée, Madame, si je vous ai réveillée. J'ai frappé et vous ne répondiez pas. Monsieur m'a recommandé de vous surveiller, alors je suis montée.

— Antoine exagère, vous n'arrêtez pas de courir, Gisèle. J'ai dû m'assoupir. Attendez-moi, j'ai envie d'attendre mon frère dans la cuisine en bonne compagnie, avec Aglaé et vous.

— On est toujours contente quand vous venez nous causer.

Louise n'était pas stable sur ses jambes en se levant. Elle prit le bras de la domestique.

— Allons-y, je dois être affamée.

— Le potage est cuit, Aglaé vous en servira un bol au cas où Monsieur rentrerait tard. Dites, Madame, ce n'est pas une de vos visions qui vous rend toute fragile ?

— Peut-être, Gisèle, mais j'ai l'habitude, je dirais même une longue habitude. Il m'arrive de voir des choses vraiment étranges, sans deviner leur signification. Je me plaignais à une époque, dorénavant j'accepte mon sort.

Ce soir-là, après avoir dîné avec son frère, Louise oublia pour la première fois de relater par écrit la courte scène à laquelle elle avait assisté. Antoine Favre avait acheté un poste de télévision un mois plus tôt et maintenant ils passaient leurs soirées devant le petit écran, comme disaient les gens du village.

*

Cinquante-deux ans plus tard,
Chalet du vallon des loups, mercredi 17 février 2016

Kate avait estimé préférable d'annoncer à Benjamin la prochaine arrivée de Ginette Pasquier. En rejoignant son mari et le jeune homme, elle prit une mine de conspiratrice.

— Vous avancez vite, leur dit-elle en guise de félicitations. Je suis venue vous avertir, l'épouse de ce monsieur, l'éventuel grand-père de Soline, ne devrait pas tarder. Elle apporte des albums de photos. Ah, autre chose, Étienne va s'occuper des tests ADN. Je viens d'arracher des cheveux aux deux protagonistes.

— Même en tant qu'inspecteur, il prend des risques, nota Alban. Il valait mieux faire une requête légale, la situation la justifiait.

— Laissons faire Étienne, ce sera plus rapide et il aura eu la joie d'aider Soline, déclara Benjamin avec un léger sourire. Je n'ai pas eu le choix, je peux bien vous l'avouer.

— Qu'est-ce que tu racontes ? demanda Kate. Soline et toi, vous avez l'art de m'embrouiller.

— Moi aussi je suis sûr que Christian Pasquier est son grand-père. Lorsque j'étais chez lui, il me parlait fréquemment de Soline, en m'interrogeant l'air de rien. Aujourd'hui, quand il a eu une sorte de malaise, j'ai pensé que je voyais juste. Mais j'ai joué l'avocat du diable.

— Comment ça ?

— C'est très simple, chérie, répliqua Alban. Benjamin faisait exprès de prétendre qu'il pouvait s'agir d'une erreur. Il voulait inciter Soline et ce monsieur à faire des tests au plus vite.

— Je me suis permis de mettre ton mari dans la confidence quand nous sommes sortis. J'espère que tu ne m'en veux pas, Kate. Mais si j'étais allé tout de suite dans leur sens, ils se seraient contentés de la ressemblance de Soline avec son arrière-grand-mère et sa mère, ainsi que des cahiers.

— C'est idiot, ils n'osent pas se réjouir, les pauvres ! Soline sera furieuse si elle l'apprend. Tu es sans pitié, voilà ! Je retourne au chalet.

— Ne vends pas la mèche, supplia Alban. J'aurais sans doute fait comme Benjamin.

Kate s'éloigna en haussant les épaules. Mais, de retour dans la grande pièce où flambait un bon feu, elle choisit de garder le secret. Christian Pasquier, les trois cahiers disposés devant lui, fournissait à son éventuelle petite-fille tous les noms qu'elle désirait. Comme Viviane, elle écouta ses explications.

— Mon grand-oncle s'appelait Antoine Favre, il avait dix ans de moins que sa sœur. Elle l'a poussé à étudier et il s'est établi médecin à Combloux. Je n'ai pas connu Jeanne, sa première épouse, mais c'est elle, toute jeune, qui était présente le jour de la naissance de maman, Émeline.

— Je me suis promenée au cimetière de Combloux, quand j'habitais là-bas, avança Soline. J'ai vu des tombes où figurait ce patronyme.

— Sûrement celles de la famille. Ma grand-mère m'emmenait déposer des bouquets lorsque j'étais gamin. Je n'aimais pas trop ça. Louise Favre aussi a été mariée deux fois. Elle a d'abord épousé Angel Lardet, après avoir eu un enfant illégitime d'un ouvrier italien, Vittorio Mancini. Elle a baptisé ce fils Clément, en hommage à sa mère, Clémence. Angel Lardet est mort des suites de ses blessures, à la fin de la première guerre mondiale. Il avait donné son nom à Clément. Et Louise s'est ensuite remarié avec Vittorio, son premier amour, quand il est revenu en France.

— Excusez-moi, je vais prendre des notes, déclara Soline. Je suis tellement heureuse. On m'a montré certaines des personnes dont vous parlez dans des visions.

Les larmes aux yeux, elle étreignit la main brune et ridée de l'éleveur. Il serra à son tour les doigts fins de la jeune femme.

— Tu ressembles tant à ma fille. Elsa, ta maman.

— Elsa, murmura Soline. Et mon père ?

— Il s'appelait Antonin et c'était un homme de valeur.

Un coup de klaxon mit fin à la conversation. Ginette Pasquier venait de garer sa petite voiture blanche près du pick-up de son époux.

16

Crises de panique

Chalet du vallon des loups, même jour,
mercredi 17 février 2016

Silencieuse, Soline regardait la photographie en couleurs qui illustrait à quelques détails près la vision qu'elle avait eue une heure plus tôt, dans la cuisine.

— Là, l'enfant est de profil, mais c'est la même scène, dit-elle d'une petite voix timide. Une chose m'intrigue. Pourquoi avoir seulement pris les mains de sa mère qui lui offre la peluche ?

— Une idée de mon gendre, pour fixer le geste ! Il n'y avait pas de papier cadeau autour du jouet, car ce n'était pas le matin de Noël, même si on aperçoit le sapin en arrière-plan. Ce devait être au premier de l'An.

Rien ne se déroulait comme l'avait pensé Christian Pasquier, à son grand regret. Ginette, son épouse, dissimulait elle aussi sa déception.

— Vraiment, mademoiselle, hasarda-t-elle, vous ne voulez pas regarder les albums ?

Soline, une fois confrontée aux deux albums photo posés sur la table, avait refusé de les ouvrir, mais, à sa demande, l'éleveur s'était empressé de lui trouver l'unique cliché qui l'intéressait et qu'elle tenait entre ses doigts, l'air perplexe.

— Je suis désolée, je souhaitais d'abord voir cette photo-là, se justifia-t-elle. Pour être franche, j'ai encore peur de faire une erreur, madame. Certes, comme la grand-mère de votre mari, j'ai des visions et tout me paraît concorder, mais ce serait peut-être plus raisonnable d'attendre les résultats des tests ADN.

— Pourquoi ça ?

— N'insiste pas, Ginette, préconisa l'éleveur. Je comprends ce qui la fait hésiter. Tu te rends compte de l'émotion que Soline pourrait ressentir en croyant découvrir le visage de ses parents ou d'autres personnes de la famille ? Imagine les conséquences si nous trompons !

— C'est exactement ça, admit la jeune femme. La déception serait trop grande.

Viviane et Kate étaient restées discrètes jusqu'à présent, se contentant de jouer les spectatrices. Mais elles commençaient toutes les deux à s'impatienter.

Si la septuagénaire déplorait l'insistance de Ginette Pasquier, la plus jeune avait un autre motif d'agacement.

— Arrête un peu d'avoir peur, ma puce ! s'emporta Kate. Tu as suffisamment de preuves.

— Comment en être sûre ? plaida Soline. Je ne me souviens de rien, ni de ce poney en peluche, ni de l'accident de voiture.

— Alors, demande son avis à Benjamin, insinua son amie. Lui, il n'a aucun doute, malgré ce qu'il prétendait tout à l'heure. Soi-disant qu'il jouait l'avocat du diable !

Sidérée, Soline rendit la photo à Christian Pasquier. Elle cacha ensuite son visage entre ses mains.

— C'est faux, il n'aurait pas osé, gémit-elle.

— Ne pleure pas, ma pauvre petite, protesta Viviane.

— Oui, il vaudrait mieux réagir, protesta Ginette Pasquier. J'étais toute joyeuse de venir ici, moi, je croyais que mon mari avait enfin retrouvé sa petite-fille. Si vous saviez ce qu'il a enduré, pendant des années.

— Je t'en prie, Ginette, ce n'est pas le moment !

— Mais si, c'est le moment. Figurez-vous, mesdames, que j'étais aide-soignante à domicile il y a une quinzaine d'années. On s'est rencontrés comme ça, Christian et moi. Il avait perdu son épouse d'un cancer, après la tragédie que vous savez. Il était en dépression et il avait tenté de mettre fin à ses jours...

— Allons, Ginette, tais-toi donc, ça n'intéresse personne ! se récria l'éleveur.

— Comment ça ? Si par bonheur mademoiselle est bien Ania, elle doit être au courant. Je vous assure, j'ai bataillé dur pour l'aider à remonter la pente. Je suis témoin, Christian en a brûlé, des cierges à l'église ! Le malheureux, chaque fois qu'il voyait une jeune fille blonde lors d'une fête de village ou l'été, parmi les randonneurs, il en perdait le souffle, en se disant que c'était peut-être sa petite-fille. Et puis un matin, vous êtes venue chez nous, mademoiselle.

— Appelez-moi Soline, c'est plus simple.

— Avec plaisir. Où en étais-je ? Oui, vous arrivez et je vous fais entrer. Je n'ai rien montré, mais j'avais remarqué la ressemblance avec sa grand-mère Louise, car mon mari avait fait agrandir un cliché pris le jour où elle a épousé Angel Lardet. Fine mouche, j'ai décidé d'apporter ce cadre, mais je l'ai laissé dans ma voiture.

— Je peux aller le chercher, proposa Kate.

— Bien sûr, ça m'évitera de me déplacer, mademoiselle !

Malmené dans sa pudeur, Christian Pasquier avait renoncé à discuter, mais il ne quittait pas Soline des yeux.

— Je suis désolée, ma réaction me surprend moi-même, lui dit-elle tout bas. Mais j'ai une idée, lorsque j'aurai vu le portrait de votre grand-mère, nous regarderons ensemble l'album où vous avez classé d'anciennes photographies. Ce sera moins pénible pour nous deux, et je découvrirai la physionomie des gens qui sont cités dans les cahiers.

— C'est gentil, Soline. Tu es, pardon, vous êtes une jeune femme très attachante. Avec tout ça, je n'ose plus vous tutoyer.

— Je vous en prie, continuez, au cas où vous seriez mon grand-père.

Kate revint escortée par Alban et Benjamin. Elle déposa sur la table le cadre enveloppé d'un épais tissu gris. Soline jeta un coup d'œil incendiaire à son compagnon, qui y répondit d'un sourire gêné.

— Déballez-le, monsieur, demanda-t-elle humblement.

Christian Pasquier s'exécuta avec des gestes méticuleux, dans un silence attentif.

— Voilà, soupira-t-il. C'est ma grand-mère Louise Favre, que les gens de Combloux surnommaient « la belle dame ».

— Je l'appelle ainsi, moi aussi, s'extasia Soline.

Elle se pencha pour étudier les traits de son éventuelle aïeule. Immédiatement, son cœur se serra puis s'affola, devant l'évidente ressemblance entre cette femme habillée comme au début du siècle et elle.

— Mon Dieu, c'est stupéfiant ! commenta Viviane. On dirait que tu es son sosie, petiote.

Chacun put le constater à tour de rôle, en étudiant le cliché aux nuances beiges. Malgré la qualité discutable du tirage, le regard de Louise paraissait très clair, ses cheveux d'un blond doré, mais le plus étrange, c'était la similitude des traits.

— Ma puce, vous avez le même nez, la bouche, le front !

La gorge nouée, Soline effleura le verre qui la séparait de sa belle dame du passé.

— Je la reconnais, je l'ai vue plusieurs fois, dit-elle d'une voix altérée par l'envie de pleurer. Toujours digne, même si elle était le plus souvent désespérée. Je sais enfin son prénom… Louise ! N'est-ce pas une preuve, ça aussi ? En apprenant que mon bébé était une fille, ce prénom m'est venu à l'esprit et pour rien au monde je n'en changerais. Louise, vous veillez sur moi, sur nous, n'est-ce pas ?

Soline trembla de tout son corps, puis elle claqua des dents, soudain d'une pâleur alarmante. Quand Benjamin s'assit près d'elle pour l'enlacer, elle ne songea pas à le repousser et nicha son visage au creux de son épaule.

— Calme-toi, tout va bien, chuchota-t-il à son oreille. Tu as retrouvé tes origines, ta famille. Le vieux Moïse avait raison, tu étais né dans ce pays de haute montagne, et je pense aussi qu'il avait croisé ta maman, cette très belle jeune femme dont il se souvenait encore après des années.

— Quel nom avez-vous dit ? s'exclama l'éleveur. Moïse ? Vous parlez de Moïse Blanc-Talon ?

Il avait bégayé, bouleversé par l'état de Soline. Seule son épouse affichait une expression de totale incompréhension.

— Oui, c'est exact, affirma Benjamin. J'ai évité de vous raconter ce que j'ai vécu pendant ma disparition, l'été dernier. Je suis pudique et réservé comme vous l'êtes, monsieur Pasquier. Cependant, après l'accident qui m'a rendu amnésique, j'ai été hébergé par un vieil homme vivant en ermite, Moïse.

Christian Pasquier se servit un verre d'eau. Il semblait réfléchir, en fixant le feu dans la cheminée.

— Bien sûr qu'il a pu croiser ma fille, annonça-t-il. Je l'avais embauché pour la période des foins, pourtant il ne m'inspirait guère confiance. Il buvait beaucoup et, une fois ivre, soit il devenait hargneux, soit il se lamentait sur son sort. Je crois qu'il avait perdu son fils et sa femme. Pauvre bougre, j'avais pitié de lui, on ne peut pas refuser du travail aux gens dans le besoin. Elsa confiait Ania à Antonin et elle venait déjeuner chez nous. Oui, il a dû la voir une ou deux fois.

Soline se dégagea de l'étreinte de Benjamin. Deux prénoms résonnaient dans son cœur : Elsa et Antonin. Elle n'avait qu'à ouvrir un des albums photos pour découvrir leur apparence, leur façon de sourire.

— Monsieur Pasquier, est-ce que Moïse Blanc-Talon vous aurait fait des confidences ? s'enquit alors Alban, qui avait en tête tous les éléments de l'affaire du tueur.

— Je sais pourquoi tu poses cette question, renchérit Soline. Merci, Alban.

— Des confidences ? s'étonna l'éleveur. Pourquoi vous me demandez ça ?

— Je ne vous ai rien dit à ce sujet, déclara Benjamin. En fait, nous sommes concernés de très près par l'enquête sur le tueur de Haute-Savoie. Ce type a assassiné le vieux Moïse, donc la police en a déduit qu'il savait quelque chose d'important sur ce criminel.

— Ma foi, je dois me creuser la cervelle, car là, tout de suite, je serais bien en peine de répondre, déplora Christian Pasquier.

— C'est très important, insista Soline. J'ai la conviction que le tueur dont nous vous parlons est lié à ma petite enfance.

— Mon Dieu, j'en ai des frissons ! s'écria Ginette.

— Il y a de quoi, oui, ajouta son mari. Attendez une minute, je crois me souvenir de quelque chose. Oui, c'était le matin où Blanc-Talon s'est présenté à la ferme. Je l'ai questionné sur ses capacités à travailler dans les champs, que ce soit la fenaison ou la moisson de l'orge… Il s'est vanté d'avoir été jardinier dans une sorte de grand domaine, chez des gens très riches. En Isère, si je me souviens bien. C'est un peu vague dans ma mémoire, je n'en sais pas davantage. Et je ne demandais pas de certificat d'aptitude aux saisonniers que j'employais. Est-ce que ça vous aide ?

— Peut-être, avança Soline. Nous le dirons à la police, si par chance il y avait un rapport.

Elle avala une gorgée de thé tiède, en songeant à certaines phrases de Benjamin et d'Étienne. Ils évoquaient la proximité d'un parc, de l'autre côté des fenêtres à barreaux du bâtiment où ils étaient retenus prisonniers. Son regard bleu, d'une brillance étrange, fixa à nouveau le visage de Louise, figée pour l'éternité au bras d'Angel Lardet.

Maintenant, grâce à la lecture des cahiers, elle savait que sa belle dame avait eu la vision d'une salle d'opération, sans nul doute clandestine.

« Et elle entendait des enfants sangloter... »

Cette pensée traversa son esprit et, aussitôt, elle dut fermer les yeux. On lui montra une scène dont le sens lui fit pousser un cri d'horreur. Benjamin la reprit dans ses bras. Il avait soudain la singulière impression que l'âme même de Soline pourrait se perdre, aspirée par le chaos du temps.

— Je vais bien, dit-elle pour le rassurer.

— Seigneur, ma grand-mère faisait comme toi, quand elle avait une vision, affirma Christian Pasquier. Elle respirait vite, les paupières closes, toute pâle.

— Je ne peux pas me contrôler, ni voir ce que je souhaiterais, avoua Soline.

— Dis-nous ce que tu as vu, ma belle, lui dit Viviane.

— Pas tout de suite, c'était très triste. Benjamin, Alban, vous devriez aller terminer le box de Taviane, il est déjà tard. Je rêve de l'installer confortablement, sur un bon lit de paille.

Les deux hommes approuvèrent et ressortirent. Ayant bu une tasse de thé, Ginette décida de partir.

— Je ne sers plus à rien, plaisanta-t-elle. Je dois m'arrêter en route faire des courses pour le dîner. Ne rentre pas trop tard, Christian. Je n'aime pas être toute seule chez nous à la nuit tombée. Avec les loups...

— Ne t'en fais pas, je te rejoins vite.

Viviane et Kate avaient prévu de prendre le repas du soir au chalet. Elles se dirigèrent vers la cuisine en discutant du menu. Soline fut soulagée d'être seule avec l'éleveur.

— Cette fois, je suis prête à regarder d'anciennes photos de votre famille, monsieur, dit-elle en souriant. Si nous sommes destinés à nous rencontrer souvent, il faudra vous habituer à mes particularités, comme mon extrême sensibilité, mon intuition exacerbée et l'état second où me plongent les visions.

— Je m'habituerai à tout, si tu es Ania.

Christian Pasquier ouvrit l'album dans lequel il avait mis les clichés dont il avait hérité.

— Vous avez commencé par l'année 1892, nota Soline. Mais ce sont des cartes postales de Saint-Gervais ! Là, ce sont les thermes… Qui est cette jeune fille si jolie ?

— Albertine Marty, la tante de ma grand-mère Louise. La malheureuse était employée dans l'hôtel des thermes et elle est morte la nuit d'une terrible catastrophe.

— Oui, je l'ai lu dans le premier cahier. Personne n'a voulu écouter les avertissements de Louise, qui avait douze ans. Mais elle a sauvé son petit frère.

— Exact, mon grand-oncle, devenu un médecin réputé. Il était bel homme, très sévère néanmoins. Quand j'étais gamin, il me faisait parfois peur.

Soline put étudier la physionomie de Nicolas Favre, le frère aîné de Louise et d'Antoine, en uniforme de soldat, avant de rejoindre le front où il serait tué.

— Ah, fit-elle, c'est Louise qui tient un bébé devant ces décors peints sur toile dont se servaient les photographes de l'époque.

— Ma grand-mère avait écrit au dos des clichés les dates et le nom des personnes. C'est son fils Clément, âgé de six mois, qu'elle a sur les genoux.

— Qu'elle est belle !

— Toi aussi, Soline, crois-moi. Tiens, regarde, par la suite, il y aura plus de photos, car son frère Antoine avait acheté un appareil. Là, l'image est rare. Elle a été prise par un touriste de passage à Combloux, c'est Louise avec Barry, le chien que lui avait offert Vittorio, son grand amour.

— Comme mon tervueren !

L'éleveur hocha la tête. Il tourna une autre page, qui comportait de nombreux clichés de taille moyenne.

— Ici, j'ai regroupé les photos de maman. Louise avait plus de quarante lorsqu'elle a eu Émeline, ma mère, avec Vittorio Mancini. Il était veuf, ses filles étaient mariées, alors il est revenu à Combloux. Cette fois, il l'a épousée et il lui a offert un autre chien, presque aussi blanc que le tien. Ma grand-mère l'a baptisé Flocon.

— Décidément ! Le mien, c'est Neige, admit Soline, amusée. Votre mère était ravissante. Oh, comme c'est joli ! Cette photo en couleurs, le jour de son mariage avec votre père, sûrement. Ils sont dans une calèche ornée de fleurs blanches. Le cheval est superbe. Qui sont ces deux enfants ?

— Ah, il y en aurait à raconter, déplora Christian Pasquier. L'histoire de ma famille comporte bien des drames. La petite s'appelait Marie. Elle était orpheline et avait été recueillie peu de temps après sa naissance par Jeanne, la première épouse d'Antoine. Et le garçon, Nicolas, c'était le fils de Clément.

— Vous parlez d'eux à l'imparfait, ils sont tous décédés ?

— Oui. Nicolas pendant la guerre d'Algérie. Marie, elle, a vécu presque toute sa vie en Angleterre, elle a succombé à une rupture d'anévrisme il y a environ huit ans. Papa m'a quitté presque un mois plus tard. Toujours ce maudit cancer.

— Et votre mère, Émeline ?

— Maman se porte à merveille ! L'an dernier, nous avons fêté ses quatre-vingt-onze ans.

— Vraiment ? s'émerveilla Soline. Dans ce cas, si je suis de votre famille, je pourrais faire sa connaissance ?

— Bien sûr, elle sera tellement surprise et heureuse.

Les larmes aux yeux, Christian Pasquier tapota gentiment le poignet de la jeune femme. Ils échangèrent un long regard complice.

— Est-ce que je peux garder vos albums, monsieur ? Seule, j'aurai peut-être le courage de les regarder.

— J'allais te le proposer. J'ai hâte de savoir si je peux te serrer dans mes bras.

En guise de réponse, Soline déposa un léger baiser sur la joue de l'éleveur.

— Nous aurons vite la confirmation, dit-elle tout bas. Mais je n'ai plus de doute, papi…

Une demi-heure plus tard, Christian Pasquier quittait le vallon des loups avec un précieux viatique. Une douce voix féminine, aux accents très jeunes, avait prononcé ce mot de « papi » qu'il désespérait d'entendre.

Viviane, Kate et Alban purent assister à l'entrée de la jument dans son box. La porte était dotée d'un volet à mi-hauteur, ce qui la protégerait des loups, si une meute rôdait la nuit.

Soline, ravie, prit Benjamin par la main. Sa rancune s'était envolée, car elle avait admis les motivations de son compagnon, soucieux de juguler son enthousiasme.

Cependant, elle le taquina, en lui dédiant un grand sourire.

— Allons dîner, monsieur l'avocat du diable !

— Avec plaisir, mon cœur, répliqua-t-il en l'embrassant. Ne t'inquiète pas, Kate doit poster dès demain matin l'enveloppe contenant les échantillons de cheveux, tu sauras vite la vérité.

Yvoire, au bord du lac Léman, vendredi 19 février 2016

L'homme avait pris une chambre dans l'hôtel où séjournaient depuis la veille Alice et Étienne. Allongé sur le lit, il regardait l'étendue du lac Léman par la fenêtre. Lui qui avait tant aimé cette immense étendue d'eau, dans son écrin de montagnes, la détestait à présent.

— Le lac m'a trahi, maman, murmura-t-il. Par quel prodige ont-ils pu retrouver le corps de Fauvel ? Ce crétin me causera plus d'ennuis mort que vivant. Parfois, la chance n'est pas de mon côté. Il a fallu qu'il y ait une tempête et que ces gens se noient... C'était pareil, pour cette fille, Kate, je me demande toujours comment les secouristes ont pu la localiser.

Il avait envie de fumer un cigarillo, mais ce petit plaisir l'obligerait à sortir sur le balcon.

— C'est trop risqué, soupira-t-il. Ces deux flics pourraient me voir... Je ne suis pas sûr que la jolie brunette me reconnaisse, mais je dois être prudent. Elle m'a vu, déguisé en doctoresse. Je commence à en avoir assez, Soline. Je suis au bord de la crise de panique, et c'est ta faute. Je n'arrive plus à réfléchir.

Tout se mêlait dans son esprit aux circonvolutions complexes. La découverte récente du cadavre de Roger Fauvel bouleversait ses plans, en lui insufflant néanmoins l'envie de tuer encore.

— On devient trop curieux, presque soupçonneux, Soline, du côté de ma vie normale. Je ne sais plus comment justifier mes absences répétées. Il faut que je rentre quelques semaines dans le rang, le temps que tu accouches. Mais c'est long, si long.

Il avala deux cachets pour apaiser son angoisse et dominer ses nerfs tourmentés.

— Si seulement tu n'avais pas cherché à me piéger au mois de novembre, Soline, nous serions très loin et très heureux. Oui, je serais heureux grâce à ce bébé, ma petite fille.

Cette nouvelle obsession le perturbait beaucoup. Il se voyait en père modèle, en train de promener par la main une enfant très blonde aux yeux bleus. Ensuite, il imaginait des instants de pure tendresse, tout en sachant au fond de lui qu'il ne saurait pas se contrôler et franchirait le seuil interdit.

— Est-ce que tu te souviens, maman, la façon dont ma brute de père m'avait puni ? débita-t-il entre ses dents. Il m'a frappé, puis fouetté et enfermé. Mais je ne voulais pas faire de mal à Soline, seulement je l'aimais si fort, elle était si douce, si gentille, si mignonne. Il fallait que je la tienne contre moi, que je l'embrasse un peu partout.

Terrassé par des images resurgies au fil des mots, l'homme serra les poings, haletant.

— Papa nous a séparés, Soline et moi, dès que tu es morte, maman. Il m'a privé d'elle alors que je t'avais perdue et que j'étais tellement triste. Je me suis vengé, je l'ai tué et j'ai hérité d'une fortune et même de Roger Fauvel, son âme damnée. Tu l'appelais ainsi, je n'ai jamais oublié. Ce type bourré de vices secondait papa dans ses sales combines.

La sonnerie de son téléphone « officiel » le fit sursauter. Il répondit, tout de suite agressé par les intonations de son correspondant.

— Non, je ne peux pas rentrer ce soir, je te l'ai dit, je me sens encore épuisé et les cours de yoga me font du bien. Non, je refuse que tu me rejoignes, j'ai besoin d'être seul. Je t'en prie, attends-moi sagement. Je te promets d'être là dimanche soir ou lundi matin.

Vite, l'homme coupa la communication, un peu anxieux. Il avait eu des difficultés à s'exprimer sur le mode du personnage qu'il jouait dans son autre vie.

— Soline, ça me rend fou de penser que tu es tranquille avec Benjamin. Vous dormez ensemble, il te voit au réveil, il a le droit de t'embrasser, lui.

Exaspéré, il se leva et sortit un cigarillo de son paquet. Avant d'aller sur le balcon, il se coiffa d'une casquette et mit des lunettes de soleil.

— Je m'inquiète pour rien, il n'y a personne.

Fumer l'aida à élaborer un nouveau plan. Il retourna dans la chambre, exalté par sa propre intelligence.

— Papa me traitait de prédateur, donc il me faut ruser et choisir ma proie. Si la jolie brunette qui suit partout Dambert prenait la place de Sophie Gally ? Je me demande où est passée la belle plante rousse... J'ai encore une meilleure idée, je pourrais peut-être faire coup double, mais là, je vais avoir du travail presque toute la nuit.

Il attendit le crépuscule pour quitter l'hôtel, un chapeau de feutre sur la tête et vêtu d'un trench-coat beige.

Alice et Étienne, qui avaient été retenus plus d'une heure à la gendarmerie de Douvaine, dont dépendait Yvoire, auraient pu le croiser dans le hall, mais ils s'attardèrent sur le port, si bien qu'ils le manquèrent de peu.

Selon ses prévisions, l'homme fut occupé pendant des heures. Équipé d'une combinaison en nylon, ganté et masqué, les cheveux protégés, il se livra à une minutieuse séance de ménage dans la luxueuse villa qu'il possédait sur la rive suisse du lac.

— Il ne doit rester aucune trace de mon passage ici, se disait-il. Rien de rien. Mais on trouvera des indices révélateurs sur quelqu'un d'autre.

Il exultait, certain de réussir. Il était plus de minuit quand il effectua les mêmes tâches à l'intérieur du bateau et sur le pont.

— Bon boulot, ironisa-t-il. La police va se régaler. À présent, le feu purificateur. J'abandonne mon projet de tuer cette fille, la jolie brunette. Au fond, elle est inintéressante.

Le lendemain matin, Alice et Étienne réglèrent leur note à la réception de l'hôtel. Ils étaient attendus au commissariat d'Annecy, mais ils avaient prévu de rendre une courte visite à Soline en effectuant un léger détour sur les routes secondaires.

Le policier prit le volant, malgré la migraine dont il se plaignait.

— Alors tu continues à soupçonner Jacques Fauvel ? insinua la jeune inspectrice, une fois assise sur le siège passager.

— Admets qu'il pouvait être au courant du rôle de son frère et fermer les yeux. J'ignore pourquoi, mais ce type ne m'inspire pas confiance.

— Au moins, il a fait le voyage pour identifier son frère. Il a dû passer un sale moment, vu l'état du corps.

— Je m'en fiche. Les Fauvel ont l'air d'avoir une pierre à la place du cœur. Quand je l'ai eu au téléphone pour lui dire de ne pas chercher à revoir sa fille adoptive, il m'a rétorqué qu'il n'en avait aucunement l'intention. Tant mieux, je crains le pire si le tueur découvre que son idole est enceinte de Benjamin.

— Je comprends, concéda Alice. Mais au sujet de Monique et de Jacques Fauvel, je pense comme Soline. Si ces gens savaient des choses compromettantes ou avaient été mêlés aux crimes, ils seraient déjà morts.

Une grimace de douleur crispa les traits hautains du policier. Avisant une pharmacie, il se gara.

— Je vais aller chercher des cachets, ma migraine empire.

— Ne bouge pas, je m'en occupe.

Lorsqu'Alice sortit de la pharmacie, il lui fit signe de se dépêcher. De toute évidence, vu son expression de panique, il s'était passé quelque chose de grave.

— On fait demi-tour, annonça-t-il en braquant pour repartir dans la direction d'où ils venaient.

— Pourquoi ?

— Les gendarmes ont reçu un appel anonyme. Le témoin a raccroché rapidement. Il affirmait avoir vu un homme jeter à l'eau un autre homme, apparemment inerte, le soir du samedi 23 janvier… Qui plus est, il a indiqué un lieu en Suisse, au bord du lac. Devine ! Une villa de luxe qui a brûlé cette nuit, comme le vieux manoir près d'Yvoire. La brigade du lac va nous y conduire en bateau. La police est déjà sur place.

— C'est peu bizarre, nota Alice. Les investigations attestent que Roger Fauvel a été passé par-dessus bord à un endroit où l'eau est très profonde. Comment ce témoin a-t-il pu voir la scène, surtout de nuit ? Je préviens Soline, on ne pourra pas lui rendre visite aujourd'hui.

— En effet, notre programme est compromis. Plus j'y pense, plus cet appel anonyme me semble suspect.

— Tu crois qu'il est censé nous orienter sur une fausse piste ?

— On en saura plus après la traversée du lac, ne tirons pas des conclusions hâtives.

— Il y a un autre souci, je suis malade en bateau, confessa Alice. Tu es prévenu.

— Un charme de plus, se moqua Étienne.

Chalet du vallon des loups, dimanche 21 février 2016

Il pleuvait à torrent. Des rideaux de pluie voilaient le paysage assombri, aux teintes brunes et grises.

— Il vaut mieux laisser Taviane au box par ce temps, indiqua Benjamin. Et tu peux rester au lit, mon petit cœur.

— Non, pas question, je vais préparer un bon repas pour Alice et Étienne. Ils doivent être éprouvés par ce qui s'est passé. Et ils ne peuvent pas rester longtemps. Je suis pressée de consulter mes mails aussi.

— Le résultat des tests se fait un peu attendre, nota-t-il en lui souriant. Aie confiance.

— Je n'ai aucun doute, répliqua-t-elle.

Soline s'habilla chaudement. Neige la salua d'un aboiement amical lorsqu'elle sortit sur le palier. Selon un rituel bien établi, la jeune femme caressa le berger suisse en lui parlant tout bas.

— Tu es presque plus affectueuse avec ton chien qu'avec moi, déplora Benjamin.

— La jalousie est un vilain défaut, plaisanta Soline.

Ils échangèrent un baiser avant de descendre l'escalier main dans la main.

— J'allume le feu en premier, ensuite je t'apporte des bûches pour la cuisinière à bois. Elle ne doit pas être éteinte.

— Moi, je fais du café et du thé.

À leur grande surprise, une voiture monta le chemin une vingtaine de minutes plus tard, tandis qu'ils se préparaient à prendre leur petit déjeuner.

— Ce sont nos invités de midi, constata Benjamin qui était allé sur la galerie couverte. Bon, j'ajoute des tasses.

Alice entra la première, des cernes sous ses yeux noisette, ses boucles brunes à l'abri de la capuche de sa parka.

— Quel soulagement d'être là ! soupira-t-elle. On arrive de l'enfer, ou d'un endroit qui y ressemble.

— Je m'en doute, concéda Soline. Va près de la cheminée si tu as froid.

Étienne fit son apparition. Il avait les traits tirés et le teint blafard. Sans réfléchir, il donna une chaleureuse accolade à Benjamin, comme s'il retrouvait un frère ou son meilleur ami.

— Salut, on arrive plus tôt que prévu car on doit repartir d'ici une heure, déclara-t-il en s'asseyant. Voilà, au moins on a cinq corps qui pourront être décemment inhumés. C'est une maigre consolation pour les familles.

— Alors tu avais raison au sujet des quatre jeunes femmes disparues, lui dit Soline. Il les avait assassinées et les gardait dans une chambre froide.

— Ouais, où Judith les a rejointes. Ce type est un monstre. La police scientifique est encore dans la villa. L'incendie n'a pas tout détruit, et il a laissé intact le sous-sol. C'était voulu, on devait découvrir les victimes.

— Étienne pense que l'appel anonyme venait du meurtrier lui-même, précisa Alice. En cours de route, j'ai envoyé un message à Sophie Gally pour l'informer.

Soline baissa la tête, de peur de lire dans le regard des deux policiers le reflet de ce qu'ils avaient vu dans le fameux sous-sol. Son sentiment de culpabilité reprenait ses droits.

— Ces quatre malheureuses jeunes femmes, est-ce qu'elles me ressemblaient beaucoup ? demanda-t-elle d'une voix faible.

— Je ne les ai pas examinées de près, avoua Étienne. Mais elles étaient blondes, les cheveux longs, assez jolies. J'ignore dans quel piège on est tombés. On dirait que le tueur efface toutes les traces avant de frapper un grand coup. Le bateau était en train de couler, il a brûlé le manoir d'Yvoire et cette villa. En principe, on devrait savoir à qui cette propriété appartenait grâce au cadastre.

Étienne se tut pour boire sa tasse de café. Il se resservit aussitôt.

— Je n'ai pas dormi de la nuit, Alice a dû conduire, je n'étais pas en état. Soline, Benjamin, il faut arrêter ce type, que ce soit Vincent ou je ne sais qui. Il s'arrange pour nous suivre, pour ne laisser aucun indice exploitable. J'en viens à me sentir épié du matin au soir.

— Ce doit être très éprouvant, admit Benjamin, affligé par la mine défaite du policier. Courage, tu vas le coincer, j'en suis sûr. Il paiera pour ses crimes.

— J'aimerais te croire, mon vieux, mais je vous ai réservé le meilleur pour la fin ! Ce saligaud avait laissé un message sur une feuille de cahier scotchée sur la porte de la chambre froide. Le summum de la provocation, non ?

— Que disait-il ? interrogea Soline, devenue très pâle.

— J'ai pris une photo avec mon téléphone. Regarde.

Elle déchiffra les trois lignes écrites en majuscules :

J'AVAIS DES REMORDS, AUSSI POUR LES APAISER, JE RENDS LES CORPS AUX FAMILLES.

POUR LES PROCHAINS, À VOUS DE LES TROUVER, ICI OU LÀ.

— C'est répugnant ! pesta Benjamin qui avait lu en même temps et redonnait son téléphone au policier. Ce malade mental agit en toute impunité et je parie que, maintenant, il se cache derrière une identité respectable.

— Sûrement, se désola Alice.

— Pourquoi on ne m'envoie pas une vision de lui tel qu'il est en temps normal ? Ce serait simple, mais non.

— Navré de vous assener tout ça de bon matin, déclara Étienne. Néanmoins, nous avons tenu à vous rendre visite, surtout à toi, Soline. Je suppose que tu espérais un mail, c'est moi qui l'ai reçu. Tiens, c'est le résultat des tests ADN.

Le policier lui tendit à nouveau l'appareil. Soline lui lança un coup d'œil affolé.

— Vas-y, n'aie pas peur, l'encouragea-t-il.

— Christian Pasquier est bien mon grand-père ! s'écria-t-elle. Oh, je suis tellement heureuse. J'ai eu raison de l'appeler papi, mercredi, avant son départ. Benjamin, j'ai une famille et mon arrière-grand-mère est toujours vivante.

Elle riait et pleurait à la fois, sous les yeux attendris de son compagnon.

— Je suis la descendante de Louise Favre, la belle dame de Combloux, dit-elle encore, radieuse. Merci, Étienne, merci. Et je suis sûre que Louise veille sur moi, de son paradis.

17

Les liens du sang

Entre les Ayères et les Mollays, même jour,
dimanche 21 février 2016

Soline contemplait la ferme de Christian Pasquier, où elle était venue en juillet dernier dans l'espoir de retrouver Barry. Le paysage était moins enchanteur qu'en été, mais la pluie avait cessé.

— Je suis tellement émue, confia-t-elle à Benjamin. Quand je pense que tu rendais souvent visite à mon grand-père, et moi je refusais de t'accompagner.

— Oui, la vie est étrange. J'avais sympathisé avec ces gens sans me douter de la révélation qui nous attendait.

Après la brève visite d'Alice et d'Étienne, Soline avait tenu à partir le plus tôt possible chez les Pasquier, afin de leur annoncer de vive voix la formidable nouvelle.

— Je ne peux pas dire ça au téléphone, et puis je veux serrer mon grand-père dans mes bras ! s'était-elle écriée, survoltée.

Maintenant, ils s'apprêtaient à monter en 4 x 4 le chemin goudronné qui menait vers le corps d'habitation, entouré de bâtiments.

— Rien n'a changé, mais tout me paraît différent, soupira-t-elle. Là, sur la gauche, il y avait des agneaux qui gambadaient. Ils étaient adorables, on aurait dit des jouets.

— Aujourd'hui, le plafond nuageux est si bas qu'on ne voit pas le mont Blanc, nota Benjamin. Par ciel clair, la vue est superbe.

— Je m'en souviens. Allons-y.

Neige, qui était couché sur la banquette arrière, se redressa et observa les pâtures désertes.

— Les brebis sont rentrées ? demanda Soline.

— Oui, mais le troupeau a diminué, je crois que M. Pasquier va bientôt prendre sa retraite. Il pourra se consacrer à sa merveilleuse petite-fille, déclara le jeune homme en riant.

— J'ai l'intention moi aussi de passer beaucoup de temps avec mon grand-père, répliqua Soline. Bien sûr, je ne connaîtrai jamais mes vrais parents, mais je sais qu'ils m'aimaient très fort et qu'ils ont été heureux durant leur courte existence. C'est à la fois merveilleux et troublant, l'idée d'avoir une famille. Je ne voulais pas faire de recherches de peur d'être déçue. Le destin en a décidé autrement.

— Je m'en réjouis pour toi, mon cœur. Peu à peu, tu vas découvrir tes ancêtres, leur passé. Tu as des racines dans ce beau pays.

Elle jeta un regard attendri sur son compagnon. Elle se disait à juste titre que Benjamin, comme Sophie et Étienne, ne saurait sans doute jamais d'où il venait.

Ils se garèrent près de la maison. Aussitôt, Ginette Pasquier apparut sur le seuil, en tablier et chaussons. Elle agita la main en signe de bienvenue.

— C'est dommage que ma véritable grand-mère soit morte, murmura Soline. Je n'ai même pas demandé son prénom à papi.

— Tu répètes ce mot sans arrêt depuis que tu as le résultat des tests, fit remarquer Benjamin. J'avais les larmes aux yeux quand tu as regardé les photos de tes parents, tu ne cessais pas de dire « maman » et « papa ». C'était très touchant.

— Chut, tais-toi, mon amour, sinon je vais pleurer.

— Voilà M. Pasquier, Soline. Il semble inquiet.

— Je vais vite le rassurer.

L'éleveur vit la jeune femme sortir de la voiture et marcher vers lui. Vêtue d'un pull blanc, ses longs cheveux dorés au vent, elle n'était que sourire.

— C'est moi, papi, j'arrive par surprise, mais je suis là.

Ces trois derniers mots signifiaient tant de choses. Elle exprimait ainsi sa volonté de faire désormais partie de sa famille retrouvée, d'offrir son amour et d'en recevoir en retour.

Tremblant, Christian Pasquier n'était sûr de rien. Il comprit lorsque Soline se jeta à son cou, avec un petit sanglot ému.

— Tu es mon grand-père, nos liens du sang sont prouvés, balbutia-t-elle.

— Mon Dieu, mon Dieu, gémit-il. Après tant de chagrins, je te retrouve enfin, ma petiote.

Ils s'étreignirent en silence tandis que Ginette essuyait des larmes de joie. Benjamin sentit qu'il n'était pas loin de l'imiter, alors il retourna jusqu'au 4 x 4 pour prendre les albums photo et le cadre, qu'ils avaient rapportés.

— Entre donc, Soline, tu es chez toi ici, articula péniblement Christian Pasquier. Mon vieux cœur bat la chamade, sais-tu ! Je suis si heureux.

— Moi aussi je suis heureuse, papi. Pendant le trajet, je n'ai fait que rire et pleurer. J'aurais voulu avoir des ailes pour arriver plus vite. J'ai regardé les photos de mes parents, mais je veux recommencer avec toi. Tu pourras me donner des précisions.

— On allait passer à table, je rajoute deux couverts ! s'écria Ginette. Depuis le temps que Christian espérait un miracle !

— Je me demande si je serai capable d'avaler quoi que ce soit, répondit Soline. Je suis tellement nerveuse, madame.

— Hé, ce n'est pas bon pour le bébé, ça, commenta celle-ci. Et il faut m'appeler Ginette. On se tutoie ?

L'ambiance devint tout de suite familière. Un peu remis de l'immense bonheur qui l'avait remué jusqu'au fond de l'âme, l'éleveur s'offrit un petit verre de vin cuit. Benjamin en prit aussi. Il faisait aimablement acte de présence, cependant son esprit vagabondait, hanté surtout par les crimes dorénavant avérés du sinistre criminel qui les menaçait.

« Il va forcément s'en prendre à Soline, songeait-il. Comment la protéger, le bébé et elle… Si nous partions en Italie ou en Espagne ? »

Mais il était lucide. Jamais Soline, toute à l'exaltation des retrouvailles, n'accepterait de quitter la région.

— Je dois mettre ma mère au courant, je le ferai de vive voix, disait Christian Pasquier. Quand tu as disparu, elle était au désespoir. Elle me voyait souffrir et cela la torturait davantage.

— Émeline n'avait pas hérité du don de sa mère, si je comprends bien ? s'intéressa Benjamin.

— Non, et elle s'en réjouissait. C'est difficile de vivre ainsi, ma grand-mère se plaignait parfois. Elle se désolait car ses visions ne l'aidaient pas à sauver les gens en danger. Le fait que personne ne l'avait écoutée, à douze ans, peu avant la terrible tragédie de Saint-Gervais, l'avait beaucoup marquée.

— Je l'ai constaté en lisant ses cahiers, approuva Soline. Elle raconte notamment comment un hiver, elle a tenté d'avertir les gens du village de Beaufort. Elle savait qu'une avalanche se produirait, dévastant le hameau des Arêches, et qu'il y aurait des morts…

— En fait, toi, mon cœur, tu as pu sauver plusieurs personnes, précisa Benjamin. En quelque sorte, tu as exaucé le vœu très louable de ton arrière-grand-mère.

— Pardonnez-moi, je rectifie, intervint l'éleveur. Louise est la trisaïeule de Soline, et Émeline son arrière-grand-mère. Mais il faut me raconter tes exploits, petite.

— Une autre fois, papi ! Ne m'en veux pas, ça m'obligerait à évoquer des moments pénibles.

— Dans ce cas, je patienterai, bien sûr.

Ginette, les joues roses sous ses boucles grises, leur servit une salade verte agrémentée de noix et de carrés de fromage. Elle prit les devants, sachant que son mari, lui, devait hésiter à parler de sa première épouse.

— Puisqu'on cause généalogie, Soline, déclara-t-elle, ta vraie grand-mère s'appelait Justinia. Je ne l'ai pas connue, mais je sais que c'était une femme cultivée et grande lectrice. Elle avait séduit un beau montagnard en lui prêtant des romans sur les chevaux.

— Ah, Justinia était quelqu'un à part, soupira Christian d'un air gêné. Elle a baptisé notre fille Elsa, en hommage à Elsa Triolet, une femme de lettres. Et à ta naissance, elle avait beaucoup apprécié le prénom Ania, choisi par tes parents.

— C'est joli, Ania, mais tu ne m'en voudras pas, papi, si je préfère garder Soline ?

— Je m'en doutais. Après le repas, je te montrerai le livret de famille, j'ai tout conservé.

— Quelle est ma date de naissance ?

— Tu es née un soir de neige, le 19 novembre 1991.

Soline esquissa un sourire.

— Au moins, nous pourrons fêter ton anniversaire à la bonne date, maintenant, avança Benjamin.

— Elsa a accouché chez elle, c'était son souhait. Ton papa et une sage-femme l'assistaient. Antonin a pleuré en te voyant, relata l'éleveur.

— J'ai vu une photo d'un bébé dans les bras d'une ravissante jeune femme blonde, répliqua Soline. C'est moi, n'est-ce pas ? Il y en a une autre où ce doit être mon père qui me tient. Il était beau. Très brun, les yeux noirs. Notre fille pourrait lui ressembler, ou te ressembler, Benjamin.

— Nous le saurons au début du mois de mai, mon cœur.

Ginette et son mari observaient le couple d'un air charmé. Ils pensaient tous les deux, sans s'être concertés, que bientôt un nouveau-né agrandirait la famille et qu'ils vivaient presque un rêve. Mais au grand regret de Soline, la conversation porta peu après sur l'actualité de la région.

— Mercredi, on a discuté du meurtrier, commença l'éleveur. On regardait les informations et ils ont montré des images d'une grande villa qui avait brûlé, sur la rive suisse du lac Léman. Ils ont découvert cinq corps dans une chambre froide, située au sous-sol. C'est affreux !

— J'en ai eu la chair de poule, renchérit Ginette. Comment est-ce possible, des horreurs pareilles ?

— Pourtant, c'est à moi qu'il en veut, avoua Soline. Quand j'habitais à Combloux, il déposait régulièrement une rose sur le pas de ma porte et il est entré deux fois en mon absence. Il s'en est pris à plusieurs personnes de mon entourage.

Christian devint livide à l'idée de la menace qui planait sur sa petite-fille.

— Venez vous installer ici, proposa-t-il immédiatement. J'ai un fusil de chasse et je suis bon tireur, crois-moi. Qu'il ose s'approcher de toi ! Tu cours trop de risques dans ce vallon isolé.

— C'est gentil, papi, mais je dois rester là-bas. Louise a vécu dans ce chalet pendant la dernière guerre. Je l'ai vue en tête d'un triste cortège qui montait le chemin. Mon intuition me dit que je suis en sécurité sous le toit où elle a séjourné avec Émeline et des petits enfants, sûrement Marie et Nicolas.

— Que fait la police ? se lamenta Ginette. Cet assassin devrait déjà être en prison.

— Il est très rusé, quasiment insaisissable, décréta Benjamin. En fait, l'inspecteur en charge de l'affaire et moi l'avons rencontré il y a des années. J'ignore pourquoi et comment il a retrouvé la trace de Soline, lorsqu'elle habitait Lons-le-Saunier chez ses parents adoptifs, mais il a réussi.

— Quoi ? Mais qu'est-ce ça signifie, au juste ? gémit l'éleveur. Il faut tout me dire.

— Tu as raison, papi, tu dois savoir ce qui s'est produit quand j'étais une fillette sans identité.

Deux heures plus tard, consterné par le récit à deux voix des jeunes gens, Christian Pasquier émit une hypothèse très proche de celle établie par Soline.

— Tu as survécu à l'accident qui a tué tes pauvres parents, dit-il d'une voix rauque. Et quelqu'un t'a emmenée. C'est pour ça qu'on n'a rien retrouvé dans les alentours, même pas ta peluche. On a dû te garder environ deux ans avant de te conduire à la station de ski. Ensuite, tu as été placée. Ils t'ont bien traitée au moins, ces Fauvel ? Parce que franchement, si ton prétendu oncle était un escroc et le complice de ce sale type, on peut imaginer le pire.

— Ne t'inquiète pas, Monique Fauvel était une mère peu affectueuse, cependant j'ai reçu une solide éducation et j'ai pu faire de bonnes études.

Benjamin décida de sortir prendre l'air, sous le prétexte de promener Neige, qu'ils avaient laissé dans le 4 x 4.

— Vous pouvez le ramener à la maison, indiqua Ginette. On a un patou, mais il est enfermé dans la bergerie.

— Mes parents adoptifs m'ont offert Neige pour mes quatorze ans, expliqua Soline. Il devient âgé, hélas. Je l'adore.

Bizarrement, cet aveu assez ordinaire lui provoqua une vive angoisse. Elle eut envie de pleurer, puis le décor qui l'entourait s'estompa. La spirale du temps l'entraîna vers une douce lumière où se dessina le visage de Louise, d'une rare beauté et en pleine jeunesse. Une fois encore, sa belle dame avait su la consoler et la rassurer.

*

Cinquante et un ans plus tôt,
Combloux, samedi 20 novembre 1965

Louise, qui revenait du cimetière, eut à peine la force de monter s'allonger dans sa chambre. Émeline et Pierre durent la soutenir, car elle semblait prête à s'effondrer.

— C'était vraiment de la folie de sortir par ce temps, maman, lui reprocha sa fille. Il neige et le vent est glacial. Si Aglaé ne nous avait pas avertis, tu n'aurais pas pu rentrer seule.

— Je devais y aller, comme chaque année à cette date, ne me gronde pas, Émeline. Déjà trente-sept ans que Vittorio nous a quittés. J'aimais tant ton père. Je voulais lui parler de toi, de ton mari et de vos deux enfants. Mon unique amour survit par les liens du sang, en toi, en Christian et Perrine.

— Mais si papa était encore vivant, il serait en colère que tu prennes de tels risques. Tu pouvais parler à son portrait, ici, bien au chaud.

La colère d'Émeline sonnait faux, masquant l'inquiétude que lui inspirait l'état de sa mère. Louise mangeait peu. Elle avait maigri et ses traits émaciés arboraient un teint cireux dont Antoine Favre s'alarmait.

— Maman, sois prudente, je refuse de te perdre. En faisant attention, tu peux rester avec nous encore quelques années.

— Tu entends ça, Pierre, se moqua Louise. Ma fille veut me voir centenaire.

— Nous le souhaitons tous, belle-maman.

— J'aime bien quand tu m'appelles ainsi. Je ne pouvais pas avoir un gendre plus attentionné que toi. Maintenant, dites-moi plutôt pourquoi vous êtes venus à Combloux ?

— Nous avions envie d'une promenade en voiture, maman. Es-tu bien installée ?

— Comme une reine, ma chérie.

Émeline couva d'un regard anxieux le visage altier de sa mère, dont la tête reposait sur un gros coussin en satin rouge. La chevelure soyeuse de Louise avait récemment viré du gris argenté au blanc de neige, qui contrastait avec le tissu.

— Je t'en supplie, repose-toi. Christian et Perrine sont à la cuisine, Aglaé et Gisèle leur préparent des crêpes. Tu en voudras aussi ?

— Non, je n'ai aucun appétit.

— Les enfants monteront t'embrasser plus tard. Que tu le veuilles ou non, ils t'apporteront une tasse de café au lait.

— Si ça te fait plaisir.

Émeline ressassait les paroles de son oncle Antoine, qui lui avait téléphoné le matin même : « Viens voir ta maman, elle est très faible. J'ai l'impression qu'elle renonce à vivre. »

— Tu dois t'alimenter, maman, insista-t-elle d'une voix altérée par l'angoisse.

— Je sais de quoi tu as peur, ma chérie, mais je tiendrai encore plusieurs mois. J'attends…

— Tu attends quoi ?

Pierre jugea opportun de s'éclipser. Il recula et se glissa dans l'entrebâillement de la double porte. Émeline prit place au bord du lit, en s'emparant de la main diaphane de sa mère.

— Dis-moi la vérité, maman.

— J'attends le moment d'aider un petit être très précieux à venir au monde. Je dois me tenir prête, comprends-tu ? Je t'ai raconté mes visions où je communiquais presque avec la belle jeune femme blonde qui me ressemble tant. J'éprouve pour elle un amour maternel et j'ai la conviction que c'est notre descendante.

Émeline retint un soupir agacé. Même si elle ne doutait pas de la véracité des visions de sa mère, son esprit logique et son attrait pour les sciences peinaient à les admettre.

— Je suis désolée, je sens que tu es mal à l'aise, ajouta Louise. Pourtant je compte sur toi afin de régler un problème d'ordre juridique. Dans l'avenir, cette jeune femme habitera le chalet qui appartenait à mon oncle André Favre.

— Si tu le dis, maman. Moi, il faudrait me payer cher pour que j'y remette les pieds. J'ai vu mourir Clément là-bas, mon grand frère adoré. Cet endroit me fait horreur.

— Je comprends, mais certaines personnes ont le don de chasser les ondes négatives d'un lieu. Ce vallon et ce chalet peuvent être un coin de paradis selon celui ou celle qui y vit. Peu importe, voilà ce que je te demande, ma fille chérie, écoute bien.

Émeline, une fois informée du vœu de sa mère, promit à voix basse qu'elle ferait le nécessaire, afin de l'apaiser. Un quart d'heure plus tard, elle la laissait endormie et s'empressait de rendre visite à son oncle. Il la reçut dans une pièce donnant sur le jardin qu'il avait aménagée en bureau et dont les murs étaient tapissés de livres.

— Alors, qu'en penses-tu, ma nièce ? s'enquit-il aussitôt. Avoue que Louise s'étiole, je crains de la voir disparaître en un claquement de doigts.

Le crâne dégarni, hormis quelques cheveux blancs, le visage sillonné de rides, il passait ses journées dans une chaude robe de chambre en laine, à motifs écossais. Émeline songea qu'il semblait plus âgé que sa sœur, bien qu'il soit son cadet de dix ans.

— Maman va s'en aller dans peu de temps, répliqua-t-elle avant d'éclater en sanglots. Comment peut-elle être aussi sereine, mon oncle ?

— Louise est très pieuse. Malgré tous les chagrins qui l'ont brisée petit à petit, ma sœur a foi en Dieu et en la survie de l'âme. Je commence à suivre son chemin. Allons, ne pleure plus, Émeline. J'ai l'intention de veiller sur toi encore longtemps, après avoir essayé d'être un père de substitution. Tu étais si petite quand Vittorio est mort.

— Je sais, je ne te remercierai jamais assez, mon oncle… Mais je dois te sermonner, car tu aurais dû empêcher maman de se rendre au cimetière.

— Par quel prodige ? Louise se moque de mes conseils et je n'ai aucune autorité sur elle. J'espère que vous restez dîner ! Au moins, quand vous êtes là, il y a de la gaîté dans cette grande maison trop silencieuse.

— Perrine et Christian seraient déçus si nous refusions l'invitation, soupira Émeline. Sans parler d'Aglaé ! S'obstiner à cuisiner alors qu'elle approche des quatre-vingts ans.

— Ma nièce, je te donne un conseil, le travail maintient en forme, moralement et physiquement, trancha le docteur Favre.

— D'accord, je m'en souviendrai, affirma sa nièce en riant à travers ses larmes.

*

Cinquante et un ans plus tard,
Annecy, mardi 23 février 2016

Ivre de rage, Étienne avait entraîné Alice à l'intérieur d'une brasserie située au bord du canal du Vassé. D'ordinaire, l'inspecteur appréciait Annecy, surnommée la « Venise des Alpes », mais, à cet instant, il aurait voulu la fuir sur le champ.

— Calmez-vous, patron, murmura-t-elle, car des clients les considéraient d'un air soupçonneux.

— C'est bon, on est sortis du commissariat, plus la peine de me donner du « vous » et du « patron ». Tu sais quoi, je ferais mieux de partir à l'autre bout du monde.

Ils choisirent une table à l'écart, protégée par un pilier orné d'affiches touristiques.

— Un profiler, se répéta Étienne, les mâchoires crispées. Comme si je ne pouvais pas gérer l'enquête. Un peu plus, on me dégageait.

— Mais non, tu exagères. Seulement, à cause des corps découverts dans la villa en Suisse, la police compte mettre les bouchées doubles. Le procureur a eu raison de faire appel à un spécialiste des criminels en série.

— Bah, j'ai ce que je mérite, après tout, philosopha-t-il. Je paie cher mon erreur de novembre. Commande un double whisky pour moi.

Il désigna d'un signe de tête un serveur qui approchait. Alice prit une bière, en observant avec compassion son supérieur, devenu son amant.

— Tiens, un texto, c'est sûrement Soline, dit-il en retrouvant une ombre de sourire.

— Elle a dû passer du temps avec son grand-père depuis dimanche, supposa Alice. Je suis contente pour elle.

Étienne ne répondit pas, son regard vert fixé sur l'écran de son téléphone. Soudain il le posa à l'envers sur la table, d'un geste vif, comme si l'appareil le brûlait. Le serveur dut le pousser un peu pour poser leurs consommations.

— Une mauvaise nouvelle ? s'inquiéta Alice devant la mine défaite de l'inspecteur.

— Des nouvelles tout court, rétorqua-t-il.

Il but son verre d'un trait et se rua à l'extérieur de l'établissement pour allumer une cigarette.

— Tant pis, je lis le message, décida-t-elle.

Sidérée, Alice parcourut les lignes du texto. Son cœur s'affola et elle chercha tout de suite Étienne des yeux, mais il avait disparu de son champ de vision.

— Il est capable de faire n'importe quoi, se dit-elle tout bas.

Vite, elle laissa la somme correspondant à la note et, sans toucher à sa bière, elle se précipita sur le quai du canal. Des idées noires lui venaient, assorties d'images atroces.

Elle étudia chaque silhouette masculine, sans reconnaître celle du policier.

— Il ne s'est quand même pas volatilisé…

Enfin, Alice pensa à l'arme de service d'Étienne, qu'il avait rangée dans un placard de leur chambre avant de se rendre au commissariat. Craignant l'irrémédiable, elle courut le long du quai, pour emprunter une rue perpendiculaire.

— J'aimerais avoir ce maudit tueur dans ma ligne de mire et tirer, marmonna-t-elle, essoufflée.

La préposée à la réception lui affirma que M. Dambert venait de monter. Alice grimpa jusqu'au second étage. Sa lucidité revint en s'arrêtant devant la porte 8.

« Je perds la tête, se dit-elle. Étienne ne ferait jamais ça, il tient trop à sa vengeance. »

En entrant, elle perçut le bruit de la douche tandis qu'elle marchait sur des vêtements jetés au sol. Le soulagement la fit trembler. En toute hâte, elle se déshabilla à son tour.

— Fiche-moi la paix ! rugit le policier lorsqu'Alice lui apparut, les cheveux dénoués, entièrement nue.

— Non, pas question, répliqua-t-elle en le rejoignant sous la cascade d'eau tiède. Je veux être avec toi.

Il fut incapable de la repousser. L'espace était restreint et elle se plaqua contre lui. Dès qu'il sentit ses seins frôler son torse, il poussa un cri de désir et la serra de plus près. Ils échangèrent un baiser presque brutal, leurs mains s'égarant sur le corps de l'autre. Alice caressa le sexe durci de son amant et il glissa ses doigts entre ses cuisses.

— J'avais peur que tu fasses une bêtise, avoua-t-elle.

— Si j'en étais à ce point de désespoir, je trouverais un coin désert pour en finir, répliqua-t-il en la mordillant dans le cou. Jamais je n'imposerai le spectacle d'un suicide à quelqu'un, surtout pas à toi.

Étienne arrêta la douche. Il enlaça la jeune femme pour la mener vers le lit. Survolté par le choc qu'il avait reçu en lisant le message, il était avide de plaisir. Sachant ses préférences, Alice l'obligea à s'allonger sur le dos et elle le chevaucha avec frénésie, en se tenant à ses épaules. Il se cambrait et décochait des coups de reins en réponse aux mouvements ardents de sa partenaire, dont les plaintes voluptueuses le comblaient.

— Encore, encore, gémissait-elle.

Il la fit basculer sur le côté, tout en embrassant sa superbe poitrine. Le corps d'Alice le rendait fou, comme sa chair drue et mate. Il reprit possession d'elle en se déchaînant, tant il avait besoin d'oublier ce qui aurait pu le détruire.

— Doucement, implora-t-elle.

Mais il poussa son avantage, tétanisé à l'instant où il libéra sa semence en laissant échapper un râle de jouissance.

— Pardon, je t'en prie, pardonne-moi si je t'ai fait mal, dit-il à son oreille. Je suis désolé.

— C'était bon, murmura-t-elle. Je n'ai pas eu mal, tu m'as donné du plaisir… Je t'aime, Nayden.

Le policier s'étendit à ses côtés en la prenant dans ses bras. Il aurait volontiers pleuré.

— Je t'avais déjà dit mon prénom ou tu l'as appris dans le message ?

— Sophie l'a cité une fois, je ne l'ai pas oublié.

— Alice, comment ce saligaud a eu mon numéro de téléphone, à ton avis ? Il aurait un autre complice dans la police ?

— Je me suis posé la question en te cherchant sur le quai et je crois avoir une explication. Tu avais laissé ta carte à Yvonne Fauvel. Il a dû la récupérer après avoir tué cette pauvre dame.

— Oui, c'est la solution la moins angoissante. Bon sang, j'ai cru devenir fou de rage et de haine. Ce type ose me narguer, me menacer. J'ai envie de transmettre le texto à Benjamin, qu'il soit encore plus prudent.

— On devrait retourner au chalet, y passer deux ou trois jours, proposa-t-elle tout le caressant sur la joue.

— Vingt-quatre heures pour moi, pas davantage, je dois être disponible pour le super flic qui descend de Paris. Mais toi, tu dois protéger Soline.

Alice abandonna à regret la chaleur du lit défait et le contact d'Étienne. Elle sortit le téléphone de la poche de sa veste.

— Tant pis si c'est pénible, il faut le relire, afin d'analyser sa façon de s'exprimer. Je comprends ta réaction, mais peut-être que le tueur a commis une erreur, en essayant de t'atteindre en plein cœur. J'ai l'impression qu'il perd ses moyens. Tu comptes montrer ce texto au commissaire divisionnaire ?

— Pas dans l'immédiat. Reviens près de moi et pitié, ne te rhabille pas. Ta nudité me console de tout.

Ils se sourirent. Alice s'allongea à nouveau près d'Étienne pour s'imprégner de chaque mot perfide du tueur.

Alors, Nayden, flicaillon sans envergure, tu vas devoir passer la main à plus malin que toi. Je pourrais même envoyer une lettre anonyme révélant comment tu as tenté de me piéger, seul, sans en référer à tes supérieurs.

Tu ne gagneras jamais la partie. J'ai marqué tant de points en fendant le crâne de ton cher petit frère. Penses-tu souvent à Pavel ? Comment le vengeras-tu, à présent ?

Je vais bientôt te réduire à néant et régler le problème qui a pour nom Soline. Vous ne saurez pas ce qu'elle est devenue, si elle est vivante ou morte.

J'aurais pu te tuer dix fois ces derniers jours, ainsi que ta jolie brunette, je préfère te faire souffrir, à la hauteur de ma répugnance envers les crétins de ton genre. Tu devines qui je suis, votre tueur de Haute-Savoie, qui n'a pas fini d'avoir les honneurs de la presse.

La voix d'Alice avait tremblé d'indignation. Étienne lui donna un baiser.

— Alors, ton analyse ? demanda-t-il ensuite.

— Ce taré te cherche, il veut te pousser à bout. Certes, il te menace au sujet de ton erreur du 15 novembre, mais je doute qu'il passe à l'acte, car il veut sûrement que tu restes flic dans l'espoir de te ridiculiser. En revanche, je le crois sincère quand il parle de Soline et ça me paraît logique. En effet, elle représente le cœur du problème. Étienne, si on partait tout de suite pour passer la nuit là-bas, dans le vallon des loups ? Je serais plus tranquille. Imagine qu'il s'en prenne à elle et à Benjamin.

— Exact, on y va. On s'installera dans le camion de notre éminent scientifique. Ce sera parfait pour surveiller les abords du chalet. Alice ?

— Oui ?

— Tu sais quoi, si la police ou n'importe qui vient à bout du tueur et qu'il croupit le reste de ses jours en prison, je t'épouse.

— Ne plaisante pas, protesta-t-elle, gênée.

— Je suis sérieux.

— Étienne, tu dis des sottises parce que tu n'es pas dans ton état normal. Tu m'aimes bien, sans doute. On forme une bonne équipe, on s'amuse bien la nuit, mais pour se marier, il faut des sentiments sincères et réciproques.

— Tout à l'heure, tu as dit que tu m'aimais, je n'ai pas rêvé !

— Non, je l'ai dit et moi je t'aime. Seulement, il y a Soline…

— Et alors ? Je souhaite qu'elle fasse longtemps partie de ma vie, de la tienne, de la nôtre. Je croyais avoir été clair, il y a quelques jours. J'ai beaucoup d'affection pour elle. Je l'avoue, j'ai ressenti du désir, mais c'est terminé. Maintenant, tu es là et je ne pourrai plus me passer de toi.

Le policier enfilait ses vêtements, tandis qu'Alice, médusée, ne pensait pas à s'habiller. Il la saisit soudain à bras-le-corps pour l'embrasser sur les lèvres avec délicatesse.

— On plie bagage, dépêche-toi ! Si tu te présentais dans cette tenue devant Benjamin, je serais très jaloux.

— Je fais vite, dans ce cas, répondit-elle, encore incrédule. Préviens Soline qu'on arrive. Comme ça, tu es jaloux ?

— Hum, je l'ai toujours été…

Chalet du vallon des loups, même jour, 18 heures

Le ciel s'était dégagé depuis la veille et il ne pleuvait plus. Soline venait de rentrer la jument dans son box. Avec une jubilation enfantine, elle s'était enfermée à l'intérieur pour donner un peu de grain à Taviane et la brosser.

— On est bien ici, ma belle, dit-elle à l'animal. Oui, à l'abri. Ce matin, en vérifiant les vidéos de sa caméra, Benjamin a vu deux loups. Un couple, sans doute. Ils longeaient l'orée de la forêt. Heureusement, tu ne crains plus rien. Papi m'a dit de t'enfermer tous les soirs.

Neige attendait sa maîtresse, assis près de la porte du box. Il se mit à grogner, ce qui inquiéta la jeune femme.

— Il ne fait pas nuit, qu'est-ce qu'il y a, mon chien ?

Elle lutta contre l'anxiété qui l'oppressait par moments, axée sur le berger suisse.

— Ne fais pas d'imprudence, Neige, sinon je te laisserai dans le chalet. Reste là, attends-moi.

Soline câlina la jument, déplorant de l'abandonner pendant de longues heures.

— Je reviendrai demain matin, Taviane. Papi m'a raconté que ta mère était la monture favorite de maman… Elsa ! Une très bonne cavalière. J'aurais tellement voulu la connaître. Et papa aussi. Plus je regarde les photos de lui, plus je lui trouve une légère ressemblance avec Benjamin, mon amoureux.

— Tiens, tiens, on parle de moi, fit une voix masculine. Je suis venu te chercher, mon cœur, nous avons des invités pour le dîner.

Benjamin faisait un réel effort pour paraître enjoué mais Soline perçut immédiatement la tension dont il était victime. Elle le rejoignit et il se chargea de fermer la porte et le volet supérieur du box.

— Neige grognait, à l'instant, ce n'est quand même pas après toi ? avança-t-elle d'un ton soucieux.

— Il a du sentir une martre ou un blaireau, n'aie pas peur.

— C'est toi qui as peur, répliqua-t-elle. Qui vient dîner ? Je sais, Alice et Étienne, n'est-ce pas ?

— Oui, ils dormiront dans mon camion. Soline, je suis obligé de te le dire. Le tueur a envoyé un long texto à Étienne. Un message odieux qui m'a accablé.

— Tu l'as lu ?

En guise de réponse, il l'enlaça et la serra contre lui. Elle se dégagea afin de le regarder dans les yeux.

— Montre-le-moi, puisque tu l'as reçu. Benjamin, tu te souviens, on ne devait plus rien se cacher.

— Il affirme qu'il t'enlèvera, qu'on ne saura jamais si tu es morte ou vivante. Soline, quand je te vois, si douce, si belle, avec ton ventre tout rond, je refuse de t'imaginer livrée à ce fou. Tu es ma femme, mon amour, mon trésor.

Elle acquiesça en tendant la main. Il se résigna et lui passa son téléphone. Neige se remit à grogner, le poil hérissé.

— Comment a-t-il osé écrire de telles atrocités ? s'écria-t-elle. Étienne a dû accuser le coup. Ce monstre se vante d'avoir tué Pavel. Pourquoi il ne m'envoie pas de message, qu'on puisse le piéger à nouveau ?

— Il se méfie désormais. Soline, on devrait s'installer chez ton grand-père ou chez Viviane.

Soline garda le silence, mais elle caressa Neige entre les oreilles et sur le dos pour le calmer.

Surpris par l'absence de réaction de Soline, Benjamin la dévisagea. Dans la clarté rose du crépuscule, elle était d'une beauté qu'il estima ineffable, avec son teint doré, ses traits harmonieux d'une grâce infinie et ses cheveux couleur de miel. Mais son regard d'un bleu intense exprimait une farouche volonté, comme la moue de sa bouche au dessin sensuel.

— Comment veux-tu habiter chez mon grand-père ou chez Viviane ? répondit-elle au bout de quelques secondes. Nous avons la louve, Barry, leurs petits, et il y a Taviane. Nous devons rester ici.

— Mais je n'ose plus aller travailler, je vais finir par perdre mon poste. Soline, le bébé et toi, vous comptez plus que tout à mes yeux. On pourrait trouver une solution.

— Laquelle, mon amour ? Aie confiance, Louise veille sur nous. Dimanche, quand je l'ai vue pendant mon court malaise, elle avait l'air d'un ange, mon ange gardien. Je t'en prie, arrête de t'inquiéter. Si j'en crois mon intuition, le criminel va sagement rentrer dans le rang pour quelques semaines pour savourer le résultat de son coup d'éclat.

— Tu fais allusion à la villa où on a découvert les corps de ces malheureuses ?

Elle approuva d'un murmure songeur, sans oser avouer à Benjamin ce qu'elle pressentait. Un jour prochain, elle serait confrontée à ce redoutable personnage et elle devrait le vaincre.

— J'entends une voiture, ce sont nos invités, dit-elle en se jetant au cou de son compagnon. Allons les accueillir, Étienne aura besoin de réconfort.

— Soline, tu es désarmante, soupira-t-il en l'embrassant sur le front. Parfois, je me demande si je te connais vraiment. En fait, tu es un mystère incarné, mon cœur.

18

La nuit des loups

Chalet du vallon des loups, mardi 23 février 2016,
même jour

Benjamin était passé maître dans l'art d'improviser un repas pour quatre ou six avec les provisions qu'il stockait dans le cellier du chalet. Lors de sa dernière visite, Kate lui avait conseillé d'acheter un congélateur, mais sans réussir à le persuader.

— C'était délicieux, ce gratin de macaronis, le complimenta Alice. Tu as de la chance, Soline, d'avoir un homme qui cuisine.

— Je sais, j'ai même une chance extraordinaire d'avoir un compagnon aussi extraordinaire. Bientôt, il va aménager une parcelle de terrain en jardin potager. Nous aurons des légumes à volonté. Il compte aussi planter des arbres fruitiers.

— En somme, vous vous installez pour de bon ici, déclara Étienne. Il te reste de l'argent sur le capital que nos bourreaux nous ont attribué, Benjamin ?

— Non, mais je touche un salaire confortable et je suis quelqu'un d'économe. J'obtiendrai facilement un emprunt.

— Si tu survis à la férocité du tueur en série, lança le policier d'un ton dur. Je vous ai dit en arrivant que je suis plus ou moins mis à l'écart de l'enquête. Mais je ne baisserai pas ma garde, je veux coincer notre type. J'ai apporté un dossier complet sur lui, je voudrais qu'on l'étudie ensemble ce soir.

— Est-ce vraiment nécessaire ? soupira Soline. J'aurais préféré vous parler de ma petite enfance, avant l'accident de mes vrais parents. Je sais beaucoup de choses sur ma famille, car papi m'a raconté plein d'anecdotes.

— Je suis certain que c'est touchant et intéressant, mais pour l'instant, il y a plus important, trancha Étienne. Votre avenir à ton bébé et toi. Si ce fou parvient à ses fins, je doute que tu puisses voir grandir ta fille.

Alice remarqua la contrariété de Benjamin, dont la réaction ne se fit pas attendre. Il tapa du plat de la main sur la table.

— Tu n'es pas obligé d'effrayer Soline, nous sommes tous les deux conscients du danger ! s'exclama-t-il. Et ce n'est pas en étudiant ton fichu dossier que nous viendrons à bout du tueur.

— Très bien, restez sur votre petit nuage, rétorqua Étienne.

Des bourrasques ébranlèrent alors les volets et aussitôt ils entendirent le vent hurler dans la cheminée.

— Zut, j'avais oublié que la météo annonçait une tempête, leur dit Soline.

— Je devrais peut-être alors enfermer Barry, Farou et leurs petits dans la bergerie, proposa Benjamin en enfilant un ciré.

Il s'apprêtait à sortir lorsque des grondements sourds résonnèrent dans le vallon. Malgré la saison encore hivernale, un violent orage éclata les secondes suivantes.

— Ne sors pas, Benjamin ! La foudre va tomber près du chalet, je le ressens. C'est dangereux, insista Soline. Les animaux iront se mettre à l'abri d'instinct.

La tempête s'amplifia, dans un concert épouvantable de sifflements et de secousses inouïes. Ils eurent tous les quatre l'impression que le vieux chalet pouvait s'écrouler sur ses fondations. Bientôt, les lampes clignotèrent puis s'éteignirent. Sans la luminosité dorée du feu, ils se seraient retrouvés dans le noir total.

— Ah, il y a un souci sur la ligne électrique. Vous avez des bougies ? demanda Alice. Je n'aime pas ça, c'est stressant.

Soline s'était levée et prenait des bougies dans le buffet. Elle les disposa dans un chandelier en cuivre à trois branches, qui provenait du grenier. Le contact du métal la fit sourire.

« Je suis sûre que vous avez utilisé ce bel objet, Louise, pensa-t-elle. Pendant la guerre, il n'y avait pas l'électricité. »

Dissimulant mal sa nervosité, Benjamin débarrassa la table, secondé par Alice qui l'éclairait à l'aide de son téléphone. Seul Étienne demeurait inactif, affalé sur le canapé, les bras croisés sur la poitrine.

— L'atmosphère me paraît idéale pour récapituler le parcours du soi-disant Vincent, décréta-t-il. Vincent alias l'assassin de mon petit frère et le tueur. Il doit savourer sa gloire, puisqu'il fait la une de nombreux journaux, sans compter les médias et les pages sur Internet. Sa réputation se répand jusqu'à Paris.

Soline s'était assise sur la pierre de l'âtre. Elle tisonna un peu les braises avant de poser des bûches de taille moyenne sur les chenets.

— Tu as dû souffrir, en lisant le message de ce..., commença-t-elle.

— De ce monstre, compléta Étienne. Oui, j'ai souffert, mais grâce à Alice, j'ai vite récupéré. Maintenant, je peux réfléchir à froid.

— Moi aussi, je réfléchis du matin au soir, tout en étant à l'écoute de mon intuition, renchérit Soline. À ce propos, tu as tort de dédaigner mes histoires de famille.

— Pourquoi ?

— Jeudi, nous avons rendez-vous avec mon grand-père. Il va nous emmener à l'endroit où a eu lieu l'accident de mes parents, en Isère, non loin de la frontière italienne. J'espère avoir une vision, car quelqu'un m'a enlevée au bord de cette maudite route qui m'a rendue orpheline.

Alice et Benjamin les rejoignirent. Ils s'installèrent près du feu eux aussi.

— Continue, Soline, dit Étienne.

Un coup de tonnerre fit écho à ces mots marmonnés, puis une averse de grêle martela le toit.

— Ceux qui m'ont trouvée après l'accident habitaient peut-être dans ce secteur, insinua la jeune femme, l'air inspiré. Si on ajoute à cette supposition vos souvenirs d'un parc, où Moïse aurait pu être jardinier, on pourrait découvrir le lieu où vous étiez prisonniers. Ensuite il suffirait d'étudier le cadastre et de chercher qui était propriétaire.

— Que de « peut-être », déplora le policier. Mais tu dis vrai, il y a une mince chance d'avoir un début de piste.

— Hier après-midi, nous sommes allés au cimetière de Passy, confia Soline d'une voix moins assurée. J'ai pu fleurir la tombe de mes parents. Ils sont tellement beaux sur les portraits qui ornent la stèle.

— Tu connais donc ton véritable nom, à présent, nota Alice.

— Oui. Papi m'a donné le livret de famille et mon carnet de santé. Je ne pouvais pas m'empêcher de pleurer, comme si je naissais une seconde fois. Je m'appelle Ania Marie Devenais et je pesais trois kilos et deux cents grammes en venant au monde.

— Devenais, répéta Étienne. Drôle de patronyme !

— C'est un patronyme typiquement parisien. Il y en a très peu en France, sauf dans la capitale. Papa étudiait la biologie, mais il a eu envie d'une vie en pleine nature, et en montagne. Les Alpes l'attiraient car il pratiquait l'escalade, comme moi. À peine installé dans la région, il a rencontré maman et ils ont eu un coup de foudre.

— Cette expression m'a toujours amusée, avoua Alice. Je n'y crois guère. On s'attache aux gens en les fréquentant de façon régulière.

Soline voulut répondre, mais un roulement de tonnerre terrifiant retentit, assorti de craquements affreux. Neige, jusque-là impassible, se réfugia près de sa maîtresse.

— N'aie pas peur, mon chien, murmura-t-elle en le caressant.

Ils demeurèrent silencieux, attentifs au déchaînement des éléments. Benjamin fixait les flammèches des bougies, qu'un souffle invisible faisait danser.

— Il y a des courants d'air chez vous ou un esprit errant veut nous imposer l'obscurité ? hasarda Étienne.

— Qui sait, peut-être les deux, répliqua Soline.

Alice jeta un regard perplexe autour d'elle. L'ambiance particulière de cette soirée la charmait tout en l'oppressant un peu.

— On se croirait hors du temps, déclara Étienne. La lumière des bougies et du feu, la tempête. Je ne regrette pas d'être parti d'Annecy, sur les conseils de ma ravissante adjointe. Maintenant, peut-on revenir aux choses sérieuses. Je refuse de lâcher l'enquête, même si on m'a signifié d'éviter toute initiative personnelle. Excuse-moi, Soline, si j'introduis dans ce cercle enchanté des données macabres.

— Ne crains rien, Étienne, j'ai fait une provision de bonheur ces derniers jours en retrouvant mon grand-père. Je te comprends, il faut unir nos forces pour mettre enfin ce sinistre personnage hors d'état de nuire. Je n'oublierai jamais les deux rendez-vous où j'étais près de lui.

— Tu as eu un sacré courage ! Qu'as-tu ressenti exactement ? demanda Alice.

— Une peur atroce et de la curiosité. J'essayais de dominer ma frayeur pour le faire parler de lui. Tout aurait été différent si j'avais su qu'il m'avait connue enfant. Je me souviens aussi que sa voix me semblait un peu familière.

Étienne ne fit aucun commentaire. Il se releva pour s'asseoir à la table et y déposer un dossier cartonné, sous la clarté des bougies.

— Accrochez-vous, la liste a de quoi donner des frissons, dit-il en étalant deux feuilles devant lui. Première victime recensée, mon petit frère Pavel, dont je n'ai parlé qu'à Alice et Sophie, disons dans le milieu de la police. Est-ce qu'il y a eu un précédent, nous n'en savons encore rien. Ensuite, il y a les quatre jeunes femmes découvertes dans la chambre froide, suivies par Cédric Rousseau, retrouvé sous une coulée de neige, un an auparavant. Tué d'une balle dans le cœur. Je cite également les échecs du tueur, Kate et Alban. Tous deux ont frôlé la mort. Idem pour Monique Fauvel, qu'il a heurtée de plein fouet à moto. Ensuite ?

— Il a éliminé Moïse, rétorqua Benjamin. Tu peux terminer ? Je ne comprends pas où tu veux en venir.

— Avec Moïse, on peut supposer qu'il a commencé à régler ses comptes. Il a ainsi supprimé Judith, la maîtresse de son complice Roger Fauvel, dont il s'est débarrassé sans scrupule avant d'assassiner son épouse Yvonne. Donc au total, dix victimes de sa folie meurtrière.

— Tu as failli figurer sur la liste, déplora Alice.

— Je ne regrette rien, mon chou, puisque ça te permet de caresser mes cicatrices, rétorqua Étienne.

La jeune inspectrice s'empourpra, en bénissant la lumière tamisée. Soline esquissa un sourire, la tête baissée.

— Tant mieux si vous vous entendez bien, Alice et toi, déclara Benjamin. Je suis content pour vous.

— Merci, mon vieux, mais le chapitre des affaires de cœur est clos. Je pose la question : comment démasquer le tueur ? Je voudrais qu'il soit arrêté le plus vite possible.

— Nous le voulons tous, renchérit Soline. Je suis fatiguée, je monte me coucher. La tempête se calme, vous serez quand même à l'abri dans le camion. Bonne nuit.

Alice jeta un regard navré sur le canapé et le feu. Elle aurait préféré dormir dans le chalet, qui lui apparaissait à cet instant comme une sorte de forteresse magique. Étienne s'en aperçut.

— Ne t'inquiète pas, souffla-t-il. Nous sommes armés.

— Je te suis au bout du monde, répliqua-t-elle tout bas à son oreille, mais ne m'appelle plus jamais « mon chou ».

Le lendemain matin, le ciel s'était dégagé. Des branches jonchaient l'orée de la forêt et le grand mélèze présentait au regard la plaie vive de son tronc, dont une partie gisait sur le sol. Benjamin, levé le premier, s'assura d'abord de l'état de l'enclos, qui avait pu être endommagé par les rafales de vent.

Barry multipliait les allées et venues le long du grillage, son épaisse fourrure fauve hérissée sur le dos. Farou, selon son habitude, demeurait couchée sur le seuil de la bergerie. Seuls les trois jeunes loups gambadaient.

— Je vous condamne à une existence dénuée de liberté, leur dit le jeune homme. Mais au moins, vous êtes vivants.

Il retint un soupir, avant de visionner les images captées par une des caméras à infrarouge qu'il avait installées, au nombre de six. Chaque jour, il était impatient de se livrer à cette tâche passionnante, en amateur de la faune sauvage.

L'image, dans plusieurs nuances de gris, était de piètre qualité, cependant elle attestait de la présence épisodique des animaux qu'il étudiait. Un quart d'heure plus tard, la quatrième caméra lui réserva une très mauvaise surprise.

— Qui est-ce ? s'écria-t-il, sidéré. Qui était assez fou pour se trouver dans les bois en pleine tempête ?

Benjamin s'empressa de vérifier les autres caméras, mais elles ne s'étaient pas déclenchées. Il ramena au chalet l'appareil où l'on distinguait un homme entre les troncs d'arbre.

Au passage, il avait frappé à la porte du camion pour réveiller ses occupants. Dix minutes plus tard, tous purent étudier l'inquiétante silhouette masculine vêtue de noir.

— Un type égaré, il voulait peut-être s'abriter dans la bergerie et il a vu qu'il y avait des chiens, supposa Alice.

— Ou il pourrait s'agir d'un homme du village qui cherchait quelque chose, marmonna Benjamin sans conviction.

— Vous savez très bien qui c'est ! s'exaspéra Soline. Il était là, autour de chez nous. Le tueur en personne. C'est lui, je le sais, je le sens. Oh non, Taviane ! Il a pu la tuer, on n'aurait rien entendu à cause de la tempête. Tu te souviens, Benjamin, Neige grognait hier soir. Est-ce que tu as libéré la jument ?

— Pas encore, reste ici, j'y vais.

— Attends ! Et Barry, la louve, les petits, ils allaient bien ? Il a pu leur jeter de la nourriture empoisonnée, s'affola-t-elle.

— On inspecte les alentours du chalet tous les quatre, décida Étienne.

D'un geste devenu instinctif, il toucha la crosse de son arme et Alice fit de même. Soline les devança sans prendre la peine de se couvrir.

— Il était là, se disait-elle à mi-voix. Il nous épie.

Elle arriva la première devant le box. Un hennissement sonore de Taviane la réconforta, au moment précis où elle découvrait une rose rouge, emballée d'un papier de soie rose, suspendue au loquet de la porte.

— Il recommence, annonça-t-elle à son compagnon, suivi de près par les deux policiers. Il tient à me signifier qu'il ne m'oublie pas et qu'il veut m'emmener. C'est un cauchemar…

Furieux, Benjamin s'empara de la fleur et la jeta par terre. Il s'apprêtait à décocher un coup de pied rageur dans le fragile emballage, mais Alice l'arrêta d'un cri :

— Regardez, il y a une petite enveloppe.

Soline l'attrapa et en sortit une fine feuille de papier qui comportait quelques lignes.

— C'est imprimé, dommage, remarqua Étienne.

— Je vous lis le message ?

Son aplomb et la maîtrise de soi dont elle faisait preuve lui valurent l'admiration d'Alice et de Benjamin. Mais le policier choisit de la provoquer.

— On devrait prendre une photo, c'est un scoop, décréta-t-il en secouant la tête. Soline reçoit du courrier du célèbre tueur de Haute-Savoie, et sans émotion apparente.

— Arrête un peu, Étienne, tu ferais mieux d'écouter, après tu diras ce que tu veux, rétorqua la jeune femme en lui dédiant un étrange sourire.

De sa voix douce, elle leur lut la lettre :

— « Soline, j'en ai beaucoup fait ces derniers temps, je vais me reposer un mois ou deux. Tu peux respirer et dormir en paix, je t'accorde aussi un congé. En grand sentimental, je respecte les femmes enceintes. »

Il y eut un silence pesant, durant lequel ils échangèrent des regards incrédules.

— Nom d'un chien ! enragea Étienne, défiguré par la colère. Il est venu jusque-là juste pour te laisser une rose et un message. Il aurait pu mettre le feu au chalet pendant qu'on énumérait ses crimes. On dirait qu'il se déplace à sa guise, sans jamais être inquiété ! Comment fait-il ? Bon sang, ça me rend fou !

— Soline, on doit s'installer chez Viviane, soupira Benjamin. Toi au moins. Je passerai la journée ici et je te rejoindrai le soir. J'en suis malade.

Sa longue chevelure blonde soulevée par le vent, Soline fit sortir la jument de son box et la conduisit dans son pré. Elle revint ensuite vers son compagnon.

— Nous restons chez nous, dans le vallon des loups, déclara-t-elle d'un ton net. Je refuse de partir, Benjamin. Cet homme a toujours tenu parole. Nous pouvons être tranquilles pendant un mois environ. Il n'a rien fait entre les rendez-vous qu'il me fixait. Au fond, c'est logique.

— Comment ça ? s'étonna Alice.

— Nous avons conclu d'un commun accord que le criminel avait une double vie, peut-être un métier rentable et une famille. Il a dû beaucoup s'absenter récemment et il faut qu'il donne le change, à présent, sinon il finirait par être soupçonné par ses proches. Je sais qu'il dit la vérité. Enfin, je le ressens. En plus, ce lieu nous protégera.

— Soline, c'est du pur délire ! s'insurgea Benjamin. Tu agis comme si ce dément n'avait pas tué déjà dix personnes. Il peut écrire une chose et en faire une autre ! Il nous a observés, c'est certain, et maintenant il sait que tu es enceinte de moi. Crois-tu qu'il va gentiment vous épargner, le bébé et toi ? Il prétend te laisser en paix pour mieux frapper un grand coup. S'il t'enlevait et que je n'avais plus l'espoir de te retrouver, j'en mourrais. Étienne, je t'en prie, raisonne-la !

Le policier haussa les épaules, puis il ôta la lettre des mains de Soline.

— Je suis désolé, je la garde comme pièce à conviction. Sinon, nous allons miser sur la bonne foi du tueur. Soline voit juste, à mon avis, il ne fera rien pendant quelques semaines. S'il a pris la peine de s'aventurer autour du chalet, sous l'orage, c'était sans nul doute pour passer inaperçu et se livrer à son jeu favori, offrir une rose. Ne te bile pas, vieux frère, Alice et moi, on a du temps libre, on sera vos gardes du corps.

La jument s'élança dans un petit galop prudent, escorté par le grand chien blanc. Neige s'était pris d'amitié pour Taviane et, la journée, il demeurait à ses côtés.

— Regardez, ils sont si touchants, commenta Soline. Le ciel se dégage, il fera beau aujourd'hui. Cet après-midi, je reprendrai le dressage de mes futurs chiens de traîneau. Il faut savourer l'instant présent.

Elle eut un sourire radieux et s'éloigna, svelte et vive en dépit de sa grossesse. Dans son dos, Benjamin piétina la rose, dont les pétales et la tige s'enfoncèrent dans la terre gorgée d'eau.

— Courage, lui souffla Alice. Un détail m'intrigue, le tueur ne te cite même pas dans son message, comme si tu ne comptais pas ou qu'il ne t'accordait aucune importance.

Étienne avait entendu. Il décocha une bourrade amicale à Benjamin.

— Ce détail m'intrigue aussi. Pourquoi persiste-t-il à t'ignorer ?

— Je n'en sais rien du tout. Tu aurais dû lui poser la question, quand il t'a lardé de coups de couteau. Bon, on n'a pas le choix, allons boire un café, puisqu'il faut faire semblant d'être heureux et insouciants…

Évian, résidence des Sources, samedi 27 février 2016

Soline étudia son reflet dans son miroir de poche. Assise à l'avant du pick-up, elle interrogea Benjamin du regard. Comme il se contentait de lui sourire, elle insista.

— Est-ce que je suis jolie ? Ma robe me va bien ? demanda-t-elle d'un ton inquiet. Et mes cheveux ? Mon chignon n'est pas défait ?

— Mon petit cœur, tu es ravissante. Pourquoi stresses-tu autant ?

— Mais je vis un moment crucial ! Je vais rencontrer mon arrière-grand-mère Émeline, la fille de Louise. Alors oui, je suis nerveuse. Pourquoi tu ne viendrais pas avec nous ?

— Je l'ai expliqué à Christian, hier, au téléphone. Même si je suis ton compagnon, le père de l'enfant que tu portes, je préfère être discret. Je ferai la connaissance de cette dame plus tard. Tu seras plus à l'aise sans moi, ton grand-père aussi.

— Papi arrive, il cherche une place pour se garer ! s'écria Soline. Souhaite-moi bonne chance !

— Tu n'en as pas besoin. Descends vite, tu me raconteras. Je vais sans doute aller faire un tour en ville. Je ne suis jamais venu à Évian.

Lorsque Christian Pasquier avait avoué à Soline que sa mère résidait dans une maison de retraite médicalisée, la jeune femme avait été un peu choquée.

— C'était la volonté de maman, et il n'y a pas eu moyen de la faire fléchir, avait-il plaidé. Bien sûr, nous voulions l'accueillir chez nous, Ginette et moi, elle a refusé sous prétexte que nous étions trop isolés. Mais tu verras, la résidence des Sources est très agréable.

Soline se remémorait ces derniers mots en foulant le sol goudronné du parking. Elle avait acheté un bouquet de roses jaunes chez un fleuriste et des macarons dans une pâtisserie.

— Tu es magnifique, petite ! s'extasia Christian Pasquier, le cœur serré.

Il croyait revoir sa fille Elsa, quand elle était enceinte. Ce jour-là, Soline avait mis une robe mi-longue en jersey blanc, à taille haute, sous une veste cintrée en drap de laine rouge. À peine maquillée, son teint de miel était rehaussé par un collier en or. L'éleveur l'embrassa sur les joues.

— Tu sens bon, dis donc ! Comment va Taviane ?

— Très bien, je l'ai confiée à des amis qui logent au chalet.

— Tu parles sûrement de cet inspecteur de police et de sa collègue ? Ceux qui t'ont accompagnée jeudi sur les lieux de l'accident...

— Oui, papi, ils veillent sur moi.

— Dépêchons-nous, maman doit trépigner d'impatience. Mon Dieu, je ne pourrai pas oublier sa réaction quand je lui ai rendu visite hier. Je tenais à la préparer à la formidable nouvelle de nos retrouvailles.

— Tu m'as dit qu'elle était bouleversée et très heureuse.

— Ton arrière-grand-mère qui n'est guère pieuse a remercié le Seigneur, imagine un peu. Prends mon bras, Soline.

Une fois en face de la porte du studio d'Émeline Pasquier, la jeune femme respira profondément.

— De quoi as-tu peur, petite ?

— Je crains d'être trop émue, de pleurer, papi.

Une voix bien modulée s'éleva alors de l'autre côté du battant et on tourna la poignée. Soline se trouva nez à nez avec une dame aux cheveux courts et bouclés, d'un gris neigeux, à qui elle n'aurait jamais donné quatre-vingt-onze ans. Son regard bleu-vert brillait d'énergie et l'ossature de son visage était admirable.

— Eh bien, vous en mettez du temps, leur reprocha-t-elle en riant. J'ai préparé du thé. Oh, des roses jaunes, mes préférées.

Muette de stupeur, Soline offrit son bouquet pour recevoir aussitôt deux baisers sur le front.

— Si je t'avais croisée dans une rue, décréta Émeline, j'aurais pensé que ma chère maman avait ressuscité. Tu es son portrait. Je dois t'appeler Soline, Christian m'a avertie. C'est mieux, je garderai l'image de ma petite Ania tout en te chérissant sous un autre prénom, quelle importance ! Le destin nous a séparées durant des années, mais il t'a enfin ramenée au bercail. Entre donc, assieds-toi.

— Merci, madame, je suis très émue de vous rencontrer.

— Tu l'entends, fiston, on dirait que je suis une étrangère, se désola Émeline. Fais voir tes beaux yeux, Soline ! Ils ont la couleur si rare de ceux de maman, un bleu myosotis.

Des larmes embuèrent le regard chaleureux de la vieille dame qui attira Soline dans ses bras pour l'étreindre.

— Tu étais vivante, quel miracle, ma chère petite, balbutia-t-elle en s'écartant un peu. Sais-tu, tu devrais m'appeler grand-mère, même si on saute une génération ! Et pas question de me dire « mémé » comme on faisait jadis.

— Je vous le promets, répliqua la jeune femme, luttant contre l'envie de pleurer.

— Tu peux dire « tu » à maman, indiqua Christian, sinon elle va se fâcher !

— Veux-tu te taire, tu vas me faire passer pour une mégère ! s'indigna Émeline. Asseyons-nous, le thé refroidit.

Le ton était autoritaire, atténué cependant par un sourire. L'éleveur, avant d'obéir à sa mère, mit les fleurs dans un vase.

— Je t'ai apporté des macarons, dit Soline en prenant place à une table ronde de taille moyenne.

— J'en raffole, les couleurs et les goûts sont si variés. Alors, parle-moi du bébé que tu attends ! Christian prétend que tu accouches début mai, pourtant tu n'as presque pas de ventre.

— La gynécologue m'a fait la même remarque, mais le bébé va bien et elle gigote beaucoup.

— Ah oui, c'est une fille, soupira Émeline. De mon temps, on ne pouvait pas savoir le sexe de l'enfant, c'était la surprise. J'ai eu un garçon et une fille, ça me suffisait. Il faudra que tu fasses la connaissance de Perrine, ta grand-tante, mais elle vit en Australie depuis des lustres. Elle aura soixante ans au mois d'octobre.

— Je l'ai vue en photo dans les albums que papi m'a montrés. Je suis si heureuse d'avoir une famille et d'être née ici, en Haute-Savoie.

— On a tellement de choses à se raconter, ma petite. Tu seras obligée de me rendre visite très souvent. Et j'espère voir ton bébé dès que possible.

— Je tiens à lui donner le prénom de Louise, affirma Soline.

— Il paraît, Christian me l'a confié. C'est gentil, mais es-tu sûre de ton choix ?

— Tout à fait, grand-mère.

— Fais à ton idée. Alors, explique-moi tout. Tu as le même don que ma chère maman ? Comment t'en es-tu aperçue ?

Soline avala une gorgée de thé avant de se lancer dans un récit aussi bref que précis. En ancienne institutrice, Émeline apprécia son art du résumé.

— Ah, les secrets de la génétique, les mystères de l'esprit, dit-elle ensuite d'un air mélancolique. Maman se plaignait parfois de ses visions, qui la confrontaient à des situations tragiques sans lui permettre d'agir. Toi, Soline, tu as pu sauver des gens, il y a donc eu du progrès.

— Est-ce que papi t'a dit que je possède les cahiers de Louise, où elle relatait en détail ses visions ?

— Il m'en a touché quelques mots ! Le hasard s'en est donc mêlé, tu as retrouvé ces fameux cahiers que ma mère refusait de me faire lire. Une fois, je les ai cherchés, mais elle avait mis un verrou au placard d'angle, dans sa petite maison de Combloux.

— D'après nos déductions, c'est là où j'ai habité plusieurs mois, grâce à la générosité de Viviane Gonod, qui vit dans la même rue.

— Te rends-tu compte des tours que nous joue le hasard ou le sort, fit remarquer Émeline. Déjà, pourquoi es-tu venue dans la région, alors que tu as grandi dans le Jura ?

Le regard de Soline devint rêveur. Elle se souvenait de l'attrait qu'exerçait le massif du Mont-Blanc sur elle, dès l'adolescence.

— Je suppose que j'ai répondu à un appel ! La première vision que j'ai eue de ta maman, c'était à Lons-le-Saunier, en pleine crise de chagrin, après avoir dit à mes parents adoptifs que je voulais partir travailler dans les Alpes.

— La voix du sang, des racines, énonça tout bas Émeline. Et tu as rencontré ton compagnon ici... Mais j'y pense, où est-il, ce garçon ? Benjamin, n'est-ce pas ? Il fait partie de la famille, lui aussi.

— Il craignait de déranger, grand-mère, il m'attend en ville !

— Téléphone-lui, petite. Je tiens à le connaître, car c'est le père du bébé. Regarde, j'avais sorti quatre tasses. Et puis il doit être témoin de ce que je vais te dire. À mon âge, je suis prudente, je me hâte de régler chaque chose rapidement.

— Tu as l'air en bonne santé et dynamique, assura Soline.

Elle voulut ajouter un autre compliment mais les mots ne franchirent pas ses lèvres. Un léger malaise la paralysa, assorti d'une brève vision. Christian, témoin de son attitude insolite, lui prit la main.

— Que se passe-t-il ? s'inquiéta Émeline.

— Rien de grave, confessa Soline avec un sourire exquis. Je suis certaine que vous ferez sauter Louise sur vos genoux, un beau jour d'été.

C'était la joyeuse scène qu'on lui avait montrée, sur fond de jardin fleuri. Sa vaillante arrière-grand-mère tenant une toute petite fille blonde dans ses bras. Certes, Soline n'avait pas vu le visage de l'enfant, qui lui tournait le dos, cependant elle était persuadée d'avoir entrevu Louise, dans deux ou trois ans.

« Merci, mon Dieu, songea-t-elle. Si vous m'offrez cette radieuse image, je ne dois plus avoir peur de l'avenir. Le tueur sera vaincu et nous vivrons en paix. »

Son espérance fut de courte durée. Dans la vision, il n'y avait ni Benjamin ni elle. L'angoisse la submergea.

« Et si Louise grandissait sans nous, orpheline à son tour ? »

Benjamin toqua à la porte du studio vingt minutes après avoir reçu le message de Soline. Elle lui ouvrit en souriant, mais il s'étonna aussitôt de sa pâleur et de l'expression anxieuse de son regard.

— Tu vas bien ? demanda-t-il tout bas.

— Mais oui, entre. Grand-mère, je te présente mon amoureux, mon compagnon, mon futur mari peut-être.

— Bonjour, jeune homme, le salua Émeline. On s'embrasse, ne soyez pas timide.

La réserve naturelle de Benjamin se dissipa en quelques minutes. Il observait d'un air charmé la vieille dame au verbe haut, aux manières directes.

— J'ai enseigné de longues années, et j'étais aussi directrice d'école, déclara-t-elle. Maintenant je me sens la doyenne d'un grand nombre de jeunes gens, vous y compris.

La conversation s'orienta sur les études de Soline et celles de Benjamin, puis sur les loups. Soudain, Émeline tapota le bord de la table comme si elle avait oublié un point capital.

— Je suis trop bavarde, soupira-t-elle. Soline, figure-toi que ma mère parlait souvent de toi à mon oncle Antoine, le docteur, mais également à Marie et à moi. Tu lui es apparue à plusieurs reprises, et elle te surnommait « sa belle jeune femme blonde ». Nous étions tous accoutumés à ce genre de confidences, mais un jour de novembre, maman m'a chargé d'une mission qui te concerne.

Christian parut surpris. Il esquissa un geste pour prendre la parole, cependant sa mère lui fit signe de ne pas l'interrompre.

— Mon oncle Antoine s'inquiétait beaucoup, à l'époque, car sa chère Louisette souffrait du cœur. Il avait réussi à la garder chez lui, dans sa demeure bourgeoise, place de la Mairie, à Combloux. Enfin, j'irai à l'essentiel. Le jour qui nous intéresse, maman était allée au cimetière et, au retour, elle tenait à peine debout. Pensez donc, elle avait plus de quatre-vingts ans et toute son existence, elle avait travaillé dur.

— Il faudra me raconter sa vie, implora Soline. Dans ses cahiers, elle livre peu de détails sur son quotidien.

— Je te le promets, ma petite. Où en étais-je ? Oui, maman s'est allongée et j'ai veillé sur elle. Une fois reposée, elle a exigé une promesse de ma part. Encore un miracle, puisque je suis en mesure de la tenir. Voilà ! Christian m'a dit que vous habitiez depuis quelques mois un vieux chalet, sur les hauteurs de Saint-Nicolas-de-Véroce.

— En effet. C'est une superbe construction du siècle dernier, situé au cœur d'un vallon, indiqua Benjamin. J'ai prévu de l'acheter.

— Ne vous donnez pas cette peine, s'esclaffa Émeline. Le chalet et les terres alentour appartenaient à l'oncle de ma mère, André Favre. Ce rude montagnard, son épouse et leur fils unique ont été emportés par la typhoïde. Louise était donc la seule héritière. Nous nous sommes réfugiés là-bas, pendant la guerre. Mais c'est une autre histoire… Ma mère désirait que ce lieu te revienne, Soline, car elle avait acquis la certitude que tu étais sa descendante. Je suis soulagée de pouvoir t'apprendre tout ceci de vive voix.

Sidérée, Soline fut d'abord incapable de répondre. Elle domina son émotion pour lancer un regard anxieux à son grand-père.

— C'est impossible, dans ce cas, le chalet et ses terres doivent revenir à papi et sa sœur Perrine.

— Non, non, il faut respecter la volonté de ma grand-mère, protesta vite Christian. Je n'étais pas au courant, de toute façon. Pourquoi tu ne m'as jamais rien dit, maman ?

— J'avais un peu relégué ce secret aux oubliettes, fiston. Mais j'en ai informé mon notaire. Des documents attestent que vous êtes les héritiers, à la condition de céder gracieusement vos parts à la « belle jeune femme blonde », si je la rencontrais. Je ne pouvais pas deviner qu'il s'agissait en vérité de notre petite Ania, dont la disparition nous a tous brisés. Je te prie d'accepter, Soline, afin d'être fidèle à la mémoire de ma mère, une femme exceptionnelle. Christian est déjà propriétaire d'une centaine d'hectares, sans compter la ferme, une solide bâtisse. Quant à ma fille Perrine, elle a l'intention de finir ses jours en Australie aux côtés de son mari, un Britannique fortuné.

Des larmes de joie coulaient sur les joues de Soline, qu'elle ne sentait même pas. Benjamin les essuya délicatement à l'aide d'un mouchoir en papier que lui avait tendu l'éleveur.

— Comment refuser, si personne n'est lésé, dit-elle enfin. Je vous remercie de tout mon cœur, grand-mère et papi. Je tiens à l'avouer, j'étais gênée de ne pas contribuer à l'achat du chalet. Pour différentes raisons, j'ai dû cesser de travailler et je n'ai pas d'économies. Mais c'est étrange, j'avais l'impression que ce lieu m'était destiné. Pour rien au monde, je ne voudrais le quitter.

— C'est parfait, trancha Émeline. Je suis sûre que maman se réjouit, de son paradis. Elle t'aimait, Soline.

— Et je l'aime aussi, ma belle dame blonde. Je la surnomme ainsi, encore une preuve que nous sommes liées, au-delà du temps.

19

Jeu de massacre

Entre Chamonix et Combloux, mercredi 23 mars 2016

L'homme, épuisé par une journée de travail, actionna la télécommande du portail. Il rentrait sagement tous les soirs dans la maison neuve, d'une architecture très moderne, où il menait sa vie respectable.

— Il y a déjà un mois que j'ai offert une rose à Soline, dit-il à voix basse. Je lui accorde encore deux ou trois semaines, pour préserver la santé du bébé, de ma fille.

Il roula au ralenti en remontant l'allée gravillonnée, bordée d'arbustes d'ornement. Après un hiver doux, le printemps semblait pressé de faire fleurir les forsythias d'un jaune d'or et les narcisses des massifs.

— C'est reposant de rentrer dans le rang, ennuyeux mais reposant, Soline, marmonna-t-il. Parfois, je voudrais être cet autre moi, à qui l'on sourit, que l'on salue avec sympathie.

Un soupir lui échappa, comme chaque fois qu'il revoyait sa mère agonisante.

— Je suis désolée, maman. Tu m'avais demandé de suivre le droit chemin, hélas je ne l'ai pas trouvé. Peut-être que j'aurais dû aborder Soline au hasard d'une rencontre et tenter de lui plaire. Pourquoi pas de l'attendrir, en lui avouant ce que j'avais été pour elle ? Si j'avais pu me faire aimer, nous aurions vécu ensemble.

Grâce à ma fortune, je lui aurais offert tout ce qu'elle désirait, des chiens, des voyages.

Il faisait gris, sous un ciel couvert. L'homme vit s'allumer des lampes élégantes, derrière les baies vitrées du salon. Une silhouette féminine traversa la pièce.

— Ma prétendue fiancée guette mon retour en espérant le mariage que je lui ai promis. Au moins, je peux coucher avec elle. J'aperçois des cheveux blonds, des yeux clairs, et je rêve que je possède Soline. Toujours Soline… Je lui ferai l'amour après la naissance du bébé. Ensuite, je serai obligé de la tuer. Non, elle allaitera ma fille.

Cette seule évocation d'un nouveau-né tétant les seins de son idole le rendit nerveux. Il avala un cachet avec une rasade d'eau bue au goulot d'une petite bouteille.

— Allons-y.

Il descendit de sa voiture en évitant de regarder dans la direction de la maison, le temps de se composer un visage serein. Quand il entra, le vestibule était désert. Il ôta sa veste de costume, lissa ses cheveux et posa sa mallette en cuir.

— Tiens, elle ne vient pas m'accueillir, ce soir…

Deux fois, il l'appela en usant du « ma chérie » rituel, certain qu'elle viendrait se jeter à son cou en répondant par « mon chaton », ce surnom ridicule qu'il supportait vaillamment. D'un pas tranquille, il se dirigea vers la cuisine.

— Ma chérie ?

Elle était là, un verre d'alcool à la main, une cigarette dans l'autre. Ses yeux semblaient rétrécis par la méfiance.

— Est-ce que tu me cacherais des choses, mon chaton ? interrogea-t-elle d'un ton sec. Tout à l'heure, j'ai voulu emprunter ton 4 x 4 pour aller jeter des branchages à la déchetterie.

— Tu n'avais pas les clefs !

— Depuis ta dépression et tes stages de yoga, tu es étourdi, bien plus qu'avant. Je les ai trouvées en fouillant les poches de ton imperméable. Mais là n'est pas la question. J'ai déniché cette horreur dans la boîte à gants !

D'un air de défi, la jeune femme posa son verre et jeta son mégot dans l'évier où il s'éteignit avec un infime bruit, qui sonna pourtant comme un glas dans l'esprit de l'homme.

— Que faisait ce vieux truc dans un sachet en papier, bien scotché en plus ?

Elle s'était penchée et relevée, pour exhiber à bout de bras la peluche de poney, au pelage élimé.

— Tu fais les brocantes ?

— Non, je n'ai pas le temps, rétorqua-t-il d'une voix rauque.

— Alors, explique-toi, chaton ! Si tu avais l'intention de me donner ça, pour me suggérer d'avoir un bébé, tu te trompais du tout au tout. Un doudou de luxe aurait mieux fait l'affaire.

Elle susurrait, amusée, car, entre eux, le sujet était tabou. Il fit non de la tête, sans quitter des yeux le jouet que sa fiancée secouait en riant.

— Tu n'avais pas à y toucher ! s'insurgea-t-il. Rends-le-moi tout de suite. Cette peluche est sacrée !

— Pourquoi ? Elle était à toi quand tu étais gosse ? Si tu te décidais à me parler de ton enfance, je serais moins agacée. Mais dès que je te pose des questions, tu te refermes.

— Dépêche-toi d'ôter tes sales pattes de ce jouet ! hurla-t-il, envahi par une rage dévastatrice.

— Qu'est-ce qui te prend ? Comment oses-tu m'insulter ? Si tu te voyais, on dirait que tu as envie de me frapper… Tiens, récupère ton horreur !

D'un geste brusque, elle jeta la peluche contre un mur où elle rebondit pour tomber sur le carrelage. L'homme la ramassa et, sans réfléchir, la serra jalousement contre lui. Son cœur cognait à se rompre.

— Alors, c'était à toi, dit-elle, un peu confuse. Tu as conservé ce vieux jouet crasseux pendant des années. Mais je ne l'avais jamais vu avant ?

— Tu n'aurais jamais dû le voir, ma chérie. Ce sera la dernière fois que je t'appelle ainsi. De ton côté, épargne-moi tes fichus « chatons » à longueur de temps. Maintenant, tu vas m'écouter ! J'offrirai ce poney à ma fille, parce qu'il appartenait à sa mère.

Les digues se rompaient. Incapable de gérer la situation et d'éviter le naufrage du couple qui lui servait de protection, il posa le jouet sur le plan de travail où gisaient une salade et des citrons.

— Tu as perdu, pauvre idiote, débita-t-il d'un air halluciné.

Il la cogna si violemment en pleine figure qu'elle s'écroula, le nez et les lèvres en sang.

— Une petite piqûre, et tu ne te réveilleras pas de sitôt. Mais qu'est-ce que je vais faire de toi, après ? Je dois m'organiser, surtout ne commettre aucune erreur.

L'homme différa l'injection prévue, mais il la prépara et la rangea dans un boîtier en plastique. Il bâillonna avec rudesse la jeune femme et lui attacha les chevilles et les poignets.

— On s'en ira dès qu'il fera nuit, je sais où me débarrasser de toi… Je n'ai jamais remis les pieds là-bas, ce sera l'occasion.

Durant deux heures, il s'activa de façon méthodique. Une exaltation nouvelle le rendait fébrile et joyeux. Désormais, il serait libre.

— Ne rien oublier, son passeport, ses papiers, ses produits de beauté, une partie de sa garde-robe.

La maison était à l'abri des regards indiscrets. L'homme chargea la malle arrière de sa voiture, puis il éteignit toutes les lumières.

— Je vois que tu as repris connaissance, dit-il en se penchant sur la jeune femme.

Elle le dévisageait, terrifiée. Quand il la remit debout et la souleva pour l'emmener à l'extérieur, elle tenta de se débattre, les yeux écarquillés par l'incompréhension et la peur.

— Je t'ai précisé que tu avais perdu la partie, décréta-t-il en lui recouvrant la tête d'une cagoule noire. Il ne fallait pas fouiller mon 4 x 4. Sois calme et résignée, tu gagneras quelques heures. Si tu t'agites, je t'injecte un produit mortel. Je suis très sérieux.

Malgré le bâillon qui la suffoquait, elle émit un son guttural. Il la gifla à deux reprises.

— Tu aimais le tueur de Haute-Savoie, ma chère, avoua-t-il. Tu couchais avec lui, tu gémissais quand il te pénétrait. Tu es punie, la curiosité est un vilain défaut. Toi aussi, tu vas mourir, comme les autres.

Il la fit s'allonger sur la banquette arrière de la voiture. Elle se recroquevilla, aveuglée par le tissu noir que ses larmes détrempaient. Chaque tour de roue la conduisait vers le lieu où elle serait exécutée. Cette perspective lui paraissait irréelle, mais en cherchant dans ses souvenirs récents, elle se reprocha de n'avoir pas compris à temps qui il était.

Deux heures plus tard, le moteur s'éteignit. L'homme lâcha le volant et s'étira. Il considérait, troublé, la masse sombre d'un château aux allures médiévales. L'allée qu'il avait empruntée était envahie de branches et de mauvaises herbes. Sur sa droite, il distinguait des bâtiments en brique.

— Je l'enterrerai derrière les écuries, marmonna-t-il en sortant de la voiture.

Il s'équipa d'une torche électrique au faisceau puissant, puis il fit descendre sa passagère.

— Je vais détacher tes chevilles, pour que tu puisses marcher à côté de moi, annonça-t-il. Tu voulais des renseignements sur mon enfance, tu en auras. Je suis né ici et j'y ai grandi jusqu'à mes quinze ans. Mon père était à la tête d'une fortune colossale, gagnée par de multiples trafics et exactions. Il avait une seule qualité : il vouait une passion sans bornes à ma mère, ma douce maman que j'adorais.

Elle avançait à petits pas, tandis qu'il la tenait d'une poigne de fer par le coude.

— Je te ferai la piqûre dans l'infirmerie. Regarde, il y a des barreaux aux fenêtres, et en plus, par précaution, les employés de mon père les voilaient en collant du papier et en ajoutant des tissus. Tu ne comprends rien, c'est sans importance. Toi et moi, on a quand même vécu deux ans ensemble, tu as le droit à des petites infos. Je suis navré, je n'ai jamais eu l'ombre d'un sentiment envers toi. Je n'aimais qu'une femme, et je crois l'aimer encore. Soline.

De nouveau, un son proche du râle franchit le bâillon. Il eut envie de la tuer immédiatement, mais il savourait le fait inouï de pouvoir se confier.

— Je mérite mon surnom de tueur, j'ai éliminé mon père, un gamin innocent, ensuite des jolies filles qui avaient le malheur de me faire penser à Soline. Plus récemment, j'ai supprimé des témoins gênants. Tu me lisais les articles relatant les crimes de l'insaisissable tueur en série qui sévissait dans la région. Tu te souviens de l'avocate, Judith, retrouvée il y a peu de temps dans une chambre froide ? Elle avait du goût pour ce vieux pervers de Roger Fauvel, l'homme de main de mon père, qui m'a servi aussi, contre d'énormes sommes d'argent. Judith était intelligente, beaucoup trop. Que te raconter encore ?

Il dut forcer sur la poignée pour ouvrir la porte de l'ancienne infirmerie. Elle se tétanisa quand le rayon blanc de la torche balaya ce qui évoquait une salle d'opération, où était stocké du matériel poussiéreux.

— Ah, il s'en est passé, des choses, entre ces murs, soupira-t-il. Au début, j'ignorais qu'on y retenait des enfants prisonniers. Mon père m'interdisait d'approcher de ces maudits bâtiments. Pour justifier sa mise en garde, il m'expliquait qu'il essayait de prolonger la vie de maman, alors j'étais tout content. Et puis un soir, il m'a ramené une petite sœur, la plus belle du monde. Soline. Tu ne le croiras pas, mais j'étais un gamin très laid et vicieux, pourtant elle s'est blottie sur mes genoux, sa peluche de poney serrée sur son cœur.

Elle sentit ses jambes se dérober. Celui qu'elle avait choisi et aimé venait de brandir une seringue sous son nez. Elle secoua la tête avec frénésie pour refuser l'instant fatidique.

— Tu ne veux pas mourir, c'est normal, dit-il froidement. Je suis compatissant et sensible, je déteste faire souffrir. Aucune de mes victimes n'a eu mal, enfin, celles qui bénéficiaient de cette injection. Tu vas t'endormir sans espoir de réveil. Adieu, ma chérie. En fait, à la maison, c'était l'avant-dernière fois où je t'appelais comme ça.

D'une bourrade, il la poussa vers un lit d'examen. Elle lui lança un ultime regard où il lut de la haine.

— Je devine ce que tu éprouves, concéda-t-il. Tu souhaites ma perte. Mais j'ai bien orchestré ta disparition. Je rangerai tes valises et ton passeport dans une cave du château, et j'utiliserai ton téléphone pour prévenir tes parents de ton départ pour les Seychelles, tu rêvais d'y aller. Ils se fichent un peu de toi, sinon ils auraient fait le voyage depuis la Normandie quand tu leur as annoncé nos fiançailles. Une fois débarrassé de toi, je n'ai plus que trois semaines à tenir mon rôle.

L'homme approuva son propre discours d'un sourire, tout en exécutant sans hésiter sa treizième victime. Il se projetait le lendemain, quand il se réjouirait en public des vacances au soleil qu'il avait offertes à sa fiancée.

Chalet du vallon des loups, samedi 26 mars 2016

Soline s'était assise sur la galerie couverte du chalet, d'où elle suivait les déambulations de la jument et de Neige. La veille, Benjamin avait agrandi le pré en posant une nouvelle clôture.

— Il fait beau, aujourd'hui, lui dit-il en l'embrassant. Tu n'as pas froid ? Bébé a bougé ?

— Une vraie sarabande, comme si Louise ne tenait plus en place ! Mardi, je passe la dernière échographie.

— J'ai hâte d'y être. Mon petit cœur, je descends au village et j'aimerais que tu m'accompagnes. J'admets qu'il ne s'est rien passé d'alarmant depuis le 23 février, mais le délai promis par ce monstre touche à sa fin. Tu ne peux pas rester seule.

— Il ne viendra pas maintenant, murmura Soline.

— Comment tu peux en être certaine ? Et s'il nous épie, en ce moment même ?

— Impossible, observe Neige, il ne serait pas si calme. Barry non plus. Souviens-toi, la nuit de la tempête, les chiens ont donné l'alarme, ils étaient nerveux. Je suis confortablement installée dans ma chaise longue. Je voudrais relire les cahiers de Louise. Au moindre doute, je te téléphone.

Benjamin se résigna en promettant de faire au plus vite. Soline vit bientôt le pick-up descendre le chemin. Elle agita la main, puis elle se détendit, un sourire émerveillé sur les lèvres.

— Je suis chez moi, chantonna-t-elle. Je vous remercie, Louise, de m'avoir fait ce cadeau.

Les documents officialisant son statut de propriétaire étaient en cours et elle devrait se rendre chez le notaire d'Émeline dans une semaine, mais ces obligations légales lui importaient peu.

— Nous avons tant de projets, désormais, se dit-elle tout bas. Le vallon deviendra un paradis pour notre fille. Tu m'entends, bébé, ton papa va créer un verger, un potager, et moi, après ta naissance, j'établirai des itinéraires praticables en traîneau, l'hiver. Les rejetons de Farou auront moins souvent l'occasion de tourner en rond dans l'enclos.

Grisée par l'air frais et son rêve d'un avenir idyllique, Soline contempla avec passion la forêt qui encerclait la combe où se dressait le vieux chalet des Favre.

— J'ai une famille ! s'extasia-t-elle, son beau visage tendu vers le ciel. Nous avons rendu visite trois fois à mon arrière-grand-mère et papi est venu déjeuner chaque dimanche. Ginette reste à la ferme, je pense qu'elle craint de nous déranger.

La sonnerie de son téléphone égrena une nouvelle mélodie qu'elle avait attribuée au numéro d'Alice. Elle décrocha, heureuse d'entendre la voix de la jeune inspectrice.

— Bonjour, Soline, rien à signaler ?

— Non, le calme absolu. Et de votre côté ?

— On stagne, Étienne est grognon et il y a eu une grosse querelle avec le commissaire d'Annecy. On aurait mieux fait de continuer à vous protéger.

— Vous êtes déjà restés une semaine, et nous avons passé de très bons moments.

— Sinon, on vous envahit ce soir, comme convenu, il n'y a pas de changement ? J'apporterai des fruits et de la bière.

— Je compte sur vous. Les piques acerbes d'Étienne me manquent.

Alice éclata de rire en promettant d'être au chalet vers 17 heures. Radieuse, Soline coupa la communication. Elle réservait une surprise à ses invités.

— Je suivrai la tradition, nos gardes du corps épisodiques iront chercher des chocolats sur mon terrain, souffla-t-elle. Étienne ronchonnera en disant que c'est stupide mais Alice sera contente. Mon Dieu, si vous m'écoutez, accordez-moi de petites joies toutes simples, et veillez sur mon enfant. Je l'aime déjà de toute mon âme. S'il vous plaît, veillez aussi sur l'homme que j'adore.

Sur cette prière chuchotée, elle prit un des cahiers de Louise. Un autre appel l'empêcha de l'ouvrir. Sa mère adoptive la contactait enfin.

— Ma chérie, tu ne me donnes plus de nouvelles, se plaignit Monique Fauvel.

— Toi non plus, répliqua-t-elle.

Sa gorge se noua et le terme « maman » ne franchit pas sa bouche. Soline eut conscience qu'elle réserverait dorénavant ce mot à Elsa Pasquier, la jolie femme qui l'avait mise au monde et la chérissait tendrement.

— Quand même, je t'ai envoyé deux textos, Soline. Jacques et moi suivons de près les informations, ils n'ont toujours pas arrêté le tueur. Et toi, tu n'as pas eu d'ennuis ?

— Des ennuis, non, ou très peu. La police nous protège et je suis en bonne santé. J'ai su par l'inspecteur Dambert que ton mari a fait le voyage pour identifier le corps de son frère et qu'il ne tenait pas à passer ici pour me voir.

— Comprends-le ! Jacques était choqué. Yvonne et Roger ont été assassinés.

La joie de Soline s'envola. Elle prit une décision, afin de préserver les heures de bonheur dont elle avait besoin.

— Je préfère ne plus vous parler, ni à Jacques ni à toi. Autant que tu le saches, j'ai retrouvé ma véritable famille, des gens chaleureux, affectueux, généreux. Je suis désolée, mais il y a des liens si fragiles qu'ils se brisent à jamais. Au revoir.

— Mais Soline, attends…

La jeune femme raccrocha, tentée d'éteindre l'appareil. Elle y renonça, pour ne pas inquiéter Benjamin au cas où il chercherait à la joindre. Attristée, elle feuilleta enfin le second cahier de Louise, dans lequel se trouvait une photographie en couleur d'Elsa et d'Antonin, le jour de leur mariage.

— Papa, maman, je vous aime. C'est moi, votre petite Ania. Je pense à vous très fort et j'irai souvent fleurir votre tombe, je vous le promets.

Chalet du vallon des loups, lundi 28 mars 2016

Une ambiance amicale régnait à la table du déjeuner. Alice et Étienne avaient beaucoup apprécié la quête des chocolats de Pâques, à la satisfaction malicieuse de Soline.

— Nous suivrons cette tradition à l'avenir, avait dit Benjamin.

— J'offrirai un petit panier à votre fille quand elle sera en âge de ramasser ce que les cloches lui auront apporté ! s'était écriée Alice. Enfin, si je suis toujours dans la région.

À présent, ils terminaient un gratin de légumes en discutant uniquement de sujets agréables. Il était question de chevaux, de randonnées en haute montagne. Mais Soline aborda d'un ton très doux l'historique des lieux.

— Le destin nous réserve des surprises vraiment incroyables, commença-t-elle. J'ai tout consigné par écrit. D'abord, j'ai rencontré Viviane Gonod qui m'a laissée occuper gratuitement un petit logement que son mari avait acheté en même temps qu'une maison plus grande, dans la même rue. En fait, j'ai vécu là où Louise, mon ancêtre, a passé presque toute son existence. J'adorais cet endroit, je m'y sentais bien, ça ne m'étonne plus.

— Et si j'ai retenu ma leçon, plaisanta Benjamin, Viviane habitait la maison que John Evans avait acquise pour sa jeune épouse Marie, la fille adoptive d'Antoine Favre, le frère de Louise.

— Je ne pourrais pas dire mieux, le félicita Soline. Je vous expose un dernier point. Louise avait douze ans quand la catastrophe de Saint-Gervais s'est produite. Elle suppliait ses parents de quitter leur maison de Bionnay et, à l'époque, elle avait averti aussi son oncle André, celui qui vivait ici. Elle savait que ce vallon serait épargné par la coulée torrentielle, mais personne ne l'a écoutée. Maintenant, nous sommes chez nous, ça me paraît totalement fou. Et je vous assure, les premiers temps de notre installation, je voyais un couple et un garçon dans les prés autour du chalet. Ils me faisaient de la peine, mal vêtus, maigres, l'air tellement triste. Une maladie les a emportés.

— Parlons plutôt de la nouvelle source que Benjamin a découverte sur le versant voisin, prôna Étienne. Ce week-end, on devait donner priorité à la détente et à la bonne humeur.

— Tu as raison, je suis désolée, répliqua Soline. Nous avons le devoir d'être joyeux.

Tous quatre repoussaient dans le clair-obscur des non-dits le tueur, ses crimes et la menace constante qu'il faisait peser sur eux. Pourtant, une remarque d'Alice altéra leur parti pris.

— C'est formidable que tu aies retrouvé des membres de ta famille, Soline, mais Sophie, Étienne et toi, Benjamin, vous ne saurez jamais la vérité sur vos origines. Vous êtes nés dans un pays de langue slave, il n'y pas moyen d'établir lequel. Sinon, je serais prête à faire plusieurs voyages, à explorer les données administratives des orphelinats et…

— Et ça serait inutile. Oublions ça, je t'en prie, protesta le policier d'un ton gêné. Nous avons survécu, c'est amplement suffisant. Je me sens un citoyen français, ne cherchons pas plus loin.

— Pareil pour moi, affirma Benjamin.

— Pardon, j'ai gaffé, se désola Alice.

Un bruit de moteur dissipa le malaise. Tout de suite méfiant, Étienne se précipita à une des fenêtres, la main sur la crosse de son arme.

— Venez voir, dit-il en riant. La visiteuse est inoffensive !

Une vénérable 2 CV, à la carrosserie repeinte en bleu, remontait le chemin. Viviane se tenait au volant. Elle manœuvra adroitement pour se garer. Soudain une autre personne apparut, du côté passager, qui devait se baisser auparavant.

— Mais il y a Kate aussi ! s'exclama Soline. Elles viennent par surprise. Cette antiquité que conduit Viviane appartenait à son voisin. Elle a dû lui racheter et la remettre en état. Je vais les accueillir.

— Coucou, ma puce ! s'esclaffa son amie. On vous apporte des chocolats ! C'est une idée de madame Vivi. Tu lui manques trop et elle doit penser qu'il te faut du sucre pour le bébé…

Les deux jeunes femmes s'embrassèrent en riant, puis ce fut le tour de Viviane d'être cajolée, dès qu'elle descendit de son pittoresque véhicule.

— Tu es resplendissante, ma belle, ma petite gamine !

La septuagénaire, émue, appréciait les nattes blondes de sa protégée, vêtue ce jour-là d'une salopette en jean, un modèle spécial grossesse, que Soline portait sur un pull blanc.

— Je voulais trinquer, mais avec de la limonade, bien sûr, ajouta-t-elle. Te voici propriétaire ! Tu feras payer un loyer à Benjamin, j'espère.

Le jeune homme, qui approchait, éclata de rire. Il aimait beaucoup Viviane et il la considérait un peu comme sa grand-mère de cœur, à l'instar de Soline.

— Alban te transmet ses amitiés, ma puce, dit Kate en se chargeant d'un panier couvert d'un torchon immaculé. Le magasin est fermé, mais il devait rendre visite à ses parents. Alors, quand madame Vivi m'a proposé de l'accompagner, j'ai sauté sur l'occasion.

— J'en suis enchantée. Ce sont peut-être nos derniers jours de paix. Je tiens à en profiter au maximum.

— Comment ça ? s'alarma Viviane.

— Je préfère ne rien dire pour rester optimiste. Venez vite à la maison. Alice et Étienne sont là depuis samedi soir.

Au cours de l'après-midi, Soline fit une démonstration de dressage devant cinq spectateurs enthousiastes.

— J'ai acheté des harnais pour Wuk, Balto et Buck, expliqua-t-elle en guise de préambule. Et des guides d'attelage. Le plus important c'est l'obéissance des chiens et Barry m'aide beaucoup, car je le place en tête, comme il est leur dominant.

Viviane, assise sur un pliant, applaudit de bon cœur. Elle se souvenait de la première fois où une très jeune femme d'une blondeur lumineuse avait évolué ainsi, pendant un concours sélectionnant des chiens d'avalanche.

« Le couple maître et animal devait fonctionner, se rappelait-elle. Soline a participé avec Barry, puis avec Neige. Elle était si jolie et si douée, je suis allée lui parler. »

Un peu de nostalgie lui serra le cœur, en évoquant les mois suivants, où elle avait installé Soline dans sa rue. Le tueur ne s'était pas encore manifesté. Tout en contemplant les exercices qu'effectuait la jeune femme, Viviane interrogea tout bas le policier qui se tenait accroupi à côté de son siège.

— Étienne, je me tracasse pour notre future maman. Tout à l'heure, elle prétendait que c'étaient peut-être ses derniers jours de paix. Pourquoi ?

— L'homme est venu jusqu'ici pour déposer une rose rouge sur la porte du box de Taviane. Il y avait un message, disant qu'il accordait un mois ou deux de repos à Soline. D'où notre présence, puisqu'on ignore la date précise de l'échéance.

— Misère, marmonna la septuagénaire. Ils devraient décamper et se réfugier chez moi ou chez M. Pasquier.

— Benjamin le souhaitait mais notre meneuse de loups refuse de quitter ces lieux. Elle se croit en sécurité, sous la protection de Louise, sa trisaïeule.

Viviane hocha la tête en soupirant. Étienne aurait voulu la rassurer, mais il luttait déjà contre ses propres angoisses.

— L'enquête n'avance pas, ça en devient surréaliste, ajouta-t-il encore. Le criminel ne fait aucune erreur.

— Si ce cauchemar pouvait se terminer, mon garçon, je retrouverais l'appétit et le sommeil. J'ai renoué avec la foi de mon enfance, je passe mon temps à prier en pensant à ma chère gamine et au bébé.

Benjamin perçut ces derniers mots. Il se pencha sur Viviane et lui tapota l'épaule.

— Je vous le dis en confidence, mais dans quinze jours, je ferai en sorte de conduire Soline chez vous. Je veillerai sur nos animaux la journée. J'ai un prétexte sérieux : à Combloux, nous serons plus proches de la maternité où elle doit accoucher.

— Excellente solution, admit la vieille dame. Merci de me réconforter. Je vous remercie aussi, Étienne, de les protéger.

Une rafale de vent ébouriffa les courts cheveux roux et striés d'argent de Viviane. De petite taille et menue, elle leur semblait fragile, mais ils savaient que sous cette apparence se dissimulait un tempérament fier et courageux.

— En fait, nous l'avons mal protégée lorsqu'elle était fillette, confessa soudain Benjamin. Du même monstre à face humaine et à l'âme noire qui veut nous la prendre. Cette fois, il doit échouer.

Embusqué dans la forêt, sur un escarpement en surplomb du vallon, l'homme épiait les personnes rassemblées le long de l'enclos grâce à une longue-vue. Il enrageait de ne pas entendre les conversations, tout en savourant sa position de sixième spectateur.

— Qu'est-ce que tu fais au milieu de ces bêtes, Soline ? Tu t'amuses à les dresser, dans ton état ! Tu as le ventre bien rond, ma fille viendra au monde sous peu. Moi qui t'ai accordé du répit, tu agis en dépit du bon sens.

Malgré ses propos dédaigneux, il ne regardait qu'elle, dont les cheveux blonds reflétaient le soleil. Il cédait à la fascination qu'elle avait toujours exercée sur lui, au point d'en trembler tout entier.

— Que tu es gracieuse et vive, Soline, je devine les instants où tu souris, tu leur souris à eux, mais pas à moi. Par quel prodige tu es entourée par ces deux individus ? Benjamin et Nayden, alias Étienne. Plus de Sophie en revanche… Quel était son prénom, déjà ? Milana, oui, je l'ai su en consultant les dossiers secrets de mon père. J'ai ordonné ensuite à Fauvel de les brûler, sage précaution. Pauvre Roger, la petite fortune qu'il avait amassée va m'être très utile. S'il savait que je l'ai récupérée, il renaîtrait de ses cendres.

Une heure plus tard, ceux que l'homme surveillait à distance rentrèrent dans le chalet. Le grand chien blanc s'attarda dans le pré de la jument. Il huma le vent et son poil se hérissa.

— À très vite, Soline, je suis patient avec toi, pour la santé de mon enfant, ma belle enfant qui sera blonde et aura tes grands yeux bleus.

*

Cinquante ans plus tôt,
Combloux, chez Antoine Favre, mardi 12 avril 1966

Louise passait habituellement ses journées dans le salon, en compagnie de son frère. S'ils ne regardaient pas la télévision, ils se penchaient ensemble sur des grilles de mots croisés, qui leur demandaient parfois des recherches dans le dictionnaire.

Cet après-midi d'avril, il pleuvait sur la petite ville de plus en plus prisée par les touristes, été comme hiver.

— Je mangerais volontiers des brioches, pour le thé, déclara Antoine, ses lunettes sur le nez. Gisèle pourrait sortir en acheter à la boulangerie.

— Tu devrais y aller toi-même, répliqua sa sœur. Marcher te ferait du bien, tu deviens casanier. Gisèle n'est pas là, elle me rend un service avec son mari.

— Quel service, Louisette ?

— Ce sont mes affaires, tu n'as pas besoin de le savoir.

— Oh toi, tu es de mauvaise humeur. Fais attention, ménage ton cœur. Tes derniers examens m'ont inquiété.

— Tu te fais trop de soucis pour moi, Antoine. Parce que tu es médecin à la retraite et n'ayant plus qu'une patiente, en l'occurrence ta sœur aînée, tu es obsédé par sa santé.

Un doux sourire de Louise atténua le reproche qu'elle avait formulé d'un ton moqueur. Il lui coûtait de donner le change à son frère bien-aimé, pourtant elle n'avait pas le choix.

— Je t'ennuie, n'est-ce pas ? avança-t-il d'un air contrit. Si ça te fait plaisir, jeudi, je t'emmène en voiture chez ta fille. Tu te plaignais hier de ne pas voir assez souvent Perrine et Christian.

— Je ne veux pas déranger Émeline, elle travaille tellement dans son école. Le jeudi, elle peut se délasser et profiter de ses propres enfants. Ils sont venus déjeuner dimanche, j'ai eu mon content de bises et de câlins.

Antoine Favre fronça les sourcils, intrigué par le refus de Louise qu'il fixa avec insistance. Embarrassée d'être étudiée ainsi, elle ôta ses lunettes et les nettoya à l'aide d'un morceau de peau de chamois.

— Si tu allais nous chercher de l'eau fraîche ? proposa-t-elle. Aglaé fait la sieste. Ajoute du sirop d'orgeat dans la carafe. Je suis assoiffée, aujourd'hui.

— Tu m'expédies en cuisine, afin de ruminer tes secrets. Mais je saurai ce que tu as demandé à Gisèle, notre jeune mariée de trente-six ans. Si j'avais imaginé qu'en embauchant un jardinier, il séduirait notre employée de maison.

— Il n'y a pas d'âge pour convoler, Antoine.

Il se leva en ronchonnant. Attendrie, Louise le suivit des yeux, puis elle joignit les mains.

— Pardonne-moi, mon cher Toinet, d'agir dans ton dos et de te cacher ce que je pressens, dit-elle tout bas, en respirant plus vite. Je dois aider ma belle jeune femme blonde, car maintenant je sais qui elle est. Dieu, dans sa grande bonté, m'a permis de le comprendre, grâce à une vision. Tu as besoin de sérénité, aussi tu sauras la vérité si j'ai le temps de t'écrire une lettre.

Oppressée, Louise chercha comment dissimuler son malaise. Le temps lui était compté, elle en avait conscience. Très pâle, elle remit ses lunettes et feuilleta le magazine dans lequel ils avaient commencé un mot croisé. Son frère revenait.

— Il n'y avait plus de sirop d'orgeat, j'ai parfumé l'eau avec du citron et du miel, ce sera meilleur pour toi, annonça-t-il.

— Merci, Toinet.

— Oh non, comment peux-tu appeler un vieil homme de soixante-seize ans ainsi ? Et puis ça me ramène à mon enfance et à trop de souvenirs. Après, je suis triste.

— Excuse-moi, je n'ai pas pu résister. Je pensais au gentil petit garçon que j'ai élevé et dont je suis toujours fière. Tu avais tant de dons, enfant, pour la musique, le dessin, et tu as fait de brillantes études. Désormais tu veilles sur moi.

— Bien sûr, j'ai l'intention de te dorloter encore des années. Alors, on finit cette grille ou on allume la télévision ?

— Finalement, je suis fatiguée, autant regarder le poste. Tu auras peut-être du sport.

— Et toi des chanteurs à la mode, Louisette.

Ils échangèrent un sourire complice, un des derniers.

Le soir, dans son lit, Louise déplia un plateau en bois pour rédiger la fameuse lettre destinée à Antoine. Son stylo entre les doigts, elle hésitait.

— Comment lui expliquer ? se demanda-t-elle à mi-voix. Est-ce qu'il me croira ? Pourtant, j'ai vu cette jeune femme qui tenait un cadre, où se trouvait la photographie prise le jour de mon mariage avec Angel Lardet. Elle pleurait et riait. Cet homme grisonnant qui la consolait, j'en suis sûre, c'était Christian, mon petit-fils. Elle l'appelait papi, je l'ai entendue.

On frappa un léger coup à la porte de sa chambre. Gisèle entra aussitôt sur la pointe des pieds.

— Madame Louise, mon époux et moi, on a fait ce que vous m'avez demandé. Toutes vos affaires sont rangées dans le grenier de votre petite maison.

— Les caisses n'étaient pas trop lourdes à transporter ?

— Elles pesaient leur poids, mais Maurice est costaud. Je les ai recouvertes d'une bâche, si jamais il y avait des gouttières. Quand même, vous auriez pu les stocker ici, ces caisses…

— Je tiens à les savoir là-bas, sous le toit où j'ai vécu tant d'années et où j'ai connu de grandes joies. Antoine m'a promis de ne pas louer ma maison, encore moins de la vendre. Je vous remercie.

— À votre service, Madame Louise. Voulez-vous une tisane ?

— Non, merci. Bonsoir, Gisèle. Je suis contente de vous voir heureuse avec votre mari.

Une fois seule, Louise replia le plateau et posa le stylo sur sa table de chevet. Elle éprouvait une profonde lassitude qui la fit renoncer à écrire.

— Il vaut mieux que tu ignores ma décision, Antoine. J'ai tenu bon jusqu'à ce moment où je devrais me sacrifier. Sinon, comment les sauver, ma belle jeune femme blonde et l'enfant qu'elle attend…

Louise se releva pour mettre sa plus jolie robe. Elle choisit une toilette en soie bleue et refit son chignon. Enfin, elle mit un modeste collier de quartz rose, un cadeau de Vittorio, et elle se recoucha. Il lui restait à prier Dieu de l'exaucer.

— Seigneur, libérez mon âme, je vous en implore, pour que je puisse franchir les barrières du temps. Je confie à votre sainte garde tous ceux que je chéris tendrement, mon frère, ma fille, mon gendre et leurs enfants, ainsi que Marie et Lydie.

Son regard d'azur étincelait, sur le seuil de son ultime combat contre le mal.

— Si je réussis à les sauver, dit-elle encore dans un souffle, peut-être accorderez-vous le même don à ma descendante en lui permettant à son tour de sauver des êtres en danger. J'ai foi en vous, mon Dieu.

Son cœur se serra, mais Louise ne ressentit aucune douleur. Soulagée, elle ferma les yeux et s'éteignit doucement, un sublime sourire sur le visage.

20

Le puzzle de la vie et de la mort

Cinquante ans plus tard,
Combloux, chez Viviane, vendredi 15 avril 2016

Assis sur le palier, le petit chien au poil court, brun et blanc observait Vanessa, qui passait l'aspirateur dans la chambre réservée à Soline. La jeune étudiante qui effectuait quelques heures de ménage pour Viviane lui lança un regard amusé.

— On dirait que tu vérifies mon travail, toi ! Ou bien tu es impatient de faire notre balade habituelle.

L'animal pencha la tête sur le côté puis il bondit sur ses pattes, car on montait l'escalier. Il fit fête à sa maîtresse, un peu essoufflée.

— Je suis sotte, hein, Vanessa, de vouloir la maison impeccable, mais je suis si contente d'accueillir Soline. Est-ce que tu pourras me faire des courses ? Benjamin l'amènera demain soir, il dînera ici. Je t'ai posé une liste sur la table de la cuisine, et mon portefeuille.

— Il n'y a pas de soucis, madame Gonod. Dites, ce serait joli d'ajouter un bouquet de fleurs sur la commode.

— C'est une bonne idée ! Tu iras acheter des tulipes roses chez le fleuriste.

— Je range l'aspirateur et j'y vais.

Vanessa sortit de la pièce, suivie par Vagabond, certain d'aller se promener. Viviane inspecta le lit, couvert d'un boutis en patchwork, puis elle ouvrit l'armoire où était rangée la layette du bébé confectionnée avec Kate.

— On s'est bien amusées, toutes les deux. On cousait et on tricotait en bavardant. La petite aura ce qu'il faut et fait main.

Un vent tiède se glissait par la fenêtre entrebâillée et agitait les rideaux en mousseline.

— Ma gamine sera à son aise et en sécurité, soupira Viviane. Pourvu que cet horrible bonhomme ne lui fasse pas de mal avant la naissance.

Elle ne résista pas au plaisir d'effleurer les brassières en laine empilées sur une étagère. Une poignante mélancolie lui arracha une moue proche des larmes.

— J'aurais tellement voulu un enfant de Léon ! Savoir ce qui ne fonctionnait pas chez lui ou chez moi. J'ai donné beaucoup d'affection à tous les enfants que je croisais, aux adolescents que je rencontrais, mais ça ne remplace pas un garçon ou une fille bien à soi. Dire que je rendais visite à mes amies dès qu'elles étaient à la maternité. Souvent, je pouvais tenir leur nouveau-né dans mes bras.

Dépitée par ces pensées amères, Viviane quitta la chambre pour jeter un coup d'œil dans une pièce voisine, où elle avait prévu de loger Alice et Étienne. Tout était impeccable.

— Je serai rassurée si nos jeunes policiers habitent là. Le tueur viendra forcément rôder à Combloux s'il voit qu'il n'y a plus personne au chalet. Mais Benjamin compte passer ses journées dans le vallon.

La gorge nouée, Viviane se représenta le pire. Le criminel assassinait l'amoureux de Soline, le futur père de l'innocente petite Louise.

— Mon Dieu, pourquoi est-ce arrivé, tout ce bazar ? pesta-t-elle en descendant l'escalier prudemment. Je n'en peux plus de m'inquiéter autant.

Au même moment, elle entendit cogner assez fort à la porte donnant sur le perron. Une peur insidieuse la fit frissonner.

— Qui est-ce ?

— Kate ! Je suis chargée, alors j'ai frappé avec mon coude.

— Misère, j'ai pensé que le tueur venait me supprimer, comme ce pauvre vieux Moïse. Entre vite.

— Regardez, madame Vivi, j'ai acheté un rocking-chair en solde. Il paraît que ce genre de siège est idéal pour allaiter. Soline restera peut-être ici une semaine en sortant de l'hôpital.

— C'est encombrant, ton fauteuil ! Et tu l'as transporté toute seule ?

— Il n'est pas très lourd, je le monte tout de suite dans sa chambre. Après, je prendrais bien un petit café.

— Tu le boiras sans moi, je suis trop nerveuse ces temps-ci.

Kate revint rapidement. Elle laissait pousser ses cheveux bruns et ondulés à la demande d'Alban. En robe élégante et blazer beige, maquillée et manucurée, elle ne ressemblait plus à la jeune personne excentrique dont les fantaisies faisaient tant rire Viviane.

— Tu es chic, dis donc, Kate. Es-tu heureuse ? Ta belle-mère te traite bien ? Je connais Janine depuis le lycée, elle mène son monde à la baguette.

— Ne vous en faites pas, madame Vivi, j'ai du caractère et Alban me défend si besoin. Mais oui, je suis heureuse. L'année prochaine, on songera à devenir parents nous aussi.

Viviane but un grand verre d'eau tandis que Kate sirotait un café instantané, agrémenté de lait et de sucre.

— Vous savez, je m'angoisse pour Soline, avoua-t-elle. Si vous êtes nerveuse, je le suis encore plus. Je voulais en discuter avec vous. C'est un peu bizarre le délai que ce fichu tueur a accordé à Soline, car en fait, ça correspond presque à la date présumée de l'accouchement. Ce type est un maniaque, ivre de jalousie. Et s'il patientait afin de s'en prendre au bébé, qui est l'enfant de Benjamin ?

— Seigneur, ne parle pas de malheur ! Mais tu as raison, au fond ça ne sert à rien d'éviter le sujet. Étienne Dambert se pose des questions également sur ce point. Il se demande pourquoi le tueur n'a pas cherché à éliminer son rival, et quel rival !

— Oui, c'est incompréhensible.

— Ou alors il tentera de les tuer tous les trois, augura Viviane d'un ton lugubre.

— Mais non ! se récria Kate. De toute façon, Alban et moi, on viendra souvent faire une petite visite, les jours qui viennent, après la fermeture du magasin. Si Alice et Étienne sont là aussi, ce monstre ne pourra pas s'approcher de Soline.

Accablée de battements de cœur précipités, Viviane respirait mal. Elle se tordit les mains, le regard affolé.

— On l'aime, notre gamine, balbutia-t-elle. Il y a des gens comme ça, ils vous éblouissent, ils vous séduisent d'un sourire.

— Bien sûr qu'on l'aime. Moi, je n'oublierai jamais le jour où je l'ai rencontrée devant la gare de Chamonix. Elle avait une mine anxieuse d'enfant perdue. Un beau chien blanc était couché à ses côtés. J'ai engagé la conversation, parce que j'avais envie de la connaître. Elle me fixait de son regard si bleu.

— Le bleu des myosotis, renchérit la septuagénaire.

— Je sentais que je devais la protéger, elle avait tout d'une fugueuse. Le soir, on était installées dans mon camping-car, près de Megève, et Soline était embauchée dans la crêperie où je travaillais, le début de notre amitié, en somme. Et elle m'a sauvé la vie, grâce à ce don extraordinaire qui la rend si différente.

— Tu peux le dire, Kate ! C'est très rare de croiser une jeune femme comme elle. Le charme qu'elle exerce sur nous vient sans doute de là aussi.

Kate approuva d'un signe de tête, submergée par une foule de souvenirs. Soline lui avait appris les rudiments du ski et quand elles faisaient de la luge, c'étaient des fous rires à la moindre chute dans la neige. Elles écoutaient de la musique le soir et parfois elles dansaient sur le terrain entourant le camping-car.

— Je refuse de la perdre et qu'elle souffre, qu'elle soit malheureuse, dit-elle tout bas.

— Dans ce cas, on fait la paire, admit Viviane. Allons, il faut rester positives et garder espoir. Sais-tu que j'ai accompagné Soline à la résidence des Sources, à Évian ? Elle voulait me présenter son arrière-grand-mère, Émeline. Quel personnage ! Je souhaite être aussi dynamique et lucide au même âge. On a beaucoup évoqué Louise, sa mère, car on lui avait apporté les fameux cahiers. Qui croirait ça ? Louise Favre, née en 1880, voyait Soline et relatait ses attitudes, ses expressions, la façon dont elle était habillée, qui la déroutait souvent.

— On dirait presque de la science-fiction, avança Kate.

Vanessa entra, la laisse de Vagabond sur l'avant-bras. Le petit chien, satisfait de sa balade, sauta sur les genoux de Viviane.

— Bonjour, Kate, dit poliment la jeune étudiante.

— Salut, Vanessa. Tu as fait des courses, je pourrais cuisiner, madame Vivi, Alban m'a accordé ma journée.

— Ce n'est pas de refus, se réjouit celle-ci. La solitude me pèse, je suis bien contente d'avoir de la jeunesse autour de moi.

*

Cinquante ans plus tôt,
Combloux, mercredi 13 avril 1966

Antoine Favre fut réveillé vers minuit par une voix qui appelait « Toinet » d'un timbre ferme et joyeux. Encore somnolent, il se demanda s'il venait de rêver, avant de comprendre. Louise l'avait quitté.

Il se rua dans sa chambre, en notant que sa pendule affichait 5 heures. Désespéré, il découvrit sa sœur sans vie, allongée tout habillée sur la courtepointe rouge, ses mains fines croisées sur sa poitrine. Elle semblait dormir, mais il ne douta pas une seconde.

— Louisette ! hurla-t-il.

Elle lui avait servi de mère, et il n'avait aucun souvenir de Clémence, morte quand il avait deux ans. Un atroce sentiment de vide et de solitude le terrassa.

— Pourquoi tu es partie ainsi, sans me dire adieu ? gémit-il.

D'un pas hésitant, Antoine approcha du lit et s'agenouilla pour effleurer le beau visage à peine marqué par le temps. Il voulait pleurer mais il en était incapable, fasciné par l'infinie sérénité qu'exprimait le sourire de Louise.

— Tu étais lasse, je sais, tu me le répétais...

Il avait laissé la porte entrouverte. Gisèle s'aventura timidement dans la pièce, en peignoir et des bigoudis sur la tête.

— Monsieur ?

La domestique eut conscience du drame qui se jouait. Elle éclata en sanglots, figée sur place.

— Comment est-ce possible ? balbutia-t-elle. Madame Louise paraissait tranquille, ce soir. Elle a bu de l'eau et elle m'a dit bonne nuit.

— Gisèle, faites un effort ! Est-ce que ma sœur respirait mal ? s'enquit Antoine en se retournant. Avait-elle l'air de souffrir ?

— Mais non, Monsieur, je vous assure. Elle était même souriante. Regardez, elle a mis son collier préféré et sa plus jolie robe, comme si elle s'était préparée pour une fête !

— Pour une fête, répéta Antoine, hébété. Vous avez raison, Gisèle. Ma sœur savait sûrement qu'elle allait nous quitter.

— Peut-être qu'elle vous a laissé une lettre ?

— Oui, peut-être, si vous voulez bien chercher ?

L'immense détresse du docteur poignait le cœur tendre de la domestique, qui lui vouait du respect et de l'affection. Elle alluma une des lampes disposées sur la cheminée et inspecta toute la chambre.

— Je ne trouve rien, Monsieur, mais Madame Louise avait pris son plateau pour écrire. Il y a son stylo et son bloc de correspondance.

Antoine Favre ne répondit pas, le front appuyé sur une main de Louise qu'il avait prise entre les siennes. Gisèle devina qu'il sanglotait enfin et elle préféra se retirer sur la pointe des pieds.

— Tu avais peur que je te retienne, Louisette, c'est ça ? Tu te disais qu'en médecin obstiné, ton frère voudrait t'envoyer à l'hôpital. C'était pour te garder le plus longtemps possible près de moi. On a passé de si bons moments ces dernières années, tous les deux. Et tu as été à mes côtés toute ma vie, à la fois ma mère et mon père. Même quand j'étudiais au lycée d'Annecy, tu me rendais visite le dimanche et tu m'apportais des bonnes choses à manger et ton merveilleux sourire… Louisette, réveille-toi, reviens, aie pitié.

Antoine se sentait orphelin. Il parla ainsi à sa sœur pendant une vingtaine de minutes, tout en pleurant et en embrassant ses doigts inertes. Terrassé par le chagrin, il avait envie de s'allonger près d'elle pour s'endormir sans la laisser seule.

— Mais…

Un parfum merveilleux l'enveloppait d'une bienfaisante douceur, comme s'il était entouré de roses et de lys. Cette ineffable senteur l'apaisa et lui fit fermer les yeux. Soudain, il perçut distinctement une caresse sur sa joue gauche, donnée avec tendresse.

— Louise ? C'est toi ?

Féru de sciences exactes, Antoine aurait perdu la foi de son enfance sans le don de visionnaire que sa sœur avait reçu et qu'il n'avait jamais pu nier. Là, malgré sa peine infinie, il dut admettre que la belle âme de Louise avait survécu à l'arrêt de son cœur et de ses fonctions vitales.

— Tu m'as fait un signe, c'est bien ça, dit-il à mi-voix. On en avait parlé tous les deux, je ne sais plus quand. Tu avais promis de me donner une preuve. Merci, Louisette, merci...

Il ne put en dire plus, secoué par de violents sanglots. Ce fut la vieille Aglaé, avertie par Gisèle, qui parvint à le calmer et à le reconduire jusqu'à sa propre chambre.

Les obsèques de Louise provoquèrent une vive émotion dans le pays. Dans un premier temps, les gens de Combloux lui rendirent hommage en défilant devant son corps, qui était exposé dans le salon d'Antoine Favre. Une douce pénombre y régnait, dispensée par des cierges. L'odeur de la cire tiède se mêlait à celle de l'encens qu'avait tenu à faire brûler Émeline.

— C'était la dame du village, une grande dame, se disaient les visiteurs.

On vantait son éternelle bonne humeur, son amabilité et son sourire bienveillant. Certains se rappelaient les mises en garde ou les prédictions favorables qu'elle leur avait glissées à l'oreille.

— Madame Louise m'avait dit que mon fils reviendrait du camp de prisonniers où il était, en 1944, soupirait l'épouse du boucher.

— Moi, j'ai su grâce à madame Louise que j'aurais deux enfants, soufflait une jeune femme en larmes.

Toute vêtue de noir, Émeline dissimulait sa douleur en remerciant chaque personne et en consolant sa petite Perrine de dix ans, incapable de croire au décès de sa grand-mère. Quant à Christian, il demeurait stoïque, en dépit de son chagrin.

— J'aurai dix-sept ans dans une semaine, confia-t-il à un de ses camarades, ce sera un bien triste anniversaire.

La cérémonie religieuse rassembla encore une fois tout Combloux, de l'église au cimetière. Antoine se désolait, car il n'y avait pas assez de fleurs à son goût. Pierre Pasquier le soutenait, physiquement et moralement, en lui tenant le bras et en lui murmurant à l'oreille des paroles de réconfort.

— Louise va tellement me manquer, répondait-il d'un air égaré.

Lorsqu'il jeta sur le cercueil le bouquet de roses blanches qu'il tenait d'une main tremblante, une plainte affolée lui échappa.

— Je t'en prie, oncle Antoine, sois fort, implora Émeline tout bas. J'adorais maman et je n'ai pas pu lui dire adieu. Si elle était encore là, elle nous demanderait d'avoir du courage et de simplement continuer à vivre.

— Je sais, je sais, répliqua-t-il. Mais à quoi bon vivre sans elle... Je n'en ai plus envie.

— Pense à moi, ta nièce, à qui tu as servi de père, pense à Perrine et à Christian. Nous avons tous besoin de toi, insista Émeline.

Les discours qui suivirent au fil des semaines, sur ce même thème, se révélèrent inutiles. Le docteur Antoine Favre perdit l'appétit, le sommeil et son goût pour la lecture. Il délaissa même la télévision qu'il appréciait tant.

Quatre mois et trois jours après Louise, il s'éteignit au petit matin d'un arrêt du cœur, auquel son successeur ne trouva aucune explication sur le plan médical.

— Peut-être que maman avait vu les dates où ils devaient mourir tous les deux, suggéra Émeline. Nous ne le saurons jamais.

Durement éprouvée par ces deuils successifs, elle vendit la demeure bourgeoise de son oncle à un cousin du maire et la petite maison de Louise à un couple d'Anglais, des amis du défunt John Evans. Ils ne se plurent pas à Combloux et la cédèrent à Léon Gonod, un secouriste et alpiniste renommé, qui racheta également à

Marie Evans une construction plus récente, dans la même rue. Il y habiterait avec Viviane, sa jeune épouse, durant de longues années.

*

Cinquante ans plus tard,
Évian, résidence des Sources, vendredi 15 avril 2016

Soline n'arrivait jamais les mains vides quand elle rendait visite à Émeline Pasquier. Ce jour-là, sa dynamique arrière-grand-mère reçut des pâtes de fruit et une revue littéraire. Ses lunettes sur le nez, elle étudia d'un œil réjoui la couverture du magazine.

— Tu me gâtes, petite, mon fils ne penserait pas à offrir ce genre de lecture à une vieille intellectuelle comme moi, plaisanta-t-elle.

— Je me suis dit que ça te plairait.

— Bien sûr, mais le plus joli cadeau, c'est de te voir aussi souvent, Soline. Tu as le merveilleux sourire de maman. Est-ce que je t'ai dit la date exacte où elle nous a quittés ?

— En 1966.

— Oui, mais c'était le 13 avril et, crois-moi, je n'oublie pas cet anniversaire-là. Une semaine avant celui de Christian. Et toi, comment vas-tu ?

— Très bien, mais je commence à avoir hâte d'accoucher. Déjà pour faire la connaissance de mon bébé, et aussi pour être plus active. Si j'écoutais Benjamin, je resterais couchée toute la journée. Je ne peux même plus me déplacer en voiture, il joue les chauffeurs.

— Si ton compagnon t'a déposée, il pouvait venir avec toi, avança Émeline.

— J'avais envie d'être seule avec toi, grand-mère. En fait, nous avons beaucoup parlé de Louise et de moi, mais j'aimerais en savoir plus sur mes parents. J'ai regardé leurs photos et leurs visages me sont devenus familiers, cependant je n'ose rien demander à papi. Dès qu'il évoque ma mère, il se met à pleurer.

— Bien sûr, Elsa était sa princesse, soupira la vieille dame. Il l'idolâtrait, le mot n'est pas trop fort. Ils étaient si complices. Ta maman partageait sa passion des chevaux. Il lui avait acheté un poney noir pour ses cinq ans. Si tu l'avais vue quand elle le faisait galoper à bride abattue ! J'étais effrayée, parfois, tellement ma petite-fille était casse-cou. Rien ne lui faisait peur. Sais-tu que je l'ai eue dans ma classe, en cours élémentaire, l'année précédant ma retraite ?

— Non, je l'ignorais, comme tant d'autres choses, déplora Soline.

— C'était une très bonne élève, un peu indisciplinée. Je ne lui ai pas accordé de traitements de faveur. Plus tard, je l'ai poussée à faire des études mais elle a préféré travailler avec son père. L'élevage l'intéressait plus que tout. Sa mère, ta vraie grand-mère, Justinia, était de mon avis. Hélas, nous n'avons pas eu gain de cause. Ensuite, Elsa a rencontré ton père, son grand amour comme elle le répétait. À propos d'Antonin, tu devrais chercher sur Internet si tu n'as pas de la famille de son côté. Je me souviens qu'un frère à lui est descendu de Paris, après son décès. Tu aurais un oncle, au moins. Dis donc, ça donne soif de discuter.

— Je te fais du thé, je suis une habituée maintenant.

Soline s'affaira dans la kitchenette du studio, dont les fenêtres laissaient entrer un soleil printanier. Sans perdre le sourire, elle songeait à ses parents, le cœur serré.

— J'aurais tant voulu grandir avec maman et papa, lâcha-t-elle d'un ton amer. Adolescente, je refusais l'idée même de connaître mes origines car j'étais sûre d'être une enfant non désirée et abandonnée à la naissance.

— Oh non, Soline ! Tu as été attendue dans la joie. Toute la famille s'est penchée sur ton berceau pour te souhaiter la bienvenue. Quel beau bébé tu étais, rose et blonde, avec tes grands yeux bleu myosotis qui nous fixaient. Je me souviens avoir été frappée par la couleur de tes yeux.

Soline apporta la théière et deux tasses. Émeline devina qu'elle contenait ses larmes.

— Le destin t'a privée de tes parents, ma petiote, et c'est un sort injuste. On ne saura jamais les causes de l'accident dans lequel ils ont trouvé la mort, mais Dieu merci, tu as survécu.

— Oui, c'est ainsi, n'est-ce pas ? murmura Soline.

Une vision s'imposa alors, fulgurante, sur un fond de nuit. On lui avait montré deux voitures se croisant dans un virage, l'une roulant très vite et la seconde faisant un écart pour éviter l'impact.

— Quelqu'un était en cause ! s'écria Soline, le souffle court. Je viens d'en être témoin. Il n'a pas dû s'arrêter... ou bien il l'a fait et il m'a enlevée, sans alerter quiconque pour sauver mes parents.

Tendue à l'extrême par cette révélation subite, elle se mit à trembler.

— Tu es blanche à faire peur, s'inquiéta son arrière-grand-mère. Respire, ma pauvre petite, respire.

Mais la jeune femme semblait suffoquer. Elle réfléchissait, malgré la terrible émotion qu'elle ressentait.

— Un chauffard, j'en suis certaine, déclara-t-elle tout bas. Or, le tueur a essayé de tuer Alban en le percutant avec sa voiture, puis il a heurté Monique Fauvel à moto. Elle aurait pu en mourir, Alban aussi. Ça ne peut pas être une coïncidence.

— Tu as dit « le tueur » ? s'étonna Émeline.

— Non, non, protesta Soline.

— J'entends encore très bien ! Tu ne fais quand même pas allusion à cet épouvantable criminel dont parle sans cesse le journal télévisé, ces derniers temps ?

— Si. Papi m'avait recommandé d'éviter le sujet pour ne pas t'angoisser, grand-mère.

— Du Christian tout craché, ça ! s'emporta-t-elle. Mon fils oublie toujours que j'étais une résistante ! J'ai vécu dans le maquis et je maniais les armes. Raconte-moi tout. Si tu es concernée, je veux être au courant.

Soline n'eut pas le courage de refuser. Elle résuma l'enfer qu'elle vivait depuis des mois, par la faute du tueur. Après l'avoir écoutée en silence, Émeline hocha la tête d'un air pensif.

— Et vous vouliez me cacher toutes ces horreurs, soupira-t-elle. Seigneur, il faut te mettre à l'abri, ma petite. Tu espères que ma mère te protégera, mais ce n'est qu'une hypothèse.

— Ne crains rien, demain je m'installe chez mon amie Viviane jusqu'à la naissance du bébé. Benjamin veillera sur moi, et aussi les deux inspecteurs de police qui sont des amis, Alice et Étienne.

— Sage décision ! Mais si j'ai bien compris, tout à l'heure, tu faisais un lien entre le chauffard de ta vision et cet assassin ?

— Oui, il y a un lien entre l'accident de mes parents et ce monstre, maintenant j'en suis persuadée, affirma Soline. Et si je me retrouve face à lui, il devra me dire la vérité.

Évian, une heure plus tard

En sortant de la résidence des Sources, Soline consulta son portable, car elle avait reçu deux messages. Le premier était de Benjamin, le second d'Étienne. Elle n'eut pas l'occasion de les lire, le policier se trouvait déjà à ses côtés.

— Je suis délégué pour te servir de chauffeur, expliqua-t-il. Ton amoureux a été appelé en urgence chez un éleveur de Seyssel. Je te ramène au chalet. Tu es ravissante dans cette robe à fleurs.

— Merci, je l'ai achetée après avoir passé la dernière échographie.

Elle le dévisagea avant de l'embrasser sur la joue. Il vit à ses paupières meurtries qu'elle avait pleuré.

— Ton arrière-grand-mère t'aurait-elle tapé sur les doigts, reprise par ses manies d'institutrice ?

Étienne s'enhardit à passer un bras protecteur autour de ses épaules. Elle eut un léger hoquet de chagrin.

— Nous avons beaucoup parlé de mes parents, lui confia-t-elle. C'est éprouvant pour moi, tellement douloureux que j'ai eu une vision étrange.

— Dis-moi, Soline.

Il la guida vers sa voiture, secrètement heureux d'être si proche d'elle.

— J'ai vu l'accident qui a causé leur décès, précisa-t-elle une fois assise sur le siège passager. À l'époque, l'enquête a conclu à une sortie de route. Mon père conduisait et il aurait raté un virage. Mais c'est faux, on m'a montré ce qui s'est réellement passé. Une autre voiture arrivait en sens inverse, à une allure folle, et pour éviter le choc, papa a dû faire un écart fatal. Il faisait nuit et froid, peut-être qu'il y avait du verglas.

Le policier retarda le moment de démarrer, les mains crispées sur le volant. Il percevait avec acuité la souffrance morale de Soline.

— Peut-être qu'un rapport d'accident a été établi par la gendarmerie à l'époque, émit-il à voix basse. Tu veux que j'essaie de me renseigner ?

Elle se tourna vers lui, pleine d'espoir. Étienne fut de nouveau troublé par sa beauté et l'éclat de son regard bleu.

— Oui, je t'en prie. J'ai établi un parallèle entre ma vision, où un chauffard faisait basculer le destin de ma famille, et les actes du tueur. C'est peut-être insensé, mais mon intuition me dit que tout est lié. L'homme ou la femme responsable de l'accident a pu s'arrêter et il m'a trouvée inanimée ou blessée. Il n'a prévenu ni les pompiers ni les gendarmes parce qu'il m'a enlevée.

— Pourquoi pas ? Au fond, ça se tient. J'ai confiance en ta fabuleuse intuition. Bon, rentrons dans ton vallon des loups. Et demain, promets-moi de ne pas différer ton installation chez Viviane.

— C'est promis, Nayden.

— Pitié, ne m'appelle pas ainsi !

— Pourtant, c'est ton vrai prénom. Je le trouve beau.

— Dans ce cas, je te donnerai du « Ania », répliqua-t-il.

— D'accord, je ne le ferai plus, restons Soline et Étienne.

Ils échangèrent un faible sourire où s'exprimait toute leur mélancolie d'orphelins qu'on avait privés d'une enfance paisible.

— L'affaire qui a obligé Benjamin à me demander de te raccompagner paraît très sérieuse, déclara le policier. S'il n'est pas libre demain, Alice te conduira à Combloux.

Soline approuva en silence. Les images de sa vision la hantaient. Elle revoyait le ciel sombre, des sapins, le virage et les deux voitures en mouvement.

— Étienne, tant que je ne saurai pas toute la vérité sur mon passé, je serai oppressée et triste, même après la naissance de ma fille, même si ce fou sanguinaire croupit en prison.

— Tu as quand même un atout capital qui peut t'aider à surmonter ce stress. Tes fameuses visions… La preuve en est, on t'a offert un élément important au sujet de l'accident et il y en aura d'autres, à mon humble avis. J'ignore qui en décide, mais grâce à ce don extraordinaire, hérité de la belle dame Louise, tu as plus de pouvoir que le commun des mortels.

Les intonations fraternelles d'Étienne et ses propos empreints de logique consolèrent Soline. Elle eut envie de se blottir contre lui.

— J'ai les nerfs à fleur de peau, ces jours-ci, déplora-t-elle. Il me faudrait en permanence des câlins, des embrassades.

— Ne me tente pas, dit-il en riant. Maintenant je suis un type casé, avec une femme jalouse de surcroît.

— J'ai découvert la jalousie lorsque je suis tombée folle amoureuse de Benjamin. Je me méfiais de Sophie, j'imaginais qu'ils avaient eu une relation sérieuse et qu'ils refusaient de me le dire. Et toi, Étienne, est-ce que tu aimes Alice ?

— Elle me plaît. Elle me plaisait sûrement depuis longtemps, mais je ne m'en rendais pas compte. Nous étions très proches, des camarades de boulot capables de passer une nuit l'un contre l'autre pendant une planque. Il m'est arrivé de la désirer sans lui faire comprendre. Elle m'a confié à quel point elle avait lutté contre ses sentiments et son propre désir.

— Tu n'as pas répondu à ma question, fit remarquer Soline.

— Nous sommes bien ensemble, quant à mes sentiments, je ne sais pas encore les définir ou je refuse de les analyser.

— Excuse-moi, je suis indiscrète. En guise d'excuse, je dirais que j'essaie d'oublier l'accident de mes parents et le choc que j'ai causé à mon arrière-grand-mère. J'ai été obligée de tout lui dire sur le tueur. D'abord elle a bien réagi, en évoquant ses prouesses de résistante, ensuite elle était très angoissée.

— Et tu t'en veux ?

— Un peu, j'ai été égoïste, j'avais besoin d'en parler, peut-être pour avoir son opinion.

Soline ferma les yeux et demeura silencieuse jusqu'à Saint-Nicolas-de-Véroce. Étienne fit de même, comme s'il se concentrait sur la conduite de la voiture. Pourtant diverses pensées agitaient son esprit. Il songeait à son attirance et à sa tendresse pour Alice, mais aussi à l'immense affection que lui inspirait dorénavant Soline.

En arrivant au chalet, Soline retrouva le sourire. Elle se précipita dans la pâture de la jument qui l'accueillit d'un hennissement strident et trotta vers elle aussitôt. Le berger suisse surgit d'un buisson et courut droit sur sa maîtresse.

— Je suis de retour, Taviane, dit-elle tout bas. Et toi, Neige, tu ne quittes plus ta nouvelle amie.

La jeune femme ne se lassait pas de caresser Taviane, de poser son front contre son encolure, tout en enfouissant ses doigts parmi son abondante crinière.

Étienne l'observa quelques instants, puis il rejoignit Alice sur la galerie couverte.

— On peut dormir ici cette nuit, lui confia celle-ci, mais le commissaire d'Annecy exige notre présence sur le terrain dès demain matin. Un domaine à l'abandon pourrait correspondre à l'endroit où vous étiez retenus enfants, à toi de juger s'il faut en parler à Soline. Autre chose, d'après les relevés topographiques, il se trouverait à quinze kilomètres du lieu de l'accident survenu aux parents de Soline. Regarde-la, elle entre dans l'enclos à présent et elle joue avec son tervueren.

Le ton un peu acerbe de son adjointe et amante fit sourire Étienne. Il s'appliqua à aiguiser sa jalousie, sans vraiment tricher cependant.

— Oui, je la regarde. Comment faire autrement ? Soline est fascinante. Au fond, elle endosse le rôle de chef de la meute. Les petits de la louve lui font la fête et ils lui obéissent. Adultes, ce seront des animaux superbes. J'ai hâte de la voir les diriger à l'attelage et mener le traîneau sur la neige.

Muette de dépit, Alice pinçait les lèvres. Elle appréciait Soline, tout en redoutant son pouvoir de séduction.

— Pour ça, il faudrait arrêter le tueur au plus vite, lui assena-t-elle d'un ton de reproche.

— Implacable logique, rétorqua Étienne en la prenant par la taille. Alice, je te taquinais. Je n'ai jamais été en couple, donc je découvre les bons et les mauvais côtés de cette association.

— Tu considères le couple comme une association ? Je n'ai jamais rien entendu de si peu romantique, enragea-t-elle.

Il l'embrassa sur la bouche et elle en oublia sa rancœur et ses doutes. Soline assista de loin à leur baiser, mais elle s'empressa de détourner les yeux. Elle se sentait seule, sans la douceur passionnée de Benjamin. Ce sentiment la poussa à entrer dans l'ancienne bergerie où la louve était couchée sur sa litière de paille.

— Farou, pourquoi tu ne vas pas te promener dans l'enclos avec Barry ? Tu me fais de la peine, ma belle !

Les prunelles ambrées de l'animal la fixaient avec une étrange intensité. Sans réfléchir, elle se pencha et tendit la main pour la caresser, comme s'il s'agissait de Barry ou de Neige. À sa grande surprise, la louve se leva prudemment et accepta le contact.

— Merci, Farou, merci, murmura Soline, émue aux larmes. Je croyais que tu nous en voulais, à Benjamin et à moi, de t'avoir privée de ton existence libre et sauvage. Je peux enfin te dire ce que je ressens envers toi. Nous t'avons sauvé la vie, mais en t'emprisonnant. Viens, suis-moi, dit-elle de sa voix la plus suave.

Alice et Étienne, qui la surveillaient et s'interrogeaient sur ce qu'elle faisait à l'intérieur de la bergerie, la virent sortir, la louve sur ses talons. Soline déambula ainsi d'un bout à l'autre du grand enclos. Malgré la distance, l'éclat de son sourire se devinait.

Quand Benjamin rentra à son tour, il faisait presque nuit. Le calme régnait dans le vallon des loups que le crépuscule emplissait d'ombres bleuâtres. La jument était enfermée dans son box et Barry montait la garde, assis derrière le grillage.

Soline se jeta dans les bras de son compagnon dès qu'il franchit le seuil de la grande pièce.

— Bonsoir, mon petit cœur, souffla-t-il à son oreille. Je suis désolé de t'avoir fait faux bond cet après-midi.

— C'est sans importance, répondit-elle, heureuse de se serrer contre lui. Tu es là et je suis comblée. Alice a cuisiné, nous allons partager un délicieux repas avant mon départ pour Combloux. Je préférerais rester ici, mais je ne veux pas inquiéter tout le monde en m'obstinant. Et Viviane est ravie, elle m'a laissé deux messages ce soir. J'ai appris que Kate m'avait acheté un rocking-chair.

Le feu pétillait sous le manteau de la cheminée, la maison était chaleureuse et lumineuse. Benjamin éprouva une étrange anxiété, à l'idée de déserter les lieux pendant plusieurs jours.

— Tout va bien, alors, dit-il en cajolant Soline.

— Oui et non, viens t'asseoir, recommanda Étienne. Il y a du nouveau. J'ai passé des coups de fil afin de vérifier quelque chose. Je t'explique... Soline a eu une vision pendant qu'elle se trouvait auprès de son arrière-grand-mère. L'accident de ses parents a pu être provoqué par un chauffard. À l'époque, le capitaine de gendarmerie chargé de l'enquête avait émis cette hypothèse, sans avoir de preuves. Autre fait troublant, il y aurait un domaine abandonné, flanqué d'un petit château, à quelques kilomètres de là. Nous devons y aller demain.

— Quel est le rapport ? demanda Benjamin.

— J'ai pu être enlevée par le chauffard en question, qui m'aurait emmenée et gardée au même endroit que vous, lui précisa Soline. J'en suis presque sûre, et ça correspondrait à certains propos énigmatiques de l'homme. Souviens-toi, il m'a dit que mes vrais parents étaient morts et qu'il m'aimait depuis longtemps.

— Tu as sans doute raison, mon cœur. Nous finirons bien par savoir la vérité.

— Peut-être demain, avança Étienne. J'étais le plus âgé, je reconnaîtrai les lieux où nous avons été enfermés, ça, je peux vous le promettre. Et si c'est le cas, nous débusquerons enfin l'assassin de Pavel.

21

Un manoir en Isère

Chalet du Vallon des loups, samedi 16 avril 2016

Étienne s'était levé le premier, après une nuit de mauvais sommeil. Son optimisme de la veille avait disparu. Il se reprochait même d'avoir affirmé qu'ils avaient une chance de retrouver le tueur. Seul dans la cuisine du chalet, il préparait du café en songeant au programme de sa journée.

— Tu es déjà là, fit une voix douce dans son dos.

Il se retourna pour adresser un sourire désabusé à Soline. Ses cheveux blonds en désordre, vêtue d'un grand pull en laine bleue sur sa chemise de nuit, elle lui souriait.

— Et si tu étais ma sœur, en fait ? lança-t-il pour mettre des mots sur l'émotion qu'il ressentait.

D'abord surprise, elle répondit avec douceur, afin d'entrer dans le jeu.

— Tu aurais pu avancer cette hypothèse il y a quelques jours, avant la visite de mon grand-père. Après tout, nous sommes blonds tous les deux, et nous ignorions nos origines. De plus, nous étions sans doute victimes des mêmes gens.

— C'est bien dommage, soupira Étienne. Une petite sœur, on peut la prendre dans ses bras ou lui donner un baiser sur le front si on se sent triste et que sa présence nous console.

Touchée par cet aveu, Soline lui effleura l'épaule d'un geste amical.

— Sophie me manque, confessa alors le policier. Je suis rassuré qu'elle soit à La Réunion, où elle ne court plus aucun danger, mais je me sens amputé d'une partie de moi, sans elle. Milana et ses boucles rousses, ses yeux verts.

— C'est joli, Milana, répliqua Soline. Pourquoi ne porte-t-elle pas son vrai prénom ? Et toi ?

— Nous y viendrons peut-être, plus tard. En tout cas, aux dernières nouvelles de Sainte-Marie, la capitaine Gally est ravie de son nouveau poste. Il y a anguille sous roche, à mon avis !

— Oui ! Enfin, plutôt une ravissante collègue. Moi aussi, je communique avec Sophie. Elle me parle toujours de la charmante Inès, qui rêve de venir travailler en métropole.

Étienne approuva d'un signe de tête. Il se servit une tasse de café, les sourcils froncés sous l'effet de l'anxiété.

— Soline, j'ai peur de ne rien découvrir de concluant dans ce domaine abandonné, déplora-t-il. Surtout, j'ai peur pour toi. J'aurais préféré rester ici et te voir partir avec Benjamin. Je serai vraiment tranquille quand tu seras installée chez Viviane et nous aussi. Je ne peux même pas laisser Alice.

— Pars l'esprit en paix, Étienne. Tu as besoin d'Alice à tes côtés. Mon intuition me souffle qu'elle t'aime sincèrement.

— Tu n'as pas d'indices plus intéressants ? ironisa-t-il. Une petite vision matinale ? Si seulement je pouvais savoir ce qui m'attend là-bas.

— Je suis désolée, mais non.

Sur cette réponse décevante pour le policier, Soline se fit chauffer du lait. Tout en surveillant la casserole, elle porta deux fois de suite une main caressante à son ventre rebondi.

— Bébé se réveille ! Louise gigote beaucoup en ce moment, expliqua-t-elle en riant.

— Tu persistes à l'appeler Louise, même en connaissant le passé douloureux de ton ancêtre ?

— Bien sûr, c'est son prénom, celui qui lui est destiné. J'ai bien compris les réticences d'Émeline à ce sujet, mais personne ne me fera changer d'avis.

— Je n'en doute pas, tu es du genre obstiné. Et tu es très belle enceinte... Souvent, quand je t'observe, je me demande qui était ma mère. Je ne saurai jamais si elle m'a attendu dans la joie ou dans le désespoir, je ne verrai jamais son visage. Je me persuade depuis des années qu'elle a été obligée de m'abandonner.

— Benjamin m'a dit la même chose un soir. Je sais ce que vous éprouvez, pour l'avoir vécu. Mais il faut avoir confiance en la vie, affirma Soline. J'en suis un exemple, j'ai retrouvé ma famille.

L'irruption d'Alice, en blouson de cuir et jean, mit fin à la discussion. Elle embrassa aussitôt Étienne sur la bouche, en se serrant contre lui.

— Tu aurais dû me réveiller, lui reprocha-t-elle gentiment.

— Je n'apprécie pas trop les effusions devant témoin, rétorqua-t-il en s'écartant d'elle. Bois un café et on prend la route.

Vexée d'avoir été rabrouée, Alice dissimula de son mieux sa contrariété, inquiète de voir à Étienne un masque dur, renforcé par l'éclat métallique de son regard gris-vert.

— Promettez-moi de me tenir au courant du résultat de votre expédition, demanda Soline. De toute façon, vous nous rejoignez ce soir à Combloux.

— Oui, comme convenu, lâcha le policier d'un ton morne. Alice, on y va.

Cinq minutes plus tard, ils quittaient le vallon des loups sous une pluie fine. D'humeur soucieuse, Soline remonta dans la chambre où Benjamin dormait encore. Elle se glissa près de lui.

— Mon amour, je n'ai pas envie de m'en aller, murmura-t-elle.

Il s'agita un peu avant de l'enlacer tendrement. Ignorant s'il l'avait entendue, elle répéta tout bas les mêmes mots.

— C'est plus prudent, répondit-il dans un souffle. Pense à notre bébé, et à toi. Viens plus près, mon petit cœur.

La tête nichée au creux de son épaule, elle savoura l'instant. Ils étaient tous les deux, bien à l'abri au creux de leur lit, et dans d'autres circonstances ils auraient pu évoquer leur avenir de parents.

— J'en ai assez, nous vivons en suspens, sous les menaces du tueur, se plaignit Soline. Je fais l'impossible pour être gaie, mais je suis terrifiée.

— Moi aussi, j'ai peur, avoua-t-il. S'il ne se passe rien jusqu'à la naissance du bébé, nous devrions disparaître avec Louise. J'y ai réfléchi hier soir. Ton grand-père comprendra très bien. Nous pouvons lui redonner Taviane ou la confier à un amoureux des chevaux, il n'en manque pas dans la région. Neige pourrait finir ses jours chez Viviane.

— Et Barry ? Et Farou et ses petits ? Personne ne peut les prendre en charge, c'est trop compliqué, tu me l'as dit plusieurs fois.

— J'ai téléphoné à un ami qui a créé un refuge. Il récupère des animaux maltraités dans les ménageries itinérantes ou les cirques en faillite. Il accepterait de veiller sur nos protégés.

Soline avait les larmes aux yeux, incapable d'imaginer cet exil dont parlait son compagnon.

— Et où irions-nous ? demanda-t-elle d'une voix tremblante.

— Dans un premier temps, en Angleterre ou en Irlande. La police finira bien par arrêter ce fou à lier.

Nous reviendrons quand il ne pourra plus te faire du mal.

— Benjamin, cet homme est riche et il ne commet aucune erreur. À mon avis, ça ne sert à rien de fuir. Déjà, je m'opposais à l'idée de nous installer à Combloux.

Il chercha ses lèvres et il l'apaisa grâce à un long baiser. Son désir de femme accéléra la course de son sang, mais lorsqu'elle en donna la preuve en caressant le bas du ventre de Benjamin, il arrêta son geste.

— La gynécologue nous a déconseillé les relations sexuelles, mon cœur, dit-il en souriant.

— Je m'en moque, j'ai envie de toi...

Elle s'enhardit en lui imposant des caresses plus précises. Il céda et, en appui sur ses mains, il prit doucement possession de sa fleur de chair, tiède et soyeuse. Ce fut une étreinte délicate, mesurée, cependant Soline en tira un plaisir intense, au point d'oublier le reste du monde.

— Comme tu es belle ! s'extasia Benjamin en se retirant d'elle. Je te ferai plein d'enfants pour te voir ainsi, épanouie et ronde.

— Il me faudra faire des pauses entre nos nombreux rejetons, car j'ai l'intention d'apprendre l'équitation et de devenir une aussi bonne cavalière que maman, répliqua-t-elle.

— Tu feras comme tu voudras, comme toujours, plaisanta-t-il.

Soline l'attira à ses côtés. Elle se rendormit tandis qu'il lissait ses longs cheveux dorés, du bout des doigts.

— Repose-toi, mon enchanteresse, souffla-t-il en se levant sans bruit. Si tu savais combien je t'aime.

Elle était déjà loin, sur le fil d'un rêve peuplé de chevaux qui galopaient dans une immense prairie. La sonnerie de son portable la réveilla alors qu'elle montait Taviane au sein d'un paysage enneigé.

— Oui, j'écoute, balbutia-t-elle, somnolente.

— C'est Émeline ! Tu dormais, ma petite ? Je ne pouvais pas attendre, il fallait que je t'appelle.

Soline retrouva vite sa lucidité. Elle constata qu'il était plus de 9 heures.

— J'étais debout très tôt, mais je me suis recouchée, expliqua-t-elle.

— Tu as eu raison ! Zut, si j'avais su, j'aurais patienté un peu. Perrine m'a téléphoné tard hier soir. C'est fastidieux de communiquer avec ma fille à cause du décalage horaire. Tout ça pour m'assommer de bêtises. Figure-toi qu'elle a émis des doutes sur tes origines. Madame possède des centaines d'hectares en Australie par son mariage, et elle se soucie du vieux chalet qui te revient de droit, par la volonté de ma mère.

Abasourdie, Soline s'assit au milieu du lit. Un pâle soleil avait succédé à la pluie de l'aube.

— Quel est le problème ? interrogea-t-elle d'un ton alarmé.

— Perrine exige un second test ADN, effectué de manière légale. Elle se méfie, sous prétexte que ton ami policier a pu falsifier les résultats à ta demande. Donc pour la tranquilliser, il faudrait faire les démarches nécessaires auprès du tribunal. Je suis furieuse !

— Je la comprends, ne sois pas en colère. J'avais l'intention d'obtenir un test officiel. Si tu veux, grand-mère, je pourrais contacter Perrine moi-même. Ce matin, Benjamin envisageait de nous emmener très loin d'ici, le bébé et moi. Alors pourquoi pas l'Australie, aux antipodes du tueur ?

— Tu es sérieuse, Soline ? Je suis prête à convaincre ma fille de vous accueillir s'il le faut. Perrine est ta grand-tante, elle a des devoirs envers toi. Hélas, autant gamine elle était discrète et bien sage, autant une fois adulte, elle s'est révélée égoïste et âpre au gain. J'en ai entendu, hier, comme quoi il serait intéressant de restaurer le chalet et de le louer à la semaine. Du coup, je lui ai raccroché au nez.

— Oh, je suis désolée ! Il ne fallait pas. Dis-lui si elle te rappelle que je ferai les démarches juridiques la semaine prochaine.

Émeline approuva d'un marmonnement agacé, puis elle se lança dans le portrait de Perrine.

— Elle et Christian, le jour et la nuit, déplora-t-elle. Mon fils est la bonté incarnée, il serait même un peu naïf. Ma fille se complaît à envenimer la moindre situation qui la dérange. Crois-tu qu'elle dépenserait un billet d'avion pour faire ta connaissance ou du moins t'étudier sous tous les angles ? Mais non ! Je te parie qu'elle ne se déplacera pas pour mon enterrement.

— Ne parle pas de ça, grand-mère, s'indigna Soline. Tu es en parfaite santé et tu seras centenaire.

— Ah, ça me fait chaud au cœur quand tu m'appelles « grand-mère », pourtant ce serait à Elsa de me le dire, soupira Émeline. Enfin tu es là, j'aurai eu le grand bonheur de te rencontrer.

La gorge nouée, Soline dut à nouveau contenir ses larmes. Le bébé fit alors un bond de cabri qui la fit sourire. Elle orienta la conversation sur la layette et l'allaitement, avide de conseils dans ce domaine.

— Je suis sûre que ma petite Louise sera blonde, comme maman et ma belle dame, son ancêtre. J'ai hâte de la tenir dans mes bras et de te la présenter, dit-elle en conclusion.

— Et moi donc, renchérit l'alerte nonagénaire. On fera une photo, pour l'album familial et pour l'envoyer à Perrine, histoire de la taquiner.

— C'est promis. Bonne journée, grand-mère, je suis affamée, cette fois je me lève.

— Passe une bonne journée toi aussi, Soline. Tu pars pour Combloux, n'est-ce pas ?

— Oui, Benjamin m'emmène chez Viviane en début d'après-midi. Nous te rendrons visite demain ou lundi.

— Je compte sur vous. Tant que vous êtes dans des endroits où il y a beaucoup de gens, vous ne risquez rien.

En raccrochant, Soline réprima un sanglot. La perspective d'abandonner le chalet et les animaux qu'elle adorait lui brisait le cœur.

*

Cinquante ans plus tôt… peut-être,
dans l'au-delà, samedi 16 avril 1966

Louise ignorait le temps qui s'était écoulé depuis l'envol de son âme. Elle se souvenait vaguement du décor de la chambre où elle s'était éteinte, du lit et de la robe en soie qu'elle avait choisie. Il lui semblait cependant porter encore son collier en quartz rose.

— Le cadeau de Vittorio, mon grand amour !

Elle parlait sans cesse, mais sa voix résonnait à peine, sans nuire à la musicalité envoûtante de l'univers inconnu où elle évoluait.

— Tant de beauté à contempler, se disait-elle. Des couleurs sublimes, des lumières irisées et des paysages étranges.

Consciente d'avoir quitté son corps terrestre la nuit de son décès, Louise n'était plus qu'un esprit léger et libre. Peu à peu, elle découvrait la façon de voyager au sein de ce monde pareil à celui des rêves. Irrésistiblement, elle se tournait vers le passé.

— J'ai revu ma chère maman, Clémence, mais je n'ai pas pu m'approcher d'elle. Et aussi j'ai reconnu la silhouette de mon père, vêtu comme le soir où il a mis fin à ses jours. Le pauvre, il paraît toujours aussi désespéré. Pourquoi ne retrouve-t-il pas son épouse ? Est-ce le sort des suicidés d'errer seul ?

Des questions lui venaient, sans réussir à altérer sa sérénité et son envie de revoir des pages de son enfance. Elle n'eut qu'à le souhaiter pour être confrontée à sa forme humaine, âgée de huit ans environ, bien avant la tragédie de Saint-Gervais.

— J'ai des nattes et ce foulard rouge que j'aimais tant ! Je garde les vaches de papa, sur les estives. Il y a Nicolas qui joue avec notre brave chien, Finaud.

Elle pensa à leur petit village de Bionnay et tout de suite sa maison natale se reconstitua, à mi-pente, inondée de soleil. Sa mère était là, en robe de lin marron, occupée à nourrir les poules et les oies. Soudain se dessina un berceau taillé dans le tronc d'un sapin, orné de motifs habilement sculptés. Un nouveau-né y dormait, en suçant son pouce.

— Antoine, mon Toinet, se dit encore Louise. J'aidais maman à faire la lessive, car il salissait ses langes. Nous ne savions pas à quel point notre existence était agréable, malgré le peu d'argent en notre possession.

L'évocation de son petit frère, qu'elle avait élevé, ne ramena pas l'âme de Louise vers le septuagénaire grognon chez qui elle avait habité avant de mourir. Antoine aux cheveux gris, aux traits affaissés, ne comptait plus. Elle avait la volonté de repousser sa forme et son aspect d'homme âgé.

— Oh non, me voici en face d'oncle André, le frère de papa, celui qui a construit un si beau chalet au-dessus de Saint-Nicolas-de-Véroce. C'est ce matin du mois de juin où je lui expliquais qu'une épouvantable catastrophe allait détruire Bionnay et les thermes de Saint-Gervais. Il m'a grondée, en prétendant que j'inventais mes visions. Mes parents doutaient eux aussi, pourtant leur vie a été brisée par la coulée torrentielle qui a marqué toutes les mémoires.

Confusément, Louise cherchait Vittorio, son amant adoré, ce bel homme au teint de pain brûlé et au regard noir. Il l'avait couchée sur l'herbe un soir d'été et elle s'était donnée à lui tout entière, sans hésiter une seconde.

— Où es-tu, mon amour ? Toi à qui je n'ai pas pu dire adieu, toi que je n'ai pas embrassé avant tes derniers instants...

Elle se trouvait en surplomb d'une forêt enneigée, mais le froid et la chaleur ne pouvaient plus l'atteindre. Des silhouettes masculines étaient regroupées sous les arbres.

— Des maquisards ! L'un d'eux lève la tête. Seigneur, c'est Clément, mon fils. Il m'a souri, oui, il m'a souri. Je voudrais pouvoir l'embrasser, mais je ne suis plus qu'un esprit submergé par des nuées d'émotion.

Presque amusée, elle se figura être devenue un nuage blanc qui palpitait au rythme des brèves visions qu'on lui accordait de ses chers disparus. Pourtant, elle avait acquis une certitude.

— C'est différent de ce que j'imaginais, lorsque j'étais vivante et curieuse de l'au-delà. Je ne peux pas témoigner mon amour ou ma joie, si je vois ma mère, ma chère petite maman. On instaure une distance, une sorte de barrière invisible. Je voudrais parler à maman, à mon père, à mon grand frère Nicolas... Pourquoi me refuser ce bonheur ?

Troublée, Louise voulut prier les puissances divines, mais, au même instant, Vittorio lui apparut, à travers un voile de brume. Il était jeune et séduisant, comme à l'époque de leurs rendez-vous clandestins.

— Vittorio ! Je suis là, c'est moi, Louise !

Elle avait crié, malgré sa voix si ténue. Vittorio esquissa un sourire en lui envoyant un baiser du bout des doigts. Ensuite, il s'effaça. Quelqu'un murmura soudain à l'oreille de Louise...

— On m'a dit « pas encore », j'en suis certaine. Que dois-je faire ?

Il lui revint un souvenir teinté d'affection et de tendresse. Louise comprit enfin. Elle devait se tourner vers le futur.

— La belle jeune femme blonde, je dois l'aider. J'ai appelé la mort pour être libre de voler à son secours. J'avais oublié, mon Dieu, comment j'ai pu oublier ?

Un vent parfumé l'entraîna vers un paysage qu'elle reconnut aussitôt.

— Le vallon où oncle André a construit son chalet ! Nous nous sommes réfugiés là, pendant la guerre. Il y avait ma belle-sœur Jeanne, ma fille Émeline, Aglaé et les enfants, Marie et mon petit-fils Nicolas. Il y a eu des changements, mais pas tant que ça.

Louise observa une jument à la robe dorée et à la crinière noire, qui déambulait le long d'une clôture. Elle vit également des voitures, d'un modèle différent de ceux qui roulaient dans Combloux. Son attention fut ensuite attirée par un enclos où gambadaient des chiens-loups. Enfin, la jeune femme blonde sortit sur la galerie couverte.

— Elle aurait dû s'appeler Ania, mais on me souffle le prénom de Soline, se dit Louise. Je sais tout maintenant. Mon petit-fils Christian a eu une fille, Elsa, qui a donné naissance à Ania. Cette enfant-là a dû hériter de mon don, car nous nous sommes vues parfois. Elle me connaît, elle aussi est au courant, puisqu'elle a lu mes cahiers.

Brusquement, le paysage ensoleillé s'obscurcit. Louise éprouva un chagrin intense, doublé d'une vive angoisse, sans rien déceler d'anormal.

— Je dois rester ici, décida-t-elle. Et attendre.

*

Cinquante ans plus tard,
En Isère, même jour, milieu de matinée

Malgré l'impatience presque fébrile qui le torturait, Étienne aurait voulu faire marche arrière. Il crispa ses doigts sur le volant de sa voiture, sans même entendre le soupir exagéré d'Alice, assise à ses côtés.

— Nous sommes arrivés, dit-elle d'une voix tendue. Qu'est-ce qui se passe ? Tu es livide. Tu reconnais les lieux ?

— Pas pour l'instant, jeta-t-il entre ses dents. En fait, durant tout le trajet, j'ai essayé de digérer les piques venimeuses de ce profileur, descendu de Paris pour aider les provinciaux stupides que nous sommes. Ajoute à ça les sermons du commissaire, dont il nous accable depuis la mort d'Yvonne Fauvel. S'il pouvait, il m'enverrait croupir je ne sais où, parce qu'on a croisé le tueur déguisé en doctoresse sans l'arrêter.

— Tu te fais des idées. Tu devrais te concentrer sur le moment présent. On nous fait signe. Il faut y aller, Étienne.

— D'accord, on y va.

Ils lancèrent un coup d'œil vers l'estafette de la gendarmerie locale, garée près de la berline grise du commissaire d'Annecy. Deux policiers et le profileur parisien escortaient ce dernier.

— Alors, Dambert, des souvenirs vous reviennent ? s'écria-t-il dès qu'Étienne se rapprocha.

— Non, je vous le répète, on a dû nous conduire ici alors que nous étions drogués, répliqua-t-il.

— Eh bien, on visite tous les bâtiments, vous retrouverez peut-être la mémoire à l'intérieur.

Un manoir se dressait devant eux, aux contrevents fermés. La façade était tapissée d'une vigne vierge exubérante. Ses vrilles composaient un réseau d'un brun rouge, qui semblait avoir pris d'assaut le moindre espace du crépi ocre jaune.

— Courage, souffla Alice à Étienne. Je ne te quitte pas, si tu te sens mal, dis-le-moi.

— Et puis quoi encore ? Je n'ai pas besoin d'une nounou, rétorqua-t-il tout bas. Actuellement, tu es mon adjointe, rien d'autre.

— Excusez-moi, patron, ironisa-t-elle.

Ils remontèrent tous l'allée envahie de mauvaises herbes. Sur leur droite s'alignaient des dépendances en brique rose, aux fenêtres munies de barreaux. En les observant, Étienne éprouva un début de malaise, mais il garda le silence.

— Selon mes sources, cette propriété appartenait à un très riche homme d'affaires, commenta le brigadier de gendarmerie. Mais personne ne l'a jamais vu dans le pays. Il aurait quitté la région soudainement, en laissant le domaine à l'abandon.

— Vous connaissez son nom ? s'enquit le commissaire Oudard.

— Il s'agirait, d'après le cadastre, d'un certain Vincent Quinet.

Alice et Étienne échangèrent un bref regard, interpellés par le prénom Vincent. Peu après, deux gendarmes poussaient la porte principale du manoir, qui n'était pas fermée à clef. Ils pénétrèrent en procession dans un grand hall au décor luxueux. Tout le rez-de-chaussée était garni d'un mobilier élégant et coûteux. Des tableaux ornaient les murs et il y avait une abondance de bibelots et de sculptures.

— Tout est resté tel quel, remarqua le profileur, de haute taille et d'une rare maigreur. Pourtant, des cambrioleurs auraient pu emporter un beau butin. J'en déduis qu'on revenait là de temps à autre.

Un détail intrigua l'ensemble des policiers. Dans un des salons, ils trouvèrent un sapin de Noël, couvert de guirlandes et de boules en verre. Une partie des aiguilles jonchait le sol, mais elles n'étaient pas toutes tombées. L'arbre, couleur de rouille, offrait un tableau pathétique.

— Une personne devait se reposer sur cette méridienne Louis XV, nota encore le profileur. Il y a un oreiller et une couverture.

— On dirait que le temps s'est figé durant la période des fêtes de fin d'année, fit remarquer Alice. Il faudrait mettre la main sur un calendrier, peut-être dans les cuisines ?

— Allez-y, ordonna le commissaire.

Discrètement, Étienne était retourné dans le hall, d'où partait un large escalier en marbre. Il avait la curieuse impression d'être guidé par une présence invisible.

« Qu'est-ce qui m'arrive ? se demanda-t-il. Je n'ai jamais ressenti ça. »

Il arriva sur un palier ouvert sur un couloir qui faisait sûrement la longueur de l'édifice. D'abord, il se dirigea à gauche, pour ouvrir des portes en vis-à-vis donnant sur des pièces vides. Il prit ensuite à droite et l'aménagement de la première chambre où il entra lui causa un choc.

— Aucun doute possible, une fillette logeait ici, murmura-t-il. Bon sang, c'est sinistre.

La tapisserie imitait la toile de Jouy, dans une gamme de roses, mais le plafond aux moulures de plâtre était moisi par plaques et des toiles d'araignées abondaient dans les angles. Étienne vit un coffre à jouets en osier, un cheval à bascule de facture ancienne, puis il estima la taille de l'enfant en mesurant le lit en cuivre, sur lequel des rongeurs avaient éventré l'édredon en satin jaune.

— Et si c'était Soline ?

Il enfila des gants en latex et entreprit de fouiller l'armoire en bois léger, peinturlurée de fleurs et d'oiseaux. Des vêtements de petite taille pendaient sur des cintres.

— Des robes, des corsages, des manteaux, énuméra-t-il.

Les étiquettes avaient été coupées, si bien qu'il ne put savoir l'âge correspondant. Un tiroir était rempli de mouchoirs pliés d'où s'exhalait encore un faible parfum de lavande.

— Il n'y a rien qui indiquerait l'identité de cette gosse, enragea-t-il en inspectant un second tiroir plus grand. Il en sortit des pantalons chauds, des pulls.

Furibond, le policier s'attaqua aux deux placards entourant une cheminée. Ils contenaient des livres et des jouets. Enfin, sur la plus haute des étagères, ses doigts effleurèrent un objet dur. Il ramena, haletant, un cadre ouvragé, de dimension modeste.

— Bon sang, jura-t-il, le souffle coupé.

Le verre poussiéreux protégeait la photographie couleur d'une petite fille blonde, aux yeux très bleus, dont le sourire éblouissant évoquait celui de Soline. Étienne défit la vitre pour regarder au dos du cliché. Il déchiffra l'inscription écrite à l'encre noire : « Notre petit ange, été 1996. »

— Il n'y a pas de prénom, pesta-t-il. Ces gens pouvaient avoir une fille, ce n'est pas la preuve que Soline vivait là.

Un bruit de pas dans le couloir l'alerta. Le commissaire Oudard le rejoignit, l'air mécontent.

— Et alors, Dambert, on se la joue solo ? Ne touchez plus à rien, j'ai fait venir la scientifique. Vous auriez dû nous suivre dans les caves. Un vrai labyrinthe et, tout au fond, une fameuse découverte.

— Laquelle ?

— Un tombeau en pierre, du genre que l'on voit dans certaines églises. Nous avons pu décaler le couvercle. Il contient le squelette d'une femme. J'ai établi le sexe grâce aux bijoux qu'elle portait et à des vestiges de tissu et de dentelles.

La nouvelle sidéra Étienne. Il tendit le portrait de la fillette au commissaire.

— C'est peut-être Soline Fauvel, précisa-t-il.

— La jeune personne que j'ai interrogée après l'agression dont vous avez été victime à Lons-le-Saunier ? L'idole du tueur ? Nous serons vite fixés, grâce à nos logiciels et aux relevés de la scientifique. Suivez-moi jusqu'aux caves, votre adjointe s'occupe des autres pièces de l'étage.

— Je suis désolé, mais je préfère inspecter les dépendances en priorité. Si nous étions prisonniers dans l'un de ces bâtiments, je le saurai immédiatement. Du moins, si vous m'y autorisez !

— Eh bien, non, je ne vous lâche plus, Dambert. On prendra le temps nécessaire, mais on fouillera le moindre recoin de cette propriété. Quand je dis « on », ça signifie l'équipe au complet. Une femme a été inhumée entre ces murs, sûrement dans l'illégalité. Tenez, regardez ce que j'ai reçu.

Le commissaire lui remit son téléphone portable. Un message fourmillait de renseignements sur le dénommé Vincent Quinet.

— Un sale bonhomme, soupira-t-il. Ce type était affilié à de dangereux trafiquants de drogue et on le soupçonnait d'activités encore plus déplorables. De toute évidence, il a toujours pu passer entre les mailles du filet.

— J'ai la conviction qu'il se livrait à un trafic d'organes, dit Étienne d'une voix dure. Et je présume que nous avons déniché son repaire, suffisamment isolé et présentant un aspect très respectable, de quoi décourager la curiosité des autres résidents du canton.

Alice apparut sur le seuil de la chambre. Elle tenait un couteau entre ses doigts gantés.

— Cette arme était dissimulée sous une pile de draps, dans une pièce qui servait de lingerie. Un grand placard est cadenassé, il faudrait une pince coupante.

Le commissaire Oudard appela par téléphone deux de ses hommes en renfort, tandis qu'Alice rangeait le couteau dans un sac en plastique. Elle aperçut ensuite le cadre entre les mains d'Oudard.

— Ce pourrait être une photo de Soline petite fille, en 1996, deux ans avant le séjour à la station de ski, lui dit Étienne. Sa théorie se confirmerait. Le chauffard responsable de la mort de ses parents serait Vincent Quinet et il l'aurait enlevée.

— Est-ce que je peux regarder cette photo, commissaire ? dit-elle gentiment.

— Placez-la d'abord dans un sac. Qui sait, on y trouvera peut-être des empreintes digitales.

— C'est bien Soline ! s'écria Alice. L'enfant a le même grain de beauté sur la joue droite. Et je reconnais son sourire, ses yeux bleus si particuliers. Le bleu myosotis.

Bouleversée, Alice prit son téléphone, malgré le froncement de sourcils réprobateur d'Étienne.

— Il faut l'informer, supplia-t-elle. Nous lui avons promis. Soline pourrait nous rejoindre ici avant d'aller à Combloux.

— Non, ne l'appelle pas tout de suite. On le fera quand j'aurai eu le droit d'entrer dans les dépendances.

— Donc beaucoup plus tard, Dambert. Plus d'initiatives personnelles, c'est compris ? aboya Oudard.

— J'ai une question, déclara Étienne. Est-ce que vous m'avez fait venir dans le seul but de me rabaisser ? Nom d'un chien, je vous ai livré tout mon passé, celui de mes amis, afin de réussir à arrêter le tueur. Je suis coupable de quoi ?

— J'ai consulté votre dossier, vos supérieurs déplorent les libertés que vous prenez avec la procédure, aussi je vous surveille. Ne vous posez pas en martyr !

Étienne tressaillit d'indignation. Les poings serrés, il suivit Alice et le commissaire jusqu'à la penderie, située au fond du couloir.

— Une chose m'intrigue, décréta Oudard en examinant le gros cadenas. Certes, on ne voit pas le manoir de la route. De surcroît, aucun panneau ne signale sa présence. Malgré cela, l'endroit étant déserté depuis des années, il aurait dû attirer des rôdeurs ou des squatteurs. Nous ignorons la quantité précise de meubles et d'objets de valeur, néanmoins il en reste tellement que ça me paraît incongru. Oui, je dis bien incongru. Il devait y avoir un gardien.

Le commissaire continua à soliloquer, sans tenir compte des mines renfrognées d'Alice et d'Étienne. Dix minutes plus tard, ses hommes réussirent à ouvrir le placard. Le profileur était présent lui aussi.

— Nous avons un deuxième cadavre sur les bras, annonça-t-il à la vue d'un corps en grande partie momifié, recroquevillé en bas du renfoncement. La scientifique aura du travail.

— Il a dû être tué avec le couteau que j'ai trouvé, dit Alice, révulsée par le lugubre spectacle.

— Ce doit être Vincent Quinet, avança Étienne.

— Pourquoi, Dambert ? interrogea Oudard.

— Une idée comme ça, inspirée par la logique. L'adolescent qui a mortellement blessé mon petit frère à la station de ski se faisait appeler Vincent. S'il s'agit du même type, et j'en suis presque sûr désormais, il aurait pu prendre le prénom de son père, pour un motif obscur.

— N'inventons pas de pareilles hypothèses sans avoir de preuves tangibles, trancha le commissaire. Nous y verrons plus clair après les analyses ADN. Nous avons celui de la lentille de contact et nous en aurons avec ce cadavre. S'ils concordent, on pourra en tirer des conclusions. Tout sera passé au peigne fin.

— Bien sûr, concéda Étienne. Si vous me permettez, je sors respirer un peu d'air pur.

— Oui, allez-y, ensuite nous visiterons les dépendances.

Alice en avait profité pour regagner le couloir. Sans se soucier de l'opinion des uns et des autres, elle envoya un texto à Soline.

Chalet du vallon des loups, même jour, même heure

Soline avait bouclé le sac à dos qu'elle utilisait en randonnée, non sans un brin de nostalgie. Benjamin devina ce qui l'attristait et il l'enlaça tendrement.

— Tu regrettes de ne pas avoir travaillé durant l'été, dit-il à son oreille.

— Oui, mes diplômes ne m'ont guère servi. En tout, j'ai dû avoir une dizaine de clients. Et l'hiver qui vient, je ne pourrai pas exercer mon métier de pisteur-secouriste. Si on y réfléchit, je n'ai même plus de chien d'avalanche. Barry joue les pères de famille, et Neige se fait vieux, hélas.

— Mon cœur, ne déprime pas, je t'en prie. Tout ceci demeure d'une importance minime. Nous devons faire au mieux pour que notre bébé puisse naître sans problème d'aucune sorte. Je pourrai respirer à mon aise quand tu seras chez Viviane, protégée par Alice et Étienne.

— Mais toi ?

Elle noua ses bras autour du cou de Benjamin et le dévisagea comme à la veille d'une longue séparation.

— Tu passeras tes journées ici ou en déplacement. Le tueur peut se venger sur toi. Il n'a rien tenté jusqu'à présent, mais il risque de changer de tactique. S'il t'arrivait quelque chose, je m'en voudrais toute ma vie. Louise grandirait sans son papa, comme Émeline qui a perdu son père à cinq ans, je crois. Je voudrais que tu sois armé !

— Armé, moi ? Soline, je n'ai jamais touché un revolver ou un fusil. Ceci dit, je manie assez bien les couteaux. J'en ai une petite collection dans la remise à bois, sous le chalet.

— Là où je range mon matériel et la pharmacie destinée à nos animaux ?

— Précisément. Il faudrait partir, je crains d'être rappelé d'un instant à l'autre par cet éleveur de Seyssel. Des loups rôdent autour de sa ferme et il menace de les abattre. Hier, j'ai eu du mal à le raisonner. J'y retournerai après t'avoir déposée à Combloux.

Navré par l'expression désespérée de Soline, Benjamin la câlina et la couvrit de baisers, sur le front, les joues, le bout du nez et au creux du cou.

— Tu me chatouilles, s'esclaffa-t-elle. Bon, je ne veux pas te retarder, je suis prête.

— Même si tu as oublié un vêtement ou des affaires de toilette, je te les rapporterai demain.

Ils sortirent de leur chambre. Neige, couché sur son tapis dans un coin du palier, se leva aussitôt.

— Mais oui, je t'emmène, lui dit Soline. Tu vas pouvoir jouer avec ton copain Vagabond.

Benjamin, une fois au rez-de-chaussée, éteignit les lampes.

— J'espère qu'il ne pleuvra pas, pour Taviane, s'inquiéta-t-elle avant d'ouvrir la porte donnant sur la galerie.

— D'après ton grand-père, les chevaux apprécient la pluie, répondit-il. Christian Pasquier s'y connaît mieux que nous. Je la rentrerai au box ce soir.

Avant de descendre les marches en pierre, Soline chercha des yeux la jument. Elle s'étonna de la voir couchée. Quelques secondes plus tard, Taviane se roulait, en battant l'air de ses sabots.

— Qu'est-ce qu'elle a, Benjamin ?

— Rien du tout, j'ai souvent vu des chevaux se rouler ainsi.

Il allait ajouter une parole rassurante quand son téléphone sonna. Soline en profita pour dévaler l'escalier, une main sur son ventre. Sans hésiter, elle se glissa sous la clôture et marcha vers la jument qui venait de s'allonger sur le flanc, ses prunelles brunes voilées par la douleur.

— Elle est malade ! Benjamin, Taviane est malade !

Son compagnon discutait avec son correspondant et il lui adressa un geste d'impuissance. Soline se pencha et caressa l'encolure moite de l'animal. Des propos de son grand-père lui revinrent, sur les coliques dont pouvaient souffrir les chevaux.

— On l'a empoisonnée, dit-elle tout bas. Je sais qui, c'est lui, le tueur… Il nous épie, il a dû me voir avec Taviane. Et il veut me priver de tout ce qui me rend heureuse. Je dois appeler papi ou un vétérinaire. Vite…

22

Les failles de la mémoire

En Isère, même jour, même heure

Étienne paraissait changé en statue. Blême, les lèvres pincées, les yeux écarquillés, il demeurait parfaitement immobile au milieu d'une pièce sombre, aux allures de dortoir. Impressionnés par son attitude et son expression tragique, le commissaire Oudard et le profileur parisien l'observaient sans oser dire un mot. Alice préféra rompre le silence.

— Tu reconnais l'endroit ? demanda-t-elle dans un souffle.

Il répondit par l'affirmative d'un signe de tête, incapable de prononcer la moindre parole. Sa mémoire lui redonnait intacts des souvenirs douloureux. Son regard vert se posa tour à tour sur les quatre lits étroits, aux montants de fer, où ils dormaient à l'époque de leur calvaire.

« Pavel à droite près du mur, ensuite moi, Sophie et Benjamin, se remémorait-il. Les fenêtres étaient tendues d'un tissu noir, entre les carreaux et les barreaux. Souvent, l'air me semblait épais, étouffant. »

Soudain, il tendit la main vers une porte, en pointant l'index.

— Ils entraient par ici, parvint-il à articuler, la bouche sèche. Le seul qu'ils n'ont pas emmené, c'est mon petit frère. Ils ont gardé le plus longtemps Benjamin. Je croyais que nous ne le reverrions jamais, pourtant si, il est revenu, mais drogué.

— Vous m'avez parlé d'une sorte de salle de classe, Dambert, insinua le commissaire. Il faut continuer la visite, pour vérifier ce dont vous vous souvenez.

— Oui, on nous gratifiait de cours de français, je suis le premier qui a maîtrisé la langue. C'était urgent, j'avais tant de questions. Des questions auxquelles on ne me répondait pas. N'imaginez pas une salle de classe normale. Il s'agissait d'une petite pièce flanquée de quatre tables et d'un tableau.

Alice se glissa près d'Étienne, malgré sa crainte d'une nouvelle rebuffade. Il lui accorda un sourire absent. Elle comprit qu'il n'était pas vraiment avec eux, mais loin dans le passé.

— Si je résume la situation, décréta alors le profileur, Vincent Quinet ou ses acolytes allaient dans un pays de l'Est pour trouver des orphelins d'un groupe sanguin précis. Il devait monnayer leur départ au prix fort. Ensuite, ces enfants étaient enfermés et soumis à des expériences.

— Plutôt à des opérations chirurgicales, rectifia Étienne. Il me manque un rein, mais Sophie Gally et Benjamin Martin n'ont pas subi d'ablation d'un organe.

— C'est profondément révoltant, admit Oudard.

Il ouvrit la porte par laquelle entraient les bourreaux des petits prisonniers. Après avoir suivi un couloir exigu, il entra dans ce qui évoquait effectivement une salle de classe. Alice vit tout de suite un cahier à la couverture jaunie, posé sur une chaise.

— N'y touchez pas, ordonna le profileur. Je prends des photos, tout doit rester en l'état.

— Je n'avais pas l'intention d'y toucher, se rebiffa-t-elle.

Indifférent à ce qui l'entourait, Étienne fixa une inscription tracée dans le bois d'une des tables.

— Milana, lut-il à mi-voix. Elle avait appris à écrire et elle s'était empressée de marquer son prénom.

Bouleversé, il retourna dans le couloir, talonné par Alice. Elle lui tapota l'épaule.

— J'imagine combien ce doit être pénible pour toi, Étienne.

— J'en doute, mais changeons de sujet. Envoie un texto à Soline, dis-lui juste qu'on sera très en retard.

— Je lui ai déjà expédié un message tout à l'heure, elle n'a pas répondu. Je suppose que tu seras furieux, car j'ai pris en photo le portrait de la petite fille blonde et je lui ai transmis. Si elle fait passer l'image à Christian Pasquier, il pourra confirmer que c'était bien elle.

— Tu as eu raison, soupira-t-il. Pourquoi serais-je en colère ? J'ai le cœur brisé. Dans ces maudits bâtiments, je revois Pavel, j'espère stupidement qu'il va accourir et se jeter à mon cou. Il ressemblait à un angelot, tout blond et innocent.

Le commissaire passa à côté d'eux, en leur indiquant une autre porte, double celle-ci et en métal. Une croix rouge était peinte sur un des battants.

— L'infirmerie, je présume, avança le profileur.

Il se trompait en partie. Une armoire contenait en effet des médicaments périmés mais l'aménagement évoquait une salle d'opération. Deux grosses lampes pendaient du plafond au-dessus d'un lit à roulettes, près duquel se dressait un support à perfusions.

— Bon sang, le matériel est rudimentaire, si vraiment on a procédé à des prélèvements ou à des greffes ! s'exclama le commissaire.

Ce fut Alice qui ramassa un cheveu blond entre le pouce et l'index, sur le lit dont le revêtement était gris de poussière.

— Regardez, dit-elle d'un ton fébrile. Il y a des traces, comme si quelqu'un s'était allongé là il n'y a pas longtemps.

— Bien vu, nota Étienne, ramené à la réalité. Il y a une nouvelle victime, et c'est sûrement assez récent.

Ils fouillèrent méthodiquement la salle en attendant l'équipe de la police scientifique, qui travaillait encore à l'intérieur même du manoir.

— Il y a des fortes chances que la victime soit cachée dans l'enceinte du domaine, décréta Oudard. Je demande des renforts, avec un chien si possible. On ne lâche rien, il faut arrêter ce criminel au plus vite.

Sur ces mots énoncés d'un ton sec, le commissaire ouvrit la seconde porte de la salle, qui communiquait avec l'extérieur. Il décocha un coup d'œil haineux aux grands sapins ombrageant un espace envahi d'herbes folles.

— Nous aurions dû commencer par ces fichues dépendances, lui assena Étienne.

Il s'adossa au tronc d'un platane centenaire et alluma une cigarette. Alice s'approcha, la mine soucieuse.

— J'ai essayé d'appeler Soline, je tombe sur sa messagerie, dit-elle en lui tendant son téléphone.

— Le réseau est mauvais, de toute façon, répliqua-t-il. Je ne m'inquiète pas trop. En principe, à l'heure qu'il est, Benjamin a dû la déposer chez Viviane.

— Mais si elle a reçu la photo, elle devrait réagir !

— Sois patiente, Alice. Nous sommes sur les terres de ce maudit meurtrier, peut-être qu'il nous épie, planqué je ne sais où.

— Impossible, nous avons pratiquement tout exploré.

Soudain Étienne revit une cour carrée et pavée. Le souvenir avait resurgi avec une précision inouïe.

— Non, pas tout ! s'écria-t-il en se précipitant vers l'infirmerie.

Il bouscula le profileur au passage, ce dont Alice qui le suivait fut secrètement ravie, le personnage lui étant antipathique.

— Où allez-vous, Dambert ? interrogea le commissaire.

— Je cherche une cour ! On nous y conduisait les yeux bandés et on pouvait se dégourdir les jambes. Elle existe, j'en suis sûr.

L'esprit d'Étienne fonctionnait à une vitesse folle. Il se rua dans le couloir, tout en regardant par les fenêtres aux vitres qu'une crasse de vingt ans opacifiait.

— Je ne suis pas fou, on nous emmenait parfois dans une cour, enragea-t-il. Où est-ce ?

— Comment veux-tu la retrouver, si vous aviez les yeux bandés ? déplora Alice qui refusait de s'éloigner de lui.

— Je me souviens, il y avait même un massif rond, planté de petites fleurs mauves. Sophie en avait cueilli et elle les avait enfouies dans sa poche de tablier. Tout me revient, un tablier gris. Benjamin et moi, nous en portions un aussi, mais Pavel était en chemisette et culottes courtes. Je sais qu'on voyait à peine le ciel !

Il ressortit des dépendances pour longer le mur situé à l'arrière, qui formait un angle avec un autre mur plus haut. Alice lui désigna un passage voûté, dissimulé par un épais rideau de lianes, des clématites et du lierre.

— C'est peut-être par là ? demanda-t-elle.

Étienne approuva d'un hochement de tête. Il s'engagea sous le porche, après avoir écarté la végétation d'un geste vif. Une fois encore, Alice lui emboîta le pas. Elle le sentait tendu à l'extrême, prêt à craquer sous le poids d'une émotion intolérable.

Ils déboulèrent ensemble dans la cour. De l'herbe poussait entre les pavés bruns, malgré une toiture en tôle qui freinait la lumière.

— J'ai trouvé, nous y sommes, déclara Étienne en frissonnant. Il y avait deux plaques transparentes parmi les tôles en fer, elles sont en piteux état, jaunies et fendillées. Alice, ma mémoire ne m'a pas trahi. Bon sang, nous pouvions jouer là, tous les quatre. Et il se peut que Soline, elle, habitait le manoir, en enfant choyée.

— Cependant, ils l'ont abandonnée.

— Va savoir ce qui est arrivé, balbutia-t-il en se frottant le visage. Et qui étaient ces gens, cette femme dans le tombeau ?

Brusquement, il attira Alice dans ses bras et l'étreignit. Elle devina qu'il contenait ses larmes. Le profileur les surprit ainsi et esquissa une mimique moqueuse.

— Navré de déranger, dit-il à mi-voix. Vous avez trouvé votre cour, Dambert. Elle est sinistre, comme le reste de la propriété.

Il commença à arpenter les lieux, en inspectant le sol. Étienne s'écarta d'Alice et fit de même, mais il privilégia l'ancien massif hérissé d'orties. Tout de suite, il remarqua que certaines plantes étaient flétries.

— Venez voir, appela-t-il.

Le front plissé par la concentration, il souleva des touffes d'ortie, ayant remis ses gants en latex.

— La terre a été remuée sur une surface suffisante pour enterrer un corps, ajouta-t-il.

— Je préviens le commissaire, nous n'aurons sans doute pas besoin d'un chien policier, finalement, admit le profileur. Félicitations, Dambert, vous êtes perspicace.

Étienne utilisa un morceau de bois pour gratter la terre. Il aperçut presque immédiatement du tissu et des doigts.

— L'assassin était pressé, il n'a pas creusé bien profond, dit-il d'une voix rauque.

— Attention aux conclusions hâtives, tonna-t-on derrière lui. Nous pouvons avoir affaire à un autre assassin.

C'était le commissaire Oudard, qui s'était approché sans bruit et arborait un air furibond.

— Dites-moi, Dambert, vous ignorez le sens du mot équipe ? lâcha-t-il sèchement.

— Nous étions trois, rétorqua Étienne. De quoi former une équipe, à mon humble avis !

L'irruption des gendarmes et des hommes de la scientifique coupa court au pugilat. Une demi-heure plus tard, tous fixaient les traits blafards d'une jeune femme blonde, dont les chairs se décomposaient déjà.

Alice recula, écœurée. Elle essaya à nouveau de joindre Soline, mais sans résultat. Dépitée, elle lui laissa un second message vocal.

Vallon des loups, même jour, une heure plus tôt

Soline, désemparée, pensa que certains jours, tout allait de travers. Elle regardait tour à tour la jument allongée sur l'herbe et son téléphone, qui n'avait plus de batterie.

Son compagnon accourait, l'air affolé. Il venait de couper la communication avec l'éleveur qui réclamait sa présence à grands cris furieux.

— Je dois absolument partir, Soline, dit-il d'un ton anxieux. Viens, je t'emmène, je te déposerai plus tard à Combloux.

— Non, je reste ici, je ne peux pas laisser Taviane toute seule. Je crois qu'elle a des coliques. Je t'en prie, enferme Neige dans mon 4 x 4, il tourne autour de la jument et il pourrait recevoir un coup de sabot. Vas-y, j'ai appelé mon grand-père, il va venir.

Elle mentait pour ne pas quitter Taviane, qui à cet instant comptait plus que tout.

— Je t'en prie, ne complique pas les choses ! s'exaspéra Benjamin. Je suis obligé d'aller jusqu'à Seyssel et il est hors de question de te mettre en danger.

— Papi arrivera vite, insista-t-elle en le fixant hardiment dans les yeux. J'ai une idée, dépêche-toi de partir, et en chemin appelle le vétérinaire de Saint-Gervais, Duval. Il sera vite là et s'il ne peut pas, contacte un de ses collègues. Ensuite, tu expliques la situation à Alice ou à Étienne, ils me rejoindront ici. Tu comprends, je n'ai presque plus de batterie et je ne veux pas m'éloigner de Taviane.

— Mon petit cœur, Alice et Étienne sont environ à deux heures de route du chalet, protesta-t-il.

— Ou bien ils ont déjà terminé et ils seront rapidement là, si jamais ce domaine en Isère était une fausse piste. Moi, je ne m'en irai pas tant que ma jument sera malade. Tu ne peux pas imaginer combien je l'aime et à quel point elle est importante pour moi. Benjamin, ne crains rien, je n'ai aucun mauvais pressentiment.

Il hésita un moment, pesant le pour et le contre. Après un coup d'œil circulaire sur les pentes voisines et sur Barry endormi au milieu de l'enclos, il se décida.

— Bon, tout me paraît tranquille, soupira-t-il. Dès que ton grand-père est près de toi, une fois que le vétérinaire aura donné son diagnostic, partez chez Viviane ! D'accord ?

— D'accord, mon amour, ne stresse pas !

Elle lui adressa son plus beau sourire avant de l'embrasser sur les lèvres. Il recula, vivement contrarié, tandis que la jument se roulait de nouveau, avec un faible hennissement.

— Sois prudente, toi aussi tu peux prendre un coup de sabot, recommanda-t-il encore. Ne t'approche pas autant de Taviane. Fais attention, tu es enceinte.

— Je sais et je ne ferai pas courir de risque à notre bébé. Ne perds pas de temps et surtout, envoie-moi un vétérinaire.

— Entendu ! Mon cœur, un dernier baiser ?

Soline s'exécuta distraitement, ce qu'elle déplora un peu en voyant Benjamin démarrer son pick-up. Pourtant, son départ la soulageait, car elle avait besoin de se sentir libre d'agir.

— Je me souviens de ce que m'a dit papi, en cas de colique, il faut faire marcher le cheval, si c'est vraiment une simple colique.

Elle se rendit dans le box pour prendre le licol de Taviane et une longe. Athlétique et d'une nature énergique, sa grossesse bien avancée ne la gênait pas du tout.

— Tout à l'heure, j'irai faire charger mon téléphone, se dit-elle en retournant dans le pré. Et cette fois, j'appellerai mon grand-père. Pardon, mon amour, je t'ai encore menti.

Soudain, Soline revit les yeux sombres de son compagnon, où se lisait une réelle détresse à la perspective de se séparer d'elle.

— Je t'aime tant, Benjamin ! Mais je ne dois pas t'empêcher de travailler. Si je t'avais avoué que je pensais à un empoisonnement, tu aurais refusé de t'en aller.

Avec la plus grande prudence, elle réussit à passer le licol à la jument. Elle l'exhorta ensuite à se lever.

— Courage, ma belle, tu dois marcher. Bravo, tu es debout. Viens, suis-moi.

Pendant une quinzaine de minutes, Soline promena Taviane au bout de la longe, mais tout à coup, la jument se recoucha et se roula, en décochant des coups de pied.

— Oh non, tu recommences !

La jeune femme versa quelques larmes d'inquiétude. Elle se mit à guetter le bas du chemin, dans l'espoir de voir monter une voiture. Enfin, elle distingua l'écho d'un puissant moteur.

— C'est sûrement le vétérinaire, murmura-t-elle, soulagée.

Soline se glissa sous le fil délimitant le pré, pour s'avancer vers l'imposant 4 x 4 vert foncé, que son conducteur garait au plus près de la clôture. Elle fut surprise de reconnaître Claude Mercier qui avait soigné ses chiens l'année précédente. Elle avait renoncé à ses services, irritée par le comportement de sa fiancée au cours d'une randonnée. Une expédition fastidieuse qui s'était soldée par la découverte du cadavre du brigadier Bonnard.

— Bonjour, dit-il en la saluant aimablement. Vincent Duval est en congé, ses appels sont transférés sur mon téléphone. On m'a signalé une urgence, et, par chance, j'étais dans le secteur.

Gênée, Soline lui tendit la main qu'il serra sans insister. Elle jugea nécessaire de se justifier.

— Bonjour, monsieur Mercier, et merci d'être venu aussi vite. J'ai choisi d'aller chez votre collègue de Saint-Gervais car il était plus près d'ici, où j'habite depuis l'été dernier.

— Il n'y a pas de souci, mademoiselle Fauvel, c'est ça ?

— Oui, vous avez bonne mémoire. Venez, ma jument doit souffrir de coliques. Elle se roule souvent et je n'ai pas pu la faire marcher longtemps.

Claude Mercier portait une blouse verte. Il prit des gants dans son véhicule et un boîtier.

— S'il s'agit de coliques bénignes, une injection de calmagine suffira, expliqua-t-il. Mais c'est peut-être plus grave.

Il entra dans le pré et s'approcha de Taviane. Soline retint son souffle pendant que Claude Mercier auscultait la jument, qui s'était relevée. Il écouta les bruits de son ventre, une joue plaquée contre son flanc, puis il examina ses gencives et le coin de ses yeux.

— C'est une colique sans gravité, soyez tranquille, déclara-t-il. Je vais lui injecter un analgésique. Il faudrait une autre piqûre en fin de journée, une intramusculaire, est-ce que vous saurez la faire ?

Très embarrassée, Soline différa sa réponse, même si elle avait déjà décidé de repousser au lendemain son installation chez Viviane.

— Mon compagnon saura, lui. Il est scientifique et s'occupe des loups. Il doit les répertorier, les localiser et il règle également les conflits avec les éleveurs.

— Un vaste problème, répliqua le vétérinaire en caressant l'encolure de Taviane, avant de lui injecter le médicament.

— Oui, surtout dans les Alpes. Benjamin et moi, nous avons dû recueillir une louve blessée. Elle a eu des petits avec Barry, mon tervueren. Ils vivent dans l'enclos, là-bas.

Rassurée sur le sort de sa jument, Soline devint intarissable. Elle éprouvait la même sympathie envers Claude Mercier qu'à l'époque où il soignait ses deux chiens. Une légère chaleur monta à ses joues en se souvenant qu'il lui avait même beaucoup plu.

— Voyez, votre cheval se sent mieux, dit-il en ôtant le licol de Taviane. Surveillez bien sa pâture, les glands et certaines plantes sont toxiques en grande quantité.

— Je vous remercie vraiment, j'avais si peur, lui confia-t-elle. Je n'ai pas cette jument depuis longtemps, mon grand-père me l'a donnée. Vous le connaissez peut-être, Christian Pasquier, un éleveur de moutons et de chevaux, il y a quelques années.

— M. Pasquier... ? Non, ça ne me dit rien.

— Sa ferme se trouve près de Passy, précisa Soline. Mais c'est sans importance. Je vais chercher mon chéquier pour vous payer, j'ai laissé mon sac à la maison. J'étais tellement affolée.

— Ne vous dérangez pas, je vous enverrai la facture. On ne sait jamais, je peux être obligé de revenir bientôt, votre jument n'est plus très jeune. Tiens, votre berger suisse s'impatiente !

Le vétérinaire désigna Neige d'un mouvement de tête. Le grand chien blanc, enfermé dans le 4 x 4 de sa maîtresse, aboyait en humant le vent par la vitre à moitié baissée.

— Je le libérerai après votre départ. Il est méfiant et très ami avec Taviane. Vous êtes certain, pour la facture ?

— Tout à fait.

— Autant vous prévenir, dans ce cas, je dois m'absenter les jours prochains, mais mon compagnon veillera sur nos animaux. En prévision de la naissance de mon bébé, je vais chez une amie, en ville.

Elle effleura son ventre d'un geste discret et machinal, qui fit sourire Claude Mercier.

— Sage précaution, vous êtes isolés dans ce vallon, même si le village n'est pas très loin. Bien, je vous dis au revoir. On m'attend à Sallanches, je ne peux pas m'attarder. Je vous confie le flacon de calmagine et une seringue sous vide.

Taviane poussa un hennissement avant de trotter vers la forêt, ce qui enchanta Soline. Un court instant, elle rêva d'une vie ordinaire, où le tueur n'aurait jamais existé.

— Je préférerais rester ici, déplora-t-elle tandis qu'ils se dirigeaient vers le véhicule de Mercier.

— Je vous comprends, le lieu est plaisant.

— Merci d'être venu aussi vite. Je vous retiens et vous êtes pressé. Je ferai mieux de charger mon téléphone, des amis doivent chercher à me joindre.

Soline faisait allusion à Alice et à Étienne, qui étaient peut-être en route pour le chalet. Maintenant, elle n'avait plus envie d'être seule. Son cœur se serra un peu, sous l'effet d'un vague malaise.

Ils échangèrent une poignée de mains. Neige aboyait toujours, en grattant la vitre du 4 x 4 de ses pattes avant.

— Au revoir, dit-elle en s'écartant un peu.

Une rafale de vent la décoiffa au moment où le vétérinaire ouvrait sa portière. Elle rejeta ses cheveux blonds en arrière, avec l'adorable sourire qui lui était propre.

— Au revoir, répéta Claude Mercier.

En Isère, même jour, même heure

Toute une équipe d'hommes revêtus de combinaisons et de masques s'affairait autour du corps de l'inconnue. Le médecin légiste avait estimé que sa mort datait d'environ trois semaines.

— Notre tueur en série poursuit sa quête des femmes blondes aux yeux bleus, décréta le profileur. Les analyses du cadavre trouvé au fond des caves seront utiles pour déterminer le comportement de ce criminel. Il peut s'agir de sa mère et il y a fort à parier qu'elle était blonde aux yeux bleus elle aussi.

Étienne, appuyé contre un mur, haussa les épaules. Il ne tenait plus en place, mais le commissaire Oudard exigeait sa présence jusqu'à la fin des investigations.

— Ah, quand même, je viens de recevoir un texto de Benjamin, lui souffla Alice, qui était tout près de lui.

— Que dit-il ?

— La jument est malade, Soline a demandé à son grand-père de venir, mais Benjamin a dû partir pour

Seyssel. Il a contacté un vétérinaire, Claude Mercier de Combloux, qui a promis d'aller là-bas. Le téléphone de Soline n'avait plus de batterie.

— Bon sang, il ne manquait plus que ça, maugréa Étienne. Elle pourrait être moins têtue et moins étourdie. Mais non, on s'inquiète et elle s'en fiche.

— Benjamin précise qu'il a essayé de l'emmener, en vain. Il espère que toi ou moi, on puisse rentrer au chalet au plus vite.

— À quelle heure il a envoyé ce message ?

— Je devais mal capter, ça date d'une quarantaine de minutes.

— Tente d'appeler Soline, elle a dû recharger son portable. On se démène pour ne pas la laisser seule et voilà le résultat. La jument est malade et le monde s'arrête de tourner.

— Calme-toi, recommanda Alice tout bas. Soline doit être avec son grand-père et un véto.

Morose, il approuva sans conviction, en allumant une énième cigarette.

— Le bilan est macabre au plus haut point, dit-il d'un ton amer. Trois morts, et ma mémoire qui me joue des tours.

— Comment ça ?

— Alice, je n'avais aucun souvenir de cette cour, alors qu'à présent les images affluent dans mon pauvre cerveau dévasté. Pavel s'était blessé au genou en tombant, Sophie faisait sécher les fleurs mauves qu'elle cueillait entre les pages d'un cahier.

— Et Benjamin ? Tu parles peu de lui ! Il était pourtant avec vous au quotidien. Il s'appelait Goran, c'est bien ça ?

— Oui, Goran. Nous n'avions pas vraiment d'atomes crochus, lui et moi. Quant à la femme qui nous faisait la classe, elle nous a très vite attribué des prénoms français. Mais, en y songeant, Benjamin était souvent absent et, quand ces types le ramenaient dans le dortoir, il somnolait pendant des jours.

— Pourquoi vous a-t-on traités ainsi ? se révolta Alice. Vous serviez de cobayes de laboratoire ou c'était autre chose ?

— L'unique personne susceptible de nous renseigner passe son temps à tuer, rétorqua Étienne. Si on l'arrête, on lui posera une foule de questions. Et lorsqu'il aura répondu, je m'arrangerai pour le supprimer, quitte à passer des années en prison. Ce serait un amusant paradoxe, non ?

— Tais-toi, par pitié ! Tu n'as pas à faire justice, respecte la loi. Je sais que tu veux venger la mort de ton petit frère, mais tu dois renoncer, je t'en prie.

Alice lui dédia un regard voilé de larmes. Étienne la dévisagea attentivement.

— Tu es très jolie, avec tes yeux noisette et ton nez retroussé, tu me remplaceras facilement, ironisa-t-il encore une fois.

— Imbécile, murmura-t-elle en lui tournant le dos.

— Réponds à ton téléphone, il vibre, ce sera plus utile que de m'insulter, la taquina-t-il.

— C'est Benjamin !

— Passe-le-moi, s'il te plaît.

Étienne s'éloigna d'un pas rapide afin de pouvoir parler sans témoin. D'emblée, il accabla son ami de reproches.

— Tu as perdu l'esprit ! Soline compte moins que tes fichus loups ? Tu l'as laissée seule au chalet ! C'est de la folie, mon vieux. On vient de découvrir une nouvelle victime.

— Pas la peine de remuer le couteau dans la plaie, je suis suffisamment angoissé, Étienne. Je rentre le plus tôt possible. Et en principe, Soline n'était pas seule. Elle m'avait dit que son grand-père était en route pour la rejoindre, mais j'ai eu Christian Pasquier il y a dix minutes et il affirme qu'elle ne l'a pas appelé. Telle que je la connais, elle a menti pour rester près de la jument.

— Formidable, quel couple exemplaire ! enragea le policier.

— N'en rajoute pas, je t'en prie. Soline ne répond pas à mes appels ni à mes messages, pourtant elle aurait dû recharger son téléphone. Où êtes-vous, avec Alice ?

— À l'endroit exact où on nous a gardés prisonniers pendant cinq ans environ, là où on m'a volé un rein ! Et nous avons retrouvé plusieurs corps, une femme à la cave, un homme dans un placard. Sans oublier la dernière victime, enterrée dans le massif de la cour carrée. Tu te souviens de cette cour ?

— Vaguement. Étienne, je suis désolé. Tu affrontes ça tout seul, sans Sophie, sans moi.

— Et sans Pavel ! Bon, écoute, on causera du passé une autre fois. Soline est injoignable, ça me rend nerveux.

— Je le suis davantage, trancha Benjamin. Mais a priori elle connaissait le vétérinaire que je lui ai envoyé. Elle m'avait dit de prévenir Vincent Duval, de Saint-Gervais, seulement mon appel a été transféré à Claude Mercier. Il soignait Neige et Barry quand elle habitait Combloux. Un type sympathique, d'après ce qu'elle m'en disait au début de notre rencontre.

— D'accord, au pire elle n'aura pas été seule longtemps. Je vais quand même dire à Alice de partir. On ne sert pas à grand-chose, vu tous les gendarmes et les gars de la scientifique qui s'agitent dans le coin. Salut.

Étienne, agacé et anxieux, s'empressa de rendre son portable à Alice. Il lui demanda tout bas de s'esquiver pour se rendre à Saint-Nicolas-de-Véroce, mais le commissaire Oudard leur fit signe d'approcher du corps de l'inconnue gisant sur une civière.

— Dambert, au cas où ça vous intéresserait, il s'avère qu'aucune femme répondant à cette description n'a été portée disparue ce mois-ci et le mois précédent. On en saura davantage après l'autopsie. Néanmoins, ses vêtements sont de qualité et assez élégants. On lui a ôté une bague, peut-être une alliance.

— Vous n'avez plus besoin de mon adjointe, insinua Étienne. Elle a une urgence.

— Allez-y, Cazard, on ramènera l'inspecteur Dambert.

— Merci, commissaire, répondit froidement Alice, vexée de s'entendre appeler par son nom de famille.

Elle sortit de la cour au moment où un des gendarmes, d'une vingtaine d'années, déclara tout à coup :

— Je sais qui c'est, en fait. Oui, je la reconnais…

Vallon des loups, même jour, même heure

Soline avait reculé à petits pas, une main dans ses cheveux qu'un rayon de soleil faisait scintiller. Elle sentit soudain une caresse sur sa joue gauche, comme donnée par un être invisible. Cette mystérieuse manifestation fut suivie de l'impression étrange d'une présence à ses côtés, tandis qu'une voix intérieure lui disait ces mots : « le temps suspendu ».

Claude Mercier, qui l'observait, referma la portière de sa voiture sans s'être mis au volant. Il revint vers elle.

— Je peux bien m'accorder cinq minutes, dit-il d'une voix changée. Si vous me présentiez vos loups ?

Derrière le grillage, Barry grondait sourdement, le poil hérissé. Troublée, la jeune femme accepta d'un « oui » à peine audible. Elle marcha vers son 4 x 4 et libéra Neige, en ayant soin de le tenir par son collier. Le berger suisse se hérissa également, mais il cessa d'aboyer.

— J'ai baptisé la louve Farou, car elle était farouche, cela va de soi, expliqua-t-elle en s'approchant de l'enclos. Elle devient amicale, surtout envers moi. Bien sûr, elle a été stérilisée par un vétérinaire de Grenoble, une relation de Benjamin.

— Et comment avez-vous appelé les petits de Farou et de Barry ? demanda-t-il.

— Balto, Buck et Wuk, un nom slave qui signifie loup.

— C'est amusant.

Le tervueren se dressa brusquement contre le grillage, en montrant les crocs.

— Vos chiens me reconnaissent, ils se souviennent que je leur ai fait des misères, concéda Claude Mercier. En tout cas, je suis très content de vous revoir, Soline.

— Vous n'avez pas oublié mon prénom ?

— J'en serais incapable.

Cette réponse acheva de la perturber. De nouveau, des doigts invisibles effleurèrent sa joue. Soline éprouva la sensation d'être mise en garde, comme si elle devait comprendre quelque chose.

« Je sais, se dit-elle. Cette voix, elle m'est familière, oui, je reconnais les intonations, la façon de dire mon prénom. »

Une montée d'adrénaline guida ses gestes. Avec une rapidité stupéfiante, elle actionne le loquet de la porte de l'enclos qu'elle entrebâilla. Vite, elle se glissa dans l'enceinte en entraînant Neige. Barry, d'abord calmé de la voir près de lui, se remit à aboyer. Les jeunes chiens-loups se précipitèrent également vers elle, qui maintenait la porte grillagée bien fermée, en y appuyant ses mains.

— Je sais qui vous êtes, dit-elle d'un ton haineux. Votre voix vous a trahi. Il ne fallait pas murmurer à mon oreille, lors des rendez-vous que vous m'imposiez !

Le vétérinaire perdit son expression aimable. Un rire saccadé lui échappa.

— Tant mieux ! Bas les masques, rétorqua-t-il. Le destin était mon allié, aujourd'hui, Soline. Je comptais venir te chercher dans une semaine, mais grâce à ta jument, je suis là. Quel plaisir d'être en face de toi, en pleine lumière ! Pourtant, tu ne m'intéressais plus, ces derniers temps, je voulais uniquement ton enfant, ta fille, pour en faire une autre petite Soline, aussi douce et docile que toi enfant.

— Parce que je vivais chez vous, c'est ça ?

— Tout à fait ! Maintenant, tu vas me suivre. De te voir si belle, épanouie, je t'ai tout pardonné. Je vous veux toutes les deux, toi et le bébé.

Soline ne le quittait pas des yeux. Son esprit fonctionnait à une allure sidérante. Elle voulait tout savoir, mais aussi le retenir.

« Benjamin a dû alerter Alice, elle va arriver, ou Étienne. Ils doivent s'inquiéter, car je ne réponds pas au téléphone. »

— S'il le faut, je vous suivrai, affirma-t-elle. Quand vous m'aurez raconté ce qui s'est passé dans mon enfance. Je n'ai aucun souvenir, mais vous êtes au courant, j'en suis sûre.

— Mon père t'a ramenée chez nous un soir d'hiver. Tes parents s'étaient tués dans un accident de voiture, par sa faute, évidemment. D'abord, il ne s'est pas arrêté, mais ensuite, afin d'être sûr qu'il n'y avait pas de survivants, donc de potentiels témoins, il a fait demi-tour. Tu avais dû sortir du véhicule, il t'a vue qui marchait au bord de la route, hébétée. Maman désirait une fille, penses-tu, elle n'avait eu qu'un vilain garçon, à moitié défiguré pendant l'accouchement. Moi, Jérémie. Oui, je te confie mon vrai nom. Jérémie Quinet, le fils unique d'un abominable type. Je me suis offert une fausse identité pour renier ce père ignoble. Ah, Soline… Tu étais si mignonne, mais muette, traumatisée. Malgré ça, tu m'as souri quand je t'ai parlé. Oui, tu me souriais comme si je n'étais pas d'une laideur repoussante.

— Qu'est-ce que vous insinuez ? Vous n'êtes pas laid !

— La chirurgie esthétique accomplit des miracles. Après avoir tué mon père, maman était déjà morte, j'ai hérité d'une fortune colossale. Je suis parti en Belgique où j'ai commencé une série d'opérations.

— Alors c'est bien votre père qui est responsable de la mort de mes vrais parents ?

— De leur mort et de bien d'autres ! Il se moquait du monde entier, sauf de Christine, ma merveilleuse maman. Il l'adorait autant qu'il me détestait. C'est elle qui t'a appelée Soline, tu ne savais plus ton prénom... Fais donc taire tes maudits chiens, on ne s'entend pas discuter !

Soline parvint à apaiser l'animosité de Barry et de Neige, mais ils continuèrent à grogner.

— J'ai puni mon père, il avait fait trop de mal à maman, reprit Claude Mercier. Mon premier meurtre était un parricide qui m'a procuré un soulagement immense. Mais je parlais de toi, de la belle poupée blonde qui a égayé notre sinistre manoir. Tu semblais avoir oublié l'accident, sauf les nuits où tu te réveillais en appelant ta mère. Je te rejoignais, je me couchais dans ton petit lit et je te consolais. Tu ne peux pas concevoir à quel point je t'aimais, Soline. Tu étais la seule qui me témoignait de l'affection.

Ses traits se crispèrent, sous l'effet de la réminiscence de cette passion qui avait dévoré son existence.

— J'étais bien traitée, alors ? s'enquit-elle.

— Comme une princesse ! Tu as eu une jolie chambre, des jouets, des habits neufs. Maman était très malade, mais tu lui tenais compagnie, et même tu chantais pour elle les comptines que je t'apprenais. Nous étions heureux.

— Dans ce cas, pourquoi es-tu devenu un assassin ? s'écria-t-elle, passant sans réfléchir au tutoiement. Quand tu as abordé ma mère adoptive à Lons, tu pouvais te présenter chez nous et me dire que nous nous connaissions enfants. Pourquoi avoir tué ces malheureuses jeunes filles qui me ressemblaient ? Pourquoi ?

Soline avait hurlé, survoltée. Elle en oubliait d'avoir peur, obstinée à découvrir la vérité. Désorienté, il balbutia :

— Je n'étais plus le même et je savais par Roger Fauvel que tu avais perdu la mémoire. Tu ne te souvenais de rien, ni des jours passés avec moi, ni de l'avalanche où tu avais failli mourir. Tu me manquais tant, pendant toutes ces années de séparation, il fallait que je trouve une raison de patienter. J'avais pris le goût de tuer. Lorsque tu t'es installée à Combloux, j'exultais. Je me suis juré de te séduire, mais il y avait la jalousie. Je te surveillais et tu étais souvent en bonne compagnie. J'ai décidé de supprimer tous ceux qui t'aimaient. Tu étais à moi, rien qu'à moi.

— C'est monstrueux, déclara-t-elle, révulsée par le regard halluciné qu'il lui adressait.

— Les gens disent ça, moi, je me sentais tout puissant, après avoir été méprisé par mon père. Il me battait, il m'enfermait dans un cagibi noir. Depuis, j'ai besoin d'espace, de mouvement. Il me traitait aussi de crétin, d'idiot, alors j'ai exercé mon intelligence, au cours de mes études vétérinaires, que j'ai faites à Bruxelles. Je me suis penché sur les dossiers des grands criminels, j'ai travaillé dur. Personne ne pourra plus m'emprisonner dans un réduit obscur, encore moins me mettre en prison.

— Et les autres enfants ? interrogea Soline, toujours en appui sur la porte grillagée. Sophie, Étienne, Pavel et Benjamin ? Vous les connaissiez aussi ? Que leur a-t-on fait ? Vous le savez, j'en suis certaine !

— Je préfère que tu me dises « tu », Soline, ça me radoucit. Tu es à ma merci, là, ne joue pas avec mes nerfs !

— Non, je suis en position de force, lui assena-t-elle.

— Bah, dans ma voiture, j'ai de quoi endormir ou tuer ta meute de bâtards, menaça-t-il.

— Si vous bougez, je libère mes chiens, vous n'irez pas loin, et vous n'êtes pas armé, puisque vous n'aviez pas prévu de venir ici.

— Tais-toi et sors de cet enclos. Nous allons partir tout de suite. Je t'ai laissée en paix, parce que tu étais enceinte et je rêvais de cette petite fille que tu attends. Elle sera mienne, comme toi tu l'étais jadis.

Un frisson courut le long du dos de Soline. Les voiles de sa mémoire se déchiraient. Elle se revit assise sur les genoux d'un garçon dont les mains fébriles lui imposaient des caresses, sous sa jupe, entre ses cuisses. La gêne et la honte qu'elle éprouvait alors la submergèrent, intactes, surgies du passé.

— Ordure ! cria-t-elle. Tu feras à ma fille ce que tu me faisais ?

— Ah, ça y est, tu te souviens quand même ? Mon père m'a puni sévèrement lorsqu'il m'a surpris en train de te prouver mon amour. Je t'aurais dévorée de baisers, partout, s'il n'était pas entré dans ma chambre.

Tremblante, Soline dut faire un terrible effort pour ne pas fermer les yeux, malade de répugnance. Rien n'empêcha une autre scène de traverser son esprit.

— Non, non, quelle horreur, gémit-elle.

Ce n'était pas une vision, mais encore un souvenir. Vincent, l'adolescent de la station de ski, exigeait des baisers et des caresses d'un genre particulier de la petite Sophie, âgée de huit ans, devant Étienne, Benjamin et elle. Pavel sanglotait de terreur.

« Tout me revient avec précision, nous étions pétrifiés et nous ne comprenions rien. Étienne et Benjamin s'en sont pris à lui pour l'éloigner de Sophie. Il les a frappés si fort qu'ils ont presque perdu connaissance. Ensuite… ensuite, il a voulu me forcer, moi aussi, à le faire, mais je me suis débattue et il a vite renoncé. Benjamin m'a réconfortée, il en pleurait, le pauvre. »

Elle ignorerait toujours que son ancêtre Louise avait eu une vision de cette scène odieuse. Viviane avait déchiré la page du cahier où elle était relatée en termes pudiques.

Livide, Soline eut envie de pouvoir éliminer Claude Mercier alias Jérémie Quinet d'un claquement de doigts.

— Tu es un être nuisible, un sale malade, déclara-t-elle, ivre de fureur. C'était toi, Vincent, et oui, tu étais laid. Jamais tu n'auras ma fille, jamais. Benjamin va arriver, la police aussi. Benjamin, le père de mon bébé.

— Très bien, à présent il n'y a plus de secrets entre nous, Soline. J'en avais assez, de jouer les types respectables, avoue que je m'en sortais bien. J'aurais pu briguer un poste de député si je n'avais pas été aussi occupé à te conquérir. Tu te moquais de mes tentatives. Les roses, les rendez-vous… En plus, tu as délaissé mon cabinet vétérinaire. Une offense, encore !

— Finissons-en, dit-elle froidement. C'est toi qui as voulu tuer Barry ! Pourquoi ?

— Ton cabot m'avait mordu quand je rôdais dans l'impasse, à Combloux. Je déteste les chiens qui osent mordre les humains.

— Et le vieux Moïse ?

— Il a été jardinier au manoir durant deux ans. Il pouvait se montrer trop bavard si cet abruti d'Étienne le poussait à bout.

— Tu redoutes d'être enfermé ou prisonnier, mais je répète ma question, qu'a-t-on fait à ces orphelins ? Eux aussi, ils étaient confinés entre quatre murs, après avoir été enlevés d'un orphelinat dans leur pays natal.

— Suis-moi et je te raconterai tout en détail ! Tu te fatigues à bloquer cette porte. Et moi, ce sont tes bestioles qui m'épuisent à grogner, à me fixer. Sors de là !

— Réponds d'abord.

— Oh, la déplorable curiosité des femmes, soupira-t-il en la toisant d'un air las. Déjà, je me moque que ce soit Benjamin le père de ma fille. Il est intouchable, lui. Eh oui, il a prolongé la vie de maman d'un an, par des greffes de moelle osseuse. Elle m'a fait promettre de le traiter en frère, de ne jamais lui faire de mal. Elle lisait en moi, mes vices et mes tares. J'ai promis. Et mon père lui avait juré d'assurer l'avenir de ces pauvres orphelins qui avaient servi à prolonger son existence. Un autre de ses sbires s'en est chargé, je ne m'y suis pas opposé, pour respecter le vœu de maman.

— Si elle avait besoin de greffes, pourquoi agir dans la clandestinité ? Il y avait des hôpitaux haut de gamme, ton père était riche.

— Certes, une fortune acquise grâce au trafic de stupéfiants et d'organes. Il s'était attaché le service d'un excellent chirurgien, car il n'avait pas confiance dans les établissements de la région et les soins lui semblaient insuffisants. Les traitements et les opérations se déroulaient en Italie. Je ne peux pas le nier, il a réussi à retarder la mort de son adorée. Le groupe sanguin de maman était très rare.

— Oui, AB négatif, comme Sophie, Étienne et Benjamin. Étienne à qui il manque un rein.

— Une petite vente parallèle ! Es-tu satisfaite ? Soline, je n'ai jamais été aussi près de toi. Je ne peux pas te perdre, il faut me suivre. Je te veux. Chaque fois que je couchais avec une de mes futures victimes, j'imaginais ton corps sous le mien, ta chair chaude, ton plaisir.

Il caressa les doigts de la jeune femme à travers le grillage. Elle endura son contact, afin de ne pas lâcher prise.

— Pourquoi le séjour à la montagne, dans cette station de ski ? demanda-t-elle, haletante.

Elle désespérait de voir une voiture monter le chemin. Ce n'était pas l'unique raison de l'angoisse qui la ravageait. Depuis plusieurs minutes, des crampes violentes naissaient au creux de son ventre.

— C'était la décision de mon père, Vincent. Ah, ça t'étonne ? J'avais pris son prénom quand je t'ai retrouvée là-bas, en haute montagne, entourée des autres. Il m'avait privé de toi.

— Mais ça ne répond pas à ma question !

— Maman était morte, il n'avait plus besoin de donneurs. Mais c'était un homme de parole et il devait tenir les promesses faites à ma mère. Tout était bien organisé dans ce but grâce à Roger Fauvel. C'était un type rusé et habile. La preuve, il a déjoué la surveillance de la police et j'ai pu le piéger et l'éliminer.

Soucieuse de gagner du temps, Soline insista :

— Je ne comprends toujours pas ce que nous faisions en pleine montagne.

— Ce séjour servait de palier de décompression, si l'on peut dire. Les familles d'accueil, grassement rémunérées, devaient récupérer là-bas Sophie, Étienne, Pavel et Benjamin. Toi, j'étais sûr que tu restais avec nous, mais non, il a soudain refusé de te garder. Je l'ai supplié en vain, il m'a fouetté et enfermé selon son habitude. Tu avais disparu lorsque Roger Fauvel m'a délivré. J'étais pétri de haine et j'ai réussi à tuer mon père. Auparavant, il m'avait avoué, le couteau sous la gorge, que notre cuisinière t'avait emmenée dans une station de ski qu'il avait achetée, malgré sa vétusté. Par la suite, ce rat de Fauvel, avide d'argent, s'est mis à ma botte. Il obéissait à merveille.

— Et l'avalanche ?

— Quoi, l'avalanche ? Elle était naturelle, et elle aurait dû tous nous ensevelir. J'ai été blessé, moi aussi. Mais ce brave Roger m'a tiré de là et, plus tard, j'ai su qu'il s'était occupé de placer tes amis comme prévu et qu'il t'avait confiée à son frère et à sa belle-sœur Monique.

— Quelle affreuse mascarade, murmura Soline.

De la main droite, elle sortit son téléphone et fit semblant de répondre à un appel.

— Il était en mode vibreur, dit-elle d'un ton soulagé. La police arrive, Étienne, Alice, les gendarmes.

— Alors, arrête ton petit manège, vociféra-t-il en poussant la porte de toutes ses forces.

Soline tomba en arrière. Le bas de son dos heurta une pierre à fleur de terre. Mais Neige et Barry, escortés des trois jeunes chiens-loups, en profitèrent pour se jeter sur l'homme.

23

Le sourire des anges

Vallon des loups, samedi 16 avril 2016,
même jour, même heure

D'abord, Soline resta couchée sur le sol, hébétée par la douleur que lui avait causée sa chute. Elle se redressa, en appui sur un coude, pour assister à une affreuse mêlée, où Claude Mercier repoussait à coups de poing et à coups de pied l'attaque des chiens. Barry était le plus agressif, mais Neige le secondait avec une hargne surprenante.

— Non, il ne faut pas, chuchota-t-elle, effarée. Ils pourraient le tuer, il doit être jugé… Non ! Neige, ici, Barry, stop !

— Relève-toi, fit une voix à son oreille. Vite, va te cacher. Cet homme ne mourra pas ainsi, je le sais.

Abasourdie, la jeune femme regarda autour d'elle. Il n'y avait personne, cependant elle suivit ce conseil. En se mettant à genoux, d'un mouvement maladroit, elle sentit un liquide chaud couler le long de ses cuisses, qui détrempa son pantalon de grossesse en jersey.

— Mon Dieu, c'est impossible, geignit-elle, épouvantée. Je saigne ou j'ai perdu les eaux…

Une fois debout, Soline aperçut le tueur qui venait de se réfugier dans son 4 x 4. Barry tournait autour de la voiture, toujours furieux.

— Qu'est-ce que je dois faire ? se demanda-t-elle, hébétée.

— Te mettre à l'abri pour ton enfant, lui dit-on encore.

— Non, je ne peux pas, protesta Soline. Cet homme va s'enfuir ou il peut tuer mon chien.

Reprise de violentes douleurs en bas du ventre, elle éclata en sanglots.

— Le bébé arrive, je suis toute seule.

Mais la mystérieuse voix résonna dans l'air frais, comme jaillie d'un être invisible.

— N'aie pas peur, je suis là... Va dans la remise à bois, vite, mets la barre à la porte. Tu seras en sécurité.

Tout en marchant pliée en deux vers le chalet, Soline songea que ces recommandations murmurées venaient peut-être de son inconscient.

Chaque pas lui coûtait, pourtant elle réussit à atteindre son but. Ses doigts tâtonnèrent en quête du loquet en fer qui servait à ouvrir la vieille porte en bois grisâtre. Construites sur un modèle classique du pays, les pièces d'habitation du chalet étaient surélevées, créant ainsi un sous-sol où l'on remisait le foin, les bûches ou les outils.

— Soline ! Soline !

Mercier l'appelait, ayant un peu baissé la vitre d'une des portières. Il avait compris qu'elle allait s'enfermer et qu'il ne pourrait pas l'emmener. En se retournant une dernière fois, la jeune femme le vit en train de hurler, les traits convulsés. Elle distingua aussi la silhouette de la louve qui se fondait sous le couvert des sapins, suivie par ses petits.

— Tant pis, lâcha-t-elle d'un ton désespéré.

Elle rassembla tout son courage pour caler la barre en chêne dans les taquets, après s'être faufilée dans la remise. C'était un ancien système qui avait fait ses preuves.

— Merci, mon Dieu, il ne peut plus me faire de mal, ni à mon bébé. Je suis à l'abri.

Benjamin n'avait pas encore installé l'électricité. Il utilisait une baladeuse qu'il branchait à l'aide d'une rallonge. Soline s'accoutuma au clair-obscur dispensé par quelques fentes entre les planches.

— Louise, mon bébé, tu vas peut-être venir au monde ici, dit-elle en pleurant. Que j'ai mal, tellement mal !

En dépit des contractions qui durcissaient ses chairs, elle chercha à se ménager un recoin un minimum confortable. Dans un premier temps, elle ôta son pantalon, rassurée de constater qu'il s'agissait d'un liquide incolore et non de sang.

— La couverture neuve que papi m'a offerte pour Taviane, énuméra-t-elle, le souffle court. La mallette de pharmacie pour les animaux, il y a de l'alcool, des compresses, une paire de ciseaux.

Sa formation et sa brève expérience de secouriste allaient lui rendre service. En s'efforçant d'inspirer à fond, Soline se remémora les pages qu'elle avait lues sur le déroulement d'un accouchement.

— Mon corps travaille, les os du bassin s'écartent pour laisser le passage à l'enfant, je ne dois pas m'affoler.

— Non, sois calme, je suis près de toi.

La voix était douce, merveilleuse à entendre, pareille à une caresse ou à une musique.

— Qui est là ? Louise, c'est vous ?

Soline avait à peine prononcé ce prénom qu'une forme floue se dessina dans la pénombre, puis devint plus nette. Une femme d'environ trente ans se tenait là, nimbée d'une pâle clarté, mais d'une beauté ineffable, vêtue d'une robe blanche.

— Nous nous sommes déjà vues, énonça-t-elle du bout des lèvres.

— Je sais, à l'hôpital de Sallanches, et dans la maison de Combloux, répondit Soline, sidérée.

— Avant, je ne pouvais pas rester près de vous, maintenant je suis libre, disons libérée de mon corps terrestre.

— Je dois rêver de vous, Louise. J'ai si peur ! Mon bébé ne peut pas naître ici, non…

Un nouveau spasme lui coupa la parole. Suffoquant, elle se mit à grelotter nerveusement, car la douleur la ravageait.

— Ma chère petite, hélas je n'ai pas les moyens de t'aider comme le ferait un docteur, mais je te tiendrai compagnie et je te guiderai. Respire. Calme-toi. Tu es en sécurité.

— Oui, merci, Louise, merci d'être à mes côtés.

Après ces propos débités d'un ton plus ferme, Soline fut plongée dans un état second. Elle agissait d'instinct, soucieuse de préserver la fragile créature conçue au cours d'une nuit d'amour, l'été précédent.

Si quelqu'un avait été témoin de ses faits et gestes, il aurait eu pitié de cette future mère qui paraissait parler seule, en hochant la tête, en répondant à des questions inaudibles.

— J'ai tout le nécessaire, affirma-t-elle enfin, avant de s'étendre sur la couverture dépliée derrière une pile de bûches, sur une partie du sol tapissée de foin.

— Ne luttez pas contre ces douleurs, acceptez-les, répétait la forme éthérée de Louise. Il y aura un moment où vous aurez envie de pousser de toutes vos forces, il faudra obéir à votre corps, mais de manière mesurée.

— Oui, je le ferai, même si j'ai peur ! J'ai si peur. Je voudrais Benjamin… Pourquoi il ne vient pas ?

Sur les routes du département de Haute-Savoie, même jour, même heure

Alice n'avait pas eu le temps de faire démarrer la voiture d'Étienne. Elle s'installait au volant quand il avait déboulé en courant et ouvert la portière.

— Sors de là, vite ! s'était-il écrié. Je pars à ta place, c'est urgent.

Il l'avait saisie par le coude pour la faire descendre plus vite du siège.

— Mais explique-moi, Étienne !

— Retourne vite dans la cour et parle au commissaire, tu comprendras.

— C'est Soline ?

Elle n'avait pas entendu la réponse car le policier avait accéléré à fond pour effectuer un demi-tour sur les chapeaux de roues, dans un crissement de pneus.

Quelques minutes plus tard, un des gendarmes lui donna un début d'explication.

— Mon jeune collègue, l'adjudant Ferrand, a reconnu la jeune femme. Elle était active sur les réseaux sociaux et fiancée à Claude Mercier, un des vétérinaires de Combloux. Mais celui-ci n'a pas signalé sa disparition, alors que la mort remonte à trois semaines. Le commissaire Oudard va convoquer ce monsieur, qui devient le principal suspect.

Atterrée, Alice avait senti son cœur se serrer. La réaction de son supérieur et amant ne l'étonnait plus.

« Soline se trouve seule avec ce véto, et c'est lui le criminel qui la harcèle, ça ne fait aucun doute… »

— Pourvu qu'il n'ait pas d'accident, se dit-elle peu après, à mi-voix.

Cinq minutes plus tard, Alice persuadait le commissaire Oudard de la conduire jusqu'à Saint-Nicolas-de-Véroce, en lui faisant miroiter l'éventualité de mettre le célèbre « tueur de Haute-Savoie » hors d'état de nuire. Il consentit immédiatement.

Christian Pasquier roulait à allure raisonnable sur une départementale, préoccupé par l'appel de Benjamin. Il pestait contre les circonstances qui l'avaient obligé à se rendre à bonne distance de Saint-Nicolas-de-Véroce.

— J'arrive, ma petite, marmonnait-il, les mains crispées sur le volant. Quand le mauvais sort s'en mêle ! Il a fallu que Taviane souffre de coliques le jour où tu partais pour Combloux.

L'éleveur n'en savait pas davantage. Benjamin, très angoissé, lui avait simplement demandé d'aller chercher Soline.

Son téléphone sonna à nouveau. Il se gara dès qu'il put et rappela son correspondant. C'était encore Benjamin, dont la voix avait des accents tragiques.

— Où êtes-vous, monsieur Pasquier ?

— Je serai dans une demi-heure à l'embranchement d'où part votre chemin pour le chalet !

— Faites vite, je vous en supplie. J'ai reçu un coup de fil d'Alice : le vétérinaire que j'ai envoyé là-bas, Claude Mercier, c'est lui le criminel. J'ignore à quelle heure il est arrivé, peut-être qu'il ne s'est pas encore démasqué. Je suis en route moi aussi. Aidez Soline, par pitié ! Je devrais être sur place dans une quarantaine de minutes. Êtes-vous armé ?

— Non, mais je saurai me servir de la manivelle de mon pick-up, s'il le faut, répondit le brave homme, horrifié.

Déterminé, Christian Pasquier redémarra en trombe. Il pensa à sa fille adorée, Elsa, qu'il n'avait pas pu sauver. L'image de la petite Ania, âgée de trois ans, l'été précédant l'accident, s'imposa à lui. Elle était si câline, si rieuse.

— Je ne te perdrai pas deux fois, ma chérie, sanglota-t-il, les larmes aux yeux.

Étienne, lui, avait emprunté l'autoroute afin de gagner du temps. Il s'engageait dans une course contre la montre, ivre de rage et de frayeur. Le sourire lumineux de Soline le hantait, comme sa silhouette arrondie par la grossesse.

— S'il t'enlève à nous, je deviendrai fou, disait-il en roulant au-delà de la vitesse autorisée. Ce saligaud se cachait derrière son étiquette de vétérinaire, bien vu de tous, ami avec les notables de Combloux. Les gens sont aveugles ou quoi ?

Le policier ne parvenait pas à admettre l'évidence. Il était donc possible de côtoyer un abominable meurtrier sans jamais le soupçonner.

— Claude Mercier, si c'est son vrai nom ! Bon sang, ce monstre devait dîner au restaurant, fréquenter la bourgeoisie du pays, s'offrir des vacances, puisqu'il ne se manifestait pas pendant des semaines, parfois. Sa fiancée devait lui être utile, elle servait de couverture à ses meurtres. Pourquoi l'a-t-il éliminée, sous quelle impulsion ? Valérie Tonneins… Je ne crois pas en Dieu, mais s'il y a de bonnes âmes là-haut, faites que ce soit la dernière victime ! Pas Soline, surtout pas Soline. Elle va avoir un bébé, une petite fille !

Une plainte désespérée jaillit de sa poitrine, suivie d'un cri rauque qui exprimait son immense terreur. Il doubla une file de camions, se rabattit d'un coup de volant risqué.

— Ne la touche pas, espèce de taré, dit-il entre ses dents.

Il se promit d'être à l'avenir le meilleur des amis, un frère de cœur, si, par miracle, il retrouvait Soline saine et sauve, au chalet, mais au fond de lui, il n'y croyait pas.

Chalet du vallon des loups, un quart d'heure plus tard

Soline était à bout de résistance. Elle avait l'impression d'être écartelée, broyée par une poigne implacable. Deux fois, elle avait procédé à un bref examen de son intimité, sur les conseils de son ancêtre. Chaque fois qu'elle regardait l'étrange personnage lumineux, un peu de courage lui revenait.

— Votre petite fille sera bientôt dans vos bras, disait la voix suave à ses oreilles.

Au prix d'une volonté inouïe, Louise avait pu dispenser des caresses sur le front en sueur de sa descendante. Mais elle ne pouvait rien faire de mieux et s'en désolait.

— Soyez forte, j'ai vu votre enfant courir au soleil, blonde et rieuse comme vous.

— J'espère qu'elle sera aussi belle que vous, répliqua péniblement Soline. Je vous ai vue à cet âge, et plus tard aussi. Je vous connais bien. Merci d'être là.

— Ne gaspillez pas votre souffle pour me parler ! J'ai quitté le monde terrestre et mon corps épuisé afin de vous aider et de sauver la précieuse vie qui se nichait en vous.

Concentrée sur le dur labeur de la naissance, la jeune femme ne remarquait pas le silence insolite qui régnait autour du chalet. Elle se donnait tout entière à son rôle de mère, ayant renoncé à réclamer Benjamin.

— Le bébé arrive, annonça Louise. Ne poussez pas trop fort.

Secouée de frissons d'impatience, Soline se redressa en position assise pour faciliter la venue au monde du bébé. Elle effleura un petit crâne bien rond, visqueux, puis ses mains se refermèrent tendrement sur un nouveau-né dodu, dont le cri de délivrance lui parut le plus merveilleux chant de l'univers.

— Merci, mon Dieu, ma fille est là, vivante !

La voix de Louise, beaucoup plus ténue, recommanda de ligaturer le cordon et de le couper. Soline avait tout préparé et, accoutumée à la pénombre, elle s'acquitta de cet acte essentiel.

— Ma princesse, ma fée, chantonna-t-elle, en larmes. Maman va t'envelopper dans sa tunique, tu auras chaud.

Elle avait eu soin d'ôter ce vêtement en prévision. Aussi, torse nu mais en soutien-gorge, elle eut l'infini bonheur de tenir son enfant contre sa peau.

— Mais tu ne pleures plus et tu me souris déjà, s'extasia-t-elle, penchée sur le minuscule visage rose.

Ma petite Louise, tu as été protégée par ta douce aïeule, et tu porteras son prénom. Louise, je vous aime tant... Sans vous, j'aurais perdu la tête.

— Tout ira bien désormais ! Reposez-vous, mes chères enfants et soyez bénies... J'ai accompli ma mission. Je vous laisse, je dois m'élever vers la lumière divine, où m'attendent ceux que j'ai tant aimés.

— Restez encore, ne m'abandonnez pas.

Malgré sa supplique, la forme éthérée de sa belle dame blonde s'effaça peu à peu. Le regard bleu plein d'amour et un sublime sourire persistèrent quelques secondes, puis tout devint sombre.

— Adieu, Louise, bonjour, Louise, murmura Soline. Que je suis fatiguée, tellement fatiguée.

Elle s'allongea, le bébé blotti contre sa poitrine, et elle s'endormit aussitôt, d'un sommeil profond.

Lorsque Christian Pasquier braqua pour s'engager sur la piste menant au vallon des loups, il faillit frôler un gros 4 x 4 vert foncé. Un homme le conduisait, le visage tendu et maculé de sang. Pris de panique, certain qu'il s'agissait du fameux tueur, l'éleveur poussa une exclamation affolée.

— Soline ! Ma petite Soline.

Il roula très vite sur le chemin, dans sa hâte d'arriver au chalet, mais à mi-trajet il vit surgir Barry, lancé dans une course folle. Il dut freiner un coup sec pour ne pas heurter le chien.

— Seigneur, monte, ma pauvre bête, se lamenta-t-il en ouvrant sa portière du côté passager.

Le tervueren grimpa d'un bond sur le siège. Ravagé par l'angoisse, Christian aperçut enfin l'espace dégagé qui entourait l'ancienne bâtisse, mais il vit aussi une masse blanche étendue sur l'herbe.

— C'est Neige ! Les chiens ont dû défendre ma petite, ce salaud en a tué un.

Il se gara sans couper le moteur, épouvanté par le silence du vallon. La porte de l'enclos battait au vent, et Farou et ses petits avaient disparu. La jument, de toute évidence rétablie, le salua d'un hennissement.

— Mon Dieu ! Il n'y a personne, il a emmené Soline. Crétin que je suis, je l'ai laissé filer.

Le malheureux grand-père en claquait des dents. Il jeta un regard humide sur la façade du chalet, aux fenêtres fermées, mais dont la porte principale était ouverte. Dévasté par le chagrin, il décida de visiter la maison, au cas où il découvrirait sa petite fille assassinée à l'intérieur.

— Non, il l'a enlevée, c'est sûr, je perdrais du temps. Je dois appeler Benjamin. Zut, mon téléphone est dans le pick-up.

Il se précipita vers le corps du berger suisse. Le grand chien respirait encore. Au même instant, une voiture déboula et stoppa net à sa hauteur. Étienne était au volant.

— Où est Soline, monsieur ? interrogea-t-il. Benjamin n'est pas encore là ?

— Il n'y a personne, inspecteur ! Mais j'ai croisé le criminel en bas de la piste. Il a tourné à droite. Un gros 4 x 4 vert foncé, avec l'enseigne des vétérinaires sur le pare-brise. Je crois bien avoir vu une forme sur la banquette arrière. Et Barry essayait de rattraper le véhicule.

Livide, Étienne acquiesça en silence. Il jeta un regard navré sur Neige, tout en amorçant un demi-tour.

— Vous êtes là depuis combien de temps, monsieur ?

— Cinq minutes !

— Bon, j'ai toutes mes chances de le rattraper. Prévenez Benjamin, il devrait être là. Il a pu être retardé sur la route.

Le policier était déjà reparti. Désemparé, Christian se dirigea vers son pick-up. Quand il récupéra son portable, Barry sauta à terre et, en trottinant, il alla renifler le corps du berger suisse.

— Comment annoncer ça à ce pauvre garçon ? sanglota l'éleveur. Seigneur, pourquoi tant de malheurs, pourquoi ? Ma fille, mon gendre, et à présent ma petite Soline. Elle doit accoucher le mois prochain.

Il lui fallut beaucoup de courage pour appeler Benjamin, qui ne répondit pas. Dépité, une main à hauteur de son cœur meurtri, l'éleveur marcha d'un pas incertain vers le chalet. Il s'apprêtait à monter les marches en pierre, pour accéder à la galerie, quand il remarqua le manège du tervueren.

— Qu'est-ce que tu fais, Barry ? dit-il d'une voix tremblante.

Le chien se mit à aboyer, puis à gratter le bois de la porte. Presque aussitôt, un vagissement aigu de nouveau-né s'éleva.

— Mon Dieu, un bébé, souffla Christian. Soline ?

— Papi ? C'est toi, papi ?

Fou de joie, il se rua vers la remise à bois. Un bruit lui indiqua qu'on soulevait la barre et un des battants s'écarta.

— Ma petiote, tu es là, vivante ! Le bébé est né ?

— Papi, mon papi ! s'écria la jeune femme en sortant, un peu éblouie par le soleil revenu. Tu dois me conduire à l'hôpital, je me suis endormie après l'accouchement, je crois que je n'ai pas expulsé le placenta...

— Le placenta, ah oui, bien sûr !

En dépit de ce détail d'ordre pratique, il enlaça sa petite-fille avec délicatesse, tout en admirant l'enfant qui pleurait, bouche bée.

— Me voici arrière-grand-père, bégaya-t-il en reniflant. Viens vite, je t'emmène. Mais tu es en sous-vêtements, ma chérie !

— Mon sac à dos est sur la galerie, il y a une robe sur mes autres habits, ça suffira, je ne me sens pas bien du tout, papi.

Soline, hagarde, peinait à appréhender la réalité du lieu et de l'heure. Seule comptait sa petite Louise, qui avait sûrement besoin de soins. Soudain elle aperçut le corps du berger suisse, toujours inerte.

— Neige, oh non, pas Neige…

Barry se frotta à ses jambes, en quémandant une caresse. Elle se contenta de lui parler, pour maintenir le bébé contre elle.

— Tu m'as défendu, Barry, merci. Tu avais reconnu celui qui avait essayé de te tuer. Mais Neige ne peut pas mourir.

Son grand-père était de retour. Il prit l'enfant et elle put enfiler une robe légère, en tissu fleuri.

— Aide-moi à marcher, papi, j'ai mal au ventre. Si tu savais, cet homme ignoble était ici, il voulait voler mon bébé, il n'a pas pu, grâce à mes chiens. Papi, est-ce que Neige est mort ?

— Non, nous allons l'emmener aussi. Du calme, tu me raconteras tout ça plus tard, trancha-t-il, ragaillardi et pressé de la savoir entre les mains des médecins.

Sur une route de montagne, même jour,
un peu plus tard

Étienne avait pu rattraper le 4 x 4 du vétérinaire, mais il misa sur la prudence, en roulant à une certaine distance. La route n'était qu'une succession de lacets, le décourageant de trop accélérer.

— J'ai envoyé un texto à Alice, se disait-il, et le numéro de la départementale. Par chance, elle et le commissaire sont déjà dans le secteur. Ils ont dû appeler des renforts. Cette fois, on le tient.

Mais Claude Mercier avait vite repéré la voiture banalisée qui empruntait le même itinéraire que lui, au demeurant hasardeux. Ravagé par la haine et la déception, il ignorait où aller et n'avait qu'une obsession : échapper à la justice.

— Ce n'est que partie remise, lâcha-t-il entre ses dents. Je te retrouverai, Soline. Sans tes cabots, tu serais là, avec moi. Au moins, tes bêtes te sont fidèles.

Barry l'avait mordu à la main droite et à la cheville. Quant à Neige, il l'avait saisi par l'avant-bras, lui causant un hématome. La douleur lui était indifférente, cependant elle aiguisait sa rage.

— Qui me suit ? On dirait Étienne Dambert !

Inquiet, le vétérinaire accéléra sur une portion de ligne droite. Il conduisait à une allure folle, égaré par sa peur d'être pris et emprisonné.

— Quel malade ! s'écria le policier.

Trois minutes plus tard, il assistait à l'accident. Le puissant 4 x 4 se déporta au prochain virage. Après un crissement de freins, il quitta la chaussée et plongea dans le vide.

Étienne se gara aussitôt sur le bas-côté. Il entendit le fracas de la carrosserie sur les rochers. Lorsqu'il s'approcha du ravin, il vit le lourd véhicule sérieusement endommagé, environ trois cents mètres en contrebas.

— S'il n'est que blessé, il va s'enfuir.

Sans hésiter, il sortit son arme et s'engagea sur la pente abrupte, hérissée de genévriers et de rochers. En atteignant le 4 x 4, il constata que tout l'avant était enfoncé. Le conducteur, prisonnier sur son siège, gémissait, la figure zébrée de coupures dues à l'éclatement du pare-brise. Intrigué par le bruit d'une respiration saccadée, il tourna lentement la tête.

— Tiens, l'inspecteur Étienne Dambert. Tout gosse, on t'appelait Nayden, c'est ça.

— Oui, c'est ça. Vous êtes Claude Mercier, ou Claude Quinet ?

— Jérémie Quinet…

— J'étais au manoir de tes parents, on a découvert le corps de ta fiancée, Valérie, précisa le policier en choisissant le tutoiement pour mieux exprimer son mépris. Et deux autres cadavres.

— Mes parents, admit tout bas le tueur. Je suis fichu, j'ai eu tort de désactiver les airbags. J'aurais pu m'en sortir.

Décontenancé par la physionomie de l'homme, qui devait être séduisante dans d'autres circonstances, Étienne se rapprocha et, tout en braquant son arme, il comprit ce qui se passait. Le vétérinaire était condamné et le savait.

— J'ai l'artère fémorale endommagée, je me vide de mon sang, le sang maudit des Quinet père et fils, souffla-t-il. Bah, ça ne sera pas long. J'ai perdu la partie… Tire si tu veux, j'ai mon compte. Allez, Dambert, achève-moi, tu auras quand même les honneurs de la presse, pour avoir débarrassé le pays du tueur en série.

— Je préfère te voir souffrir, comme tu as fait souffrir tant de gens innocents.

— Faux, protesta-t-il dans un hoquet. J'ai toujours endormi mes victimes avant de les tuer.

— Et Alban Demolliens, Monique Fauvel, ils ont failli mourir ou rester handicapés à vie !

— Qui ne commet pas d'erreurs ? Parfois mes plans échouaient, sans doute la malchance.

Étienne, les mâchoires crispées, émit un rire amer. Il fixait avidement les traits blêmes de l'homme agonisant.

— Soline elle-même déjouait tes manigances, grâce à ses visions et à son intuition. Emporte ce renseignement en enfer.

La respiration de Jérémie Quinet faiblissait. Il clignait des paupières, comme s'il s'assoupissait.

— Soline, parvint-il à articuler. Mon rêve, mon cauchemar. Nous avons vécu ensemble deux ans, au manoir. Elle était mon soleil, la douceur du monde. Je l'adorais, on nous a séparés. C'était ma petite sœur.

— Ouais, une petite sœur dont tu voulais abuser, si je me souviens bien.

— Par amour…

— Tais-toi.

Raidi par l'indignation et la haine, Étienne visa l'homme à nouveau. Son doigt tremblait sur la gâchette de son arme. Une question lui brûlait les lèvres, qu'il hésitait à poser, par crainte de la réponse.

— Ne crève pas tout de suite, jeta-t-il durement. Pavel, mon frère, où est son corps ? Où l'avez-vous enterré, si toutefois vous avez eu un peu de respect pour ce petit garçon ?

— Roger Fauvel s'est chargé de l'inhumer. Quand il m'a fait son rapport, il disait... Oh, que disait-il... Sous les fenêtres du salon, là-bas, au manoir. Sans croix ni stèle. Dambert, écoute, il faut me croire, je ne voulais pas tuer ton frère. J'ai cogné trop fort, mais je ne voulais pas, c'était un accident. Il était beau, le petit Pavel, une gueule d'ange.

— Mais tais-toi ! vociféra Étienne, hors de lui.

Alice avait dévalé la pente rocailleuse le plus vite possible. Elle trébucha sur un caillou et, pour ne pas tomber, elle se cramponna au bras gauche du policier. Il la fixa d'un air ahuri.

— On te suivait depuis un bon moment, avec le commissaire et un gendarme. J'ai appelé une ambulance, dit-elle, essoufflée. Soline n'est pas dans le 4 x 4 ! Où est-elle ?

— Je ne lui ai rien fait, je ne lui aurais jamais fait de mal, balbutia Jérémie Quinet.

Il se mit à râler, baignant dans son sang. Soudain, sa tête bascula sur le côté et il eut un ultime et infime sursaut.

— C'est fini, déclara Étienne. Cette fois, c'est bien fini. Il est mort, il ne respire plus l'air du printemps, ces parfums dont il a privé mon petit Pavel à jamais.

Sur ces mots, il chancela et s'adossa au tronc d'un arbre. Là, sans se soucier du regard d'Alice, il sanglota à son aise, après des années à contenir son chagrin de grand frère.

Maternité de Sallanches, dimanche 17 avril 2016

Des chants d'oiseaux réveillèrent Soline. Elle entrouvrit les yeux, un peu désorientée d'être couchée entre des draps propres, dans une chambre où entrait la clarté rose de l'aurore, un bon oreiller sous la tête. Son premier réflexe fut de chercher son bébé. Mais l'enfant n'était plus à ses côtés. Elle jeta un regard affolé sur un berceau transparent, vide lui aussi.

— Bonjour, mon cœur, nous sommes là, n'aie pas peur, fit une douce voix masculine.

— Benjamin ?

Soline découvrit son compagnon, assis dans un fauteuil, la petite Louise nichée contre sa poitrine. En blouse bleue, il lui donnait un biberon.

— Mais je dois l'allaiter, répondit-elle d'un air soucieux.

— Bien sûr, une infirmière va venir. Tu as été malade hier soir, aussi la puéricultrice a préféré faire boire du lait maternisé à notre fille. Louise est ravissante, comme sa maman.

Il y avait des sanglots contenus dans les intonations du jeune père, ébloui par le nouveau-né.

— Je suis désolé, ajouta-t-il. Jamais je n'aurais dû te quitter. Ton grand-père m'a raconté ce qui s'est passé au chalet.

— Viens plus près, mon amour, demanda tout bas Soline. Je voudrais voir notre chérie, être sûre qu'elle est là, en bonne santé.

Benjamin prit place au bord du matelas. Délicatement, il lui confia le bébé, en gardant le biberon. Il s'ensuivit des cris de contrariété vigoureux, tandis que Louise dévoilait ses prunelles d'un bleu pâle.

— Oh, elle a du caractère, plaisanta Soline. Je dois la mettre au sein, sinon on ne pourra pas discuter.

— Est-ce que tu te sens bien, ce matin ?

— Merveilleusement bien. Mais tu sembles triste.

— J'aurais voulu être près de toi pendant l'accouchement, au lieu de vivre un cauchemar, bloqué dans un embouteillage, en sachant que tu étais seule avec ce criminel. Et c'est moi qui te l'ai envoyé… Le vétérinaire Claude Mercier.

— Chut, fit Soline.

Elle portait une chemise de nuit en cotonnade dont elle écarta l'échancrure, après avoir défait trois boutons. D'un geste naturel, elle présenta au nouveau-né son mamelon d'un brun clair. Bouleversé par ce tableau, Benjamin se frotta les yeux, afin de dissimuler les larmes qu'il ne pouvait contenir.

— Ne pleure pas, nous sommes tous les trois. Et tu es venu bien vite ici, hier, dès que papi t'a averti… Regarde, Louise tète déjà. C'est une sensation étrange, mais j'adore.

La sérénité de Soline fascinait son compagnon. Il fit un effort pour dominer son émotion.

— Veux-tu parler tout de suite de la situation ou préfères-tu attendre ? insinua-t-il à voix basse.

— J'ai besoin de savoir, Benjamin. Je me souviens d'avoir vu Claude Mercier au volant de son 4 x 4 avant de m'enfermer dans la remise à bois. Ensuite, une fois arrivée à la maternité, j'ai eu un malaise. On m'a soignée, je t'ai vu près de moi. Tu me tenais la main, mais je me suis vite endormie.

— Je suis resté à ton chevet toute la nuit. Si tu savais combien j'étais heureux de faire la connaissance de Louise, de veiller sur vous deux. Aussi longtemps que je vivrai, je n'oublierai jamais ce samedi et ce dimanche d'avril.

— Et Neige ? Taviane ? Farou s'est enfuie et ses petits l'ont suivie.

— Mon cœur, ne t'inquiète pas pour ça. Ton grand-père a fait ce qu'il fallait, lorsqu'il t'a su en sécurité ici. Neige est vivant, chez le vétérinaire de Saint-Gervais. Il a dû être heurté par la voiture de Mercier. Et ta jument va bien. Barry aussi. Tout rentrera dans l'ordre, je m'en occuperai.

— D'accord, je te fais confiance, mon amour.

Très doucement, Soline s'allongea sur le côté, en admirant sa fille qui somnolait, sa minuscule bouche rose autour du bout de son sein.

— Tu ne m'as rien demandé, mais il est mort, ajouta Benjamin.

— Vraiment ?

— Étienne peut en témoigner. Il le suivait en voiture et Mercier a raté un virage. Son 4 x 4 s'est disloqué au fond d'un ravin, sur des rochers. Le commissaire d'Annecy a constaté le décès lui aussi, avant la venue de la police scientifique. Voilà, tu sais l'essentiel, mon cœur, ça me gêne d'évoquer cet abominable criminel, ici, en ce moment. J'ai l'impression de ternir un des plus beaux moments de notre existence.

— Tu as raison. Nous en parlerons plus tard. Il le faut, car j'ai vécu une expérience extraordinaire.

Une infirmière et la puéricultrice entrèrent après avoir frappé de façon discrète à la porte entrebâillée de la chambre. Il fut question d'allaitement, de toilette du bébé, de layette.

— C'est bien, vous avez tout le nécessaire, dit l'une des femmes.

— Comment est-ce possible ? s'étonna Soline.

— Kate a apporté ta valise pendant que tu dormais, expliqua Benjamin. Vers 22 heures, je crois, mais elle n'a pas voulu nous déranger, je l'ai vue dans le couloir.

— Vous pourrez recevoir des visites dans l'après-midi ou bien demain, précisa l'infirmière. Maintenant, nous devons examiner bébé. Votre fille pèse deux kilos et six cents grammes.

Soline approuva d'un timide sourire. Elle se sentait lasse et surtout affamée. Des mots tournaient dans son esprit, qui lui donnaient envie de pleurer et de rire : « Le cauchemar est fini. »

Maternité de Sallanches, lundi 18 avril 2016

D'un commun accord, tous ceux qui chérissaient Soline avaient décidé de ne pas aborder le sujet dont ils s'entretenaient sans cesse, depuis samedi. Les médias n'étaient pas en reste. Toute l'histoire du « tueur de Haute-Savoie » était racontée dans des articles à sensation ou plus sérieux. La lecture des crimes de Jérémie Quinet en effrayait plus d'un.

Certains peinaient à y croire, l'homme étant honorablement connu à Combloux et dans les environs pour un vétérinaire compétent, sous le patronyme de Claude Mercier.

— Quel soulagement ! déclara Viviane, assise sur une chaise, dans le hall de la maternité. Le meurtrier a péri dans un accident, alors qu'il tentait d'échapper à la police. Je n'aurais pas voulu savoir l'un de vous responsable de sa mort. Pourtant, c'était un grand criminel.

La septuagénaire, malgré sa hâte de voir le bébé et Soline, s'adressait d'un air grave à Étienne, mais aussi à Benjamin et à Christian Pasquier.

— Toute cette affaire m'a poussée à prier, ajouta-t-elle. J'ai retrouvé la foi de ma jeunesse, et je prierai pour l'âme de cet homme, lourdement chargée d'assassinats et de méfaits.

— C'est tout à votre honneur de dire ceci, madame Gonod, admit l'éleveur d'un ton ému, cependant, s'il avait enlevé ma petite-fille et mis son plan à exécution, car il voulait s'emparer du nouveau-né, vous penseriez différemment. Nous savons désormais à peu près ce qui se passait dans le manoir de Vincent Quinet. Ce richissime bandit achetait des orphelins dans un pays de l'Est pour procéder à des greffes, afin de prolonger la vie de son épouse, accablée de cancers. Et, comble de l'horreur, ce type avait construit sa fortune sur le trafic de drogues et d'organes.

— Certes, monsieur Pasquier, mais Dieu a entendu mes prières.

— Mais oui, madame Vivi, renchérit Kate. Quelqu'un d'autre veillait, son ancêtre Louise. Quand Soline m'a raconté ce qui s'est passé dans la remise à bois, j'en ai pleuré. Votre grand-mère, monsieur Pasquier, s'est manifestée pour soutenir mon amie.

— Oui, oui, j'ai été le premier à l'apprendre, mesdames. Et j'ai vu mon arrière-petite-fille juste venue au monde.

— J'avoue qu'il y a de quoi réfléchir, concéda Étienne. De toute évidence, l'au-delà existe. Quoi qu'il en soit, il faut savoir profiter de notre temps terrestre.

Sidéré et amusé par les propos du policier, naguère très matérialiste, Benjamin lui tapota l'épaule. Alice surprit ce geste amical et esquissa un léger sourire.

— Dans quel ordre rendrons-nous visite à Soline ? demanda-t-elle gaiement.

— Honneur aux dames, répliqua Étienne. Kate a pu rencontrer la petite Louise hier en fin de journée, c'est vous, madame Viviane, qui avez la priorité.

— Ah, vous êtes galant, inspecteur ! Si je vous laissais ma place ? Je crois que vous avez très envie d'admirer le bébé et de féliciter votre amie Soline.

Incrédule, Étienne remercia à mi-voix. Il jeta un regard dubitatif à Benjamin.

— Mais oui, vas-y ! N'oublie pas ton paquet. Je suppose que tu as acheté un doudou rose à notre petite chérie, avança celui-ci.

— Tu verras bien. Encore merci, madame Viviane.

— Appelez-moi Viviane, inspecteur, ce sera plus cordial.

Il consentit d'un signe de tête, avant de prendre l'ascenseur. Son cœur cognait fort dans sa poitrine, à la perspective de revoir Soline saine et sauve. Elle le reçut d'un grand sourire affectueux.

— Bonjour, Étienne. Louise vient de s'endormir.

— Bonjour, souffla-t-il en allant se pencher sur le berceau, d'un pas silencieux.

En contemplant le nouveau-né, il revoyait la jeune mère trônant dans le lit tout proche, ses longs cheveux blonds nattés, en tunique blanche décolletée. Un court instant, il chercha une pique ironique à lui dire, sur le fait qu'elle le recevait en tenue légère, mais il garda le silence, séduit par la délicate joliesse du bébé.

— Étienne, voudrais-tu être son parrain ? lui proposa Soline sans préambule.

— Moi, un vieux mécréant ?

— Tu peux être son parrain civil, c'est un engagement aussi sérieux qu'à l'église.

Embarrassé, le policier serra le paquet qu'il tenait contre sa poitrine, comme s'il s'agissait d'un bouclier.

— J'ai dû être baptisé, à ma naissance, dit-il d'un ton rêveur. J'accepte, Soline. Grâce à toi et à l'intervention de ton aïeule, je suis prêt à croire en tout, même si tu as peut-être été victime d'hallucinations. Dans le doute…

— Ce n'étaient pas des hallucinations, Étienne, déclara-t-elle d'une voix douce. J'avoue y avoir pensé, mais non, mon ancêtre Louise a prononcé des paroles significatives. Elle était si belle, telle que je l'avais vue âgée d'une trentaine d'années. C'était fou, j'avais l'impression de me voir ou d'être dédoublée, tellement nous nous ressemblions. Sans sa présence, je me serais affolée et la naissance aurait été compromise, je t'assure.

— Tu n'as pas à me convaincre, répliqua Étienne. Et qui sera la marraine ? Tu avais songé à Sophie, mais elle paraît se plaire à La Réunion.

— Je sais, je l'ai appelée ce matin et, en effet, elle estime compliqué de jouer les marraines à distance. Alors j'ai choisi Kate, qui a sauté de joie.

— Très bon choix, ça me convient, plaisanta-t-il. Tiens, voici mon cadeau.

Il lui remit le paquet emballé de papier rose et, après avoir attiré une chaise près du lit, il prit place au chevet de Soline.

— Qu'est-ce que tu as acheté ?

— Je n'ai pas dépensé un euro, protesta-t-il.

Intriguée, elle déballa une peluche de poney, aux couleurs délavées, avec une selle et un licol en plastique rouge.

— Mais c'est le jouet de la photo, s'étonna-t-elle. Celui que mes parents m'ont offert quand j'avais trois ans, pour mes étrennes, selon papi.

Étienne approuva d'un mouvement de tête. Soline, les larmes aux yeux, retourna la peluche entre ses mains.

— Où l'as-tu trouvé ?

— Dans le 4 x 4 de Claude Mercier, enfin, de Jérémie Quinet. Il l'avait rangé dans la boîte à gants, enroulé d'un tissu. Moi aussi, je l'ai reconnu, puisque j'avais vu cette fameuse photo. Je me sens obligé d'ajouter qu'avant de mourir, il affirmait qu'il n'aurait jamais pu te faire du mal.

Muette de stupeur et d'émotion, Soline évoqua les traits séduisants et les propos réconfortants du vétérinaire, lorsqu'il soignait Taviane.

— Je devais avoir ma peluche avec moi, quand son père m'a enlevée au bord de la route, après l'accident. Merci de me le redonner, Étienne. Ce poney me sera précieux, il représente un lien avec mes parents disparus.

— Ce pauvre jouet est en piteux état, mais je tenais à te le remettre.

— Peu importe, tu as bien fait. C'est troublant… Cet assassin a gardé ce jouet durant des années. Il me considérait comme sa petite sœur, au début, d'après ce que j'ai établi. Quand je serai de retour au chalet, je te confierai tout ce qu'il m'a raconté. Et sur le plan des confessions, je t'avoue, à toi le premier, que j'ai retrouvé beaucoup de souvenirs. Benjamin l'ignore.

— Pourquoi me le dire à moi ? interrogea Étienne d'un ton soucieux.

— Nous sommes si heureux, je ne veux pas briser ce bonheur, du moins je tiens à le préserver. Autour d'un berceau, je trouve malsain de parler de certaines choses. Pour résumer, je sais maintenant ce que vous avez voulu me cacher, Sophie, Benjamin et toi. Tu comprends à quoi je fais allusion ?

— Je n'ose pas comprendre, soupira-t-il.

— Ne crains rien, je surmonterai ces pénibles réminiscences, car je suis vivante et le cauchemar est fini. Néanmoins, je sais ce qui s'est passé durant notre séjour dans la station de ski, avant l'avalanche. Se faisant appeler Vincent, Jérémie Quinet essayait d'assouvir ses perversions sur Sophie et moi. Mais chut, n'en parlons plus.

Étienne acquiesça, une fois de plus pétri d'admiration pour la jeune femme capable de surmonter les pires épreuves et d'en sourire ensuite, de ce sourire éblouissant qui sublimait sa beauté blonde. Il orienta vite la conversation sur un thème plus agréable.

— Tu auras sans doute pas mal de visites aujourd'hui, dit-il en souriant à son tour.

— Hier, Kate est venue, et j'ai eu ces jolies roses blanches. Ensuite, papi a passé une heure avec nous. Il est en extase devant Louise. Il me réservait une surprise, car son épouse Ginette est arrivée en fin d'après-midi, accompagnée de mon arrière-grand-mère Émeline. Elle voulait se déplacer, car elle ne pouvait pas patienter jusqu'à ma sortie de la maternité. J'espère avoir son énergie, si je vis jusqu'à quatre-vingt-onze ans. Je lui ai remis un face-à-main, un miroir, que son mari, Pierre Pasquier, lui avait offert une veille de Noël. Un bel objet en argent ouvragé. Je lui en avais parlé, et elle était stupéfaite, parce que Viviane l'avait retrouvé dans une des caisses contenant les cahiers de mon ancêtre, ma belle dame blonde. Nous avons pleuré toutes les deux. Mais c'étaient de bonnes larmes de joie. Aussi, elle a bercé Louise dans ses bras, Benjamin a pris des photos.

— Je suis content pour vous, crois-moi.

— Et toi, es-tu soulagé, Étienne ?

— Évidemment, on va pouvoir respirer. Et puis Quinet, avant de mourir, m'a dit qu'il n'avait pas voulu tuer Pavel. Qu'il ait menti ou non, il m'a indiqué où était enterré mon petit frère. J'ai l'intention de faire transférer son corps dans un cimetière et de lui offrir une stèle. Je pourrai fleurir sa tombe…

La voix du policier tremblait un peu. Soline lui prit la main, au moment où quelqu'un frappa. Une silhouette féminine entra, le visage dissimulé derrière un bouquet. Benjamin la suivait de près.

— Félicitations, dit tout bas la visiteuse en baissant la nuée de gypsophiles et de narcisses.

— Sophie ?

— Eh oui, j'ai atterri dans la nuit et, après quelques heures de sommeil, me voici. Je tenais à admirer la petite Louise. Mais je repars après-demain.

La capitaine Gally, en robe verte, sa chevelure rousse coiffée en chignon, resplendissait. Elle embrassa Soline, bouleversée par son apparition, avant de se pencher elle aussi sur le berceau.

— Qu'elle est belle ! Autant que sa maman.

Ainsi, au fil des heures, tous ceux qui aimaient la jeune maman passèrent des instants de grâce auprès d'elle et de son bébé.

— Enfin seuls, s'extasia Benjamin en fin de journée.

Il berçait sa fille, qui avait tété avidement et sommeillait, nichée contre lui. Soline, un peu lasse, leur souriait.

— Il serait temps de vivre en paix, n'est-ce pas, dit-elle à mi-voix. Tous les trois, dans notre vallon des loups.

— Oui, tous les trois, mais bien entourés, mon cœur. Je peux te rassurer, Farou et Barry ont regagné l'enclos, ainsi que leurs rejetons. Ils ne s'étaient guère éloignés du chalet. Ta jument est en bonne santé et Neige sera sur pied dans une semaine. Nous rentrerons bientôt chez nous.

— Chez nous, j'adore ces mots, avoua Soline.

— Oui, mon amour. Et moi, je vous adore, Louise et toi, répliqua Benjamin.

Ils échangèrent un sourire et, un peu plus tard, un tendre baiser, promesse d'un avenir qu'ils espéraient à l'image de leur amour, simple et lumineux.

Épilogue

Vendredi 18 décembre 2020

Perchée sur un tabouret, Louise contemplait de son regard bleu myosotis le paysage tout blanc qui s'étendait de l'autre côté de la fenêtre. Il neigeait depuis la veille et la petite fille, âgée de quatre ans et demi, toute blonde, en éprouvait une joie démesurée. Très précoce, elle appréciait sa jeune existence dans le beau chalet qui appartenait à ses parents. Sa mère le répétait souvent : « Nous sommes chez nous, chez toi, ma petite Lou. »

Le feu pétillait dans la cheminée et une bonne odeur de lait chaud venait de la cuisine. Une scène colorée et animée traversa son esprit, durant quelques secondes, tandis qu'elle clignait des yeux. Les chiens de la famille, menés par Barry, étaient attelés au traîneau que son papa avait fabriqué.

— On ira se promener ! Maman n'a rien dit, parce qu'elle veut me faire la surprise, souffla l'enfant.

Toute contente, Louise frappa dans ses mains, puis elle se pencha sur le berger suisse, couché à ses pieds.

— Mon pauvre Neige, toi, tu resteras au chaud, car tu es un peu vieux. Un peu, pas trop.

Elle descendit du siège pour s'asseoir près du chien et le caresser.

— Tu ne seras pas triste, hein ? Ce soir, tu dormiras au pied de mon lit, papa veut bien.

Le cœur léger, Louise se releva pour trottiner jusqu'à la cuisine, alléchée maintenant par une senteur de chocolat.

— Maman, tu fais un gâteau ?

Soline éclata de rire, devant la mine gourmande de sa fille. Elle faisait en effet fondre du chocolat pâtissier.

— Tu as deviné, coquine !

— C'est pour les invités, ce soir ?

— Lou, qui t'a dit ça ? Pourquoi aurions-nous des invités ?

Gênée, la petite fit la moue. Elle hésitait à avouer la vérité à sa ravissante maman.

— Je l'ai vu, lâcha-t-elle d'une voix flûtée. C'est pareil pour la promenade en traîneau.

Stupéfaite, Soline éteignit le brûleur sous la casserole. Elle essuya ses mains au tablier qu'elle portait, avant de se pencher sur Louise.

— Comment ça, tu l'as vu ?

— Il y a des images dans ma tête. Alors je suis contente. En plus, il neige beaucoup, tu pourras conduire le traîneau.

— Mon Dieu, toi aussi, soupira la jeune femme. Viens, ma chérie, allons discuter au coin du feu.

Bientôt l'enfant et sa mère observaient les flammes, sous le manteau séculaire de la cheminée. Bouleversée par l'aveu de sa fille, Soline avait envie de pleurer et de rire.

— Depuis quand as-tu des images dans la tête ? demanda-t-elle d'un ton caressant.

— Depuis pas longtemps, répondit la petite tout bas. Moi, ça m'amuse. Dis, c'est vrai, on ira se promener ?

— Oui. Je voulais te faire la surprise et comme Noël approche, papa devait nous attendre dans la forêt, pour couper un sapin.

Enchantée, Louise frotta sa joue contre la laine soyeuse du pull de Soline. Il restait le problème des invités.

— Dis, c'est vrai, répéta-t-elle, papi Christian vient ce soir ? Et les autres aussi ?

— C'était une surprise encore, même si tu dîneras avant nous pour te coucher tôt. J'ai invité Étienne et Alice, papi et son épouse, et…

— Et grand-mère Viviane, acheva l'enfant.

— Tu as tout juste, soupira Soline. Louise, je vais te confier un secret. Ce que tu vois dans ta tête, ce sont des visions de choses qui vont se produire. Je suis pareille et une belle dame blonde, la grand-mère de papi Christian, était ainsi également. On appelle ça un don, tu en as hérité. Parfois, on peut sauver des gens en danger, grâce à ce don. Ce n'est pas toujours facile, ma chérie, mais je t'aiderai.

— Tu lui ressembles, à la belle dame blonde, on dirait toi ! Je le sais, tu as mis sa photo dans ta chambre.

— Je suis sûre qu'elle veille sur nous, ma petite chérie.

La petite approuva d'un signe véhément, puis elle savoura ce moment merveilleux où sa mère la serrait fort et l'embrassait sur le front et les cheveux. Soline, tout en la cajolant, s'abandonnait à une foule de pensées.

« La vie s'écoule tranquillement, songeait-elle. Je ne dois pas m'inquiéter pour Louise, même si elle a des visions bien plus tôt que moi. J'ai découvert mon don quand j'étais adolescente… Benjamin sera surpris, soucieux sans doute, mais je le rassurerai. Tout est bien, il faut accepter son destin, comme j'ai accepté le mien. Et j'ai pu pardonner à mes parents adoptifs, sans être prête à les revoir. Je leur ai envoyé quelques photos de Louise, c'est suffisant. Plus tard, j'aviserai. »

Elle eut un sourire ému, se souvenant des visions qu'elle avait eues depuis la naissance de leur fille.

« Je nous ai vus en train de fêter le centenaire d'Émeline, à la résidence des Sources. J'ai assisté quelques secondes au baptême de Paul, le fils d'Étienne, qui grandit au chaud dans le joli corps d'Alice. Je sais également que Kate viendra sans m'avoir prévenue ce soir, avec son petit Damien de trois ans. Louise sera ravie, ils jouent si bien ensemble. »

Des rideaux de neige dansaient au gré du vent, derrière les fenêtres. Le vieux chalet se couvrait d'une toilette d'un blanc immaculé, qu'il avait souvent portée, au fil des hivers. Au loin, le clocher de Saint-Nicolas-de-Véroce sonna douze coups.

— Tu entends, Louise, demanda Soline, égayée. L'église où papa et maman se sont mariés sonne l'heure du déjeuner.

Benjamin entra au même instant, son bonnet et sa veste parsemée de gros flocons. La petite fille échappa au bras de sa mère pour courir se jeter dans ceux de son père. Il la souleva et l'étreignit en riant. Ensuite, il sortit une lettre décachetée de sa poche. Soline les rejoignit.

— Tu as eu une réponse ? demanda-t-elle.

— Oui, un de mes oncles.

Grâce à la persévérance d'Alice et aux documents découverts dans un coffre-fort du manoir des Quinet, Benjamin Martin avait découvert qu'il s'appelait Goran Slezak, dans son pays natal. Après de nombreuses recherches, un membre de sa famille venait de répondre à ses courriers.

— Sophie et Étienne ont moins de chance que toi, déplora Soline à mi-voix.

— Qui sait, répliqua Benjamin. Alice continue sa quête.

Le jeune couple échangea un baiser passionné, sous le regard malicieux de leur enfant. Une nouvelle promesse de joie se dessinait à l'horizon de leur bonheur. Un jour, ils partiraient en voyage, vers cet oncle retrouvé, mais cela, Soline le savait déjà.

Table des matières

De la même auteure

La saga de Val-Jalbert

I. *L'Enfant des neiges*, Chicoutimi, Éditions JCL, 2008 ; *L'Orpheline des neiges*, Paris, Calmann-Lévy, 2010
II. *Le Rossignol de Val-Jalbert*, Chicoutimi, Éditions JCL, 2009 ; Paris, Calmann-Lévy, 2011
III. *Les Soupirs du vent*, Chicoutimi, Éditions JCL, 2010 ; Paris, Calmann-Lévy, 2013
IV. *Les Marionnettes du destin*, Chicoutimi, Éditions JCL, 2011 ; Paris, Calmann-Lévy, 2014
V. *Les Portes du passé*, Chicoutimi, Éditions JCL, 2012 ; Paris, Calmann-Lévy, 2015
VI. *L'Ange du lac*, Chicoutimi, Éditions JCL, 2013 ; Paris, Calmann-Lévy, 2016

La saga du Moulin du loup

I. *Le Moulin du loup*, Chicoutimi, Éditions JCL, 2008 ; Paris, Les Presses de la Cité, 2008
II. *Le Chemin des falaises*, Chicoutimi, Éditions JCL, 2009 ; Paris, Les Presses de la Cité, 2009
III. *Les Tristes Noces*, Chicoutimi, Éditions JCL, 2008 ; Paris, Les Presses de la Cité, 2010
IV. *La Grotte aux fées*, Chicoutimi, Éditions JCL, 2009 ; Paris, Les Presses de la Cité, 2011
V. *Les Ravages de la passion*, Chicoutimi, Éditions JCL, 2010 ; Paris, Les Presses de la Cité, 2012
VI. *Les Occupants du domaine*, Chicoutimi, Éditions JCL, 2012 ; Paris, Les Presses de la Cité, 2013

La saga d'Angélina

I. *Angélina. Les Mains de la vie*, Chicoutimi, Éditions JCL, 2011 ; Paris, Calmann-Lévy, 2013, 2019

II. *Angélina. Le Temps des délivrances*, Chicoutimi, Éditions JCL, 2013 ; Paris, Calmann-Lévy, 2014, 2019
III. *Angélina. Le Souffle de l'aurore*, Chicoutimi, Éditions JCL, 2015 ; *La Force de l'aurore*, Paris, Calmann-Lévy, 2015, 2019

La saga des Bories
I. *L'Orpheline du Bois des Loups*, Chicoutimi, Éditions JCL, 2002 ; Paris, Les Presses de la Cité, 2003
II. *La Demoiselle des Bories*, Chicoutimi, Éditions JCL, 2006 ; Paris, Les Presses de la Cité, 2006

La saga du lac Saint-Jean
I. *Le Scandale des eaux folles*, Chicoutimi, Éditions JCL, 2014 ; Paris, Calmann-Lévy, 2016
II. *Les Sortilèges du lac*, Chicoutimi, Éditions JCL, 2015 ; Paris, Calmann-Lévy, 2017

La saga de Faymoreau
I. *La Galerie des jalousies*, Chicoutimi, Éditions JCL, 2015 ; Paris, Calmann-Lévy, 2017
II. *La Galerie des jalousies*, Chicoutimi, Éditions JCL, 2016 ; Paris, Calmann-Lévy, 2017
III. *La Galerie des jalousies*, Paris, Calmann-Lévy, 2017

La saga d'Abigaël
I. *Abigaël, messagère des anges*, Chicoutimi, Éditions JCL, 2017 ; Paris, Calmann-Lévy, 2018
II. *Abigaël, messagère des anges*, Chicoutimi, Éditions JCL, 2017 ; Paris, Calmann-Lévy, 2018
III. *Abigaël, messagère des anges*, Chicoutimi, Éditions JCL, 2017 ; Paris, Calmann-Lévy, 2018
IV. *Abigaël, messagère des anges*, Paris, Calmann-Lévy, 2018
V. *Abigaël, messagère des anges*, Paris, Calmann-Lévy, 2018
VI. *Abigaël, messagère des anges*, Paris, Calmann-Lévy, 2018

La saga de l'orpheline de Manhattan
I. *L'orpheline de Manhattan*, Paris, Calmann-Lévy, 2018
II. *Les Lumières de Broadway*, Paris, Calmann-Lévy, 2018
III. *Les Larmes de l'Hudson*, Paris, Calmann-Lévy, 2019

La saga de Lara

I. *La Ronde des soupçons*, Paris, Calmann-Lévy, 2020
II. *La Valse des suspects*, Paris, Calmann-Léyy, 2020
III. *La Danse macabre*, Paris, Calmann-Lévy, 2020

Le Mystère Soline

I. *Au-delà du temps*, Paris, Calmann-Lévy, 2021
II. *Le Vallon des loups*, Paris, Calmann-Lévy, 2021

Les enquêtes de Maud Delage

VOLUME I

1. *Du sang sous les collines*, Chicoutimi, Éditions JCL, 2012 ; Paris, Calmann-Lévy, 2021
2. *Un circuit explosif*, Chicoutimi, Éditions JCL, 2012 ; Paris, Calmann-Lévy, 2021

VOLUME II

1. *Les Croix de la pleine lune*, Chicoutimi, Éditions JCL, 2013
2. *Drame à Bouteville*, Chicoutimi, Éditions JCL, 2013

VOLUME III

1. *Cognac, un festival meurtrier*, Chicoutimi, Éditions JCL, 2013
2. *Vent de terreur sur Baignes*, Chicoutimi, Éditions JCL, 2013

VOLUME IV

1. *L'Enfant mystère des terres confolentaises*, Chicoutimi, Éditions JCL, 2013
2. *Maud sur les chemins de l'étrange*, Chicoutimi, Éditions JCL, 2013
3. *Nuits à haut risque*, Chicoutimi, Éditions JCL, 2013

Livres hors série

L'Amour écorché, Chicoutimi, Éditions JCL, 2003 ; Paris, Calmann-Lévy, 2020

Le Chant de l'océan, Chicoutimi, Éditions JCL, 2004 ; Paris, Les Presses de la Cité, 2007

Les Enfants du Pas du Loup, Chicoutimi, Éditions JCL, 2004 ; Paris, Les Presses de la Cité, 2005

Le Refuge aux roses, Chicoutimi, Éditions JCL, 2005 ; Paris, L'Archipel, 2005 ; Paris, Calmann-Lévy, 2018

Le Val de l'espoir, Chicoutimi, Éditions JCL, 2007 ; Paris, Calmann-Lévy, 2016

Le Cachot de Hautefaille, Chicoutimi, Éditions JCL, 2009 ; Paris, Calmann-Lévy, 2019

Les Fiancés du Rhin, Chicoutimi, Éditions JCL, 2009 ; Paris, Calmann-Lévy, 2019

Les Amants du presbytère, Chicoutimi, Éditions JCL, 2015 ; Paris, Calmann-Lévy, 2017

Abigaël, messagère des anges, Chicoutimi, Éditions JCL, 2017

Amélia, un cœur en exil, Paris, Calmann-Lévy, 2017

Astrid, la reine bien-aimée, Chicoutimi, Éditions JCL, 2017 ; Paris, Calmann-Lévy, 2019

Les Feux de Noël, Paris, Calmann-Lévy, 2020

Rejoignez le groupe Facebook
Les Amis de Marie-Bernadette Dupuy

Photocomposition PCA
Achevé d'imprimer en décembre 2021
par l'imprimerie FIRMIN DIDOT
27650 Mesnil-sur-l'Estrée
pour le compte des éditions Calmann-Lévy
21, rue du Montparnasse 75006 Paris

PAPIER À BASE DE FIBRES CERTIFIÉES

CALMANN LEVY s'engage pour l'environnement en réduisant l'empreinte carbone de ses livres. Celle de cet exemplaire est de :
1,7 kg éq. CO_2
Rendez-vous sur www.calmann-levy-durable.fr

Nº d'éditeur : 1171600/04
Nº d'imprimeur : 167706
Dépôt légal : décembre 2021
Imprimé en France.